LÜGE EINES LEBENS

Christian v. Ditfurth

LÜGE EINES LEBENS

Stachelmanns
vierter Fall

Kiepenheuer & Witsch

Informationen über dieses Buch:
www.stachelmann.de

1. Auflage 2007

Umschlaggestaltung: Philipp Starke, Hamburg
Umschlagmotiv: © Marc-Oliver Schulz, Hamburg, und Getty
Images/Photonica/CSA
Autorenfoto: © www.zitzlaff.com
Gesetzt aus der Bembo
bei Pinkuin Satz und Datentechnik, Berlin
Druck und Bindung: GGP Media GmbH, Pößneck
ISBN: 978-3-462-03933-7

Für Elfi

Die hinterhältigste Lüge ist die Auslassung.
Simone de Beauvoir

1

Es splitterte und knallte, dann ein Schrei. Etwas befahl Stachelmann, sich auf den Boden zu werfen. Er schlug hart auf die Knie und zerkratzte sich die Hände auf dem Pflaster. Er hatte geschwitzt in der S-Bahn und gefroren auf dem Weg vom Dammtorbahnhof zur Universität, aber in diesem Augenblick fühlte er nichts. Jetzt verstand er, dass er selbst geschrien hatte. Er lag im Schneematsch auf dem Pflaster des Von-Melle-Parks, ein paar Dutzend Schritte nur entfernt vom Eingang des Philosophenturms. Und jemand hatte geschossen. Auf ihn. Warum, verdammt, bin ich nicht ins Gebäude gerannt, statt mich hinzuwerfen? Jetzt spürte er, wie die Nässe kalt durch seine Hose drang. Er versuchte zum Eingang des Philosophenturms zu kriechen, aber er war wie gelähmt. Arme und Beine gehorchten ihm nicht. Er suchte die Angst in sich, aber da war nichts dergleichen. Da war nur ein Staunen.

Wieder ein Schuss. Es pfiff an seinem Ohr vorbei, ganz nah, laut, kurz. Der Knall wurde hin- und hergeworfen zwischen Philosophenturm, Audimax und dem Gebäude der Fakultät für Wirtschafts- und Sozialwissenschaften. Der nächste Schuss. Diesmal hörte Stachelmann ein Splittern, vor ihm staubte es hoch, Steinsplitter flogen ihm ins Gesicht. Menschen schrien durcheinander, Stachelmann hörte den Schrecken und die Angst in den Stimmen.

Dann war die Lähmung weg, und die Angst packte auch ihn. Weg hier, bloß weg. Er hatte keine Deckung, war eine Zielscheibe, wenn der Schütze von oben schoss. Stachelmann kroch zur Eingangstür des Philosophenturms. Neben ihm schlug es ein, der Knall hallte nach. Wieder trafen ihn Splitter im Gesicht, es stach und brannte, er kroch weiter, so schnell er konnte. Stachelmann meinte zu sehen, wie der Unbekannte auf ihn zielte. Jeden Augenblick konnte ihn der Schuss töten. Fast fühlte er schon, wie die Kugel heiß in seinen Rücken eindrang. Schnell, schnell. Die letzten Meter stand er auf, er rannte, schlug einen Haken. Der Schuss traf die Tür, als Stachelmann sie öffnete. Er spürte den Schlag von der Wucht des Geschosses in der Hand, sah das Loch, das die Kugel in die Tür gerissen hatte. Er warf sich ins Gebäude, fiel auf Knie und Ellbogen, stöhnte auf und begriff noch im Rollen, dass er hinter der Mauer unterhalb der Fenster sicher war. Er schmeckte Blut, wischte sich mit der Hand übers Gesicht, die Hand wurde nass und färbte sich rot. Auf der anderen Seite der Tür lagen zwei Studenten. Der eine hatte seinen Kopf unter den Armen begraben, als könnten die ihn gegen Kugeln schützen. Der andere stierte zu Stachelmann.

Stachelmann schaute zur Cafeteria. Menschen lagen auf dem Boden. Seine Augen verharrten bei einer Frau, die ihn anstarrte. So viel Angst hatte er noch nie gesehen. Dann schaute die Frau weg, wie in Zeitlupe.

Warum schoss es nicht mehr?

Er hörte Sirenen. Bald zuckte Blaulicht auf dem Boden und in der Cafeteria. Vor deren Fensterwand stand ein Polizeiauto. Das Licht blinkte auf den Körpern, die in der Cafeteria lagen. Zwei Polizisten öffneten die Eingangstür, sie hatten Pistolen in den Händen.

»Von wo?«, brüllte einer. Als er keine Antwort erhielt, brüllte er noch lauter: »Von wo wird geschossen?«

Stachelmann wollte antworten, öffnete den Mund, bekam aber kein Wort heraus.

»Da«, sagte der Student, der Stachelmann angeglotzt hatte. Er zeigte mit der Hand nach draußen.

Die Polizisten stockten, guckten einen Augenblick ratlos umher, dann stürmten sie wortlos in die Cafeteria. »Scheiße!«, brüllte der eine.

Bald erschien ein Mann im weißen Kittel mit einer schwarzen Tasche, er betrat die Cafeteria, kniete nieder neben der Frau, die Stachelmann angestarrt hatte, fühlte den Puls, holte aus der Tasche eine Spritze und eine Ampulle, brach diese auf, steckte die Nadel der Spritze hinein, zog den Kolben zurück, drückte etwas Flüssigkeit durch die Nadel, desinfizierte die Armbeuge und stach mit der Spritze hinein. Stachelmann folgte jeder Bewegung. Sonst schaute er weg, wenn jemandem eine Spritze gesetzt wurde, sogar im Kino.

Der Polizist, der gebrüllt hatte, zeigte nach draußen und zuckte mit den Achseln. Stachelmann fiel auf, dass niemand mehr schrie. Er kroch in Richtung Cafeteria. Währenddessen linste er hinaus. Überall Polizei, ein Sondereinsatzkommando mit Helmen, Schutzwesten, Maschinenpistolen und Gewehren. Zivilpolizisten. Dann erkannte er Taut, den Leiter der Mordkommission, der seinen mächtigen Körper schon zum Tatort geschleppt hatte. Stachelmann erhob sich, ging zurück zur Tür und trat hinaus. Er hatte Angst, aber seit er Taut gesehen hatte da draußen, konnte er wieder denken. Wenn die vielen Polizisten herumstanden ohne Deckung, dann war das Schießen vorbei. Stachelmann ging mit Gummiknien zu Taut. Der erkannte ihn sofort.

»Herr Dr. Stachelmann, sind Sie verletzt?«

Der blickte an sich hinunter, sah seine verdreckte Kleidung und schüttelte den Kopf. Taut schaute sich hektisch um, entdeckte eine Frau in einem weißen Kittel, schickte einen uniformierten Polizisten zu ihr und wies auf Stachelmann. Die Ärztin eilte zu Taut. Der Hauptkommissar sagte der Ärztin etwas und zeigte wieder auf Stachelmann. Die Ärztin nahm Stachelmann an der Hand und führte ihn zu einem großen Krankenwagen, dessen Hecktüren geöffnet waren. Daneben weitere Krankenwagen. Sanitäter standen herum. Offenbar waren mehr Krankenwagen herangerast, als gebraucht wurden.

»Setzen Sie sich hinein«, sagte sie freundlich, aber eindringlich. Mit einer Pinzette zupfte sie ihm Steinstückchen aus der Gesichtshaut, zwei Wunden überklebte sie mit Pflaster. Dann fühlte sie den Puls und maß seinen Blutdruck. »Legen Sie sich eine Weile auf die Liege, dann geht es wieder«, sagte sie.

Er tat es und schloss die Augen. In seinem Kopf hallten die Schüsse nach. Er hörte noch einmal die Schreie. Träume ich? Es ist doch unmöglich, dass hier einer wild herumballert. Wir sind doch nicht in Amerika. Aber es war möglich. Kein Zweifel, da hatte jemand geschossen. Auf ihn. Jetzt hörte er es wieder splittern, pfeifen und knallen. Er schaute sich um, als könnte er den Schützen ausfindig machen. Was für einen Grund konnte der haben, auf Stachelmann zu schießen? Ein Amokläufer? Er hob den Kopf und sah, wie Leute ziellos umherliefen. Sie waren überfordert. Das hatten sie noch nicht erlebt. Er setzte sich auf die Liege, ihm schwindelte. Er fixierte das Rücklicht eines Polizeiwagens, bald sah er klarer. Mit den Händen stützte er sich, während er vorsichtig aufstand. Wer hatte geschossen? Und warum? Das musste er begreifen.

Taut stand vor ihm. »Was ist hier los? Wissen Sie etwas?«

»Jemand hat auf mich geschossen.«

»Auf Sie?«

»Ja«, schnauzte Stachelmann. »Auf mich.«

Taut starrte ihn an, dann schaute er sich um. »Können Sie gehen?«

»Lassen Sie ihn«, sagte der Sanitäter.

»Ja«, sagte Stachelmann. Er stand auf, ihm wurde schwindlig, er stützte sich auf die Stoßstange des Krankenwagens.

Der Sanitäter fasste ihn an der Schulter. »Sie müssen sich ausruhen.«

»Nein«, sagte Stachelmann. Der Schwindel ließ nach.

»Haken Sie sich ein«, sagte Taut. Er hielt Stachelmann seinen Arm entgegen.

»Das können Sie nicht machen!«, sagte der Sanitäter energisch.

Stachelmann hakte sich ein und spürte den massigen Körper des Kriminalpolizisten.

»Zeigen Sie mir, wo Sie waren, als die Schüsse fielen.«

Stachelmann guckte sich um, bald hatte er sich orientiert. Er führte Taut zu der Stelle, wo er auf dem Pflaster gelegen hatte. Zwei Einschläge waren mit Kreide markiert. »Hier«, sagte Stachelmann.

Sie näherten sich der Eingangstür des Philosophenturms, Stachelmann brauchte die Stütze, seine Knie waren aus Gummi. Ein paar Schritte vor der Tür wieder ein kleiner Krater, darum ein Kreidekreis. Jemand hatte Schneematsch zur Seite geschoben. Stachelmann erinnerte sich. Er war gerannt, als es neben ihm einschlug. Dann hatte er die Tür aufgerissen. »Dort«, sagte Stachelmann. Er fühlte sich schwach und elend. »Dort ist die letzte Kugel eingeschlagen.« Er zeigte zur Tür. Auch dieses Einschussloch war gekennzeichnet. Taut zog Stachelmann zur Tür. Vorne ein kleines rundes Loch, auf der Rückseite der Tür hatte die Kugel Holzsplitter herausgerissen. Sie lagen verstreut auf dem Boden.

»Das war kein Kleinkalibergewehr«, sagte Taut. Er zog Stachelmann zur Kantine. Die Frau, die auf dem Boden gelegen hatte, war weg. Sie setzten sich an den Tisch. Außer ihnen war niemand im Raum. »Der hat wohl Sie gemeint«, sagte Taut. »Nehmen Sie es mir nicht übel. Aber das hilft uns weiter.«

Stachelmann nickte. Die Schüsse hatten ihm gegolten. Aber viermal hatte der Schütze ihn verfehlt. Beim ersten Mal war Stachelmann gelaufen, bei den beiden folgenden Schüssen hatte er auf dem Boden gelegen, beim letzten, der die Tür traf, war er gerannt. »Er hat viermal vorbeigeschossen.«

»Das ist unser Glück, aber es ist seltsam. Sobald wir die Stelle gefunden haben, von wo aus geschossen wurde, wissen wir mehr. Aber dass der Schütze Sie nicht getroffen hat, ist erstaunlich. Sieht fast so aus, als hätte er absichtlich vorbeigeschossen. Immer dicht daneben. Wer könnte das tun?«

Stachelmann zuckte die Achseln. Wer tut so was?

»Haben Sie mit jemandem Streit gehabt?«

Stachelmann schüttelte den Kopf. In ihm arbeitete es. Das ist doch absurd. »Das war ein Irrer.«

Taut warf ihm einen neugierigen Blick zu. »Wie kommen Sie darauf?«

»Mir fällt kein halbwegs vernünftiger Grund ein. Und so was gibt's doch. Da lebt irgendeiner Allmachtsphantasien aus. Und ich hatte das Pech, zur falschen Zeit am falschen Ort zu sein.«

»Mag sein. Unsere Erfahrung spricht dagegen. Vielleicht haben Sie jemanden beleidigt, ohne es zu merken? Eine schlechte Note gegeben oder einen durchfallen lassen. Sie glauben gar nicht, wie viele Gründe es geben kann, dass jemand durchdreht. Manche Leute warten geradezu auf einen Auslöser, und der kann anderen völlig unwichtig erscheinen.«

»Ja, ja«, sagte Stachelmann. Er hatte sich wieder einigermaßen im Griff. Der Schwindel war verschwunden, und obwohl er sich noch schwach fühlte, traute er es sich wieder zu, systematisch zu denken.

Ich hatte einfach Pech. Oder es war Absicht.

Ein Polizist eilte auf Taut zu und flüsterte ihm etwas ins Ohr. Dann ging er weg in Richtung WiSo-Fakultät.

»Die Kollegen haben den Ort gefunden, von dem aus geschossen wurde«, sagte Taut. »Kommen Sie mit?«

Stachelmann antwortete nicht, lief aber los. Die Knie waren fast schon wieder gummifrei. Polizisten hielten Neugierige zurück. Fotoapparate blitzten, doch Stachelmann achtete nicht darauf. Irgendjemand rief ihm etwas zu, aber er wollte es nicht hören. Taut holte ihn ein.

»Es ist oben, auf dem Dach«, sagte ein Polizist zu Taut.

Sir fuhren mit dem Fahrstuhl nach oben. Eine Stahltreppe führte zu einer Stahltür, die offen stand. Taut trat als Erster hinaus aufs Dach, Stachelmann folgte ihm, dann noch ein Uniformierter. An der Kante zum Von-Melle-Park standen zwei Männer mit Anoraks, auf dem Rücken die Aufschrift *Kriminaltechnik.* Stachelmann blieb in Tauts Schlepptau. Der Leiter der Mordkommission näherte sich den Kriminaltechnikern, Stachelmann sah drei Kreidekreise auf dem Beton. In den Kreidekreisen lagen Patronenhülsen.

»Die vierte Hülse haben wir noch nicht gefunden, ist wohl hinuntergefallen«, sagte ein Kriminaltechniker. Er hatte rote Wangen von dem kalten Wind, der den Nieselregen übers Dach trieb. Im schwarzen Schnauzbart hatten sich Tropfen verfangen. Der andere Kriminaltechniker kniete an der Dachkante und wandte den anderen den Rücken zu. »Habt ihr sie?«, rief er hinunter.

»Kaliber 7,62«, sagte sein Kollege. »Das ist schon mal sicher. Wahrscheinlich eine automatische oder halbautomatische Waffe, das zeigen die Abdrücke des Verschlusses auf der Hülse.«

»Also ein Militärgewehr?«, fragte Taut.

»Sieht so aus.«

»Hm.«

Was bedeutete es? Ein Soldat? Unsinn! Militärgewehre gab es zu Millionen überall in der Welt, in Kriegen und Bürgerkriegen. In den Händen von Soldaten, Banden, Todesschwadronen, Guerilleros, Frauen und Kindern. Wahrscheinlich hatten allein in Deutschland Tausende von Waffennarren Militärgewehre im Schrank stehen. Weil sie sich mächtig fühlen wollten. Sie hatten Menschenleben in der Hand. Wir könnten ja, wenn wir wollten …

»Morgen wissen wir mehr. Wir vergleichen die Hülsen mit den Mustern beim BKA.«

»Gut«, sagte Taut.

Stachelmann stellte sich an die Dachkante. Die Tiefe griff nach seinem Unterleib und zog ihn hinab. Er wehrte sich, stemmte sich gegen das Gefühl. Von hier hatte er einen guten Überblick über den Von-Melle-Park. Und der Schütze hatte ein ideales Schussfeld gehabt. Stachelmann sah sich da unten auf dem Pflaster im Schneematsch liegen. Von hier oben, so nah, würde wahrscheinlich selbst er ein Ziel von dieser Größe treffen. Bei vier Versuchen allemal.

»Kaum zu glauben, dass er vorbeigeschossen hat«, sagte Taut leise. Er hatte sich unmerklich neben Stachelmann gestellt.

»Genau das habe ich auch gedacht.«

»Der hat ganz genau gezielt«, sagte Taut. »Und ganz genau vorbeigeschossen. Der wollte Sie nicht töten.«

Als Stachelmann vor Annes Wohnungstür stand, war er schweißüberströmt und atemlos. Er traf das Schloss nicht mit dem Schlüssel, er versuchte es ein paarmal. Schließlich klingelte er und setzte sich auf die Treppe zum nächsthöheren Stockwerk.

Sie schlug die Hand vor den Mund, als sie ihn sah, dann nahm sie ihn an der Hand. »Komm erst mal rein.« Sie führte ihn ins Badezimmer.

Er setzte sich auf den Klodeckel und schnaufte, dann stand er auf, stellte sich vor den Spiegel und wusch sich vorsichtig Hände und Gesicht. Das Gesicht sah nicht so schlimm aus, wie er befürchtet hatte. Zwei Pflaster, eines unterm Auge, das andere am Kinn. Ein paar Kratzer, das Blut war verschorft und schmierte, als er die Stellen mit dem Waschlappen berührte. Er tupfte sie mit einem Kosmetiktuch notdürftig trocken. Dann begann er sich auszuziehen, während sie verschwand und gleich zurückkehrte mit trockener Kleidung. Sie stützte ihn, als er die Hose wechselte. Dann brachte sie ihn ins Wohnzimmer, er legte sich auf die Couch. Stachelmann hörte es glucksen, die Tür zum Kinderzimmer war angelehnt. Dann klapperte es.

Er berichtete in unvollständigen Sätzen, was geschehen war. Am Ende wiederholte er: »Der hat auf mich geschossen. Knapp vorbei.« Er dachte an die Kugel, die neben ihm im Boden eingeschlagen war, und an die Kugel, die die Tür durchbohrt hatte, als Stachelmann sie geöffnet hatte. »Der hat auf mich geschossen.«

Anne schaute ihn lange an, schüttelte ihren Kopf, sodass die halblangen schwarzen Haare über die Schultern tanzten. »Warum?«

Stachelmann dachte nach, fand aber keine Antwort. »Weiß nicht. Er hat viermal auf mich geschossen. Viermal.«

»Aber doch nicht, weil er dich kennt. Sondern weil du zufällig dort warst.«

»Viermal«, flüsterte Stachelmann.

Sie stand auf, beugte sich über ihn, strich zart über die Pflaster und küsste ihn auf die Stirn. »Das war ein Verrückter. Er hat nicht dich gemeint.«

Stachelmann schloss die Augen. Er versuchte sich vorzustellen, was geschehen war. Es war ein Mann gewesen, bestimmt. Der hatte mit einem Gewehr auf dem Dach der WiSo-Fakultät gelegen und gewartet, bis ihm ein Ziel vor das Visier lief. Stachelmann musste bald zu Taut, um zu erfahren, ob die Polizei schon mehr wusste. Vielleicht hatte sie den Schützen festgenommen. »Ich muss zur Polizei«, sagte er.

»Aber nicht jetzt. Du stehst unter Schock, dein Kreislauf ist nicht stabil. Du klappst zusammen.«

»Dann fahr mich hin.«

Anne warf einen Blick zum Kinderzimmer, dann sagte sie: »Erhol dich erst, dann bring ich dich hin, morgen.«

Er wollte widersprechen, aber dann ließ er es. Sie hatte recht. Und in ihrer Wohnung war er sicher. Wenn er jetzt mit Ossi oder Carmen telefonieren könnte. Aber das ging nicht mehr. Ossi war tot. Und Carmen, der Gedanke an sie machte ihn traurig. Er versuchte sich an ihr Gesicht zu erinnern. Aber es war verschwommen, eigentlich nicht erkennbar.

Anne ging ins Schlafzimmer, wo ihr Schreibtisch stand.

Er grübelte, was er getan haben konnte, damit einer auf ihn schoss. Er suchte in seiner Erinnerung nach etwas, das er einem anderen angetan haben konnte. Er fand nichts. Natürlich hatte er Seminararbeiten kritisiert, aber keinem Studenten einen Schein verwehrt. Nein, da war nichts.

Leise Schritte tapsten näher. Stachelmann linste, es war Felix, mit seinem Lieblingsstofftier, einem Elefanten, in der Hand. Felix stellte den Elefanten auf Stachelmanns Bauch und sagte: »Wau!«

Stachelmann überlegte, welche Geräusche Elefanten machten, und erinnerte sich des letzten Besuchs in Hagenbecks Tierpark. »Elefanten machen so.« Er trötete, Felix lachte und machte es ihm nach. Dabei legte er den Oberarm an die Nase. Dann fegte er hinweg, stolperte über ein Kissen, das er wohl selbst auf den Boden geworfen hatte, erschrak, blieb einen Augenblick liegen, stand wackelig wieder auf und rannte weiter.

Stachelmann schloss die Augen, gleich kehrten die Bilder zurück in seinen Kopf. Und das Geräusch, als die Kugeln neben ihm das Pflaster splittern ließen. Erst hatte es geklungen, als würden Steine aneinandergeschlagen, gleichzeitig pfiff es.

Er hörte die Geräusche in der Wohnung wie durch eine Wand. Als er die Hand vor die Augen hielt, sah er sie zittern. Anne kam aus der Küche und stellte ein Tablett auf den Tisch. Teeduft verbreitete sich. Sie rückte den Sessel näher ans Sofa heran, sodass sie ihm den Kopf streicheln konnte.

»Morgen wirst du wissen, dass du nicht gemeint warst.

Vielleicht haben sie den Kerl schon.« Sie goss Tee ein und schob einen Becher in seine Nähe. Er hob den Oberkörper und nahm die Beine von der Couch, bis er saß, dann rückte er ans Ende des Sofas, beugte sich vor, stützte die Ellbogen auf die Sessellehne und schaute Anne ins Gesicht. »Der meinte mich.«

»Aber er hat nicht getroffen. Der wollte dich nicht töten. Der hat irgendeinen Unsinn getrieben. Ein Halbstarker, der in der Zeitung stehen wollte, der jetzt vor seinen Kumpels angibt, was für ein mutiger Kerl er ist. Vielleicht lief da eine Wette? Der lag auf dem Dach und wartete auf einen armen Kerl, dem er Angst einjagen konnte, und der arme Kerl warst dummerweise du.«

Stachelmann überlegte, versuchte sich wieder ins Gedächtnis zu rufen, was geschehen war. Wie soll ich damit leben, dass es einen gibt, der mich vielleicht doch töten will? Der vielleicht nur zu aufgeregt war, um zu treffen? Aber kann man viermal vorbeischießen? Die Entfernung war nicht groß, vielleicht hundert Meter. Und die Schüsse lagen alle haarscharf daneben. Das ist auch eine Art von Genauigkeit. Du bist ihm aufgefallen, du hast dich bewegt. Du hast auf ihn reagiert, das hat ihn womöglich herausgefordert. Oder ihm Spaß gemacht. Dieser Gedanke beruhigte ihn ein wenig. Vielleicht warst du doch nicht gemeint. Anne hatte recht. Er sprach es aus: »Vielleicht wollte er mich doch nicht umbringen. Wenn ich es mir genau überlege.«

»Siehst du«, sagte sie. »Wenn mir so etwas passieren würde, ich würde ausflippen und mich wochenlang verkriechen. Es sei denn, jemand zwänge mich, das zu verarbeiten. Das musst du sofort tun, bevor sich der Irrsinn festsetzt. Wir gehen heute Abend noch aus. Du musst verstehen, dass die Wahrscheinlichkeit mehr als gering ist, ein zweites Mal an einen schießwütigen Irren zu geraten. Es wird nie wieder jemand auf dich schießen.«

»Die Wahrscheinlichkeit ist in meinem Fall nicht geringer als bei jedem anderen Menschen. Die Statistik interessiert sich nicht für die Vergangenheit. Denk an Spieler im Casino. Beim Roulette bleibt die Kugel auf der 35 liegen. Wer würde in der folgenden Runde seine Chips auf die 35 legen? Kaum einer. Dabei ist die Wahrscheinlichkeit, dass die 35 getroffen wird, genauso groß wie bei jeder anderen Zahl. Die Kugel merkt sich nicht, wo sie beim letzten Mal ausgerollt ist.«

»Dass du schon wieder auf Schlaumeiereien verfällst, zeigt, dass es dir besser geht. Fast schon wieder der Alte.« Sie lachte leise. Stachelmann hörte Erleichterung heraus.

Sie tranken Tee und schwiegen eine Weile. Stachelmann mühte sich im lautlosen Dialog mit sich selbst, das Ereignis zu verstehen. Vielleicht war der Täter bereits verhaftet. Ein Verrückter, einer, der ausgeflippt war, dessen Nerven einem Stress nicht mehr standgehalten hatten. Warum hatte er sich die Universität ausgesucht? Warum nicht die Mönckebergstraße? Den Gänsemarkt? Den Hafen? War es ein ehemaliger Student? Einer, der durch eine Prüfung gefallen war? Der es nicht geschafft hatte? »Vielleicht so einer wie ich?«, sagte Stachelmann.

Anne schaute ihn fragend an.

»Na ja, einer, der nicht zu Potte kommt und sich einredet, es liege nicht an ihm, sondern an der Universität, die sein Genie verkenne, unterdrücke, du weißt, was ich meine.«

»Wie kommst du auf dich?«

»Ich gebe zu, es ist ein bisschen schief.«

»Eben. Du bist habilitiert, Herr Professor in spe! Es war zwar eine Würgerei, aber dafür am Ende mit Jauchzen und Frohlocken. Weißt du nicht mehr, wie Bohming gejubelt hat, als der Habilitationsausschuss dich beglückwünschte?«

Natürlich wusste er noch, wie sein Chef, der Lehrstuhlinhaber Professor Bohming mit dem Spitznamen »der Sagenhafte«, so getan hatte, als hätte eigentlich er die Habilitationsschrift verfasst oder als wäre sie wenigstens nie so gut geworden ohne seine Betreuung. Das war vor wenigen Wochen im Senatssitzungssaal im Hauptgebäude der Universität gewesen. Eine großartige Arbeit habe Stachelmann vorgelegt. Das sagte nicht nur Bohming, dessen Betreuung sich darin erschöpft hatte, Stachelmann immer wieder an den Abgabetermin zu erinnern. Andere munkelten von der Karriere, die Stachelmann unweigerlich bevorstehe. Nachdem der so lange habe bangen müssen um seine Vertragsverlängerung, würde es nun in Rekordzeit klappen. Keine Fragen, keine Einwände.

Am meisten bewegt hatte ihn Annes Lob. Er habe nicht nur eine gute Arbeit geschrieben, sondern gezeigt, dass auch ein Wissenschaftler nicht gleichgültig sein müsse gegenüber menschlicher Not, ohne dabei seinen Anspruch aufzugeben. Besonders die Darstellung des Falls Rohrschmidt habe sie gerührt. Das war ein Kölner Historiker, den die Gestapo im Herbst 1937 ins KZ Buchenwald verschleppte und der dort im Steinbruch zu Tode gequält wurde. Stachelmann hatte ihm eine lange Passage gewidmet, nachdem er bei Recherchen eher zufällig auf dieses Verbrechen gestoßen war. Ein Verbrechen unter Millionen und doch besonders bewegend, wohl weil es sich um einen Kollegen handelte.

So gut die Prüfung gelaufen war, nun musste er auf eine Berufung hoffen. Noch war er nicht Professor oder auch nur Privatdozent. Die Urkunde konnte er erst in ein paar Wochen abholen, die Bürokratie ließ sich Zeit. Und dann war er in Wahrheit nichts Halbes und nichts Ganzes. Seine Qualifikation für eine Professorenstelle hatte er nachgewiesen, auch wenn es eine Quälerei gewesen war. Aber ob er eine solche Position je einnehmen würde, das hing allein an der Berufung. Also an dem, worauf ein paar hundert Historiker-Privatdozenten schon seit langem vergeblich hofften. Stachelmann hatte sich nur in eine andere Warteschlange eingereiht.

»Du hast recht. Es wird nie wieder einer auf mich schießen. Ernsthaft verletzt wurde ich auch nicht, also kann ich jetzt Seminararbeiten lesen.« Er gähnte. Es gab nichts Langweiligeres als Seminararbeiten, in denen lustlose Studenten schrieben, was sie begriffen zu haben glaubten oder vortäuschten. Meistens war es irgendwo abgekupfert, aus dem Internet kopiert, oder es war ein aus Büchern zusammengeklaubtes Sammelsurium. Quellen guckte sich kaum ein Student an. Für ein späteres Dasein als Lehrer mochte es reichen. Aber Historiker würde kaum einer werden aus seinem Seminar. Da fiel es ihm schwer, Freude an seiner Lehrtätigkeit zu finden. Er stand auf und ging ins Schlafzimmer. Dort stand sein Laptop. Er schob Annes Notebook zur Seite, stellte seinen Computer auf und startete ihn, dann rief er seine Mails ab. Eine Mail fiel ihm gleich auf. In der Betreffzeile stand: *Stachelmann muss weg*. Er erschrak, dann glaubte er es nicht. Aber es stand da. Er öffnete die Mail. Sie enthielt nur eine Zeile: *Siehe de.sci.geschichte – Stachelmann-thread*. Er starrte die Zeile an. Was hieß das? Er begriff es nicht. Was heißt *thread*? *Faden*, dafür reichte sein Englisch. Der Stachelmann-Faden, was sollte das sein?

Er hatte nicht gemerkt, dass sie ins Zimmer gekommen war. Sie legte eine Hand auf seine Schulter. »Geht's voran?«

»Lies das. Was heißt das?«

Anne las und überlegte einen Augenblick. »Im Internet gibt es Diskussionsgruppen, das so genannte Usenet, die Abkürzung für *user network*. Die Diskussionsgruppe *de.sci.geschichte* kenne ich, die besuche ich oft, manchmal diskutiere ich sogar mit. Unter falschem Namen, wie ich zugeben muss. Es handelt sich um ein deutschsprachiges Forum über Geschichte. Das klingt toll, aber die Freude wird einem vergällt, wenn man mitkriegt, dass die Revisionisten, also Nazis und Halbnazis, wenigstens die Hälfte der Beiträge *posten*, wie das im Jargon heißt, also in die

Gruppe schicken. Es gibt natürlich auch die anderen Fraktionen bis hin zu Stalinisten. Ein *thread* ist nichts anderes als ein Diskussionsfaden, Beiträge, die sich aufeinander beziehen. Da hat also jemand etwas über dich geschrieben. Das heißt erst mal gar nichts. Allerdings, *Stachelmann muss weg*, das klingt eher unfreundlich.«

»Ich bewundere deinen Humor. Und wie erfahre ich, was in dieser Gruppe über mich steht?«

»Lass mich machen.« Sie zog an seinem Kragen. Er erhob sich und trat hinter den Stuhl, nachdem sie sich daraufgesetzt hatte. Sie klickte in abenteuerlicher Geschwindigkeit in Menüs und Fenstern des Mailprogramms. »Das kann man auch benutzen, um im *Usenet* mitzumischen.« In der linken Leiste stand nun unter den Mailordnern der Eintrag *News-Konto*. Sie klickte darauf, im Hauptfenster des Programms stand oben *Newsgruppen abonnieren*. Ein weiterer Klick öffnete ein Fenster, in dessen Eingabezeile sie als Suchbegriff *Geschichte* eintrug. Es dauerte nur wenige Sekunden, bis das Programm die Gruppe zeigte. »Da ist sie schon. Jetzt abonnieren wir die auch auf deinem Computer.« Sie klickte so schnell, dass er nicht mitkam. Er hatte vergessen, wie gut sie klarkam mit dem Internet. »So, das war's. Da ist auch schon der *thread*. Wobei das eine Übertreibung ist. Es ist nur ein einziger Beitrag, er stammt von vorgestern.« Sie klickte, um die Nachricht zu öffnen. Dann sagte sie: »Um Himmels willen! Das ist ein Verrückter. Kein Wunder, dass ihm niemand antwortet.«

Schweigend lasen sie die wenigen Zeilen, die ein Absender verfasst hatte, der sich hinter dem Kürzel E.T. verbarg:

Dr. Josef Maria Stachelmann nennt sich Historiker. Er ist aber ein Lügner. Seine Habilitationsschrift soll im Mai beim Schmid Verlag erscheinen. Darin verleumdet er die Opfer des Faschismus, vor allem die Häftlinge des KZ Buchenwald. Alle wirklichen

Antifaschisten müssen zusammen dafür kämpfen, dass Stachelmanns Lügen nie erscheinen.

»Dass Stachelmanns Lügen nie erscheinen«, las er noch einmal, diesmal laut. »Glaubst du jetzt auch, dass dieser schießwütige Irre mich meinte?«

2

Taut schüttelte den Kopf. Er thronte hinter dem Schreibtisch, sein Bauch hing über der Tischplatte. Er schüttelte noch einmal den Kopf. »Das ist verrückt«, sagte er. »Völlig verrückt.« Und er schüttelte ein drittes Mal den Kopf.

Auf seinem Schreibtisch lag der Ausdruck, den Stachelmann mitgebracht hatte.

»Gestern haben Sie das im Internet gefunden?«

»Jemand hat mir eine Mail geschickt mit dem Verweis auf diese Diskussionsgruppe, und in dieser Gruppe fand ich diesen Text.« Stachelmann deutete auf das Papier. »Der Absender nennt sich E.T., wie der Außerirdische in diesem Kinofilm.«

»Und Sie meinen, der Irre mit dem Gewehr habe Sie gemeint und habe auch dieses Pamphlet verfasst oder Ihnen wenigstens die Mail geschickt?«

Stachelmann zuckte die Achseln. »Alles andere kommt mir unwahrscheinlich vor. Sind Sie schon dran an dem Kerl?«

»Noch nicht so richtig«, sagte Taut. »Aber wir wissen einiges über ihn. Er hat offenbar mit einem Gewehr vom Typ G3 geschossen, wie es bei der Bundeswehr verwendet wird. Sagt jedenfalls die Kriminaltechnik. Es handelt sich womöglich um eine Version mit Zielfernrohr, ohne das kann man mit diesem Gewehr jenseits von dreihundert Metern angeblich nicht mehr viel treffen außer Elefanten. Aber im Von-Melle-Park waren es vom Dach bis zu Ihren Standorten nicht viel mehr als hundert Meter. Für einen geübten Schützen ein Kinderspiel.«

»Und woher kriegt man so ein Gewehr und die Munition?«

»Keine Ahnung«, sagte Taut. »Von den Dingern gibt es

Millionen. Und erinnern Sie sich noch an den Überfall auf das Waffenlager vor zig Jahren? Außerdem wurden die Dinger in aller Herren Länder exportiert. Wenn Sie Fernsehnachrichten aus Bürgerkriegsgebieten sehen, schauen Sie mal genau hin. Ohne das G3 gibt's kaum ein Massaker. G3 oder Kalaschnikow. Der Export solcher Waffen richtet mehr Schaden an als der von Panzern oder Kriegsschiffen. Leider kapiert das keiner. Was für ein Absender steht auf der Mail? Warum haben Sie die nicht auch mitgebracht?«

Er hatte sie vergessen. »Der Absender ist nicht herauszufinden. Meine Freundin sagt, es gebe Programme zur Anonymisierung von E-Mails, überhaupt um eigene Spuren im Internet zu verwischen.«

»Toll«, sagte Taut. »Alle drängen sich danach, der Polizei die Arbeit zu erleichtern. Ich erwarte stündlich, dass das BKA den Fall an sich zieht, natürlich nur, um den unterbelichteten Kollegen in Hamburg unter die Arme zu greifen. Dann fehlen noch der Staatsschutz und das Sammelsurium sämtlicher Geheimdienste, der BND wegen Waffenschmuggels, der MAD wegen der Benutzung einer Kriegswaffe, der Verfassungsschutz wegen eines möglichen Anschlags auf die FDGO. Die werden sich um diese Mail reißen. Aber solange ich noch ermitteln darf, möchte ich diesen Schrieb haben. Sie können ihn ja an den Kollegen Kurz weiterleiten, der kennt sich mit so was aus.« Taut kramte im Schreibtischschubfach und schob Stachelmann einen Zettel hin. »An diese Mailadresse.«

Stachelmann faltete das Blatt und steckte es in die Innentasche seines Jacketts.

»Schildern Sie doch noch einmal den Verlauf, so genau, wie Sie sich erinnern können.«

Stachelmann berichtete, was geschehen war. Er sagte aber nichts über seine Angst und dass er am Abend mit Anne ausgegangen war, was er schon auf der Schwelle der Haustür bereut hatte. Aber er hatte durchgehalten, wenn es auch seltsam ausgesehen haben mochte, wie er zum

Restaurant eilte, Anne fast hinter sich herzog, sich immer wieder umschaute, ob da nicht jemand war, wie er mit den Augen die Hausfenster absuchte, ob etwas blitzte, der Stahl eines Gewehrs.

Er hatte den Eindruck, dass seine Aussage der Polizei nicht helfen würde. Er hatte kaum etwas gesehen, nur die Frau in der Cafeteria und die Studenten, die am Eingang des Philosophenturms auf dem Boden lagen. »Er hat viermal auf mich geschossen.« Wie oft hatte er das schon gesagt?

»Ja«, sagte Taut. »Er fühlte sich vielleicht herausgefordert, weil er Sie beim ersten Mal nicht getroffen hatte und Sie sich in Deckung bringen wollten. Da konnte er seine Macht nicht mehr ausleben. Man muss sich das vorstellen« – er schloss die Augen –, »was manche Leute fühlen, wenn sie eine Waffe in der Hand halten. Herr über Leben und Tod.« Er öffnete die Augen wieder. »Sie haben Angst, dass es sich wiederholt?«

Stachelmann nickte.

»Und Ihnen ist dazu immer noch nichts und niemand eingefallen?«

»Nein«, sagte Stachelmann. »Ich habe nicht den Hauch einer Ahnung. Aber Angst.« Das Letztere war ihm herausgerutscht.

Taut schaute kurz auf von der Tischplatte, sagte aber nichts.

»Ich frage mich, wie dieser E.T. an meine Habilitationsschrift kommt.«

»Und wie?«, fragte Taut. Er kannte die Bräuche an Universitäten nicht.

»Die ist noch nicht veröffentlicht. Es gibt ein paar Kopien für die Prüfer, vielleicht haben es welche von denen noch anderen zu lesen gegeben. Und die Leute im Verlag kennen das Manuskript.«

»Das heißt, der Kreis derjenigen, die Ihre Arbeit gelesen haben können, ist überschaubar.«

»Ja.«

»Machen Sie mir eine Liste. Gleich jetzt und hier.« Er schob Stachelmann einen Schreibblock und einen Kugelschreiber über die Tischplatte.

Stachelmann schrieb die Namen der Prüfer auf, dann setzte er den Schmid Verlag auf die Liste. »Glauben Sie ernsthaft, einer der Prüfer oder Herr Schmid zetteln eine Internetkampagne gegen mich an? Oder legen sich aufs Dach der WiSo-Fakultät und ballern mit so einem G3 herum?«

»Eher nicht. Aber irgendwo müssen wir doch anfangen.«

»Natürlich.« Stachelmann erhob sich.

»Machen Sie eine Therapie«, sagte Taut.

»Mal sehen.«

Stachelmann gab Taut die Hand und verließ den Raum. Als er die Straße betrat, knallte es. Er zuckte zusammen, fast hätte er sich auf den Bürgersteig geworfen. Es knallte wieder, und er entdeckte einen alten Benz, dessen Auspuff qualmte. Beim dritten Knall erschrak er nicht mehr. Aber er war froh, als das Taxi kam, das der Pförtner für ihn bestellt hatte.

Zurück bei Anne, berichtete er knapp von seinem Gespräch mit Taut und setzte sich ans Notebook. Felix spielte im Wohnzimmer. Anne stellte sich hinter ihn, als Stachelmann die Diskussionsgruppe Geschichte öffnete. Ein Pluszeichen vor dem Eingangsbeitrag im *Stachelmann-thread* zeigte an, dass jemand geantwortet hatte. Dieser Jemand nannte sich *Günther Weigand*, und er schrieb:

Hier postet man unter Klarnamen. Denunziationen sind feige. Also: Klarnamen nennen oder Maul halten.

»Stimmt, im Usenet ist es verpönt, unter falschem Namen zu posten«, sagte Anne. »Aber ein schlechtes Gewissen habe ich deswegen nicht.«

»Was ist das nur für ein Jargon!«, sagte Stachelmann. »Kriegt man raus, wer dieser E.T. ist?«

»Bestimmt nicht. Das hat der irgendwo in einem Internetcafé geschrieben oder wo heutzutage überall Computer mit Netzanschluss herumstehen.«

»Woher weißt du das alles?«

»Du kennst nur meine wenigen Schwächen.« Sie grinste. »Aber die sind eigentlich auch nur verkannte Stärken.«

»Schön, dass es wenigstens einer hier nicht an Selbstbewusstsein mangelt. Wir werden in den nächsten Tagen beobachten, ob E.T. den Mumm hat, sich vorzustellen. Aber was, verdammt, meint der Kerl? In keiner Zeile meiner Arbeit tue ich irgendeinem KZ-Opfer etwas an. Oder hast du was anderes gelesen? Und, überhaupt, meine Arbeit ist noch gar nicht veröffentlicht. Woher kennt er sie?«

»Das ist komisch. Wer weiß, wer sie alles kopiert und weitergegeben hat. Aber vielleicht hat dieser Bekloppte auch nur irgendwas gehört und es in den falschen Hals bekommen.«

»Wenn E.T. auf mich geschossen hat, weil ihm meine Habilschrift nicht gefällt, dann muss ich damit rechnen, dass er es wieder versucht.«

Er stand auf und ging zum Fenster. Schneeflocken wirbelten die Straße entlang. Der Winter war mild gewesen in diesem Jahr, aber er wollte nicht aufhören. Unten eilte eine Frau mit einer Einkaufstasche vorbei. Ob E.T. sich hier herumtrieb? Wenn er seine Arbeit kannte, die noch nicht veröffentlicht war, wusste er vielleicht auch, dass Stachelmann zurzeit meistens bei Anne wohnte. Er wollte zeigen, dass er zusammen mit ihr und Felix leben konnte, nachdem er letzten Sommer eine Krise verursacht hatte, weil er nicht mit in den Urlaub gefahren war, sondern nach Heidelberg. Da wäre ihre Liebe fast gescheitert. Aber in den letzten Wochen ging es besser, er glaubte auch, sich an Felix gewöhnen zu können, zumal der nicht mehr so viel schrie.

Dann trat er schnell vom Fenster zurück, zog den Vorhang zu und linste durch einen seitlichen Spalt hinaus. »Da war etwas, in dem Haus gegenüber.«

»Wo der Gemüseladen ist?«

»Ja. Ich habe es deutlich gesehen.«

Anne stellte sich neben ihn, zog die Vorhänge auf. Er spürte, wie die Angst ihn lähmte. »Pass auf!«, sagte er leise, als dürfte es niemand hören außer Anne.

»Du meinst im dritten Stock«, sagte Anne.

»Ja.«

»Da ist jemand mit einem Staubsauger zugange. Sonst sehe ich nichts.«

Stachelmann zögerte, dann sagte er: »Sicher?«

»Ja.«

»Hm.«

»Es ist normal, dass du jetzt überall diesen Irren vermutest. Versuch zu arbeiten. Vielleicht solltest du tatsächlich eine Therapie machen, Verfolgungswahn ist bestimmt heilbar.«

Da packte ihn der Zorn. »Du glaubst mir nicht. Du hast vergessen, dass mich schon mehrfach Leute bedroht haben. Einmal wurde ich auf die U-Bahn-Gleise gestoßen, dann sollte ich im Krankenhaus ermordet werden, dann ist dieser Wahnsinnige in meine Wohnung eingebrochen, um CDs aufzulegen, damit ich auch wirklich merkte, dass er eingebrochen ist. Nicht zu vergessen, erinnerst du dich nicht mehr an die Leiche, die diese Leute mir in den Kofferraum gelegt haben? Und dann sollte ich sogar vergiftet werden! Alles schon vergessen?«

Sie schaute ihn traurig an, drehte sich weg und ging hinaus.

»Und dann einfach das Gespräch abbrechen, wenn es anders läuft als erwünscht. Toll!«, rief er ihr hinterher.

Er bereute gleich seinen Ausbruch, aber entschuldigen wollte er sich nicht. Er packte den Laptop in seine Aktentasche und verließ die Wohnung. Erst wollte er die Tür zuknallen, dann aber drückte er sie leise ins Schloss. Er lief auf der Grindelallee zur Bahn, um den Von-Melle-Park zu umgehen. Obwohl das der sicherste Ort der Welt war; der Schütze würde dort kein zweites Mal zu schießen wagen, zumindest jetzt nicht, wo es an der Uni von Polizei wimmelte. Würde Stachelmann den Von-Melle-Park und den Philosophenturm jemals wieder betreten können? Ich muss hier weg, dachte er. Nichts wie weg. Du wirst verrückt, wenn du den Anschlag nicht verdrängen kannst. Aber wie soll man ihn verdrängen, wenn man fast jeden Werktag dort ist, wo geschossen wurde? So würde er die Bilder nicht aus dem Kopf treiben können. Du musst weg.

Stachelmann schwitzte, er war schnell gelaufen, die Angst machte ihm Beine. Im Dammtorbahnhof hechelte er, der Schweiß nässte das Hemd, die Haare klebten an der Kopfhaut. In der S-Bahn setzte er sich ans Wagenende, um alles überblicken zu können. Im Hauptbahnhof rannte er zum Gleis 7b, der Zug nach Lübeck wartete schon. Er betrat das Großraumabteil der ersten Klasse, hängte den Mantel an einen Haken der Garderobe, schnaufte und setzte sich an den Tisch. Drei Männer waren ins Gespräch vertieft, Stachelmann kannte ihre Gesichter von vielen Bahnfahrten zwischen Hamburg und Lübeck. Wäre er allein gewesen, hätte er mehr Angst gehabt. Er lehnte sich zurück, schloss die Augen und mühte sich zu begreifen, was geschehen war. Sein Leben hatte sich geändert binnen kürzester Zeit. Er würde es nicht mehr aushalten in Hamburg. Er war endlich so gut wie habilitiert und konnte sich an einer anderen Universität bewerben. Vielleicht in Heidelberg? Nein, da hatte er zu viel Unerfreuliches erlebt. Irgendwo hatte er gehört, man solle nicht zurückkehren zu früheren Lebensstationen. Berlin? Ja, warum eigentlich nicht Berlin? Aber dann schalt er sich einen Spinner. Du kannst froh sein, wenn du überhaupt eine Stelle bekommst. Die Wahrscheinlichkeit, einen Lehrstuhl zu ergattern, lag bestenfalls bei eins zu tausend.

Die Türen knallten zu, es ruckelte, der Zug schlich aus dem Hauptbahnhof. Kaum hatte er die Halle verlassen, tanzten Schneeflocken im Fahrtwind. Er schaute hinaus auf die S-Bahnhöfe, die der Zug passierte. Am frühen Nachmittag war es grau, der Schnee verwandelte sich in Matsch. Auch die Menschen erschienen ihm grau.

In Lübeck stieg er aus. Er eilte die provisorische Stahltreppe am Bahnsteig hinauf in die ebenso provisorische Bahnhofshalle. Oben drehte er sich um und betrachtete die Menschen, die ihm folgten. Niemand beachtete ihn, und keiner fiel ihm auf. Aber wenn der Irre seine Adresse kannte und schon am Haus wartete? Sein erster Impuls war, in den Zug zu steigen und nach Hamburg zurückzufahren. Vielleicht konnte er bei seiner Mutter in Reinbek übernachten. Aber damit würde er sie in Gefahr bringen. Sie war noch schwach von den Krebsoperationen, und manchmal fürchtete er, sie würde sich nicht mehr erholen. Er entschloss sich, doch nach Hause zu gehen. Die Gefahr dort war nicht größer als anderswo, wo er zudem andere Menschen gefährdete. Er hetzte über die Puppenbrücke, Möwen schwammen auf der Stadttrave, immer wieder blieb er stehen und schaute sich um. Aber wodurch könnte ein Mörder sich verraten, wodurch könnte Stachelmann ihn erkennen? Die Angst wuchs, je näher er dem Haus in der Lichten Querstraße kam, in dem seine Wohnung lag. Fast schlich er sich ein Stück an, dann rannte er los, aber vor dem Haus fiel ihm der Schlüsselbund auf den Bürgersteig, ausgerechnet in eine Pfütze. Die Hand zitterte, jetzt wäre der Augenblick gekommen, wo der andere ihn abschießen konnte wie ein Karnickel. Stachelmann hob den Schlüsselbund auf, er war nass geworden, und schüttelte ihn. Diesmal schaffte er es, den Schlüssel ins Schloss zu stecken. Er drehte ihn um, trat in den Flur, drückte die Haustür zu, schloss ab und nahm zwei Treppenstufen mit einem Schritt. Erst als er in seiner Wohnung auf dem Sofa saß, fühlte er sich besser.

Er durchdachte wieder und wieder, was geschehen war. Er hörte wieder den Aufschlag der Geschosse auf dem Pflaster. Warum hat er dich verfehlt?

Da fiel ihm ein, er musste die Mail an den Kommissar Kurz weiterleiten. Er packte den Laptop aus und wartete, bis er gebootet hatte. Dann kramte er in der Jacketttasche nach dem Zettel, den Taut ihm gegeben hatte. Als er ihn endlich gefunden hatte, sandte er die geheimnisvolle Mail an den Kripomann. Der würde damit nichts anfangen können. Stachelmann ging in die Diskussionsgruppe, es waren zwei neue Diskussionsbeiträge aufgetaucht. Ein *Leo Müller*, wenn er denn so hieß, beschwerte sich:

Nach den Trolls, die hier die Luft verpesten, kommen die Spinner. Wer ist denn dieser Stachelmann? Um was für einen Text geht es? Und was ist daran so schrecklich? Vielleicht erklärt einem das mal einer in einem Deutsch, das auch ich kapiere.

Und dann ein Beitrag – Stachelmanns Hände begannen zu zittern – von E.T.:

Was soll das Gemecker? Wehret den Anfängen! Dieser Stachelmann ist Historiker an der Uni Hamburg, er hat eine Habilitationsschrift verfasst, in der die im KZ Buchenwald gequälten Antifaschisten verhöhnt werden. Reicht das nicht als Grund? Die Arbeit darf nirgendwo erscheinen. Wer das erst mal lesen will, fordert doch, dass die Sudelschrift veröffentlicht wird. Aber damit auch die Holzköpfe es kapieren, werde ich morgen ein paar Zitate liefern. Und wenn es dann noch nicht klar ist, gute Nacht.

Ach ja, ich heiße E.T. Den Namen habe ich mir in eigener Souveränität gegeben. Dem Staat spreche ich nicht nur das Gewaltmonopol ab, sondern auch das Recht, über meinen Namen zu bestimmen. Mal was von Konsequenz gehört?

Übrigens, der Philosophenturm an der Hamburger Uni ist echt interessant. Wer's nicht glaubt, sollte ihn sich mal angucken.

Wer war E.T.? Stachelmann überlegte, wer seine Arbeit kennen konnte. Aber er hatte schon alle Möglichkeiten bedacht, neue fielen ihm nicht ein. War E.T. der Schütze? Er las noch mal dessen Beitrag, das klang verrückt, aber irgendwie las es sich nicht wie die Erklärung eines Killers.

Das Telefon klingelte. Er nahm das Mobilteil ans Ohr.

»Stachelmann.«

»*Bild* Hamburg. Auf Sie wurde geschossen?« Eine schnarrende Männerstimme.

Stachelmann legte auf. Gleich klingelte es wieder.

»Wenn Sie Wert auf eine wahrheitsgemäße Berichterstattung legen, sollten Sie mit mir reden«, schnarrte es.

»Wollen Sie mich erpressen? Wenn ich nicht mit Ihnen rede, lügen Sie. Tun Sie das nicht sowieso?«

»Was denken Sie, wer hat warum auf Sie geschossen?«

Stachelmann legte auf. Es klingelte.

»Wir geben Ihnen die Chance, Ihre Sicht der Dinge darzulegen«, schnarrte es aus dem Hörer. »Aber wenn Sie nicht wollen …«

Stachelmann legte auf, dann zog er den Telefonstecker aus der Wandbuchse.

Es klingelte an der Haustür. »Verdammt!«, schimpfte Stachelmann vor sich hin, während er in den Flur ging und in die Gegensprechanlage nur »Ja?« sagte.

»Die Polizei, bitte öffnen Sie.«

Stachelmann drückte auf den Türöffner und bereute es sofort. War es wirklich die Polizei? Er starrte durch den Türspion, tatsächlich erschienen zwei Männer in Polizeiuniform.

»Halten Sie Ihren Dienstausweis vor den Spion!«, rief Stachelmann durch die Tür. Die Angst nässte ihm den Körper. Er beobachtete durch den Spion, wie ein Beamter seinen Ausweis aus der Brusttasche der Lederjacke nestelte und ihn so hielt, dass Stachelmann ihn sehen konnte. Er zögerte, schließlich konnte er den Ausweis in der Weitwinkeloptik nicht lesen, dann öffnete er die Tür. Die

Polizisten betraten den Flur. Stachelmann bildete sich ein, die beiden schon einmal gesehen zu haben.

»Wir haben den Auftrag, ein wenig auf Sie aufzupassen. Wundern Sie sich also nicht, wenn ein Dienstfahrzeug vor der Tür steht«, sagte der eine Polizist, dick und groß, aber mit erstaunlich heller Stimme.

»Wer hat Sie beauftragt?«

»Die Hamburger Kollegen. Genaueres weiß ich nicht. Nur, dass ein Irrer auf Sie geschossen hat und es vielleicht wiederholt.«

»Danke«, sagte Stachelmann.

Die beiden zogen ab, und Stachelmann schloss die Tür. Er kehrte zurück ins Wohnzimmer und setzte sich wieder aufs Sofa. Dass er nun bewacht wurde, beruhigte ihn nicht. Im Gegenteil, es unterstrich, wie ernst seine Lage war. Schon wieder. Es war gerade ein paar Monate her, dass er sich mit Verbrechen und Verbrechern herumschlagen hatte müssen, nun ging es wieder los. Warum konnte er nicht endlich in Ruhe arbeiten? Er hatte genug zu tun. Jetzt musste er sehen, dass er sich bewarb, sofern Bohming nicht doch sein Versprechen wahr machte, ihn demnächst als Nachfolger einzusetzen. Auf einem kleinen Umweg über eine andere Uni, wie der Ordinarius gesagt hatte. Weil Hausberufungen nicht möglich waren. Wahrscheinlich hatte Bohming so getönt, weil er glaubte, Stachelmann werde nie fertig mit seiner Habilitation. Jedenfalls hatte der Sagenhafte in letzter Zeit kein Wort mehr darüber verloren. Aber das Manöver musste jetzt eingeleitet werden, sonst war Stachelmann über kurz oder lang arbeitslos. Arbeitslose Privatdozenten und Professoren gab es genug. Sie würden ihm den Vertrag noch einmal verlängern, gewiss. Und dann? Aber im Augenblick wollte er nicht einmal das, er wollte einfach nur weg.

Er hatte nur Ärger und Sorgen. Lohnte sich ein solches Leben? Lohnte es sich? Er dachte an Ossi, seinen Freund bei der Kriminalpolizei, der tot war. Der hatte es hinter sich. Aber die Trübnis lenkte ihn nur kurz ab von der Angst.

In der Nacht schlief er kaum. Was meinte E.T., als er schrieb, man solle sich den Philosophenturm anschauen? Stachelmann war ungeduldig. Welchen Anschlag plante dieser Irre jetzt? Würde er wieder herumballern? Gegen vier Uhr am Morgen kam ihm eine Idee. Er würde E.T. antworten in dieser Diskussionsgruppe, er würde ihn stellen. Aber dann fiel ihm ein, dass der Zitate aus seiner Arbeit veröffentlichen wollte. So lange musste Stachelmann warten, denn wenn es wirklich Zitate waren, dann konnte er darauf eingehen. Musste er vorher die Polizei fragen? Er schüttelte den Kopf auf dem Kissen. Nein, das war seine Sache. Aber wenn er E.T. dadurch reizte, brachte sich Stachelmann dann nicht noch mehr in Gefahr? So gut war die Idee doch nicht. Nein, er würde weiter warten und schauen, was geschah. Vielleicht würde sich demnächst eine Gelegenheit ergeben, etwas zu tun. Er fiel in einen unruhigen Schlaf.

Die Gelenke waren steifer als sonst, als er aufwachte. Er stützte sich aufs Bett beim Aufstehen. Er beugte und streckte Arme und Beine, bis er sich beweglicher fühlte. Da fiel ihm der Anrufer von der *Bild*-Zeitung ein. Was würde sie schreiben in großen Lettern? Im Bademantel ging er die Treppe hinunter zum Briefkasten und überflog die *Lübecker Nachrichten*, während er die Treppe hochstieg. Auf der Titelseite ein Bericht über die »Schießerei an der Hamburger Universität«. Die Schlagzeile ärgerte ihn, es klang so, als hätten Leute aufeinander geschossen. Dabei hatte ein Irrer sich den Von-Melle-Park als Menschenjagdrevier ausgesucht. Stachelmann setzte sich an den Küchentisch und las den Artikel konzentriert. Etwa in der Mitte wurde angedeutet, dass die Schüsse möglicherweise einer Lehrkraft des Historischen Seminars gegolten hatten. Die Polizei verfolge aber auch andere Spuren. Sie halte es für wahrscheinlich, dass der Täter ein ehemaliger Bundeswehrsoldat sei. Stachelmann musste grinsen. Wie viele Millionen Männer hatten das G3 in der Grundausbildung bei der Bundeswehr bedienen gelernt? Und wie viele Leute im Ausland hatten Unheil angerichtet mit diesem Gewehr? Da konnte die Polizei ewig ermitteln. Aber für so dumm hielt er Taut und seine Kollegen nicht. Sie hatten der Presse ein bisschen Futter gegeben.

Er legte die Zeitung beiseite und überlegte zum x-ten Mal, was hinter den Schüssen stecken mochte. Aber alles, was ihm einfiel, roch zu stark nach Kino oder einem dieser Politkrimis, die jetzt so in Mode waren. Dass er unabsichtlich ein Nazi-Netzwerk in Panik versetzt hatte und diese Leute sich nun als Antifaschisten tarnten, um ihn auszuschalten. Dass dem Sohn oder Enkel eines KZ-Häftlings irgendeine Aussage in seiner Arbeit nicht passte, weil er glaubte, die Ehre des Vaters oder Großvaters werde befleckt. Dass dieser E.T. einfach ein durchgeknallter Wichtigtuer war, der auf Stachelmann eifersüchtig war, weil der es geschafft hatte. So was gab es nur in Filmen. Doch hatten Filme etwa keinen Einfluss auf die Wirklichkeit? Er erinnerte sich an Bilder aus dem jugoslawischen Bürgerkrieg, auf denen er Soldaten entdeckt hatte, die sich zurechtgemacht hatten wie Rambo oder andere Vorbilder aus Kriegsfilmen. Sie wollten so sein wie ihre Filmhelden. Und wenn der Schütze vom Von-Melle-Park auch einem Vorbild folgte? Ja, vielleicht war es wie im Kino, wie in einem schlechten Film. Wer kannte solche Filme? Stachelmann überlegte, aber ihm fiel niemand ein, der ihm weiterhelfen konnte. Er schaute sich Kriegsfilme nicht an, weder die seriösen noch die unseriösen.

E.T.s Ankündigung fiel ihm wieder ein. Wer könne, solle sich den Philosophenturm angucken. Was bedeutete es? Stachelmann griff zum Telefon, aber dann schaute er auf die Uhr. Viel zu früh, um dort anzurufen. Er schlug sich an den Kopf. Warum hatte er die Polizei nicht informiert, dass E.T. etwas plante am Philosophenturm? Weil dieser *Bild*-Zeitungs-Typ ihn abgelenkt hatte. Aber das ist nicht die ganze Wahrheit. Wahr ist, dass du durcheinander bist, nicht weißt, was du tust. Der Grund dafür ist die Angst. Sie lässt dich Fehler machen, welche die Angst nur weiter verstärken. Wenn jemand dich zugrunde richtet, dann du selbst. Auch wenn sich in dir alles dagegen wehrt, diesen Irrsinn anzunehmen, du musst akzeptieren, dass die Dinge so sind. Dass einer hinter dir her ist. Wieder. Dass der Grund dafür deine Habilschrift ist. Da wehrte sich sein Verstand. Der Grund ist, dass der Typ verrückt ist. Dass er etwas in deiner Arbeit vielleicht so versteht, wie er es verstehen will. Du kannst lange nach Stellen suchen, die in Frage kämen, es würde nichts nutzen. Weil du nicht weißt, wie der Kerl das liest und versteht. Es gibt keine Eindeutigkeit, nicht einmal in deinem Text, der Leser nimmt nicht nur auf, das Lesen selbst prägt das Verständnis. Genauso wichtig wie dein Text ist das Vorverständnis des Lesers, dieses Lesers, der ein potenzieller Killer ist. Man müsste in seinen Kopf schlüpfen, um ihm so auf die Spur zu kommen. Stachelmann lachte resignierend. Wenn man ihm in den Kopf schlüpft, hat man ihn schon, dann braucht man ihn nicht mehr zu suchen.

Er blätterte in der Zeitung, um die Zeit totzuschlagen. Das Hirn arbeitete weiter, vor allem die Angst. Sollte er heute nach Hamburg fahren? War es nicht zu gefährlich?

Er stand auf, ging ins Wohnzimmer, setzte sich an den Schreibtisch, schaltete den Laptop ein und rief die Geschichts-Diskussionsgruppe auf. Wieder ein neuer Eintrag. Ein *Kyffhäuser* zitierte einen Teil von E.T.s letztem Schreiben und kommentierte:

E.T. schrieb:
›Übrigens, der Philosophenturm an der Hamburger Uni ist echt interessant. Wer's nicht glaubt, sollte ihn sich mal angucken.‹

War da. Geil, echt geil! Und überall Bullen! Wie im Zoo!

Jetzt hielt er es nicht mehr aus, er musste zur Uni trotz seiner Angst. Eilig zog er sich an, steckte den Laptop in die Aktentasche und ging hinaus ins Schneetreiben. Flocken tanzten im Schein der Straßenlaternen und schmolzen, wenn sie auf dem Asphalt landeten. Das Wasser sammelte sich in Pfützen. Gedankenverloren tappte Stachelmann in eine Pfütze, bald drang die kalte Feuchtigkeit durch Schuh und Socke. Das Hosenbein war nassgespritzt, Schmutzflecken würden bleiben. Im Zug nestelte er in seinen Taschen, holte den Computer aus der Aktentasche und steckte ihn wieder hinein. Ihm gegenüber saß eine Frau mittleren Alters mit einer Wintermütze, die beobachtete, was er trieb. Er glaubte, sie belächelte ihn insgeheim. Nachdem er endlich am Dammtor aus der S-Bahn gestiegen war, rannte er fast zur Universität. Bald sah er Polizeiautos. Der Eingang zum Philosophenturm war abgesperrt mit einem weißroten Band. Innerhalb der Absperrung erkannte Stachelmann Leute der Mordkommission. Auch Taut war gekommen. Stachelmann ging zu einem Beamten, der die Absperrung vor einem Haufen von Neugierigen bewachte, und verlangte, mit Taut zu sprechen. Der Polizist ging zu Taut und zeigte auf Stachelmann. Taut winkte ihn heran. Stachelmann hob das Band und passierte die Absperrung. Jetzt sah er die Schmiererei am Philosophenturm. In Blutrot stand dort: *Stachelmann raus! Nazis raus!* Und dann noch ein riesiges Hitlergesicht, erkennbar an Schnurrbart und Stirnsträhne.

Stachelmann starrte auf das Graffito. Ihm schien es, als bildete er es sich ein. Das konnte da nicht stehen. Unmöglich. *Stachelmann raus! Nazis raus!*

»Was meinen Sie?«, fragte Taut.

Stachelmann zuckte die Achseln.

»Haben die Lübecker Kollegen sich bei Ihnen gemeldet?«

Stachelmann stutzte, dann fiel ihm der Polizeibesuch ein. »Ja.«

»Ich halte es für notwendig, Ihnen Schutz zu geben. Jetzt erst recht.« Er deutete auf die Inschrift. »Am liebsten wäre es mir, Sie blieben die kommende Zeit zu Hause. Wenn Sie unterwegs sind, ist es schwierig, auf Sie aufzupassen.«

Stachelmann antwortete nicht. Er wusste nicht, was er tun sollte. Dann fragte er: »Sie sind sicher, dass E.T. der schießwütige Irre ist oder etwas mit dem hier zu tun hat?«

»Nein, aber weil wir es nicht ausschließen können, dass da jemand Jagd auf Sie macht.«

Stachelmann lief es kalt den Rücken hinunter.

Taut schnäuzte sich. »Und ob es E.T. ist oder nicht, Sie sind in Gefahr.«

Sie sind in Gefahr, wiederholte Stachelmann in Gedanken. Er fühlte nichts, nicht einmal Angst. Als stünde er neben sich. Er schaute noch einmal auf das Graffito und fand es riesengroß. Ein Polizeifotograf blitzte immer wieder.

Stachelmann ließ Taut stehen und betrat den Philosophenturm. Im Aufzug betrachteten zwei Polizisten die Kritzeleien. Eine große Schrift, wie von einem Grundschüler, der sich mühte: *Wir brauchen keine Revisionisten! Hau ab, Stachelmann!*

Er nahm es zur Kenntnis ohne eine Regung. »Ich bin dieser Stachelmann. Wo noch?«, fragte er die Polizisten.

»Oben an der Wand, neben Ihrem Büro.«

Stachelmann las Mitleid und Neugier im Blick des jungen Polizisten, dessen Mütze und Jacke durchnässt waren.

Der Aufzug fuhr nach oben. Niemand sagte etwas. Stachelmann versuchte etwas zu fühlen, aber er war kalt und leer. Tatsächlich stand an der Wand neben der Tür seines

Zimmers *Hau ab!*. Stachelmann schloss die Tür auf, ging hinein und suchte nach Spuren. Offenbar war niemand eingedrungen, immerhin.

Er wählte Annes Nummer und erzählte ihr, was geschehen war.

»Du kannst bei mir bleiben«, sagte sie fast tonlos.

»Nein, dann seid ihr auch in Gefahr. Das muss ich allein klären.«

»Du willst doch nicht schon wieder …«

»Nein, ich will nicht Detektiv spielen. Das wollte ich noch nie.«

»Aha«, sagte Anne. Das mochte heißen, es ist nun also wie immer und es endet wie immer.

»Wenn E.T. gefunden ist, ist der Spuk vorbei.«

»Überlass es der Polizei.«

»Natürlich«, sagte Stachelmann. »Vielleicht kannst du herkommen, und wir schauen uns diesen so genannten *thread* in der Diskussionsgruppe noch einmal an.«

Schweigen. Dann sagte sie: »Gut, ich bring Felix unter, dann komme ich.«

Er war erleichtert. Dann fiel ihm ein, dass die Polizei den Philosophenturm abgesperrt hatte. Er trat hinaus in den Flur, entdeckte einen Polizisten und bat ihn, den Hauptkommissar Taut zu unterrichten, damit Frau Derling in den Philosophenturm hineingelassen würde. Der Beamte sprach in sein Handfunkgerät. Nach wenigen Sekunden erklang krächzend »In Ordnung« aus dem Lautsprecher.

Stachelmann setzte sich an seinen Schreibtisch und schaltete den PC ein. Er fand die Diskussionsgruppe. Ein neuer Eintrag, von einem *Doppelwhopper*:

Kann das in HH leider nicht sehen. Macht Fotos und zeigt die beim Treffen am Krema.

Er schaute diese Zeile lange an und überlegte, was das *Krema* sein könnte. Dann wusste er es. Ein Krematorium.

Es gab also ein Treffen an einem Krematorium. Krematorien fand man auf Friedhöfen. Und in KZs. Er war ein Stück weiter. Wieder öffnete er die Tür seines Büros. Aber er sah keinen Polizisten mehr. Er fuhr wieder hinunter im Aufzug, überwand eine Angstattacke, als er ins Freie trat, und hetzte zu Taut, der in einer Gruppe von zivilen und uniformierten Polizisten stand. »Eine Nachricht!«, rief Stachelmann.

Taut schaute ihn fragend an, und Stachelmann erklärte, was er entdeckt hatte.

»Wo ist der Kollege Kurz?«, rief Taut.

»Hier!«, antwortete Kurz, der wenige Meter entfernt mit Leuten der Kriminaltechnik redete. Als Kurz herbeigeeilt war, schickte ihn Taut zu Stachelmanns Büro. »Da steht was im Computer«, sagte Taut. Und Stachelmann verstand, dass Taut PCs für Teufelszeug hielt.

Kurz und Stachelmann fuhren im Aufzug hoch. Kurz setzte sich an den PC, las und pfiff immer wieder leise. »Da hat jemand einen Fehler gemacht«, sagte er. Er schaltete den Drucker ein und druckte den *thread* aus.

In das Geräusch des Druckers hinein sagte er: »Und wieder einer.«

Ein neues *posting*, diesmal von E.T. Der zitierte die letzte Bemerkung und schrieb:

Ich würde gleich die genaue Anschrift veröffentlichen, du Idiot. Die Bullen lesen mit. Ich sage dir, was sie durch deine Dummheit jetzt schon wissen:

1. *Wir sind eine Gruppe.*
2. *Wir treffen uns regelmäßig.*
3. *Der Treffpunkt ist ein Krematorium.*
4. *Also ist der Treffpunkt auf einem Friedhof oder in einem KZ.*

»Stimmt«, sagte Kurz, »das wissen wir immerhin. Aber jetzt werden die sich nicht mehr dort treffen.«

»Und wenn das nur ein besonders raffiniertes Ablenkungsmanöver ist?«

Kurz warf Stachelmann einen Blick zu. Dann sagte er: »Möglich ist alles. Aber wahrscheinlich ist das nicht. Das sind ziemlich chaotische Diskussionen, öffentlich, jeder kann mitmachen, da lässt sich so ein Manöver schlecht organisieren.«

»Aber betrachten Sie einmal, wie schnell die Beiträge nacheinander gekommen sind. Da kann schon jemand dahinterstecken. Und wenn sich andere Leute in die Diskussion verirren, macht das nichts. Die Fremden können keine Informationen lancieren, die diese Gruppe betreffen. Ihre Teilnahme verwirrt nur andere Leser, die nicht auseinanderhalten können, wer zur Gruppe gehört und wer nicht.«

Kurz wiegte seinen Kopf. »Ausschließen kann man es nicht«, sagte er dann in einem Ton, der zeigte, dass er darüber nicht mehr sprechen wollte. Er nahm den Ausdruck, faltete ihn und steckte ihn in seine Manteltasche. »Tschüs!«

Stachelmann starrte auf den Bildschirm, als würde der ihm etwas verraten. Da entdeckte er einen weiteren Diskussionsbeitrag, wieder von *Günther Weigand*:

Nochmal, ihr Feiglinge. Klarname oder Maul halten.

Eines war gewiss, der gehörte nicht zur Gruppe. Und wahrscheinlich hieß er wirklich so.

Es klopfte, und Anne trat ein. »Nun, Meister, neue Erkenntnisse?« Sie wollte ihm helfen, indem sie witzelte. Oder sie wollte sich selbst helfen. Aber es hörte sich lau an.

Stachelmann schüttelte den Kopf und starrte weiter auf den Bildschirm. »Ich habe den Eindruck, die Polizei glaubt, diese *postings*« – er zog das Wort in die Länge, um zu zeigen, dass er es nicht mochte – »hätten nichts zu tun mit der Schießerei.«

»Sicher?«

»Nein. Aber du hättest diesen Kurz, einen von Tauts Leuten, sehen sollen. Das hat den nicht sonderlich interessiert.«

»Vielleicht hat er recht. Wer Leute umbringt, will sich verstecken und nicht weitere Spuren hinterlassen.«

»Mag sein. Aber erklär mir, warum die Dinge sich ereignen, als wären sie zeitlich genau aufeinander abgestimmt. Erst diese Diskussion, dann die Schüsse. Und die Schmierereien.«

»Hab ich gesehen«, sagte Anne. »In dieser Hinsicht liegst du wohl richtig. Drei Ereignisse, die mit dir zu tun haben, geschehen fast gleichzeitig. Ein Zufall ist das nicht. Vielleicht hat die Diskussionsgruppe den Schützen ermuntert, etwas zu tun. Vielleicht kennt er jemanden aus dieser Gruppe und hat sich anstecken lassen von deren Hass auf dich. Oder vielleicht ist E.T. der Schütze, gewissermaßen im Auftrag dieser seltsamen Gruppe, und die fabriziert nun die ideologische Begleitmusik.«

Stachelmann antwortete nicht. Die Gedanken kreisten in seinem Kopf. Er hielt dieses für wahrscheinlich, dann jenes, bald etwas ganz anderes, und das alles fast zur gleichen Zeit.

Sie saßen sich am Schreibtisch gegenüber und schwiegen. Er überlegte, warum ihm so etwas geschah. Andere Leute lebten vor sich hin, wurden nicht bedroht, gerieten nicht in Kriminalfälle, führten ein herrlich langweiliges Leben. Nichts ersehnte sich Stachelmann mehr als Langeweile. Er malte sich aus, wie es wäre, als C3-Professor Vorlesungen zu halten, sich in Seminaren von Studenten anöden zu lassen, denen gleichgültig war, was sie studierten. Warum war ihm das nicht vergönnt?

Er stand auf, schaute aus dem Fenster und sah unten nur noch wenige Polizisten. Er überlegte, ob er Taut anrufen sollte, um zu erfahren, was er herausgefunden hatte. Aber Taut war jetzt gewiss nicht ansprechbar.

Es klopfte an der Tür.
»Herein!«
Ein Polizeibeamter trat ein, hinter ihm ein zweiter.
»Herr Dr. Stachelmann?«
»Ja?«
»Wir passen ein bisschen auf Sie auf.« Der Beamte sprach so, wie man mit einem Kind spricht.
»Gut«, sagte Stachelmann. »Aber in diese Gegend wird der Irre sich nicht mehr trauen.«
Der Polizist nickte kaum merklich, antwortete aber nicht. Dann schloss er die Tür von außen.
»Gegen einen, der aus großer Entfernung schießt, hilft diese Bewachung nichts«, sagte Stachelmann.
»Und wenn du dir eine schusssichere Weste besorgst …«
»Und einen Helm.« Stachelmann lachte bitter. »Ich kann doch nicht gepanzert durch die Gegend laufen. So weit kriegt der mich nicht.«
»Trotz hilft auch nichts«, sagte Anne. Sie wollte das gesagt haben, obwohl sie wusste, dass Stachelmann stur sein konnte. Jetzt war er stur. Und vor allem zornig.
»So weit kriegt der mich nicht«, wiederholte Stachelmann.
»Willst du was essen?«
Stachelmann dachte an die Frau, die in der Cafeteria zusammengebrochen war. Ein Schock, der noch lange nachwirken dürfte. Er schüttelte den Kopf. Nein, Hunger war das Letzte, was er jetzt spürte. Dass sie an so etwas dachte. Jemand hat auf mich geschossen, jemand will mich von der Uni vertreiben, jemand will verhindern, dass meine Habilschrift veröffentlicht wird. Er dachte an die Mühe, die er in die Arbeit gesteckt hatte. Wie alles durcheinandergeraten war, als er sich in Heidelberg herumtrieb, statt die Arbeit fertig zu schreiben. Und wie er es dann doch geschafft hatte, auch wenn er überzeugt war, die Habilschrift sei schlecht, weit unter seinen Möglichkeiten. Ja, wenn er mehr Zeit gehabt hätte. Er erinnerte sich an die

Verteidigung, als die Mitglieder der Prüfungskommission und die wenigen Zuhörer ihm gratulierten und er sich schämte, weil er nicht das geleistet hatte, was er hätte leisten können. Außerdem traute er der Euphorie nicht, die diese Leute zeigten. Sie waren gewiss nur erleichtert, dass er es endlich geschafft hatte.

Anne schaute ihn unentwegt an, als wollte sie seine Gedanken lesen.

Er erschrak, als das Telefon klingelte.

»Herr Schmid würde Sie gerne sprechen«, säuselte eine Frauenstimme. Es knackte, dann: »Schmid.«

Die Stimme klang belegt. Schmid war sonst immer gut gelaunt gewesen, hatte Stachelmann mit Lob überschüttet und ihn bei jeder Gelegenheit an die enormen Erwartungen erinnert, die sein Verlag mit dem Buch verband.

»Guten Tag«, sagte Stachelmann.

»Ja, äh, wir haben da ein Problem.« Das Wörtchen »wir« hatte Schmid vorher nicht gekannt.

»Und welches?«

»Also, es fällt mir jetzt nicht leicht. Auf Sie wurde geschossen, hörte ich?«

Was wollte der Verleger?, fragte sich Stachelmann.

»Ja. Da hat ein Irrer im Von-Melle-Park geschossen.«

»Ich hoffe, Sie sind unverletzt.«

»Ja.« Instinktiv fasste er sich an die Pflaster im Gesicht.

»Es ist mir unangenehm, Herr Dr. Stachelmann.«

»Was ist Ihnen unangenehm?« Stachelmann begann sich zu ärgern. Warum sagte Schmid nicht einfach, was er wollte?

»Es geht um Menschenleben. Gemessen daran müssen andere Dinge zurückstehen.«

»Gewiss«, sagte Stachelmann ungeduldig.

»Wenn wir Ihr Buch veröffentlichen, dann sind meine Mitarbeiter in Gefahr. Wissen Sie, um mich mache ich mir natürlich keine Gedanken. Aber der Verlag, die Kollegen … Sie wissen, was ich meine.«

»Nein«, sagte Stachelmann, »ich weiß es nicht.«

»Ich habe einen Drohbrief bekommen. Mit ausgeschnittenen Buchstaben aus der Zeitung. Ich darf es Ihnen eigentlich nicht verraten. Die Leute, die uns diesen Brief geschickt haben, wollen nicht, dass er bekannt wird. Sonst hätten wir mit furchtbaren Folgen zu rechnen. Trotzdem habe ich es Ihnen gesagt. Ermessen Sie daraus das Vertrauen, das ich in Sie setze. Wenn der Spuk vorbei ist, werden wir Ihre Arbeit natürlich sofort veröffentlichen.«

»Aber Sie haben das Buch doch schon in Ihrer Programmvorschau angekündigt.«

»Schlimm genug«, sagte Schmid leise. »Es wäre schrecklich, wenn das diese Verbrecher mitbekommen. Dann müssten die glauben, das Buch werde doch erscheinen, und dann kann ich diesen Verlag dichtmachen. Wissen Sie, ich habe ihn von meinem Vater geerbt, der ihn durch die Nazizeit gebracht hat. Ich will nicht der Totengräber des Schmid Verlags werden.«

Kläglich verabschiedete sich Schmid. Er werde sich melden, sobald alles wieder in Ordnung sei. Ein Kurier werde nachher den Auflösungsvertrag bringen, den Stachelmann bitte unverzüglich unterschreiben und dem Kurier gleich wieder mitgeben solle. Die Vertragsauflösung erfolge natürlich pro forma.

Als Schmid aufgelegt hatte, schlug Stachelmann mit der Hand auf den Tisch. »So ein verfluchter Feigling. Das hättest du hören sollen.«

»Was ist?«, fragte Anne.

»Schmid will den Buchvertrag auflösen. Er wird erpresst, hat einen Brief gekriegt mit aus der Zeitung ausgeschnittenen Buchstaben, wie in einem Fernsehkrimi. Behauptet er jedenfalls.«

»Zur Vertragsauflösung gehören zwei«, sagte Anne.

»Der würde einen Weg finden, wie es einseitig geht. Nein, wenn der mein Buch nicht mehr will, dann kriegt es ein anderer Verlag.«

»Den du aber erst mal finden musst. Die müssen lesen und überlegen, und dann könnte es doch sein, dass sie auch Angst haben und unter einem Vorwand ablehnen. Passt nicht ins Verlagsprogramm oder ähnlicher Unsinn. Auf jeden Fall verlierst du Zeit.«

»Natürlich, aber das ist mir im Augenblick nicht so wichtig.« So gut wie gar nichts war ihm wichtig. Wenn er nur diese Schüsse aus dem Kopf bekommen könnte.

»Es wäre aber wichtig, wenn deine Arbeit bald erscheint.«

Er winkte ab. »Ob sie erscheint oder nicht, es ändert nichts daran, dass ich bald arbeitslos sein werde. Arbeitslos«, wiederholte er, schließlich musste er sich an das Wort gewöhnen.

»Quatsch«, sagte Anne. »Bohming …«

»Bohming lässt mich fallen wie eine heiße Kartoffel. Gerade jetzt wäre er mich lieber früher als später los. Der hat Schiss, wegen mir wurde geschossen, also muss ich hinauskomplimentiert werden. Und Nachfolger von dem werde ich sowieso nicht.«

»Aber er hat es doch versprochen.«

»Na und? Denk an den Griesbach, der hätte es werden sollen.« Aber Griesbach wurde nicht der Nachfolger, weil er tot war.

»Du hast ja auch Bohmings Geduld arg strapaziert.«

Stachelmann zuckte die Achseln und antwortete nicht. Sie hatte recht. Er hatte die Abgabe seiner Habilschrift immer wieder verschoben. Und Bohming hatte den Druck auf Stachelmann zunächst eher langsam erhöht und ihm schließlich doch ein Ultimatum gestellt. Natürlich war Stachelmann gekränkt gewesen, aber insgeheim gab er zu, ohne das Ultimatum säße er wahrscheinlich immer noch an der Arbeit. Aber dann hätte niemand auf ihn geschossen und eine Hetzjagd im Internet auf ihn veranstaltet. Diese verdammte Habilschrift. Sie hatte ihn den Schlaf gekostet, als er daran saß, und sie kostete ihn nun womöglich das

Leben. Vielleicht sollte er das als Fingerzeig einer höheren Instanz betrachten, dass er nie Geschichtsprofessor würde. Er war schon privilegiert genug, hatte immer noch eine Stelle, während Tausende von Historikern arbeitslos waren und nicht mal als Taxifahrer genommen wurden.

»Aber alle sagen, die Arbeit sei hervorragend, geradezu sensationell.«

»Du musst mich nicht trösten. Ich weiß, was fehlt und was ich besser hätte darstellen können. Ich habe nach der Verteidigung nicht mehr hineingeschaut in das Manuskript. Es war eine Horrorvorstellung, dass der Verlag mir irgendwann die Druckfahnen schicken würde und ich sie lesen müsste. Vielleicht ist es besser so, wie es ist. Brauch ich das alles nicht mehr zu lesen. Vielleicht hätte ich es gar nicht geschafft oder wenigstens Depressionen bekommen.«

Anne schüttelte kaum merklich den Kopf. »Also, falls du auf meine Meinung Wert legst: Ich habe deine Arbeit gelesen und finde sie großartig. Ich habe lange nicht mehr so etwas Gutes gelesen.«

»Gewiss«, sagte Stachelmann. Er glaubte ihr nicht. »Erstaunlicherweise hast du was für mich übrig, und das hat dir dein Urteilsvermögen geraubt.«

»Quatsch«, sagte sie. Aber es klang nicht so, als traute sie sich zu, ihn umzustimmen. »Also, ich muss jetzt was essen. Kommst du mit zum Vietnamesen?«

Stachelmann winkte ab. »Keinen Hunger.«

»Dein Hungerstreik bringt dich auch nicht weiter«, sagte sie, erhob sich und verließ das Zimmer.

Erstaunlich, dass ich ihr noch nicht über bin. Sie hält es immer noch mit mir aus, trotz des Ärgers, den sie mit mir hat. Wenn man es genau betrachtet, bin ich ungenießbar, manchmal sogar für mich selbst. Ich komme mit mir selbst nicht aus, aber sie schafft es.

Er saß auf seinem Schreibtischstuhl und starrte zum Fenster hinaus. Alles war grau. Gegen das Licht sah er die Regenbindfäden. Er stand auf und trat ans Fenster. Sofort meldete sich die Angst. Aber er zwang sich, hinauszuschauen. Dann sah er Kreidestriche auf dem Pflaster des Von-Melle-Parks. Wie ein Spielbrett. Kinder malten so etwas auf die Straßen, um in den Kästchen zu hüpfen. Die nassen Steine glänzten, überall Pfützen. Von hier oben könnte man auch gut schießen. Wieder liefen die schrecklichen Minuten in seinem Kopf ab wie ein Film.

Später klopfte es an die Tür. Ein Mann mit einer grauen Jacke, die etwas Uniformartiges darstellen sollte, hielt einen Umschlag in der Hand. »Herr Dr. Stachelmann?«

Stachelmann winkte ihn heran, unterschrieb die Quittung, und der Mann wartete. Als Stachelmann ihm sagte, er werde ihm nichts mitgeben, verließ der Kurier grußlos das Zimmer, und Stachelmann öffnete den Umschlag. Darin fand er einen Auflösungsvertrag in zwei Ausfertigungen und einen Begleitbrief, der gewundener war als alles, was er bis dahin gelesen hatte. Schmid bot sogar eine Entschädigung an, was nur unterstrich, wie eilig er es hatte, seinen Autor loszuwerden. Pro forma natürlich. Stachelmann schob die Papiere an die Seite, legte seinen Kopf in die Hände und wünschte sich, weit weg zu sein.

3

Eine weitere unruhige Nacht. Stachelmann hatte die Bilder mitgenommen nach Lübeck. Immer wieder stand er auf und lief durch die Wohnung. Er schaltete das Radio ein und bald wieder aus, weil in seinem Hirn für nichts anderes Platz war als für das, was er im Von-Melle-Park erlebt hatte. Wie ein Endlosfilm. Und darin verwoben die Frage, warum er bedroht wurde. Die Schrift an der Wand des Philosophenturms. Vielleicht wäre es tatsächlich das Beste, ich würde abhauen. Mich verkriechen. Ob er den Irrsinn jemals loswürde? Ob er ihn loswürde, wenn er woanders hinging? Nein, gewiss nicht, er würde ihn überall mit sich herumtragen. Erst wenn der Täter überführt war, könnte er die Angst loswerden. Vielleicht.

Er schaltete den Computer ein, zappte über ein paar Webseiten, aber er konnte sich nicht konzentrieren und verstand die Sätze kaum, die er las. Stachelmann startete das PC-Schachspiel, das er sich vor einigen Monaten gekauft und dann kaum genutzt hatte. Er erinnerte sich, wie er früher mit dem Vater Schach gespielt hatte. Der spielte erst ohne Dame gegen ihn und gewann trotzdem, dann verzichtete er nur noch auf einen Turm, schließlich auf einen Läufer. An einem Sonntagabend vor unendlich langer Zeit, Stachelmann ging noch aufs Gymnasium, übersah der Vater, dass seine Dame tödlich bedroht war, und er verlor sie durch eine Springergabel. Da gewann Stachelmann zum ersten Mal gegen den Vater, und seitdem hatte dieser ohne Handicap gegen ihn gespielt.

Er versuchte sein Glück mit einem Damengambit. Der Computer erwiderte klassisch, aber Stachelmann verzettelte sich schon früh und verlor einen Turm durch ein

Abzugsschach. Nach wenigen Zügen gab er die Partie auf.

Er entschied sich, an die Uni zu gehen. Am späten Nachmittag lief sein Hauptseminar über »Widerstand und Kollaboration im Dritten Reich«. Er suchte in seiner Aktentasche, fand aber nicht die Seminararbeit, die besprochen werden sollte. Habe sie wohl im Büro vergessen wie so oft. Er zog seinen Mantel an und die Schuhe und verließ die Wohnung. Vor der Tür stand ein Polizeiwagen, darin zwei Beamte, der eine, er hatte einen dünnen Schnauzbart, nickte ihm zu und öffnete die Tür. Stachelmann ging ein paar Schritte auf die Polizisten zu.

»Wohin gehen Sie?«

»Zum Bahnhof, ich fahre nach Hamburg an die Uni.«

»Sollen wir Sie begleiten?«

»Danke, nein«, sagte Stachelmann.

Der Beamte hob die Augenbrauen, dann setzte er sich wieder hinters Steuer. Er startete den Motor, fuhr aber noch nicht los. Bald merkte Stachelmann, dass der Wagen ihm im Schritttempo folgte.

Er erinnerte sich an das Telefongespräch mit Bohming, der hatte ihn gestern angerufen, als er gerade zu Hause eingetroffen war.

»Sie sollten Ihr Seminar ausfallen lassen, jeder hätte dafür Verständnis. Zumal wohl in keinem Seminar etwas anderes diskutiert werden wird als dieser …«

Stachelmann hatte einen Augenblick überlegt und dann gesagt: »Ich will mich nicht verkriechen. Egal wo ich bin, ich fühle mich bedroht. Also kann ich auch kommen. Zumal der Irre derzeit mehr darauf achten muss, nicht erwischt zu werden.«

»Das glauben Sie. So ein Verrückter, man weiß es ja nicht, aber vielleicht ist es ihm egal, vielleicht macht es ihm Spaß, der Polizei nur einen halben Schritt voraus zu sein.«

»Vielleicht«, hatte Stachelmann gesagt.

»Herr Schmid hat mich angerufen, gerade vorhin. Es ist

ihm peinlich, dass er Ihr Buch zurückstellen muss. Aber ich kann ihn schon verstehen. Obwohl ich an seiner Stelle nicht klein beigegeben hätte.«

Stachelmann musste grinsen. »Natürlich«, hatte er erwidert.

Er hatte Bohming nicht gesagt, dass er zur Uni fuhr, um gegen die Angst zu kämpfen. Stachelmann hatte in der Vergangenheit hin und wieder Angst gehabt, und er hatte sie bewältigt, indem er sich Situationen aussetzte, die ihm Angst machten. Er begegnete der Angst mit Sturheit. Diesmal fand er es schwerer als sonst. Aber wahrscheinlich bildete er es sich nur ein. Das Gegenwärtige beeindruckt einen immer stärker als die Vergangenheit. Die Angst ließ ihn schwitzen. Als er im Bahnhof eintraf, war er nass am Körper. Er wischte sich mit dem Taschentuch das Gesicht trocken, der Schweiß auf der Kopfhaut war kalt geworden, ihn fröstelte.

Ein alter Mann im Doppelreiher schaute ihn neugierig an, als Stachelmann das Großraumabteil der ersten Klasse betrat. Stachelmann setzte sich wider seine Gewohnheit auf den Fensterplatz der langen Bank an der Abteilwand in Fahrtrichtung, dort konnte ihn kaum einer beobachten. Er betrachtete jeden Mann, der hereinkam. Keiner sah aus wie ein Mörder. Aber wie sieht ein Mörder aus? Er war erleichtert, als der Zug mit einem Ruck anfuhr. Niemand würde so verrückt sein, ihn unter all diesen Leuten ermorden zu wollen. Er lehnte sich zurück, atmete tief durch, und dann kamen die Schmerzen. Sie schnürten die Brust ein, krochen das Rückgrat hinunter in die Beine bis zu den Knöcheln. Er musste flacher atmen, sonst war der Schmerz zu stark. Er fand nach einigem Wühlen Diclofenac-Tabletten in seiner Aktentasche. Er schluckte zwei und spülte sie mit Speichel hinunter. Frühestens in einer halben Stunde würden die Tabletten anschlagen, wenn überhaupt. Fast war er froh, dass der Schmerz ihn ein wenig ablenkte von der Angst.

Regen peitschte über die Schlüterstraße, die Menschen hasteten an ihm vorbei, einer mit einem vom Wind umgestülpten Regenschirm. Stachelmann zwang sich, langsam zu gehen, um nicht stark atmen zu müssen. Als er aber in die Nähe des Von-Melle-Parks kam, sah er das Polizeiauto, zwei Beamte saßen darin, der eine las Zeitung. Stachelmann fing an zu rennen, auch wenn die Beingelenke höllisch wehtaten. Er stöhnte eher, als dass er atmete, fast röchelnd erreichte er die Eingangstür, riss sie auf und ging zum Aufzug, der natürlich gerade auf einem anderen Stockwerk hielt. Hektisch drückte er den Knopf, horchte auf Geräusche, die der Aufzug erzeugte, wenn er sich bewegte. Zwischendurch schaute er sich um, aber er sah niemanden, der Philosophenturm war wie ausgestorben. Ob sein Seminar überhaupt stattfand? Ihm kam es unendlich lang vor, bis die Stahltüren sich aufschoben. Er betrat den Aufzug und fuhr allein nach oben. Auch in seinem Stockwerk sah und hörte er niemanden. Jetzt bereute er es, hergekommen zu sein. Allein in diesem Gespensterturm, schlimmer konnte es nicht kommen. Er schloss sein Büro auf und zog die Tür schnell zu, steckte den Schlüssel ins Schloss und drehte ihn zweimal nach rechts. Er zog die Vorhänge zu, sie waren unbestimmbar braun und staubig. Stachelmann hustete, als die Staubwolke ihn erfasste. Er schaltete das Neonlicht ein, setzte sich an den Schreibtisch, startete den PC und schaute, ob es neue Diskussionsbeiträge in dem Internetforum gab. Es gab zwei. Ein *Peter Müller* schrieb:

Ich weiß ja nicht, was ihr da treibt, aber Mord, auch wenn es nicht geklappt hat, geht viel zu weit. Ihr müsst euch von diesem Amokschützen distanzieren.

E.T. antwortete:

Distanzieren muss man sich nur von Dingen, mit denen man was zu tun hat, meinetwegen um 5 Ecken. Also distanziere ich mich nicht. Davon abgesehen, es ist nicht schlecht, wenn dieser Superhistoriker mal richtig Angst kriegt.

E.T. will nicht geschossen haben. Hat er recht? Ist es nur eine Lüge? War die Diskussion in dieser Gruppe nichts anderes als ein Manöver, dessen Grund und Ziel er nicht begriff? Er zwang sich, den Stapel mit Seminararbeiten heranzuziehen. Er nahm die erste Arbeit und begann zu lesen. Aber schon nach ein paar Sätzen verschwammen die Buchstaben, wanderten seine Gedanken wieder zu der Schießerei und ihren Folgen. Dieser Schmid war ein Feigling. Er tat verantwortungsbewusst, hatte aber einfach nur Schiss. Es war doch gar nicht klar, dass dem Verlag oder seinen Mitarbeitern etwas geschehen würde, wenn er die Habilschrift veröffentlichte. Und wenn, darf man der Gewalt weichen? Darf man sich zensieren lassen durch einen Irren, dem es gefiel, auf Menschen zu schießen?

Er mühte sich wieder, die Sätze zu begreifen, die in der Seminararbeit standen. Aber es gelang ihm nicht. Er stand auf und wanderte im Zimmer umher. Auf einmal lachte er bitter, als er begriff, dass er bei seiner Wanderung einen Bogen machte um das Fenster, obwohl die Vorhänge zugezogen waren. So weit ist es schon, dass du glaubst, jederzeit könnte einer auf dich schießen, obwohl da unten ein Polizeiauto steht und sich gewiss hier und da weitere Beamte aufhalten, um Spuren zu sichern oder auf das Glück zu warten, dass ihnen der Irre in die Arme läuft.

Stachelmann überlegte, ob er spazieren gehen sollte. Gerade um gegen die Angst anzugehen und weil er es nicht schaffte zu arbeiten. Wenn der Schütze dir noch auf der Spur ist, wird er nicht damit rechnen, dass du in der Gegend herumläufst. Er wird erwarten, dass du dich verkriechst. Aber wahrscheinlich erwartet er gar nichts, sondern versucht sich zu verstecken. Also raus, an die frische Luft, dorthin, wo du eine Zielscheibe abgeben könntest. Sicher wärst du nur, wenn du dich zu Hause verschanzen würdest unter dem Schutz der Polizei rund um die Uhr. Das schaffst du nicht, du kannst mir Angst einflößen, aber ich verkrieche mich nicht. Ich halte auch nicht still, ich suche dich. Je eher ich dich finde, desto eher bin ich den Schrecken los. Du hast dir den Falschen ausgesucht. Da gab es schon einige, die wollten mich nicht ernst nehmen. Schau dir an, was aus ihnen geworden ist.

Es klopfte, Stachelmann fuhr zusammen. Sein Herz raste, Schweiß trat auf die Stirn. Er ging zur Tür, schloss auf und Anne trat ein.

»Mein Gott, was ist denn mit dir los?«

Er starrte sie an, dann senkte er den Blick auf die Tischplatte. »Nichts.«

»Aha.«

»Ich wollte gerade ein bisschen in der Gegend herumlaufen. Kommst du mit?«

Sie nickte und schluckte hinunter, was sie sagen wollte.

Schweigend fuhren sie vom zehnten Stock ins Erdgeschoss. Als er durch die Tür ins Freie trat, begann sein Herz wieder zu rasen. Sie hängte sich ein, und sie gingen in Richtung Abaton, durch das Schussfeld des Irren. Stachelmann schaute zum Dach der WiSo-Fakultät. Fast bildete er sich ein, die Linse eines Zielfernrohrs blitzen zu sehen. Aber das wäre unmöglich ohne Sonne. Eine nasse Bö fegte durch den Von-Melle-Park, wirbelte Pfützenwasser auf und trieb eine Zeitung übers Pflaster. Sie blieb an einer Stange hängen, wurde gebläht und zerrissen. Die Fetzen trieben weiter. Stachelmann fröstelte. Er schaute Anne an, sie war bleich. Natürlich hatte sie Angst, aber sie war tapfer, versuchte gar nicht erst, ihn zu überreden, er möge sich verkriechen. Das tat er nicht, sie wusste das. Und es gefiel ihr.

Der Regen wurde stärker, der Wind blies ihnen das Wasser ins Gesicht. Sie taten so, als würden sie es nicht merken.

»Findet dein Seminar überhaupt statt?«

»Keine Ahnung. Abgesagt wurde es nicht.«

»Die Fakultät und der Sagenhafte haben sich nicht zu einem Beschluss durchringen können«, sagte Anne. »Begründung: Wir beugen uns nicht der Gewalt. Aber keiner von diesen Helden ist heute gekommen. Bohmings Hauptseminar fällt ›wegen Krankheit‹ aus. Hast du den Aushang gesehen? Der sitzt putzmunter zu Hause mit Frau und Sohn und labert über seine Heldentaten.«

Stachelmann schüttelte den Kopf. Ihn wunderte es nicht. Was sollte er dazu sagen? Dann sagte er: »Sie hätten das Seminar schließen sollen.«

»Gewiss. Aber Bohming möchte sich weder Feigheit noch Fahrlässigkeit vorwerfen lassen. Also tut er gar nichts«, erwiderte Anne.

»Ich werde mein Seminar abhalten, sollte es Studenten geben, die sich hertrauen.«

Ihre Schritte führten sie ins Abaton-Restaurant. Sie fanden einen freien Tisch am Ende des Speisesaals, hier fühlte sich Stachelmann einigermaßen sicher. Sie bestellten Kaffee, Anne ein Stück Kuchen. Sie schwiegen, er ließ seine Augen durch den Gastraum wandern, aber sein Hirn war woanders, sodass er nicht wahrnahm, was er sah.

»Vielleicht sitzt einer von dieser Internet-Diskussionsgruppe in deinem Seminar«, sagte Anne.

Stachelmann erschrak, darauf war er nicht gekommen, auch wenn es in jeder Hinsicht nahelag. »Und da habe ich natürlich immer mal wieder Positionen aus der Habilschrift zitiert.« Er dachte eine Weile nach. »Aber es hat keiner protestiert, und das würde ich erwarten von einem, der rabiat wird. Und außerdem habe ich nicht dazu gesagt, dass das in meiner Habilschrift steht. Die habe ich dort bestimmt nicht mal erwähnt.«

»Der hätte sich verdächtig gemacht«, sagte Anne. »Ist doch klar.«

Stachelmann war nichts klar. »Wenn jemandem meine Meinung nicht passt, dann sagt er es doch.«

»Das ist naiv. Viele Leute haben Angst davor.«

»Und veranstalten dann eine Schießerei. Das gibt's nicht.«

»Sei dir nicht so sicher.«

Die Kellnerin servierte Kaffee und Kuchen. Anne zog gleich den Teller zu sich und begann zu essen. Stachelmann sah zu, er hätte keinen Bissen hinuntergekriegt. Er prüfte im Geist die Studenten seines Seminars. Wer kam in Frage? Aber ihm fiel niemand ein, der sich hervorgetan hatte mit Kritik. Kein Student hatte ihn angegriffen. Gefragt hatte dieser und jene, eher schüchtern, manche nur, um vorzutäuschen, dass sie sich interessierten.

»Hast du dir die Teilnehmer deines Seminars mal genauer betrachtet?«

»Wie meinst du das?«

»Na ja, mal überlegt, ob einer von denen zu dieser Gruppe gehören könnte, die diesen Quatsch im Internet veranstaltet?«

»Leider hat sich noch keiner von denen bei mir vorgestellt.« Aber vielleicht hat sie recht. Es wäre eine Spur. Warum hat die Polizei mich noch nicht danach gefragt? Offenbar glauben die nicht, dass dieser Irre es auf mich abgesehen hat. Obwohl sie mir Personenschutz geben. Die wollen keinen Fehler machen, nicht hinterher hören, sie hätten besser auf mich aufpassen müssen. Sie schützen nicht mich, sondern sich. Aber wenn einer aus seinem Seminar mit der Sache zu tun hatte, dann wird er es sich nicht entgehen lassen, heute aufzutauchen, um zu sehen, wie ich mich verhalte, wie die Schießerei, die Kampagne im Internet und das Geschmiere an den Wänden des Philosophenturms auf mich wirken. Wenn es mir darum ginge, einen fertigzumachen, dann würde ich jede Gelegenheit nutzen, um zu prüfen, ob es funktionierte. »Wenn einer aus meinem Seminar da mitmacht, dann erscheint er heute.«

Anne nickte. »Um seinen Triumph zu genießen.«

»Nein, gewonnen hat er noch nicht. Aber er will schauen, ob ich antrete und wenn ja, ob ich Wirkung zeige.«

»Der Feind sitzt im Seminar, hat dich im Visier« – ihm schauderte –, »aber du kennst ihn nicht«, sagte Anne. »Hol doch die Kripo, die soll sich jeden Studenten vornehmen, der heute auftaucht.«

»Das kann ich nicht machen. Soll die jeden durchsuchen? Nein, das geht nicht.«

»Du kannst dir solche Feinsinnigkeit nicht leisten, Josef.«

»Ich kann es mir nicht leisten, meine Studenten der Polizei auszuliefern.«

»Es geht um Leben und Tod«, sagte Anne ein wenig pathetisch. »Da hört die Höflichkeit auf.«

Stachelmann antwortete nicht. Er stellte sich vor, wie Polizisten jeden Studenten einer Leibesvisitation unterzogen, weil ihr Dozent es verlangt hatte. Danach wäre er unten durch, keinesfalls mehr so beliebt, wie Anne es manchmal behauptete. In der Tat, seine Seminare und Vorlesungen waren gut besucht, besser als die von anderen Lehrkräften. Aber rechtfertigten außergewöhnliche Situationen nicht außergewöhnliche Maßnahmen? »Der wird nicht so dumm sein, belastendes Material in der Hosentasche mitzubringen.«

Anne wusste, es hatte keinen Sinn, ihm zu widersprechen, wenn er sich festgelegt hatte. Er war ein sturer Bock. »Mag sein«, sagte sie, um etwas zu sagen.

Sie sprachen nicht mehr viel, bis sie gingen. Anne musste nach Hause, Stachelmann ins Seminar.

In seinem Büro warf er einen Blick auf den Stapel mit den Seminararbeiten, dann wandte er sich dem Computer zu. Er rief die Diskussionsgruppe auf, sah, dass es keine neuen Einträge zu seinem Thema gab, und betrachtete die anderen *threads*. Je länger er hier und dort las, umso ekliger erschien ihm das Forum. Da tummelte sich ein Gemisch aus Revisionisten und Nazis, sofern es da Unterschiede gab, die versuchten, die Gräuel der KZs zu leugnen, auch das Morden in den Vernichtungslagern. In Buchenwald habe es doch einen Fußballplatz gegeben, auch ein Bordell, eine Theatergruppe, einen Laden zum Einkaufen: So schrecklich könne es dort ja nicht gewesen sein. Und in Auschwitz seien ein paar Tausend umgekommen, bedauerlicherweise, aufgrund von Epidemien, wie sie nicht ausblieben, wenn Menschen eng zusammengepfercht würden. Das sei kein Ferienparadies gewesen, gewiss nicht, aber Gaskammern habe es nicht gegeben, höchstens zu Versuchszwecken, um die Häftlingskleidung zu desinfizieren. In verschiedenen Diskussionssträngen tauchten immer wieder dieselben Leute auf, natürlich nicht mit Klarnamen, aus Angst vor dem Staatsanwalt. Stachelmann fiel auf, dass immer wieder das Recht auf Meinungsfreiheit gefordert wurde für Nazis und Auschwitzleugner, die vor Gericht standen. Es gehe um einen wissenschaftlichen Streit, wurde behauptet, wo es in Wahrheit nur darum ging, Millionen von Toten wegzudiskutieren, die deutsche Geschichte vom Völkermord zu reinigen. Eine Weile lenkte ihn seine Fassungslosigkeit ab von der Bedrohung, der er ausgesetzt war. Aber dann packte ihn der Zorn, denn dieser E.T. hielt ihn für einen von diesen Lügnern, für einen Revisionisten, der die Verbrechen der Nazis in Buchenwald verharmloste. Nichts fand sich in seiner Arbeit, kein Wort, das diese Beschuldigung rechtfertigen könnte. Und niemals hatte er im Seminar etwas gesagt, das man so auslegen könnte. Und überhaupt, was sind das für Leute, die sich aufschwingen, andere zum Tod zu verurteilen, weil sie anderer Meinung sind?

Er starrte zornig auf den Bildschirm, sah die Namen von Nazis, Antinazis und seltsamen Leuten, deren Beiträge er nicht verstand. Einer schrieb:

Sagt mir den Namen von einem einzigen Juden, der in Auschwitz vergast wurde. Nur einen Namen.

Stachelmann betrachtete diese Zeile immer wieder, er konnte es nicht glauben. Sollte er dem entgegentreten? Aber dann las er in anderen Beiträgen, dass man sich nicht auf Diskussionen mit diesen Leuten einlassen dürfe. Es habe keinen Sinn, die seien nicht belehrbar, würden nur aufgewertet. Es gehe nicht um Wahrheit oder auch nur um Quellen und Tatsachen, das seien Überzeugungstäter, die alles leugneten, was ihren Auffassungen widerspreche. *Trolls* wurden sie genannt, und darin steckte die Aufforderung, sich aus dem Forum zu trollen.

Er rief Anne an: »Ich gucke mir gerade Beiträge in diesem Geschichtsforum an. Nazis, überall Nazis.«

»Ich weiß«, sagte Anne. »Das Internet ist für die Typen die beste Suhle. Man kann sich tarnen und Nazithesen verkünden.«

»Dann ist das Gesetz gegen die Auschwitzlüge das Papier nicht wert, auf dem es steht.«

»Ich halte das ohnehin für ein Alibi zum Zweck der Exportförderung. Die Regierung zeigt Wohlverhalten, die Wirtschaft brummt, und der Naziwahn geht weiter. Aber die Politik hat ja alles getan.«

»Man sollte mal ein Seminar über symbolische Politik anbieten«, sagte Stachelmann. »Aber das fällt nicht in mein Ressort.«

»Kommst du heute Abend?«

»Zu gefährlich«, sagte er. »Ich will euch nicht hineinziehen in diese Sache.«

Sie schwieg einige Augenblicke, dann sagte sie: »Ich glaube nicht, dass der dich bis zu mir verfolgen würde. Aber wenn du meinst.«

Er hatte kaum aufgelegt, da klingelte das Telefon. Seine Mutter meldete sich, und er hatte ein schlechtes Gewissen. Sie rief ihn so gut wie nie im Seminar an.

»Ich habe im Fernsehen gesehen, was an der Universität passiert ist. Du bist doch nicht der Dozent, auf den geschossen wurde?«

»Nein«, sagte er. »Das Fernsehen übertreibt, wie immer. Wie du hörst, lebe ich. Mir geht es gut.«

»Wenn es so ist«, sagte sie. Sie glaubte ihm nicht. Ihre Stimme war schwach. Sie war nach zwei Krebsoperationen nicht mehr richtig auf die Beine gekommen. Jeden Tag kam eine Altenpflegerin zu ihr. Er nahm sich vor, sie öfter zu besuchen. Doch das hatte er sich schon häufig vorgenommen. Sie redeten noch ein wenig über die vergangenen Ostertage und das zu kalte Wetter. »Ich komme bald«, sagte er zum Abschied.

Er lehnte sich zurück und schloss die Augen. Warum fiel ihm immer der Vater ein, wenn er mit der Mutter sprach? Der Vater, den sie auf dem Waldfriedhof in Reinbek begraben hatte. Sein Vater und er hatten sich schon lange nichts mehr zu sagen gehabt. Der Vater war Nazi gewesen und hatte darauf bestanden, dass Stachelmann es verstehen müsse. Aber der hatte nicht verstanden, wie man KZ-Häftlinge und Sträflinge beim Bombenräumen bewachen konnte, ohne sich wenigstens nach dem Krieg schuldig zu fühlen.

Die Angst meldete sich zurück. Wie lange würde er es aushalten, dass ihn einer verfolgte, vielleicht sogar umbringen wollte? Er war gespannt, wer im Seminar erscheinen würde. Die Semesterferien waren gerade erst vorbei, trotzdem hatten einige Studenten schon Seminararbeiten vorgelegt. So viel Eifer hatte es früher nicht gegeben. Dafür aber mehr Interesse, auch am Streit.

Die Zeit kroch. Er blätterte in Seminararbeiten, begriff aber nicht, was er las. Dann lief er im Zimmer umher, ertappte sich wieder dabei, dass er das Fenster mied, und zwang sich hinauszuschauen. Sein Blick blieb am Dach der WiSo-Fakultät hängen. Er stellte sich vor, wie der Mann dort am Rand gelegen hatte, das Gewehr im Anschlag. Was war in dem Mann vorgegangen? Trieb ihn Hass? Stachelmann überlegte, was Hass bewirken konnte. Er mochte einen Menschen verändern, ihn zwingen, etwas zu tun, das ihm selbst schadete. Wenn einer zum Mörder wird, bricht er mit seinem Leben. Er weiß, er wird fortan gejagt, lebenslänglich, weil Mord nicht verjährt. Und wenn die Polizei ihn fängt, dann wird er kaum weniger als fünfzehn Jahre im Gefängnis verbringen. Der Grund, ein Mörder zu werden, muss schwer wiegen, jedenfalls bei einem, der nicht verrückt ist oder im Zorn alles andere vergisst. Reicht es als Grund aus, eine andere Meinung über ein historisches Ereignis zu haben? Unmöglich, flüsterte Stachelmann. Es kann nicht sein. Aber was ist es dann? Vielleicht geht es doch nicht um dich. Vielleicht war es Zufall, dass dieser Typ schoss, als du im Von-Melle-Park warst. Aber dann erstanden die Bilder und Geräusche dieses Tages wieder in seinem Kopf. Nein, der meinte dich. Und wie er sich nennt, weißt du auch. Es ist E.T., niemand sonst.

Endlich war es so weit. Er nahm seine Aktentasche und ging zum Seminarraum. Die Anspannung im Magen schmerzte fast. Wer war gekommen? Und wer unter denen, die gekommen waren, war E.T.? War er überhaupt erschienen? Die Tür des Seminarraums stand offen, aber es war still, als wäre der Raum leer. Als Stachelmann eintrat, erschrak er fast, da saßen acht, nein, neun Studenten an den in U-Form zusammengestellten Tischen und schauten ihn erwartungsvoll an. Er grüßte und setzte sich an den freistehenden Tisch an der offenen Seite des U. Die Aktentasche stellte er neben den Tisch. Er hoffte, die Studenten sahen nicht, dass seine Hände zitterten. Kaum hatte er sich gesetzt, schnellte ein Arm in die Höhe. Stachelmann nickte der Studentin zu, und die sagte: »Herr Stachelmann, wissen Sie, was das bedeutet, diese Schüsse, die Schmiererei an der Wand?«

Stachelmann hätte fast gesagt: Einer von Ihnen hat es auf mich abgesehen. Aber er sagte: »Wahrscheinlich weiß ich nicht mehr als Sie. Jemand hat geschossen. Aus welchem

Grund? Keine Ahnung. Und irgendjemand scheint etwas gegen meine Habilschrift einwenden zu wollen. Er tut es allerdings auf« – er blickte an die Decke – »ungewöhnliche Weise. Sie kennen ja gewiss das Geschichtsdiskussionsforum im Internet.«

»Aber auf Sie wurde geschossen«, sagte die Studentin.

Jetzt fiel ihm auf, dass sie hübsch war, intelligente Augen, lange dunkelbraune Haare, schlank. »Er hat vorbeigeschossen.«

»Haben Sie eine Ahnung, was den an Ihrer Arbeit so reizen könnte?«, fragte ein kleiner Rothaariger, der mit einem Bleistift spielte.

Stachelmann schüttelte den Kopf. »Nein. Allerdings konstruieren Sie einen Zusammenhang, der nicht bewiesen ist. Ich weiß nicht, ob dieser E.T., was für ein alberner Name, also ob dieser E.T. auch der Schütze ist. Obwohl der Eindruck sich aufdrängt.«

Schweigen. Stachelmann ließ seinen Blick langsam in der Runde schweifen. Links vorn saß ein langer Schwarzhaariger, der etwas zu alt aussah für einen Studenten. Neben ihm der Rothaarige, der immer noch mit seinem Bleistift spielte. Dann eine Frau mit dunkelblondem Bubikopf und einer randlosen Brille, eine feine Narbe lief fast waagerecht über die Stirn wie ein Strich, aber das machte sie nicht hässlich. An ihrer Seite, den Blick auf die Tischplatte gesenkt, die Studentin, die als Erste das Wort ergriffen hatte. Neben ihr ein Typ mit Gel in den in der Mitte hochgekämmten Haaren. Er zog einen Block, der vor ihr lag, zu sich hinüber und schrieb etwas hinein. Dann schob er ihn zurück. Sie las, schaute ihn kurz an, dann wieder auf die Tischplatte, dann zum Fenster, sie lächelte. Ob sie was miteinander haben? Egal. Neben dem Gegelten eine Pummelige, mit schwarzen Haaren und einem sympathischen Gesicht. Dann einer mit langen zotteligen Haaren, der unentwegt kaute; jetzt schaute er auf seine Uhr, länger, als es nötig wäre, wohl nur, um Stachelmanns Blick auszuweichen. Die Schöne mit den dunkelbraunen Haaren und ihr Nachbar tuschelten jetzt, sie lachte. Neben dem Zottelkopf saß ein Kleiner mit Kindergesicht, den man eher in der Schule vermutet hätte. Er putzte sich laut die Nase. Schließlich eine lange Schlanke mit Pagenfrisur und einer roten Bluse, sie blätterte in einem schmalen Buch, dessen Titel Stachelmann nicht erkennen konnte.

Einer von diesen neun hatte etwas mit der Kampagne zu tun. Womöglich auch mit dem Schützen. Oder war der Schütze. In diesem Augenblick war Stachelmann davon überzeugt. Er musste es sagen, auch wenn es vielleicht ungeschickt war und den Täter warnte. »Eine oder einer von Ihnen hat mit der Sache zu tun. Vielleicht sollten wir hier darüber diskutieren, was diejenige oder denjenigen stört. So sehr stört, dass er oder sie eine Diskussion, nennen wir das mal so, in einem Internetforum angezettelt hat.« Er beobachtete die Reaktionen der Seminarteilnehmer. Nur die Studentin mit der roten Bluse schaute Stachelmann an. Andere taten so, als wären sie nicht gemeint. Der Gegelte und die Schöne tuschelten. Aber diesmal lachte sie nicht, er sowieso nicht. Die beiden schließe ich aus. So sehen politische Aktivisten nicht aus. Das ist zwar ein Vorurteil, aber es ist nützlich. Irgendwie muss ich die Zahl der Verdächtigen eingrenzen. Wenn überhaupt einer im Seminar mit der Sache zu tun hat. Die Sherlock-Holmes-Methode: Schließe die Unverdächtigen aus, wer übrig bleibt, ist der Täter.

Stachelmann sagte eine Weile nichts und beobachtete, wie es den Teilnehmern unangenehm wurde.

Die Frau mit Bubikopf und Narbe meldete sich und sagte, ohne darauf zu warten, dass Stachelmann ihr das Wort erteilte: »Das finde ich nicht in Ordnung, dass Sie uns pauschal verdächtigen. Also, ich komme mir jedenfalls blöd vor. Obwohl ich mit der Geschichte nichts am Hut habe.«

Sie hatte recht. Sie war ins Seminar gekommen, um etwas zu lernen, und nicht, um verdächtigt zu werden.

»Gewiss«, sagte Stachelmann. »Aber es geht um versuchten Mord und um meine Habilitation, ganz egoistisch. Da ich nur weiß, dass ein Seminarteilnehmer in diesem Internetforum mitmacht und dieser vielleicht sogar ein schießwütiger Irrer ist« – welch Übertreibung, dachte Stachelmann. In Wahrheit wusste er nichts, sondern spekulierte –, »bitte ich um Verständnis, dass ich das hier anspreche. Möglicherweise hat der Betreffende sogar den Mut, sich zur Beteiligung an der Kampagne gegen mich zu bekennen. Ich bin jedenfalls bereit, hier oder bei einem Extratermin über meine Ansichten und die Kritik an ihnen zu diskutieren.«

Wieder schaute er in die Runde. Es war ihm peinlich, die Teilnehmer mit seinen Blicken zu beleidigen, denn in ihnen lag die Vermutung, jeder könne der sein, den er suchte.

Die Frau mit dem Bubikopf stand auf, packte Stifte und Papier in ihren Rucksack und ging grußlos.

War sie es?

Nein, Stachelmann bildete sich ein, es könne nur ein Mann sein. Jedenfalls dann, wenn der Kampagnenteilnehmer derselbe war wie der Schütze. Es erschien ihm unwahrscheinlich, dass eine Frau sich mit einer Kriegswaffe auf ein Dach legte und auf Leute schoss. Wenn er schon spekulierte und den Kreis der Verdächtigen verkleinern wollte, dann schied die Frau mit dem Bubikopf aus. Der Täter würde sich nicht verdächtig machen, indem er sich der Diskussion entzog. Nein, die Frau gehörte nicht zum Kreis der Verdächtigen. Fürs Erste jedenfalls.

»Offensichtlich ist der Bekloppte nicht hier. Oder er ist es und traut sich nicht«, sagte der mit den Zotteln. Er setzte sich eine Sonnenbrille auf. Stachelmann irritierte es, dass er die Augen nicht mehr sah. In Augen konnte man lesen. Aber würde der Killer sich so auffällig benehmen?

Womöglich tat er es mit Absicht, weil er unterstellte, dass Stachelmann annahm, Killer verhielten sich unauffällig. Um die Ecke gedacht. Stachelmann musste innerlich grinsen. Es war doch bescheuert, was er hier versuchte. Niemals kam er so an den Typen oder die Leute heran, die ihm diesen Irrsinn eingebrockt hatten. Aber was, verdammt, sollte er tun?

Nur die Studentin mit der roten Bluse beobachtete unentwegt und ohne es zu verbergen, was Stachelmann tat.

»Gesetzt der Fall, der Kampagnenbetreiber ist nicht der Schütze, so kann er sich doch melden, ohne etwas befürchten zu müssen.«

»Na ja, Sachbeschädigung«, sagte die Frau mit der roten Bluse. »Wegen der Parolen an der Wand.«

»Gut, den Schaden übernehme ich, wenn der Betreffende sich meldet.« Wieder schaute er in die Runde. Nur die Frau mit der roten Bluse erwiderte seinen Blick. Hatte sie etwas zu tun mit der Kampagne? Mit den Schüssen? Er versuchte sich vorzustellen, wie sie auf dem Dach der WiSo-Fakultät lag, das G3 im Anschlag. Es erschien ihm absurd. Wenn sie die Schulter nicht gepolstert hatte, hätte der Rückstoß ihr vielleicht blaue Flecken eingebracht, die man jetzt noch sehen müsste. Er schaute auf ihre Schultern, sie erwiderte die Neugier mit einem erstaunten Blick. Am liebsten hätte er alle Seminarteilnehmer gebeten, die Schultern freizumachen. Fast hätte er laut gelacht. Wirres Zeug. War es noch die Angst oder schon die Vorstufe der Verrücktheit?

»Der Typ muss doch gar nicht aus dem Seminar kommen«, sagte die mit der roten Bluse. »Es haben doch auch andere Leute Ihre Arbeit gelesen. Die Prüfungskommission, der Verlag, Setzer und Korrektoren und wer weiß, wer noch.«

Sie hatte recht, und er hatte sich verrannt. Er sah erst jetzt, sie hatte Sommersprossen im Gesicht.

»Wer von Ihnen kennt dieses Geschichtsforum im Internet?« Ein letzter Versuch.

Er schaute einen nach dem anderen an. Der mit den Zottelhaaren meldete sich vorsichtig, die mit der roten Bluse sagte: »Ich auch.« Dann noch der Gegelte. Und jetzt? Würde der Kampagnentyp sich selbst entlarven? Du machst einen Fehler nach dem anderen. Du willst ein Ende der Kampagne erzwingen, aber du erreichst vermutlich das Gegenteil. Wenn dieser Typ in deinem Seminar sitzt, ist er gewarnt. Und er weiß, dass dich die Kampagne trifft. Das wird ihn ermuntern weiterzumachen.

Er schloss die Sitzung abrupt, lange vor der Zeit. Die Teilnehmer schauten ihn erstaunt an, tuschelten, die Schöne lachte kurz, eher künstlich. Aber Stachelmann achtete nicht darauf, sondern verschwand grußlos aus dem Raum. In seinem Büro setzte er sich an den Schreibtisch und versuchte sich einzureden, dass es sinnvoll war, was er getan hatte. Aber es war Quatsch. Wenn er etwas erreicht hatte, dann das Gegenteil von dem, was er gewollt hatte. Nicht dein Verstand leitet dich, sondern Panik. Aber es ist kein Wunder, andere würden auch ausrasten, wenn sie unter solchen Druck gerieten, wenn ihr Leben in Gefahr wäre. Er dachte an die Studentin mit der roten Bluse. Sie hatte ihn beobachtet, als wäre er ein Versuchstier. Wenn jemand im Seminar sich verdächtig gemacht hatte, dann sie. Sie hatte versucht, den Verdacht auf andere zu lenken. So könnte sich jemand verhalten, der verstrickt war und sich verbarg.

Das Telefon klingelte, es war Anne.

»Wie war es im Seminar?«

Er erzählte ihr kurz von dem Unsinn, den er angestellt hatte.

»Warte ab, was nun geschieht. Vielleicht veranlasst es diese Leute, etwas über sich zu verraten. Diese Studentin mit der roten Bluse zum Beispiel, die dich dauernd fixiert hat.«

»Ich kam mir vor wie eine Laborratte.« War es nicht sogar eine Art Duell gewesen? Du übertreibst, weil du einen Ansatzpunkt suchst.

»Du kennst ihre Adresse, setz doch einen Privatdetektiv auf sie an.«

Er überlegte eine Weile, dann sagte er: »Warum eigentlich nicht? Aber besser, ich mache es selbst.«

»Und wenn sie dich erkennt?«

»Dann red ich mich raus. Womöglich fühlt sie sich herausgefordert und macht einen Fehler. Ich will das offensiv angehen, sonst dauert es ewig. Den Spieß umdrehen.«

»Wie du es immer machst, wenn es eng wird, ich weiß. Es nutzt ja auch nichts, dir abzuraten.«

»Nein, gar nichts.«

4

Er hatte in der Anmeldeliste für sein Seminar den Namen und die Anschrift der Studentin mit der roten Bluse gefunden. Brigitte Stern, Ahornallee 16 in Eimsbüttel. Er war früh aufgewacht, hatte aufs Frühstück verzichtet und stand nun im Schatten einer noch laublosen Buche, wo er die Haustür im Blick hatte und hoffen konnte, selbst nicht gesehen zu werden. Er wartete lange, und die Knie schmerzten, obwohl er vorsorglich eine Diclofenac-Tablette genommen hatte. Stachelmann tänzelte, bis es ihn anstrengte, Bewegung half gegen Schmerzen. Er war froh, dass er nun etwas tat, das die Angst verdrängte. Sie verschwand zwar nicht völlig, aber so lähmte sie ihn nicht. Hier würde niemand auf ihn schießen, denn wer sollte wissen, dass er hier war, um einer Studentin nachzustellen? Er erinnerte sich, wie er das letzte Mal vor einer Haustür gelauert hatte, um jemandem zu folgen, Leopold Kohn, einem alten Mann, den der Hass überwältigt hatte.

Es fing an zu nieseln. Dann meldeten sich Zweifel. Du bist verrückt, eine Studentin zu verfolgen, nur weil die dich öfter angeschaut hat. Du hast dir eingeredet, jemand in deinem Seminar muss etwas zu tun haben mit diesem E.T., wenn er oder sie es nicht selbst war. War Brigitte Stern E.T., oder kannte sie ihn wenigstens? Irgendwie kam Stachelmann diese Vorstellung lächerlich vor. Ein alberner Name aus einem kitschigen Film. Doch dann entsann er sich, wie sie ihn angeschaut hatte. War Hass in ihrem Blick gewesen? Verachtung? Er konnte sich nicht mehr erinnern. Es war doch sowieso alles Unsinn. Aber wenn man keine Spur hatte, musste man der Eingebung folgen. Die hatte ihm gesagt, dass Brigitte Stern ihn fixiert hatte wie eine Laborratte, auch wenn er sich jetzt nicht mehr vorstellen konnte, wie das ausgesehen hatte. Gab es diesen Blick nur in seiner Einbildung? Ein Hirn bildet die Außenwelt nicht einfach ab, sondern gestaltet das Bild, je nachdem, wie das Innenleben des Betrachters aussieht. Manchen wärmte die Sonne im Regen, wenn er glücklich war. Aber darüber wollte er nicht nachdenken. Er hatte in den letzten Jahren zu wenig Glück gehabt. Und wenn es ihm gewinkt hatte, dann hatte er es ausgeschlagen. Selbst schuld.

Da war sie. Sie kam aus dem Haus. Sie trug eine enge Hose, die ihre langen Beine betonte, und einen dunkelblauen Anorak, die Kapuze versteckte die Haare, aber nicht das Gesicht. Sie war schön. Erst jetzt fiel es ihm auf. Sie erreichte mit schnellen Schritten den Siemersplatz und bog dort in die Osterfeldstraße ein, bald kam sie auf den Lokstedter Weg. Sie schaute sich nicht um, schien versunken in Gedanken. Stachelmann begann zu schwitzen. Am Ernst-Thälmann-Platz hielt sie an. Stachelmann kannte diesen Ort. In der Tarpenbekstraße 66, direkt an dem nach dem ehemaligen KPD-Vorsitzenden benannten Platz, lag die Thälmann-Gedenkstätte, im Erdgeschoss des Hauses, in dem er bis 1933 gewohnt hatte. Brigitte Stern betrat die Gedenkstätte, und Stachelmann überlegte, wie lang er würde warten müssen. Wieder verstärkten sich die Schmerzen beim Stehen. Er streifte durch die Gegend, behielt aber die Tür der Gedenkstätte im Auge. Gab es eine Hintertür, durch die sie verschwinden könnte? Vielleicht hatte sie bemerkt, dass sie verfolgt wurde. Stachelmann versuchte sich zu beruhigen. Nein, das war unwahrscheinlich, sie hatte sich nicht ein einziges Mal umgedreht.

Dann fiel es ihm ein. E.T. war nicht der Alien aus dem Film, sondern Ernst Thälmann. Den die Nazis in Buchenwald erschossen hatten und dessen Mörder straflos davongekommen waren, weil die bundesdeutsche Justiz sie nicht verurteilen wollte. Sie hatte sogar bezweifelt, dass es überhaupt Mord gewesen sei, denn schließlich habe der KPD-Führer möglicherweise gewusst, was ihm bevorstand, als er nachts ins KZ Buchenwald gebracht worden sei, direkt zum Krematorium, wo sie ihn gleich nach der Ankunft erschossen haben. Und wenn er es gewusst habe, fehle die Heimtücke, ohne die der Straftatbestand des Mordes nicht erfüllt sei. Und diejenigen, die geschossen hatten, betrachteten die Gerichte als Gehilfen der eigentlichen Mörder Hitler, Himmler, Kaltenbrunner, die bedauerlicherweise nicht mehr zur Verantwortung gezogen werden könnten. Einer der Mörder wurde Lehrer in Nordrhein-Westfalen.

Was wollten diese drei Typen dort? Sie standen vor der Plakette am Eingang der Gedenkstätte und lachten. Die jungen Kerle hatten Glatzköpfe, zwei von ihnen trugen schwarze Schnürstiefel, alle drei olivgrüne Parkas, offenbar aus Bundeswehrbeständen. Einer hatte auf den Parkarücken in Schwarz ein Kreuz in einem Kreis gemalt, dem nur vier kurze Striche zum Hakenkreuz fehlten. Was suchten Nazis an der Thälmann-Gedenkstätte? Da bahnte sich etwas an, das war klar. Stachelmann hatte schon das Handy in der Hand, um die Polizei zu rufen. 110. Aber noch wählte er nicht. Es war nichts passiert. Was sollte er der Polizei sagen? Drei Nazis stehen in der Tarpenbekstraße 66 und lachen. Tatsächlich, sie unterhielten sich und lachten. Es klang wie ein Grölen. Ob sie getrunken hatten? Dann wählte er doch.

Als sich nach dem zweiten Rufton ein Polizist meldete, sagte Stachelmann: »Drei Nazis stehen vor der Thälmann-Gedenkstätte in der Tarpenbekstraße 66. Die haben etwas vor.«

»Woher wissen Sie, dass es Nazis sind?«

»Springerstiefel, Glatzen, der eine hat sich ein kaum getarntes Hakenkreuz auf den Parkarücken gemalt. Reicht Ihnen das?«

Der Polizist schwieg, dann sagte er: »Und was haben die getan?«

»Die haben etwas vor, das spüre ich, das sehe ich. Die sind nicht gekommen, um die Gedenkstätte zu besichtigen.«

»Sie spüren das?«

»Kommen Sie, schnell!«, sagte Stachelmann und brach das Gespräch ab.

Die drei Glatzen hatten sich mittlerweile hinter dem Röhrenbunker »Subbühne« versteckt, zwei Hausnummern weiter. Er war 1995 entdeckt und restauriert worden und erinnerte nun an den Krieg und den Irrglauben der Nazis, in solchen Bunkern Bombenangriffe überleben zu können. Stachelmann stand nun vielleicht zweihundert Meter entfernt von den Glatzen und hoffte, sie würden nicht mitbekommen, dass er sie beobachtete. Gleichzeitig behielt er die Eingangstür der Thälmann-Gedenkstätte im Auge.

Ein Polizeiwagen fuhr, aus dem Süden kommend, die Tarpenbekstraße entlang. Stachelmann sah die beiden Beamten im Auto, sie interessierten sich nicht für ihre Umgebung, sondern unterhielten sich angeregt. Stachelmann überlegte, ob er an die Straße rennen und winken sollte, aber er unterließ es, er hätte den Wagen wahrscheinlich ohnehin nicht mehr erreicht.

Die Tür der Gedenkstätte öffnete sich, als gerade ein Sonnenstrahl die Regenwolken durchdrang. Der Strahl malte einen hellgelben Fleck auf den Bürgersteig, und darin stand nun Brigitte Stern. Die Glatzen tuschelten aufgeregt. Einer zeigte in Brigitte Sterns Richtung. Sein Mund formte Worte, Stachelmann glaubte, an den Lippen »Da ist sie« ablesen zu können. Brigitte Stern zögerte, schien nicht zu wissen, wohin sie gehen sollte, dann entschied sie sich, den Lokstedter Weg zurückzulaufen. Die Glatzen folgten ihr, Stachelmann hielt sich auf der anderen Straßenseite. Weder Brigitte Stern noch die Glatzen würden entdecken, dass er ihnen folgte. Dann sah er, wie die Glatzen den Abstand zu Brigitte Stern verkürzten. Sie gingen immer schneller. Jetzt waren es vielleicht hundertfünfzig Meter. Und er sah, wie auch sie anfing zu laufen. Aber die drei waren schneller. Einer überholte sie, ohne sie anzuschauen, die beiden anderen liefen dicht hinter ihr her. Stachelmann holte das Handy aus der Manteltasche und wählte wieder die 110.

»Die Glatzen wollen eine junge Frau schlagen, Lokstedter Weg«, dann drückte er die Gesprächstaste. Drüben hatte sich der Nazi umgedreht, der Brigitte Stern überholt hatte. Er stand nun direkt vor ihr, und als sie ausweichen wollte, boxte einer der beiden, die hinter ihr liefen, ihr in den Rücken. Sie stolperte, fing sich wieder und rannte los, vorbei an dem Typen vor ihr. Der griff nach ihr, erwischte sie am Anorak, Stachelmann hörte auf der anderen Straßenseite, wie der Anorak riss. Das war für ihn das Signal. »Hört auf!«, brüllte er und rannte hinüber. Ein Auto bremste quietschend. Stachelmann umkurvte die Kühlerhaube, deutete dem Fahrer hektisch an, er solle aussteigen und helfen. Aber der fuhr weiter, nachdem er ein paar Sekunden zugeschaut hatte, wie die Nazis Brigitte Stern zu Boden stießen. Einer trat ihr ins Gesicht. Sie schrie, dann rannte Stachelmann in die Nazis hinein. Die stieben zur Seite, starrten ihn an, und er brüllte »Polizei!«. Die Nazis schauten sich an, sie schienen verunsichert. Sie hatten nicht damit gerechnet, dass sich jemand einmischen würde, und mit der Polizei wollten sie nichts zu tun haben. Sie hielten Stachelmann für einen Polizisten, obwohl der nur um Hilfe geschrieen hatte, und sie wichen aus. Erst langsam, dann begannen sie zu laufen, den Lokstedter Weg hoch in die Osterfeldstraße. Stachelmann schaute ihnen nach. Er lachte bitter, obwohl er Angst hatte. Die sind vor einem Rheumatiker abgehauen, dachte er. Die Nazis sind auch nicht mehr das, was sie mal waren. Zu dritt über ein Mädchen herfallen, das können sie. Aber wenn ein Mann sich einmischt und brüllt, dann hauen sie ab. Feiges Pack! Aber natürlich war es ihm so lieber. Da hörte er sie stöhnen. Sie lag zusammenkrümmt auf dem nassen Bürgersteig. Auf der Wange weitete sich ein roter Fleck. Stachelmann ging in die Hocke, die Knie schmerzten. Er reichte ihr die Hand. »Komm, ich bring dich nach Hause!«

Das Alarmsignal eines Polizeiwagens ertönte. Er kam vom Thälmannplatz und hielt mit quietschenden Reifen neben den beiden auf dem Bürgersteig. Zwei Beamte stiegen aus.

»Haben Sie die 110 angerufen?«

»Ja«, sagte Stachelmann. Er schaute den Beamten nur kurz an und wandte sich wieder Brigitte zu. Komischerweise fiel ihm erst jetzt auf, er hatte sie geduzt.

»Was ist passiert?«, fragte der Beamte. Seine Laune war schlecht.

Stachelmann antwortete nicht. Er fragte Brigitte: »Brauchen Sie einen Arzt?«

Sie blickte ihm neugierig in die Augen, als wollte sie fragen: Was bist du für einer? Sie nahm endlich seine Hand, er zog, sie stand auf. »Nein, ist nicht viel passiert.« Sie fasste sich an die Wange, zuckte zusammen und sagte: »Komm, wir gehen.« Die Polizisten beachtete sie nicht. Die standen unschlüssig daneben.

»Wollen Sie keine Anzeige erstatten?«, fragte der mit der schlechten Laune. Er hatte weiße Haare und einen Bauch, der die Jacke wölbte.

Stachelmann schaute Brigitte an, die schüttelte den Kopf, und Stachelmann sagte: »Nein. Wären Sie gekommen, als ich Sie gerufen hatte« – Brigitte schaute ihn wieder neugierig an –, »dann müssten Sie das nicht fragen. Es muss immer erst etwas passieren, bis Sie kommen. Wenn wir jetzt eine Anzeige aufgeben, geht das doch aus wie das Hornberger Schießen.«

»Wie was bitte?«, fragte der andere Polizist, jung, markiges Gesicht, trainierter Oberkörper und weniger Sterne auf der Schulter als sein Kollege.

»Es bringt nichts, heißt das«, sagte Stachelmann. »Warum sind Sie den Kerlen nicht hinterhergefahren? Sie hätten sie kriegen können.«

Die beiden Polizisten wechselten einen Blick, dann nickte der Ältere und legte den Zeigefinger an den Hutschirm. Sie setzten sich ins Auto und fuhren zurück in Richtung Thälmannplatz.

Brigitte hakte sich ein bei Stachelmann. Sie humpelte erst leicht, dann fand sie ihren Schritt, blieb aber eingehakt. »Du bist mir gefolgt«, sagte sie. »Seit wann?«

»Seit du das Haus verlassen hast.«

»Du glaubst, ich habe mit den Schüssen an der Uni etwas zu tun?«

Stachelmann antwortete nicht. Schweigend liefen sie bis zu dem Haus, in dem Brigitte wohnte. »Komm«, sagte sie. Er zögerte, dann folgte er ihr. Sie stieg vor ihm die Treppe hoch, im dritten Stock öffnete sie die Wohnungstür, darin eingelassen ein Milchglasfenster mit Vorhang. Er atmete schwer. Sie grinste: »Nichts mehr gewöhnt, was?« Aber sie schnaufte auch ein wenig. Im Flur hing ein Poster mit Jim Morrison, auf einer Kiefernholzkommode stand ein Telefon. Sie zeigte auf eine Zimmertür. »Das ist meins. Ich komme gleich.«

Sie verschwand hinter einer Tür am Ende des Gangs. Dort war das Bad, gegenüber von Brigittes Zimmer gab es zwei weitere Türen. Eine mochte in die Küche führen. Stachelmann betrat Brigittes Zimmer. Viel Platz hatte sie nicht. Ein breites Bett, darauf eine Decke mit mexikanischen Motiven. Ein kleiner Schreibtisch vor dem Fenster, das mehr Licht eingelassen hätte, wenn es geputzt worden wäre. Ein kleine Musikanlage, ein klobiger alter Fernseher, darauf eine Zimmerantenne. An der Wand Fotos. Wohl die Familie. Ein Veranstaltungsplakat neben dem Schreibtisch zeigte Porträts, unter anderem von

Ernst Thälmann und Georgi Dimitroff, der nach seinem Sieg im Leipziger Reichstagsbrandprozess 1933 die Kommunistische Internationale in Moskau geleitet hatte. Die Toilettenspülung rauschte, die Badezimmertür wurde entriegelt. Es war hellhörig in der Wohnung. Dann stand Brigitte im Zimmer. Sie hatte sich ein Pflaster auf die Wange geklebt.

»Geht es Ihnen besser?«

»Wir hatten uns geduzt?«

Stachelmann überlegte, dann sagte er: »Gut.« Warum nicht?

»Dabei hätte ich mehr Grund, dich nicht zu duzen. Wenigstens bis vorhin.«

»Warum?«

»Weil du Antifaschisten verleumdest.«

»Wie bitte?«

Sie zeigte auf das Plakat. »Thälmann«, sagte sie nur.

»Ja und?«

»Du hast ihn denunziert im Seminar. Und in deiner Habilschrift wohl auch.« Sie stand immer noch nahe an der Tür.

»Viel wichtiger, warum wolltest du die nicht anzeigen?«

»Die Bullen bewundern diese Schläger doch insgeheim. Endlich mal jemand, der mit uns aufräumt.«

»Uns?«

»Na, Linke, Antifaschisten, wenn dir das was sagt.«

Stachelmann nickte. So hatte er sich auch einmal verstanden. »Aber zurück zu Thälmann, über den hab ich nicht viel geschrieben und auch nichts Neues. Von 1924 bis 1933 war er KPD-Vorsitzender, mit einer kurzen Unterbrechung, und, um es unwissenschaftlich zu sagen, Stalins bester Freund bei den deutschen Kommunisten. Fachsprachlich nennt sich das Bolschewisierung der KPD, auf Deutsch: Unterwerfung der KPD unter Moskau. Einverstanden?«

»Nein«, sagte sie. Sie setzte sich aufs Bett. Stachelmann sah, dass sie Schmerzen im Bein hatte. »Thälmann hat gegen die Faschisten gekämpft. Er hat auch unter der Folter keine Zugeständnisse gemacht, und die Nazis haben ihn ermordet, weil er ihr gefährlichster Gegner war.«

»Der saß im Zuchthaus, da war er nicht gefährlich.«

»Ach, lass«, sagte sie. »Das kapierst du sowieso nicht.«

Er lachte. »Wenn du meinst. Aber man soll die Hoffnung nie aufgeben.«

Sie grinste.

»Was mich viel mehr interessiert: Wer hat auf mich geschossen?«

Sie schaute ihn eine Weile an. »Warum fragst du mich das?«

Er zuckte die Achseln. »Du weißt nichts darüber?«

Sie schüttelte den Kopf.

»Und die Schmierereien gegen mich? Dieser komische *thread* im Geschichtsforum?«

»Keine Ahnung.« Sie grinste kaum merklich.

»Dabei kannst du die Arbeit gar nicht gelesen haben.«

»Halt, halt«, sagte sie. »Ich hab damit nichts zu tun. Aber nach dem, was du gerade abgesondert hast, wächst meine Sympathie für die Leute, die was gegen diese Arbeit haben.«

»Von der hängt für mich eine Menge ab.«

»Nicht nur für dich. Außerdem, es gibt Wichtigeres.«

»Zum Beispiel?« Er staunte, er spürte keinen Zorn in sich. Brigitte hatte offensichtlich etwas zu tun mit der Kampagne gegen ihn.

»Hast du keine Augen im Kopf? Überall quillt die braune Scheiße aus dem Keller, und du denkst an deine Habilschrift. Was glaubst du, was passiert, wenn die gedruckt vorliegt?«

»Du weißt es anscheinend.«

»Hartz IV«, sagte sie. »Das kommt danach. Ich finde, es gibt genug arbeitslose Professoren. An deiner Stelle würde ich mir was anderes suchen.« Sie lachte.

»Du meinst, weil es Nazis gibt, soll ich die Habilitation und meine Laufbahn abschreiben?«

Sie überlegte, dann sagte sie: »Du verstehst das nicht. Ach ja, hätt ich fast vergessen. Danke, dass du mir geholfen hast. Ich glaube, die hätten mich sonst ganz schön verdroschen.«

»Nach dem, was du gerade von dir gegeben hast, frage ich mich, ob das so schlecht gewesen wäre.«

Sie stutzte, schaute ihn prüfend an, dann lachte sie wieder. »Das meinst du nicht im Ernst!«

Er winkte ab. »Was hast du mit diesem Unsinn zu tun? Lenk nicht ab.«

»Nichts«, sagte sie. Und er sah, dass sie log. Ihre Gesichtshaut rötete sich leicht.

»Was weißt du über den Schießwütigen?«

»Nichts.« Sie schüttelte heftig den Kopf. Womöglich wusste sie wirklich nichts über ihn. Es passte auch nicht zu dem Eindruck, den Stachelmann von ihr gewonnen hatte.

»Das hat gar nichts mit unserer Aktion zu tun. Wir wollten nur zeigen, dass es dem Faschismus nützt, wenn Antifaschisten verleumdet werden. Das ist alles. Du musst nur mal im Internet auf die Seiten dieser so genannten Revisionisten gucken, da kapierst du gleich, dass du denen Munition lieferst, wenn du denen auch nur zu einem Tausendstel recht gibst.«

»So ein Quatsch. Wenn man nicht die Wahrheit sagen darf, weil Nazis davon profitieren könnten, dann hilft man denen noch viel mehr. Bitte, das ist unter deinem Niveau.«

»Sei nicht so überheblich. Von wegen Wahrheit. Du leugnest ja nicht nur, dass Thälmann und andere Kommunisten Antifaschisten waren, du verfälschst auch andere Tatsachen.«

»Zum Beispiel?«

»Dass die Gefangenen von Buchenwald sich selbst befreit haben. Diese Revisionisten sagen, in dem Lager habe es doch einen Laden, ein Krankenrevier, eine Theatergruppe und sogar ein Bordell gegeben. Und die Kommunisten hätten dort fröhlich Parteitage abgehalten. So schlimm könne es ja nicht gewesen sein. Und wenn du leugnest, dass die Genossen sich aus eigener Kraft befreit haben, dann behauptest du ja, sie hätten sich fast gern im Lager einsperren lassen.«

»Du bist verrückt«, sagte Stachelmann. »Ich kenne jedes Buch und jede Quelle über Buchenwald. Es gab das Bordell, und es gab keine Selbstbefreiung. Und doch war Buchenwald ein Nazi-KZ, mit allem, was dazugehört. Mord und Totschlag zuerst, tödliche Ausbeutung, willkürliche Misshandlungen, das Totspritzen im Revier usw. usf. Mehr als fünfzigtausend Tote. Die historische Wahrheit ist zu kompliziert für Überzeugungstäter. Man muss die Wahrheit schreiben, selbst wenn man fürchten muss, dass Nazis oder andere Leute es für ihre Zwecke ausnutzen.«

»So, so, du kennst also die Wahrheit. Ich bin beeindruckt.«

Stachelmann winkte ab. Sie wich aus, klar. Dann setzte er nach: »Dieser in der DDR gefeierte Sturm aufs Tor im April 45 erfolgte erst, als die SS vor den Amis abgehauen war. Danach hat man ein paar SS-Männer, die sich in die Hose schissen, im Wald eingesammelt. Das waren die Gefangenen, die nach der angeblichen Selbstbefreiung den Amerikanern ausgeliefert wurden.«

»Warum musst du das in den Dreck ziehen? Gleich kommst du noch mit den roten Kapos.«

»Keine schlechte Idee«, sagte Stachelmann. Er grinste. »Aber das entzieht sich dem einfachen Urteil, vor allem dem moralinsauren. Darüber diskutieren wir, wenn du nicht mehr so wütend bist. Du solltest übrigens deinen Zorn nicht gegen mich richten, sondern gegen diese Typen da.« Er zeigte zum Fenster hinaus.

Sie lächelte, aber er sah ihr an, dass sie nicht lächeln wollte. »Tee? Kaffee?«

Er überlegte kurz, dann nahm er an, obwohl er lieber nach Hause gegangen wäre. Die Schmerzen quälten ihn und die Angst setzte erst jetzt richtig ein, als ihm einfiel, was ihm hätte passieren können. Andere Nazis oder ein anderer Ort, nicht der Bürgersteig einer Hauptverkehrsstraße in einer Großstadt, und sie hätten ihn verprügelt, vielleicht totgeschlagen. Aber er wollte noch herausbekommen, was sie wusste über den Schützen und die Kampagne gegen ihn.

»Dir geht es nicht gut«, sagte sie. »Kein Wunder, du wolltest dich ja mit Nazis schlagen.«

»Ich habe mich überschätzt. Wenn die nicht so feige gewesen wären, sähe ich aus wie du oder schlimmer.«

Sie lachte und verzog das Gesicht, weil es sie schmerzte. Dann ging sie in die Küche, er folgte ihr.

»Hallo«, sagte sie. In der Küche saß ein junger Mann. Stachelmann glaubte, ihn schon einmal gesehen zu haben. Er begrüßte ihn auch mit »Hallo«. Aber der Mann schaute ihn nicht einmal an. Er war unrasiert, Sweatshirt mit Kapuze, enge Hose, ganz modisch.

»Das ist mein Mitbewohner«, sagte Brigitte. »Er heißt angeblich Georg, alle nennen ihn nur Georgie.« Sie sprach es Englisch aus. »Er studiert auch Geschichte, jedenfalls manchmal.«

Stachelmann überlegte, ob die beiden etwas miteinander hatten. Er fühlte einen Stich, schwach nur. Du kannst doch nicht wegen einer Studentin eifersüchtig sein. Nun wird es lächerlich. Alicia fiel ihm ein, die ihm nachgestellt und einen Selbstmord vorgetäuscht hatte. Vielleicht hatte sie sich auch wirklich umbringen wollen. Alicia war ihm egal gewesen, sie hatte ihn genervt. Nein, mit einer Studentin würde er sich nicht einlassen. Nicht wegen des rechtlichen Ärgers, der ihm drohen würde, sondern weil sie zu jung wäre. Worüber soll man sich mit ihnen unterhalten außer übers Wetter? Allerdings, gestand er sich ein, mit Brigitte hatte er sich nicht übers Wetter unterhalten, sondern über Thälmann und Buchenwald. Und da war er nicht der Dozent gewesen, sondern ein Gesprächspartner. Nun spürte er den Stich wieder.

Endlich drehte Georgie Stachelmann das Gesicht zu und reichte ihm die Hand. »Tag, Herr Stachelmann«, sagte er.

Also kannte er ihn.

»Ich habe mal ein Proseminar belegt bei Ihnen. War ganz okay. Ging um Arisierung oder so. Und dann haben Sie ja diesen Mörder gefunden, während die Bullen geschlafen haben. Nicht schlecht«, sagte Georgie matt und schaute auf Brigitte, die sich ihm gegenüber an den Küchentisch gesetzt hatte. Die Kaffeemaschine blubberte.

»War 'ne lange Nacht, was, Georgie?«

Der zuckte mit den Achseln, als wollte er sagen, es musste sein.

»Wann bist du nach Haus gekommen?«

»Keine Ahnung«, sagte er.

»Du musst heute das Bad putzen«, sagte sie.

»Morgen reicht auch noch.« Er steckte sich eine Zigarette an. Brigitte eilte zum Küchenfenster und riss es auf.

»Ist ja gut«, sagte Georgie. Er stand auf und schmiss die Zigarette aus dem Fenster. Dann schloss er das Fenster und verzog sich aus der Küche.

»Sonst ist er nicht so«, sagte Brigitte. »Aber wenn ein anderer Mann kommt, muss er den Macho geben. Dabei ist er knallschwul und treibt sich fast das gesamte Wochenende in Szenekneipen herum.«

Warum fühle ich mich erleichtert?, fragte sich Stachelmann. Du bist ein Idiot.

Sie warf ihm einen neugierigen Blick zu. Ob sie meine Gedanken lesen kann?

»Vielleicht kannst du meine Frage einfach mit ja oder nein beantworten: Hast du eine Ahnung, wer geschossen haben könnte?«

»Du glaubst mir doch sowieso nicht.«

»Ja oder nein?«

»Nein.«

»Gut«, sagte Stachelmann. Komisch, er war wieder erleichtert, obwohl er so dringend wissen musste, wer es gewesen war. Erst dann war der Spuk zu Ende. »Hast du etwas mit der Kampagne zu tun? Den Schmierereien, dem Internetforum?«

Sie schaute ihn lange an, dann sagte sie: »Jein. Ich war es nicht.«

»Aber du weißt, wer es war?«

Sie antwortete nicht. Dann sagte sie: »Wie kommst du überhaupt in diese Ecke? Wohnst du nicht in Lübeck?«

»Ich bin hierhergekommen, um zu schauen, was du treibst.«

Wieder ein langer Blick. Er dachte, sie hätte längst begreifen müssen, was er tat. Er hatte doch schon zugegeben, dass er ihr gefolgt war.

Stachelmann gefielen ihre Sommersprossen. Und sie hatte braune Augen, große braune Augen, die ihn immer noch anschauten. Und außen an den Augen erkannte Stachelmann Fältchen, die verrieten, dass Brigitte gern lachte.

»Du bist mir also gefolgt«, sagte sie. Sie schien es nicht begreifen zu wollen.

»Das hatten wir schon.«

»Ich gehöre zu den Bösen. Das glaubst du jedenfalls.«

»Manchmal wird aus einem Bösen ein Guter.«

»Manchmal wird aus einer Guten eine Böse.«

»Und wie ist es in deinem Fall?«, fragte Stachelmann.

»Ich gehöre immer zu den Guten. Und die Nazis zu den Bösen. Und jene, die den Nazis helfen, die gehören auch zu den Bösen.«

»Du glaubst immer noch, man darf die Wahrheit nicht sagen, wenn sie angeblich den Nazis nutzt?«

Wieder dieser Blick. Stachelmann las Verwirrung darin. Sie antwortete nicht.

»Wenn man Wissenschaftler ist, muss man immer schreiben und sagen, was man herausgefunden hat, egal, wem es nutzt. Das unterscheidet einen Wissenschaftler von einem Ideologen oder einem Politiker, was am Ende das Gleiche ist. Ich dachte, das hätte ich im Seminar erklärt.«

Sie kratzte sich über dem Pflaster an der Wange.

»Tut's weh?«, fragte er.

Sie nickte. »Du hast deine Meinung gesagt. Erklären, das klingt arrogant.«

»Gut, ich habe meine Meinung gesagt. Könnte aber sein, dass ich der Dozent bin und deshalb dozieren darf.«

Sie grinste kaum sichtbar. »Was du über Thälmann gesagt hast, ist Scheiße. Dozent hin, Dozent her. Was glaubst du, wie viele Dozenten oder sogar Professoren Unsinn verbreitet haben und noch verbreiten? Fast die ganze Garde der alten Historiker, dieser Halbgötter mit dem Staubgeruch, die haben den Nazis gedient. Als Dozenten. Vergessen?«

Sie hatte recht. Erst in den letzten Jahren tröpfelte die Wahrheit über manchen ehrwürdigen Kollegen der alten Historikergeneration, die sich in großer Zahl den Nazis angedient hatte.

»Soll ich einen Arzt rufen?«

»Weshalb? Weil ich deiner Meinung nach Unsinn rede?«

Er lachte. »Das tust du zwar, aber ich fürchte, ein Arzt kann da nicht helfen.«

Sie musste lachen, wieder gegen ihren Willen.

»Ich muss jetzt«, sagte Stachelmann. Dabei hatte er nichts vor. Aber etwas zwang ihn weg von Brigitte. Er bildete sich ein, sie habe ihn traurig angeschaut, als er es gesagt hatte. Doch gestand er sich ein, er las es weniger in ihren Augen als in seiner Phantasie.

Draußen überraschte ihn ein warmer Wind, der nach Meer schmeckte. Langsam ging er den Weg zurück in

Richtung Thälmann-Platz. Die Schmerzen hatten sich zurückgezogen, natürlich konnten sie jeden Augenblick wiederkommen. Das Laufen tat ihm gut. Aber er war unzufrieden mit sich. Er hätte härter fragen, Brigitte in die Enge treiben müssen mit messerscharfen Fragen und Vorwürfen. Sie hatte etwas zu tun mit dem Wahnsinn, gut, nicht mit dem Irren, aber irgendwie hing die Schießerei zusammen mit der Kampagne. So etwas trifft nicht zufällig zusammen: die Schießerei, die Schmiererei, die *postings* in dem Internetforum. Und Brigitte hatte etwas damit zu tun. Warum hatte er sie nicht festgenagelt? Schließlich ging es um seinen Hals.

Und warum fiel ihm jetzt Anne ein? Es war in der letzten Zeit nicht nur gut gewesen zwischen ihnen. Aber er wusste nicht, was es war. Gut, einmal hatte sie ihn angeschrien, ihm vorgeworfen, über seinem Kram zu vergessen, dass auch sie etwas zu tun hatte außer der Kindererziehung, nämlich eine Doktorarbeit zu schreiben. Hatte er nicht versprochen, ihr zu helfen? Den Text Korrektur zu lesen? Aber als er hätte anfangen können, hatte sie kein Wort davon gesagt. War es seine Schuld? Hätte er daran denken müssen? Nein, sie wusste doch am besten, wann er helfen konnte. Warum hatte sie geschwiegen? Weil sie gespürt hatte, dass er im Kopf woanders war, sich nicht für ihre Dinge interessierte. Er sei ein Egomane. Schlimmster Sorte, weil er so hilfsbereit tue und so altruistisch, weshalb sie schon längst glaube, dass er ein Heuchler sei. Wenn es darauf ankomme, versage er, nicht nur bei seinen Aufgaben, sondern auch, wenn es darum gehe, Versprechen zu halten.

Dann hatten sie lange nichts mehr gesagt, jedenfalls nichts mehr von Belang. Manchmal wäre es ihm lieber gewesen, sie hätte geschimpft, als nur dieses Alltagsgebrabbel übers Essen, das Wetter, Felix und so weiter. Hin und wieder drängte sich ihm die Idee auf, sie würde ihn rausschmeißen. Dann schaute sie ihn wieder so merkwürdig an, verzweifelt vielleicht, aber er fragte nicht, da er fürchtete, sie würde wieder ausrasten. Vielleicht sollten sie endlich einen Urlaub miteinander machen. Weit wegfahren und alle Arbeit und Sorge zu Hause lassen. Wenn er länger darüber nachdachte, das geschah nicht oft, dann ahnte er, es würde ihnen nicht gelingen. Etwas davon reiste immer mit.

Jetzt wollte er sowieso nicht weg. Erst musste der Schütze gefasst sein. Er kramte sein Handy aus der Jacketttasche und wählte Ossis Nummer. Zwar gab es Ossi nicht mehr, aber die Nummer hatte Stachelmann gespeichert, und es würde nun jemand anders ans Telefon gehen.

»Wohlmann, Mordkommission.«

»Stachelmann, ist der Herr Taut zu sprechen?«

»Ich verbinde.« Ossis Nachfolger hieß offenbar Wohlmann.

»Taut.«

»Stachelmann. Herr Taut, haben Sie den Schützen?«

»Nein.«

»Wenigstens eine Spur?«

»Eigentlich nicht.«

»Kann ich nochmal aufs Dach der WiSo-Fakultät?«

»Sie können hin.«

»Wollen Sie nicht mitkommen?«

Taut zögerte. Stachelmann wusste, der dicke Mann hasste körperliche Bewegung. Zuletzt hatte Stachelmann über Ernst Gennat, den berühmten Berliner Kriminalisten in Kaiserzeit, Weimarer Republik und NS-Regime, gelesen, der sich mit Kuchen mästete, bis er sich kaum noch rühren konnte. Taut erinnerte ihn an Gennat, wenngleich Taut vermutlich nicht genial war. Außerdem wusste Stachelmann nicht, ob Taut sich seine Fettleibigkeit auch mit Torte angefressen hatte.

»Gut«, sagte Taut endlich.

»In einer Stunde vor dem Gebäude?«

Taut zögerte, aber nicht mehr so lang: »Gut, ich werde

da sein. Vielleicht fällt Ihnen ja was auf, das wir übersehen haben.« Er klang nicht überzeugt. Nach einer kurzen Pause sagte er: »Ist ja schon mal so gewesen.«

Stachelmann ging schneller. Bald spürte er den Schweiß. Endlich war er an der U-Bahn-Station Hudtwalckerstraße. Er nahm die U1 Richtung Ohlstedt bis zum Stephansplatz und lief dann, am Dammtorbahnhof vorbei, zur Uni. Er war zu früh. Es nieselte inzwischen, der Wind fegte die Tröpfchen durch den Von-Melle-Park, sie piekten im Gesicht. Und es war plötzlich kalt geworden. Ein Pärchen lief Hand in Hand vorbei, gleich sank seine Laune, weil es ihn an seine Beziehung mit Anne erinnerte. Dann rollte ein Auto heran und hielt direkt vor ihm. Die Beifahrertür öffnete sich, Taut quälte sich aus dem Wagen. Er sah finster aus, wahrscheinlich übernächtigt und enttäuscht, weil sie nicht vorankamen. Nur deshalb ließ sich Taut wohl darauf ein, mit Stachelmann auf das Dach der WiSo-Fakultät zu gehen. Oben würde der Wind noch schärfer blasen, aber das war Stachelmann egal. Taut baute sich schnaufend vor Stachelmann auf. Er reichte ihm die Hand, schaute aber an ihm vorbei in Richtung WiSo-Fakultät. »Dann wollen wir mal.« Er hüstelte, als wollte er zeigen, dass er sogar das Risiko einging, sich eine Erkältung zu holen.

Sie fuhren im Aufzug zum obersten Stockwerk. Dann ging Taut voraus, öffnete mit einem Schlüssel die Stahltür, hinter der die Stahltreppe zum Dach führte. Er schloss die Luke auf, der Wind biss, als Stachelmann hinter Taut aufs Dach stieg. Taut ging in Richtung Philosophenturm und blieb am Rand stehen. Stachelmann sah wieder die Kreidekreise auf dem Dach, wo die Patronenhülsen gelegen hatten.

»Warum hat er die nicht eingesammelt?«

»Warum sollte er? Das G3 ist Massenware. Außerdem würde die Kriminaltechnik ihre Schlüsse aus den Kugeln ziehen. Natürlich, ob der das gewusst hat, keine Ahnung.

Vielleicht ist er in Panik geraten. Er hätte das Gewehr liegen lassen können. Da wäre die Flucht einfacher gewesen.«

»Kein Zeuge?«

Taut schüttelte den Kopf.

»Wenn er das Gewehr getragen hat, das muss doch jemandem aufgefallen sein.«

»Vielleicht hat er es im Koffer eines Kontrabasses getragen.«

»Und woher hatte er den Schlüssel?«

»Brauchte er nicht. Dieser Idiot von Hausmeister hatte nicht abgeschlossen. Es war all die Jahre nicht abgeschlossen.«

»Hat der Hausmeister was damit zu tun?«

Taut winkte ab.

Stachelmann trat an den Rand des Daches und schaute hinüber zum Philosophenturm. Wieder zog es ihn nach unten. Ihm wurde schwindelig. Dann kam die Angst vor einer Bö, die ihn hinunterblasen könnte.

»Ist Ihnen nicht gut?«, fragte Taut.

»Doch, doch, nur ein bisschen Höhenangst.«

Taut schwieg. Sie starrten gemeinsam hinüber zu dem Platz vor dem Philosophenturm, auf das Schussfeld. Stachelmann überlegte, was in dem Täter vorgegangen war. Der hatte hier oben gelegen und die Macht gespürt, die aus dem Gewehrlauf kam. Stachelmann musste grinsen, eine Parole aus früherer Zeit.

Taut schaute ihn an. »Gibt's was Komisches?«

Stachelmann antwortete nicht. Mit den Augen strich er über den Platz. Auch dort Kreidestriche, aber Quadrate, eines am anderen. »Was ist das?«

»Was?«

»Die Kreidequadrate auf dem Hof.«

»Ach so, das haben wohl Kinder gezeichnet. Sie kennen doch diese Hüpfspiele.«

Natürlich kannte er die. Er hatte sie als Kind auch gespielt, so etwas konnten Jungen und Mädchen zusammen spielen. Ihm fiel die Mutter ein, ein Stich.

»Und Sie haben nichts gefunden, kein Haar, keine Hautpartikel, nichts?«

»Blowin' in the wind«, sagte Taut. Er warf seine Hand zum Philosophenturm.

Sie standen noch lange. In Stachelmanns Hirn wiederholte sich die Schießerei immer wieder, er versuchte, das Geschehen vom Dach aus zu sehen. Er schloss die Augen und sah den Schützen, wie er anlegte und sich sein Ziel suchte, es im Visier hielt und abdrückte. Viermal vorbei. Er hatte gewissermaßen perfekt vorbeigeschossen. Beim ersten Schuss hatte Stachelmann sich hingeworfen, ohne zu wissen, dass der Angriff von oben kam, er also immer noch ein gutes Ziel abgab. Nein, der Schütze hätte ihn getroffen, wenn er gewollt hätte. Dessen war er sich nun sicher. Es hatte sich also gelohnt, aufs Dach zu steigen. Er öffnete die Augen. »Er wollte mich nicht töten, eindeutig. Von hier oben würde sogar ich ein Ziel meiner Größe treffen. Jedenfalls wenn ich vier Versuche hätte.«

Taut nickte langsam, als wollte er zeigen, dass er im Kopf Stück für Stück bedachte, was Stachelmann erklärte. »Klingt überzeugend«, sagte er schließlich. »Wenn einer da unten liegt und sich nicht rührt, bietet er ein perfektes Ziel.«

Stachelmann fragte sich, ob Taut diese Einsicht erst jetzt gewonnen hatte. »Die Ballerei muss nicht unbedingt etwas zu tun haben mit der Internetkampagne.« Ich hätte Brigitte festnageln müssen, schalt er sich.

»Das sehen wir anders. Wenn wir die Leute erwischen, die diese Schmiererei veranstaltet und die Beiträge ins Internet-Diskussionsforum gestellt haben, dann haben wir auch den Täter. Das sagt mir die Berufserfahrung.«

Stachelmann fror. Er zögerte, dann sagte er es doch: »Manchmal sind die Dinge anders, als man glaubt.«

Taut schaute ihn an und zog die Augenbrauen hoch.

»Genau, und meine Oma fährt im Hühnerstall Motorrad.«

Stachelmann dachte an Brigitte und ihr halbes Geständnis. Nein, sie wollte ihn nicht umbringen. Und sie hatte nichts zu tun mit einem Irren, der auf Menschen schoss. »Es soll Omas geben, die Motorrad fahren.« In seiner Stimme lag Ungeduld.

Taut schaute ihn immer noch an, seine Miene war finster. »Wenn Sie mehr wissen als wir, dann sagen Sie es. Sie wissen, Sie müssen es sagen.«

»Wenn ich etwas wüsste, würde ich es sagen. Ich ahne etwas. Mehr nicht.«

»Und die Kampagne gegen Sie? Gleichzeitig, das ist kein Zufall. Und wenn man das im Diskussionsforum liest, wir haben es ausgewertet, da gibt es klare Bezüge zu den Schüssen.«

»Gewiss. Aber doch im Nachhinein.«

»Guter Mann, bei allem Respekt, bei solchen Hinweisen bleibt uns keine Wahl, als ihnen zu folgen. Und so viele Zufälle gibt es nicht.« Er schüttelte den Kopf, dann nochmal, wie um sich selbst zu überzeugen. »Stellen Sie sich vor, wir würden dem nicht nachgehen, aber später stellt sich heraus, dass das die Bärenspur war. Die Zeitungen, vor allem die mit den großen Buchstaben, würden uns den Kopf abreißen. Die Versager von der Hamburger Mordkommission. Jedes Kind wäre dem Täter auf die Schliche gekommen, nur nicht die Mordkommission unter ihrem offensichtlich überforderten Leiter namens Taut. Ich bin doch nicht verrückt.« Er drehte sich um und ging langsam zurück zur Luke. »Aber wenn Sie eine andere Spur haben, wir gehen dem nach, versprochen.« Er blieb stehen und fixierte Stachelmann. »Haben Sie eine andere Spur?«

Stachelmann dachte an Brigitte, die offenbar die Typen kannte, die die Kampagne gegen ihn losgetreten hatten. Aber er schwieg und ging zur Tür, vorbei an Taut, der ihm widerwillig, wie es schien, folgte.

Als sie wieder auf dem Pflaster des Von-Melle-Parks standen, reichte Taut Stachelmann die Hand. »Wenn Ihnen noch was einfällt, rufen Sie an.« Es hörte sich an wie: Lassen Sie uns in Ruhe unsere Arbeit machen. Wir sind die Profis.

»Gut«, sagte Stachelmann. Er wusste nun, dass er auf sich allein gestellt war.

5

Erst eine Woche später stellte E.T. zwei Zitate in die Diskussionsgruppe. Das erste stammte aus einer Fußnote:

Der KPD-Vorsitzende Ernst Thälmann war Stalins treuester Parteigänger in Deutschland. Ende September 1928 enthob ihn das ZK der KPD aller Funktionen, weil er daran beteiligt gewesen war, die Veruntreuung von Parteigeldern durch den Hamburger KPD-Funktionär Wittorf zu vertuschen. Kurz darauf setzte ihn das Exekutivkomitee der Kommunistischen Internationale (EKKI) auf Intervention Stalins wieder ein. Unter Thälmanns Führerschaft verwandelte sich die KPD seit Mitte der Zwanzigerjahre in ein Anhängsel der Komintern bzw. Stalins. Der geheime Militärapparat und Nachrichtendienst der KPD wurde von Funktionären des sowjetischen Geheimdienstes GPU geleitet. Analog zu den innerparteilichen Machtkämpfen in Moskau zerfiel auch die Führung der KPD in Fraktionen. Bis in die Endphase der Weimarer Republik verweigerte die KPD eine Einheitsfront mit der SPD gegen die Nationalsozialisten. Stattdessen bekämpfte sie die Sozialdemokratie als »Sozialfaschisten«, die sie zeitweise als gefährlicher einstufte als die Nazis. Die Propagierung einer antifaschistischen Einheitsfront diente bis zum Ende vor allem dem Versuch, die Mitgliedschaft gegen die SPD-Führung auszuspielen (»Einheitsfront von unten«). Den Sieg der Nazis interpretierten Thälmann und Genossen zunächst als Vorspiel der sozialistischen Revolution. Thälmann wurde bald nach der Machtübertragung an die Nazis verhaftet. Aus Kassibern und Mitteilungen an die Ehefrau wird deutlich, dass er die Politik der Sowjetunion und der Komintern in allen Details unterstützte, auch den Hitler-Stalin-Pakt vom August 1939. Es ist nicht dokumentiert, warum Stalin in dieser Zeit nicht die Gelegenheit nutzte, Thälmann aus der Nazihaft zu befreien, wogegen die

KPdSU den Nazis deutsche Emigranten auslieferte, darunter auch die Ehefrau des ehemaligen KPD-Politbüro-Mitglieds und Thälmann-Vertrauten Heinz Neumann. Am 17. August 1944 wurde Thälmann auf Befehl Hitlers von Bautzen nach Buchenwald gebracht und dort ermordet.

Das zweite Zitat war ein kurzer Auszug aus dem Epilog:

Eine Selbstbefreiung des KZ hat es nicht gegeben. Als die SS-Wachmannschaften im April 1945 vor den heranrückenden US-Truppen flohen, besetzten bewaffnete Häftlinge das Tor, und das Internationale Lagerkomitee übernahm die Kommandogewalt. (…)

Nach Kriegsende wurde Buchenwald zum sowjetischen Sonderlager, mit einer Todesrate, die sich nicht wesentlich unterschied von der in den Jahren, als die SS das KZ beherrscht hatte. Die Toten der Sowjetzeit sind Opfer der Gleichgültigkeit, die Toten der NS-Zeit Opfer des SS-Terrors.

Stachelmann hatte darauf gewartet, dass endlich die angekündigten Zitate veröffentlicht wurden, er war immer nervöser geworden, hatte verfolgt, wie die Diskussion verdummte, vor allem seit sich diskussionsgruppenbekannte Revisionisten einzumischen begannen, die Stachelmann nur »Halbnazis« nannte. Als die beiden Zitate dann da standen, war er enttäuscht. Lächerlich, deswegen eine Kampagne und vielleicht sogar die Schüsse. Er las die Textstellen mehrfach durch, als könnte er ihnen so mehr Bedeutung abringen, etwas, das vielleicht einem Spinner als Rechtfertigung dienen könnte, sich aufregen zu dürfen. Aber das, was E.T. zitierte, war seit langem bekannt. Er schien tatsächlich an die Buchenwald-Legenden zu glauben, die die SED geschaffen hatte, um ihre Herrschaft historisch und moralisch zu rechtfertigen. Der Aufstand unter Führung der KPD, der Sieg über die SS. Maßlos übertrieben und vor allem überflüssig, denn unbestreitbar hatten die

Kommunisten einiges erreicht in ihrem zähen und mutigen Kampf gegen die SS. Stachelmann las wieder und schüttelte den Kopf. Immerhin schien ihm jetzt zweifelsfrei klar, dass E.T. für »Ernst Thälmann« stand. Wer verbarg sich hinter dem Kürzel? Brigitte?

Er ließ das Frühstück ausfallen. Es zog ihn an die Universität, heute war sein Seminar, und er wollte erfahren, was Brigitte und die anderen Seminarteilnehmer von den Zitaten hielten. Schnell schrieb er dem Kommissar Kurz eine Mail, in der er auf die Diskussionsgruppe verwies, dann eilte er zum Bahnhof und erwischte einen frühen Zug nach Hamburg.

Er hatte auch am Mittag keinen Hunger, sondern wartete ungeduldig auf den Beginn des Seminars, auch wenn er sich wieder und wieder sagte, es würde sich nichts ergeben, das ihm helfen könnte. Manchmal versuchte er sich vorzustellen, wie Brigitte sich mit dem Todesschützen abstimmte, aber es passte nicht. Der schießwütige Irre hatte wohl doch nichts zu tun mit der Kampagne gegen ihn. Aber beides geschah im gleichen Augenblick, solche Zufälle sind rar.

Anne kam vorbei. Sie las die Zitate und prustete los. Dann hielt sie sich die Hand vor den Mund. »Entschuldigung, aber das ist nur noch lachhaft. Das weiß doch jeder, was in den Zitaten steht. Deswegen das Theater?« Sie schaute ihn an, als müsste er eine Antwort wissen. »Das kann doch kein Grund sein, auf Leute zu schießen oder auch nur eine Kampagne loszutreten.« Sie schüttelte den Kopf. »Wir haben es mit einem Verrückten zu tun, jede andere Erklärung wäre absurd.«

Wie oft hatte er darüber nachgedacht, als er die Woche zu Hause gesessen und gegrübelt hatte. Er war keinen Millimeter weitergekommen. Manchmal hatte ihn die Verzweiflung gepackt, manchmal die Wut. Dann stellte er sich vor, wie er den Kerl jagte und tötete. Mit den Händen erwürgte. Dann lachte er über sich und seine Anwandlungen, die in einem grotesken Gegensatz standen zu den Möglichkeiten seines Körpers.

»Ob ich mich doch einmischen sollte in dieser Diskussionsgruppe, anonym natürlich?«

Sie bedachte die Idee, dann sagte sie: »Und was soll das bringen?«

»Jede Äußerung von diesen Leuten könnte etwas verraten über sie.«

»Nimm lieber diese Studentin in die Mangel.« Sie lachte kurz auf. »Du weißt, wie ich es meine.«

Er antwortete nicht, hörte kaum zu, lauschte einer inneren Stimme, die ihm einflüsterte, es sei alles umsonst. »Es hat keinen Sinn«, sagte er endlich. Er starrte sie an, dann schaute er an ihr vorbei an die Wand.

Sie schwiegen eine Weile. Dann sagte er: »Ich habe keine Wahl. Ich muss es herausbekommen. Wie soll ich leben, wenn ich immer nur Angst habe, dass mich einer ermordet?«

Sie nahm ihn lange in den Arm, bevor sie ging. »Wenn du willst, kannst du zu uns kommen. Ich glaube nicht, dass das besonders riskant wäre. Wahrscheinlich weiß der Kerl gar nicht, dass es mich gibt. Bei mir bist du sicherer. Er weiß bestimmt längst, wo du wohnst, steht ja im Telefonbuch. Denk mal drüber nach.«

Stachelmann antwortete nicht. Er sah ihr nach, als sie ging. Warum war sie so gut zu ihm, wo er sie doch so oft enttäuscht hatte?

Er musste sich beherrschen, nicht zu früh in den Seminarraum zu gehen. Als es endlich so weit war, zählte er dreizehn Teilnehmer. Eine Art Normalisierung, achtzehn hatten sich am Anfang eingeschrieben. Brigitte trug einen dunkelblauen Pulli, sie sah gut aus. Sie begrüßte ihn mit einem Blick, der ihn verunsicherte. Was wusste sie?

»Ich weiß nicht, wer von Ihnen die Ereignisse der jüngsten Zeit verfolgt hat« – sechsundzwanzig Augen blickten ihn an – »und wer weiß, dass im Internet eine Kampagne gegen mich läuft. Vielleicht haben Sie die Zitate gelesen, allerdings dürften diese für Sie nicht neu sein. Wir haben immer mal wieder darüber diskutiert …«

»Aber die Kritik an diesen Zitaten haben Sie auch schon gehört«, sagte die Pummelige mit den schwarzen Haaren. Der Typ mit der Gelfrisur nickte. Er saß wieder neben der Schönen, die diesmal aber nicht aufgelegt schien zu lachen.

Natürlich erinnerte er sich, dass Brigitte ihm oft widersprochen hatte, während die anderen nur zuhörten. »Was ist Ihre Meinung?«

Die Pummelige staunte ihn an, sie hatte nicht damit gerechnet, aufgerufen zu werden wie in der Schule. »Äh, ich finde es … schrecklich.«

»Was?«, fragte Brigitte.

»Na, alles.«

»Wollen Sie uns jetzt verhören?«, fragte die Frau mit der Pagenfrisur. Stachelmann hatte nicht erwartet, dass sie wieder erscheinen würde, nachdem sie beim letzten Mal wütend abgerauscht war, ohne sich darum zu scheren, dass sie sich verdächtig machen könnte.

»Verstehen Sie nicht, dass ich herausbekommen muss, wer hinter der Kampagne steckt? Und noch mehr, wer auf mich geschossen hat …«

»Immerhin haben Sie überlebt«, unterbrach ihn der Student mit den Zottelhaaren.

Brigitte nickte.

Stachelmann mühte sich, seinen Zorn zu unterdrücken. »Das ist mir bewusst. Aber was würden Sie tun, wenn jemand auf Sie geschossen hätte?«

Der Zottelhaarige guckte ihn mit leeren Augen an. »Auf mich hat noch keiner geschossen. Wie ich darauf reagiere, überlege ich mir, wenn es so weit ist.«

Unterdrücktes Gekicher. Die Schöne und der Gegelte steckten die Köpfe zusammen.

»Freut mich, dass noch nie jemand auf Sie geschossen

hat. Auf Wiedersehen«, sagte Stachelmann. Er nahm seine Tasche, öffnete die Tür, trat hinaus in den Gang und knallte die Tür zu. Schnellen Schrittes ging er zu seinem Büro und schloss von innen ab. Er setzte sich auf die Schreibtischplatte und überlegte, wie es weitergehen könnte. Er sah keinen Ausweg. Dann ging er zum Fenster und stellte sich so davor, dass er von außen gut gesehen werden konnte. Der Trotz wetteiferte mit der Angst. Die zog ihn weg vom Fenster, der Trotz hielt ihn dort. Dann schieß doch. Er überlegte, wie man sich fühlte, wenn einem eine Kugel in die Brust geschossen wurde. Man fühlt eigentlich nichts, erst der Schock und dann der Tod, wenn der Schütze das Herz traf. Den Knall hörte das Opfer wohl nicht, der Schall war langsamer als der Schock. Würde er im Kopf getroffen, stürbe er noch einige Zehntelsekunden schneller. Aber wenn die Kugel nicht das Herz traf, wenn er nicht sofort tot war, dann würde es schmerzhaft werden und lang dauern, bis er wieder auf die Beine käme, wenn überhaupt.

Er erschrak, als es an der Tür klopfte. Stachelmann blieb am Fenster stehen und schaute hinaus, als hätte er nichts gehört. Unten im Park sah er wieder die Kreidestriche, die er vom Dach der WiSo-Fakultät erkannt hatte. Es klopfte wieder, fast heftig. Die Türklinke bewegte sich mehrmals.

»Ja, ja!«, rief er. »Ich komme ja schon.«

Er schloss auf und öffnete die Tür, obwohl er Angst hatte. Aber der Killertyp würde nicht durch die Tür kommen. Es war Brigitte.

»Wenig eleganter Abgang«, sagte sie und schob sich an ihm vorbei. Sie roch gut. »Und dann verbarrikadierst du dich auch noch.« Sie ging zum Besucherstuhl vor dem Schreibtisch. Er sah ihr nach, die Hose stand ihr.

»Ja?«, fragte er und ärgerte sich über seine Unbeholfenheit.

»So kriegen wir nie heraus, wer dir das eingebrockt hat.«

»Was ist *das*? Der Mordanschlag, die Kampagne oder beides?«

»Der Mordanschlag«, sagte sie. »Die Kampagne ist was anderes, jedenfalls ist sie nicht gefährlich«, fügte sie hinzu, nachdem sie kurz gezögert hatte.

»*Wir* kriegen gar nichts heraus. Jedenfalls nicht, solange du mir verschweigst, was du weißt.«

Sie blinzelte, und Stachelmann bildete sich ein, ihr Gesicht habe sich leicht gerötet. Warum war sie gekommen? Wenn sie mit drinhing, dann müsste sie doch einen weiten Bogen um ihn machen. Stattdessen kam sie zu ihm.

»Ich … also … ich …«

»Na was?«, sagte er.

»Was diese Kampagne angeht, na, da sind vielleicht ein paar Leuten die Gäule durchgegangen.«

Was für eine altmodische Sprache. »Und die Schüsse?«

»Nein, davon weiß ich nichts«, sagte sie. Das klang so, als wäre sie überzeugt, dass sie die Wahrheit sagte – aber auch so, als würde sie sich winden wie ein Regenwurm auf einem heißen Stein. »Das war es, was ich dir sagen wollte.«

»Was soll ich damit anfangen? Und wie erklärst du mir, dass die Schießerei in dieser Diskussionsgruppe geradezu begrüßt wurde?«

»Du musst mir glauben, das eine hat mit dem anderen nichts zu tun.«

»So billig kommst du nicht weg. Außerdem finde ich die Kampagne übel genug.«

»Sei nicht so empfindlich. Wer solche Thesen in die Welt setzt, muss mit Antworten rechnen. Und in solche Diskussionen mischen sich auch Leute ein, die einen an der Waffel haben. Es sind offene Foren, jeder darf mitmachen.«

Erst starrte er sie an, dann lachte er. Natürlich war sie verstrickt in die Kampagne.

Es klopfte an der Tür, die Türklinke ging, zwei Männer

in Mänteln kamen herein. Der zuerst eintrat, war kräftig gebaut, groß, Stoppeln auf dem Kopf. Der dahinter war klein, drahtig, ein hageres Gesicht mit einem schmalen Schnurrbart, der ihn fies aussehen ließ. Der Kräftige warf einen Blick auf Brigitte, dann auf Stachelmann. »Sie sind Dr. Stachelmann?«, zischte er. Er öffnete kaum die Lippen.

»Wer sind Sie?«, fragte Brigitte.

»Dass Sie nicht Dr. Stachelmann sind, sehe ich. Also werden Sie der betreffende Herr sein.« Er schaute Stachelmann streng in die Augen. Wie eine Schlange, dachte Stachelmann. Er zischt wie eine Schlange.

»Und wer sind Sie?« Endlich hatte er Worte gefunden, wenn er auch nur wiederholte, was Brigitte gefragt hatte.

»Können wir Sie allein sprechen?«, fragte der Drahtige mit einer tiefen Stimme, die nicht zu ihm zu gehören schien.

»Verlassen Sie das Zimmer«, sagte Stachelmann. »Mit Leuten, die sich nicht vorstellen, rede ich nicht.«

Der Kräftige nestelte eine Karte aus einer Tasche und hielt sie Stachelmann vor die Augen. Er las etwas von Polizei. »Staatsschutz«, sagte der Drahtige.

»Mit denen würde ich nicht reden«, sagte Brigitte.

»Wir mit Ihnen auch nur auf dem Präsidium. Sie kennen wir ja schon.«

»Und was wollen Sie von mir?«, fragte Stachelmann und ärgerte sich.

»Wir nehmen diese Äußerung mal als Vorstellung«, sagte der Kräftige. »Und Sie« – er wandte sich an Brigitte – »gehen jetzt besser.« Sein Zeigefinger deutete auf die Tür.

»Wer hier geht, bestimme ich«, sagte Stachelmann. »Außerdem sollten Sie an Ihren Manieren arbeiten.« Ihm drängte sich das Bild auf, dass die beiden Männer Ledermäntel trugen.

»Okay, okay«, sagte der Drahtige. »Ich glaube, wir fangen besser nochmal ganz von vorn an. Sollen wir rausgehen und wieder reinkommen, und Sie tun so, als hätten Sie uns noch nie gesehen?«

»Jetzt werden Sie albern. Das hier ist kein Sandkasten, sondern mein Büro. Und ich möchte, dass Sie das sofort verlassen.«

Die beiden Männer wechselten einen Blick, dann gingen sie wortlos. Als sie die Tür von außen schlossen, atmete Stachelmann auf. Brigitte warf ihm einen freundlichen Blick zu. Dann öffnete sich die Tür wieder, und Stachelmann erschrak.

»Wundern Sie sich nicht, wenn Sie eine Vorladung ins Präsidium bekommen.«

Stachelmann winkte ab. »Raus!«, brüllte er.

Brigitte sah ihn erstaunt an. »Hätte ich dir nicht zugetraut.«

»Was?«

»Dass du die Bullen einfach rausschmeißt.«

»Ich mir auch nicht.« Er lachte verkrampft. In ihm wuchs das Gefühl, irgendetwas laufe falsch. »Die kennen dich?«

»Klar. Für die bin ich eine Linksradikale, die die freiheitlich-demokratische Grundordnung bekämpft.«

Er schüttelte den Kopf. »So gefährlich siehst du aber nicht aus.«

Sie grinste. »Ich bin der Wolf im Schafspelz.«

»Besser als andersherum.« Er kratzte sich an der Stirn. »Warum haben die dich auf dem Kieker?«

»Die haben *uns* auf dem Kieker. Wir sind eine Gruppe, die gegen die Nazis kämpft. Überall, wo sie auftauchen. In Ostdeutschland gibt es schon genug *befreite Zonen*, wo die Nazis Ausländer und Behinderte jagen und auch sonst alle, die ihnen nicht passen. Wir wollen verhindern, dass das auch in Hamburg und in Norddeutschland passiert.«

»Ihr allein?«

»Nein, es gibt in vielen Orten Antifas. Mit denen arbeiten wir zusammen.«

Er setzte sich auf seinen Stuhl hinter dem Schreibtisch, sie sich auf den Stuhl davor.

Wieder klopfte es, Anne steckte ihren Kopf ins Zimmer. Sie schaute zu Brigitte. »Stör ich?«

»Nein.« Stachelmann winkte sie ins Zimmer. »Ich hatte gerade Besuch vom Staatsschutz.«

»Und was will der von dir?«

»Die ermitteln wohl auch. Die Schüsse und die Kampagne.«

»Das muss doch nicht schlecht sein«, sagte Anne. Sie setzte sich auf die Schreibtischplatte.

Brigitte holte scharf Luft.

»Du hättest sehen müssen, wie die hier aufgetreten sind. Ich dachte an Ledermäntel. Ich habe sie rausgeschmissen.«

»Du übertreibst. Die Gestapo hätte sich nicht rausschmeißen lassen.«

Er nickte kaum merklich. Anne hatte recht. Und es war in seinem Interesse, dass die Sache aufgeklärt wurde. Erst dann konnte er die Angst besiegen. »Sie werden mich vielleicht vorladen. Und wenn ich hingehe, werden sie bessere Manieren haben. Weil sie mich nämlich brauchen als Zeugen.«

»Du gehst nicht hin!«, sagte Brigitte.

Anne starrte sie an. Dann warf sie einen Blick auf Stachelmann, in dem er Verwirrung las. »Er muss hin«, sagte Anne. »Und Sie sollten sich überlegen, ob Sie nicht alles sagen müssten, was Sie wissen.« Stachelmann hatte ihr nur kurz von seinem Abenteuer mit Brigitte berichtet. Er bereute es, weil er vertrauter mit Brigitte war, als Anne es seinem Bericht von dem Streit mit den Nazis hatte anhören können.

»Wenn ich das tue, dann verpfeift er« – sie warf einen Blick auf Stachelmann – »meine Freunde bei den Bullen.«

»Mensch, kapieren Sie nicht, um was es geht? Dann werden Ihren Freunden halt ein paar unangenehme Fragen gestellt. Es wird nicht das erste Mal sein. Aber es geht hier um einen Mordversuch und darum, dass er« – nun warf sie einen Blick auf Stachelmann, um gleich darauf Brigitte wieder zu fixieren – »nicht jeden Augenblick Angst haben muss, von einem Irren abgeknallt zu werden. Überlegen Sie zwei Minuten, wie Sie sich fühlen würden, wenn irgendeiner aus irgendeinem bescheuerten Grund Sie ermorden will und Sie nicht den Hauch einer Ahnung haben, wer es sein könnte und warum Sie bedroht werden.« Sie schlug sich mit der flachen Hand an die Stirn, schüttelte heftig ihren Kopf und sagte: »Mein Gott, ist das so schwer zu kapieren?«

Stachelmann zuckte zusammen. So kommen wir nicht weiter, dachte er. Es hat keinen Sinn, Brigitte zu bedrohen, da wird sie nur bockig.

Brigittes Miene verfinsterte sich. Sie antwortete nicht, aber Stachelmann sah, es arbeitete in ihr.

Anne stand auf, sagte »Tschüs!« und verschwand eilig. Brigitte grübelte. Stachelmann erhob sich und ging zum Fenster. Es wäre ein Leichtes gewesen, einen Meter zur Seite zu treten, um sich einigermaßen sicher zu fühlen.

»Und?«, fragte er.

»Was und?«

»Wollen wir so weitermachen?«

Sie schnaufte schwer, dann sagte sie: »Gut, ich werde in mich gehen und mit ein paar Freunden reden.«

Ein Lichtblick, endlich. Stachelmann ahnte, die Sache kam ins Rollen. Wenn sie ihm alles sagte, was immer das war, dann gäbe es bestimmt neue Spuren. Er würde die Polizei informieren und vielleicht auch selbst suchen. Er konnte doch nicht nur zu Hause sitzen. Er musste etwas tun gegen die Angst und die Lähmung, die sie auslöste. Früher hatten manche gesagt, er sei ein sturer Bock, und das war meist nicht als Kompliment gemeint. Ja, er war ein sturer Bock, und das sollten die Typen zu spüren bekommen, die es auf ihn abgesehen hatten.

»Gut.«

»Komm morgen Abend, so gegen acht, zu mir. Allein. Und den Bullen sagst du kein Wort. Versprochen?«

»Heiliges Indianerehrenwort«, sagte Stachelmann und lachte. Nun ging es ihm besser. »Und komme ich dann auch dem Schützen auf die Schliche?« Die Neugierde begann ihn zu quälen.

»Warte es ab.« Sie schüttelte den Kopf und verließ das Zimmer.

Er saß eine Weile und überlegte, was Brigitte ihm verraten wollte. Stachelmann gestand sich ein, er verdankte es Anne. Ihr Wutausbruch hatte Brigitte schließlich veranlasst, ihre Haltung zu ändern. Und wenn die morgen sagte, sie habe es sich wieder anders überlegt? Er spürte den Zorn, der ihn dann packen würde. Warum hatte Brigitte solche Angst vor der Polizei? Er könnte ihr nicht versprechen, sie rauszuhalten. Aber was sollte es ihr schaden, wenn sie half, ein Verbrechen aufzuklären und womöglich einen Mord zu verhindern? Gut, sie traute wohl den Bekundungen der Politiker nicht, alte und neue Nazis zu bekämpfen. Hohle Phrasen, und dann konnten die Braunen doch wieder tun, was ihnen gefiel. Es stimmte ja. Aber hier ging es um sein Leben. Aber warum erst morgen? Was wollte sie vorher mit wem besprechen? Wie man ihn am besten auf eine falsche Spur setzte?

Er rief die Diskussionsgruppe auf, wieder neue *postings*. Eines stammte von einem *Alberich*:

Das sind die Schlimmsten: Demokrat spielen, aber nach rechts weit offen. So richtig liberal. Antifaschisten wie Thälmann diffamieren, um den Antifaschismus insgesamt in die Pfanne zu hauen. Immer die gleiche Masche.

Ein anderer, unter dem Namen *Ausputzer*, hatte darauf geantwortet:

Was wahr ist, ist wahr. Die Buchenwald-Legende hat die SED benutzt, um sich quasi heiligzusprechen. Wer gegen sie war, war gegen den Antifaschismus. Aber die gleiche SED hat mit ihren sowjetischen Freunden dafür gesorgt, dass ein Mitglied der KPD-Lagerleitung in Buchenwald, Ernst Busse, in Workuta verreckt ist. Da hatte man einen Sündenbock für ein paar Unerklärlichkeiten in der Taktik der Kommunisten. Ist man kein Antifaschist, wenn man die Wahrheit sagt?

Stachelmann schaltete den PC aus und machte sich auf den Weg nach Hause. Was interessierte ihn noch, wer da was schrieb? Morgen würde er die Sache zu Ende bringen. Fast hätte er eine Melodie gepfiffen auf dem Weg zum Dammtorbahnhof. Er fühlte sich stark und mutig. Jetzt war er überzeugt, dass der Irrsinn bald aufhörte.

Zu Hause blinkte der Anrufbeantworter. Es war seine Mutter. Mit zittriger Stimme bat sie um seinen Rückruf.

Er wählte ihre Nummer und fürchtete, sie würde nicht abheben. Als er sie zuletzt gesehen hatte, drängte sich ihm der Gedanke auf, sie würde bald sterben. Sie war so dünn gewesen, so bleich, so schwach. Es klickte.

»Ja?«

»Ich bin's.«

»Gut, dass du anrufst.« Ihre Stimme klang etwas weniger brüchig. »Kannst du mich bald einmal besuchen?«

»Ja, natürlich. Übermorgen?«

»Samstag? Ja, gut. Am Nachmittag. Bring Kuchen mit, wenn du magst.«

»Gibt es einen besonderen Grund?«

»Brauchst du einen besonderen Grund, um deine Mutter zu besuchen?« Sie schluckte. »Es gibt da etwas, das ich dir zeigen will, solange ich noch klar im Kopf bin.«

In der Nacht schlief er kaum, obwohl die Diclofenac-Tablette die Schmerzen dämpfte. Am Morgen dachte er erst an seine Mutter und fühlte sich schlecht, weil er sie vernachlässigte, obwohl sie in der Nähe wohnte.

Nachdem er müde aufgestanden war, dachte er nur noch an Brigitte und an das, was sie ihm sagen wollte. Er spürte, nun würde sich der Nebel auflösen. Sie hatte vielleicht nicht den Schlüssel zur Schatzkammer, aber sie wusste gewiss, wie man zum Tor kam. Und das würde er dann schon öffnen können. War ja nicht das erste Mal. Die Müdigkeit verflog, und die Schmerzen verschwanden, als er das Frühstück bereitet hatte. Die *Lübecker Nachrichten* rätselten auf der Seite »Norddeutschland« in wenigen Zeilen weiter über die Schüsse im Von-Melle-Park. Längst war anderes aufregender. Zumal die Polizei nicht weiterkam. Fast befriedigte es ihn, dass wieder einmal er die Ermittlungen entscheidend voranbringen würde. Das gab den Schüssen auf ihn und dieser Kampagne fast einen Sinn.

Bevor er sich aufmachte, schaute er noch nach, ob es neue *postings* im Internetforum gab. Es hatte sich nichts getan. Bestimmt war es ein gutes Zeichen. Brigittes Freunde hatten die Kampagne eingestellt, und die anderen Besserwisser schwiegen, weil es nichts Neues zu meckern gab. So musste es sein.

Im Seminar konnte er vor Ungeduld kaum arbeiten. Am Mittag holte Anne ihn ab zum Essen. Sie gingen zu einem Italiener, der vor ein paar Wochen aufgemacht hatte. Während sie aßen, sprachen sie kaum. Beim Espresso sagte Anne: »Du magst die?«

Er schaute sie an, wollte erst so tun, als ob er sie nicht verstanden hätte, sagte dann aber: »Ja, aber nicht so, wie du vielleicht meinst.«

»Und was meine ich vielleicht?«

Er wischte mit der Hand über den Tisch. Nein, über so einen Quatsch wollte er nicht reden.

»Aber wenn ich nicht nachgehakt hätte …«

»Ja, ja«, sagte er.

»Stimmt doch!« Sie lächelte ihn an.

Sie hatte recht, aber er fand sie penetrant. Manchmal war sie so. Aber ohne sie würde ihm Brigitte heute Abend kaum etwas erzählen. Oder war beichten das richtige Wort? »Du hast recht.«

»Ich komme mit heute Abend«, platzte sie heraus.

Er schüttelte den Kopf. »Das wäre nicht klug.«

Sie versuchte ihm in die Augen zu schauen, aber er wich aus. »Gut, wenn du meinst.« Sie klang gedämpft.

»Versteh doch, sie erwartet nur mich. Und ich will jede Irritation vermeiden. Sonst überlegt sie es sich noch anders. Ich fühle das, heute Abend werde ich wissen, was hinter dem Irrsinn steckt. Oder zumindest werde ich wissen, wie ich es herausbekommen kann …«

»Überlass es doch der Polizei.«

»Der Polizei wird Brigitte nichts sagen.«

»Aber wenn sie dir verraten hat, was sie weiß, dann kannst du zur Polizei gehen.«

»Sie wird mir das Versprechen abnehmen, dass ich es nicht tue.«

»Du darfst es nicht verschweigen, wenn du etwas weißt über einen Mordversuch. Von allem anderen abgesehen, wäre es eine Straftat. Da hört der Spaß auf. Das ist ein Verwirrspiel, was diese Brigitte und ihre Freunde veranstalten. Und du fällst auf so was rein. Ich ahne ja, warum.«

Eifersüchtig war sie nie gewesen. »Bist du etwa eifersüchtig?«

Sie winkte ab, dann schaute sie auf die Uhr. »Ich muss jetzt los, das Kindermädchen will weg.«

Sie will gehen, um nicht weiter mit dir zu diskutieren. Da war er sich sicher. Sie stand auf, ging zu ihm und küsste ihn flüchtig. »Erzähl mir, wie es war.« Es klang fast verächtlich.

Warum war sie eifersüchtig? Er suchte einen Grund, entdeckte aber keinen. Brigitte war hübsch, das waren andere auch. Absurd. Anne wusste es. Ihre Eifersucht, wenn es denn eine war, hatte einen anderen Grund. Vielleicht richtete sie sich in Wahrheit immer noch gegen Carmen, Ossis Kollegin, mit der er etwas angefangen hatte. Anne hatte darunter womöglich mehr gelitten, als sie zugeben wollte. Aber das war eine Weile her. Vielleicht giftete sie deshalb Brigitte an? Oder doch nur, weil die so lange nicht herausrücken wollte mit dem, was sie wusste?

Er machte sich zu früh auf den Weg zu Brigitte und spazierte im Nieselregen in ihrem Viertel umher, um die Zeit totzuschlagen. Als es acht Uhr war, fror er. Die Nässe war durch die Kleidung gedrungen, der Rücken und die Knie schmerzten. Er klingelte, und als niemand öffnete, klingelte er noch einmal, diesmal lang. Aber es tat sich nichts. Was sollte er tun? Er begann sich zu ärgern. Das war nicht die feine Art, ihn zu versetzen. Sie hatte wohl Angst bekommen vor dem eigenen Bekennermut. Sie drückte sich. Aber sie konnte doch nicht glauben, dass er sie in Ruhe ließ, weil sie die Tür nicht öffnete. Plötzlich war er überzeugt, sie war in der Wohnung, vielleicht beobachtete sie ihn sogar. Er drückte auf den Klingelknopf darüber. Wieder tat sich nichts. Die nächste Klingel, oder besser gleich zwei auf einmal. Er war ungeduldig. Der Türöffner schnarrte. Stachelmann drückte die Tür auf. Schnelle Schritte im Treppenhaus. Ein junger Mann, sportlich, groß gewachsen, Dreitagebart, baute sich vor Stachelmann auf. »Und was wollen Sie?« Er roch übel aus dem Mund.

»Ich möchte zu Frau Stern.«

»Und warum klingeln Sie dann bei mir?«

Dann eine Frauenstimme von oben: »Haben Sie bei uns geklingelt?«

»Nein!«, rief Stachelmann. »Ich will zu Frau Stern«, sagte er zu dem Mann. »Sie öffnet nicht, ich mache mir Sorgen. Wir sind verabredet.«

Der Typ ließ seine Augen von oben nach unten an Stachelmanns Körper entlangwandern und dann wieder zurück. Verachtung lag in seinem Blick, als er Stachelmann anschaute. »Sind Sie ihr Vater?«

»Ich glaube, das geht Sie nichts an.«

Der Typ rückte Stachelmann so nah, dass sie sich fast berührten, als wüsste er, wie sehr sich Stachelmann vor seinem Mundgeruch ekelte. Er starrte ihm einige Sekunden in die Augen. Dann schnaufte er einmal, tippte mit dem Finger an die Stirn, ging an Stachelmann vorbei zur Haustür und dann hinaus.

Jetzt war Ruhe im Treppenhaus. Stachelmann stieg hinauf in den dritten Stock und klingelte an der Wohnungstür. Nichts. Er horchte, hielt den Atem an, um besser zu hören. Nichts. Ob sie schlief? Mit Stöpseln in den Ohren?

Er schlug mit der Faust gegen die Tür und erschrak selbst über den Krach. Er horchte und hörte nichts. Gegenüber öffnete sich quietschend eine Tür, eine Frau, vielleicht vierzig, mit blondierten Haaren starrte ihn an. »Was ist los? Warum machen Sie solchen Lärm?«

»Ich fürchte« – Stachelmann schluckte und hustete –, »ich fürchte, es ist ihr etwas passiert.« Jetzt, wo er es aussprach, war er sicher, dass Brigitte etwas geschehen war. Er sah im Geist ihre Leiche auf dem Boden liegen. Mit einem Blutfleck auf der Brust.

»Wem?«, fragte die Frau mit schneidender Stimme.

»Brigitte, also, Frau Stern.«

Die Frau starrte ihn an und überlegte wohl, ob er irre sei. Nun sah er, dass sie stark geschminkt war. Anscheinend war sie inzwischen zu der Überzeugung gekommen, er sei nicht durchgeknallt. Jedenfalls fragte sie: »Was nun?«

»Die Polizei«, sagte Stachelmann. »Rufen Sie die Polizei. 110.«

Die Frau starrte ihn wieder an, endlich verschwand sie in ihrer Wohnung. Er hörte, wie sie aufgeregt telefonierte, von einem Verbrechen sprach und dass ihrer Nachbarin etwas Schlimmes zugestoßen sei.

Dann stand sie wieder in der Tür ihrer Wohnung. »Sie kommen«, sagte sie. Ihr Kinn zitterte.

Stachelmann setzte sich auf eine Stufe. Die Haustür wurde geöffnet, ein Luftzug im Treppenhaus. Dann Schritte, immer näher. Er erschrak. Wenn Brigitte jetzt die Treppe hochstieg und stöhnte, sie habe den Zug verpasst, es tue ihr leid, dann hätte er sich lächerlich gemacht. Aber was soll's, er hatte sich schon so oft lächerlich gemacht, da kam es nicht mehr an auf ein weiteres Mal. Er sah eine alte Frau die Treppe hochsteigen. Stachelmann rutschte zur Seite, die blondierte Frau sagte: »Guten Tag, Frau Radke.« Die guckte erst auf Stachelmann, dann auf die Blondierte, schließlich zuckte sie die Achseln und mühte sich die nächste Treppe hoch. Auf dem Treppenabsatz blieb sie stehen, drehte sich um, betrachtete Stachelmann und die Blondierte erneut, atmete einmal durch, um sich dann wieder wegzudrehen und die Treppen weiter hinaufzusteigen. Bald hörte Stachelmann, wie eine Tür zuklackte.

Die Blondierte lehnte weiter am Türrahmen, sie biss auf einem Kaugummi herum, als wäre der ein Knochen. Der Duft ihres Parfüms waberte aus ihrer Wohnung. Es roch schwer und aufdringlich. Stachelmann begann zu überlegen, wie sie ohne Schminke und Haarfärbung aussähe, aber er gab es gleich wieder auf. »Die brauchen aber lang«, seufzte sie.

Stachelmann hätte fast erwidert, sie brauche ja nicht zu warten. Es gehe sie ohnehin nichts an. Aber er hatte sie telefonieren geschickt, statt das Handy zu benutzen. Das war der Preis seiner Dummheit. Wenn man etwas tut, sollte man an die Folgen denken. Er grinste. Sie starrte ihn an. »Darf ich mitlachen?«

Stachelmann überhörte es. Eine Alarmsirene, weit weg. Sie näherte sich. Dann erreichte sie die Straße. Stachelmann eilte die Treppe hinunter und öffnete die Haustür. Zwei Beamte traten ein. Einer hatte drei Sterne auf der Schulter, der andere einen.

»Sie haben angerufen?«

»Nein, eine Dame, oben, aber in meinem Auftrag«, stammelte er.

Er führte die Beamten in den dritten Stock. Die Blondierte glotzte. »Gehen Sie bitte in Ihre Wohnung«, sagte der Polizist mit den drei Sternen.

Die Blondierte zögerte, dann schmollte sie, um schließlich mit provozierender Langsamkeit in der Wohnung zu verschwinden und die Tür zu schließen. Stachelmann sah durch die Milchglasscheibe, wie sie hinter der Tür harrte.

»Sie wollen jemanden besuchen, aber derjenige oder diejenige ist nicht da beziehungsweise öffnet nicht die Tür.«

»Ja.«

»Und dann lassen Sie uns rufen? Machen Sie das immer so?« Der Dreisternepolizist war sauer. »Eigentlich hätte ich längst Feierabend.«

»Ich war mit Frau Stern nicht irgendwie verabredet, es war wichtig, es ging um ein Verbrechen. Von den Schüssen im Von-Melle-Park haben Sie doch gehört?«

Der Dreisternepolizist schaute Stachelmann böse an. In seinen Augen las Stachelmann die Frage, ob er verrückt sei.

»Ich bin der Dozent, auf den geschossen wurde.«

»Und ich bin Ali Baba, das sind die vierzig Räuber.« Er zeigte auf den Einsternpolizist. »Haben Sie Ihren Bundespersonalausweis dabei?«

Stachelmann ärgerte sich. Er zog sein Portemonnaie aus der Gesäßtasche und zerrte den zwischen anderen Papieren gequetschten Ausweis aus einem Fach. Der Führerschein fiel auf den Boden, Quittungen segelten hinterher. Er gab dem Beamten seinen Ausweis und sammelte ein, was hinuntergefallen war. Der Dreisternepolizist studierte den Ausweis gründlich, als könnte es sich um eine Fälschung handeln. »Herr Stachelmann«, sagte er.

»Herr Dr. Stachelmann.«

Der Dreisternepolizist reichte dem Einsternpolizist Stachelmanns Ausweis. Der schrieb sich einiges ab und gab Stachelmann den Ausweis zurück. Stachelmann steckte ihn ins Portemonnaie.

Der Dreisternepolizist musterte ihn, dann sagte er: »Und wir sollen jetzt die Tür aufbrechen?«

»Ja.«

»Sie wissen, dass Sie zur Kasse gebeten werden können.«

»Da wäre es doch hilfreich, wenn eine Leiche in der Küche liegt.« Stachelmann mühte sich, sarkastisch zu klingen.

Der Polizist warf ihm einen schrägen Blick zu, dann wandte er sich an seinen Kollegen: »Ruf mal den Schlüsseldienst. Wir machen es auf die sanfte Tour. Auch wenn es mich meinen Feierabend kostet. Und diesen Herrn« – er schaute Stachelmann nicht an – »eine Stange Geld.«

Der Einsternpolizist eilte die Treppe hinunter. Nach zwei Minuten kam er wieder. Schnaufend sagte er: »Geht klar.«

Schweigend warteten sie. Stachelmann hatte sich wieder auf eine Stufe gesetzt, die beiden Polizisten lehnten an der Wand. Der Dreisternepolizist spielte mit einer Zigarette, zündete sie aber nicht an. Der andere beschäftigte sich mit seinem Notizblock. Er schrieb irgendetwas auf, vielleicht begann er schon mit seinem Bericht über einen irren Hochschuldozenten, der sie veranlasst hatte, ohne jeden Grund eine Tür aufzubrechen und eine Wohnung zu durchsuchen.

»Überlegen Sie es sich«, sagte der Dreisternepolizist. »Wenn Sie den Quatsch jetzt abblasen, zahlen Sie nur die Anfahrt des Schlüsseldienstes.«

»Ich will, dass der die Tür aufmacht.«

Die Blondierte öffnete ihre Tür, in der Hand ein Tablett mit Tassen, Kaffeegeruch.

»Das ist eine gute Idee«, sagte der Dreisternepolizist.

Auch sein Kollege nahm eine Tasse und goss viel Milch hinein. Stachelmann lehnte ab, was ihm einen giftigen Blick der Blondierten eintrug. Der Dreisternepolizist schlürfte den Kaffee, ließ sich nachschenken und schlürfte weiter. Stachelmann mühte sich, seine Unruhe zu beherrschen. Und wenn die Polizisten recht hatten? Wenn er hysterisch wurde? Es sollte ihm doch recht sein, wenn Brigitte nichts passiert war. Dann bezahlte er eben den Schlüsseldienst. Na und? Noch bekam er kein Arbeitslosengeld und konnte sich das leisten.

Die Zeit verstrich zäh. Stachelmann spürte sein Herz pochen, als es an die Haustür klopfte. Der Einsternpolizist stieg die Treppen hinunter und kam mit einem kleinen Mann wieder, der einen Blaumann trug, verwaschen und verschmiert. Der Mann roch nach Öl. Er schaute sich um, tippte mit dem Finger gegen den Schirm seiner Mütze, auf der das Logo eines Sportartikelherstellers prangte. Der Dreisternepolizist wies auf die Tür von Brigittes Wohnung, sagte aber kein Wort. Um keinen Preis wollte er sich mehr als nötig mit diesem Unsinn gemeinmachen. Der Schlüsseldienstmann brauchte ein paar Sekunden, dann sagte er: »Bitte sehr! Das Schloss hat's überlebt. Rechnung folgt.« Er ließ den Dreisternepolizisten einen Arbeitszettel unterschreiben und nahm zwei Stufen auf einmal, als wäre er froh, mit der Sache nichts mehr zu tun zu haben.

Der Dreisternepolizist drückte die Tür auf und ging hinein. Der Kollege folgte. Als Stachelmann in den Flur trat, sagte der Dreisternepolizist: »Sie bleiben draußen!«

Stachelmann setzte sich wieder auf die Stufe und versuchte zu lauschen, aber die beiden Beamten sagten nichts.

Sie brauchten nur wenige Minuten, dann baute sich der Dreisternepolizist vor ihm auf: »Niemand da, alle ausgeflogen.« Er rümpfte die Nase. »Sind ja nette Leute, mit denen Sie verkehren.« Er schloss die Tür zu Brigittes Wohnung, winkte dem Kollegen und stieg die Treppe hinunter. »Der

Herr verkehrt mit Steinewerfern und Genossen«, sagte der Dreisternepolizist zu dem anderen und wies im Hinuntergehen mit dem Daumen über dem Kopf zurück auf Stachelmann.

Die Blondierte stand wieder in der Tür. »Und nun?«, sagte sie.

Stachelmann erwiderte nichts. In seinem Kopf arbeitete es. Er ärgerte und freute sich zugleich. Brigitte war nichts passiert, aber sie hatte ihn versetzt. Er saß und wartete. Vielleicht erschien sie bald, oder wenigstens ihr Kommilitone.

»Na, kommen Sie rein«, sagte die Blondierte. »Wir können ja horchen, ob jemand kommt.« Ihre Neugier siegte über ihre Abneigung.

»Nein danke«, sagte Stachelmann. Sie würde ihn ausfragen, dummes Zeug reden, und außerdem stank es in der Wohnung nach ihrem Parfüm.

»Pfff«, machte sie, sammelte die Tassen ein, die die Polizisten auf die Treppe gestellt hatten, und verschwand in ihrer Wohnung. Stachelmann überlegte, ob er draußen spazieren gehen sollte; solange er in Sichtweite des Eingangs blieb, würde er nichts verpassen. Aber er müsste wieder klingeln, um ins Haus zu kommen, wenn es regnete oder er sich nicht gut fühlte. Also blieb er sitzen, unter Beobachtung der Blondierten, deren Türspion sich immer wieder verdunkelte, wenn sie schaute, ob sich etwas tat.

Stachelmann überlegte, ob er richtig gehandelt hatte. Er würde Taut anrufen und ihn informieren, was geschehen war. Taut würde wissen wollen, welcher Spur er folgte. Die Kripo sah es nicht gern, wenn Amateure sie vorführen wollten. Was ja auch so gut wie nie gelang. Doch Stachelmann hatte manchmal eine bessere Nase gehabt als die Kriminalisten. Sicher, dabei hatte ihm auch sein Geschichtswissen genutzt. Verbrechen der Vergangenheit, die nicht aufgeklärt werden, erzeugen neue Verbrechen, die Täter begehen, um etwas zu vertuschen, eine Lebenslüge aufrechtzuerhalten, um falsche Spuren zu legen, weil das zweite Verbrechen leichter fällt, oder was es sonst für Gründe geben mochte. Aber er bildete sich nichts darauf ein, dass er schon recht behalten hatte gegen die Polizei. Und wie war es in diesem Fall? Sollte er zu Hause herumsitzen und warten, bis sein Mörder kam?

Er schluckte zwei Diclofenac, stand auf und streckte sich. Das Gesäß tat ihm weh vom Sitzen auf der Holzstufe. Er ging hin und her zwischen den beiden Türen, die Blondierte lugte immer noch hinaus. Stachelmann war versucht, im passenden Augenblick gegen ihre Tür zu schlagen. Aber er unterließ es, es wäre albern gewesen. Sollte sie glotzen, bis ihr die Augäpfel rausfielen. Er stieg hinauf in den fünften Stock und wieder hinunter ins Erdgeschoss. Dann wieder in die dritte Etage. Er setzte sich ein paar Minuten, bald verschlimmerten sich die Schmerzen, er stand auf und ging wieder hin und her wie in einer Zelle. Er achtete nicht mehr auf den Türspion.

Endlich hörte er, wie die Haustür geöffnet wurde, Schritte im Treppenhaus, sie näherten sich rasch. Es war Georgie, Brigittes Mitbewohner. Der blieb auf einer Stufe stehen und starrte Stachelmann an. »Ist sie nicht da?«

Stachelmann schüttelte den Kopf.

»Ich weiß, sie war mit Ihnen verabredet, und sie hat auch auf Sie gewartet. Ob sie noch einmal weggegangen ist?«

Stachelmann zuckte die Achseln.

»Und Sie warten hier die ganze Zeit?« In seiner Stimme lag Sorge.

»Ja«, sagte Stachelmann. »Es ist mir wichtig.«

»Klar«, sagte Georgie.

Stachelmann fragte sich, was Georgie wusste. Aber es gefiel ihm, der machte sich Sorgen um Brigitte.

»Dann kommen Sie erst mal rein«, sagte Georgie.

»Die Polizei war drin.«

»Was?«

»Ich hab sie gerufen, weil ich fürchtete, Brigitte …«

»Läge als Leiche drinnen?«

Stachelmann nickte. Was macht mich so befangen?

»Scheiße, aber nun ist es passiert. Da hoffen wir mal, dass Gitte ihre Sachen ein bisschen aufgeräumt hat.« Der Unterton verriet, dass Georgie nicht daran glaubte.

Georgie öffnete die Tür und betrachtete das Schloss, an dem aber keine Spuren zu entdecken waren. Sie gingen hinein, und während Stachelmann im Flur wartete, untersuchte Georgie die Wohnung. »Ob die was mitgenommen haben?«

»Nein«, sagte Stachelmann. »Das hätte ich ja gesehen.«

»War die Schnepfe von gegenüber in der Wohnung?«

»Sie wäre es gern gewesen.«

Georgie lachte.

Stachelmann betrachtete das Jim-Morrison-Plakat. Was mochte eine junge Frau finden an Jim Morrison, der so lange schon begraben lag in Paris? Dann betrat er Brigittes Zimmer. Der Schreibtisch war unter Papier, Zeitschriften und Büchern begraben. Eine rote LED zeigte, dass der Computer eingeschaltet war. Er rief Georgie. »Gucken Sie doch mal, ob sie eine Mail bekommen hat, eine dringende Verabredung oder so.«

Georgie schob die Maus hin und her, um den PC aufzuwecken. Er öffnete das Mailprogramm und überflog die Mails des Tages. »Nichts, nur Quatsch.«

»Hat sie einen Freund?«

»Mit der hält es doch keiner lange aus.«

Stachelmann staunte ihn an.

»Hübsch verpacktes Ekelpaket.« Er grinste. »So weit ich das beurteilen kann. Ich hab's ja nicht so mit Mädchen. Hast du schon mal mit ihr diskutiert?« Er war zum Duzen übergegangen.

Stachelmann nickte und zog die Augenbrauen zusammen.

»Dann weißt du ja Bescheid.«

»Du übertreibst.«

»Bei dir hat sie vielleicht nicht ganz so vom Leder gezogen wie gegenüber anderen. Vielleicht hat sie vor dir sogar ein bisschen Respekt. Obwohl das eigentlich unmöglich ist.«

Stachelmann überlegte, warum es unmöglich sein sollte. Weil man vor ihm keinen Respekt haben konnte? Oder weil sie vor niemandem Respekt hatte?

»Sie hat nicht mal einen Zettel hinterlassen. Ist eigentlich nicht ihre Art, Termine sind ihr heilig. Komm, wir setzen uns in die Küche.«

In der Küche öffnete Georgie eine Flasche Rotwein mit Schraubverschluss, Stachelmann nahm auch ein Glas. Er nippte, der Wein war mäßig.

Georgies Finger trommelten auf der Tischplatte. »Und vergessen hat sie eure Verabredung auch nicht. Hat mir noch davon erzählt. Dass es wichtig sei. Sie war ziemlich aufgeregt. Ehrlich gesagt, ich mache mir Sorgen.«

Stachelmann stand auf. »Ich schau mir mal das Telefon an.«

Georgie runzelte die Stirn. »Klar, wenn du meinst.«

Das Telefon stand im Flur auf einer Kommode mit zwei Schubfächern. Stachelmann drückte die Wahlwiederholungstaste. Georgie stellte sich neben ihn.

»Die letzte Nummer, die gewählt wurde, ist ein Anschluss in der Stadt.« Er sagte die Nummer. »Kennst du die?«

Georgie schüttelt den Kopf.

»Du hast die also nicht gewählt.«

»Nein, ich war die ganze Zeit auf Achse. Auch weil ich glaubte, es sei ihr lieber so.«

»Gut.« Stachelmann notierte die Nummer auf einem Block, der neben dem Telefon lag. »Nur zur Sicherheit.«

Dann drückte er die Ruftaste. Das Freizeichen ertönte, dann klackte es.

»Ja?« Eine Männerstimme, kräftig.

»Mit wem spreche ich, bitte?«

»Mit wem spreche ich?«

»Stachelmann, ich bin in der Wohnung von Brigitte Stern.«

»Und was machen Sie da?«

»Ich bin mit Brigitte verabredet.«

»Schön für Sie.«

»Brigitte hat Sie angerufen.«

»Ja.«

»Sie ist verschwunden.«

Schweigen. Dann: »Verschwunden?«

»Ja. War sie bei Ihnen?«

»Heute nicht.«

»Darf ich Sie besuchen?«

»Warum?«

»Wir machen uns Sorgen um Brigitte. Wir wissen nicht, wo sie ist.«

»Wir?«

»Georgie und ich.«

»Wer ist Georgie?«

»Ihr Mitbewohner.«

Schweigen. Dann: »Ach so, stimmt, von dem hat sie mir erzählt. Ich weiß aber nicht, wo sie ist.«

»Aber sie hat heute mit Ihnen telefoniert. Es war ihr letztes Gespräch, jedenfalls im Festnetz.«

»Ja, sie hat angerufen.«

»Um was ging es?«

Schweigen. Dann: »Passen Sie auf. Ich verrate Ihnen meine Anschrift, und Sie kommen, sagen wir, morgen Nachmittag. So gegen halb vier. Einverstanden?«

»Gut.«

Der Mann nannte seine Adresse. Er hieß Manfred Kraft und wohnte in Steilshoop. Stachelmann kannte die Betonsilos, in denen die Leute dort eingepfercht waren. Im Politikerdeutsch hieß das »Problemgebiet«, aber man musste kein Soziologe sein, um zu verstehen, warum dort manchmal der Teufel los war. »Aber kommen Sie allein.«

»Warum?«

»Ich bin ein kranker Mann, es strengt mich an, mit Leuten zu reden. Und zwei, das ist mir zu viel.«

»Gut«, sagte Stachelmann. »Ich komme allein. So, wie Sie es wünschen.« Er betonte *allein*, damit Georgie wusste, woran er war.

Aber ein kranker Mann hatte doch nicht so eine kräftige Stimme.

Nach dem Telefonat setzten sie sich wieder in die Küche. Georgie schaute Stachelmann böse an. Aber er sagte nichts. Sie tranken Wein, Stachelmann ließ seine Augen über die Einrichtung schweifen. Es war alles heruntergekommen. Eine Tür im Küchenschrank stand halb offen. Daneben ein Plakat mit einem Aufruf zu einer Demonstration gegen Nazis in Neumünster, im Mai vor drei Jahren.

»Dann geh halt allein«, sagte Georgie. »Es bringt sowieso nichts. Ihr ist was passiert, kein Zweifel. Etwas Schlimmes.«

6

Als er seinen alten Golf auf die Autobahn lenkte, fiel ihm heiß ein, dass er seine Mutter versetzte. Stachelmann schaute auf die Uhr, es war kurz vor drei. Sie hatte bestimmt schon den Tisch gedeckt im Wohnzimmer und Tee gekocht. Er fühlte sich elend. Immer dachte er nur an seine Dinge, alles andere zählte nicht. Du bist ein Autist. Auf dich kann man sich nicht verlassen. Aber es geht doch um dein Leben? Gewiss, aber das kann einen nicht daran hindern, zuverlässig zu sein. Er kramte nach seinem Handy. Als er es gefunden hatte, wählte er die Nummer der Mutter. Als sie abgenommen hatte, sagte er: »Tut mir leid …«

»Du kommst nicht«, unterbrach sie ihn.

»Ich habe einen dringenden Termin. In letzter Minute«, log er.

»Wenn das so ist.« Sie klang traurig.

»Es geht um diese Schüsse an der Uni.«

»Überlass das doch der Polizei. Du musst dich nicht immer einmischen.«

»Diese Schüsse, die galten mir«, sagte er.

Sie atmete durch. »Das habe ich geahnt. Du ziehst diese Dinge an. Irgendetwas tust du, dass dir immer so etwas passiert. Und warum?«

»Das will ich herauskriegen. Ich treffe jetzt einen Mann, der vielleicht etwas weiß.« Stachelmann trat hart auf die Bremse, die Vorderreifen quietschten. Er hatte nicht aufgepasst, fast wäre er in einen Lastwagen aus Polen hineingefahren.

»Ich sehe schon, ich kann es dir nicht ausreden. Pass auf dich auf.« Es klickte. Er fühlte sich noch schlechter.

Er kam zu früh und musste vor dem Betonblock warten, in dem Kraft wohnte. Er überlegte, was er ihn fragen könnte. Was konnte der Mann wissen? In welchem Verhältnis stand er zu Brigitte? Er hatte schon vor der Abfahrt bei ihr angerufen, aber nicht einmal Georgie hatte abgehoben. Nun versuchte er es noch einmal. Diesmal ging Georgie dran. Er klang müde. Aber in dem »Ja?«, mit dem er sich meldete, glaubte Stachelmann die Hoffnung zu hören, Brigitte würde anrufen.

»Stachelmann.«

»Ach, du bist es.«

»Sie ist also nicht gekommen und hat sich nicht gemeldet?«

»Nein.«

»Wir halten uns gegenseitig auf dem Laufenden, ja?«

»Du kannst gleich damit anfangen, wenn du mit dem Kerl gesprochen hast.«

Um halb vier stand er vor der Tür des Betonhochhauses und suchte nach dem Namen. Endlich fand er *Kraft*. Er klingelte, und als sich nichts tat, klingelte er noch einmal. Er fürchtete, auch Kraft könnte verschwunden sein. Aber dann hörte er: »Wer da?«

»Stachelmann.«

Es summte, das Schloss klackte, als er die Tür aufdrückte. »Elfter Stock«, erklang es aus der Gegensprechanlage. Er wartete auf den Aufzug, die Türen waren verschmiert. Briefkästen im Flur waren aufgebrochen. Einer war verkokelt. Auf dem Boden lagen Zeitungen und Werbeprospekte.

Endlich klingelte der Aufzug. Er betrat die Kabine und drückte auf den Knopf mit der Prägung *11*. Die Tür schob sich zu. Ein ekliger Gestank lag in der Luft, es war Urin. Ihm wurde übel. Der Aufzug schien ewig lang zu brauchen. Endlich hielt er, glücklicherweise ohne Zwischenstopp. Er sah sich um, drei Wohnungstüren, eine war angelehnt. Auf einem verschnörkelten Messingschild las er *Kraft*. Er klopfte und drückte die Tür auf. Tabakgeruch.

»Kommen Sie rein!«, hörte er. »Letzte Tür.«

Er fühlte sich unsicher. Was erwartete ihn? Die Angst lauerte. Er ging auf einem Läufer zu der Tür am Ende des Flurs. Er blieb einige Sekunden stehen und horchte. Dann klopfte er an die Tür. »Hereinspaziert«, sagte die Stimme.

Stachelmann schaute hinein. Es war ein Wohnzimmer. In einem Rollstuhl saß ein Mann und rauchte. Krücken lehnten am Sessel daneben. Der Mann hatte einen mächtigen Oberkörper und eine Glatze. Ein breites Gesicht lächelte Stachelmann an, aber es war nicht freundlich. Der Mann wies auf den zweiten Sessel am Glastisch. Darauf standen eine Kaffeekanne, zwei Tassen und eine Zuckerdose. Auf einer Kommode erkannte Stachelmann Fotos, darauf eines mit einem Mann auf einem Motorrad.

Der Mann zeigte auf die Kaffeekanne. »Wenn Sie möchten, schenken Sie ein. Ihnen fällt das leichter als mir.«

Stachelmann hatte keine Lust auf Kaffee, aber er schenkte ein. Der Kaffee roch gut. Stachelmann setzte sich in den Sessel. Er schaute Kraft an, der beugte sich vor und nippte an der Tasse. »Gitte ist immer noch nicht aufgetaucht«, sagte er. »Jedenfalls hat sie sich nicht bei mir gemeldet.«

Stachelmann überlegte, was Brigitte mit diesem Mann zu tun haben könnte. »Bei mir auch nicht. Genauso wenig bei ihrem Mitbewohner.«

»Diesem Georgie.« Er zog das »ie« lang. Es klang verächtlich.

»Sie haben nicht den Hauch einer Ahnung, wo sie sein könnte?«

Kraft schüttelte den Kopf. »Sie hat ja eher zu oft angerufen, und sie ist auch häufig gekommen. Obwohl ich ihr gesagt habe, ich käme allein zurecht.«

»Woher kennen Sie Brigitte?«

Kraft schaute ihn unfreundlich an. »Was hat das mit ihrem Verschwinden zu tun? Wenn es das denn sein sollte.«

»Möglicherweise hat alles und nichts damit zu tun.«

Kraft nickte bedächtig. »Sie hat mir von Ihnen erzählt. Sie mag Sie, warum auch immer. Sie würden zwar Schwachsinnsthesen vertreten, aber die Studenten würden immerhin lernen zu widersprechen.«

Stachelmann musste lachen.

Kraft schaute wieder unfreundlich.

»Was haben Sie also mit ihr zu tun?«, fragte Stachelmann.

»Wir diskutieren. Ich habe noch nie einen jungen Menschen kennengelernt, der so wissbegierig ist. Und ich kenne viele junge Menschen, jedenfalls kannte ich früher viele. Ich war für die Jugendarbeit zuständig in der Partei. Damals, vor dem Zusammenbruch des Sozialismus, war die Partei in Hamburg recht stark gewesen, ein paar tausend Mitglieder. Und viele Jugendliche. Damals dachte ich, die wären unsere Zukunft, zeitweise sah es ja ganz gut aus. Aber dann kam dieser Verräter Gorbatschow und hat alles zerstört. Auch in meiner Partei sind dem ein paar auf die Leimrute gegangen. Jetzt ist alles kaputt, und der *Genosse* Gorbatschow hat ausgesorgt.« Er legte alle Verachtung in das Wort »Genosse«.

Stachelmann staunte, Kraft lebte in einer Wahnwelt. Warum diskutierte Brigitte mit diesem Mann? Stachelmann schaute sich um und sah in der Glasvitrine Buchrücken, rote, braune, blaue. *Lenin* entzifferte er. *Stalin*, auch *Marx/Engels*. »Und was erfährt Brigitte bei Ihnen?« Fast hätte er gesagt »erfuhr sie«. Er fühlte sich unwohl.

Kraft lehnte sich zurück. Er schnaufte, dann sagte er: »Sie wollte etwas über den Sozialismus erfahren.«

»Welchen?«

»Na, den realen, also den wirklichen. Einen anderen gibt es doch nur in den Hirnen von … Spinnern.«

Stachelmann lag ein Widerwort auf der Zunge. Aber er war nicht gekommen, um einen Altstalinisten zu bekehren, was ohnehin unmöglich war, sondern um Brigitte zu finden. »Georgie sagte, Sie wüssten vielleicht, wo ich Brigitte finde.«

Kraft guckte Stachelmann eine Weile an, als wollte er erforschen, wie Stachelmanns Interesse an Brigitte geartet sei.

»Sie waren der Letzte, den sie angerufen hat. Jedenfalls übers Festnetz.«

»Sie hat oft angerufen. Sie hatte Fragen zur Partei. Sie ist sehr ernsthaft. Wahrscheinlich stellt sie irgendwann einen Aufnahmeantrag.«

»Ihr geht es vor allem um den Nazismus«, sagte Stachelmann.

Kraft zündete sich eine Zigarette an.

»Und um den Antifaschismus. Vor allem darum. Wir haben viel über die DDR gesprochen. Da war natürlich nicht alles Gold, aber antifaschistisch war sie doch. Als in Westdeutschland die alten Nazis wieder ans Ruder kamen, ich sage nur Globke, Oberländer, da wurde in der DDR reiner Tisch gemacht. Die Nazilehrer flogen raus, die Nazirichter, na, Sie wissen das ja.«

Stachelmann hatte keine Lust, sich vollquatschen zu lassen von einem Mann, der die Welt bestenfalls einäugig wahrnahm.

»Sie sind da anderer Meinung, ich weiß. Brigitte hat es mir erzählt. Ich gebe zu, Sie haben sie manchmal verwirrt.«

Der Typ bildete sich ein, die Wahrheit gepachtet zu haben. »Ich sehe offenbar einiges anders als Sie. Aber das ist mir im Augenblick egal. Überlegen Sie doch, sie hat bestimmt mal was gesagt, woraus sich ein Hinweis ergeben könnte. Hat sie einen Freund, vielleicht einen heimlichen Liebhaber, verheiratet oder was weiß ich?«

Kraft kratzte sich am Kinn. »Ich hätte mich gerne mit Ihnen gestritten. Aber gut, machen wir das ein anderes Mal.« Er guckte sich um, als säße er zum ersten Mal in diesem Wohnzimmer.

In diesem Augenblick schoss Stachelmann der Gedanke durch den Kopf, Kraft könnte der Todesschütze sein. Der Mann war kräftig, und fanatisch war er auch. Und vielleicht verzweifelt, doch das konnte er ihn schlecht fragen. Aber wenn er fanatisch und verzweifelt war, dann konnte man ihm viel zutrauen. Aber warum sollte er Leute umbringen? Oder steckte er hinter der Kampagne gegen Stachelmann? War er eifersüchtig auf Stachelmann, weil der Brigittes Weltbild erschüttert hatte? Hatte Stachelmann diesen seltsamen Mann unwissentlich in Wut versetzt? Aber wie sollte ein Behinderter aufs Dach der WiSo-Fakultät steigen und schießen? Selbst wenn er das geschafft haben sollte, er wäre doch kaum rechtzeitig weggekommen mit Krücken oder im Rollstuhl.

Kraft schaute zu, wie Stachelmann nachdachte. Dann fragte er: »Ist Ihnen etwas eingefallen?«

Stachelmann winkte ab. »Ist *Ihnen* etwas eingefallen?«

Kraft räusperte sich. »Gitte hat hin und wieder von ihrer Gruppe erzählt. Junge Leute, die gegen die Nazis arbeiten. Da macht sie mit.«

»Und wo trifft man diese Leute?«

»Keine Ahnung.«

»Sagen Sie« – Stachelmann suchte eine Weile nach den richtigen Worten, ohne sie zu finden –, »da gibt es oder gab es eine Kampagne gegen meine Habilitationsschrift, im Internet, in so einem Diskussionsforum …«

»Ich weiß.«

»Wissen Sie, wer dahintersteckt?«

Kraft lächelte. »Sie trauen mir das zu?«

»Ich habe keine Ahnung, wem ich das zutrauen soll.«

»Ich habe nicht einmal einen Computer.«

»Das heißt nichts.«

»Wenn ich das richtig verstanden habe, denunzieren Sie in Ihrer Arbeit die Antifaschisten in Buchenwald.«

»Ganz gewiss nicht. Ich erlaube mir nur, mit Legenden aufzuräumen. Das ist die Aufgabe eines Wissenschaftlers.«

»So fängt es immer an. Erst Zweifel säen, und am Ende bleibt nichts. An diesem Nihilismus ist der Sozialismus zugrunde gegangen. Die Genossen haben angefangen, kleine Zugeständnisse zu machen. Und es endete im Untergang. Reicht man dem Feind den kleinen Finger, nimmt er die ganze Hand.«

Stachelmann hatte keine Lust, mit dem Mann zu streiten.

»Haben Sie sonst keinen Hinweis?«

»Sie weichen mir aus. Der Gitte ist schon nichts passiert. Jetzt, wo ich mal mit einem richtigen Historiker ins Gespräch komme, drückt der sich vor der Diskussion. Wenn ich Gitte das erzähle, wird sie kuriert sein.«

Ein seltsame Mischung aus Anbiederung und Streitlust.

»Ich habe keine Zeit, mit Ihnen zu diskutieren. Ich mache mir Sorgen um Brigitte. Das ist mir wichtiger, als mir Ihre Tiraden im Geiste Stalins anzuhören.«

Kraft lachte. »Keine Partei hat umfassender und schärfer Selbstkritik geübt als die sowjetischen Genossen nach Stalins Tod ...«

»Wissen Sie noch etwas?« Er musste den Mann daran hindern, weiter zu lamentieren. Es war unerträglich. Es drängte ihn zu widersprechen, aber er schwieg, weil Widerspruch das Geschwätz nur verlängert hätte.

Kraft schaute ihn verwirrt an. »Über Gitte?«

»Ja. Die anderen Themen besprechen wir zu anderer Zeit.«

»Versprochen?«

Gut, dann lüge ich eben. Es ist Notwehr. »Klar, versprochen.«

Kraft warf ihm einen misstrauischen Blick zu.

»Also, wissen Sie noch etwas? Ich muss jetzt gehen.«

Kraft schüttelte den Kopf. Er steckte sich eine Zigarette in den Mund und zündete sie an.

»Bleiben Sie, ich finde hinaus.« Stachelmann sagte »Tschüs!« und ging. Als er vor der Wohnungstür stand, atmete er tief durch. Dass es solche Leute noch gab. Und dass Brigitte mit diesem Kerl zu tun hatte. Lebte sie auch in einer Wahnwelt? Wenn ja, was würde es bedeuten für seine Suche? Vielleicht war sie einfach irgendwohin gefahren. Womöglich ins Ausland. Aber warum hatte sie den Termin mit ihm nicht abgesagt? Eine SMS hätte genügt.

Er stieg in den Aufzug. Der Uringestank erschien ihm jetzt noch penetranter. Während der Aufzug hinunterfuhr, versuchte er sich über Kraft klar zu werden. Aber es gelang ihm nicht. Der Mann war vielleicht so alt wie er. Er hätte ihn fragen sollen, welchen Beruf er hatte. Stachelmann ärgerte sich. Daraus hätte er möglicherweise etwas schließen können. Ihm kam er vor wie ein Dauerarbeitsloser, der sich in seinem Mief verkrochen hatte. Er hatte sich eine eigene Welt gebastelt. Gewiss konnte er alles genau erklären, wer warum schuld war, dass die Gesellschaft so schlecht war, wie es sich ja an seinem Fall schon zeigte. Ja, die Welt war schlecht, dachte Stachelmann. Eine Wahnwelt war noch schlechter, gerade weil sie einen einlullte in Selbstgerechtigkeit.

Langsam ging er zu seinem Auto. Dort angekommen, stieg er nicht ein, sondern lehnte sich an den Kotflügel. Eine Brise strich an seinem Gesicht entlang, sie war mild. Der Himmel riss auf, zwischen schwarzen Wolken zielten Sonnenstrahlen auf die Stadt. Einer verfing sich oben an dem Betonbau, er schien in Krafts Wohnzimmer. Stachelmann grinste, in früherer Zeit hätte das vielleicht als Zeichen gegolten.

Und dann ergriff ihn die Angst. Sie schüttelte ihn, als packte eine Hand seine Schulter. Überall konnte der Todesschütze lauern. Vielleicht war er Stachelmann gefolgt, und jetzt hätte er genug Zeit gehabt, einen Platz zu finden, von dem aus er auf ihn anlegen konnte. Stachelmann schaute sich um, dann setzte er sich ins Auto, Schweiß trat ihm auf die Stirn. Er startete den Wagen, legte den ersten Gang ein und würgte den Motor ab. Bleib ruhig, Panik ist Selbstmord. Er startete wieder, gab mehr Gas, legte den Gang ein und ließ die Kupplung kommen. Die Reifen quietschten, dann steuerte er den Wagen schnell auf die Straße. Die Erleichterung wuchs mit der Entfernung zu den Betonbauten in Steilshoop. Unterwegs rief er bei Brigitte an, aber niemand hob ab. Trotzdem fuhr er zur Wohnung.

Als er an der Haustür klingelte, hoffte er, sie würde ihm oben die Tür öffnen und ihn zu einer Tasse Kaffee einladen. Es summte. Sie war da und konnte alles erklären, bestimmt. Er eilte die Treppen hoch, die Wohnungstür war angelehnt, er trat ein und hörte Georgie sprechen. Es kam aus der Küche. Georgie saß am Tisch, hatte das Handy am Ohr und sülzte. »Ja, ich mag dich auch, aber mehr nicht.«

Als Georgie Stachelmann sah, zeigte er auf einen Stuhl und auf die Kaffeemaschine, die leise spotzte.

»Nun beruhige dich doch«, sagte Georgie. Er lauschte, schaute Stachelmann an und zog die Augenbrauen hoch.

Stachelmann zeichnete mit dem Finger ein Fragezeichen in die Luft und zeigte in die Richtung von Brigittes Zimmer.

Georgie schüttelte den Kopf. »Ist ja gut. Musst ja nicht gleich heulen. Lass uns später weitersprechen. Ich habe jetzt Besuch.«

Jetzt hörte Stachelmann die Stimme aus dem Handy, wenn er auch kein Wort verstand. Sie klang wehleidig. Das Gejammer wollte nicht aufhören. Endlich sagte Georgie: »Nein, es geht um meine Mitbewohnerin, die ist verschwunden. So, und um die muss ich mich jetzt kümmern.« Er drückte den Trennknopf und legte das Handy auf den Tisch. Er stöhnte leise, dann öffnete er den Mund, aber er sagte nichts, weil das Handy klingelte. Er schaute auf das Display und drückte wütend eine Taste. Dann legte er das Handy wieder vor sich auf den Tisch. »Hm. Manche schnallen es nie«, brummte er. »Ich würde es am liebsten ausmachen, aber vielleicht ruft Gitte ja an.«

Georgie sah müde aus. Seine Gesichtshaut war wächsern.

»Ich habe kein Auge zugemacht letzte Nacht. Ehrlich gesagt, langsam mach ich mir wirklich Sorgen.«

»Ich war bei diesem Kraft«, sagte Stachelmann. »Hast du eine Ahnung, was Brigitte an dem fand?«

Georgie warf ihm einen erstaunten Blick zu. Ob er glaubt, ich sei eifersüchtig auf Kraft? Unsinn, ich bin verwirrt, dass sie mit so einem Kerl zu tun hatte.

»Hm. Ich kenn den nicht, sie hat den Namen erwähnt, Manfred. Irgendwie hat sie den für eine Koryphäe gehalten. Jedenfalls bis vor kurzem.«

Eine Gedanke flog Stachelmann an. Absurd, dachte er. Völlig abwegig. »Was heißt bis vor kurzem?«

»Na, der scheint in ihrer Gunst gefallen zu sein. Sie hat dein Seminar besucht, und da hat sie ihn wohl mit ein paar Thesen von dir überrascht. Und er hat nichts gewusst als … wie hat sie gesagt? … als Gelaber.«

»Worum ging es?«

»Weiß ich nicht. Ich hab sie nicht gefragt. Sie hat den Kontakt nicht abgebrochen, aber sie begann an ihm zu zweifeln. Und so, wie sie gestrickt ist, hat sie ihm das gleich gesagt. Seine Begeisterung darüber hielt sich in Grenzen. Ich glaube, der Typ hält sich für eine Art Guru. Das schließe ich jedenfalls aus ihren Äußerungen. Mir ist der Kerl ein bisschen unheimlich.«

Georgie stand auf und ging zur Kaffeemaschine. Er hatte eine enge Hose an, die das Geschlecht betonte. Er goss sich Kaffee ein und setzte sich wieder.

Stachelmann überlegte. Dann sagte er, was er dachte. Georgie war offen, also vergalt Stachelmann es mit Ehrlichkeit. »Ob der eifersüchtig ist auf mich?«

Georgie sagte »Hm«, schloss die Augen, öffnete sie, zwickte sich ins Ohrläppchen, runzelte die Stirn, leckte sich die Lippen, dann sagte er: »Das würde auch bedeuten, dass sie in Gefahr ist. Wenn sie noch lebt.« Er schüttelte sich, als wollte er den Gedanken vertreiben. »Ich habe Angst«, sagte Georgie.

»Ich auch. Um Brigitte … und um mich.« Es verblüffte ihn, dass er mit Georgie so reden konnte. Als wären sie alte Freunde. Der Bursche versteht schnell, was Sache ist. »Du meinst, Kraft könnte …«

»Ja«, sagte Georgie eilig, als wollte er verhindern, dass Stachelmann etwas Furchtbares aussprach. »Vielleicht ist alles Quatsch. Aber wir haben nur eine Spur, wie die Bullen sagen würden. Und diese Spur führt zu Kraft.«

»Ja, ja, aber sie beruht auf Geistesakrobatik. Womöglich ist Kraft nur ein Spinner, harmlos und geschwätzig.«

»Hast du eine bessere Idee?«

»Nein.«

»Und nun? Du bist doch der Sherlock Holmes.« Und dann: »Hm!«

Stachelmann starrte ihn fragend an.

»Ja, glaubst du, deine Geschichten sprechen sich nicht herum? Diese Makler-Sache, und der Griesbach-Fall, und das mit dem Bullen.«

»Alles Zufall«, sagte Stachelmann. »Lass mich damit in Ruhe. Wir müssen Brigitte suchen. Und wenn wir dabei noch einen finden, der Internetkampagnen anleiert und wild herumschießt, dann wäre es nicht schlecht.«

»Bisschen viel auf einmal«, sagte Georgie. Sie schwiegen, dachten nach. Dann sagte Georgie: »Und wenn wir ihn beschatten?«

»Au Backe«, sagte Stachelmann. »Einen Kerl auf Krücken.«

»Besser als einen mit Inlineskates.«

Stachelmann lachte trocken. Er stellte sich vor, wie sie Kraft beschatteten, tagelang, nächtelang. Verließ der Typ überhaupt sein Haus? »Wenn er Brigitte gekidnappt hat, dann in der Nähe das Hauses.« Er tippte sich mit dem Zeigefinger an die Stirn. »Aber das ist doch Quatsch. Aus Eifersucht entführen?«

»Hm. Nicht aus Eifersucht. Aber wenn Kraft rumgeballert hat und Gitte ihm auf die Schliche gekommen ist …«

»Dann bringt er sie um. Was soll ihm eine Entführung denn helfen? Ihm nutzt es nichts, weil er nichts erpressen kann. Straffreiheit, die könnte ihm niemand versprechen. Und wenn es jemand verspräche, wäre es gelogen. Der Kraft ist ein Dogmatiker, aber dumm ist er nicht.«

Georgie nickte. »Dann nutzt es auch nichts, ihn zu beschatten.«

»Nur wenn Brigitte tot und Kraft pervers ist, es ihn zur Leiche zieht. Das ist in jeder Hinsicht Unsinn.«

Georgie blickte an die Decke und atmete blubbernd aus. »Aber Kraft kommt in Frage. Für was auch immer. Er hätte ein Motiv, Eifersucht. Geradezu klassisch. Wenn es auch um eine besondere Form von Liebe ginge.«

»Um Besessenheit, nicht Liebe«, sagte Stachelmann. War Kraft so etwas zuzutrauen? Der Mann war unsympathisch, litt gewiss unter seiner Behinderung, ein Psychologe würde von Kompensation reden und dass es da Ereignisse gibt, die einen Menschen ausrasten lassen. Eine Art Zusammenbruch, der Folgen haben kann. Auch ein Verbrechen? Warum nicht? »Könnte sein, dass Brigitte den Kraft erschüttert hat, weil sie sein Weltbild angekratzt hat und sie sich auf mich bezog. Dass es irgendetwas in ihm aufgerüttelt hat. Etwas Verdrängtes, da gibt es viele Möglichkeiten. Aber es bringt nichts zu raten.«

»Und wenn wir dem Kerl zusammen auf die Bude rücken und einfach behaupten, er habe sie ermordet.«

»Dann wird er es abstreiten. Wir wären so schlau wie vorher, und der könnte sich präparieren.«

»Hm«, sagte Georgie.

Fast hätte Stachelmann auch »Hm« gesagt.

»Aber irgendwas müssen wir doch tun. Hm.«

»Wir könnten ihre Freunde abklappern, auch diese Antifa-Leute. Irgendeiner wird was wissen, das uns weiterhilft.«

»Und zur Polizei?«

»Vermisstenanzeige?«

Georgie sagte »Hm« und nickte.

»Ist zu früh, glaube ich. Die Polizei sucht ja nicht jeden, der nicht pünktlich nach Hause gekommen ist.«

»Hm. Aber du hast doch Beziehungen, oder?«

Stachelmann zögerte, dann sagte er: »Gut. Ich ruf da mal an.«

Stachelmann hatte Tauts Nummer im Handy gespeichert. Er ließ es lange klingeln, endlich nahm jemand ab. Der verband ihn mit Taut. Der Polizist war im Stress, Stachelmann hörte es.

»Da ist eine Frau nicht nach Hause gekommen, und wir sollen sie suchen?«

»Ja.«

»Wenn wir jedes Mädchen, das woanders übernachtet, suchen würden, hätten wir nichts anderes mehr zu tun. Tut mir leid, wir sind für Verbrechen zuständig, nicht für Beziehungskrisen.«

Stachelmann trennte die Verbindung. »Wenn wir denen die Leiche bringen, machen sie vielleicht was.« Er erschrak über seinen makabren Scherz.

Georgie sagte »Hm« und winkte ab. »Ich schau mir mal die Adressen im PC an.« Er klang gequält. »Wenn sie das erfährt, schmeißt sie mich aus der Wohnung, und mit dir redet sie kein Wort mehr. Das Risiko müssen wir jetzt eingehen. Auch wenn meines größer ist als deines.« Er grinste gequält.

Als er in Brigittes Zimmer ging, klingelte etwas Metallisches. Dann sah Stachelmann eine schwere silberne Uhrenkette vorn an der Hose. Sich anschleichen wie ein Indianer könnte Georgie damit nicht.

Georgie setzte sich an den PC, tippte auf die Leertaste und wartete, bis der PC aufwachte. »Dann wollen wir mal sehen.« Er warf einen ängstlichen Blick über die Schulter zurück, als könnte Brigitte jeden Augenblick auftauchen. Was macht ihr denn da? Dann laut: Raus, ihr seid wohl verrückt. Kaum ist man weg, spitzelt ihr hinter einem her. Raus!

Aber natürlich erschien sie nicht. Georgie öffnete die Adressendatei, es waren Hunderte von Einträgen. »Puh. Die können wir ja schlecht alle abklappern.«

»Wir konzentrieren uns auf die Hamburger Einträge«, sagte Stachelmann.

Georgie klickte herum, endlich fand er eine Suchmöglichkeit im Programm. Er trug *Hamburg* in die Suchzeile ein.

Das Programm zeigte jetzt noch gut dreißig Einträge an. »Immerhin«, sagte Georgie. Stachelmann sah dessen Hände zittern auf der Tastatur.

Georgie druckte die Daten aus: Namen, Anschriften, Telefonnummern, Mail-Adressen. Bei einigen stand unter *Bemerkungen* ein G. »Hm?«

»Wir fragen die betreffenden Leute, was das heißen könnte. Vielleicht einfach ›Gruppe‹.«

Georgie nickte. »Ich hab natürlich schon rumtelefoniert bei Leuten, die ich kenne. Die wissen aber nichts. Sagen sie jedenfalls.«

Er mühte sich, Brigittes Schreibtisch so zu verlassen, wie er ihn vorgefunden hatte, und prüfte auch, ob er ein Blatt in der Auswurfablage des Druckers vergessen hatte. »Das darf sie nie erfahren.« Er sagte es wie eine Beschwörung.

Zurück in der Küche, fragte Georgie: »Hm. Wie machen wir es?«

»Aufteilen?«, fragte Stachelmann.

»Nee, wir machen das zusammen.« Georgie hörte sich ängstlich an. »Könnte doch sein, dass wir auf einen Verbrecher stoßen. Da wäre ich ungern allein.«

Ob Georgie wirklich glaubte, Brigitte sei entführt oder tot? Oder wusste er mehr, als er sagte?

»Weißt du etwas, das ich nicht weiß? Jetzt wäre der Augenblick, es zu sagen. Bevor wir die Leute abklappern.«

Georgie schaute ihn eine Weile an. »Vielleicht bedeutet

es ja nichts, hm. Aber in letzter Zeit hat sie ein paar Mal telefoniert. Und dabei hat sie sich gestritten, ziemlich laut manchmal.«

»Das letzte Gespräch hat sie mit Kraft geführt, jedenfalls von eurem Telefon aus.«

Georgie zuckte die Schultern. »Ich weiß nicht, mit wem sie gesprochen hat. Aber den Kraft hätte sie wohl nicht so angeschnauzt. Obwohl, wenn sie sich mit dem überworfen hat … es könnte schon sein.«

Stachelmann rief sich seinen Besuch bei Kraft in Erinnerung. Aber er fand keinen Hinweis. Er versuchte sich Kraft auf dem Dach der WiSo-Fakultät vorzustellen, ein G3 im Anschlag. Das ging. Nur, wie sollte er mit Krücken aufs Dach kommen? Vor allem ohne aufzufallen?

»Was ist?«, fragte Georgie.

»Ich dachte an Kraft. Hab überlegt, ob der auf mich geschossen hat.«

»Nun übertreib mal nicht.«

Stachelmann antwortete nicht. Er würde die Möglichkeit im Kopf behalten, sie hin- und herwälzen, und wenn er einen Weg fand, Kraft auf den Zahn zu fühlen, dann würde er es versuchen. Und wenn nichts herauskam dabei, dann eben nicht.

»Ich habe Hunger«, sagte Georgie. »Um die Ecke gibt's einen Chinesen.«

»Gut«, sagte Stachelmann.

Draußen dämmerte es. Schwarze Wolken ballten sich, aber noch regnete es nicht. Stachelmann zog seinen Mantel zusammen, ihn fröstelte. Georgie hatte eine schwarze Sportjacke angezogen, er rannte fast. Dabei murmelte er etwas vor sich hin. Stachelmann mühte sich nicht, es zu verstehen. Beim Chinesen war Georgie gut bekannt. Ein Kellner, klein und dürr, umarmte ihn und strich ihm über den Hinterkopf. Wie nebenbei. Sie setzten sich an ein Fenster, draußen fuhr gerade ein Bus vorbei und blies eine Rußwolke über den Bürgersteig. Als der kleine Kellner an den Tisch kam mit dem Block in der Hand, bestellte Stachelmann ein Gericht mit Hühnchen. Georgie sagte nur: »Du weißt schon.«

Nachdem der Kellner gegangen war, sagte Stachelmann: »Wir rufen die vorher an. Gleich nachher geht's los. Falls Brigitte nicht in der Küche sitzt.«

Georgie schüttelte traurig den Kopf. »Hm. Die bleibt nicht einfach weg. Da ist was passiert. Wir sollten uns nichts vormachen.«

Er hatte recht. Natürlich war ihr etwas passiert. Georgie holte sein Handy aus der Tasche und drückte Tasten, dann hielt er das Telefon ans Ohr. »Sie geht nicht ran. Aber das Telefon klingelt. Du könntest doch die Bullen bitten, ob sie nicht bei der Mobilfunkfirma …«

»Vergiss es. Da brauchst du einen Gerichtsbeschluss oder so was.« Er hatte Taut noch im Ohr. »Übermorgen, vorher nicht, probiere ich es nochmal, wenn wir bis dahin nicht vorangekommen sind.«

Der Kellner brachte das Essen, Stachelmann blickte auf Georgies Teller und erkannte nicht, was es war. Er fragte nicht, beide schwiegen und überlegten. Stachelmann fiel auf, seine Angst war schwächer geworden, seit er Brigitte suchte. Es lenkte ihn ab, und er hatte das Gefühl, dass Brigittes Verschwinden zu tun haben musste mit dem Anschlag im Von-Melle-Park. Dann plagte ihn die Vorstellung, er wisse schon alles, was er wissen musste, um den Fall zu klären, sei nur zu phantasielos, die Bruchstücke richtig zusammenzusetzen. Offenbar beschäftigten Georgie ähnliche Gedanken, jedenfalls sagte er plötzlich: »Vielleicht sehen wir den Wald vor Bäumen nicht.«

»Und mir geht immer dieser Kraft durch den Kopf. Irgendetwas stimmt nicht mit dem. Nur was?«

Georgie schaute ihn neugierig an. »Vielleicht doch beschatten?«

»Wir würden uns verzetteln. Und ich habe nichts in der Hand gegen ihn. Ein Dogmatiker ist er, aber ein potenzieller Mörder? Das ist doch eher keiner, der herumballert. Obwohl, man weiß nie …«

»Ich verstehe schon. Wir müssen uns mit dem Gedanken abfinden, dass sie vielleicht tot ist. Auch wenn ich manchmal glaube, irgendein Verrückter hat sie in ihrer Gewalt. Das gibt es ja.«

»In Ami-Filmen«, sagte Stachelmann. »Ich glaube, hierzulande ist das unwahrscheinlich.«

»Ja, ja. Aber unwahrscheinlich heißt nicht unmöglich. Schließlich standen solche Geschichten schon in der Zeitung.«

»Wir müssen uns auf das konzentrieren, was wir für sinnvoll halten und was möglich ist. Also die Leute abklappern. Gleich nachher rufen wir die ersten an. Stur nach Alphabet. Aber zuerst die Leute, die Brigitte mit einem G gekennzeichnet hat.«

»Warum?«

»Weil es so vernünftig ist wie jedes andere Vorgehen.«

Georgie war verwirrt.

Stachelmann lachte trocken. »Weil wir irgendwo anfangen müssen. Meinetwegen auch mit den Leuten, die sie nicht markiert hat. Aber das sind mehr. Also ist es besser, wir machen es so, wie ich vorgeschlagen habe.«

»Hm«, sagte Georgie.

Stachelmann wertete es als Zustimmung, winkte den Kellner herbei, bezahlte für beide und stand auf. Er hatte es eilig, sie mussten jetzt loslegen. Vielleicht lebte sie noch und wartete auf Hilfe. Er stellte sich vor, wie sie eingesperrt war in einem Keller, den Mund verklebt, Hände und Beine gefesselt.

Sie hetzten zurück zur Wohnung. Stachelmann atmete schwer, als sie in der Küche saßen. »Die mit dem G, alphabetisch.«

»Es sind sieben«, sagte Georgie. »Die kenne ich alle. Mit ein paar von denen habe ich schon gesprochen.« Er schob Stachelmann das obere Blatt des Stapels zu.

Er hieß Benedikt Ablass, eine merkwürdige Namenskombination, die Stachelmann rätseln ließ, ob die Eltern dieses Mannes Frömmler waren. Aber er hielt sich nicht damit auf. Als er das Handy nahm, um die Nummer zu wählen, sagte Georgie: »Warte.« Er ging in den Flur und trug das Telefon in die Küche, es hing an einem langen Kabel.

Stachelmann wählte Ablass' Nummer auf dem Telefon.

»Ja?«

»Stachelmann, ich suche Brigitte Stern. Die kennen Sie doch?«

»Wie kommen Sie auf mich?«

»Wissen Sie, wo sie ist?«

Ablass zögerte, dann sagte er: »Nein. Woher soll ich wissen, wo sie ist?«

»Sie sind mit ihr befreundet?«

Der andere zögerte wieder. »Na, so ähnlich. Also, nicht was Sie meinen.«

Fast hätte Stachelmann erwidert: Und was meine ich? Aber er sagte: »Es ist dringend. Sie wird vermisst. Vielleicht braucht sie Hilfe.«

Wieder erst Schweigen. »Meinen Sie?«

Stachelmann mühte sich, Ungeduld und Ärger zu zügeln. »Also, Sie wissen nichts.«

Pause. Stachelmann hörte Ablass atmen. »Nein.«

»Können Sie mir erklären, warum Brigitte Ihren Adresseintrag mit einem G gekennzeichnet hat?«

Ein langes Schweigen.

»Nun? Können Sie es?«

»Sind andere Namen auch so markiert?«

»Ja?«

»Dann heißt es wohl ›Gruppe‹.«

»Was für eine Gruppe?«

»Na, wir sind eine Gruppe, die sich mit dem Faschismus beschäftigt und wie man ihn bekämpft. Antifas«, sagte er.

»Und Brigitte war Mitglied in dieser Gruppe?«

»Na, Mitglied … ja, so kann man es vielleicht sagen.«

»Haben Sie meinen Namen schon mal gehört?«

Schweigen. Dann: »Welchen Namen?«

»Stachelmann.«

Wieder Schweigen.

»Haben Sie?«

»Ja.«

»Könnten Sie mir auch sagen, in welchem Zusammenhang?« Stachelmann mühte sich, seine Ungeduld nicht hören zu lassen.

»Weiß ich nicht mehr«, sagte Ablass.

»Aber ich weiß, dass es hier nicht um mich geht, sondern um Brigitte. Sie ist womöglich in Gefahr. Und wenn Sie weiter so herumdrucksen, werden wir ihr nicht helfen können. Wir wissen nun immerhin, wem wir die Verantwortung dafür geben müssen.«

Ablass schwieg trotzdem. Man muss diesem Kerl jedes Wort aus der Nase ziehen, dachte Stachelmann. Was hatte der zu verbergen?

»Ich muss erst mit meinen Freunden …«

»Auf so einen Freund wie Sie könnte ich verzichten«, sagte Stachelmann. Es fiel ihm ein, dass er keinen Freund mehr hatte, seit Ossi tot war. Aber war Ossi sein Freund gewesen?

Georgie zog die Augenbrauen hoch und sagte: »Hm.«

Ablass atmete noch ein paar Mal in den Hörer, dann legte er auf.

»Der Nächste auf der Liste«, sagte Stachelmann. »Ich habe gerade so richtig Lust, mit hilfsbereiten jungen Leuten zu sprechen.«

Georgie sagte: »Hm. Vielleicht sollte besser ich mein Glück versuchen.« Er kratzte sich an der Nase, schaute Stachelmann kurz an, und dann blickte er an ihm vorbei an die Wand.

»Nein, lass mich noch einmal einen Anlauf machen.«

»Aber reg dich vorher ab. Der Dreckmann kann nichts dafür, dass der Ablass ein Idiot ist.«

»Ist ja gut«, sagte Stachelmann.

Georgie schob den Ausdruck zu Stachelmann, der wählte die Nummer. Er ließ es lange klingeln, aber niemand hob ab.

Beim Dritten, Christoph Meyer, war die Leitung besetzt.

Der Vierte, Halil Ötztürk, nahm sofort ab. »Ja, hab ich gehört«, sagte er, als Stachelmann ihm erzählte, dass Brigitte verschwunden sei. »Vielleicht ist sie gar nicht weg. Nimmt eine Auszeit. Die hat in den letzten Wochen heftig Druck gekriegt, von so einem Unidozenten, der ein abartiges Buch veröffentlichen will. Mann, stell dir vor, der schreibt, die Faschisten hätten recht gehabt, na ja wenigstens, was die KZs angeht.«

»Inwiefern recht gehabt?«

»Na, der hat denen recht gegeben. Ist wahrscheinlich selber ein verkappter …«

»Reden Sie nicht so einen Unsinn. Niemand hat den Nazis recht gegeben«, platzte es aus Stachelmann heraus. Das war zu viel.

»Ist ja gut, Mann, reg dich nicht auf. Bleib cool.«

»Haben Sie eine Ahnung, wo Brigitte sein könnte?«

»Wer will das wissen?«

»Ein Freund von ihr. Und ihr Mitbewohner. Den kennen Sie vielleicht?«

»Georgie?«

Stachelmann gab Georgie den Hörer. »Ja, ich bin's.« Dann hörte er lange zu. Ab und zu warf er etwas ein. »Nein … Quatsch … nun sag schon … genau … gut … bis nachher.« Er legt auf.

»Halil sagt, er will mich treffen.«

»Ich komme mit.«

Georgie schüttelt den Kopf. »Besser nicht.«

»Warum, weil der so einen Quatsch erzählt über mich?«

»Ach, der hat nicht viel mitbekommen. War verreist oder so was. Und irgendeiner, vielleicht war es ja Gitte, hat ihm in Kurzfassung die saftige Variante erzählt, weil sie keine Lust hatte, das alles durchzudeklinieren. Manchmal war sie so. Kurz angebunden.«

»Hoffentlich *war* sie nicht nur so.«

»Klar, klar«, sagte Georgie. Aber erschrocken war er nicht über seinen Versprecher.

Stachelmann kam der Gedanke, der weiß vielleicht mehr, als er sagt. Georgie spielt womöglich ein falsches Spiel mit mir. Er führt mich aufs Glatteis. Er weiß, wo Brigitte ist, lebendig oder tot, und er hat damit zu tun. Aber was und aus welchem Grund?

»Du sagst mir nicht alles, Georgie.« Stachelmann zwang sich, ruhig zu sprechen.

»Hm.«

»Na komm, spuck es aus.«

Georgie tippte sich an die Stirn. »Du spinnst. Du glaubst doch nicht im Ernst, ich könnte Gitte schaden.«

»Wie lange wohnt ihr schon zusammen?«

»Lange, bestimmt gut zwei Jahre.«

Unter lange verstand Stachelmann etwas anderes. Aber wie alt mochte Georgie sein? Vierundzwanzig, fünfundzwanzig?

»Ich komme mit«, sagte Stachelmann.

»Hm.« Er stand auf. »Na, dann komm. Der wohnt in St. Pauli.« Begeistert klang er nicht.

Draußen war es längst dunkel. Feuchte Kälte kroch unter die Kleidung. Stachelmann spürte, wie die Schmerzen nach ihm griffen. Das Atmen fiel ihm bald schwer, weil die Rippenwirbel wehtaten. Georgie merkte nichts davon und eilte voraus über den Thälmann-Platz zur Hudtwalcker Straße. Sie brauchten gut zwanzig Minuten, und Stachelmann fluchte innerlich, dass sie kein Taxi genommen hatten. Als er im Bus saß in Richtung Altona, schwitzte und fror er. In der Kellinghusenstraße stiegen sie aus und nahmen die U3 in Richtung Mümmelmannsberg. In St. Pauli hetzte Georgie zur Seilerstraße. Zwei Betrunkene kamen ihnen entgegen, ein leise wummernder Achtzylinder trieb einen Ami-Straßenkreuzer übers Pflaster. Am Steuer ein Typ, der aussehen wollte wie ein Zuhälter oder einer war.

»Warst du schon mal hier?«, fragte Stachelmann, als sie die Betrunkenen passiert hatten. Stachelmann sah im Augenwinkel, wie einer sich an eine Hauswand lehnte und erbrach. Die Rücklichter des Straßenkreuzers entfernten sich, nun waren Stachelmann und Georgie allein in der Straße. Bald aber drängten grell lachende Frauen und Männer aus der Bar Morphine, offenbar Skandinavier. Stachelmann und Georgie liefen an einem Schulgebäude vorbei, dann hielt Georgie vor einem Haus, suchte im Dämmerlicht die richtige Klingel und drückte sie. Es schnarrte, Georgie drückte die Tür auf. Ein Lichtschalter leuchtete rot. Es knackte im Treppenhaus, als Georgie ihn betätigte. Funzliges Licht fiel auf krumm getretene Treppenstufen aus Holz. Sie knarrten bei jedem Schritt. Im fünften Stock spürte Stachelmann seine Knie nicht mehr, nur einen scharfen Schmerz. Sein Gesicht war schweißüberströmt.

»Na, komm«, sagte Georgie. »Noch ein Stockwerk. Beschwer dich nicht, du wolltest ja unbedingt mit.«

Als sie vor der Tür standen, auf der ein Zettel mit der Aufschrift *Ötztürk* klebte, hörten sie Musik. Es klang arabisch, war aber unterlegt mit harten Bässen und Drums. Die Tür öffnete sich, ohne dass sie klingeln oder klopfen mussten. Ein großer schlanker Mann mit langen Koteletten stand in der Tür, sagte irgendwas wie »Tschau!« und winkte sie hinein. Er führte sie in ein Zimmer. An den Wänden zwei Veranstaltungsplakate, beide auf Türkisch. Ein paar Bücher, darunter das »Kommunistische Manifest«, auch »Ausgewählte Werke« Lenins aus DDR-Produktion.

Halil schaltete die Musik aus und bot den beiden Platz auf einem Sofa an, in dem Stachelmann und Georgie versanken. Halil setzte sich auf einen Stuhl, schaute seine Gäste an und ließ seinen Blick an Stachelmann hängen. »Ist er das?«

»Ja«, sagte Georgie. »Aber das hast du nicht richtig mitgekriegt.«

»Ja, ja«, sagte Halil. Er holte aus der Gesäßtasche seiner Jeans eine Zigarettenschachtel und bot an. Georgie und Stachelmann winkten ab. »Danke«, sagte Stachelmann.

Halil steckte sich eine Zigarette an, sog den Rauch tief ein und atmete ihn langsam aus. »Also, Gitte ist weg.«

Georgie nickte.

»Ich weiß nicht, wo sie ist. Und der da« – er zeigte mit dem Finger auf Stachelmann – »weiß der da es wirklich auch nicht?«

»Nein«, sagte Stachelmann.

»Aber wenn du so einen Scheiß schreibst und Gitte dich stellt, dann hast du doch … wie heißt das nochmal … ein Motiv.«

»Du bist bescheuert«, sagte Georgie. »Gitte hat ihn gemocht. Warum? Ich verstehe es auch nicht. Die hat ja wirklich einen etwas anderen Männergeschmack als ich. Aber er frisst keine kleinen Kinder, jedenfalls hab ich ihn noch nicht dabei erwischt. Und er macht sich echte Sorgen, dass vielleicht dieser Irre dahintersteckt. Der hat an der Uni auf ihn« – Georgies Finger wies auf Stachelmann – »geschossen.«

Halil sah Stachelmann neugierig an. Dabei musste er längst wissen, was geschehen war im Von-Melle-Park. Vielleicht fragte er sich, wie man sich fühlte, wenn einem die Kugeln um die Ohren pfiffen. »Aber Gitte hat mir gesagt, der würde so einen Faschoscheiß schreiben …«

»Das hat sie bestimmt nicht so gesagt.«

»Doch, hat sie!« Halil wurde laut.

»Also, wenn sie es hat, dann hat sie sich geirrt. Und mir hat sie was ganz anderes erzählt.«

Halil starrte Georgie an. »Und was?«

»Dass sie anderer Meinung ist als er und sonst nichts.«

»Und in der Gruppe hat sie Krawall gemacht«, sagte Halil. »Du warst doch dabei.«

Was wird hier gespielt? Der gute Georgie hat mich reingelegt. Er gehört auch zur Gruppe, also weiß er mehr, als er verraten hat.

»Interessant«, sagte Stachelmann.

Halil schaute ihn verwirrt an. Georgie schüttelte den Kopf und sagte: »Nein, so ist es nicht.«

»Was?«, fragte Halil.

»Ich gehöre nicht zur Gruppe, aber wenn die bei Gitte Sitzung haben, bin ich manchmal dabei.« Er hatte schon eine Weile nicht mehr »Hm« gesagt.

»Und Brigitte hat einen Aufstand gemacht, als du dabei warst?«

Georgie zeigte die Handflächen und ließ sie wieder sinken. »So war … äh, so ist sie nun mal. Sie regt sich furchtbar auf, und dann regt sie sich auch wieder ab. Sie hat halt nochmal nachgedacht.«

»Aber sie kennt mein Manuskript?«

»Ja.«

»Wer noch? Vielleicht wäre es möglich, dass du einfach mal erzählst, was du weißt. Und wenn es geht, ein bisschen plötzlich.« Stachelmann ärgerte sich. Diese Versteckspielerei konnten sie sich nicht leisten. Und warum hatte Georgie schon wieder im Imperfekt gesprochen von Brigitte? Was wusste er? Konnte er ihm glauben? Halil schaute wortlos zu. Er grübelte, Stachelmann sah es. Was dachte der? An wen war er geraten? Georgie, der nicht alles sagte und wahrscheinlich auch log. Halil, der nun schwieg und den Denker gab.

»Verfluchte Scheiße«, entfuhr es Stachelmann.

Georgie zuckte zusammen. Halil schien es nicht gehört zu haben, er war in sich versunken.

»Sie hatte auf ihrem Schreibtisch einen Stapel Papier liegen. Als ich den sah, habe ich sie gefragt, was das ist, war ja ziemlich dick. Die Habilschrift von diesem Stachelmann, hat sie gesagt. Frankie wird sie morgen kopieren.«

»Frankie wird sie morgen kopieren. Das hat sie gesagt?« Also waren mehrere Kopien im Umlauf. »Wann war das?«, fragte er, ohne eine Antwort abzuwarten.

Georgie überlegte. »Vor zwei Wochen, vielleicht.«

»Und wer ist Frankie?«

»Frank Polster, gehört zur Gruppe. Scharwenzelt immer um Gitte herum, ist aber sonst okay, der Typ«, sagte Halil. Er pulte sich in der Nase.

»Und Sie haben auch eine Kopie bekommen?«, fragte Stachelmann Halil.

Der nickte.

»Und wo hatte Brigitte mein Manuskript her?«

»Hat sie nicht gesagt.« Georgie schüttelte den Kopf.

»Habt ihr eure Kopien wenigstens gelesen?« Stachelmann ahnte die Antworten.

»Keine Zeit, Mann«, sagte Halil. Georgie schwieg, das war Antwort genug.

»Wie schön, dass ihr genau wisst, was darin steht, ohne es lesen zu müssen. Den Trick verratet ihr mir mal, dann muss ich weniger arbeiten.«

Die beiden jungen Männer sagten nichts.

»Wer weiß, wo sie mein Manuskript herhat? Frankie?«

Halil nickte. »Vielleicht. Vielleicht auch nicht.«

Wenn ich herausfinde, woher Brigitte mein Manuskript erhalten und an wen sie es verteilt hat, dann weiß ich, wer als Täter in Frage kommt. Ein Licht am Horizont. Vielleicht.

»Haben Leute außerhalb der Gruppe das Manuskript bekommen?«

Halil und Georgie schauten sich an, dann schüttelten sie die Köpfe. Fast hätte Stachelmann gelacht. »Keine Ahnung«, sagte Georgie. »Ich nehme schon an, sie hat das großzügig verteilt. So war sie nun mal.«

»Und wer steckt hinter der Bedrohung meines Verlags, damit der die Arbeit nicht veröffentlicht?«

Wieder schauten sich beide an und schüttelten den Kopf.

»Und wer ist E.T.?«

Wieder schüttelten beide den Kopf.

»Aber ihr kennt doch das Geschichts-Internetforum im Usenet?«

»Klar«, sagte Halil, als wäre es eine Beleidigung zu unterstellen, er kenne es nicht. Auf seiner Stirn perlten Schweißtropfen, obwohl es nicht warm war im Zimmer. »Da posten halt alle möglichen Leute ihren Scheiß. Und einer nennt sich E.T. Aber wer der Außerirdische ist, woher soll ich das wissen?«

»Ich fürchte, du stellst dich dümmer, als du bist. E.T. nennt er sich offenbar nach Ernst Thälmann, und er hat die Arbeit gelesen, jedenfalls hat er korrekt daraus zitiert. Er dürfte eine von Brigittes Kopien haben. Also sollte Brigitte ihn kennen. Oder?«

»Klar«, sagte Georgie. »Hm.«

»Ich kann mir nicht vorstellen, dass sie nicht über E.T. gesprochen hat.«

»Kein Wort«, sagte Georgie. Vielleicht ein bisschen zu schnell.

»Glaub ich nicht.« Stachelmann sagte es, ohne zu zögern.

Georgie spielte mit seinen Fingern, an denen er drei silberne Ringe trug, einer sah aus wie ein Siegelring.

Stachelmann schaute die beiden böse an. »Was soll diese Geheimnistuerei? Aber gut, wenn ihr meint. Überlegt euch das mal. Hier geht es nicht um Politspielchen, sondern um versuchten Mord. Und vor allem geht es um Brigitte. Aber an deren Schicksal ist euch ja offenkundig wenig gelegen.«

»Red keinen Scheiß«, sagte Halil.

»Wo könnte sie sein?«, fragte Stachelmann.

»Vielleicht weiß Frankie was?«

»Dann ruf ihn an.«

Halil zuckte die Achseln, ging an seinen Schreibtisch, auf dem ein Laptop stand. Der Bildschirmschoner zauberte ein virtuelles Aquarium von verblüffender graphischer Qualität. Als Halil auf die Tastatur drückte, verschwanden die Fische, der Mann tippte etwas, schob eine Maus ohne Draht über den Tisch, dann nahm er ein Funktelefon und wählte.

»Frankie, Halil hier. Wir suchen Gitte … das sind Georgie und dieser Stachelmann … nein, ist er nicht … wirklich … macht sich Sorgen … was? … du weißt, wo sie ist? … wir kommen vorbei, jetzt gleich … der Typ zahlt bestimmt ein Taxi.«

Halil legte auf. Er stöhnte, dann sagte er: »Da ist was passiert.«

»Ja, und was?«, fragte Stachelmann.

7

»Na, auf Sause gewesen?«, fragte der Taxifahrer, als Stachelmann, Georgie und Halil einstiegen. Er trug schwarzes Leder, eine Lederkappe und stank, als hätte er in Zigarettenqualm gebadet. Stachelmann wurde übel, er öffnete das Fenster der Beifahrertür einen Schlitz, lehnte sich zurück und atmete die Luft ein. Das Taxi brachte sie zur Hoheluftchaussee, bog links ab in den Eppendorfer Weg und dann wieder links in die Roonstraße. Endlich hielt es. Stachelmann zahlte und gab keinen Cent Trinkgeld, verlangte aber eine Quittung, ohne dass er eine Idee gehabt hätte, wem er die vorlegen sollte. Halil ging voraus, auf ein Haus mit dunkler Fassade zu. Die Beschläge der Haustür schimmerten im Laternenlicht. Im obersten Stockwerk hatte Stachelmann Licht gesehen, und er ahnte, dass er die Treppe würde hochsteigen müssen bis ganz nach oben. Tatsächlich gab es keinen Aufzug. Als sie vor der Tür standen, war Stachelmann zerschlagen. Ihm taten die Gelenke weh, und der Atem rasselte. Er schwitzte und hustete. Die beiden anderen warfen ihm neugierige Blicke zu, sagten aber nichts. In der Wohnung wurde ein Fernsehgerät ausgeschaltet, nachdem Halil geklingelt hatte. Ein kleiner dicker Mann mit halblangen blonden Haaren öffnete ihnen, sagte irgendetwas und verschwand im Flur. Sie folgten.

Die Einrichtung war so teuer wie geschmacklos. Der Typ führte sie in ein Zimmer mit Plakaten der Marilyn-Monroe-Ausstellung im Kunsthaus, von der Stachelmann im *Abendblatt* gelesen hatte. In der Mitte des Raums ein Glastisch, darauf eine halb volle Flasche Schnaps, ein Glas und ein Aschenbecher, darin eine qualmende Zigarette.

»So, nun sag, was ist!« Georgie hatte sich noch nicht gesetzt. Jetzt hörte Stachelmann die Angst in der Stimme.

»Sie hat Freitagnachmittag, so gegen fünf Uhr, hier angerufen und gesagt, sie sei vielleicht in Gefahr, es passiere irgendwas Schlimmes, aber dann brach das Gespräch ab, bevor ich was tun konnte.« Er setzte sich auf den Sessel, vor dem der Schnaps stand.

»Ja, ist das alles?«, fragte Georgie.

»Ich sag doch, das Gespräch brach ab.«

»Von wo aus hat sie angerufen?«

»Keine Ahnung. Im Display war eine Handynummer, Vodafone. Ich weiß ja nicht mal, ob es ihr Handy war.«

»Wie klang ihre Stimme?«, fragte Stachelmann.

Frankie schaute ihn erstaunt an, zögerte, dann sagte er: »Sie hat schnell geatmet.«

»Hatte sie Angst?«

Frankie überlegte, dann sagte er: »Kann sein. Ja, wahrscheinlich, wo du es sagst.«

»Und warum hat sie Sie angerufen und nicht, sagen wir, Georgie, der doch immerhin ihr Mitbewohner ist?«

»Wird sie wohl versucht haben, aber Georgie war eben nicht zu Hause, oder sein Handy war ausgeschaltet. Woher soll ich wissen, wen sie warum angerufen hat?«

Stachelmann musste sich setzen. Nur neben Georgie war Platz auf einem schwarzen Ledersofa mit Beinen aus gebürstetem Stahl. Ihm gefiel Frankie nicht. Ob er log? Aber warum sollte jemand lügen, nur weil Stachelmann ihn unsympathisch fand?

»War jemand hinter ihr her?«

»Kann sein, weiß ich nicht.«

»Sie hat nichts gesagt darüber? Versuchen Sie sich noch einmal ganz genau an das Gespräch zu erinnern.«

Der Typ starrte ihn ein paar Sekunden an, dann wandte er sich ab und trank sein Schnapsglas leer.

»Und warum haben Sie nichts unternommen? Warum nicht die Polizei angerufen?«

Frankie starrte ihn wieder an, dann tauschte er mit den beiden anderen Blicke aus. »Du kennst sie nicht. Sie hat oft Quatsch gemacht. Wahrscheinlich hatte sie mal wieder einen alten Knacker geärgert, weil sie ihn für einen Nazi hielt. Gitte war unberechenbar.«

»Und woher hat sie das Manuskript meiner Arbeit? Und wer ist E.T.?«

»Au Mann, E.T., das ist doch dieser Knuddel-Alien. Kam der nicht zuletzt wieder in der Glotze? Und deine Arbeit, weiß der Himmel, wo sie die gefunden oder geklaut hat.«

»Wirklich keine Ahnung?« Stachelmann war sicher, Frankie wusste, was E.T. hieß und wer sich hinter dem Kürzel verbarg.

Frankie starrte wieder. Jetzt sah Stachelmann das Glasige in seinen Augen. Der war angetrunken.

»Sie wissen nicht, wer die Kampagne im Internet gegen mich inszeniert?«

»Kampagne? Internet?«

Stachelmann stand auf und verließ das Zimmer. Vielleicht dachten die anderen, er wolle auf die Toilette, und sagten daher nichts. Aber er fing an, sich die Wohnung anzuschauen. Schon als er die Tür gegenüber öffnete, entdeckte er den PC. Der lief. Stachelmann setzte sich auf den Stuhl, entdeckte in der Schnellstartleiste den Newsreader, startete ihn und sah sofort, dass Frankie das Geschichtsforum abonniert hatte. Der *thread*, in dem die Kampagne lief, war als gelesen markiert. Schneller war nie einer als Lügner entlarvt worden, dachte Stachelmann. Er musste grinsen. Im anderen Zimmer hörte er halblaute Stimmen. Die stritten sich.

Er ging zurück in das Zimmer, in dem die anderen saßen. Sofort verstummte das Gespräch. »Also, Frankie?«, sagte Stachelmann.

Frankie sackte ein wenig in sich zusammen, die Schnapsflasche war schon merklich geleert. Stachelmann hätte ihn am liebsten geschlagen, so, wie es Detectives in amerikanischen Krimis taten.

»Du bist ein hundsgemeiner Lügner«, sagte Stachelmann. »Du kennst den *thread*, du kennst E.T., und du kennst meine Arbeit, jedenfalls hast du eine Kopie. Soll ich dein Arbeitszimmer auf den Kopf stellen? Den PC hab ich schon inspiziert. Ich sollte euch die Polizei auf den Hals hetzen!«

Frankie glotzte ihn glasig an. Aber er protestierte nicht.

»Woher hatte Brigitte das Manuskript?«

»Es lag im Kopierraum«, sagte Frankie.

»Was ist daran so geheimnisvoll?«

Frankie zuckte die Achseln und schwieg.

»Und wer ist dieser Irre, der geschossen hat?«

Frankie starrte Halil und Georgie an, dann sagte er: »Brigitte hat es gewusst, aber nichts gesagt.«

»Brigitte hat es gewusst?« Stachelmann fixierte Georgie. »Los, jetzt raus mit der Sprache.«

»Ich glaube, sie wollte es dir sagen. Jedenfalls hat sie es angedeutet. Es geht nicht so weiter, hat sie gesagt. Also, vielleicht hat sie den Kerl nicht gekannt. Bestimmt nicht, aber sie sagte, sie hätte eine Idee, wer es sein könnte. Und so weiter.«

»Nichts und so weiter. Ich will alles wissen, jetzt und hier.« Stachelmann verlor die Geduld, er brüllte Georgie an.

Der fuhr zusammen. »Reg dich ab.«

»Wer steckt hinter der Kampagne?«

»Das wollte Brigitte dir sagen. Sie weiß, wer E.T. ist. Sie hat es nicht mehr ausgehalten, und vor allem hielt sie dich nicht mehr für einen … Faschisten. Sie hat das Manuskript ganz gelesen, und danach war sie ziemlich nachdenklich. Sie war ohnehin ernst. Fast immer. In letzter Zeit ist mir das besonders aufgefallen.«

Immerhin weiß ich jetzt, dass ich Brigitte finden muss, um die Angst loszuwerden. Erst wenn dieser Irre im Gefängnis sitzt, habe ich meinen Frieden wieder. »Und ihr wollt Brigitte in der Scheiße sitzen lassen.«

»Woher willst du wissen, dass sie drinsitzt?« Frankie lehnte sich zurück und strich sich über den Bauch wie ein Kind, dem es geschmeckt hatte.

Halil drohte Frankie mit der Faust. »Halt's Maul! Kannst dich wieder melden, wenn du die Dröhnung aus der Birne raushast.«

Frankie lachte.

Die Müdigkeit packte Stachelmann. Es war zäh gewesen, aber er wusste ein bisschen mehr. Allerdings hatte er schon vorher geahnt, dass Brigitte den Schlüssel für den Fall hatte. Nur mit ihrer Hilfe konnte er sich befreien von dem Wahn. Er musste sie finden.

Er stand auf und schaute Georgie an. »Ich komme morgen wieder vorbei. Dann will ich wissen, wo ihre Eltern oder sonstige Verwandten wohnen. Außerdem werden wir ihr Zimmer durchsuchen, vielleicht finden wir da was.«

Er ging zur Tür und wartete nicht, ob sich einer der anderen anschließen würde. Es war zu spät, um nach Lübeck zu fahren. Hotel oder Anne? Er entschied sich für Anne, obwohl die vermutlich nicht begeistert war, wenn er so spät bei ihr auftauchte.

Es war halb drei Uhr am Morgen. Stachelmann steckte vorsichtig den Schlüssel ins Schloss der Wohnungstür und drehte ihn um. Er öffnete die Tür, sie knarrte leise, aber davon würde Anne nicht aufwachen. Er schlich in den Flur und schloss die Tür. Seine Hand suchte den Lichtschalter. Er ging einen Schritt, stieß an etwas, stolperte und fiel hin. Der Gegenstand, über den er gestolpert war, knallte gegen die Wand. Stachelmann lag auf dem Boden und lauschte. Dann wurde das Licht eingeschaltet, Anne stand vor der offenen Schlafzimmertür und gähnte. »Was machst du denn hier?«

Stachelmann rieb sich das schmerzende Schienbein und warf dem Kinderwagen, den er an die Wand gestoßen hatte, einen bösen Blick zu. »Ich habe mich gerade in deiner

Sperranlage verfangen. Wahrscheinlich liegen hier auch noch ein paar Tretminen.«

»Hast du getrunken?«

»Nein, aber ich bin müde.«

»Und wo hast du dich herumgetrieben?« Sie war nun fast wach.

»Bei komischen Typen, die alle nicht wissen, wo Brigitte ist.«

Er berichtete kurz. Sie hörte aufmerksam zu, kniff die Augen zusammen, und sollte sie böse auf ihn gewesen sein, weil er so spät gekommen war, dann war es schon vorbei.

»Diese Brigitte steckt also dahinter?«

»Sie hat damit zu tun, mehr, als ihr lieb sein dürfte. Und sie weiß offenbar, wer der Schütze ist. Oder sie weiß wenigstens, wie man ihn finden kann. Ich vermute, sie ist untergetaucht. Vielleicht wird sie bedroht.«

»Kannst du jetzt schlafen?«

»Ich muss, bin fertig. Und morgen geht es weiter.«

»Dann komm.«

Sie schliefen eng aneinander, sie streichelte ihn sanft, dann schlief er ein.

Am Morgen kniff Felix ihm in die Nase. Als Stachelmann blinzelte, lachte Felix und krabbelte unter die Decke. Es endete in einer Kitzelorgie, die Felix kreischend über sich ergehen ließ, ohne zu flüchten. Während des Frühstücks redeten sie wenig. Als Stachelmann sich angezogen hatte und aufbrach, sagte Anne: »Wenn du Hilfe brauchst, sag Bescheid. Außerdem, du hast ja einen Schlüssel.« Sie nahm ihn in den Arm, küsste ihn auf den Mund, dann ging sie ins Schlafzimmer.

Als er die Treppe hinunterstieg, fühlte er sich gut. Sie verstand ihn, das war nicht immer so gewesen, auch wenn er zugeben musste, er war manchmal ein schwieriger Fall und Anne nicht zu beneiden, dass sie es immer noch mit ihm aushielt. Er hatte ihr oft unrecht getan, und er hatte sie betrogen. Er wusste nicht, wie viel es ihr ausmachte, sie hatte sich kaum etwas anmerken lassen. Aber er ahnte, dass es in ihr anders aussah. Nur, was sie an ihm fand, dass sie schon so lange zu ihm hielt, er begriff es nicht. Er würde sich selbst nicht lieben.

Er nahm ein Taxi zu Brigittes Wohnung. Er hatte nicht die Nerven fürs U-Bahn-Fahren und Laufen. Außerdem, vielleicht lauerte sein Mörder auf ihn, das Gewehr im Anschlag.

Es dauerte ewig, bis Georgie die Tür öffnete. Er sah fertig aus. Und er hatte sich nicht rasiert, nicht gewaschen und auch die Zähne nicht geputzt. Alkohol lag in seinem Atem. Die Augen waren blutunterlaufen, mit dicken Ringen drumherum. Sie setzten sich an den Küchentisch. Es roch nach Kaffee.

»Du hast ja nette Kumpels«, sagte Stachelmann. »Vor allem dieser Frankie ist ein wahrer Wonneproppen. Ich glaube, der wird mal mein bester Freund.«

»Reg dich ab.« Georgie goss sich noch einen Kaffee ein. »Der Frankie hat es nicht leicht. Reiche Eltern, damit muss man erst mal fertig werden. Die hassen alles Linke, aber Frankie schreckt nicht zurück. Na gut, gestern, oder war es heute, hast du ihn nicht in Topform erlebt. Der war zu.«

»Toll, eine Freundin verschwindet, und Frankie säuft.«

»Der hat das nicht ernst genommen. Mein Gott, Gitte ist kein Kind mehr. Die ist nicht zum ersten Mal irgendwohin gefahren, und sie wird nun nicht gerade Frankie um Erlaubnis fragen.«

Stachelmann wischte über den Tisch. »Gut, wir müssen Brigitte finden. Wo fangen wir an?«

»Die anderen Leute in der Gruppe habe ich schon angerufen, die wissen nichts.«

»Wenn es denn die Wahrheit ist. Aber gut, ich will es mal glauben. Hat Brigitte so was wie eine beste Freundin?«

Georgie nippte an seinem Kaffee. »Hm. Die heißt Karla

und wohnt hier um die Ecke. Allerdings, in letzter Zeit war das wohl nicht mehr so toll.«

»Nichts wie hin. Oder hast du die auch schon angerufen?«

»Ja. Die weiß nichts. Sagt sie. Jetzt durchsuchen wir Gittes Zimmer, und zwar gründlich. Und noch was: Wenn die Sucherei nichts bringt, dann gehst du zu den Bullen und machst Dampf. Vermisstenanzeige. Okay?«

»Klar.« Stachelmann stand auf und wartete, bis Georgie sich hochgequält hatte. Der schien über Nacht zum Greis geworden zu sein.

Stachelmann empfand es als ein Eindringen in eine verbotene Welt. Was würde Brigitte denken, wenn sie die beiden Männer sehen könnte, die ihr Zimmer durchwühlten? Georgie setzte sich an den PC und begann systematisch alle Programme aufzurufen und ihre Datenbestände zu prüfen. Bald stöhnte er, Hunderte von Texten habe Brigitte gespeichert, und auch wenn er vielen gleich ansah, dass sie nicht helfen würden, war er genervt. Stachelmann begann mit dem Kleiderschrank, den Brigitte offenbar geerbt oder beim Trödler erstanden hatte. Die Tür klappte aus dem oberen Scharnier, und Stachelmann hob sie aus dem unteren, um den Schrank zu öffnen. Er lehnte die Tür rechts an den Schrank. Links oben lagen Blusen, ordentlich zusammengefaltet, wie der Schrank überhaupt zeigte, dass Brigitte pfleglich umging mit ihren Dingen. Er faltete jede Bluse auseinander und legte sie wieder zusammen. Seltsam war ihm, als er ihre Unterwäsche durchsuchte. Einen Augenblick kam er sich vor wie ein Perverser.

Enttäuscht schaute er zu Georgie. Er sah, wie der immer schlapper wurde. Hatte er etwas gefunden im PC, das ihm zusetzte, oder war er einfach nur platt? Er kramte weiter im Schrank, staunte über Kleider, die ihm extravagant bis gewagt erschienen, und setzte die Schranktür wieder mit einiger Mühe ein.

Er stellte sich neben Georgie und bewunderte das

Geschick, mit dem dieser den PC bediente. Manchmal stöhnte Georgie leise, als quälten ihn Zahnschmerzen. »So ein Chaos auf der Festplatte«, sagte er mehr vor sich hin. »So ein Chaos!«

»Und?«, fragte Stachelmann.

»Hm. Und was?«

»Hast du was gefunden?«

»Nee.«

Stachelmann begann den Schreibtisch zu durchwühlen. Im oberen Schubfach fand er Kugelschreiber, Bleistifte, ein Lineal, eine Schere und vor allem Staub, der ihn niesen ließ, als er die Schreibwerkzeuge verschob.

»Mensch, mach das Ding zu «, sagte Georgie und hustete mehr demonstrativ als erzwungen.

Stachelmann öffnete die nächste Schublade. Darin waren Hefte, Blöcke, Briefumschläge, ein Holzkästchen, in dem Schmuck lag, wohl eher von ideellem Wert. Ein Album war mit einem Riemen verschlossen. Stachelmann nahm es und betrachtete das Schloss. Den Schlüssel würde er nicht finden, also zog er das obere Schubfach wieder auf und erzeugte eine weitere Staubwolke, als er die Schere herausnahm. Er schloss das Schubfach schnell und zerschnitt den Albumverschluss. Als er es aufschlug, sah er gleich, es war ein Tagebuch oder etwas Ähnliches. Er setzte sich aufs Bett, sank tief ein und blätterte. Ein Tagebuch, mit unregelmäßigen Einträgen. Der letzte stammte von vor drei Wochen, Stachelmann mühte sich, die Krakelschrift zu lesen. Sie hatte offenbar Streit gehabt mit einem Kerl, den sie mit »M.« abkürzte. Er quälte sich noch mit einigen Notizen davor herum, aber die handelten von Politik und Antifaschismus. Stachelmann empfand sie als pubertär, diese bloße Empörung über Verbrechen, die viele noch gar nicht verstanden hatten. Er blätterte zurück zum letzten Eintrag. Er las die Zeilen immer wieder, bis es ihm endlich gelang, alle Wörter zu entziffern.

M. hat gesagt, ich sei eine Flasche. Also, er hat es nicht so gesagt, aber so gemeint in dem für ihn typischen Geschwurbel. Mir fehle die Konsequenz. Wenn man etwas wirklich verstanden habe, dann müsse man die Konsequenz ziehen, sonst zeige man nur, dass man es doch nicht verstanden habe oder zu feige sei. Dumm oder feige. Er ist in letzter Zeit unheimlich aggressiv. Er quatscht mich voll. Aber irgendwie glaub ich ja, er hat recht. Erkennen u. handeln. Das ist eine Einheit. Wer nicht handelt, hat nichts erkannt. Oder zu wenig. Oder ist, s. o., ein Weichei.

»Wer könnte M. sein?«

Georgie drehte sich mitsamt dem Schreibtischstuhl um. Er grübelte.

Stachelmann sagte: »Sie hatte Streit mit ihm. M. ist vielleicht Manfred Kraft?«

Georgie nickte. »Könnte sein.«

»War der mehr als ein Gesprächspartner, vielleicht sogar eine Art Vorbild für sie?«

»Hm. Möglich, vielleicht. Sie hat jedenfalls oft von ihm gesprochen. ›Manfred hat gesagt‹, das war so eine Redewendung von ihr. Vorbild oder so was Ähnliches, das war er.«

»Hast du was mitgekriegt von dem Streit?«

»Nee. Halt, wenn ich's mir genau überlege, war sie in letzter Zeit öfter mal mies drauf.«

»Wie hat sich das geäußert?«

»Bei ihr so, dass sie noch weniger geredet hat und in ihrem Zimmer hockte. Und wehe, ich habe sie gestört. Bei Anrufen hieß es dann: Wer ist dran? … Der? Ich bin nicht da.«

»Ich habe diesen Kraft ja besucht, das ist ein schrecklicher Typ. Völlig vernagelt.«

»Ideologisch, meinst du.«

»Ja, genau. Ich kann nicht begreifen, wie eine junge Frau etwas an diesem Kerl findet. Der ist im Kopf ein Greis, Stalinverehrer, langweilig.«

»Hm«, sagte Georgie.

Stachelmann glaubte wieder, Kraft könnte zu tun haben mit der Sache. Womöglich wusste er, wo Brigitte war. Vielleicht steckte er selbst hinter allem? Das war ein vergrätzter Mann ohne Zukunft, gekränkt durch alles und jeden, rachsüchtig, das Bild schien Stachelmann stimmig zu sein. So war Kraft. Nur, warum sollte er Brigitte etwas antun? Wegen eines Streits? Mag sein, aber es überzeugte Stachelmann nicht. Könnte aber sein, der hatte ihr geraten abzutauchen. Aber warum sollte ihr jemand das raten?

Er versuchte sich vorzustellen, was sie besprochen hatten. Vielleicht war sie in seiner Wohnung gewesen. Kraft starrt sie an, wenn er glaubt, sie merkt es nicht. Sie ist aufgestanden und zum Fenster gegangen, aber sie sieht nicht, was draußen ist, sondern überlegt. Dann, so kann es doch gewesen sein, hat sie vielleicht gesagt: »Ich muss es dem Stachelmann sagen, ich halte es nicht mehr aus.«

»Warum? Willst du deine Freunde ans Messer liefern? Wenn du dem das sagst, dann bohrt der weiter, glaub mir.«

»Lügen, lügen, immer nur lügen!«

»Wenn es die Sache verlangt, muss man auch lügen. Das ist nur eine andere Form der Wahrheit.«

»Ich sehe den jede Woche, inzwischen zwei-, dreimal. Und wie soll ich dem in die Augen blicken, nach dem, was geschehen ist? Sag es mir, Manfred! Du hockst in deiner Wohnung und predigst die Wahrheit. Aber ich bin da draußen, verstehst du? Und das ist kein Spaß mehr, auch keine Kampagne, das war versuchter Mord.«

»Mord ist manchmal kein Mord, so wenig wie eine Lüge immer eine Lüge ist.«

»Warum, hast du geschossen?«

Kraft schüttelt den Kopf und zeigt auf die Krücken.

»Aber du weißt, wer es war.«

Kraft schüttelt wieder den Kopf. »Gitte, Gitte, komm her.« Brigitte setzt sich auf das Sofa, nicht weit von ihm in seinem Rollstuhl.

»Noch näher, sodass ich dich berühren kann.«

Sie zögert, dann setzt sie sich auf den Boden neben den Rollstuhl. Er streicht ihr über den Kopf, zwickt sie zärtlich ins Genick. »Du bist überanstrengt. Du hast deine Nerven nicht mehr unter Kontrolle.« Er massiert ihren Kopf. »Ich habe kein Verbrechen begangen, ganz bestimmt nicht. Ich schwöre es dir.«

Sie entspannt sich.

»Glaubst du es mir?«

»Ja«, sagt sie. Die Massage beruhigt ungemein. Er hat eine kräftige Hand, ein schöner Schauder läuft ihr den Rücken hinunter.

»Du verschwindest vielleicht für eine Weile. Mach mal Urlaub. Früher hätte ich dir vorgeschlagen, zu den Genossen zu gehen. Aber wenn du vielleicht in den Süden willst oder in den Norden? Ein Billigflieger bringt einen weit weg. Und wenn es dir am Geld fehlt, ich habe ein bisschen gespart.«

»Was ist?«, fragte Georgie.

»Nichts. Oder doch. Ich habe überlegt, ob wir Kraft vielleicht doch überwachen sollen. Aber das schaffen wir nicht. Hast du ihre Eltern angerufen?«

»Heute früh, die wissen nichts. Ich musste schrecklich aufpassen, um die nicht in Panik zu versetzen.«

Stachelmann überlegte, was Georgie noch alles getan hatte. Aber er fragte ihn nicht, er wusste, Georgie würde nur sagen, was er für richtig hielt.

Stachelmann widmete sich wieder dem Schreibtisch und Georgie dem PC. Brigitte war ordentlich und unordentlich zugleich. Er las in den Papieren, die herumlagen, betrachtete ein paar Fotos, hielt einige davon Georgie hin, der aber nur den Kopf schüttelte. Er fand unter Stapeln von linken Zeitungen die Buchausgabe seiner Doktorarbeit, blätterte darin, fand Unterstreichungen, hin und wieder ein Fragezeichen am Rand, dreimal ein mit kräftiger Hand geschriebenes »Nein!«. Er grinste und versuchte ein Gefühl zu verdrängen, das ihn erstaunte. Er mochte sie, je besser er sie kennenlernte. Auch wenn es auf diesem seltsamen Weg war.

Er kramte eine Weile weiter. Immer stärker drängte sich ihm das Gefühl auf, er sei auf dem Holzweg. Alles, was ich bisher getan habe, um diesen Fall aufzuklären, ist dilettantisch. Ich stochere herum, ich habe keinen Plan, verschwende meine Zeit. Dann muss es eben eine Weile unter Polizeischutz gehen, und Brigitte sollen die suchen, die dafür bezahlt werden und es auch besser können. Was getan werden konnte, hatte er getan. Eher mehr.

»Es bringt nichts«, sagte Stachelmann.

Georgie lehnte sich zurück und legte die Hände ums Genick. »Ich finde hier auch nichts. Die Leute, die was wissen könnten, habe ich angerufen oder wir haben sie besucht. Vielleicht lügt irgendeiner von denen, vielleicht nicht. Vielleicht hat Gitte einem gesagt, he, ich gehe jetzt hierhin oder dorthin, ich brauche meine Ruhe, mich nervt hier alles, will nachdenken, also verpfeif mich nicht. Und wir Idioten krempeln den ganzen Laden um.« Er zeigte auf den Schreibtisch. »Nichts, was weiterhilft. Gar nichts.« Er setzte sich aufs Bett. »Und dieser Kraft, das ist ein Spinner, aber der hat sie bestimmt nicht in seiner Badewanne in Salzsäure aufgelöst.«

In Stachelmanns Kopf spukte ein Gedanke herum, eine Weile schon, aber erst jetzt konnte er ihn greifen. Was hatte Frankie gesagt? Brigitte habe seine Arbeit im Kopierraum gefunden. Wer hat die da noch finden können? Wer hatte Motive, sich über die Arbeit zu erregen? Wer bedrohte den Schmid Verlag?

»Hat sie mal was gesagt, wer hinter der Bedrohung des Schmid Verlags stecken könnte?«

Georgie schüttelte den Kopf.

Stachelmann dachte, er müsse zurück zum Anfang dieser Sache. Schließlich war er Historiker.

»Und in der Gruppe wurde nicht darüber gesprochen?«

»Worüber?«

»Na, über die Erpressung.«

Georgie schüttelte den Kopf und starrte Stachelmann an, als wäre der geisteskrank.

»Ruf doch mal dieses Internetforum auf.«

Georgie starrte ihn wieder an, dann wandte er sich dem PC zu, nach wenigen Sekunden war der *thread* auf dem Bildschirm. Es waren keine neuen Beiträge verzeichnet.

»Kann ich da auch einen Beitrag posten?«

»Klar«, sagte Georgie.

»Machst du das für mich?«

Georgie zögerte eine Weile, dann sagte er: »Hm. Schieß los.«

Stachelmann diktierte: »Ich bin der Historiker, gegen den die Kampagne läuft. Und einer hat auf mich geschossen. Vielleicht findet sich angesichts dessen jemand, der versteht, warum ich folgende Fragen beantwortet haben möchte, und vielleicht weiß dieser oder jener etwas, das zur Aufklärung beitragen könnte: Erstens, wer hat geschossen? Zweitens, weiß jemand, wer meine Habilitationsschrift in Umlauf gebracht hat? Drittens, wer hat genau was an dieser Arbeit auszusetzen? Bitte Kritik mit Zitat oder Verweis auf Textstellen. Viertens, wer weiß, wer den Schmid Verlag erpresst?« Er überlegte einen Augenblick, ob er Schmid gefährden würde, wischte den Gedanken aber gleich wieder weg. Der war selbst schuld, wenn er jetzt Ärger bekam. Und wo stand, dass Stachelmann die Vertragsauflösung verschweigen sollte? In dem Auflösungsvertrag nicht. Außerdem hatte Stachelmann den Vertrag bisher nicht unterschrieben, und er zweifelte, ob er es tun würde. »Und das bitte mit Klarnamen unterschreiben. Meine Mail-Adresse kannst du auch angeben.« Er nannte sie. Georgie tippte, dann schaute er Stachelmann an. »Du bist dir sicher?«

»Ja.« Natürlich war er sich nicht sicher. Es konnte den Ehrgeiz des Schützen verstärken, ihn umzubringen.

Georgie drückte die Maustaste. »Jetzt ist es passiert.«

Stachelmann stand auf. »Ich glaube, ich habe alles falsch gemacht.« Er ging ein paar Schritte umher. Georgies Augen folgten ihm.

»Tschüs, bis später.« Stachelmann trat in die Diele, zog seinen Mantel an und verließ die Wohnung. Es war ihm egal, dass Georgie nun wahrscheinlich gar nichts mehr verstand. Georgie sagte ihm auch nicht alles, warum sollte er alles erzählen?

Du musst von vorn anfangen, ganz von vorn. Und dann eines nach dem anderen. Arbeiten wie ein Historiker. Wozu hast du es gelernt, wenn du es dann nicht anwendest? Du hast nach dem ersten Zipfel gegriffen, der dir hingehalten wurde. Das hat nicht viel gebracht. Morgen würde er mit Bohming sprechen. Dann mit Schmid. Er würde den Auflösungsvertrag nicht unterschreiben, wenn Schmid nicht alles erzählte. Und dann vielleicht auch nicht. Stachelmann lachte grimmig. Wollen wir doch mal sehen. Aber als er die Treppe hinaufstieg zu seiner Wohnung in Lübeck, die Polizisten hatten nicht mehr vorm Haus gestanden, da kehrte die Angst zurück. Komisch, in der letzten Zeit hatte er sie verdrängen können.

Er setzte sich im Wohnzimmer aufs Sofa, schloss die Augen und überlegte. Ganz von Anfang an. Er hatte die Habilschrift zuerst Bohming gegeben, und der hatte versprochen, sie für die Gutachter kopieren zu lassen. Schmid kam erst viel später ins Spiel. Also Bohming. Mit dem musste er reden. Bohming war schlampig, das wussten alle. Und wahrscheinlich hatte Renate Breuer das Manuskript kopieren sollen und es im Kopierraum liegen gelassen, weil das Telefon geklingelt hatte oder warum auch immer.

Immer wenn die Angst sich meldete, zwang er sich, über die Sache nachzudenken. Von Anfang an, hämmerte er sich ein. Natürlich, auch wenn Schmid das Manuskript später erhalten hatte als Bohming, konnte er verwickelt sein. Oder die Setzerei, das Korrektorat, wenn es dort so etwas gab. Die Druckerei. Überall konnte einer sitzen, dem in dem Text etwas aufgestoßen war und der Verbindungen hatte mit irgendeinem aus der Antifagruppe oder dem Schützen, wenn die nicht sowieso zusammengehörten. Aber war es so, dass einer im Text las, einen Wutanfall kriegte, das G3 aus dem Schrank holte und losballerte? Nein, so war es kaum gewesen. Da hatte einer was gelesen, dann hatte er die Wut bekommen, daraufhin hat er überlegt, was er machen könnte. Die Wut war umgeschlagen in einen Plan. Um dem zu folgen, musste er das Gewehr besorgen. Wo besorgte man ein G3? Sinnlose Frage. Das Gewehr gab es fast überall, und irgendwo in Afrika kaufte man es für ein paar Dollar. Oder ließ es kaufen. Transport auf dem Schiff, wer konnte dort schon jeden Winkel kontrollieren? Es war sinnlos, darüber zu grübeln.

Da lief keiner mit einem großen Gewehr einfach so durch die Gegend, um ihn abzuknallen. Der hatte auch Angst; wenn sie ihn erwischten, würde er im Knast verschimmeln. Sollte es wirklich um die Habilschrift gehen, dann würde die vielleicht auch veröffentlicht, wenn der Kerl Stachelmann erschoss. Oder gerade dann, postum.

Das sagte das Hirn, aber die Angst saß überall. Du gehst jetzt hinaus, etwas essen und trinken. Und du gehst nicht schnell um die Ecke zu einem der Restaurants an der Obertrave, sondern in die Fischergrube, ins Ali Baba. Wo du immer hingehst, wenn dir in deiner Bude die Decke auf den Kopf fällt. Diesem Scheißkerl mit dem Gewehr wird es nicht einmal gelingen, dich von dieser läppischen Gewohnheit abzubringen. Danach gehst du schlafen, und morgen schnappst du dir Bohming.

Der Mann hinterm Tresen im Ali Baba nickte ihm flüchtig zu wie jemandem, den man irgendwie kennt, aber nicht unbedingt erwartet hat. Stachelmann war verschwitzt, die

Angst hatte seine Schritte beschleunigt und war stärker gewesen als sein Wille, sich zu beherrschen. Obwohl er glaubte, keinen Bissen herunterzubekommen, bestellte er ein Lammsteak und einen türkischen Rotwein, der ihm erstaunlicherweise immer wieder schmeckte.

Während er auf seine Bestellung wartete, beobachtete er die anderen Gäste. Die meisten waren jung, Studenten der Universität oder der Musikhochschule. Sie wirkten unbeschwert. An der Wand zur Küche saß ein Paar und hielt Händchen. Die Frau bemerkte, dass Stachelmann die beiden anstarrte, und lächelte ihn an. Aber Stachelmanns Hirn war nicht dort, wo seine Augen hinschauten. Er blinzelte, als könnte dies seine Augen wieder in Verbindung bringen mit seinem Hirn. Dann war es ihm peinlich, geglotzt zu haben, und er nahm sich vor, nicht mehr hinzuschauen. Endlich kam der Wein. Er trank einen Schluck, dann gleich noch einen. Zurück zum Anfang. Er hatte seine Arbeit fertiggestellt. Er erinnerte sich noch gut, dass er es erst nicht glauben konnte, aber dann war es ihm peinlich, so lange gebraucht zu haben. Eine Zeit lang war er sicher gewesen, es gar nicht zu schaffen. Er erinnerte sich an den Berg der Schande, Stapel von Akten in seinem Büro, die er noch nicht abgearbeitet hatte und die immer höher wuchsen, weil er weiter Aktenkopien sammelte, ohne zu wissen, ob er sie überhaupt brauchen würde. Die Stapel zeigten ihm wenigstens, dass er sich mühte. Jemand, der so viele Akten anhäufte, war fleißig. Und dann der Krampf, die ersten Sätze zu schreiben. Nein, Schriftsteller sollte er nicht werden, er würde verhungern. Er lachte leise vor sich hin. Es gab so viel, was er nicht werden sollte. Und nur zwei Möglichkeiten, das Leben auszuhalten, als Historiker oder als Lottogewinner. Aber da er kein Lotto spielte – das Glück hätte natürlich einen weiten Bogen um ihn gemacht –, musste er Historiker bleiben. Weil er das begriffen hatte, hatte er sich gezwungen, weiterzuschreiben. Immer weiter, immer weiter, jeden Tag. Na gut, fast jeden Tag. Manchmal ging es nicht, in Heidelberg etwa, da hatte er nicht jeden Tag geschrieben. Und auch nicht, als er in Untersuchungshaft saß in Lauerhof. Ihm fiel ein, wie er mit Anne den Berg der Schande abgetragen hatte, nicht um endlich zu beginnen mit der Habilschrift, sondern um ein Verbrechen aufzuklären. Das alles war so lang her. Er erinnerte sich gern daran, auch wenn er noch wusste, wie schlecht es ihm damals ging. Zumindest hatte er sich das eingebildet. Wirklich schlecht ging es ihm erst jetzt. Ihn schauderte, als er sich die Bilder aus dem Von-Melle-Park ins Gedächtnis rief. Würde er jemals damit leben können? Und würde er sich hinaustrauen aus dem Ali Baba in die Nacht?

Das Essen kam. Er schnitt ein Stück Fleisch ab und steckte es in den Mund. Er kaute, weil er jetzt kauen musste. Er schluckte es hinunter und steckte sich ein weiteres Stück in den Mund. Zu jeder Zeit hätte ihm das Essen geschmeckt, aber heute Abend nicht. Seine Augen wanderten wieder umher und blieben erneut an dem Paar hängen. Die Frau merkte es, lächelte wie beim letzten Mal. Aber nun glaubte Stachelmann sie zu erkennen. Sie verfolgte ihn. Waren die beiden nach ihm gekommen? Die Panikattacke trieb ihm den Schweiß auf die Stirn. Du bist verrückt, völlig verrückt. Aber du kennst sie. Woher, verdammt? Natürlich, sie hatte bestimmt eines seiner Seminare besucht. Er war schon so lange an der Universität, und so viele Studenten hatten seine Seminare und Vorlesungen besucht. Er konnte sich nicht mehr an jeden Teilnehmer erinnern, dazu hätte sein Hirn ein Großrechner sein müssen. Aber ihr Gesicht kam ihm vertraut vor. Eine von denen, die nie etwas sagten.

Sie stand auf und näherte sich. »Hallo, Herr Stachelmann. Ich hab Sie schon mal hier gesehen. Sie werden sich vielleicht nicht erinnern« – sie unterbrach kurz, wohl um ihm die Gelegenheit zum Widerspruch zu geben, und fuhr fort, als er nichts sagte –, »aber mir hat Ihr Seminar gut gefallen. Es ging um die Endzeit der Weimarer Republik und die ersten Jahre der Nazis.«

»Ach ja«, sagte Stachelmann. »Ihr Gesicht kam mir bekannt vor. Daher also. Schönen Abend noch.« Gleich bereute er es, brüsk gewesen zu sein.

»Gleichfalls«, sagte sie. Sie wollte sich nichts anmerken lassen, aber sie hatte gezuckt, das war ihm nicht entgangen. Warum musste er andere Menschen zurückstoßen? Es gab keinen Grund, eine freundliche Studentin so abzufertigen. Seltsam, dass Anne noch nicht geflohen war vor ihm, dass sie es mit ihm aushielt, wo er es doch selbst oft nicht mit sich aushielt. Seine Gedanken schweiften zu Ossi, dem toten Polizisten, der sein Freund gewesen war, wenn auch nicht mehr in den letzten Jahren. In Heidelberg allemal. Er spürte Sehnsucht nach Ossi, den er doch auch gemieden hatte, nachdem der sich in Hamburg gemeldet hatte. Der ihm auf die Nerven gegangen war mit seiner Großspurigkeit und dem Frauenheldengetue, das sich als jämmerliches Theater entpuppte. Trotzdem fehlte Ossi ihm. Wenn es einen Himmel gäbe, vielleicht wäre es dann besser gewesen, der Irre hätte ihn abgeknallt. Dann könnte er jetzt mit Ossi über all die Dinge reden, über die sie nicht geredet hatten, und auch über die, bei denen sie einander nicht alles gesagt hatten. Ossi könnte ihm gewiss raten, wie er aus dem Schlamassel kommen könnte, in den er geraten war.

Er schnitt ein Stück Fleisch ab und führte es zum Mund.

Der Mann hinterm Tresen stand plötzlich vor ihm. »Schmeckt nicht?«, fragte er, bereit, den Teller fortzuschaffen.

»Doch, doch«, sagte Stachelmann.

Der Mann guckte ihn freundlich an, wie in Sorge, und ging. Ob die wussten, was ihm geschehen war? Es kam ihm so vor.

Dann stand plötzlich die Studentin wieder neben ihm,

berührte kurz und leicht seine Schulter. »Ich hab das gelesen und wusste natürlich sofort, dass Sie es sind. Es tut mir leid, aber Gott sei Dank ist Ihnen ja nichts passiert. Also, ich würde mich nicht in die Öffentlichkeit trauen. Ich finde Sie sehr mutig.«

Er nickte, wollte etwas sagen, aber es fehlten ihm die Worte. Natürlich wussten sie es. Sie lasen Zeitung, und so was sprach sich herum. Er blickte ihren Freund an, der lächelte ihm zu. Sieh, diese Menschen möchten dir nichts Böses tun, obwohl du dich mies verhältst.

Lustlos aß er noch ein paar Bissen, dann schob er den Teller weg, trank den Wein hastig aus, bezahlte und ging. Er fühlte, dass das Pärchen ihm zum Abschied winkte, aber er wollte es nicht sehen. Ihn zog es hinaus, um sich zu beweisen, und nach Hause, weil er schlafen und morgen früh gleich nach Hamburg fahren wollte, um mit Bohming zu reden. Auch wenn der nichts wusste, Stachelmann musste am Anfang beginnen.

Außerdem wollte er Taut veranlassen, Brigitte zu suchen, nun offiziell. Gleichzeitig würde er Georgie zur Polizei schicken, damit der eine Vermisstenanzeige aufgab. Bestimmt würden sie es so erreichen, dass die Polizei etwas tat.

Während er die Untertrave in Richtung Holstenstraße entlangging, dachte er an Brigitte und welch eigentümliche Anziehungskraft sie auf ihn ausübte. Wenn er das jemandem erzählen würde, dann würde der sagen: Haha, ich weiß, was das ist, und du weißt es auch, aber du gibst es nicht zu. Nein, so war es nicht, und er konnte es keinem erzählen. Höchstens Anne. Die verstand ihn besser als alle anderen. Warum dachte er gerade jetzt an Brigitte, während er am Holstenhafen vorbeiging und sich mühte, nicht schnell zu laufen? Nein, wenn er dich erschießen will, dann schafft er das sowieso, solange du dich nicht verkriechst. Er querte die Holstenstraße und stand bald vor der Haustür. Mit Absicht ließ er sich Zeit, den Schlüsselbund aus der Manteltasche zu holen. Na, schieß doch, wenn du dich traust. Als er die Treppen hochgegangen war und am Schreibtisch saß, um die Diskussionsgruppe aufzurufen, war er nass und seine Hände zitterten.

Es gab keine Antwort im Forum. Feiglinge, dachte er, ich stelle mich, ihr verkriecht euch.

Vielleicht gab es keine Antwort, weil Brigitte verschwunden war. Diese Idee drängte sich ihm auf. Womöglich hatte sie dahintergesteckt und es ihm beichten wollen, aber dann hatte sie Angst bekommen vor dem eigenen Mut und war abgetaucht. Es war ja so leicht, zu verschwinden. Irgendwie beneidete er sie. Er wäre auch gern weg.

8

Als Erstes wählte er Bohmings Nummer. Aber der war noch nicht da. Stachelmann wusste, Bohming hatte am frühen Nachmittag seine Vorlesung über die Weimarer Nationalversammlung, die er schon im siebten oder achten Jahr hielt und von der Anne sagte, der Ordinarius habe sie zusammengeschnippelt aus dem, was bessere Historiker herausgefunden hätten. Die geistige Eigenleistung tendiere gegen null. Vielleicht war Bohming glücklich, dass er es so weit gebracht hatte. Er war unanfechtbar, durfte seine Vorlesung bis ans Ende aller Tage halten, und niemand würde ihn je zu fragen wagen, was er denn im Forschungssemester geforscht habe. Es ging das Gerücht um, der Professor beschäftige sich in dieser eigentlich der Wissenschaft zu widmenden Zeit am liebsten mit dem Rumpf seiner Neun-Meter-Yacht, die in Blankenese im Hafen liege. Aber das sei in Ordnung, weil Bohming bereits alles wisse, was ein Historiker wissen könne, und jede weitere Wissensaufnahme nur gesicherte Erkenntnisse löschen würde. Allein mit Hilfe der Meditation durch die Bootsrumpfpflege sei es einer Koryphäe wie ihm möglich, das geistige Gleichgewicht zu erhalten, ohne das ein Genie wie er sofort auf das Niveau eines angelernten Dozenten vom Kaliber, sagen wir mal, eines Stachelmann herabstürzte. Das jedenfalls verbreiteten mit wissendem Lächeln die »Männer«, unter welchem Oberbegriff man die beiden unzertrennlichen wissenschaftlichen Assistenten Lehmann und Ostermann aus praktischen Gründen subsumierte.

Der Ausflug ins Absurde seiner Umgebung amüsierte ihn, er lächelte und fühlte sich einige Augenblicke leichter. Aber die Schwere kehrte gleich zurück. Er rief das Diskussionsforum auf, wieder keine neuen Einträge. Ob Brigitte den thread allein bestritten hatte? Man konnte sich ja verschiedene Decknamen zulegen und dann mit sich selbst diskutieren.

Er begann in seiner Habilschrift zu lesen in der Hoffnung, etwas zu finden, das ihm half. Aber die Zeilen verschwammen vor seinen Augen.

Er rief Taut an.

»Ja, Herr Dr. Stachelmann.« Der Polizist klang ungeduldig.

Er berichtete von seiner Suche nach Brigitte Stern und unterrichtete den Leiter der Mordkommission, dass Georgie eine Vermisstenanzeige erstatten würde.

»Gut«, sagte Taut.

»Sie müssen sie suchen, Herr Hauptkommissar!«

»Übrigens bin ich inzwischen Kriminalrat.«

»Glückwunsch«, sagte Stachelmann. »Suchen Sie Frau Stern, bitte. Was gibt es Neues von dem Schützen?«

»Nichts«, sagte Taut. »Gar nichts. Lesen Sie keine Zeitung?«

»Heute nicht.«

»Im *Abendblatt* wird behauptet, Hamburg versinke in einem Pfuhl des Verbrechens, und die Kripo würde dazu beitragen, indem die Kriminalbeamten in der Dienstzeit untätig ihre Pensionsansprüche berechneten oder Fußballtoto spielten, während Mord und Totschlag herrschten und sich keine Oma mehr aus dem Haus wage.«

»Geschreibsel.«

»Ja, aber wirksam. Die Menschen trauen anderen nur zu, was sie sich selbst zutrauen. Also faul herumsitzen und den Goldesel scheißen lassen.«

»Haben Sie neue Spuren gefunden?«

»Ich sage doch, nichts.« Er wurde noch ungeduldiger.

»Und warum wurde mein Polizeischutz abgezogen?«

»Wurde er nicht. Er wurde nur auf unsichtbar umgestellt.«

Stachelmann war unheimlich zumute. Sie überwachten ihn, er war ihr Köder.

»Außerdem sagt unser Psycho, der Typ habe alles erreicht und werde nicht mehr schießen.«

»Und das sagt der, obwohl Sie keine Spur haben.«

»Na, der hat sich aufs Dach dieser Fakultät gestellt und die Lage betrachtet. Dann hat er ein bisschen nachgedacht, wohl auch schlaue Bücher gewälzt und den Wetterbericht für den Tag analysiert. Nehme ich zumindest an. Ich beneide diese Leute.«

Stachelmann hätte fast losgelacht.

Nach dem Telefonat stellte er sich ans Fenster und starrte auf die WiSo-Fakultät. Er bildete sich einen Augenblick ein, er könne dort oben etwas finden, nach dem er noch nicht gesucht hatte, das aber wichtig wäre. Oder war es der Blick von oben, der einem zeigen konnte, was in dem Täter vor sich ging, welches Motiv er hatte? Wenn so ein Psychologe aus nichts Schlussfolgerungen zog, dann konnte er vielleicht aus einem bisschen die große Erkenntnis herauslesen. Er schüttelte den Kopf, nun schnapp nicht über. Lächerlich.

Wieder versuchte Bohming zu erreichen. Diesmal nahm er ab. Er hatte Zeit für Stachelmann, und der fand es lächerlich, dass er nervös war.

»Ja, Josef, das ist ja eine schlimme Sache. Kannst du dir das erklären?«, fragte Bohming, als Stachelmann sich vor dessen Schreibtisch gesetzt hatte. Den Professor schien es nicht sonderlich zu interessieren, was Stachelmann von ihm wollte. Er hatte sich in den letzten Tagen auch nicht gemeldet bei seinem Mitarbeiter, wie es eigentlich zu erwarten gewesen wäre bei einem fürsorglichen Chef, der Bohming ja sein wollte.

»Nein, auch die Polizei steht im Regen.«

»Das tut die ja in letzter Zeit gern. Hast du das *Abendblatt* gelesen?«

»Nein, ich werde es mir nachher besorgen.«

Bohming winkte fast unmerklich ab. »Na ja, die übertreiben, wie alle Zeitungen.«

»Ich würde ganz gern erfahren, wie es zu dieser Schießerei und der Kampagne gegen mich gekommen ist.« Er hatte es immer noch nicht gelernt, die Schmierereien im Philosophenturm zu übersehen. Und niemand hatte daran gedacht, sie zu beseitigen.

»Und da fragst du mich?« Die Augen blickten streng, die Stimme verlor ihren jovialen Unterton.

»Bitte versteh mich nicht falsch, du hast natürlich nichts damit zu tun. Aber ich will die Sache von Anfang an recherchieren, wie ein Historiker. Ich verstehe Dinge ohnehin nur, wenn ich sie chronologisch studiere. Anders gesagt, da gibt es eine Ereigniskette, ich suche das erste Glied.«

Bohming nickte, das Lächeln kehrte zurück in sein Gesicht. »Aber warum überlässt du das nicht der Polizei?«

»Die haben bisher nichts gefunden, sieht man von Spekulationen eines Psychologen ab, den der Kriminalrat Taut, der Leiter der Mordkommission« – Bohming nickte, um zu zeigen, dass er keine Erläuterung brauche, da er Taut kenne –, »selbst nicht richtig ernst nimmt.«

»Du weißt, ich stehe immer hinter dir. Habe dir den Rücken freigehalten, als es mit der Arbeit ein bisschen länger dauerte. Habe mich für die Verlängerung deines Vertrags eingesetzt und dich auch nicht fallen gelassen, als du im Gefängnis gesessen hast.«

Stachelmann dachte: Du hättest mich fallen gelassen, wenn Anne dich nicht bearbeitet hätte. Wegen ihr hast du es getan, nicht wegen mir. Aber er sagte: »Gewiss.«

Bohming stutzte, die Antwort war kurz und überraschte ihn. Wahrscheinlich hatte er eine Dankeshymne erwartet, so, wie er sich selbst in seinen Tagträumen pries. Der Ordinarius schaute in seinem Zimmer umher, und sein Blick blieb hängen an einem Akt, den er sich vor einiger Zeit zugelegt hatte. Nymphe am Badeteich, hatten die »Männer« in der Mensa gelästert.

»Das erste Glied«, sagte Stachelmann, »bist du, weil du der Erste warst, dem ich das Manuskript gegeben habe.«

Wieder dieser Blick, diesmal flackerte er leicht. Wahrscheinlich war er sauer, so mit hineingezogen zu werden. Er lächelte wieder: »Mein Lieber, nur der Genauigkeit halber, zu der wir Historiker ja nicht zuletzt verpflichtet sind: Das erste Glied bist du.«

Stachelmann nickte und dachte: Du Idiot.

»Bist du dir sicher, dass niemand an deinen PC konnte? Da gibt es ja heute die unbegreiflichsten Dinge. Unlängst habe ich von Trojanern gehört, gemeint sind Trojanische Pferde, und ich habe gleich an Griechen gedacht, die da hinausschlüpfen, aber das sind wohl Programme, die unbemerkt schlimme Dinge tun.«

Stachelmann nickte und dachte: Warum redest du so ein Blech? »Natürlich habe ich ein Schutzprogramm, und der Server der Uni wird nicht von Laien gewartet.«

»Gut, gut. Aber es könnte doch was durchrutschen. Der Mensch ist fehlbar.«

Stachelmann zog die Augenbrauen hoch und dachte: Warum dieses Theater? Nur weil es dir peinlich ist, dass meine Arbeit, die ich dir anvertraut hatte, herumgelegen hat? Wenn Frankie keinen Mist erzählt hatte.

»Möglich ist fast immer fast alles. Aber ich muss mich nach der Wahrscheinlichkeit richten. Wenn ich alles recherchiere, was möglich ist, dann brauche ich gar nicht erst anzufangen.«

Bohming nickte bedächtig. »Du hast natürlich recht. Warum, frage ich mich, warum wirst du eigentlich immer in solche Geschichten verwickelt? Einmal wäre schon ungewöhnlich, aber nun spielst du schon das vierte Mal Polizist, und ich fürchte, das liegt nicht nur daran, dass du Pech hast, sondern irgendwie … entschuldige … also irgendwie auch an dir. Du ziehst das an. Du suchst die Gefahr …«

»Ganz bestimmt nicht«, unterbrach Stachelmann. »Am

liebsten würde ich brav meine Arbeit machen und die Verbrechen der Polizei überlassen. Ich kann nichts dafür, dass ein Irrer beschlossen hat, genau zu dem Zeitpunkt im Von-Melle-Park herumzuballern, als ich auftauchte. Ich habe niemandem was getan.« Er sagte es lauter, als er es wollte.

»Gewiss, gewiss, Josef. Versteh mich nicht falsch. Man macht sich so seine Gedanken, und, ich bin ja einer aus der alten Schule, ich fühle mich verantwortlich für meine Mitarbeiter, besonders für meinen besten.« Er schaute Stachelmann besorgt in die Augen.

Der dachte: Heuchler, den Kollegen aus Berlin hattest du schon überredet herzukommen, um den Posten zu übernehmen, den du mir versprochen hast. Er sagte: »Manchmal kommt es mir auch seltsam vor.«

»Manchmal?«

Stachelmann lachte grimmig. »Immer. Tag und Nacht.«

»Ich verstehe deine Erregung.«

Natürlich verstand Bohming nichts. Stachelmann erregte sich in diesem Augenblick wegen Bohmings Heuchelei, nicht aus Angst.

Das Telefon klingelte. Bohming nahm ab und meldete sich. Dann hörte er zu und wurde einsilbig: »Ja … besser nicht … können wir … nein, nicht.« Und so ging es immer weiter.

Stachelmann ließ seinen Blick über die Schreibtischplatte schweifen. Da stand eine Statuette, nackter Athlet mit Speer kurz vor dem Wurf. Ein Stapel Akten, die Rücken konnte Stachelmann nicht entziffern. Bohming war immer noch einsilbig, ab und zu warf er Stachelmann einen Blick zu, einmal zog er die Augenbrauen hoch, wie um sich zu entschuldigen. Neben der Statuette erkannte Stachelmann einen Bilderrahmen, darin ein Foto, eine Frau, ein junger Mann, der Sohn vielleicht. Die Frau hatte Stachelmann wenige Male gesehen, das Familienleben hielt Bohming sonst unter der Decke. Sie war ihm blass erschienen, als er sie zuletzt bei einem der seltenen Empfänge an Bohmings Seite erblickt hatte. Ihren kurzen Händedruck hatte er kaum gespürt. Aber das Familienleben des Sagenhaften interessierte Stachelmann nicht. Neben dem Bilderrahmen lagen ein Schreibetui und ein Block. Auf der anderen Seite entdeckte Stachelmann eine mächtige Uhr mit Handaufzug. Jetzt hörte er sie ticken. Er hätte dieses Monster einem Trödler vermacht.

Bohming legte auf und schaute Stachelmann an.

Der sagte: »Lass mich zum Anfang von allem zurückkehren. Nachdem ich die Arbeit ausgedruckt habe, habe ich dir eine Kopie gegeben, und du hast mir versichert, dass du Frau Breuer beauftragst, weitere Kopien zu machen, vor allem für die Gutachter.« Bohming starrte an die Decke, dann schaute er Stachelmann an. Wieder dieses Flackern. »Ich muss nun dem Weg dieser Exemplare folgen, wenn ich den finden will, der die Kampagne angezettelt hat. Wenn ich den finde, weiß ich vielleicht auch, wer geschossen hat …«

»Ein Wenn zu viel, fürchte ich«, sagte Bohming.

»Vielleicht, aber anders komme ich nicht voran. Gut möglich, dass ich herausbekomme, wer die Kampagne angefangen hat, aber den Schützen nicht erwische, weil das ein anderer Fall ist. Es hat aber keinen Sinn, jetzt darüber zu spekulieren, das wird sich alles zeigen. Jedenfalls wirst du verstehen, dass es mir keinen Spaß macht, dauernd Angst davor zu haben, erschossen zu werden.«

Bohming nickte, seine Mimik zeigte Verständnis. Er griff den Telefonhörer und tippte auf eine Kurzwahltaste. »Ob ich Sie bitten darf, einen Augenblick zu mir zu kommen … vielen Dank.«

Jeder am Seminar wusste, dass es sinnvoll war, solche überhöflichen Bitten als Befehle zu verstehen. Tatsächlich klopfte es höchstens zwei Minuten später. Die Tür öffnete sich gleich danach, und Renate Breuer, die Sekretärin des

Seminars, stand hinter Stachelmann im Zimmer. Bohming winkte sie näher an den Schreibtisch.

»Frau Breuer, Sie haben die Habilschrift vom Kollegen Stachelmann für mich kopiert.«

Sie nickte.

»Haben Sie jemandem eine Kopie gegeben?«

Sie ärgerte sich, das las Stachelmann in ihrem Gesicht. Renate Breuer war zuverlässig, und es war ihr wichtig, diesen Ruf zu behalten. »Ihnen, nur Ihnen, Herr Bohming.«

»Ja, ja. Ist ja klar. Niemand behauptet oder glaubt auch nur etwas anderes.« Seine Stimme war ein wenig heiser, das fiel Stachelmann erst jetzt auf. »Und Sie sind sicher, dass niemand sonst an das Manuskript oder die Kopien kommen konnte?«

Sie überlegte, dann sagte sie. »Ziemlich.«

»Ziemlich?«

»Ich musste mal auf die Toilette, und da hab ich den Kopierraum verlassen.«

»Und ihn nicht abgeschlossen?«

Sie schüttelte den Kopf. »Der wird doch nur abends abgeschlossen. Und wer kommt schon auf die Idee, jemand könnte Kopien klauen von einer Arbeit, von der er nichts weiß.«

»Sie hatten die Kopien fertig, als Sie zur Toilette mussten?«

»Ja, aber noch nicht sortiert.«

»Das tut doch der Apparat«, rutschte es Stachelmann hinaus.

»Ja, natürlich. Aber ich habe die Kopien im Gerät gelassen, in den Ausgabeschächten. Es war dringend, verstehen Sie bitte.« Sie knetete ihre Hände.

Bohming hob die Arme, um sie zu beruhigen. »Niemand macht Ihnen einen Vorwurf. In der Tat, dass jemand die Kopie einer wissenschaftlichen Arbeit stiehlt und nicht den Kopierer, ist eher ungewöhnlich. Vielleicht doch ein gutes Zeichen?« Er lachte als Einziger.

Dann hatte Brigitte die paar Minuten genutzt, die Renate Breuer auf der Toilette gewesen war. Gewiss würde Renate Breuer nicht zugeben, dass sie vielleicht nicht nur auf der Toilette gewesen war, sondern noch eine Weile im Büro, bis sie sich wieder um die Kopien kümmerte. Und damit hatte die Sache angefangen, Stachelmann war sich da sicher. Aber das hatte er eigentlich schon gewusst.

»Siehst du«, sagte Bohming. »Die Dinge klären sich.«

Gar nichts ist geklärt, dachte Stachelmann. Als Renate Breuer das Zimmer verlassen hatte, gewiss mit einem schlechten Gewissen, ohne einen Grund dafür zu haben, sagte er zu Bohming: »Ich muss mal mit dem Schmid sprechen. Der Verlag hat das Manuskript ja weiterreichen müssen. An Lektorat, Setzerei, Druckerei, wenn es denn dort schon eingetroffen war, bevor er das Zähneklappern kriegte.«

Bohming nickte eifrig, natürlich freute er sich, wenn Stachelmann jemand anderem auf die Pelle rückte. Aber der wusste, es würde wahrscheinlich nicht viel nützen. Nur wenn er es nicht tat, würde er nie wissen, ob der Schlüssel zu allem nicht vielleicht doch im Schmid Verlag versteckt war. Innerlich lachte Stachelmann über seine Kinderlogik, aber war es nicht immer wieder so? Und arbeiteten die Kriminalisten nicht auch systematisch, ohne sich damit aufzuhalten, Wahrscheinlichkeiten zu berechnen?

Stachelmann verließ Bohming mit einem schlechten Gefühl. Aber das ging ihm immer so. Bohming kannte nur ein Interesse, nämlich das eigene. Von dieser Warte aus betrachtete er alles und jeden. Einen größeren Egoisten hatte Stachelmann nie getroffen. Und auch niemanden, der seinen Egoismus so gut verstecken konnte wie Bohming. Wer ihn nicht richtig kannte, mochte ihn für die zeitgemäße Ausgabe von Jesus halten und die Nächstenliebe für den Fixpunkt seines Daseins. Stachelmann konnte nicht anders, als Bohming dafür zu bewundern. Und auch, wie der es seit Jahren schaffte, fast nichts mehr zu tun und doch jeden Monat das Ordinariusgehalt einzustreichen, irgendwie hatte das Grandezza.

Von seinem Büro aus rief er gleich Schmid an. Eine Frau nahm ab, und als Stachelmann bat, ihn mit Schmid zu verbinden, musste sie offenbar erst einmal lange Rücksprache mit dem Verlagschef halten, während Stachelmann eine ihm nicht bekannte, aber nervige Pausenmelodie serviert bekam.

»Schmid, guten Tag, Herr Dr. Stachelmann. Ich nehme an, Sie haben unseren Vertragsentwurf erhalten.«

Schmid wusste so gut wie Stachelmann, der Entwurf lag schon eine Weile herum, aber Stachelmann hatte ihn nicht unterschrieben. Vielleicht konnte er Schmid damit ködern?

»Ja, danke. Ich bin noch nicht dazu gekommen. Sie wissen ja, wie das ist.«

»Natürlich, Herr Dr. Stachelmann, ein vielbeschäftigter Wissenschaftler, das weiß ich doch. Aber wenn Sie demnächst einmal Zeit fänden ...«

Wie würde Schmid sich verhalten, wenn Stachelmann nichts zu bieten hätte? Er kannte den Verlagschef nur als jemanden, der etwas von ihm wollte. Wie sähe es aus, wenn es andersherum wäre? Stachelmann konnte sich das gut vorstellen. Der Mann würde ihm die kalte Schulter zeigen, darauf hätte Stachelmann gewettet. Also musste er Schmid noch ein wenig zappeln lassen. Wenn alles vorbei war und Schmid um einen Vertrag bäte, dann würde Stachelmann sich revanchieren. Lieber im Eigenverlag als bei Schmid. Der Tag wird kommen. Er freute sich schon.

»Es wäre schön, Sie fänden bald Zeit für mich«, erwiderte Stachelmann.

»Aber Herr Dr. Stachelmann, selbstverständlich habe ich Zeit für Sie. Sie haben gewiss auch noch Fragen zum Auflösungsvertrag.«

»Dann könnte ich mich ja jetzt in ein Taxi setzen und Sie besuchen?«

»Aber gerne doch, Herr Dr. Stachelmann. Ich freue mich ja immer, Sie zu sehen.«

Stachelmann verabschiedete sich knapp, telefonierte nach einem Taxi und ließ sich ans Elbufer fahren, wo der Verlag in einer Jugendstilvilla residierte.

Der Taxifahrer pfiff leise, als er das Haus sah, während Stachelmann zahlte. Er ließ sich eine Quittung geben, um wenigstens die Hinfahrt Schmid bezahlen zu lassen. Aus Prinzip, bei diesem Herrn.

Im Vorzimmer dämpfte ein dicker Teppichboden die Tritte, an den Fenstern Vorhänge aus schwerem Stoff, die Tür zum Chefzimmer dunkel gebeizt mit Messingknauf. Hinter einem mächtigen Schreibtisch saß eine zierliche junge Frau im Hosenanzug, deren Gesicht Unnahbarkeit ausstrahlte. Sie passte in diese Umgebung. »Sie sind der Herr Dr. Stachelmann?«, sagte sie mit dunkler Stimme, und Stachelmann gefiel, wie sie seinen Namen aussprach. Die Frau musste eine Klingel betätigt haben oder Schmid einen Riecher für Gäste besitzen, jedenfalls stürzte er aus seinem Zimmer mit ausgestreckter Hand auf Stachelmann zu, als wäre dieser der verlorene Sohn, der endlich zum Vater zurückkehrte. Stachelmann reichte Schmid die Hand, als dieser dicht vor ihm stand und sein Mundwasser riechen ließ.

»Gut, dass Sie Zeit gefunden haben«, sagte Schmid. Sogar seine Vorzimmerfee lächelte, auch wenn es aufgesetzt aussah.

»Kommen Sie, bitte, kommen Sie«, sagte Schmid und zeigte in sein Zimmer, das Stachelmann riesig erschien, in einer Ecke ein Schreibtisch, auch auf antik getrimmt oder wirklich alt, an den Wänden moderne Kunst quasi als Kontrast zur verschnörkelten Inneneinrichtung.

In der gegenüberliegenden Ecke stand eine Sitzgarnitur, alle Möbel schwer und teuer. Schmid wies auf einen Sessel. Stachelmann setzte sich. Die Sekretärin stand in der Tür, und Schmid fragte: »Einen Kaffee? Vielleicht einen Cognac? Wasser? Saft?«

»Ein Wasser bitte«, sagte Stachelmann. Nein, mit diesem Herrn würde er keinen Cognac trinken.

Die Fee schwebte nach wenigen Sekunden mit einem Tablett herein, darauf eine Flasche und zwei Gläser. »Wenn Sie noch einen Wunsch haben …«

Stachelmann nickte freundlich. Es lag ihm auf der Zunge zu sagen, er habe viele Wünsche, aber keinen könne sie oder ihr Chef ihm erfüllen.

»Gut, Herr Dr. Stachelmann … Sie haben bestimmt den Vertrag dabei und wollen darüber sprechen. Stimmt's?« Er tat so, als wollte er es Stachelmann leichter machen, den Auflösungsvertrag zu bemängeln.

»Nein, der Vertrag liegt in meinem Büro oder zu Hause. Darum geht es mir nicht.« Er sah den kurzen Anflug von Ärger in Schmids Augen und freute sich darüber. Ja, diesem Wichtigtuer tat es gut, ein bisschen gequält zu werden. »Was mich jetzt interessiert« – dem Gesichtsausdruck nach zu urteilen, fand Schmid es ungeheuerlich, dass Stachelmann sich für etwas anderes interessierte als der Verleger –, »ist die Frage, wer alles meinen Text gelesen hat oder wenigstens die Möglichkeit dazu hatte.«

Schmid ließ einen Augenblick den Mund offen stehen. »Ich verstehe den Sinn Ihrer Frage nicht.«

Wirklich? Du bist eitel, aber nicht dumm. Du begreifst genau, worauf es hinausläuft. Und dein erster Gedanke ist, hoffentlich bleibt der Name des Verlags, der ja mein Name ist, aus dem Spiel. Nie hättest du dich mit diesem Stachelmann einlassen dürfen. Das hat dir wohl Bohming, dieses Großmaul, eingebrockt. Der hatte diese Habilschrift noch nicht mal gelesen, als er sie dir mit wärmsten Worten aufdrängte. Und du hast dich darauf eingelassen. Der Bohming soll ja Beziehungen haben, und wie kommt man sonst an wichtige Autoren, wenn man keinen kennt, der Beziehungen zu denen hat? Das hat der Bohming durchblicken lassen. Und das Einzige, was es dir eingebracht hat, ist Ärger, riesiger Ärger.

Stachelmann konnte sich gut vorstellen, was im Kopf des Verlegers vor sich ging. Stachelmann erklärte ihm den Grund seiner Frage, und Schmid hing an seinen Lippen, als könnten die etwas verkünden, das ihn binnen Sekunden befreite aus diesem Karussell mit defekter Bremse. Aber Stachelmann konnte dem Mann nicht helfen. Als er fertig war mit seiner Erklärung, nickte Schmid kurz und fast heftig, stand auf und ging ins Vorzimmer.

Stachelmann stand ebenfalls auf, die steifen Gelenke brauchten Bewegung. Er ging zu einem Beistelltisch, auf dem stand ein Schachspiel, die Figuren aus Elfenbein, das Brett aus Marmor. Dieser Schmid wurde ihm noch unsympathischer. Das Spiel war nicht in der Grundstellung, einige Figuren waren gezogen worden. Stachelmann erinnerte sich vage an diese Stellung, es war eine Variante der Nimzowitsch-Indischen Verteidigung. Sein Vater hatte sie ihm erklärt, und komischerweise hatte Stachelmann sie sofort erkannt, obwohl er inzwischen nur noch hin und wieder am Computer Schach spielte und meistens verlor. Vermutlich nur, weil ihm diese Verteidigung schon immer exotisch vorkam. Seinem Computerspiel hatte er sie noch nie vorgesetzt, sie öffnete den linken Flügel und verlangte ein Höchstmaß an Konzentration und Ernsthaftigkeit, gerade wenn man gegen ein Programm spielte, das jede Schwäche humorlos ausnutzte. Er setzte die Marmorfiguren zurück in die Grundstellung, dann: Weiß zieht den Bauer von d2 nach d4, Schwarz antwortet mit dem Springer von g8 auf f6, dann c2 nach c4, und der Gegner erwidert e7 nach e6. Weiß setzt nun einen Springer auf c3 und Schwarz einen Läufer auf b4. Er schaute sich die Stellung an. Ja, so war es richtig. Die Figuren kamen ihm klebrig vor. Und dann weiter mit dem Sämisch-System, dem Versuch einer Widerlegung der Nimzowitsch-Indischen Verteidigung durch ein schlichtes Vorschieben des weißen Bauern a2 nach a3. Es folgt der Tausch schwarzer Läufer gegen weißen Springer, was Weiß den Vorteil einbringt, nun allein mit dem Läuferpaar arbeiten zu können, und den Nachteil eines Doppelbauern, der außerdem nicht einfach zu decken ist.

Stachelmann hatte die Tür nicht gehört. Er erschrak, als Schmid neben ihm stand. Der schaute Stachelmann finster an, zeigte auf das Brett, öffnete den Mund und schloss ihn wieder. Stachelmann fiel auf, der Mann war parfümiert, und auf seiner Halbglatze, die in sanft gewelltes schwarzes Haar überging, standen Schweißperlen. Dann sagte er: »Sie haben die Stellung zerstört.«

»Nein, nein«, sagte Stachelmann. Er setzte die Figuren wieder so, wie sie gestanden hatten. »Die Nimzowitsch-Indische Verteidigung, ich habe sie nur durchgespielt und ein klein wenig fortgesetzt.«

»Das Sämisch-System«, sagte Schmid. »Ein bisschen antiquiert vielleicht. Längst zieht man ja die Rubinstein-Variante vor, wenn man sich schon auf Nimzowitsch einlässt.«

Der Mann kennt sich aus, viel mehr als du. Aber du bist nicht hergekommen, um Schach zu spielen. Schon gar nicht mit diesem Fatzke. Wie peinlich wäre es, du würdest gegen ihn spielen und verlieren. Nein, wir haben hier ein anderes Spiel, nennen wir es »Leben oder Tod«. Und du, Verleger Schmid, sagst, ich hätte eine Stellung zerstört, die du doch binnen Sekunden wiederherstellen könntest. Du würdest mir so gerne was anhängen, nicht wahr?

Stachelmann setzte sich wieder in den Sessel. Schmid betrachtete noch eine Weile das Schachbrett, wiegte den Kopf, als überlegte er eine Fortsetzung, vielleicht das Leningrader-System – Stachelmann grinste innerlich –, also den Läufer f8 auf b4, aber Stachelmann musste nicht raten, um zu verstehen, dass Schmid nicht an Schach dachte und schon gar nicht an die Weiterungen des dänischen Großmeisters Nimzowitsch. Endlich bewegte sich der Verleger zum Sofa.

»Nun, ich habe mit Frau Völkel gesprochen, und die sagt, wir hätten Fahnen im Haus. Das bedeutet, dass die Setzerei das Manuskript ins Satzformat konvertiert und belichtet hat. Die Leute, die daran beteiligt waren, kennen das Manuskript mehr oder weniger. Jedenfalls hatten sie alle die Möglichkeit, es zu lesen, sich Kopien zu ziehen. Ich habe Frau Völkel, sie leitet unser Lektorat, ist aber auch Mädchen für alles, in einem kleinen Verlagshaus ist das so, ich habe sie also gebeten zu prüfen, wo gesetzt wurde. Ich erinnere mich, dass wir das nach Holland oder Italien gegeben haben. Wir hatten sogar schon eine Kooperation mit einer Druckerei in Hongkong.« Er lachte, aber es klang verkrampft.

In was für einer Vorstellung sitze ich? Der Typ spielt ein merkwürdiges Spiel, obwohl er doch weiß, um was es geht. Er schaute wieder zum Schachbrett und dann zu Schmid. Auch dessen Blick richtete sich auf das Marmorbrett mit den Elfenbeinfiguren. Der fragt sich, warum ich hinschaue. Und hab ich nicht gerade eben Angst gesehen in seinen Augen? Hier ist etwas, das ich nicht verstehe. Was für einen Grund könnte Schmid haben, sich zu fürchten? Er blickte wieder in dessen Augen, aber diesmal fand er die Angst nicht mehr.

Es klopfte an der Tür, Schmid rief »Herein!«, dann erschien eine Frau mittleren Alters. Sie blieb in der Tür stehen, bis sie der Verleger gönnerhaft heranwinkte. Die Frau stellte sich an den Tisch, gegenüber von Schmid, nachdem sie Stachelmann mit einem knappen Nicken begrüßt hatte. Er war der Feind, das zeigte sie.

»Die Setzerei Monserati in Bergamo«, sagte sie.

»Aha«, sagte Schmid. »Danke.« Er winkte knapp zur Tür hin, und Frau Völkel verschwand. Kaum war sie aus dem Zimmer, hatte Stachelmann vergessen, wie sie ausgesehen hatte.

»So ist das heute«, sagte Schmid.

Stachelmann überlegte, ob Schmid ihn angelogen hatte

und ob der Auftritt von Frau Völkel zu einer Inszenierung gehörte, deren Sinn Stachelmann nicht begriff. Aber verriet es nicht genug, dass Schmid überhaupt ein Stück aufführte, auch wenn Stachelmann noch nicht ahnte, ob es eine Komödie, Tragödie oder etwas aus dem Ohnsorg-Theater war?

»Aber es gibt ja auch in Italien Leute, die Deutsch sprechen.«

Schmid lächelte. »Natürlich. Aber wie es scheint, machen die einen großen Bogen um die Setzerei.« Er lächelte immer noch.

»Wie kann man ein deutsches Manuskript setzen, ohne Deutsch zu können?«

»Das ist heute alles anders. Wir schicken denen die Datei im Format einer beliebigen PC-Textverarbeitung, die konvertieren und belichten das und schicken die Filme zurück. Die werden hier kopiert, und ein Korrekturbüro prüft die Fahnen. Wissenschaftliche Bücher werden ja auch nicht redigiert, das ist alles in der Verantwortung unserer Autoren. Und in meiner, die richtigen Autoren auszusuchen, also solche, denen man zutraut, einen wissenschaftlichen Text ohne Babysitter zu verfassen. Wie Sie eben. Und wir wären glücklich, Ihre Arbeit zum verabredeten Zeitpunkt zu veröffentlichen, wenn da nicht diese Sache wäre …« Er krümmte sich ein wenig auf dem Sofa, wie um anzudeuten, wie groß der Schmerz sei, nicht tun zu können, was er versprochen hatte. »Also, wir wären bereit, über eine Abfindung zu sprechen. Natürlich keine riesige Summe, wir sind nur ein kleiner Verlag mit einem bescheidenen Verlagsprogramm. Aber vielleicht nehmen Sie die Abfindung auch als Entschuldigung an für etwas, das wir tun müssen, auch wenn wir es ungern tun. Doch ich kann es nicht verantworten, dass meinen Mitarbeitern etwas geschieht. Das ist meine erste Sorge.«

»Und in Ihrem Verlag, wie viele Mitarbeiter kennen mein Manuskript?«

Er kratzte sich an der Stirn. »Frau Völkel natürlich und wahrscheinlich ihr Assistent. Ich, versteht sich, auch wenn ich Ihr Manuskript nicht ganz lesen konnte. Die Zeit, die Zeit.«

Stachelmann hätte gewettet, dass Schmid nicht mehr als drei Seiten gelesen hatte. »Wie heißt der Assistent von Frau Völkel? Oder, besser noch, ich würde gerne mit ihm sprechen.«

Schmid guckte ihn verwundert an, dann zuckte er die Achseln, stand auf, ging zum Schreibtisch und drückte eine Taste: »Ist der Herr Hoch im Haus? … Ob Sie den Herrn zu mir schicken könnten? … Danke.«

Er setzte sich wieder. Auf dem Weg zum Sessel schielte er aufs Schachbrett. »Wenn sich das alles beruhigt hat« – seine Hand zeigte zum Fenster –, »dann können wir ja mal eine Partie spielen.«

Stachelmann antwortete nicht.

Es klopfte, und nach dem »Herein!«, in dem Ungeduld und Ärger mitschwangen, betrat ein schmächtiger junger Mann mit grauen Strähnen im Haar das Zimmer.

»Herr Hoch, das ist der Dr. Stachelmann. Sie kennen ja sein Manuskript und haben auch von den … Vorfällen gehört, nicht zuletzt von der Erpressung.«

Hoch starrte Stachelmann durch dicke Brillengläser an, hinter denen seine Augen glupschten.

»Wir würden nun gerne wissen, wer alles in Berührung gekommen ist mit Herrn Dr. Stachelmanns Manuskript.«

Hoch wurde bleich. »Aber …«, sagte er mit dünner Stimme.

»Nein, Sie haben nichts falsch gemacht«, sagte Schmid. »Aber Sie wissen, es gibt diese Kampagne gegen unseren Autor und diese Schüsse, die eventuell etwas mit der Kampagne zu tun haben. Dr. Stachelmann und ich sehen das so: Wer diese Kampagne angezettelt hat, der hat das Manuskript gelesen. Und nun prüft Dr. Stachelmann, wer das Manuskript lesen konnte.«

Hoch nickte, aber die Blässe blieb im Gesicht. Und Stachelmann dachte an Brigitte, die ein Manuskriptexemplar im Kopierraum geklaut hatte. »Also, ich habe es natürlich gelesen. Es ist wirklich großartig. Schade, dass wir es derzeit nicht herausbringen können.« Stachelmann hätte es dem blassen Jüngling nicht zugetraut, den Verleger zu kritisieren, wenn auch übervorsichtig. Oder war es keine Kritik? Egal. »Ja, und dann habe ich es dem Professor Weidenmeyer gegeben …«

»Dem haben Sie es gegeben und mir nichts davon gesagt?« Es entfuhr Stachelmann, aber er bedauerte es nicht. Was war das für ein Spiel? Weidenmeyer, Ordinarius für Neue Geschichte an der Humboldt-Universität in Berlin, hatte sich einen Namen gemacht als Nazismusverharmloser und, das gehört dazu, als Kommunistenfresser. Die DDR habe in den Köpfen ihrer ehemaligen Bürger mehr Verwirrung hinterlassen als das Dritte Reich im Bewusstsein der Westdeutschen nach 1945. Solchen und ähnlichen Unsinn verbreitete der Mann in Zeitungsinterviews und Talkshows, wo er gerne ausrastete und Widersacher niederschrie, was einem ja nur passieren kann, wenn man sich für unfehlbar hält. Dem Weidenmeyer hatte er es gegeben, ungeheuerlich. Dieser Hoch hatten allen Grund, blass auszusehen.

»Ich dachte … also, ich kenne den Professor Weidenmeyer, und ich dachte, wenn der ein kleines Gutachten macht, dann sichern wir uns ab gegen Kritik«, sagte Hoch. Die Augen des Verlegers waren grau wie Stahl. Ob er begriff, was dieser Hoch angerichtet hatte? »Wissen Sie«, sagte Hoch und schaute auf den Boden, in dem er gerne versunken wäre, »bei Büchern, in denen der Nationalsozialismus behandelt wird, sichern wir uns gerne ab. Wie leicht kann man sich da eine Katastrophe einhandeln, den guten Ruf des Verlags gefährden …«

»Wie kommen Sie dazu, mein Manuskript ohne mein Wissen einem anderen Historiker vorzulegen, und dann noch diesem Weidenmeyer?«, schimpfte Stachelmann.

»Wir haben zwei Bücher von Professor Weidenmeyer verlegt und keinen Grund zur Klage«, sagte Schmid. »Ich bitte Sie um Verständnis, Herr Dr. Stachelmann. Mir hat niemand mitgeteilt, dass Ihr Manuskript nach Berlin geschickt wurde. Aber ich räume ein, es ist in unserem Haus üblich, Gutachten einzuholen, seit uns da einmal ein Missgeschick unterlaufen ist. Aber ein bisschen mehr … Feingefühl hätten Sie schon walten lassen können, Herr Hoch.«

Der wurde noch blasser, obwohl Stachelmann das für unmöglich gehalten hätte. Aber das war immerhin eine neue Spur. Er gestand sich ein, es wäre ihm recht, wenn Weidenmeyer Dreck am Stecken hätte und er diesen Wichtigtuer überführen könnte.

»Und Weidenmeyer hat ein Gutachten verfasst?«, fragte Stachelmann.

»Nicht schriftlich, er hat mich angerufen und darum gebeten, mir seinen Eindruck vom Manuskript mündlich mitteilen zu können. Dafür hat er auch auf ein Honorar verzichtet.« Hoch zuckte zusammen, er fürchtete, schon wieder etwas Falsches gesagt zu haben.

»Und was hat er Ihnen mitgeteilt?«

»Dass er es leid sei, wenn Kollegen immer wieder alte Geschichten aufwärmten. Er hält die Beschäftigung so vieler Historiker mit dem Nationalsozialismus für eine billige Mode.«

»Billige Mode, das hat er gesagt?«

»Genau so. Aber das Manuskript sei im Allgemeinen recht ordentlich, und der Verlag brauche sich keine Sorgen zu machen.«

»Wie beruhigend«, sagte Stachelmann. Er hoffte, der Hohn in seiner Stimme würde nicht überhört. Seine Laune verfinsterte sich, weil er nun wusste, er würde womöglich nach Berlin fahren müssen, um mit Weidenmeyer zu sprechen. Erstens um zu erfahren, ob der hinter dem Wahn steckte, zweitens um herauszubekommen, ob der

Professor das Manuskript weitergegeben hatte. Stachelmann überlegte, ob er nicht zu viele Spuren gleichzeitig verfolgte. Er wusste doch, dass Brigitte mit der Sache zu tun hatte. Vielleicht sollte er sich erst einmal darauf konzentrieren, sie zu finden, weil ihn das vermutlich eher weiterbrachte. Außerdem war es ihm ein Gräuel, Weidenmeyer zu treffen. Schmid schaute ihn fragend an, der Verleger dachte offenbar, Stachelmann denke nach, was er nun sagen solle.

»Und Weidenmeyer ist der Einzige, dem Sie ein Exemplar überlassen haben, abgesehen von Setzern, Druckern und so weiter?«

Hoch nickte. »Ja. Da bin ich sicher.«

»Und wenn diese Schüsse nichts zu tun haben mit Ihnen und Ihrer Arbeit?«, fragte Schmid.

Stachelmann verriet ihm nicht, dass er darüber längst nachgedacht hatte und zu dem Schluss gekommen war, er könne nur die Spur verfolgen, die ihm erfolgversprechend erschien. Also erst Brigitte, dann Weidenmeyer. Aber wenn er Brigitte nicht fand und die Polizei auch nicht, dann müsste er sich wohl an Weidenmeyer halten, wenn er nicht untätig herumsitzen wollte. Es sei denn, alles kam anders.

Sein Blick schweifte zum Schachspiel mit der Nimzo-Indischen Verteidigung, wie sie im Schachjargon gern abgekürzt wurde. Irgendetwas sagte ihm dieses Brett oder die Figuren oder die Stellung. Irgendeine Erinnerung wohl aus Kindestagen, als er mit dem Vater Schach spielte. Aber das hatten sie schon lange vor seinem Tod nicht mehr gemacht. Zuletzt hatten sie sich gestritten. Der Gedanke daran machte Stachelmann traurig. Aber wahrscheinlich hatte es so kommen müssen, und wie hätten sie sich versöhnen sollen, wenn der Vater darauf beharrte, sich in der Nazizeit nur so verhalten zu haben, wie es unvermeidlich gewesen sei. Hätten sie mich nicht Häftlinge beim Bombenräumen bewachen lassen, sondern nach Russland geschickt, dann wärst du wahrscheinlich nie geboren worden. Russland bedeutete Tod oder Gefangenschaft. So wenig der Sohn den Vater verstanden hatte, so wenig der Vater den Sohn. Du kannst dich eben nicht hineinversetzen in unsere Lage damals. Und die Mutter hatte es genauso gesehen. Sie hatte am meisten gelitten unter dem Bruch und versucht, ihn zu kitten. Aber die Klebeflächen passten nicht aufeinander.

»Man kann ja über Professor Weidenmeyer verschiedener Ansicht sein. Aber er würde sich doch nie auch nur in die Nähe von solchen Gangstern begeben.«

Fast hätte Stachelmann erwidert, dort halte sich dieser Herr ständig auf, weil er seinen Kopf ja nicht folgenlos vom Körper trennen könne. Aber Schmid hatte recht. Auch Stachelmann konnte sich nicht vorstellen, dass Weidenmeyer sich auf so etwas wie eine Kampagne oder einen Mordanschlag einlassen würde. Weidenmeyer war deutschnational, borniert dazu, aber nicht dumm. Wenn er jedoch einem Assistenten die Arbeit gegeben und sie nicht selbst gelesen hatte? Er wäre nicht der erste Professor, der sich lästige Arbeit vom Hals hielt. Also doch nach Berlin fahren und Weidenmeyer aufsuchen?

»Herr Dr. Stachelmann, ich muss noch einmal auf mein Anliegen zurückkommen, Sie werden es verstehen. Wann gedenken Sie den Vertrag zu unterschreiben? Es hätte doch auch den Vorteil, dass Sie dann frei wären und einen anderen Verlag finden könnten, was Ihnen angesichts der Qualität Ihres Manuskripts keine größeren Schwierigkeiten bereiten dürfte.«

Merkte der Mann nicht, dass er Unsinn redete, oder glaubte er, Stachelmann ließe sich ins Bockshorn jagen? Jedenfalls hatte Schmid sich eben selbst das Zeugnis ausgestellt, feige zu sein. Er musste doch unterstellen, dass auch andere Verlage erpresst würden, sobald sie sich auf die Habilschrift einließen. Stachelmann war sich längst sicher, dass er Schmid nicht mehr als Verleger seines Buches wollte, aber es bereitete ihm Freude, den Feigling zappeln zu lassen.

»Sobald ich die Zeit finde, werde ich mich damit beschäftigen. Sie wissen aber, dass Sie nicht im Alleingang meinen Vertrag auflösen können, dass ich sogar darauf bestehen kann, dass Sie den Vertrag erfüllen und mein Buch herausbringen.«

Schmid runzelte die Stirn. Das gefiel ihm nicht. Vielleicht war er es gewohnt, mit Autoren so umzuspringen, und bestimmt ließen sich manche einschüchtern und willigten ein, Verträge aufzuheben. Seine Schultern sackten ein Stück hinunter.

»Darf ich diesen Erpresserbrief sehen?«, fragte Stachelmann.

Schmid war wie geistesabwesend, aber er hatte doch zugehört. »Der Brief ist bei der Polizei.«

»Und hat die Polizei etwas herausgefunden?«

»Wenn, dann hat sie es mir nicht verraten.«

Hoch wechselte mit seinen Blicken zwischen beiden hin und her.

Der Verleger winkte zur Tür, Hoch verabschiedete sich mit einem verkrampften Lächeln und verließ den Raum.

»Kennen Sie eine Brigitte Stern?«

Schmid schaute Stachelmann fragend an. »Nein, woher?«

Stachelmann erhob sich, Schmid tat es ihm nach. Stachelmann drehte sich weg von dem Verleger und ging, ohne sich zu verabschieden. Als er auf der Straße war, ärgerte er sich, vielleicht musste er dem Mann demnächst weitere Fragen stellen. Aber der Ärger wich bald.

Er spazierte an der Elbe entlang. Ein großer Frachter zog majestätisch vorbei, die Sonne ließ die Brücke glänzen. Möwen flogen um das Schiff, begierig auf Küchenabfälle. Stachelmann fröstelte im Nordseewind, der die Wolken durchs Blau trieb. Vom Hafen her glitt ein Passagierschiff, das den Frachter eine Weile verdeckte. An der Reling hingen Menschen.

Stachelmanns Hirn zeichnete die Nimzo-Indische Verteidigung ins Wasser, das Sämisch-System, das heute kaum einer mehr spielte, weil es als widerlegt galt. Allerdings, wenn es selten vorkam, mochte es sein, dass es nicht mehr gelehrt wurde und man damit einen Gegner überraschen und zu einem Fehler verleiten konnte. Schach ist Kunst und Psychologie.

Er schüttelt den Gedanken ab. Er brachte ihn nicht weiter. Wo war Brigitte? Er wählte mit dem Handy ihre Nummer zu Hause. Georgie hob ab. Brigitte hatte sich nicht gemeldet, und auch übers Mobiltelefon war sie nicht zu erreichen. Stachelmann rief Taut an. Auch nichts Neues.

Es gab nur eine sinnvolle Erklärung. Brigitte war etwas passiert.

Am Tag darauf war er am Nachmittag mit Anne in der Cafeteria verabredet. Gerade als er zu fürchten begann, sie habe ihn versetzt, sah er Anne kommen. Sie war schön. Sie entdeckte ihn nur wenige Sekunden später, eilte ihm entgegen, umarmte und küsste ihn. »Na, Herr Inspektor, was machen die Ermittlungen? Ich hol uns einen Kaffee, dann erzählst du mir haarklein, ob du in deinem heroischen Kampf gegen das Verbrechen gesiegt hast.« Sie lachte hell und war unwiderstehlich.

Sie ging zum Büfett und kam zurück mit einem Stück Torte und einer Tasse Kaffee. Als sie sich gesetzt hatte, sagte sie: »Hast du nun die schöne Frau aus den Pranken des Drachen befreit, edler Ritter?«

»Ich glaube, der Drachen hat sie längst gefressen.«

Sofort wurde sie ernst. »Du meinst, sie ist tot?«

»Wahrscheinlich. Wenn man bedenkt, dass sie zu den Leuten gehört, die ohne Handy nicht leben können, ist es doch mehr als erstaunlich, dass sie seit Tagen nicht erreichbar ist. Für niemanden. Sie kann sich doch denken, dass man sich Sorgen macht. Und ich glaube auch nicht, dass sie der Typ ist, der einen einfach versetzt, ohne sich zu entschuldigen.«

»Und was sagt die Polizei?«

»Die weiß nichts.«

»Glaubst du wirklich, sie wusste … weiß, wer geschossen hat?«

Stachelmann sah sich um. Es war ein Kommen und Gehen. »Die weiß auf jeden Fall, wer diese schwachsinnige Kampagne angezettelt hat. Seit sie verschwunden ist, ist die Kampagne abgestorben. Es gibt auch keine neuen Schmierereien.«

»Beides wird daran liegen, dass die Beteiligten die Hosen voll haben. Die wollen nichts mit der Polizei zu tun haben. Oder wenn sie verwickelt sind in die Sache mit den Schüssen, dann ist das Grund genug, nicht auf sich aufmerksam zu machen. Womöglich haben sie auch ihren Zweck erreicht und keinen Grund mehr, weiterzumachen.«

Sie saßen nach vorn gebeugt, die Ellbogen auf dem Tisch, sodass sich ihre Nasen fast berührten. Er lehnte sich zurück, ihm war solche Nähe unangenehm in der Öffentlichkeit, und er wusste, sie fand es albern, dass es ihm unangenehm war. »Eigentlich hat sich die Zahl der Rätsel nur vermehrt, seit ich herumstochere.« Er spürte, wie die Niedergeschlagenheit sich anschlich. »Aber ich muss das Rätsel lösen, ich habe keine Wahl.«

»Du musst gar nichts, aber dich drängt es natürlich, die Menschheit vom Verbrechen zu befreien.« Sie lachte wieder hell. Dann schaute sie ihn ernst an. »Aber du musst auf dich aufpassen. Da gibt es einen, der schießt.«

»Eben«, sagte er.

»Wenn du willst, helfe ich dir.«

»Das wird den Durchbruch bringen.«

»Entschuldigung, es war nur ein Angebot. Ich wollte dir

nicht zu nahe treten.« Sie erhob sich. »Tschüs, kannst ja nachkommen, wenn du darin einen Sinn entdeckst.«

Du schaffst es, jemandem in kürzester Zeit die Laune zu verderben, schalt er sich, während sie schnellen Schritts die Cafeteria verließ. Seine Augen folgten ihr, während sie über das Pflaster Richtung Abaton ging. Und dann packte ihn die Angst, dass er zittern musste und gleich schweißnass war.

Stachelmann ging in sein Büro und schloss hinter sich ab. Er fühlte sich wie auf der Flucht. Er rief die Diskussionsgruppe auf, aber es war kein neuer Beitrag verzeichnet. Einen Augenblick versuchte er sich einzubilden, es wäre nichts passiert, weder die Schüsse noch die Kampagne. Aber das half nicht.

Dann rief er Georgie an, aber der hatte nichts Neues gehört. Nur seine Nerven schienen nicht mehr mitzumachen. Vor allem, dass Brigitte übers Handy nicht zu erreichen war, sorgte ihn. »Gitte ohne Handy ist wie ein Eisbär ohne Wüste.« Er lachte gequält.

Schließlich ging er doch zu Anne. Sie saßen lange auf dem Sofa, ohne etwas zu sagen. Stachelmann fühlte sich elend. Dann sagte er: »Ich habe sogar schon überlegt, ob die Kreidestriche auf dem Pflaster des Von-Melle-Parks etwas mit Schach zu tun haben könnten.«

Sie schaute ihn erstaunt an.

»Ja, weil ich bei dem Schmid eine Schachstellung entdeckt habe, die ein bisschen exotisch ist. Es könnte doch sein, dass jemand gewissermaßen eine Schachstellung ins Pflaster geschossen hat. Die Kreidestriche sind das Brett, die Schüsse die Züge, allerdings nur einer Partei. Aber das Muster passt nicht, die Schüsse, wenn sie denn Züge sein sollen, sitzen anders als die Eröffnung auf Schmids Protzschachbrett.«

»Das ist doch absurd«, sagte sie. »Wenn du schon auf so etwas kommst, zeigt mir das, dass du besser nicht weitersuchst. Ich dachte, es wäre klar, dass diese Brigitte den Schlüssel zur Schatzkammer hat.« Sie versuchte zu lächeln, aber er wusste, sie tat es, um ihn aufzuheitern. »Immerhin weißt du, dass sie deine Arbeit geklaut hat.«

»Sie wollte mir wohl gestehen, dass sie dieser E.T. ist. Sie hat das Muffensausen bekommen, weil jemand geschossen hat. Ich gehe davon aus, dass sie mit den Schüssen nichts zu tun hat. Das passt nicht zu ihr.«

»Aber ihr ist die Sache so peinlich geworden, dass sie sich abgesetzt hat.«

»Schön wär's«, sagte Stachelmann. »Das wäre wirklich schön.«

Nun griff der Schmerz nach ihm, er kroch vom Rücken in die Beine und nahm ihm den Atem. Er legte sich auf den Teppich, Anne erkannte, was los war, und ließ ihn in Ruhe.

»Ich geh schon mal ins Bett«, sagte sie. Ihr Blick blieb ein bisschen länger an ihm hängen. »Komm dann nach. Es ist zwecklos, darüber zu grübeln. Und außerdem ist es nicht dein Job.«

Nein, es war nicht sein Job. Er konnte auch nicht behaupten, dass es ihm Spaß machte, einen Irren zu jagen, der in der Gegend herumballerte. Aber er hatte keine Wahl. Warum, verdammt, geriet er immer wieder in diese Not? Jetzt spürte er auch die Erschöpfung. Sie gesellte sich zur Niedergeschlagenheit hinzu. Es war alles vergebens. Er hätte nicht anfangen sollen mit der Suche nach dem Schützen. Wenn Brigitte etwas passiert war, dann nur weil er in der Sache gebohrt hatte. Nun gut, sie hatte es sich auch selbst zuzuschreiben. Aber sie wollte auspacken, das wusste er, auch wenn sie es nicht angekündigt hatte. Und bevor sie auspacken konnte, war sie verschwunden. Er kannte sie kaum, er glaubte aber zu wissen, dass sie nicht ängstlich war. Nein, so jemand wie Brigitte haute nicht einfach ab.

In der Nacht wälzte er sich. Der Schmerz ließ ihn nicht schlafen, und die Gedanken quälten ihn. Chaos im Kopf. Er hielt sich für lächerlich, weil er alles zusammenrührte, was ihn beschäftigte oder bedrohte. Diese wirre Schachgeschichte. In dieser Nacht war er mehrmals überzeugt, dass er den Fall anders anpacken musste. Wie er es bisher versucht hatte, vergrößerte es nur das Durcheinander. Wie konnte ich nur der Idee verfallen, die Schüsse hätten etwas mit Schach zu tun?

So ein Quatsch.

Er hatte dann doch etwas geschlafen. Jedenfalls weckte Anne ihn, indem sie sich an ihn schmiegte. Als er begriffen hatte, wo er war, rieb er sich die Augen. In letzter Zeit dauerte es lange, bis er klar sehen konnte. Er lag auf dem Rücken, sie streichelte seinen Bauch. »Du hast ganz schön gekämpft in der Nacht«, sagte sie. »Hoffentlich hat es sich gelohnt.«

»Ich höre auf mit der Sucherei. Hatte ich nicht gesagt, dass ich keine Lust mehr habe auf die Detektivspielerei?«

Sie lachte. »Das hast du nicht nur einmal gesagt.«

Ihre Hand wanderte einen Fingerbreit unter das Hosengummi.

»Diesmal meine ich es ernst. Ich mach mich selbst verrückt.«

»Aber es ist auch deine Weise, gegen die Angst anzukämpfen.«

»So schlimm ist es nicht mehr. Wahrscheinlich war das ein Irrer, der gar keinen Plan hatte, ein Amokläufer.«

Ihre Hand kroch tiefer unter das Gummi. Er spürte, wie seine Erregung wuchs. Er schloss die Augen und ließ sich verführen.

Sie blieben noch lange im Bett liegen. Sie erzählte, Felix habe nach Papa gefragt, und damit könne nur Stachelmann gemeint sein. »Er nimmt es dir nicht krumm, dass du nicht so richtig klarkommst mit ihm. Allerdings hat er ja auch keine Papa-Alternative und glaubt wohl, es müsse so sein, wie es ist.«

Er antwortete nicht. Immer wenn sie davon anfing, hatte er ein schlechtes Gewissen. Dabei hatte sie das Kind mit einem anderen gezeugt, als er sie vernachlässigt hatte. Und er war ihr auch nicht treu gewesen, hatte sich zurückgestoßen gefühlt. Ach, es war alles viel zu kompliziert, wenn er sich auf einen Menschen einließ. Was heißt einlassen? Konnte er das überhaupt? Drehte er sich nicht fortwährend um den eigenen Bauchnabel? War er nicht in Wahrheit ein Egozentriker, auch wenn man es nicht auf den ersten Blick erkannte?

Er verbummelte den Tag. Einmal drängte es ihn, Georgie anzurufen, aber er tat es nicht. Georgie würde sich melden, wenn es etwas Neues gab. Er überlegte hin und her, ob Brigitte noch leben könnte und welche Gründe es geben mochte, dass sie sich nicht meldete. Ob sie gefangen gehalten wurde?

Am Nachmittag las er in einer alten Ausgabe der *Vierteljahreshefte für Zeitgeschichte* über Ernst Jüngers Bericht von Geiselerschießungen in Paris im letzten Krieg. Am Abend lud er Anne zum Essen beim Italiener im Grindelhof ein, gestand sich aber ein, sein Hauptgrund war, dass er nicht allein hinausgehen wollte. Sie unterhielten sich über den Artikel, den Stachelmann gerade und Anne vor einiger Zeit gelesen hatte, und waren sich einig über die Menschenverachtung, die es damals völkerrechtlich ermöglicht hatte, zehn Franzosen zu erschießen, nur weil die Résistance einen Wehrmachtsoldaten getötet hatte. Er fand den Abend harmonisch, und sie gingen nach dem Essen eng umschlungen zurück zur Wohnung.

In der Nacht schlief er besser, nachdem er sich damit abgefunden hatte, dass er die Aufklärung des Mordrätsels Taut und seinen Kollegen überlassen würde. Er hatte alles versucht und war an seine Grenzen gestoßen. Endgültig. Die Angst hatte ihn dazu getrieben, aber die Angst konnte er auch anders bekämpfen, und Anne würde ihm helfen.

Er fühlte sich gut am Morgen und freute sich fast auf das Seminar am Nachmittag. Endlich wieder ein normales Leben, kaum zu glauben, wo doch der Schütze noch frei herumlief. Er verdrängte die Zweifel, die aufkamen, als ihm die inzwischen eingeschlafene Kampagne gegen ihn einfiel. Er hatte gestern nicht einmal mehr geguckt, ob eine neue Nachricht ins Forum gestellt worden war. Angst gibt es, um sie zu überwinden. Wenn dich einer umbringen will, kannst du es sowieso nicht verhindern. Also denk nicht daran. Heute Nachmittag ist dein Seminar, gleich machst du dich auf den Weg, um im Büro die Hausarbeit zu lesen, über die diskutiert werden soll. Die gewohnte Langeweile, wie schön.

Als er auf der Straße stand, erwischte er sich, wie er eine Melodie pfiff. Es würde sich alles aufklären, und Brigitte erscheint irgendwann sonnengebräunt und hübscher als je zuvor. Du, ich musste einfach hier weg. Es wurde mir zu viel. So was würde sie sagen.

Die Schmiererei gegen ihn war übermalt worden. Bald würde er vergessen haben, dass es sie gab. Es war ein guter Tag. Und morgen würde es auch ein guter werden. Er hatte einen Anspruch darauf. Wer auch immer für die Verteilung von guten und schlechten Tagen zuständig war, nun war er mit den guten dran, von den anderen hatte er genug gehabt.

Er schloss die Tür seines Büros auf und öffnete sie. Er ging zwei Schritte hinein, als hätte er nicht gesehen, was seine Augen ihm zeigten. Er prallte zurück, krümmte sich, als hätte er einen Schlag in den Magen bekommen. Er konnte seine Augen nicht losreißen. Sie saß bleich auf seinem Schreibtischstuhl und starrte ihn an, mit zurückgelehntem Kopf. Im Hals, auf Kehlkopfhöhe, klaffte eine

Wunde, das Blut war ihr auf Sweatshirt und Hose gelaufen, unter dem Stuhl hatte sich das Blut in einer großen Lache gesammelt. Ihr Oberkörper war mit einem Seil an die Lehne gefesselt.

9

Er hatte es nicht mehr zur Toilette geschafft und sich im Gang übergeben. Dann hatte er sich neben die Tür seines Büros auf den Boden gesetzt. Mit zitternden Händen hatte er Taut angerufen. Binnen weniger Minuten hörte er die Sirenen.

Taut stieg aus dem Aufzug, betrat Stachelmanns Büro und erstarrte für ein paar Sekunden. Hinter ihm drängten sich ein Arzt und die Mitarbeiter der Kriminaltechnik. Stachelmann sah es wie durch einen Schleier.

Oberkommissar Kurz beugte sich zu Stachelmann hinunter. »Wer ist es?«, flüsterte er, als dürfte es niemand hören außer Stachelmann.

»Brigitte«, krächzte der. »Brigitte Stern.«

»Haben Sie eine Ahnung, wie das passiert ist? Und warum?«

Stachelmann schüttelte den Kopf. Kurz legte ihm die Hand auf die Schulter, dann drängte er sich ins Büro. Von dort hörte man nichts. Taut war ins Zimmer gegangen, der Gerichtsarzt folgte ihm. Dann die Kriminaltechniker. Alle trugen Plastikhandschuhe.

Stachelmann fiel ein, er könnte aufstehen. Aber als er es versuchte, gehorchten ihm die Beine nicht. Eine junge Frau in Weiß erschien, kniete vor ihm, setzte einen Koffer ab, nahm seine Hand und legte Zeige- und Mittelfinger aufs Handgelenk. Dann öffnete sie den Koffer, holte ein Päckchen heraus, riss es auf und rieb mit dem Papier in Stachelmanns Armbeuge. Es roch scharf. Dann entnahm sie dem Koffer eine Spritze, brach eine Ampulle auf, füllte die Spritze, drückte ein paar Tropfen aus der Nadel und stach die Nadel in die Vene. »Gleich geht es Ihnen besser«, sagte sie. »Das stabilisiert.«

Stachelmann hörte es kaum, sie hätte alles mit ihm machen können. »Gibt es hier ein Zimmer, wo Sie sich hinlegen können?«

Stachelmann schüttelte den Kopf.

Die Ärztin telefonierte mit ihrem Handy.

Ein Mann, unrasiert, erschien mit einem Fotoapparat und wollte ins Zimmer, er drängelte. Aber er wurde von Uniformierten festgehalten. Ein Polizist sagte zu dem Mann: »Seien Sie froh, dass wir Sie daran hindern.«

Woran?, fragte sich Stachelmann. Woran hindern sie wen?

»Immer diese Aasgeier«, sagte ein anderer Polizist, nachdem zwei Kollegen den Unrasierten zum Aufzug geführt hatten.

Zwei Männer mit einer Trage auf Rädern erschienen. Der eine tuschelte mit der Ärztin, dann hoben sie Stachelmann auf die Trage und schoben sie zum Aufzug.

Er erwachte in einem Bett. Seine Mutter schaute ihn an. Er schloss die Augen, öffnete sie wieder, aber er lag immer noch im Bett, und seine Mutter lächelte.

»Wo bin ich?«

»Im Eppendorfer Krankenhaus«, sagte die Mutter.

»Und wie kommst du hierher?«

»Anne hat es mir gesagt.«

Warum hatte sie das getan?

»Ich hatte zufällig bei ihr angerufen, wollte dich sprechen, und da hat sie es mir gesagt.«

»Aber ich bin doch gar nicht krank.« Der Kopf schmerzte, als hätte er einen Kater.

»Nein, du hast einen Schock. Und bis der Kreislauf stabil ist, wollen sie dich hierbehalten.«

Ihm fiel wieder ein, was er gesehen hatte. Brigitte, mit aufgeschnittenem Hals, die Arme nach hinten gefesselt, den Kopf nach hinten gelehnt, unnatürlich, als ob der Mörder den brutalen Eindruck noch verstärken wollte.

Ihm wurde wieder übel. Die Mutter griff nach einer Schüssel und hielt sie ihm hin. Er erbrach sich. Danach hatte er einen beißenden Geschmack im Mund. Er schloss die Augen.

Es klopfte. Anne kam herein. »Ach, bist du endlich wach?« Der Ton war falsch, wie konnte sie so fröhlich sein? Sie wollte ihn aufmuntern, aber sie erreichte ihn nicht. Er war unten, tiefer ging es nicht. Etwas Schrecklicheres hatte er nie erlebt. Es war eine Demonstration für ihn, er sollte es sehen, und der Mörder hatte es so arrangiert, um Stachelmann zu schocken. Das erschreckte ihn genauso wie dieses furchtbare Bild. Er weinte und schloss die Augen. Die Tränen quollen hervor, er konnte es nicht verhindern, und dann war es ihm gleichgültig. Anne stand einen Augenblick unschlüssig, dann hatte sie ein Papiertaschentuch in der Hand und wischte ihm über die Wangen.

Es klopfte wieder. Taut trat ein. »Der Arzt sagt, wenn Herr Dr. Stachelmann aussagen wolle, hätte er aus medizinischer Sicht nichts dagegen.« Taut sagte das in den Raum hinein, als suchte er Bestätigung. Niemand antwortete.

Taut stellte sich ans Bett und fragte Stachelmann: »Können Sie schon aussagen?«

Der nickte. Natürlich, die Polizei hatte es eilig. Keine Zeit verlieren. Und er musste sowieso dauernd daran denken, dann konnte er auch darüber sprechen.

»Wann haben Sie Frau Stern zum letzten Mal gesehen?«

»Weiß ich jetzt nicht auf den Tag genau. Aber bevor ich Sie informierte, dass sie verschwunden ist.«

»Und Sie haben seitdem nichts mehr von ihr gehört?«

»Nein.«

»Wo waren Sie heute Nacht zwischen 21 Uhr und 2 Uhr? Ich muss Sie das fragen. Genauer haben wir den Todeszeitpunkt noch nicht eingegrenzt.«

»Im Bett.« Er deutete auf Anne. Da fiel ihm ein, sie hatte ihm einmal ein falsches Alibi gegeben.

»Stimmt das?«, fragte Taut und schaute Anne an.

»Ja.«

»Glauben Sie, ich würde Frau Stern umbringen und sie dann in mein Zimmer schaffen, damit auch bloß der Verdacht auf mich fällt?«

»Nein«, sagte Taut. »Niemand verdächtigt Sie. Ich musste das fragen, weil ich sonst gefragt werde, warum ich das nicht gefragt habe. Oder weil es mir sonst vorgeworfen wird als Schlamperei.«

»Ist ja gut«, sagte Anne. Sie war genervt, er kannte den Klang ihrer Stimme, wenn sie genervt war.

»Wer hat es auf Sie abgesehen?«, fragte Taut.

»Das frage ich mich schon eine Weile, wie Sie wissen.«

»Glauben Sie, dieser Verrückte, der auch geschossen hat?«

»Wer sonst als der Typ, der im Von-Melle-Park herumgeballert hat?« Dann fiel ihm Manfred Kraft ein. »Fragen Sie doch mal Brigittes Spezi Kraft«, sagte Stachelmann. Er erklärte Taut, wer Kraft war. »Dieser Typ ist besessen vom DDR-Antifaschismus. Thälmann ein Held und die KPD die führende Kraft im Kampf gegen den Faschismus.«

»So was gibt's noch?«, fragte Taut.

»Und ob. Brigitte hatte mit diesem Kraft zu tun. Und nicht nur mit dem.« Er schilderte Taut, wie er gemeinsam mit Georgie Brigittes Freunde besucht hatte. »Aber diese Knaben wären zu so einer Brutalität nicht fähig.«

»Wenn wir nur immer so genau wüssten, wer wozu fähig ist«, sagte Taut.

»In diesem Fall können Sie mir glauben.« Der beißende Geschmack war verschwunden, die Schwäche wich allmählich aus den Gliedern.

»Herrje, mein Seminar«, sagte Stachelmann.

»Hab ich schon geregelt. Ist abgesagt«, sagte Anne.

»Nein, ich geh hin.«

»Gar nichts wirst du«, sagte Anne bestimmt. »Du bleibst

mindestens bis morgen hier. Und wenn ich dich festschnallen muss.« Sie lachte, es klang kläglich.

»Das ist Freiheitsberaubung!«

»Das soll es auch sein. Bei Leuten, die mit ihrer Freiheit nichts Vernünftiges anfangen können, muss eine höhere Instanz regulierend eingreifen.«

»Das nennt man eine Erziehungsdiktatur.«

»Vollkommen zu Recht«, sagte Anne, die sich freute, dass sein Schock nachließ.

Aber dann dachte er wieder an Brigitte. Sie hatte furchtbar leiden müssen. »Wurde sie in meinem Zimmer umgebracht?«

»Wir nehmen es an. Das wird uns der Doc noch sagen.«

»Und wie ist der Mörder mit ihr hineingekommen ins Seminar und in mein Zimmer? Ich habe meinen Schlüssel nicht verloren.«

»Wer hat noch einen?«, fragte Taut.

»Frau Breuer, der Hausmeister wohl. Mehr weiß ich nicht.«

»Die Türen sind nicht aufgebrochen worden. Die Schlösser sind unversehrt. Zeigen Sie mir mal Ihren Schlüssel.«

Stachelmann bat Anne, ihm die Schlüssel aus seinem Jackett zu geben, das im Schrank hing. Sie reichte Stachelmann den Schlüsselbund. »Es ist der mit der blauen Kappe«, sagte Stachelmann und gab Taut den Bund.

Der guckte auf den Schlüssel und schüttelte den Kopf. »So einen kann man leicht nachmachen. Das sind diese alten BKS-Dinger, die sogar Sicherheitsschlösser heißen, aber besser Unsicherheitsschlösser genannt würden. Die Schlüssel kann man bei jedem Schüsseldienst kopieren lassen. Und es gibt Einbruchswerkzeug, wir haben das auch, damit haben Sie so ein Schloss in ein paar Sekunden geknackt.« Er gab Stachelmann den Schlüsselbund zurück.

Stachelmann schloss die Augen. Er wollte das alles nicht mehr hören. Warum hat dieses Schwein das mit Brigitte angestellt? Kraft, nein, der eher nicht. Warum sollte der Brigitte im Philosophenturm ermorden? Warum in seinem Zimmer? Der kannte ihn doch kaum. Der Mörder wollte Stachelmann etwas mitteilen. Oder ihn schocken, was auch eine Mitteilung wäre. Er schlug die Augen auf, die anderen standen unverändert und starrten ihn an.

»Sicher scheint mir, dass der Mörder von Brigitte auch der Schütze vom Von-Melle-Park ist. Beweisen kann ich das zwar nicht, aber es gehört zusammen, wie nur irgendwas zusammengehört.« Er staunte, seine Stimme war klar. Er wollte das Krankenhaus verlassen. Er war gesund, die Erschütterung schwand, obwohl er dieses Bild nicht loswürde. Aber wenn sie ihn erst entließen, nachdem das Bild in seinem Hirn gelöscht war, müssten sie ihn lebenslang behalten.

»Auf jeden Fall geben wir Ihnen mehr Polizeischutz.«

Die Tür ging auf, Georgie stürzte ins Zimmer. »Warum?«, brüllte er. »Warum?«

Alle starrten ihn an. Seine Haare standen wirr, seine Augen glänzten und waren blutunterlaufen. Er stellte sich ans Bett, schaute Stachelmann ins Gesicht und fragte noch einmal: »Warum?«, diesmal aber leise, weinerlich.

»Weiß nicht«, sagte Stachelmann. Er deutete auf die Bettkante, und Georgie setzte sich. Er nahm Georgies Hand, und so blieben sie eine Weile. »Wir müssen ihn finden, dieses Schwein«, sagte Stachelmann. »So schnell wie möglich.«

»Warum in deinem Büro?«

»Das weiß ich nicht. Aber der Mörder hat einen Fehler gemacht. Hätte er sie woanders umgebracht, dann hätten wir keine Spur, bestenfalls eine schwache, aber er hat uns etwas verraten durch den Tatort. Sobald ich hier raus bin, treffen wir uns.«

Taut verzog missmutig das Gesicht. »Tun Sie das nicht, Herr Dr. Stachelmann. Überlassen Sie das uns. Wir finden ihn.«

»Sie haben bisher niemanden gefunden. Wenn Sie den Kerl gefunden hätten, würde Brigitte noch leben.«

Taut wurde bleich, aber dann färbte der Zorn sein Gesicht rosa. »Es waren ja bisher nicht alle Damen und Herren sonderlich hilfreich«, sagte er mühsam beherrscht. Sein Blick blieb an Georgie hängen. Der schluchzte, verbarg seine Augen hinter einem dreckigen Taschentuch. Als er Stachelmann wieder anschaute, sah der verschmierte Schminke um Georgies Augen.

»Ich komme, sobald es geht, Georgie. Aber du musst versprechen, nicht zu saufen. Wir brauchen klare Köpfe.«

Georgie nickte übertrieben wie ein Kind.

Die Mutter staunte Georgie an, Anne schwieg und musterte Georgie, dann Stachelmann, dann wieder Georgie.

»Jetzt geh nach Hause und versuch zu schlafen«, sagte Stachelmann. Er meinte: Werde nüchtern.

Georgie nickte wieder, ließ Stachelmanns Hand los und ging. An der Tür schaute er sich noch einmal um, er hob zögernd die Hand zum Gruß, dann verließ er das Krankenzimmer.

Die Mutter rümpfte die Nase, sagte aber nichts.

Tauts Gesicht hatte sich entrötet. »Ich geh dann auch mal. Gute Besserung. Und … machen Sie keinen Unsinn. Sie sind in Lebensgefahr.«

»Nicht mehr als vorher schon, eher weniger. Was anderes: Waren Sie bei Schmid?«

»Noch nicht.«

Dann war er weg.

Die Mutter setzte sich an die Bettkante. »Du musst auf das hören, was der Kommissar sagt.« In ihrem Gesicht stand die Gewissheit, dass Stachelmann das Gegenteil tun würde. »Du musst versuchen zu schlafen«, sagte sie. Sie blickte ihn traurig an, bevor auch sie ging.

»Ich lass mir ein Bett bringen«, sagte Anne. Sie ließ ihm keine Zeit zu widersprechen. Nach wenigen Minuten kam sie zurück. Zusammen mit einer Schwester rollte sie ein Bett neben seins. »Das ist eine gute Idee«, sagte die Schwester. »Draußen vor der Tür wird die ganze Nacht ein Polizist sitzen. Sie sind also ganz sicher.«

»Ich bin auch ohne Wache sicher«, sagte Stachelmann. Aber er setzte den Gedanken nicht fort, weil die Schwester ihn nicht verstehen würde. Als sie draußen war, sagte er zu Anne, die auf ihrem Bett saß: »Wenn er mich umbringen wollte, hätte er es längst getan. Wer immer das Schwein ist, er hat etwas anderes im Sinn. Und sein Motiv kennt niemand außer ihm. Wenn wir das herauskriegen könnten, dann wäre die Sache erledigt. Ich bin da ganz sicher.« Was er sagte, hatte lange in ihm gearbeitet.

»Woher weißt du das?«

»Ich habe die Indizien und sonstigen Auffälligkeiten eher unterbewusst zusammengereimt. Wenn ich ein Profil entwerfen müsste, würde es so beginnen: Mann, intelligent, wahrscheinlich akademische Ausbildung …«

»Halt, nicht so flott.«

»Ein Mann, weil ich mir nicht vorstellen kann, dass eine Frau mit einem G3 auf Leute schießt. Natürlich ist das nicht auszuschließen. Aber ich unterstelle, der Schütze im Von-Melle-Park ist Brigittes Mörder, und nur ein Mann kann sie in mein Büro geschleppt und so zugerichtet haben. Ich gebe aber zu, es ist nicht völlig auszuschließen, dass es sich um eine Frau handelt. Aber es ist nicht sinnvoll, davon auszugehen. Akademische Ausbildung wegen der Tatorte. Nichts davon kann ich beweisen, und doch liegt es auf der Hand.«

»Gut, so weit kann ich folgen. Allerdings arbeiten nicht nur Akademiker an der Uni.«

»Weiter. Das Ziel seiner Aktionen ist, mir zu schaden. Er will nicht, dass meine Arbeit veröffentlicht wird. Das würde meine Karriere beenden, bevor sie richtig angefangen hat. Es gibt zwar keinen Veröffentlichungszwang mehr, aber ein Professor, der seine Habilschrift nicht publiziert, bekommt keine Stelle. Der Typ meint die Arbeit oder mich. Ich wüsste nicht, wem die Arbeit schaden sollte. Gut, da gibt es diesen E.T., der wegen irgendeiner verquasten Antifaschismusdoktrin gegen meine Arbeit ist. In der werden natürlich nicht die Legenden erzählt, mit denen sich die Kommunisten nach der Befreiung gerühmt haben. Aber ich bestreite doch nicht, dass sie mutig waren und in manchen schrecklichen Situationen keine Wahl hatten als die zwischen Pest und Cholera. Da kann man einem schlecht vorwerfen, sich für die Pest entschieden zu haben. Aber sie waren natürlich auch im Lager dogmatisch und intolerant. Leute aus anderen linken Gruppen, Trotzkisten etwa, taten gut daran, sich nicht zu bekennen, sonst wäre es ihnen schlecht ergangen. Gewissermaßen die Fortsetzung der Moskauer Prozesse im KZ. Ich bin überzeugt, Brigitte war E.T. Georgie und Genossen wissen das, aber werden es mir kaum beichten. Obwohl, jetzt ist alles anders. Als Brigitte sich mit mir verabredete, wollte sie es wohl gestehen. Auch, dass sie die Kopie meiner Arbeit geklaut hat. Aber wegen so was und diesem Antifakram bringt man keinen um. So verrückt kann man gar nicht sein. Außerdem bin ich keineswegs der Erste, der auf diese Fragen hinweist, und ich tue es vergleichsweise zurückhaltend.«

»Du darfst dich nicht so aufregen.«

»Ich bin doch nicht krank. Mir tut es gut, mich aufzuregen. Es bringt das Hirn in Schwung.«

»Natürlich bist du nicht krank. Aber ich wundere mich, wie schnell du diesen Schock wegsteckst. Oder eben nicht. Wenn er zurückkommt, dann haut er dich vielleicht um. Außerdem wissen wir, dass dieser Mörder es ernst meint. Du bist in Gefahr.«

»Dass er es ernst meint, wusste ich schon nach den Schüssen auf mich … Entschuldige, ich wollte nicht zynisch sein. Der setzt mir nicht die tote Brigitte ins Büro, um mich dann auch umzubringen. Ich weiß nicht, was er will. Aber umbringen will er mich nicht.«

»Noch nicht. Aber wenn du ihm zu nahe kommst …«

»Noch nicht«, wiederholte Stachelmann. »Und nahe gekommen bin ich ihm leider nicht.«

»Und dieser Georgie, glaubst du, der kann dir helfen, zugedröhnt, wie der ist?«

»Ist er nicht immer.«

Sie schwieg eine Weile. Er sah in ihrem Gesicht, wie es in ihr arbeitete. »Lass die Finger von dieser Sache. Weißt du, diese Ines-Geschichte, das konnte ich noch irgendwie verstehen. Und damals mit dieser Mordserie, als Ossi dich um Hilfe bat, das war klar. Und nachdem Ossi tot aufgefunden wurde, da musstest du was tun. So weit habe ich alles akzeptiert, wenn auch manchmal nicht sofort. Aber diese Geschichte ist anders. Du legst dich mit einem an, der nicht die geringsten Skrupel kennt. Der geht über Leichen. Es kommt ihm auf eine mehr nicht an. Er ist grausam, in unglaublicher Weise grausam. Ich habe das in deinem Büro nicht gesehen, aber allein eine grobe Beschreibung lässt mir das Blut in den Adern gefrieren. Das ist eine andere Preislage als die anderen Verbrecher, mit denen du zu tun hattest.«

Stachelmann spürte, wie Müdigkeit ihn ergriff. Sie hatte recht und unrecht zugleich. Wenn er nichts täte, wäre er nicht weniger gefährdet. Er wusste nicht so genau, warum er das glaubte, aber es schien ihm klar. Alles drehte sich um seine Habilschrift; ob es nur darum ging, ihr Erscheinen zu verhindern, oder ob der Mörder mehr bezweckte, das wusste Stachelmann nicht.

Die Krankenschwester erschien. Bevor Stachelmann begriffen hatte, was sie tat, saß die Spritze in der Armbeuge. Er schlief ein, während er protestieren wollte.

Als er aufwachte, brauchte er ein paar Sekunden, um zu begreifen, wo er war. Das Bett, das Anne neben seines geschoben hatte, war leer. Er richtete sich auf, fiel aber wieder zurück ins Kissen. Ihm fehlten der Wille und die

Kraft aufzustehen. Er wartete auf den Schmerz, aber der kam nicht. Die Gelenke waren steif, die Augen fühlten sich verquollen an. Das Bild überfiel ihn, Brigitte mit aufgeschlitztem Hals auf seinem Stuhl. Der Brechreiz kam, er schluckte, der Reiz wurde schwächer. Um Himmels willen, er musste dieses Bild loswerden. Aber wie?

Anne erschien. Fragte, ob er gut geschlafen habe. Natürlich, die Schwester hatte ihn vollgepumpt mit Schlafmittel. »Aber dieses Bild kommt zurück.« Als er es aussprach, entsetzte es ihn. »Ich muss immer daran denken.«

»Ja«, sagte sie. »Du musst dich daran gewöhnen, auch wenn es unmenschlich klingt. Versuchen, das Bild einzusortieren in andere Bilder, die du im Kopf trägst.«

Er überlegte, was das bedeutete, und verstand es nicht. Wie sollte er dieses Bild einsortieren. Es gab in seinem Kopf nichts, was auch nur annähernd so grausam aussah.

»Er hat Brigitte vielleicht meinetwegen getötet.«

Sie schaute ihn stirnrunzelnd an.

»Ja, sie wollte auspacken, und das hat dieses Monster verhindern müssen. Brigitte wusste etwas, das sie nicht weitererzählen durfte. Weil sie es wollte, hat er sie ermordet.«

»Und was soll das gewesen sein? Rede dir bloß nicht ein, du seist schuld an ihrem Tod.«

»Wie soll ich zur Tagesordnung übergehen, solange dieser Kerl frei herumläuft? Er hat es auf mich abgesehen, aber er will mich anscheinend am Leben lassen, ich darf noch ein bisschen zappeln.«

Die Tür öffnete sich. Stachelmann erschrak, Bohming erschien.

»Hallo, Josef. Ich wollte doch mal sehen, wie es meinem besten Dozenten geht.«

Er schüttelte erst Anne die Hand, dann Stachelmann. Der deutete auf einen Stuhl, der in der Ecke stand, neben dem Waschbecken.

Bohming holte den Stuhl und setzte sich an Stachelmanns Bett.

»Na ja«, sagte Stachelmann, der es wie fast immer vermied, Bohming mit dem Vornamen anzusprechen. Er wollte ihn nicht zu nahe an sich herankommen lassen.

»Aber wie erklärst du dir das? Eine Leiche in deinem Zimmer, das ist ungeheuerlich.«

Stachelmann bezwang den Brechreiz, dann sagte er: »Es nützt nichts, sich darüber aufzuregen. Ich muss diesen Scheißkerl finden.«

»Um Gottes willen!« Bohming hob die Arme wie zur Abwehr. »Lass dich nicht darauf ein. Die Kripo wird das tun. Und sie wird ihn finden. Das können die sich nicht gefallen lassen. Jeden Tag wird die Presse fragen, ob sie dem Mörder auf die Schliche gekommen sind.«

Jetzt erst fiel Stachelmann auf, dass Bohming grau im Gesicht war. Natürlich, es warf ein schlechtes Licht auf sein Seminar, dass dort so ein Verbrechen geschehen konnte.

»Wie kommt es nur, dass du immer wieder in … äh … solche … Sachen verwickelt wirst? Ich will mal nicht davon ausgehen, dass du das Verbrechen suchst. Aber irgendwie will mir das nicht einleuchten. Ich bin nun schon so viele Jahre, viel zu viele Jahre an der Universität, und ich hatte noch nie mit so etwas zu tun.«

»Willst du andeuten, dass Josef vielleicht selbst schuld ist?«, fragte Anne. Stachelmann hörte Zorn in ihrer Stimme.

»Nein, nein, natürlich nicht.« Bohming plusterte sich auf. Wie konnte sie ihn nur so falsch verstehen? »Ich bin hier, um zu fragen, ob ich helfen kann. Wir müssen doch zusammenhalten in so einer Lage. Nie würde ich Josef deswegen einen Vorwurf machen.«

Stachelmann grinste in sich hinein. Immerhin hatte Bohming ihn zum Grinsen gebracht. Aber er war noch so müde.

»Und, Josef, das mit deiner Habilschrift klären wir, wenn du wieder auf den Beinen bist. Ich werde auch mit dem Schmid nochmal reden. So geht es nicht.«

Das lag Stachelmann so fern.

Wieder ging die Tür. Es war wie in einem Taubenschlag. Georgie lugte ins Zimmer. Er trug immer noch diese knallenge Hose, dazu ein Sweatshirt mit Kapuze.

»Huhu!«, sagte Georgie. »Stör ich?« Er hatte sich erholt vom Schrecken oder versuchte ihn zu überspielen.

»Nein«, sagte Stachelmann matt. Es war zu viel Besuch. Warum ließ der Polizist draußen alle hereinkommen? Oder war der gar nicht mehr da?

»Hast du einen Polizisten gesehen vor der Tür?«

Georgie schüttelte den Kopf und grinste. »Nein, aber einen im Schwesternzimmer. Der lässt sich da verwöhnen.« Das Grinsen erlosch. Er schaute sich um, Bohming kannte er, jedenfalls nickte er ihm zu, und Anne musste er auch schon gesehen haben. Immerhin hatte er behauptet, er studiere Geschichte. Georgie guckte sich unsicher um, dann fragte er: »Wer war es?«

Niemand antwortete.

»Morgen Abend treffen sich die Kumpels bei mir. Du musst auch kommen.«

Stachelmann nickte. Er hatte sowieso mit denen sprechen wollen. Irgendeiner von denen musste etwas wissen, das weiterhalf. Ein Verdacht, der Schein einer Spur, irgendetwas, dem man folgen konnte. Und wenn er es sich einbildete. Aber nur herumsitzen, nichts tun, das war nicht möglich.

Bohming erhob sich und trug den Stuhl wieder in die Ecke. Er hatte Georgie zwei-, dreimal gemustert, aber seinem Gesicht nicht anmerken lassen, was er von ihm hielt und davon, dass Stachelmann so jemanden kannte. Aber der konnte es sich leicht vorstellen, was Bohming dachte. Bohming war ein Spießer, auch wenn er alles tat, um diesen Eindruck zu vermeiden.

»Wenn du Hilfe brauchst, Anruf genügt«, sagte Bohming. Und er wiederholte: »Mit dem Schmid rede ich nochmal. So geht es nicht. Das nehme ich persönlich.«

Er verabschiedete sich mit einem »Gute Besserung!« und verschwand.

Anne lachte trocken. »Ein typischer Bohming-Auftritt. Sagenhaft eben. Aber er betrachtet die Absage von dem Schmid als Affront gegen ihn. Damit steigen deine Chancen, dass der die Arbeit doch herausbringt.«

»Ich will das nicht. Lieber gar nicht veröffentlichen als bei diesem Schmid. Aber das interessiert mich jetzt nicht. Wer kommt in Frage als Mörder? Vielleicht war Brigitte diesem Kerl auf die Schliche gekommen, und deswegen hat er sie umgebracht. Oder der Typ hat nur geglaubt, sie sei ihm auf die Schliche gekommen.«

»Wenn ja, warum in deinem Zimmer?«, fragte Anne. »Damit hat er sein Risiko nur vergrößert.«

Er wusste es nicht. Darüber hatte er immer wieder in den letzten Stunden nachgedacht. Warum in seinem Zimmer? Was hatte der Mörder gegen ihn? Oder ging es um etwas ganz anderes? War es ein Ablenkungsmanöver? Er schloss die Augen, aber gleich war das schreckliche Bild wieder da. Wie sollte er schlafen, wenn ihm Brigittes Leiche zusetzte, sobald er die Augen schloss? Es half nichts, er würde in dieser Nacht im Krankenhaus bleiben, aber morgen musste er beginnen mit der Suche nach dem Mörder.

»Vielleicht passt es doch«, sagte Stachelmann. »Wenn es darum geht, dass meine Arbeit nicht erscheinen soll. Die Botschaft des Mörders könnte heißen: Solange du deine Arbeit veröffentlichen willst, fließt Blut. Dass er Brigitte in meinem Zimmer ermordet oder zumindest die Leiche dorthin gebracht hat« – wieder meldete sich der Brechreiz –, »das könnte so einen Sinn ergeben. Dass er Schmid erpresst hat. Aber die Internetkampagne hat er nicht inszeniert. Vielleicht hat sie ihn auf die Idee gebracht, sich gewissermaßen anzuhängen. Auch das ist ein Hinweis darauf, dass ihm meine Arbeit nicht passt. Aber was? Doch nicht der Mangel an Legendenverehrung. Das hat heute doch keine Bedeutung mehr. Die Stalinisten in Deutschland sind eine lächerliche Sekte, praktisch erledigt.«

»Ich gehe deine Arbeit noch einmal durch«, sagte Anne. »Zeile für Zeile. Du bist wahrscheinlich betriebsblind.«

Er freute sich, dass Anne nun entschlossen war, bei der Mördersuche zu helfen. Ohne sie hätte er den Holler-Mörder nie gefunden. Und bei den anderen Fällen hatte sie ebenfalls geholfen, wenn auch eher unwillig.

»Gut«, sagte Stachelmann. Er wandte sich an Georgie. »Und die Kumpels bekommen auch Aufträge. Vielleicht findet die Kripo den Mörder, vielleicht nicht. Bisher hat sie sich nicht mit Ruhm bekleckert. Aber ich kann nicht herumsitzen und warten, bis mir die nächste Leiche serviert wird« – es würgte, aber leichter als beim letzten Mal – »oder ich selbst dran glauben muss.«

Anne erschrak, versuchte aber, es sich nicht anmerken zu lassen.

Die Schwester erschien mit einem Tablett, darauf zwei Mahlzeiten, Buletten mit Kartoffelsalat und Erbsen. »Essen Sie, dann kommen Sie schnell wieder auf die Beine.« Wahrscheinlich sagte sie das in jedem Krankenzimmer.

Kaum hatte die Schwester das Zimmer verlassen, trat nach leichtem Klopfen die Mutter ein.

»Geht es dir besser?«, fragte sie. »Der Arzt sagt, es gebe keinen Grund zur Sorge. Du kannst morgen das Krankenhaus verlassen.«

Sie setzte sich auf die Bettkante und nahm seine Hand. »Über all dem habe ich fast vergessen, dass ich dir noch etwas zeigen wollte.«

Er erinnerte sich, er hatte es vergessen. Das schlechte Gewissen meldete sich.

»Ich kann es dir ja jetzt zeigen. Wenn es deine … Freunde nicht stört.«

»Bestimmt nicht.«

Georgie sagte »Tschüs, bis morgen!« und verzog sich. Die Mutter blickte ihm schweigend nach, bis er die Tür geschlossen hatte. Anne stellte sich ans Fenster, guckte hinaus, dann sagte sie: »Ich geh jetzt auch, habe dich genug verwöhnt. Du kannst gerne mein leckeres Essen haben.« Sie reichte der Mutter die Hand und ging.

Jetzt war es ruhig.

Die Mutter öffnete die Handtasche, die auf ihrem Schoß lag, und entnahm ihr einen Umschlag. Sie zog eine Broschüre aus dem Umschlag, festes glänzendes Papier, sie sah teuer aus. Auf der Titelseite eine Villa, riesig, mit Park und Bäumen, im Hintergrund ein See, am Himmel wenige weiße Wolken. Im Park sah man Menschen, alte Menschen, als Stachelmann genauer hinschaute. Darüber stand: »Seniorenheim Lebensglück«. Die Mutter reichte Stachelmann die Broschüre.

Der blätterte darin, ohne zu wissen, was er sagen sollte. Es beklemmte ihn. Natürlich verstand er, was es bedeutete. Oder nicht? »Da willst du hin?«

»Ich weiß nicht«, sagte die Mutter. »Da musst du mitreden. Es ist teuer, aber wenn ich das Haus verkaufe, reicht es. Nur bleibt dann weniger für dich. Oder nichts, wenn ich noch eine Weile lebe. Außerdem, du bist in dem Haus aufgewachsen. Und Vati …«

An das Erbe hatte Stachelmann nie gedacht. Es setzte voraus, dass die Mutter starb. Das war unvermeidlich, aber er wollte es sich nicht vorstellen. Sein Vater hatte das Haus nach dem Krieg gekauft. Stachelmann fragte sich, woher er das Geld hatte als Postbeamter. Gut, gehobener Dienst, günstige Kredite für Beamte. Die Dienstjahre aus der Nazizeit mitgerechnet, einschließlich seiner kurzen Zeit als eine Art Hilfspolizist, die ihn vor der Ostfront bewahrt hatte. Aber er wollte nicht mehr über den Vater sprechen, schon gar nicht mit seiner Mutter, die es nie verwinden würde, dass sie sich nicht ausgesprochen hatten vor dem Tod des Vaters. Und wahrscheinlich auch, dass Stachelmann nach der Beerdigung noch nie das Grab auf dem Reinbeker Waldfriedhof besucht hatte.

»Und warum willst du dorthin?«

»Dafür gibt es mehrere Gründe.« Sie klang klar, und Stachelmann erkannte, dass sie sich die Gründe wohl schon zurechtgelegt hatte. »Erstens bin ich allein. Zweitens fällt mir vieles schwer, ich war früher beweglicher. Drittens kann ich nicht mehr gut laufen und Auto fahren schon gar nicht. Dafür sehe und höre ich zu schlecht trotz Brille und Hörgerät. Ich glaube, es ist einfach an der Zeit.«

Stachelmann überlegte, ob ein Vorwurf in dem steckte, was seine Mutter sagte. Ob er sich mehr hätte kümmern müssen um sie. Aber dann verstand er, seine Mutter warf ihm nichts vor, sie zog nüchtern eine Schlussfolgerung aus dem Zustand, in dem sie lebte und von dem Stachelmann nur wenig wusste.

»Wann?«

»Im Herbst. Zum 1. Oktober. Jedenfalls hätten sie dann was frei.«

Stachelmann begriff, seine Mutter hatte die Krebsoperationen einigermaßen überstanden. Sonst hätte sie keine so weit reichende Entscheidung getroffen. Warum umziehen, wenn man sowieso bald sterben würde? Die Einsicht erleichterte ihn. Sie hatten wenig gesprochen über den Krebs, und er hatte sie vernachlässigt, als sie im Krankenhaus gelegen hatte. Damals beschäftigte er sich mit Ossis Tod und noch mehr mit sich selbst, als er nach Heidelberg fuhr, wo er zusammen mit Ossi studiert hatte.

»Ich helfe dir beim Umzug«, sagte er.

»Musst du nicht. Kannst ja ohnehin nicht tragen. Das meiste muss ich verkaufen oder verschenken. Ich werde es wohl der Arbeiterwohlfahrt geben. Wenn dir etwas einfällt, das du brauchen kannst, sag Bescheid.«

Sie erhob sich, es bereitete ihr Mühe. Sie packte die Broschüre wieder ein, drückte ihm die Hand und ging.

Endlich Ruhe.

Er bedachte die Möglichkeiten, die ihm blieben. Nenn sie besser Pseudomöglichkeiten, denn du weißt nicht, was wirklich passieren würde, wenn du dieses oder jenes tätest.

Irgendwann schlief er ein. Mitten in der Nacht wachte er auf, es war jemand im Zimmer gewesen. Seltsam, er spürte keine Angst, obwohl auf den Polizeischutz kein Verlass war. Im Traum erschien ihm Brigitte, unverletzt, sie lachte und schaute ihn an aus großen Augen. Ihr Mund formte Worte, er glaubte, dass sie »Schade!« sagte. Schade um was?

Als er aufwachte, fühlte er sich kräftiger. Der Rheumaschmerz plagte ihn, es war wie sonst. Stachelmann stand auf, ging ein paar Schritte, beugte sich vorsichtig nach vorn und nach hinten, um die Steifigkeit loszuwerden, rieb sich den Schleier von den Augen und erschrak, als die Tür aufplatzte und eine Schwester hereinstürzte. Sie war klein und schlank, und sie hatte ein verhärmtes Gesicht. Aber ihre Augen blickten ihn freundlich an. Sie hatte die Tür aufgelassen, und Stachelmann sah einen Polizisten auf einem Stuhl an der Tür sitzen.

»Ich glaube, heute können Sie nach Hause«, sagte die Schwester. Der Polizist hörte mit und lächelte. Es war ihm gewiss langweilig geworden.

Später erschienen mehrere weiß gekleidete Männer, die Visite. Der Chefarzt, groß, beleibt, Halbglatze, weiße Haare, Lesebrille fast auf der Nasenspitze, fragte, wie es Stachelmann gehe, und bot ihm an, das Krankenhaus zu verlassen. »Die Herren werden ja auch draußen auf Sie aufpassen«, schnodderte er.

Als sie gegangen waren, zog Stachelmann sich um und legte den Krankenhausschlafanzug aufs Bett. Als er die Tür öffnete, stand der Polizist auf. »Gehen Sie nach Hause oder auf Ihr Revier«, sagte Stachelmann. »Es muss niemand auf mich aufpassen.«

»Aber …«

»Ich möchte es nicht«, sagte Stachelmann und ging an dem Mann vorbei. Wie sollte der ihn vor einem Mörder schützen, der sich auf ein Dach legte und mit einem Gewehr schoss?

Er fuhr mit einem Taxi zu Anne, trank Tee mit ihr, doch arbeitete sein Kopf an dem Fall. Auch Anne war ratlos, was das Motiv des Mörders sein könnte. Dass er Stachelmanns Arbeit nicht veröffentlicht sehen wollte, das schien klar. Aber warum?

Dann fragte sie: »Ob der eifersüchtig ist auf dich? Ein Abbrecher? Einer, der sich auch habilitieren wollte, es aber nicht geschafft hat?«

Das war so wahrscheinlich wie jede andere Möglichkeit, und er hatte auch schon daran gedacht. »Könntest du dich schlau machen, ob es so einen Fall gibt?«

Er setzte sich an ihren PC und rief die Diskussionsgruppe auf. Sie war nach unten gerutscht in der Auflistung, und es gab keinen neuen Eintrag. Eine Art indirekte Bestätigung dafür, dass Brigitte die Hauptverantwortliche gewesen war für diese Kampagne. Gewiss hatte sie es ihm gestehen wollen. Aber was konnte den Mörder daran gestört haben? Dieser Mord schien ihm nur erklärbar, wenn noch ein handfestes Motiv hinzukam. Zum Beispiel Eifersucht, wie Anne es gesagt hatte. Ja, warum nicht Eifersucht? Sie konnte Bohming fragen, der musste wissen, ob jüngst ein Kollege gescheitert war an der Habilitation. Ob sie sich in Gefahr brachte dadurch? Kaum. Nein, er musste sich keine Sorgen machen.

Am Abend ging er zu Georgie. Er fand es seltsam, auf eine Klingel zu drücken, deren Schild behauptete, dass auch Brigitte hier wohnte. Der Summer tönte, und Stachelmann stellte sich vor, wie es wäre, wenn Brigitte an der Wohnungstür warten würde. Niemand wartete, die Tür war angelehnt. Stachelmann hörte Stimmen in der Küche. Halil war da, Georgie trank ein Bier. Die Kaffeemaschine lief. Georgie wies auf einen Stuhl ihm gegenüber, Halil nickte nur kurz und beschäftigte sein Hirn dann mit etwas anderem.

»Frankie kommt immer zu spät«, sagte Georgie. »Dafür bleibt er dann gern länger.« Aber richtig lachen konnte er nicht. Stachelmann überlegte, ob Halil betrunken war, jedenfalls glotzte er die beiden anderen an, dann starrte er zur Decke und blies Luft aus durch geschlossene Lippen.

Es klingelte. Georgie stand auf und ging hinaus. Nach einer Weile hörte Stachelmann Frankies Stimme, dann kam der in die Küche und gab jedem die Hand. Frankie war unrasiert und sah auch sonst nicht so aus, als hätte er sich intensiv gepflegt. Er nahm eine Tasse aus dem Schrank und goss sich Kaffee aus der Glaskanne ein, die auf der Wärmeplatte der Maschine stand. Er setzte sich hin, Halil glotzte ihn eine Weile an. Dann sagte Georgie: »Also, was machen wir?«

»Wir sagen einfach mal die Wahrheit. Brigitte war E.T., und ihr habt mitgemacht bei dieser bekloppten Geschichte. Das habt ihr mir verschwiegen« – er schaute Georgie scharf an –, »weil ihr Schiss bekommen habt wegen der Schüsse. Aber jetzt ist Schluss mit lustig.«

Keiner antwortete, und Stachelmann begann zu bereuen, sich mit diesen Kerlen getroffen zu haben, die offenbar so versumpft waren, dass sie nicht mehr denken konnten. Und Mumm hatten sie auch nicht.

»Bitte nicht drängeln, meine Herren.«

»Gut«, sagte Georgie. »Also, Frankie, spuck's aus.«

Frankie starrte abwechselnd Stachelmann und Georgie an. »Ja, Gitte hatte sich tierisch aufgeregt. Sie blätterte in dieser Arbeit und stieß gleich auf besagte Stellen. Ihr wisst ja, wie sie war. Sie ist explodiert. Hat überzogen.«

»Sie konnte echt hysterisch sein«, sagte Halil. »Echt.«

»Und ihr habt schön mitgedichtet an dieser Scheißkampagne.« Stachelmann staunte, dass er nicht wütend war. Es kam ihm lächerlich vor.

Frankie und Halil nickten.

»Und habt ihr keinen Hinweis auf den Typen, der die Ballerei an der Uni inszeniert hat?«

Die beiden schauten sich an. Dann sagte Halil: »Da haben wir Muffensausen bekommen.«

»Das hat euch aber nicht daran gehindert, euch dranzuhängen. Geschieht dem Stachelmann ganz recht, nicht wahr?«

»Das war Scheiße«, sagte Frankie. »Wir haben dann ja auch aufgehört. Und Gitte hat sich abgeregt, nachdem sie die ganze Arbeit gelesen hatte. Sie hat sogar gesagt, da stehe eine Geschichte drin, die sie unbedingt nachrecherchieren wollte.«

»Welche Geschichte?«

»Hat sie nicht verraten. Nur, dass das eine Riesensache werden könnte. Sie hatte irgendeine Idee. Am Anfang, als sie verschwunden war, dachten wir, sie recherchiere irgendwo und wolle ihre Ruhe haben.«

Was konnte die Riesensache sein? Er musste seine Arbeit doch noch einmal lesen, auch wenn es ihn nervte.

»Sagt mal, was haltet ihr von Manfred Kraft?«

»Blöder Typ. Rechthaber«, sagte Halil. »Hat allerdings Ahnung von Geschichte. Gitte war oft bei dem, und ich glaube, der war scharf auf sie.«

»Aber sie nicht auf ihn«, sagte Georgie. »In letzter Zeit hatte sie es ohnehin mehr mit Mädchen.«

»Wie bitte?«

»Ja, sie war bi. Hast du das nicht gewusst?«, fragte Georgie.

»Nein. Es hat mir keiner gesagt.« Stachelmann ärgerte sich. Vielleicht fand sich so eine neue Spur. Ein Beziehungsdrama, Eifersucht, was auch immer.

»Ist doch egal«, sagte Frankie.

»Nein«, sagte Stachelmann. »Die meisten Morde haben was mit Beziehungen zu tun. Deshalb ist es wichtig. Hatte sie eine Freundin?«

»Zuletzt nicht«, sagte Georgie.

»Seit wann war sie solo?«

»Seit einem Vierteljahr, vielleicht vier Monaten. War ein ziemliches Drama.«

»Wie hieß die Freundin? War das diese Karla?«

»Ja, so eine kleine Schwarzhaarige, sah nicht schlecht aus«, sagte Frankie.

»Und wer hat die Beziehung beendet?«

»Gitte«, sagte Georgie. »Diese Karla ist ihr auf die Nerven gegangen. War klettig, wenn du verstehst, was ich meine.«

Stachelmann versuchte sich vorzustellen, wie eine eher klein gewachsene Frau Brigitte in seinem Büro abschlachtete. Das passte nicht. Und doch müsste er mit Karla sprechen.

»Und du sagst, Kraft sei scharf auf Brigitte gewesen.«

Halil lehnte sich zurück, sodass sein Stuhl nur auf zwei Beinen stand. »Ich glaub schon. Ich habe einmal erlebt, wie sie den in einem Laden getroffen hat, zufällig. Der wäre ihr sofort an die Wäsche, wenn sie ihn gelassen hätte.«

Stachelmann konnte sich Kraft nicht vorstellen als Aufreißer. Aber als Mörder schon. Nur, warum sollte er Brigitte ermorden? Weil sie ihm gesagt hatte: Aus uns wird nichts? Zurzeit stehe ich eher auf Frauen? Lächerlich. Nicht einmal ein Irrer mordet deshalb. Oder Brigitte hatte eine Leiche gefunden in Krafts Keller. Er versuchte sich eine Weile vorzustellen, was das sein könnte, aber ihm fiel nichts ein. Doch reizte ihn der Gedanke. »Was haltet ihr davon, wenn ich mit Karla spreche, vielleicht kommt Georgie mit, während Frankie und Halil sich mit Kraft beschäftigen. Also überwachen, vierundzwanzig Stunden am Tag.«

»Ach du lieber Himmel«, sagte Frankie. »Ich würde lieber mit Karla sprechen.«

Halil glotzte hierhin und dorthin, dann sagte er: »Nee, nee, Frankie, der hat schon recht. Karla kennt ihn nicht. Uns würde sie vielleicht als Rachebrigade sehen. Außerdem mag sie dich nicht.«

»Was?« Frankie war empört.

»Sie war eifersüchtig auf dich. Glaubte, du wolltest was von Gitte. Eigentlich war sie eifersüchtig auf alle, die mit Brigitte zu tun hatten. Deshalb ist es okay, wenn der Stachelmann ...«

»Josef«, sagte Stachelmann.

»Wenn der Josef zu ihr geht. Ihn kennt sie nicht.«

Stachelmann begann wieder zu zweifeln, dass diese Kerle eine Hilfe sein könnten. Wenn sie wegen jedes Schrittes diskutieren mussten, würden sie nie fertig werden. Allerdings wurde es nun möglich, mehreren Spuren gleichzeitig zu folgen. Aber warum machten die anderen mit? Hatten sie ein schlechtes Gewissen? Bei ihm war es klar, er bekämpfte so seine Angst. Und inzwischen hatte er in sich Hass entdeckt, der ihn drängte, diesen Killer zu töten, sollte sich ihm die Chance bieten. Wenn er den Mörder jagte oder sich wenigstens einbildete, ihn zu jagen, dann fühlte er sich besser.

10

»Du bist also dieser Stachelmann. Gitte hat mir von dir erzählt.«

So zerstritten schienen sie nicht gewesen zu sein. Sie nuschelte ein wenig und sprach leise. Und sie hatte ihn schon geduzt, als er am gestrigen Abend angerufen hatte, um sich mit Karla zu verabreden. Am Samstag, das passe ihr gut. Ja, sie habe gehört, Gitte sei ermordet worden. Auch wenn sie in letzter Zeit nicht mehr viel Kontakt miteinander gehabt hätten, hätten sie sich gemocht. Hin und wieder habe man sich bei Veranstaltungen getroffen. Die Wunden der Trennung seien vernarbt gewesen. Bei ihr jedenfalls.

Karla wohnte in Wandsbek, direkt an der Bundesstraße 75, gegenüber von einem großen Einkaufszentrum. Sie war klein, schlank, recht hübsch mit ihren schwarzen Haaren, kürzer geschnitten als Annes, aber auch mit einem zarten Blauton, wenn das Licht auf ihren Kopf schien.

Von draußen dröhnte der Verkehrslärm. Sie saßen in ihrem Zimmer mit Kochecke, und manchmal ließ ein Lastwagen das Geschirr klingen, als läuteten winzige Glocken. Es stank nach Zigarettenrauch, und sie steckte sich schon die dritte an, seit Stachelmann und Georgie am frühen Nachmittag gekommen waren. Karla musterte ihn immer wieder. Sie hatte grüne Augen.

Georgie hatte bisher nichts gesagt. Er trank grünen Tee aus einem Becher.

Er hatte ihr berichtet von seinen Vermutungen, natürlich in gekürzter Fassung. Kein Wort über Schmid. Aber am Anfang die Frage, ob sie Kraft kenne. Dabei stellte Stachelmann sich vor, wie Halil oder Frankie vor Krafts Haustür herumlungerten. Es schüttete seit dem Morgen.

»Natürlich kenne ich Manni«, sagte Karla leise. »Aber ich mag ihn nicht so, wie Gitte es getan hat.«

»Was ist dieser Kraft?«

»Ist in der DKP, auch in der VVN ...«

»Der Vereinigung der Verfolgten des Naziregimes«, sagte Georgie und zeigte damit, dass er Stachelmann nicht zutraute, diese Organisation zu kennen.

»Ich weiß«, sagte der. »Im Osten wurde die ja schon früh verboten.«

»Im Westen auch, aber nicht in jedem Bundesland«, sagte Karla. »Inzwischen gibt es sie ja kaum noch. Ist eine biologische Frage. Und die meisten jungen Leute wollen mit den Antifa-Opas nichts zu tun haben. Ist nicht hip.«

Stachelmann mühte sich, sie zu verstehen, zumal sie zum Boden hin sprach, wo ein fleckiger Flokati die Wörter zu verschlucken schien.

»Nur Gitte war anders«, sagte Georgie. »Die wollte alles wissen über die Nazis, vor fünfundvierzig und danach. Sie ist auch mal nach Ostdeutschland gereist, hatte den Kraft vorher ausgequetscht wegen Adressen und Gesprächspartnern.«

»Und als sie zurückkam, war sie ziemlich durch den Wind«, sagte Georgie. »Diese Leute hatten ihr tolle Sachen erzählt über den Schwur von Buchenwald und so weiter.«

»Dass alle Antifaschisten zusammenstehen sollen«, sagte Stachelmann.

»Genau«, sagte Karla, für ihre Verhältnisse fast laut. »Ist ja auch nicht falsch.«

»Sieht man mal davon ab, dass die Stalos immer die Führung haben wollten«, sagte Georgie.

Karla zuckte die Achseln, was sagen sollte, das sei ihr schon immer klar gewesen. Aber deswegen könne sie den Grundsatz nicht falsch finden.

»Und dass die einen Antifaschisten die anderen Antifaschisten ab fünfundvierzig auch in Lager steckten oder ins Gefängnis oder die sowjetischen Besatzer sie nach Sibirien verschleppten, von wo viele nicht zurückkamen.« Georgie sagte es grimmig.

»Und Kraft?«

»Na, der hat dieses Zeug immer noch erzählt. Die größten Opfer, Thälmann, konsequent antifaschistisch, das habe ihn bei der Stange gehalten. Aber wegen Gorbatschow, da sei er fast ausgetreten. Der habe die kommunistische Bewegung ruiniert. Obwohl, alles in der DDR fand er auch nicht gut. Und die Sowjetunion in der Breschnew-Zeit, das sei Niedergang pur gewesen.«

Karla steckte sich eine weitere Zigarette an, sog den Rauch ein, zog die Augenbrauen hoch und ließ sie wieder sinken. »Jedenfalls nervt der Kraft. Aber Gitte ließ sich nicht abschrecken, und er war scharf auf sie, was sie ziemlich gnadenlos ausnutzte. Sie hat ihm Löcher in den Bauch gefragt.«

»Warst du mal dabei?«, fragte Stachelmann.

»Ja. Einmal und nie wieder. Der Typ hat gesabbelt wie ein Wasserfall. Das Imponiergehabe eines Pfaus.«

»Und Brigitte hat es nicht abgeschreckt?«

»Doch, schon. Aber sie hat immer weiter gefragt, als hätte sie jemand aufgezogen. Wie so ein altes Spielzeugauto.«

»Warum? Was wollte sie so dringend wissen?«

»Ich glaube, es ging um ihren Großvater«, sagte Georgie. »Jedenfalls hat sie mal gesagt, nachdem sie von Kraft nach Hause kam, der Opa habe sie angelogen, immer nur angelogen.«

»Kraft wusste also etwas über Brigittes Opa?« Warum hat Georgie mir das nicht vorher gesagt? Wahrscheinlich hielt er es für unwichtig. Aber er weiß doch, mich interessiert dieser Kraft und was Brigitte von ihm wollte.

Georgie nickte. »Aber was genau, keine Ahnung.«

»Du weißt also nicht, ob Kraft den Großvater oder dessen Biographie kannte oder ob Brigitte sich eher für ein bestimmtes Thema interessierte?«

»Ich weiß es wirklich nicht«, sagte Georgie. »Wenn ich es recht verstanden habe, könnte es sein, dass der Opa geleugnet hat, bei der Gestapo gewesen zu sein. Irgendetwas hatte sie auf diese Idee gebracht. Reichssicherheitshauptamt, genau, darum ging es. Aber wir haben kaum darüber gesprochen und in letzter Zeit gar nicht mehr, weil ich nicht mehr gefragt habe, nachdem ich ein paar Mal aufgelaufen war. Eigentlich weiß ich verdammt wenig von ihr.«

»Und du? Weißt du mehr?«, fragte Stachelmann Karla.

»Weniger. Sie war so verschlossen.«

»Aber du warst doch mit ihr zusammen«, sagte Georgie. Erstaunen lag in seiner Stimme.

»Ja, aber sie hat mich nicht an sich rangelassen.«

Stachelmann räusperte sich. So kamen sie nicht weiter. »Wenn wir wüssten, warum sie ermordet wurde, wüssten wir mehr über den Mörder. Dann könnten wir den Täterkreis eingrenzen. Also sollten wir zuerst darüber nachdenken.«

»Gibt es eine Nachricht des Mörders, einen Zettel, eine Botschaft oder so was?« Georgie kratzte sich im Schritt.

»Nein«, sagte Stachelmann. Er dachte an das Gespräch, das er spät am Freitagabend mit Taut im Präsidium geführt hatte. Der hatte ihn schonen wollen, er solle sich erholen, aber Stachelmann wollte sich nicht erholen, weil ihn der Schock erst richtig packen würde, wenn er zur Ruhe käme. Erst dann, er kannte sich gut genug. Taut hatte also Stachelmann berichtet, was sie gefunden hatten. Brigitte war im Büro ermordet worden. Die Schlösser waren unbeschädigt, also hatte der Täter die Schlüssel oder eines dieser modernen Einbruchgeräte benutzt. Er kannte sich aus im Philosophenturm, weil er dort schon war, als Lehrkraft oder als Student, kam tagsüber hinein, oder jemand hatte ihm beschrieben, wie er in Stachelmanns Büro einbrechen könne. Es konnte aber auch alles anders sein. Jeder, der es wollte, kam tagsüber in den Turm. Nicht ausschließen dürfe man die Möglichkeit, dass die Tat zufällig im Büro geschehen sei. Ein Vergewaltiger sucht ein Opfer, findet Brigitte, drängt sie in Stachelmanns Büro, das als Einziges nicht abgeschlossen war – an dieser Stelle hatte Taut Stachelmann angeschaut, und der hatte die Achseln gezuckt, weil er nicht nur einmal vergessen hatte, das Büro abzuschließen. Nur, wie hatte der Mörder es dann nach der Tat abschließen können? Und warum? Weiter: Der Mörder hatte Brigitte die Bluse aufgeknöpft und sich an ihren Brüsten zu schaffen gemacht, bevor er sie tötete. Das hatte der Gerichtsmediziner festgestellt aufgrund von Blutergüssen und Quetschungen. Wahrscheinlich war der Mann ein Sadist, jedenfalls hatte es ihm Spaß gemacht. Am Ende hatte der Täter Brigitte mit einem scharfen Messer die Kehle durchgeschnitten.

Stachelmann hatte Schmerzen am Hals gespürt. Dann kam der Brechreiz, aber er konnte ihn unterdrücken. Taut schaute mitleidig, als Stachelmann erbleichte.

Eine Spur? Nein, nicht die geringste. Keine Tatwaffe, keine Fingerabdrücke, keine Haare, keine Textilfäden. Jedenfalls bisher, und die Wahrscheinlichkeit, etwas zu finden, sinke mit der Zeit.

»Der hat es wohl auf Sie abgesehen. Sie müssen auf sich aufpassen. Verreisen Sie weit weg, bis wir den Kerl haben. Der ist skrupellos, sadistisch, brutal und hochintelligent. Alles spricht dafür, dass es sich um den Mann handelt, der diese Ballerei im Von-Melle-Park veranstaltet hat. Der Mann will irgendetwas, vielleicht nur Terror verbreiten, aber da er sich beide Male an Sie … äh … gewendet hat, sind Sie in Lebensgefahr, in akuter Lebensgefahr.« Taut blickte ihm streng in die Augen. »Sie haben wirklich keine Ahnung, worum es gehen könnte?«

Natürlich hatte Stachelmann keine Ahnung.

»Und halten Sie sich diesmal heraus aus dem Fall. Wir kriegen den.«

»Obwohl der keine Spuren hinterlässt?«

»Dieser Kraft, der kommt mir komisch vor«, sagte Karla. »Vielleicht war er eifersüchtig auf dich.« Sie schaute Stachelmann an, als wollte sie prüfen, was an dem sein könnte, das eine Frau interessierte. »Bei der Eifersucht zählt ja vor allem die Einbildung, nicht das, was wirklich geschieht.«

Sie hatte recht. »Aber wie soll ein Rolli auf ein Dach steigen, mit einem schweren Gewehr, und wie soll er in Jossis« – Stachelmann zuckte zusammen, so hatte Ossi ihn genannt – »Zimmer kommen und dort Gitte abschlachten?« Georgie schwieg eine Weile, bedeckte den Mund mit der Hand, als müsste er sich übergeben, dann fuhr er fort: »Es sei denn, der Kraft macht auf behindert und benutzt den Rollstuhl zur Tarnung.«

Keine schlechte Idee. Darauf hätte er selbst kommen können. Wenn man es schaffte, den Kraft ohne Rollstuhl zu erwischen, dann war er fällig. Es wäre eine perfekte Tarnung gewesen. Hatte er Kraft nicht versprochen wiederzukommen, um mit ihm zu diskutieren?

»Das könnte ein Weg sein. Der Kraft ist eifersüchtig und setzt sich in den Rollstuhl, um nicht verdächtigt zu werden. Nicht schlecht. Der ist kräftig gebaut, und wenn er nicht behindert ist, dann kann der locker ein G3 auf das Dach der WiSo-Fakultät tragen, sich dort hinlegen und schießen. Und er könnte Brigitte überzeugt haben, zusammen mit ihm in meinem Büro einzubrechen, weil da angeblich noch irgendwas liege, was dieses oder jenes beweisen würde. Wirklich nicht schlecht.«

Georgie nahm sein Handy aus der Tasche und tippte darauf herum, dann legte er es ans Ohr. »Halil, pass auf«, sagte er und bat ihn, in der Nachbarschaft herumzufragen, ob jemand den Kraft schon mal ohne Rollstuhl gesehen habe. Er beendete das Gespräch und sagte: »Die machen das. Nur, ob in Steilshoop jemandem überhaupt was auffällt beim Nachbarn … je mehr Nachbarn man hat, desto weniger weiß man vom Einzelnen.«

»Wirst noch zum Philosophen«, sagte Karla. Aber niemand lachte.

»Und Brigitte hat nie erwähnt, dass Kraft im Rollstuhl sitzt?«

Georgie und Karla schüttelten den Kopf.

»Komisch.«

»Gar nicht komisch«, nuschelte Karla. »So was hat sie nicht interessiert. Sie hat sich mit dem Kopf vom Kraft beschäftigt, der Rest war ihr egal.«

»Sie hat sich für sein Hirn interessiert und er sich für ihre Brüste«, sagte Georgie und hielt sich wieder die Hand vor den Mund.

»Ekelhaft«, sagte Karla.

»Ja«, sagte Stachelmann. »Aber mir kommt das nicht abwegig vor. Es sind oft alltägliche, miese, kleine Dinge, die Leute auf irrwitzige Ideen bringen. Kraft also, aber nur weil wir keinen anderen verdächtigen können.«

»Das Schwein«, sagte Georgie.

»Vielleicht«, sagte Stachelmann. »Wenn wir ihn auf zwei Beinen erwischen, dann halte ich es für wahrscheinlich, dass er es war. Warten wir mal, was die beiden herausbekommen.« Er wandte sich an Karla. »Wichtig wäre auch, zu wissen, ob Brigitte sich versteckt hatte, bevor sie ermordet wurde. Sie war ja eine Weile verschwunden.«

Karla überlegte, dann sagte sie: »Keine Ahnung. Vielleicht ist sie in der Gegend herumgereist. Vielleicht hat sie sich versteckt, weil sie sich bedroht fühlte. Was weiß ich!«

Georgie starrte traurig auf den Flokati. Eine Träne glitzerte in seinem Augenwinkel. Er wischte sie weg. »Ich habe den Kraft nie gemocht. Was sie über den erzählt hat, fand ich abstoßend. Sitzt die ganze Zeit in seiner Bude und macht auf verbittert. Der gibt einem das Gefühl, seine Welt sei untergegangen, so oder so ähnlich hat es Gitte mal gesagt. Aber er weiß so viel. Stell dir vor, so einer stirbt und nimmt alles mit ins Grab.«

»Und was wusste der, das andere nicht wussten?«, fragte Stachelmann.

»Der kannte einen Haufen Leute, die in KZs gesessen hatten. Der hat sogar mal mit Honecker gesprochen, auf einer Veranstaltung. Hat Gitte gesagt.«

Daraus wurde Stachelmann nicht schlauer. Kraft war doch ein Wichtigtuer, was hatte Brigitte nur an dem gefunden? Da kam ihm die Idee, wie man Kraft schnell auf die Probe stellen konnte. »Wo sind Halil und Frankie jetzt?«

»Die klappern immer noch Steilshoop ab, suchen nach Leuten, die Kraft beim Joggen gesehen haben, Jossi«, sagte Georgie unwirsch.

»Nenn mich nicht Jossi«, sagte Stachelmann. Wie war Georgie auf diesen Spitznamen gekommen?

»Wenn du meinst«, maulte Georgie.

»Dann fahren wir jetzt da hin«, sagte Stachelmann.

»Warum, es genügt doch, wenn die beiden Hänger sich dort langweilen.«

»Quatsch. Ich habe eine Idee, um die Sache zu beschleunigen. Nicht ganz legal, aber wirksam.«

»Illegal ist gut«, sagt Karla. »Ich mache mit.«

»Nein«, sagte Stachelmann. »Wir können sonst ja gleich im Ausflugsbus vor Krafts Wohnzimmerfenster vorfahren. Je weniger, desto besser.« Es war zwar Unsinn, was er sagte, aber für sensationslustige Zaungäste hatte er keine Nerven. Außerdem war jeder, der mitmachte, auch ein Zeuge. Und die konnte er nicht brauchen bei der Kraft-Aufklärungsaktion. Ein Dummejungenstreich, nur dass er kein Junge mehr war. Und doch musste er kurz lachen. Dann spürte er die Aufregung. Vielleicht würden sie heute einen Mörder fangen.

»Rekapitulieren wir das mal: Kraft ist eifersüchtig, weil Brigitte mich offenbar schätzt« – das gefiel ihm –, »und sie sagt vielleicht irgendetwas, das das Fass zum Überlaufen bringt. Eifersucht ist ja eine Krankheit, jedenfalls wenn sie massiv auftritt, und manchmal genügt eine Kleinigkeit. Kraft will mir die Karriere vermasseln. Er bildet sich ein, wenn er mich fertigmacht, dann verliere ich Brigittes Aufmerksamkeit« – Karla starrte ihn unentwegt an –, »aber wenn er mich tötet, dann trauert Brigitte um mich, hält mich vielleicht für ein Vorbild, und daran kann ihm nicht gelegen sein. Aber als Nervenwrack wäre ich ihm gerade recht.«

Er ließ es sich noch einmal durch den Kopf gehen und fand es nun eher abwegig. Aber war nicht der ganze Fall abwegig? Egal, er hatte einen Verdacht und sah eine Chance, den Täter zu stellen. »Kraft inszeniert also diese Sache im Von-Melle-Park, aber Brigitte kommt ihm auf die Schliche. Sie hatte diese Internetkampagne angezettelt, aber dann wachsen ihre Bedenken, und es passiert, was immer passiert, wenn der Geist aus der Flasche schlüpft. Die Kampagne geht weiter, auch wenn ihre Urheberin sie längst für falsch hält. Persönliches Kennenlernen zerstört Feindschaft.« Sei nicht schlaumeierig, schalt er sich. Aber wenn es doch stimmte? »Als Kraft erkennt, dass Brigitte ihn im Verdacht hat …«

»Warum?«, fragte Georgie.

»Keine Ahnung. Vielleicht hat er sich verplappert. Vielleicht hat sie etwas in seiner Wohnung entdeckt und ihn darauf angesprochen. Vielleicht hatte er die Zeitungsartikel darüber ausgeschnitten und sie gesammelt wie Jagdtrophäen. Das ist die unwichtigste Frage. Also, Kraft fühlt sich gefährdet und er empfindet Eifersucht. Ich könnte an Krafts Stelle treten, sie könnte mich nach historischen Dingen fragen und nicht mehr ihn. Möglicherweise waren Brigittes Fragen das Letzte, das ihm Selbstvertrauen gab. Eine junge Frau, intelligent, hübsch, so anders als viele andere, so ernst vor allem, bewundert ihn, jedenfalls kann er es glauben …«

»Aber dieses Bild unterstellt, der Kraft ist behindert und tut nicht so«, sagte Karla.

»Nicht unbedingt. Vielleicht sitzt er im Rollstuhl, um

mehr Beachtung zu finden, weil er sonst nur ein gescheiterter Stalinist ist. Die Details tun nichts zur Sache. Ich bin mir ja auch nicht sicher, dass er es war. Aber ich kenne keinen, der mir verdächtiger wäre und bei dem ich leichter ein Motiv fände. Und wenn er jetzt noch aus dem Rollstuhl steigt und die hundert Meter in zehn null läuft …« Er vollendete den Satz nicht.

Georgie grinste. »Nette Idee.«

Karla guckte ungläubig. Aber sie war wohl nur beleidigt, weil sie nicht mitdurfte.

»Los!«, sagte Stachelmann. Er stand auf, Georgie blickte ihn verwirrt an.

»Vielleicht kannst du mir mal erklären, was nun läuft.«

»Später.«

Er eilte zur Tür, Georgie hinterher. Sie fuhren mit Georgies rottigem Fiesta nach Steilshoop.

»Scheiß Geheimnistuerei, Jossi«, brummte Georgie. »Ich dachte, wir sind Partner.«

»Du guckst zu viele Amiserien. Wenn wir die beiden anderen aufgelesen haben, erkläre ich, was wir tun.«

»Jawohl, mein Führer.«

Frankie saß im Auto auf dem Parkplatz vor dem Betonsilo, in dem Kraft wohnte. Hier standen viele Autos, sodass Frankie nicht auffiel. Frankie telefonierte Halil zu den anderen, der hatte vor dem Eingang herumgelungert, um Kraft zu verfolgen, sobald er das Haus verließ.

»Und wenn er gerade jetzt abhaut?«

»Egal«, sagte Stachelmann. »Dann kommt er zurück.« In diesem Augenblick glaubte er zu begreifen, dass die Überwachung nichts bringen würde. Wohin sollte Kraft gehen, um sich zu verraten? Es war eine Schnapsidee gewesen, die nur aufkommen konnte, weil sie unbedingt etwas tun wollten. Weil sie keine Lust gehabt hatten, zu Hause Trübsal zu blasen. Stachelmann erklärte den anderen seinen Plan. Erst las er Staunen in den Gesichtern, dann begannen sie zu grinsen.

»Alle Achtung!«, sagte Georgie. »Ganz schön dreist. Hätte von mir stammen können.«

Stachelmann musste nicht fragen, sie waren einverstanden. Er wählte auf dem Handy Krafts Nummer, der nahm nach dem ersten Klingelton ab, hörte zu und sagte: »Das gibt es ja selten, dass jemand ein Versprechen hält. Auch wenn Ihr Besuch mich ein bisschen überrascht. Normalerweise räume ich auf, bevor ich Besuch bekomme. Aber wenn Sie die Unordnung übersehen könnten, dann erwarte ich Sie.«

Stachelmann beschwichtigte ihn und ging los. Die Haustür öffnete sich sofort, und als der immer noch nach Urin stinkende Aufzug ihn in die elfte Etage gebracht hatte, sah er die Tür angelehnt. Wie beim letzten Mal. Stachelmann spürte Angst. Und wenn der ihn nun auch beseitigte? Grund genug könnte er haben in seinem verrückten Hirn. Er musste sich absichern.

Kraft erwartete ihn im Wohnzimmer. Schon im Flur stank es nach Tabak. Zeitungsseiten lagen verstreut auf dem Boden. Kraft saß im Rollstuhl und lächelte.

»Na, dann kommen Sie mal rein.« Er zeigte auf den Sessel. »Ein Bier?«

Stachelmann setzte sich und nickte. »Gern, danke.« Er mochte kein Bier, aber hier würde er eines trinken. Konnte er sich wenigstens an der Flasche festhalten.

Kraft rollte sich mit kräftigen Oberarmen aus dem Wohnzimmer, dann hörte Stachelmann die Tür des Kühlschranks. Eine Schublade wurde geöffnet und geschlossen, Kraft rollte wieder ins Wohnzimmer. Er machte einen routinierten Eindruck als Rollstuhlfahrer. Aber die Übung konnte man auch erwerben, wenn man nicht behindert war.

»Sie sind also eine Koryphäe im Antifaschismus«, sagte Stachelmann. Ihn reizte es, den Mann zu provozieren. Bevor Kraft antworten konnte, nahm er das Handy aus der Tasche und rief Anne an. »Kann ich heute Abend bei dir übernachten? Ich bin noch in Steilshoop, bei Manfred Kraft, wird ein bisschen spät, um nach Hause zu fahren.«

»Warum fragst du? Natürlich«, sagte sie verwundert.

»Danke, bis nachher.« Jetzt fühlte er sich sicherer.

Kraft hatte zugehört, ohne eine Miene zu verziehen. Als Stachelmann fertig telefoniert hatte, sagte er: »Gut, dass Sie gekommen sind. Ich hoffe, Sie bereuen Ihre Verunglimpfungen inzwischen.«

»Was für Verunglimpfungen?«

Kraft lächelte, wohl um Überlegenheit anzudeuten.

Stachelmann spürte Aufregung, er begann zu schwitzen und hoffte, dass Kraft es nicht merkte.

»Geht es Ihnen nicht gut?«

Stachelmann sah Mitleid in Krafts Gesicht. Und er hätte wetten können, dass es diesen Ausdruck in diesem Gesicht nicht geben könnte.

»Doch, doch.«

Kraft schaute ungläubig, dann sagte er: »Ich finde ja auch nicht alles gut, was die KPD und Thälmann vor dreiunddreißig angestellt haben. Aber das ist leicht, sich im Nachhinein zum Richter aufzuschwingen. Die Kommunisten waren die konsequenteste antifaschistische Kraft, innerhalb und außerhalb der Lager.«

»Ausgenommen die Zeit vom August 1939 bis zum Juni 1941, als Hitler und Stalin auf Freundschaft machten. Da galt auch den deutschen Kommunisten England als der Hauptfeind. Erst als die Wehrmacht die Sowjetunion überfiel, entdeckten die Kommunisten den Antifaschismus wieder.«

»Stalin musste Zeit gewinnen. Und die Kommunisten mussten die Sowjetunion schützen. Das werden Sie nie begreifen. Manchmal muss man einen Pakt mit dem Teufel schließen, um den am Ende am Schwanz zu packen.«

»Das sind doch Ammenmärchen, die davon profitieren, dass Hitler den Vertrag mit Stalin gebrochen hat. Und selbst wenn man mal unterstellt, Sie hätten recht mit Ihren

Annahmen, dann gilt aber auch, dass Thälmanns KPD nichts anderes war als ein Werkzeug der sowjetischen Kommunisten. Die KPD war überhaupt nicht mehr in der Lage, eine eigenständige Politik zu entwickeln, sie war ferngelenkt bis ins Detail.«

Kraft grinste. »Sie halten Vorträge. Ich dachte, Sie wollen hören, was ich zum Faschismus und Antifaschismus zu sagen habe?«

»Die Letzte, die das wollte, war Brigitte Stern.« Stachelmann war es herausgerutscht.

Kraft wiegte seinen Kopf, das Gesicht trug nun Trauer. Der Mann konnte die Mimik wechseln wie ein Grimassenschneider. Der lügt schon, wenn er guckt. Stachelmann warf einen Blick auf Krafts Beine. Er trug eine Cordhose. Unter dem Stoff schienen sich kräftige Muskeln zu verbergen. Hoffentlich machen die Jungs draußen keinen Quatsch. Je näher der Augenblick rückte, desto aufgeregter wurde Stachelmann. Es fiel ihm schwer, sich zu konzentrieren auf das Gespräch.

»Über den Antifaschismus wird nur noch gelogen«, sagte Kraft fast beiläufig, als müsste man darüber nicht streiten.

»Viel«, sagte Stachelmann. »Viel gelogen. Und Sie gehören zu denen, die nicht die Wahrheit sagen, wenn ich mich an unser letztes Gespräch erinnere. Einer der führenden KPD-Leute in Buchenwald landete in Sibirien und kam nicht mehr zurück. Ist doch ein schönes Leben. Erst sperren einen die Nazis ein, dann geben einem die Sowjets den Rest. Praktizierter Antifaschismus, ungefähr in der gleichen Preislage wie die Auslieferung eigener Genossen an die Nazis während des Hitler-Stalin-Pakts. Oder Stalins Wunsch, Thälmann nicht aus der Haft zu befreien, was möglich gewesen wäre in dieser Zeit.«

»Ja, ja.« Kraft grinste. »Der Thälmann kommt Ihresgleichen ganz recht, wenn er dazu dienen kann, die Sowjetunion zu verleumden. Aber wenn es um den Antifaschismus geht, dann schüttet ihr kübelweise Dreck auf den Mann. Mal so, mal so, wie es beliebt.«

Stachelmann schaute insgeheim auf die Uhr. Ein wenig musste er noch durchhalten. Er schwitzte, aber das gefiel ihm jetzt. So würde alles noch glaubwürdiger. Er musste den Mann ärgern, seine Nerven belasten. »Ich glaube, Sie sind nicht ganz unschuldig an Brigittes Tod.«

Kraft starrte ihn an. »Unverschämtheit!«, schnaubte er. »Sie kommen hierher, um zu diskutieren, sagten Sie. In Wahrheit wollen Sie mich verleumden.« Er hielt einen Augenblick inne, verdrehte die Augen, atmete schwer ein und aus. »Sie hat mich geliebt!«, brach es aus ihm heraus. »Wie einen Vater.«

»Und Sie, haben Sie sie auch geliebt wie ein Vater? Oder wollten Sie ihr an die Wäsche?« Den Satz hatte er sich schon im Aufzug zurechtgelegt. Das würde Kraft empören, oder er würde sich empört geben müssen. Ob Stachelmann es auseinanderhalten konnte?

»Sie haben eine perverse Phantasie. Es ist gut, dass ich Ihr wahres Gesicht sehe. Sie haben ihr den Kopf« – er suchte ein Wort, atmete schwer, schwitzte – »verdreht, sie auf blödsinnige Ideen gebracht. Sie wollten aus diesem wunderbaren Mädchen« – wie seltsam hörte sich das Wort »wunderbar« aus diesem Mund an – »ein, wie nennt man das, Groupie machen. Jawohl, ich weiß davon. Ich habe Sie durchschaut.« Speichel sprühte bis zu Stachelmann. Der schaute auf die Uhr. Kraft lehnte sich nach vorn, die Ellbogen stützten sich auf die Armlehnen des Rollstuhls, er öffnete den Mund, ein Speichelfaden hing im Mundwinkel, da brach ein Klingeln los, lauter als das Pausenschellen in der Schule, metallischer als jede Türklingel, und kurz darauf mischte sich das Geheul einer Sirene in das Lautinferno.

Kraft fuhr zusammen. Und Stachelmann begann seine Show, damit Kraft gar nicht erst auf die Idee kam, ihm würde geholfen bei seiner Flucht. Stachelmann stöhnte auf und warf sich auf den Boden, die Hände auf der Brust, am Herzen. Kraft sah hinunter zu Stachelmann, als draußen ein Megaphon ertönte: »Hier spricht die Feuerwehr. Feueralarm! Verlassen Sie zügig das Gebäude. Benutzen Sie die Notausgänge. Benutzen Sie nicht die Aufzüge.«

Kraft schaute sich hektisch um, als wollte er prüfen, was er mitnehmen müsste. Dann sprang er aus dem Rollstuhl, hastete in drei Schritten zu seinem Schreibtisch, riss Schubladen auf, entnahm ihnen etwas, stopfte es in die Hosentaschen und stürzte aus der Wohnung.

Stachelmann setzte sich auf den Fußboden, zog das Handy aus der Tasche, drückte eine Kurzwahltaste, wartete, bis das Gespräch angenommen wurde, und sagte dann: »Georgie, er ist es.« Nie war Stachelmann fester von etwas überzeugt als davon in diesem Augenblick. Dann wählte er eine andere Nummer und sagte: »Herr Taut, wir haben ihn.«

»Wen?« Taut war verdattert. »Und was ist das für ein Lärm?« Gerade als er es sagte, brach Stille an. Schlagartig.

»Dieser Manfred Kraft hat Brigitte Stern ermordet. Kommen Sie schnell.«

11

Georgie, Frankie und Halil hatten Kraft gleich vor der Eingangstür aus der Menge herausgegriffen, die aus dem Haus herausgeströmt war. Dann hatte Georgie ins Megaphon gebrüllt, es sei ein Fehlalarm gewesen. Die Feuerwehr entschuldige sich und bitte die Hausbewohner, wieder in ihre Wohnungen zurückzukehren. Seltsam war, dass niemand sich um Kraft kümmerte, den Frankie und Halil mit dem Bauch auf den Boden geworfen und ihm die Arme auf dem Rücken und die Beine gefesselt hatten. Kraft zappelte wie ein Aal an Land. Dann hatte Georgie das Megaphon im Kofferraum seiner Rostkarre verstaut. Als Stachelmann endlich auch aus dem Haus kam, musste er lachen. Kraft wand sich wie eine Schlange, aber die drei hatten doch wenig Mühe, ihn festzuhalten. Frankie drohte Kraft Prügel an, wenn er sich weiter wehrte, und Kraft hörte auf zu zappeln.

»Du Sau«, sagte Kraft, als er Stachelmann sah.

Der grinste nur. Er hätte ihn gern in den Bauch getreten. Nie hatte er solchen Hass gespürt.

Schon hörten sie die Alarmsirenen, dann raste ein Polizeiauto auf sie zu und bremste abrupt. Dahinter hielt ein Zivilfahrzeug mit Blaulicht auf dem Dach. Taut öffnete die Beifahrertür und quälte sich vom Sitz. In einem für seine Verhältnisse hohen Tempo eilte er zu der Gruppe um Kraft.

»Was ist los?«, fragte er Stachelmann.

»Das ist los«, sagte der. Er deutete auf Kraft. »Beim letzten Mal hat dieser ganz spezielle Freund von Brigitte Stern Sie gewiss im Rollstuhl empfangen …«

Taut blickte zu Kraft, dann zu Stachelmann, wieder zu Kraft, wieder zu Stachelmann. Langsam begriff er.

»Dieser Herr mimt den Behinderten«, sagte Stachelmann. »Er hat genug Motive für einen Mord. Ich tippe auf Eifersucht, vielleicht ist er auch eine Art Sexualstraftäter. Wahrscheinlich finden Sie in seiner Biographie eine Station namens Wehrdienst. Was besagt, dass er mit einem G3 umgehen kann. Wo er sich eines besorgt hat, weiß ich nicht, auch nicht, wo er das Gewehr versteckt hat. Aber da wir Ihnen ja die Hauptarbeit abgenommen haben, dürfte es Ihnen nicht so schwer fallen, diese Nebenfragen zu klären.« Schon während er es sagte, schalt er sich wegen seiner Überheblichkeit. Aber er hatte es gesagt, und vielleicht war es Taut gar nicht aufgefallen, wo er doch mit seiner Überraschung fertig werden musste.

Zwei uniformierte Polizisten übernahmen Kraft. Stachelmann sah noch, wie der sich fügte, aber dann drehte er sein Gesicht zu Stachelmann und schickte ihm ein Grinsen, dreckig und siegesgewiss. Gleich überkam Stachelmann die Verzweiflung. Und wenn der es gar nicht war? Wenn sie einen Unschuldigen erwischt hatten? Aber das war unmöglich. Kraft hatte ein Motiv, ein geradezu klassisches Motiv. Und er war ein Widerling, der den Behinderten spielte, um Mitleid zu erregen. Nein, sie hatten sich nicht geirrt.

Taut reichte Stachelmann die Hand, diesmal hatte er einen festeren Händedruck. »Wir werden mal schauen, ob der Herr ein Alibi hat, und dann sehen wir weiter.«

»Kann ich mitkommen, das Verhör verfolgen?«

»Tut mir leid, die Vorschriften. Das müssen Sie bitte verstehen.«

»Es gibt aber keine Vorschrift, die verbietet, dass Historiker Mörder fangen.«

Taut grinste. »Gott sei Dank nicht. Jeder darf Straftäter fangen, sogar verhaften. Das haben Sie und Ihre Freunde getan.« Er warf einen Blick zu den drei jungen Männern, die zusammenstanden und redeten. »Hoffentlich war es eine Verhaftung und keine Straftat. Und wie Sie das hingekriegt haben, ich will es lieber nicht wissen.«

Stachelmann spürte die Nervosität. Sie kam mit den Schmerzen, auch wenn sie mit ihnen nichts zu tun hatte. Jetzt, da der Mörder im Polizeiwagen wegfuhr, ließ die Anspannung nach. Aber dann kam ihm ein Bild in den Kopf. Kraft, der Brigitte an Stachelmanns Schreibtischstuhl fesselt, ihr die Bluse aufknöpft und ihr schließlich den Hals durchschneidet. Er hätte sie so gern früher schon berührt, aber da hatte er den Rollstuhlfahrer gemimt und den väterlichen Freund, außerdem war er zu alt, und ob Brigitte sich jemals mit so einem Eigenbrötler eingelassen hätte, das war unwahrscheinlich.

Taut tippte an die Stirn zum Abschied. »Danke. Mal sehen, was daraus wird.« Dann setzte er sich in den Zivilwagen und ließ sich mit Blaulicht und Sirene davonfahren. Er hatte es eilig, und das befriedigte Stachelmann. Er hatte das Geheimnis gelüftet, wie ein Mann im Rollstuhl zum Mörder werden konnte.

Er ging zu den anderen. Die lachten gerade, noch lauter, als Stachelmann ihnen dankte für die pünktliche Inszenierung. Vor dem Eingang des Hauses stand noch eine kleine Gruppe von Leuten. Ein Mann mit Bart und Rollkragenpullover starrte Stachelmann böse an. Er näherte sich.

»Habt ihr das Affentheater verbrochen?«

Als er keine Antwort erhielt, rückte er noch näher. »Und?« Es war eine Herausforderung. Die anderen aus der Gruppe am Eingang kamen hinzu. Sie waren in der Überzahl. Eine Frau mit hartem Gesicht kreischte: »Hab ich mir's doch gedacht, ein Türk ist auch dabei. Immer, wenn es um Krawall geht, ist ein Türk da.«

Stachelmann spürte fast körperlich, wie die Bedrohung wuchs. »Nichts wie weg hier«, flüsterte er fast.

Georgie nickte. Die anderen beiden hatten Stachelmann nicht gehört, aber sie begriffen die Lage trotzdem. Langsam wichen sie zurück. Zunächst rückten die anderen nach, aber dann wurden es immer weniger, die folgten, bis sie in der Minderzahl waren und der Mut sie verließ.

Sie fuhren zu Georgie. Der pfiff vor sich hin, während er lenkte. Stachelmann saß auf dem Beifahrersitz und starrte hinaus in die anbrechende Dämmerung. Er überlegte, ob er Anne anrufen sollte, aber dann ließ er es. Die Anwesenheit der anderen hätte ihn gestört. Er genoss die Erleichterung, die ihn allmählich erfasste, und holte sich die Bilder zurück ins Gedächtnis. Kraft, wie er auf dem Boden lag und sich wand. Dort hatte er sich diesen überheblichen Spinner gewünscht, seit er ihn kennengelernt hatte. Nur, was hatte Brigitte an dem gefunden, der ihr zum Verhängnis wurde? Er verstand es umso weniger, je länger er darüber nachdachte. Du bist selbst eifersüchtig. Es hätte dir gefallen, wenn Brigitte zu dir gekommen wäre, um zu fragen, statt zu diesem Schwindler. Ein bisschen eifersüchtig, gut. Aber doch nur, weil Kraft so abstoßend war, dass es fast einer Beleidigung gleichkam, wenn Brigitte den besuchte und nicht Stachelmann. Aber sie kannte dich doch kaum. Und offenbar wollte sie Kraft loswerden, was den ausrasten und zum Mörder werden ließ. Hatte er auch mich töten wollen? Aber da stimmte die Zeitfolge nicht. Die Schüsse im Von-Melle-Park fielen, bevor Kraft Brigitte ermordet hatte. Vielleicht hatte Kraft – er war sich in diesem Augenblick sicher, dass Kraft es gewesen war – doch versehentlich vorbeigeschossen. Nein, einen Sinn hatte alles nur, wenn Kraft Stachelmann nicht zum Opfer machen wollte. Es bleibt dabei, auch wenn deine Gedanken immer wieder darauf zurückkommen. Kraft hat im Von-Melle-Park absichtlich vorbeigeschossen. Und dann hat er gemerkt, dass Brigitte sich Stachelmann zuwandte, obwohl der Angst hatte. Kraft mochte glauben, nur wirkliche, also unwirkliche Helden könnten Brigitte – oder alle Frauen – beeindrucken, und hatte doch nur gezeigt, Menschenkenntnis war nicht seine Stärke.

Die anderen drei plapperten fröhlich, während Stachelmann in Gedanken versunken war. Er hörte sie reden, verstand aber nicht, was sie sagten.

Er brauchte auch länger, um zu begreifen, dass sie längst vor Georgies Wohnung standen. Vor der Wohnung, in der Brigitte gelebt hatte, bis Kraft sie ermordete. Seine Stimmung passte nicht zu der Freude der anderen über den Coup, der ihnen gelungen war.

Die drei jungen Männer setzten sich lärmend an den Küchentisch, Stachelmann lehnte sich an den Schrank, schaute zu und wurde traurig. Dann merkten die anderen endlich, dass er nicht mitfeierte.

»Was ist los?«, fragte Halil. »Warum freust du dich nicht?«

Stachelmann winkte ab. »Ich bin erschöpft. Es ist besser, ich gehe jetzt.«

Georgie öffnete eine Bierflasche und gab sie Frankie.

»Soll ich dich irgendwohin bringen?«, fragte Georgie.

»Danke, nein. Tschüs!«

Stachelmann wartete nicht, bis die anderen sich verabschiedet hatten. Er trat hinaus auf die Straße und atmete tief ein. Ostseeluft, ein milder Wind, in dem Stachelmann das Meer zu riechen glaubte. Aber der Wind aus dem Osten zog übers Land und verlor den Geschmack und Geruch des Meers, strich über Wiesen und Wälder, über Höfe und Seen. Anders war es, wenn er von der Nordsee kam, die Elbe hinauf zum Hafen.

Er hätte froh sein müssen, dass der Alptraum nun vorbei war. Schmid würde gewiss schon morgen, spätestens übermorgen anrufen und auf den Knien kriechen. Aber Stachelmann war nicht froh, und seine Habilschrift war ihm fremd geworden, gleichgültig. Er nahm sein Handy und wählte Tauts Nummer. Ein Polizist meldete sich mit »Mordkommission«. Der Herr Kriminalrat sei bei einem Verhör. Aber er habe gesagt, wenn ein Dr. Stachelmann darauf bestehe, das Verhör zu verfolgen, könne er kommen.

Taut hatte mit seinem Anruf gerechnet. Und er war nun doch bereit, ihn zuhören zu lassen, hatte Stachelmann das aber nicht von sich aus gesagt. Aus Taut würde Stachelmann nie schlau werden. Dieser Polizist ließ niemanden an sich heran, Ossi hatte das irgendwann mal gesagt. Aber den konnte Stachelmann nicht mehr fragen, was hinter dem Sinneswandel des Kriminalrats steckte. Am Ende war es auch egal.

Es dauerte eine Weile, bis er ein Taxi heranwinken konnte. Er ließ sich zum Präsidium fahren. Er kannte den Weg zur Mordkommission. Dort stieß er endlich auf den Beamten, mit dem er telefoniert hatte. Der Mann war mittelgroß und ohne Merkmale. Er hätte ihn nicht beschreiben können. Ohren wie jeder, eine Nase wie jeder, kein rundes oder längliches Gesicht, höchstens ein flaumiger Schnurrbart fiel auf und die Tatsache, dass der Mann jung war. Der Polizist führte ihn nach respektvoller Begrüßung – immerhin kannte dieser Kerl den Chef recht gut – in einen Raum, der durch eine Glasscheibe getrennt war von einem anderen Raum. Der Polizist erklärte ihm, aus dem anderen Raum könne man nicht durch die Scheibe gucken, sodass Stachelmann ungestört dem Verhör folgen könne.

In dem anderen Raum saß Kraft an einem Tisch und rauchte. Taut hatte sich an die Wand gelehnt, Oberkommissar Kurz saß Kraft gegenüber. Zwischen Kraft und Kurz stand ein Tonbandgerät, das Mikrofon wies auf Kraft. Ein Lautsprecher übertrug die Geräusche aus dem Verhörzimmer. Stachelmann hörte es nur husten, Kraft hatte sich offenbar verschluckt.

»Kann ich was zu trinken haben?«

»Später«, sagte Kurz.

»Das ist Folter. Ich halte es hiermit auf dem Band fest und will, dass das ins Protokoll kommt.«

»Sie gucken zu viel Fernsehen«, sagte Kurz. »Das Protokoll schreibe ich. Und Sie werden es unterschreiben. Und wenn nicht, ist es mir auch egal.«

Taut schien sich nicht zu interessieren für das Verhör. Er hatte die Augen geschlossen, als würde er schlafen. Aber Stachelmann wusste, der Kriminalrat war hellwach, hörte genau zu, um Widersprüche zu erkennen oder Punkte, an denen es sich lohnte nachzuhaken.

»Ihr Alibi. Davon haben Sie vorhin gesprochen. Sie haben also ein Alibi. Sie wollen zur Tatzeit woanders gewesen sein. Wenn Sie mir jetzt noch verraten, wo und wer Sie dort gesehen hat, dann könnten Sie nach Hause gehen, wenn sich herausstellt, dass Ihr Alibi stimmt.«

Stachelmann hörte fast sein Herz schlagen. Wenn Kraft ein Alibi hatte? Wenn alles umsonst gewesen war? Wenn er sich lächerlich gemacht hatte? Wenn er verantwortlich dafür war, dass ein Unschuldiger verhaftet und verhört wurde? Er schaute sich Kraft genau an. Welchen Eindruck machte er? Er schien den Schrecken überwunden zu haben. Stachelmann wusste nicht, was Kraft über die Rollstuhltäuschung gesagt hatte. Diese Lüge konnte ihm nachgewiesen werden. Aber es war nicht strafbar, einen Rollstuhl zu benutzen.

In diesem Augenblick fiel ihm seine Mutter ein. Sie war schwach geworden in letzter Zeit, und gewiss quälte sie die Angst, der Krebs könnte zurückkehren. Natürlich litt sie, weil sie in ein Altersheim ging. Was sie nur tat, weil sie es allein nicht mehr schaffte. Darüber musste er mit ihr bald reden.

»Das Alibi«, sagte Kurz. »Wissen Sie, ich habe auch keine Lust, hier herumzusitzen, weil Sie nicht herausrücken, wo Sie waren, als Frau Stern ermordet wurde. Begreifen Sie doch, Sie sind der Hauptverdächtige. Wenn wir Sie vor den Haftrichter bringen, bleiben Sie in Haft. Das geht blitzschnell. Und zwar so lange, bis Sie ein lupenreines Alibi haben oder verurteilt werden. Das kann dauern.«

Kraft grinste. Er strahlte eine Selbstsicherheit aus, die an Unverschämtheit grenzte. Stachelmann mochte es nicht glauben, aber er begann zu fürchten, dass Kraft das Verhör genoss und es in die Länge ziehen wollte, um am Ende die Wahrheit aufzutischen, wie ein Clownskopf aus der Schachtel springt, mit diabolischem Gelächter.

Taut verließ den Raum fast unmerklich, was Stachelmann diesem schweren Mann nicht zugetraut hätte. Er kam zu Stachelmann. »Tut mir leid, dass ich erst abgelehnt hatte. Aber ich ahnte, Sie würden sich melden.« Er lächelte.

»Wie sieht es aus?«, fragte Stachelmann.

»Wenn ich das wüsste. Das ist ein zäher Kerl. Er verbirgt irgendetwas. Dieses Gerede vom Alibi sollte Sie nicht verwirren. Das versucht fast jeder. Insofern läuft es ziemlich normal. Doch da ist irgendetwas, ich rieche das. Er ist mir ein Stück zu selbstsicher. Am Anfang wirkte der Schock der Festnahme und natürlich auch, dass er als Lügner entlarvt worden ist. Diese Rollstuhlgeschichte ist ihm peinlich. Inzwischen hat er sich erholt und fängt an, Spielchen zu treiben. Der Bursche hat verdammt gute Nerven, und er ist ziemlich intelligent. Entweder er war es, dann versucht er sich aus der Schlinge zu ziehen, solange er eine Chance wittert. Oder er war es nicht und verscheißert uns, vielleicht um sich für die Demütigung wegen des Rollstuhls zu rächen.« Taut hustete. »Übrigens sind hier Anzeigen eingegangen von Bewohnern wegen des falschen Feuerwehralarms. Damit haben Sie doch bestimmt nichts zu tun?« Taut grinste.

»Nein«, sagte Stachelmann. »Herr Kraft ist mein Alibi. Ich war bei ihm, als der Alarm losging.«

Taut lächelte, dann hustete er unterdrückt. »Wenn es so ist …«

Sie standen nebeneinander und guckten durch die Scheibe. Kraft lehnte sich zurück, Kurz schaute zu.

»Warum haben Sie sich als Behinderter ausgegeben?«

»Aus Spaß«, sagte Kraft. »Außerdem geht Sie das nichts an.«

»Sie haben den Rollstuhl benutzt, um nicht als Täter

verdächtigt zu werden. Eine andere Erklärung nimmt Ihnen keiner ab.«

»Und wenn schon«, sagte Kraft. Er zündete sich eine weitere Zigarette an.

»Er hat es abgelehnt, einen Anwalt zu rufen«, sagte Taut. »Er fühlt sich sicher.«

Stachelmann fürchtete den Schweiß. Er fühlt sich sicher. Weil er glaubt, dass ihm nichts bewiesen werden kann. Oder weil er es einfach nicht war.

»Scheint fast, als genösse er es, ins Verhör genommen zu werden. Er fühlt sich wichtig.«

»Und was bedeutet das?«

Taut zuckte die Achseln. »Vielleicht sieht er es als letzten großen Auftritt, den er genießen will. Wir wollen etwas von ihm. Das gibt ihm das Gefühl von Macht. Er bildet sich ein, er sei Herr des Geschehens, weil von seinen Antworten alles abhängt.« Er hustete wieder. »Vielleicht ist er unschuldig« – Stachelmann begann zu schwitzen – »und er zieht die Sache hin, um unseren Fehler noch schwerer wiegen zu lassen. Opfer der Polizeiwillkür.«

Stachelmann drängte es zu fragen, zu welcher Interpretation Taut neige. Aber er tat es nicht, er hatte Angst vor der Antwort. Stattdessen fragte er: »Was haben Sie herausbekommen über Kraft?«

»Nicht viel. War mal Schlossergeselle, dann Parteifunktionär, zuletzt arbeitslos. In seiner Wohnung haben wir bisher nichts Verdächtiges gefunden, nur einen Haufen kommunistischer Propaganda. Als Polizei interessiert uns das nicht. Es sei denn, bei dem Mordfall ginge es um Politik. Aber danach sieht es derzeit nicht aus.«

»Geben Sie's doch zu. Die Frau hat sie gereizt, so lange gereizt, bis Sie es nicht mehr ausgehalten haben. Und dem Stachelmann wollten Sie sowieso eins auswischen. Der war Ihr Konkurrent bei der Frau. Als die Ihnen erzählt hat, dass sie diesen Stachelmann treffen wolle, da sind Sie ausgerastet. Sie haben die Stern zum Philosophenturm gelockt, das Schloss geknackt und sind mit ihr in das Büro von Dr. Stachelmann eingedrungen. Wir haben da Spuren gefunden!« Das Letzte sagte Kurz fast triumphierend.

»Das war ein Fehler«, sagte Taut trocken. »Wir haben keine Spur von Kraft gefunden. Und Kurz hätte es nicht behaupten dürfen, widerspricht den Vorschriften. Noch schlimmer: Ich ahne, der Kraft wird es ihm heimzahlen.«

»Welche Spuren?« Kraft lachte. Jetzt war er obenauf. »Da bin ich ja richtig gespannt, Herr Kommissar.«

»Genug Spuren, um Sie zu überführen.«

»Kurz reitet sich in die Scheiße hinein«, sagte Taut. »Warum macht er das? Ist doch kein Anfänger.« Taut verließ den Raum und betrat das Verhörzimmer. »Pause!«

Er bat Kurz hinaus und schickte einen Polizisten in Uniform in den Verhörraum. Kraft knabberte an seinen Fingernägeln.

Stachelmann verstand, dass Taut seinen Kollegen davor bewahren wollte zu scheitern. Nach einer Weile kehrte nur Taut zurück ins Verhörzimmer. Kraft grinste, als ahnte er, was geschehen war.

Stachelmann fühlte sich elend.

»Sie könnten es sich leichter machen, wenn Sie ein Geständnis ablegten«, sagte Taut. »Gibt einen Bonus vor Gericht.«

Kraft grinste wieder. »Ich brauch keinen Bonus. Wo sind die Spuren?«

»Werden noch untersucht«, sagte Taut. »Das haben Sie missverstanden. Wenn die Spuren vom Tatort ausgewertet sind, werden wir Sie drankriegen.«

»Viel Spaß«, sagte Kraft.

»So Typen wie dich hatten wir hier schon viele!« Taut brüllte, Kraft zuckte zusammen, dann wurde er bleich und senkte das Gesicht zur Tischplatte. »Am Ende haben sie alle gewinselt, glaub's mir. Alle! Das ist kein Spiel, hier geht's um Mord. Darum, dass du gemordet hast. Wer zuletzt lacht, lacht am besten.« Den letzten Satz hatte er leise gesagt, fast gezischt. Stachelmann fragte sich, ob Taut mit den Nerven am Ende war oder ob er eine Show abzog. Kraft wandte sein Gesicht langsam, ganz langsam Taut zu. Stachelmann sah, wie Kraft nun allmählich ein Grinsen über sein Gesicht zog, ein ekelhafteres Grinsen hatte Stachelmann nie gesehen. Als Kraft Taut direkt ansah, die Gesichter waren sich nah, da explodierte Krafts Grinsen in ein Lachen, laut, aggressiv. Taut zuckte zurück, wischte sich mit dem Handrücken über die Stirn, drehte sich um und verließ den Verhörraum. Stachelmann hörte noch, wie Taut »Abführen!« rief, mit einer Stimme, die den Zorn mühsam unterdrückte.

Taut erschien wieder im Raum hinter der Scheibe. Er zog ein Taschentuch hervor und trocknete das Gesicht. Er stand nun neben Stachelmann, gemeinsam starrten sie in das Zimmer, aus dem Kraft gerade in seine Haftzelle geführt worden war. Stachelmann hörte Taut atmen.

»So einen Scheißkerl hatten wir hier schon lange nicht mehr.« Dann schwieg er eine Weile. »Sie wollen jetzt wohl wissen, ob ich ihn für schuldig halte.« Er wischte sich wieder übers Gesicht, diesmal nur mit der Hand. »Ich weiß es nicht. Manchmal glaube ich, er war's, dann wieder, er war's nicht. Wenn er ein gutes Alibi hat, warum sagt er es nicht? Tatsache ist, wir können ihm nichts nachweisen. Und wenn es dabei bleibt, wird ihn der Haftrichter morgen auf freien Fuß setzen. So ist die Lage.«

»Und Sie haben nichts gefunden in seiner Wohnung?«

»Die Kollegen suchen immer noch, wir machen das gründlich. Aber wenn sie etwas Wichtiges entdeckt hätten, hätten sie wohl angerufen oder wären damit hergekommen. Wir wissen nur, dass er den Rollstuhlfahrer gespielt hat. Das ist nicht verboten. Aber es ist natürlich eine gute Tarnung. Wer traut einem Rollstuhlfahrer schon zu, dass er mit einem Gewehr loszieht und Leute erschießt?«

Er putzte sich die Nase, knüllte das Taschentuch in der Hand zusammen und steckte es in die Hosentasche. »Das war's für heute.«

»Darf ich warten, bis die Kriminaltechniker aus Krafts Wohnung zurück sind?«

Taut zögerte, dann sagte er: »Gut, kommen Sie mit.«

Der Kriminalrat ging in sein Zimmer. Eine Neonröhre an der Decke, an der Wand das Plakat, auf dem Einstein die Zunge zeigt. In der Ecke eine Kaffeemaschine, die Glaskanne halb voll.

Taut wies in die Ecke. Stachelmann schüttelte den Kopf.

»Sie waren doch mit Ossi befreundet?«

Warum fragte er, was er schon wusste?

Stachelmann nickte.

»Fehlt er Ihnen?«

Stachelmann überlegte. Wir hatten ja in Hamburg nicht mehr viel miteinander zu tun. Aber wenn, dann war das nicht ohne. Auf dem Flughafenparkplatz hatte Ossi ihm vielleicht das Leben gerettet. Ein anderes Mal hatte Ossi sich auf ein Spiel eingelassen, das übel hätte enden können für ihn. Aber fehlt er mir?

»Ich weiß nicht«, sagte Stachelmann. »Manchmal vielleicht.«

Taut schaute ihn von der Seite an, sagte aber nichts.

Sie warteten lange, niemand kam. Dann trieb es Stachelmann doch hinaus. Er verabschiedete sich und Taut versprach, ihn zu unterrichten, falls sich Neues ergebe.

Anne war noch wach, als er die Wohnung betrat. Er erzählte in Kürze, was er erlebt hatte. Sie dachte eine Weile nach, dann sagte sie: »Dieser Kraft ist ein Lügner, aber kein Mörder.«

»Woher willst du das wissen?« Er ärgerte sich. Sie hatte den Kerl nicht einmal gesehen oder gehört, und schon wusste sie, wie die Dinge lagen.

»Du wirst es sehen. Der wird dem Taut ein Alibi vorführen, das sich gewaschen hat.«

Stachelmann mühte sich, seinen Ärger zu unterdrücken. Ganz gelang es ihm nicht. »Du hast deinen Beruf verfehlt, du hättest Kriminalistin werden sollen oder Polizeipsychologin.«

Sie lachte. Dann hielt sie sich die Hand vor den Mund. »Felix schläft.«

Stachelmann überlegte, was es bedeutete, wenn Kraft unschuldig war. Ein schrecklicher Gedanke, die Suche würde neu beginnen müssen. Außerdem wollte Stachelmann, dass Kraft der Mörder war. Er gestand sich ein, dass er ihn hasste, jedenfalls konnte er sich nicht erinnern, wann er zum letzten Mal einen Menschen so abstoßend gefunden hatte. Er ekelte sich vor ihm. In Fuhlsbüttel, Santa Fu, da war dieser Typ am besten aufgehoben. Nur, er begriff immer weniger, was Brigitte an ihm gefunden haben mochte. Warum hatte sie sich nicht vor ihm geekelt?

Kaum dachte er an Brigitte, tauchte dieses Bild wieder auf. Mit durchgeschnittener Kehle in seinem Büro.

»Bohming hat übrigens angerufen«, sagte Anne. »Er macht sich Sorgen um dich.«

»Das mag ich kaum glauben.«

»Du musst nicht immer das Schlechte vermuten. Gut, er ist ein Großmaul, aber als Chef ist er in Ordnung. Erinnere dich, er hat dich nicht fallengelassen, als du im Knast gesessen hast.«

Stachelmann wusste, er hatte es ihr zu verdanken, ihr konnte Bohming keine Bitte abschlagen. Er ist scharf auf sie. Du bist eifersüchtig, weil Anne Bohming verteidigt. Klar, zu ihr ist er besonders nett. Aber sie hatte recht, Bohming hatte zu ihm gehalten. Er gab zu, Bohming hatte Geduld mit ihm, und wenn sich Stachelmann an Bohmings Stelle versetzte, dann musste er sich fragen, ob er auch so viel Geduld gehabt hätte mit sich. Eher nicht.

»Außerdem hat Bohming gesagt, du könntest Urlaub

nehmen, dich krankschreiben lassen. Er würde es jedenfalls tun, wenn er so etwas Schreckliches erlebt hätte.« Sie schaute ihn an, ernst und schön. »Ich würde das machen. Lass dein Seminar sausen, hak das Semester ab. Wenn die Bullen den Mörder haben, kannst du dir überlegen, wann du wieder einsteigen willst. Der Bohming hält seine Hand über dich wie ein Schutzengel.«

»Nun hör aber auf«, stöhnte er. »Als Engel kann ich ihn mir gar nicht vorstellen. Luzifer, das wäre seine Rolle.«

»Du bist ungerecht.«

Ja, ich bin ungerecht. Aber Bohming ist ein Opportunist. Was würden die Kollegen sagen, wenn er Stachelmann nicht half? Darum geht es doch. Wichtig ist ihm, was andere denken und vor allem sagen könnten. Solidarität aus Eigennutz, und es immer schön herausstellen. Er kannte Bohming. Aber übertreib nicht. Du bist mies gelaunt, lass es nicht an anderen aus, auch wenn die es nicht mitbekommen.

»Ist ja gut«, sagte er.

In der Nacht schlief er kaum, und wenn, dann geisterte ein Rollstuhlfahrer durch seine Träume. In einem zielte der Rollstuhlfahrer mit einem Revolver auf Stachelmann, in einem anderen Traum lachte der Rolli so laut, dass Stachelmanns Ohren schmerzten. Am Morgen weckte ihn Felix, der im Flur spielte und dabei gegen die Schlafzimmertür donnerte. Er quiekte vergnügt und war offensichtlich mit der Welt zufrieden. Stachelmann blieb noch ein paar Minuten liegen und überlegte, was er mit dem Tag anstellen sollte.

Taut anrufen? Vielleicht hat Kraft gestanden, nachdem er eine Nacht in einer Zelle verbracht hat. Stachelmann erinnerte sich seines Erschreckens, als er in eine Zelle gesperrt worden war, zu einem fast unerträglichen Menschen. Olaf. So einen wie Olaf wünschte er Kraft als Zellengenossen, dann würde der schon mürbe werden. Einen Augenblick flog ihn der Gedanke an, Kraft sei unschuldig. Aber wer verbringt freiwillig eine Nacht im Knast, wenn ein paar Worte genügten, sich das zu ersparen? Nein, dieser Kraft hatte kein Alibi. Er war ein Lügner, das hatte sich längst herausgestellt. Er versuchte sich vorzustellen, wie Brigitte ausgesehen hatte. Nein, er war nicht verliebt gewesen in sie. Aber sie hatte ihm gefallen.

Sein Handy klingelte. Er sprang aus dem Bett und schrie fast auf vor Schmerz. Als er sich im Stehen krümmte, öffnete Anne die Tür und reichte ihm das Handy. »Es nervt«, sagte sie. »Such dir mal einen anderen Klingelton.« Komisch, dass ihr »My Generation« von The Who nicht gefiel.

Es war Taut. »Haben Sie Zeit?«

»Ja, gewiss.« Stachelmann hätte gerne gefrühstückt und geduscht.

»Ich schick Ihnen einen Wagen, dauert gute zehn Minuten. Der Kollege klingelt dann.«

Stachelmann fragte nicht, um was es ging, das wusste er auch so. Es war der Durchbruch, Kraft hatte gestanden. Und Taut wollte sich bedanken. Würde er sonst einen Wagen schicken? Stachelmanns Laune verbesserte sich im Sekundentakt.

»Kein Frühstück?« Anne stand vor ihm und schaute ihn neugierig an.

»Nein, mein Chauffeur klingelt gleich.«

Sie schüttelte den Kopf. »Jetzt spinnst du aber wirklich.«

»Ich glaube, Kraft hat gestanden. Der Spuk ist vorbei.«

»Hat die Kripo das gesagt, dieser Taut?«

»Nein, aber sonst würden die keinen Wagen schicken.«

»Hm.« Sie wandte sich ab und ging zur Küche.

Felix rannte aus dem Wohnzimmer zu Stachelmann und umklammerte dessen Beine. »Du bleibst hier«, kreischte er.

Stachelmann befreite sich, nahm Felix auf den Arm, ging ins Schlafzimmer und warf ihn aufs Bett.

Felix jauchzte: »Nochmal! Nochmal!«

Stachelmann zog sich an, zwischendurch warf er Felix immer wieder aufs Bett. Seltsam, er spürte keine Schmerzen. Binnen Minuten war eine Last abgefallen von ihm. Er fühlte sich frei. Jetzt würde er endlich alles schaffen. Professor Doktor Josef Maria Stachelmann, das hatte einen Klang. Er reichte jedenfalls aus, um Hotelportiers zu beeindrucken. Jawohl, Herr Professor. Wie Herr Professor wünschen. Sei nicht albern. Man bestimmt sich nicht durch den Grad der Unterwürfigkeit von Hotelportiers.

Der Wagen brachte ihn zum Präsidium. Der Fahrer sagte kaum ein Wort. Wahrscheinlich war er sauer, dass er am Sonntag den Chauffeur spielen musste. Vielleicht war er auch immer schlecht gelaunt. Bei manchen ist das eine Lebenshaltung. Bist ja selbst kein Strahlemann. Er spürte die Aufregung im Magen. Das ist der Tag, an dem du den Druck loswirst, an dem du die Angst besiegst, weil es so einen Irren wie Kraft nicht ein zweites Mal gibt. Wehmut fiel ihn an, als er an Brigitte dachte.

Stachelmann hätte fast nicht gemerkt, dass der Wagen vor dem Eingang des Präsidiums hielt. Er dankte dem Fahrer und stieg aus. Als er die Tür aufdrückte, stieß er mit einem Mann zusammen, der sich nach draußen drängte. Stachelmann klammerte sich an den Mann, er packte ihn am Mantel. Er hatte ihn sofort erkannt. Es war Kraft. Der schlug ihm die Faust in den Magen, Stachelmann musste den Mantel loslassen, dann stieß Kraft ihn weg. Stachelmann stürzte auf den Boden, ein Schmerz durchzuckte sein linkes Knie. Als er lag, beugte sich Kraft über ihn und spuckte ihm ins Gesicht. »Du Scheißkerl«, zischte er, dann ging er schnellen Schritts davon.

Ein Polizist rannte aus dem Gebäude.

»Der flieht!«, brüllte Stachelmann. »Folgen Sie dem Mann!«, rief er, während er aufstand.

Der Polizist schaute ihn mitleidig an. »Der flieht nicht.

Wir haben ihn entlassen.« Er schniefte. »Sie sind doch der Herr Stachelmann?«

Stachelmann nickte. Der Schock kroch ihm in die Glieder. Er war gelähmt und schwitzte, obwohl ein kalter Wind durch die Straße fegte.

»Kommen Sie«, sagte der Polizist beschwichtigend. »Der Kriminalrat wird es Ihnen erklären.«

12

Taut saß auf seinem Sessel wie ein trauriger Buddha. »Der Mann hat ein Alibi, und wir werden es nicht widerlegen können. Der war zur fraglichen Zeit in einem Puff, hat sich mit mehreren Damen in der Bar amüsiert, als der Mord geschah, und sich dann mit einer Prostituierten in deren Zimmer vergnügt. Ohne Rollstuhl. Wir haben alle Zeuginnen in die Mangel genommen. Das Alibi steht.«

Stachelmann glaubte, nicht bei sich zu sein. Er hörte kaum, was Taut sagte. Aber dann widersprach er doch: »Und der Rollstuhl?«

Taut winkte ab. »Jeder darf sich in einen Rollstuhl setzen, auch wenn es der praktizierte Zynismus ist. Das ist keine Straftat.«

Stachelmann hätte nicht fragen müssen, das wusste er selbst. Aber er klammerte sich weiter an die Idee, dass Kraft der Mörder sein musste.

Wer denn sonst?

Dann fragte er: »Wer soll es denn sonst sein?«

Taut schaute ihn einige Sekunden an, und Stachelmann glaubte Mitleid im Gesicht des Kriminalrats zu sehen. Aber Taut antwortete nicht.

»Und warum hat Kraft das nicht gleich gesagt, das mit dem Alibi?«

Taut verzog sein Gesicht. Er setzte an zu sprechen, hielt dann aber ein. Dann sagte er doch etwas: »Ich glaube, der hat es genossen, uns vorzuführen. Und vor allem Sie vorzuführen. Ihm hat es nicht genügt, unschuldig verhaftet worden zu sein. Er wollte auch unschuldig in der Zelle übernachten.« Er räusperte sich. »Vor dem Haftrichter hatte er einen Anwalt, der uns fix und fertig gemacht hat. Es war … fast demütigend.«

Stachelmann hatte gleich ein schlechtes Gewissen. »Tut mir leid …«

»Nicht nötig«, sagte Taut. »Aber vielleicht sehen Sie jetzt ein, dass man mit dem Polizeispielen mal Glück haben kann, aber dass es meistens in die Hose geht. Lassen Sie die Finger von der Geschichte.« Er schaute Stachelmann in die Augen. »Bitte!«

Stachelmann krümmte sich auf dem Stuhl und legte die Hände vor die Augen. Er verharrte einige Sekunden in dieser Haltung. Dann streckte er den Rücken, legte die Hände hinters Genick und drückte gegen den Hals, als machte er eine Gymnastikübung. Taut schaute zu, aber verzog nicht einmal das Gesicht.

»Wer immer es ist, der will mich umbringen. Der hat nicht die geringsten Skrupel. Wahrscheinlich hat er einen Plan. Zuerst will er mir die Nerven rauben, dann folgt der Gnadenstoß.« Es schüttelte ihn. Der Gnadenstoß. Er fühlte sich, als hätte er gerade erfahren, dass er nicht mehr lang zu leben hatte. Eine unheilbare Krankheit. Wir können nichts mehr tun. Leider, leider.

Er erhob sich vom Stuhl und ging zur Tür.

»Herr Dr. Stachelmann, ich hoffe, Sie haben mich verstanden.«

Stachelmann begriff es nicht.

»Wir geben Ihnen natürlich Polizeischutz.«

Das verstand er. Er winkte ab und verließ den Raum. Als würde eine fremde Kraft ihn steuern. Draußen winkte er ein Taxi an den Straßenrand und schaffte es, dem Mann Annes Adresse zu geben. In sich versunken, bekam er von der Fahrt kaum etwas mit. Mechanisch zog er sein Portemonnaie aus der Gesäßtasche, drücke dem Fahrer einen Zehn-Euro-Schein in die Hand und ging, ohne auf das Wechselgeld zu warten. Der Fahrer schaute ihm nach, dann fuhr er weg. Stachelmann stieg die Treppe hoch wie in Trance, schloss die Wohnungstür auf, betrat den Flur, ließ den Mantel fallen, ging ins Schlafzimmer und warf sich aufs Bett.

Anne stellte sich in den Türrahmen. »Er hat ein Alibi?«

»Ja. War im Puff. Lauter Zeugen. Wasserdicht.«

Anne setzte sich auf die Bettkante. »Das heißt, es geht alles von vorn los.«

Stachelmann starrte an die Decke. Es geht alles von vorn los. »Ich soll mich raushalten, sagt Taut. Sie geben mir Polizeischutz, mal wieder. Lächerlich.«

Anne trat ans Fenster. »Da unten steht ein Polizeiauto, zwei sitzen drin und rauchen.«

»Schick sie weg.«

»Nein«, sagte Anne. »Es schreckt vielleicht ab.«

»Der Typ, der herumballert, lässt sich von zwei Polizisten nicht abschrecken. Der sieht das eher als sportliche Herausforderung.«

»Aber du hältst dich jetzt raus?« Er hörte die Hoffnung in der Stimme.

»Mal sehen.«

»Also nicht.«

»Mal sehen.« Er schloss die Augen und legte die Hände hinter den Kopf. »Ich fahre nachher nach Hause. Wenn alles vorbei ist, komme ich wieder.«

»Du bist wahnsinnig. Der Kerl hat alle Vorteile auf seiner Seite. Er kennt dich, aber du kennst ihn nicht. Er kann sich Zeit und Ort aussuchen. Es ist ein Katz-und-Maus-Spiel, und du bist die Maus. Allerdings hast du den Nachteil, die Katze nicht zu sehen. Josef, du hast allein keine Chance gegen diesen Irren.«

»Du hättest Taut sehen und hören sollen. Die vollendete Hilf- und Ratlosigkeit. Ich kann nirgendwo sein, ohne Angst zu haben. Soll ich alle Vorhänge zuziehen, die Rollläden runterlassen und nicht mehr an die Tür gehen? Ich gebe zu, ich habe Schiss, so einen Schiss hatte ich noch nie. Aber es ist gerade diese verfluchte Angst, die mir Beine macht. Die Polizisten da unten sind dem Kerl nicht gewachsen. Der kann überall sein. Wenn ich auf die Straße gehe, kann er auf mich warten und schießen. Wenn ich ans

Fenster trete, kann er mich genauso erwischen. Im Philosophenturm scheint er sich schon zu Hause zu fühlen. Und bestimmt weiß er längst, wo ich wohne.«

»Und wenn du weit wegfährst, heimlich?«

»Du meinst in deinem Kofferraum?«

»So ähnlich.«

»Dann werde ich wohl glauben, er fährt uns nach. Was mich verwirrt, ist die Tatsache, dass er im Von-Melle-Park vorbeigeschossen hat. Das ist widersinnig. Man kann es drehen und wenden, wie man will. Es kommt nur Quatsch heraus. Aber es schließt auf keinen Fall aus, dass er beim nächsten Mal trifft.«

Sie schwiegen und überlegten.

»Ich fahre jetzt«, sagte Stachelmann endlich.

Anne hob die Hände, als müsste sie etwas abwehren. Aber sie sagte nichts, weil sie wusste, es war aussichtslos. Stachelmann hatte es sich in den Kopf gesetzt. Er ging, in Gedanken versunken, in Erwartung der Angst, die ihn packen würde, wenn er das Haus verließ, und verabschiedete sich nicht. Seine Gedanken eilten seinen Schritten voraus. Als er dann auf der Straße stand, fürchtete er, den Dammtorbahnhof nicht zu erreichen. Er hielt seine Aktentasche vors Gesicht, damit die Polizisten ihn nicht erkannten. Wahrscheinlich war das überflüssig. Wie auch immer, der Polizeiwagen blieb stehen. Stachelmann rannte fast zum Bahnhof.

Bald stand er schwitzend in der Halle, um dann schnell die Rolltreppe zum Gleis hochzugehen. Zwei Stufen mit einem Schritt. Wie sollte er das aushalten? Im Bahnhof wird keiner auf dich schießen. Zu viele Menschen, auch Sicherheitskräfte wegen der Terrorparanoia. Stachelmann bildete sich ein, dass der Mörder von oben schießen müsste. Als die S-Bahn zum Hauptbahnhof einlief, sprang er schnell hinein und setzte sich auf eine Bank, aber nicht ans Fenster, sondern am Gang neben einen alten Mann, der ihn am Fenster deckte. Stachelmann gegenüber saß eine junge Türkin mit Stöpseln in den Ohren. Sie musterte ihn verwundert, dann schaute sie nach draußen, aber er glaubte, dass sie ihn aus dem Augenwinkel beobachtete. Sah er so durchgeknallt aus?

Während der Zug in den Hauptbahnhof einfuhr, spiegelte das Fenster sein Gesicht, als er hinaussah. Die Haare standen wirr, die Haut glänzte, und seine Augen starrten ihn an, als gehörten sie einem Verrückten. Er verharrte eine Weile so und hätte fast den Ausstieg verpasst. Als er auf dem Bahnsteig stand, sicherte er nach allen Seiten wie eine Maus auf dem Acker. Beweg dich, dann trifft er dich nicht so leicht. Wenn du stehen bleibst, bist du das perfekte Ziel. Er stieg die Treppe am einen Gleis hinauf und dann am anderen wieder hinunter. Der Zug nach Lübeck wartete schon, das erleichterte ihn. Er eilte zu einem Wagen mit Erste-Klasse-Abteil, zwängte sich an einem Pärchen vorbei, das die Tür blockierte, und setzte sich nicht an den Tisch wie sonst, sondern auf die Bank an der Abteilwand. Das Licht brannte, so war der Waggon von außen leicht einsehbar. Er schaute sich um nach einem Lichtschalter, sah aber nur den Drehregler der Heizung. Der stand auf Rot, die Heizung lief auf höchster Stufe. Stachelmann erhob sich und stellte den Regler etwa auf die Mitte der Blau-Rot-Skala. Jetzt erst bemerkte er den Mann auf der Bank am gegenüberliegenden Ende des Abteils, der stirnrunzelnd beobachtete, was Stachelmann trieb. Als sich die Blicke kreuzten, schaute der Mann weg und schien zu lesen. Vielleicht hält er dich für einen Wahnsinnigen, mit dem er sich lieber nicht streitet? Oder es ist …? Nein, unmöglich. Er hätte nicht so schnell herausfinden können, wohin ich wollte.

Stachelmann hatte eine Weile am Drehregler gestanden, jetzt setzte er sich wieder auf die Bank. Er mühte sich, seinen Atem zu beherrschen. Es ruckte, Stachelmann erschrak, der Zug setzte sich in Bewegung. Er war allein mit dem Mann im Abteil. Ab und zu warf er einen Blick hinüber, aber der Mann las tatsächlich, obwohl Stachelmann über die Lehnen der Sitzreihen nur den Kopf sah, eine Glatze, vor den Augen eine Lesebrille, die Haut fast rosa. Aber vielleicht ahnt er, dass ich ihn im Auge behalte. Hier wird er nichts unternehmen können. Aber wenn er auch in Lübeck aussteigt und mir folgt, dann muss ich sehen, was ich tue.

In Bad Oldesloe betrat eine alte Frau das Abteil und setzte sich direkt vor Stachelmann. Der überlegte, ob er einen Platz zur Seite rutschen sollte. Aber das wäre nur aufgefallen. Es beruhigte Stachelmann, dass er nicht mehr allein war mit dem Glatzkopf. Die Frau stieg in Reinfeld wieder aus, dafür setzten sich zwei junge Männer in das durch Glas abgetrennte Nebenabteil für Raucher. Sie trugen Gel in den Haaren und Anzüge. Typ Versicherungsvertreternachwuchs. Sie rauchten hektisch und redeten ununterbrochen, entweder miteinander oder in ihre Handys, die fortlaufend klingelten oder für neue Anrufe benutzt wurden.

In Lübeck ließ Stachelmann sich Zeit mit dem Aussteigen, auch wenn es ihn zur Eile drängte. Der Mann, der ihn beobachtet hatte, stand auf und trat in den Gang. In der einen Hand trug er eine Aktentasche, mit der anderen öffnete er sie und legte ein Buch hinein. Ohne Stachelmann anzusehen, verschwand er aus dem Abteil. Einige Sekunden danach verließ auch Stachelmann den Waggon. Auf dem Bahnsteig schaute er sich um nach dem Mann. Der stieg zügig die Stahltreppe hinauf. Dann verschwand er in der provisorischen Bahnhofshalle.

Stachelmann stieg ebenfalls die Treppe hoch. Es gab ein Gedränge, aber oben in der Halle löste es sich auf. Da hätte er dich abstechen können, ohne dass es jemand gemerkt hätte. Nichts wie nach Hause. Er eilte fast über die Puppenbrücke zur Obertrave. Ein Auto bremste quietschend, als Stachelmann die Straße überquerte. Im Auto saß eine Frau mit schwarzem Kopftuch, die mit dem Finger auf ihn zeigte, als wäre er das Böse schlechthin. Sie starrten einander an, dann ging Stachelmann weiter. Es begann zu regnen, und der Wind frischte auf. Stachelmann fröstelte, die durchgeschwitzte Kleidung klebte auf der Haut. Das letzte Stück legte er im Laufschritt zurück. Gegenüber vom Eingang parkte ein Polizeiauto, Qualm stieg aus dem Fenster an der Beifahrerseite.

Stachelmann ließ wieder den Schlüssel fallen, als er die Haustür aufschließen wollte, bückte sich und sicherte nach allen Seiten, bevor er den Bund griff, sich aufrichtete und die Tür öffnete. Er hetzte die Treppe hoch, nachdem er die Haustür zugezogen hatte, der Schließmechanismus war ihm zu langsam. In seiner Wohnung riss er sich die Kleidung vom Leib und stellte sich unter die Dusche, warm bis zur Schmerzgrenze. Dann wieder kalt, dann lau. Er trocknete sich ab und zog seinen Frotteebademantel an. Es ging ihm besser. Die Angst war geblieben, aber in der Wohnung fühlte er sich einigermaßen sicher.

Er setzte sich in den Sessel im Wohnzimmer und mühte sich, systematisch zu denken. Ganz von vorn. Jemand schießt auf dich. Fast gleichzeitig startet Brigitte eine Internetkampagne. Wahrscheinlich wollte sie es dir beichten, aber vorher schlug der Mörder zu. Es muss der gleiche Täter sein. Natürlich kann es auch ein anderer sein, aber das ist unwahrscheinlich. Oder einer nutzte die Schüsse im Von-Melle-Park aus, um seine Rechnung zu begleichen. Was für eine Rechnung? Keine Ahnung.

Nochmal. Es gibt nur einen Täter. Brigitte hat etwas gewusst über ihn und wollte es mir sagen. Der Mörder hat es vorher erfahren und Brigitte ermordet. Das Bild von Brigittes Leiche kam Stachelmann vor Augen. Ihm wurde übel. Er zwang sich, das Bild zu betrachten. Wenn du es verdrängst, plagt es dich dein Leben lang. Wenn du dich daran gewöhnst … pervers, daran kann man sich nicht gewöhnen, aber man kann lernen, es auszuhalten. Er schaute es sich weiter an. Jede Einzelheit. Sein Blick blieb am Hals hängen. Er sah die Schnittwunde. Ihm wurde wieder übel. Schau hin. Dann drängte er das Bild doch weg.

Denk nach. Es gibt also nur einen Mörder. Hat der was zu tun mit der Kampagne? Das weiß ich nicht. Ich gehe davon aus, dass es so ist. Aber er muss nicht der Anstifter sein, nicht einmal teilgenommen haben. Es genügt, dass er davon wusste und dass es ihm passte. Er hat sich angehängt. Vielleicht war es wirklich nur Zufall. Aber das ist erst einmal egal. Wo ist der Ansatzpunkt? Schmid noch einmal befragen, unter Druck setzen? Der will, dass ich seinen Auflösungsvertrag unterschreibe. Die Habilschrift durchsuchen, ob sich doch etwas findet, das irgendjemanden aufgeregt haben könnte?

Er schaltete den Computer ein und guckte zuerst, ob sich in der Diskussionsgruppe etwas getan hatte. Nichts, kein neuer Beitrag, und andere *threads* schoben das Thema immer weiter nach unten. Bald würde es nicht mehr auf der Startseite stehen. Er überflog noch einmal die Beiträge, fand aber nichts, das er übersehen hätte.

Ich fange mit der Arbeit an. Er nahm den Ausdruck, der auf dem Schreibtisch lag, auf den Schoß und begann zu blättern. Es fiel ihm erstaunlicherweise nicht so schwer, zuvor hatte er Angst vor der eigenen Arbeit gehabt. Wenn man hineinschaut, findet man bestimmt Fehler, immer neue Fehler. Und es gefällt einem womöglich nicht mehr, stilistisch dürftig, inhaltlich dünn. Aber das beschäftigte ihn jetzt kaum. Vielleicht hatte die Angst vor dem Todesschützen die Angst vor der Arbeit verdrängt.

Er blätterte und las diagonal. Er musste nur ein paar Wörter, ein, zwei Sätze sehen, um zu wissen, was auf der Seite stand. Musterlager Sachsenhausen, Vorbild auch für Buchenwald, der KZ-Inspekteur Eicke, verantwortlich für die Vereinheitlichung des KZ-Systems, dem Strick entgangen durch Tod an der Ostfront, Buchenwald gebaut auch auf Wunsch thüringischer Politiker und Unternehmer, einziges KZ mit einem Kunstnamen – die anderen waren nach den Standorten benannt –, weil die feine Gesellschaft über ein KZ Weimar die Nase gerümpft hätte, der Nachbau von Schillers Möbeln im KZ, um die Originale vor Bombenangriffen zu schützen – Schiller als Nationalsozialist, unglaublicher Unsinn, aber weit verbreitet, das mörderische Lagerregime, das kleine Lager in der Mitte, abgezäunt, überfüllt mit kranken Menschen, zum Teil gerade eingeliefert, Arbeitsterror in den neben dem Lager errichteten Deutschen Ausrüstungswerken, DAW, Bombenangriffe auf die Fabrik, nur die SS darf in Luftschutzräume flüchten, Wandlung des KZ in ein Arbeitslager, aber weiter Tote und Terror, später Abspaltung des Außenlagers Dora in ein eigenständiges KZ zum unterirdischen Bau der »Wunderwaffen« V1, V2, Me262 und so weiter, Vernichtung durch Arbeit, Leichenberge in den Stollen, Prügel und Folter, aber kaum etwas zu essen, schlafen in nasser Kälte und mittendrin, wohlgenährt und bewundert, der Raketenpionier Wernher von Braun, ungerührt, nach dem Krieg nicht auf der Nürnberger Anklagebank, sondern Planungschef der US-amerikanischen Weltraumagentur NASA. Im Stammlager Buchenwald Kampf der Häftlingsgruppen, am Ende Vernichtung der grünen Führung durch die Roten. Widerstand und Heldenverehrung. Nach der Befreiung durch die Amerikaner verbreitet die SED die Legende der Selbstbefreiung und überzieht die eigenen Leute, die im Widerstand gearbeitet hatten, mit Verfahren, auch die sowjetische Geheimpolizei wird aktiv, mit den üblichen Folgen.

Stachelmann hob das Gesicht, die Zeilen verschwammen vor den Augen. Er schloss sie. Da fiel ihm ein, dass Schmids Adlatus Hoch das Manuskript dem Weidenmeyer gegeben hatte für ein Fachgutachten. Gerade Weidenmeyer. Hatte der sich nicht in letzter Zeit an Bohming herangemacht? Warum? Konnte ein Historiker so fanatisch sein, dass er einen Kollegen bedrohte und im Hof der Konkurrenz herumballerte? Nein, das kann man ausschließen, auch wenn es denkbar bleibt. Die Fahrt nach Berlin kannst du dir schenken.

Vielleicht hatte der Schütze vom Von-Melle-Park Kontakt mit Brigitte gesucht. Ob einer der Diskussionsgruppenteilnehmer glaubte, den »Fall« mit dem Gewehr lösen zu müssen? Blödsinn.

Eifersucht? Anne hatte das gesagt. Und wollte sie nicht Bohming fragen?

Das Telefon klingelte.

»Hasso.«

Fast hätte Stachelmann gesagt: Wenn man vom Teufel spricht. »Guten Abend.« Draußen dämmerte es rot.

»Anne hat mich eben angerufen und eine interessante Frage gestellt. Du weißt, was ich meine.«

»Seltsam, darüber habe ich gerade nachgedacht.«

»Liegt ja auf der Hand. Vielleicht ist jemand so eifersüchtig auf dich und vor allem deine großartige Arbeit; dass sie das ist, hat sich längst herumgesprochen, nirgendwo wird mehr getratscht als im Philosophenturm, also, ich werde morgen gleich mal mit Frau Breuer eine Aufstellung machen. Mal sehen, könnte doch sein, dass da einer durchgefallen ist oder schlechter abgeschnitten hat als erhofft.«

Warum habe ich diese Spur nicht früher verfolgt? Die Idee hatte ich doch längst. Weil ich besessen war von der Vorstellung, Kraft müsse der Mörder sein. Ein bisschen Eifersucht, so ist es doch. Eifersucht auf Kraft, weil Brigitte ihn fragte und nicht dich. Dabei hast du nichts gehabt mit ihr. Und wolltest es auch nicht. Du bist verrückt.

»Was ist, bist du noch dran?«

»Ich komme spätestens Donnerstag, da habe ich ja mein Seminar.«

»Das wollte ich ganz absagen und dir vorschlagen, in der nächsten Zeit nicht nach Hamburg zu fahren. Ich stell dich frei, bis du nicht mehr bedroht wirst.«

Stachelmann überlegte, wie es wäre, sich in seiner Wohnung hinter geschlossenen Vorhängen zu verkriechen.

»Nein, ich halte mein Seminar. Es ist völlig egal, wo ich bin, die Bedrohung ist überall gleich.«

Bohming zögerte, dann sagte er: »Ich respektiere natürlich deine Entscheidung. Wenn du es dir doch anders überlegst, ich würde das tun, Josef, dann ruf mich an. Das Okay der Fakultät ist nur Formsache. Wir stehen hier alle hinter dir.«

Stachelmann freute sich. Er würde am Donnerstag sein Seminar leiten. Und an diesem Abend würde er ins Ali Baba gehen, als wäre nie etwas geschehen. Und wenn ich mir in die Hose mache vor Angst. Aber der Killer rechnet nicht damit, dass ich das Haus verlasse, das traut er mir nicht zu. Wenn er überhaupt hier ist. An seiner Stelle wäre ich abgetaucht, solange so viel Polizei unterwegs ist.

Er zog sich an, Jeans, Hemd, Pullover, Anorak, und ging hinaus. »Ich gehe in die Fischergrube«, sagte er. Der Polizist am Steuer stöhnte, warf einen Zigarettenstummel auf die Straße und ließ den Passat an. In einigen Metern Abstand fuhren sie hinter ihm her. Das war neu, wahrscheinlich hatte die Kripo die Bewacher vergattert, Stachelmann nicht aus dem Auge zu lassen. Er wollte so tun, als gelte der Schutz nicht ihm, aber natürlich konnte er nicht verdrängen, dass es nur um ihn ging. Aber die Passanten, die ihm begegneten, wussten es nicht, und sofern sie rätselten, warum ein Polizeiwagen die Straße entlangkroch, brachten sie es gewiss nicht in einen Zusammenhang mit ihm.

Der mühte sich, langsam zu gehen und mit den Augen nicht die Obergeschosse und Dächer der Häuser abzusuchen. Natürlich schaute er trotzdem nach oben, ob ein Blitzen das Zielfernrohr verriet. Du hast zu viele Kriminalfilme gesehen. Langsam gehen, immer langsam. Ein Stück hinter ihm tuckerte der Passat, bestimmt qualmte es aus beiden Fenstern, aber Stachelmann versuchte die Polizisten nicht wahrzunehmen.

Im Ali Baba schlugen ihm Wärme und Zigarettenrauch

entgegen. Fast alle Tische waren besetzt, meist junge Leute. Er fand einen freien Tisch im Gang zum Hinterhof, zwischen der Küche, die Tür stand offen, und den Toiletten. Es war düster. Das passt zu deiner Stimmung.

Ein Kellner erschien, grüßte und fragte nach der Bestellung. Stachelmann hatte ihn schon oft gesehen. Er bestellte mal wieder ein Lammsteak und türkischen Rotwein. Als der Mann es aufgeschrieben hatte und gegangen war, drängte sich Stachelmann ein Gedanke auf. Er wehrte ihn ab, aber der ließ sich nicht abwehren, sondern setzte ihm weiter zu. Wie wäre es, alles hinzuschmeißen, die Habilschrift zu verbrennen und die Uni zu verlassen? Der Gedanke besetzte sein Hirn. Einfach alles hinschmeißen. War es nicht immer das Gleiche? Und gingen ihm nicht die Studenten auf die Nerven, deren Interesselosigkeit er fast schon als aggressiv empfand? Warum sich weiter mit diesen Leuten abmühen, die nicht einmal Teilnahme heuchelten, sondern ihre Tumbheit wie ein Prozessionskreuz vor sich hertrugen? Und war es so erstrebenswert, irgendwann vielleicht einmal Bohming oder einen anderen Ordinarius zu beerben, um sich dann mit Doktorarbeiten und Habilitationsschriften abzuplagen, von denen die meisten besser im Altpapiercontainer landeten?

Du redest dir das ein, weil du verzweifelst, widersprach er sich. Du hast all die Jahre darauf hingearbeitet, einen Lehrstuhl zu bekommen. Und wenn du dranbleibst, hast du gute Chancen. Hundert Prozent gibt es nirgendwo.

Aber wenn deine Habilschrift solche Opfer gekostet hat, musst du dann nicht den Schluss ziehen, es sei besser, jetzt auszusteigen, bevor noch mehr Menschen sterben müssen? Machst du dich nicht mitschuldig, wenn du an der Arbeit festhältst, da es ja offenkundig jemanden gibt, der wegen der Habilschrift Leute umbringt? Wenn dieser Zusammenhang besteht, muss ich nur die Habilschrift zurückziehen, und es herrscht wieder Frieden. Gewiss nicht für mich, aber für alle anderen. Ich weiß zwar nicht, wie man eine Habilitation zurücknimmt, aber Bohming wird es herausbekommen.

Er bewegte diesen Gedanken noch eine Weile hin und her und ließ sich kaum ablenken, als erst der Wein und etwas später das Essen kamen. Er aß langsam, legte immer wieder das Besteck weg, war in sich versunken und begann sich mit der Lösung anzufreunden. Seltsam, er hatte so viele Jahre auf das hingearbeitet, was er nun erreicht hatte, und wie viel Mühe hatte es ihn gekostet, was für eine Qual war es gewesen, welche Hindernisse hatte er überwinden müssen! Er dachte an den Berg der Schande, jene Aktenstapel, die sich in seinem Büro getürmt hatten und immer höher gewachsen waren, weil er es nicht geschafft hatte, sie abzuarbeiten, oder sich nicht getraut hatte. War alles umsonst gewesen? Wenn er die Habilitation verwarf, musste er abgehen von der Universität. Er hatte sich nie etwas anderes vorstellen können als eine Universitätslaufbahn, gekrönt durch den Lehrstuhl. Was könnte er tun, wenn er nicht mehr an der Universität war?

Das Essen wurde kalt. Er aß einen Bissen, trank einen Schluck, aber es kam ihm vor, als wären seine Geschmacksnerven abgestorben. Stachelmann aß wieder einen Bissen und trank einen kleinen Schluck.

Was könnte er tun, wäre er nicht mehr an der Universität?

Seltsam, dass ihm die Vorstellung, die Universität zu verlassen, gleich vertraut war. Er überlegte, was er verlöre außer der regelmäßigen Gehaltszahlung, und fand nichts, was ihm fehlen würde. Seit er an der Hamburger Universität war, wurde er in Verbrechen verstrickt. Gewiss, daran hatte er seinen Anteil. Er hätte sich nicht auf alles einlassen müssen. Nicht auf die Holler-Sache, und das mit Ossis Tod, das war eher ein Selbstfindungstrip als eine Recherche gewesen.

War er also nur noch an der Universität, weil er keine Wahl hatte? Ein trauriger Zustand. Musste er bleiben, weil er sonst zum Sozialfall wurde? Aber vielleicht schmissen sie ihn sowieso hinaus, verlängerten also seinen Vertrag nicht. Was dann? Es gab arbeitslose Historiker, Professoren, Privatdozenten und Promovierte zuhauf. Die Gesellschaft wollte sie nicht beschäftigen. Das Fach war nicht zukunftsweisend, im wahrsten Sinn des Wortes, und es versprach keine Industrie- oder Handelsgewinne. Jeder Diplomingenieur war wichtiger als diese seltsamen Gestalten, die in der Vergangenheit gruben. Verwertbar war Geschichte im Fernsehen, verkürzt auf Bilder und die ewig gleichen Zeitzeugen, die nichts oder wenig sagten, aber zur Bild- und Tonkulisse gehörten und auf dramaturgisch aufgepeppte Inszenierungen den Schein des Echten warfen.

Das Handy klingelte, Stachelmann erschrak.

»Georgie. Wollte mal hören, ob's was Neues gibt.«

Stachelmann ärgerte sich über sich selbst. Er hatte es den anderen noch gar nicht erzählt. Er sagte Georgie, dass die Polizei Kraft nicht mehr verdächtige.

»Was? Das ist unmöglich.«

»Das ist leider eine Tatsache. Der hat ein Alibi.«

»Gefaked!«

»Keineswegs.«

»Scheiße.«

»Das ist eine treffende Umschreibung.«

»Und nun?«

»Keine Ahnung«, sagte Stachelmann. »Darüber denke ich gerade nach.«

»Vielleicht lässt du uns mit nachdenken. Schließlich haben wir ja ein bisschen mitgemischt bei der Feuerwehraufführung.«

Georgie hatte recht. »Gut. Wir können uns ja treffen.«

»Wir können uns ja treffen«, äffte Georgie nach.

»Morgen?«

»Morgen Abend«, sagte Georgie. »Ich muss noch die anderen zusammentrommeln.«

»Gegen acht?«

»Okay. Wenn nicht Kraft, wer hat Brigitte dann umgebracht?«

»Wer hatte ein Motiv?«, fragte Stachelmann. »Und wer ist so pervers, sie nicht nur zu ermorden, sondern auch so zu quälen und sie in mein Zimmer zu setzen?«

»Das ist die Frage«, sagte Georgie.

»Morgen um acht bei dir«, sagte Stachelmann und trennte das Gespräch.

Ein Gedanke flog ihn an. Womöglich hat der Kerl diese grausige Inszenierung nur veranstaltet, weil er ablenken wollte. Der war vielleicht gar nicht pervers, sondern eiskalt. So kalt, dass er Brigitte quälte, ein sexuelles Motiv nahelegte, weil ein gewöhnlicher Mord seinen wahren Grund hätte verraten können. Und er hat sie mir ins Zimmer gesetzt, um alle glauben zu lassen, der Mord richte sich auch gegen mich. Habe zu tun mit der Kampagne. Dabei war es womöglich anders.

Sieh ab von dem brutalen Wie, das einen so beeindruckt, dass man an nichts anderes mehr denkt. Es bleibt ein Mord, und es käme darauf an, den zu suchen, der ein Motiv hatte, Brigitte zu töten. Es geht nicht um dich, und der Mörder ist keineswegs verrückt, er tut nur so.

Hatte sie sich mit dem Mörder verabredet im Von-Melle-Park? Könnte sein. Wenn er es auf sie abgesehen hatte, dann wusste er, dass er sie im Philosophenturm treffen würde. Woher? Hatte er sie dort hingelockt? Warum in Stachelmanns Zimmer? Hatte der Mörder sich als Stachelmann ausgegeben und sich mit ihr dort verabredet? Vielleicht mit einer E-Mail, vielleicht einem Brief?

Er rief Georgie wieder an. Dort war besetzt, aber nach einigen Versuchen kam er durch. »Hast du ihre Mails der letzten Zeit durchgesehen?«

»Ja.«

»War da eine Einladung, von mir etwa?«

Georgie zögerte, dann sagte er: »Ja, da war so was. Habe ich nicht groß beachtet, weil die Mail von dir kam.«

Sein Herz schlug schneller. »Ich habe ihr aber noch nie eine Mail geschrieben. Noch nie!«

»Scheiße«, sagte Georgie.

»Wenn wir herauskriegen, wer die Mail geschrieben hat, haben wir ihren Mörder. Ich sag der Kripo Bescheid.«

»Den Bullen? Willst du mir die auf den Hals schicken?«

»Genau das.«

»Scheiße«, sagte Georgie.

»Du hast einen äußerst reichen Wortschatz«, sagte Stachelmann und bereute es gleich.

»Was soll das heißen?«

»Vergiss es. Ich komme auch vorbei.«

»Heute noch?«

»Heute noch. Sieh zu, dass du diese Mail irgendwo sicherst. Sie ist die einzige Spur.«

»Ja, ja, ist ja gut.«

Stachelmann wählte die Nummer der Hamburger Mordkommission. Der Mann vom Ali Baba kam aus der Küche und schaute neugierig zu. Stachelmann zuckte die Achseln, wie um anzudeuten, er habe keine Wahl, er müsse telefonieren, auch wenn er wisse, es sei unhöflich.

Kurz meldete sich. Als Stachelmann Taut verlangte, sagte Kurz, der sei schon zu Hause. Stachelmann bat um die Privatnummer und erhielt sie, nachdem er auf Kurz eingeredet hatte. Er tippte die Nummer in sein Handy.

»Ja?«

»Herr Taut?«

»Ja.«

»Stachelmann.«

»Ich dachte, von Ihnen würde ich jetzt eine Weile nichts mehr hören. Der Kraft hat Sie übrigens angezeigt wegen falscher Anschuldigung, und die Feuerwehr lässt sich bisher auch nicht beruhigen.«

»Ich habe eine Spur.«

Taut seufzte. »Nicht schon wieder.«

»Sie hat eine Mail bekommen von mir, also nicht von mir.«

»Wie bitte?«

»Also, Brigitte Stern hat eine Mail bekommen, die mit meinem Namen unterzeichnet ist, aber nicht von mir stammt. In dieser Mail wird sie gebeten, mich in meinem Büro aufzusuchen.«

»Und Sie haben diese Mail nicht geschrieben?«

»Nein. Mit absoluter Gewissheit nicht. Ich habe ihr nie eine Mail geschrieben.«

Nach einer Weile sagte Taut: »Die Mail befindet sich in Frau Sterns Computer?«

»Genau.«

»Da haben wir wohl geschlampt. Ich werde mal gucken, wer den PC prüfen sollte. Anfänger, diese Anfänger. Ich fahre hin.«

»Dann treffen wir uns dort. Ich beeile mich.«

Taut räusperte sich, und Stachelmann verstand, der Kriminalrat komme auch ohne ihn aus, könne das aber schlecht sagen, da der Hinweis von Stachelmann stammte.

Der aß nicht auf, sondern trank im Aufstehen das Glas leer, ging zum Tresen, bezahlte und wartete das Wechselgeld nicht ab. Er lief schnell, die Polizei wieder hinter ihm her. »Sollen wir Sie nach Hause bringen? Bei dem Wetter.« Es regnete, Stachelmann hatte es gar nicht wahrgenommen. Er stieg ein, und der Fahrer gab Gas.

»Sie haben es eilig«, sagte der Beamte auf dem Beifahrersitz.

»Sehr. Bitte setzen Sie mich an meinem Auto ab. Der da vorn, der alte Golf.«

Der Polizeiwagen hielt, Stachelmann bedankte sich und stieg aus. In seinen Taschen suchte er den Autoschlüssel, fand ihn nicht, fluchte und rannte zum Haus. Er schloss die Haustür auf, die beiden Beamten im Auto, das wieder gegenüber geparkt hatte, schauten ihm hinterher, der auf dem Beifahrersitz schüttelte den Kopf, wie um zu sagen: »Eine Meise hat er schon.«

Der Polizeiwagen folgte ihm bis zur Autobahnauffahrt. Die Autobahn war fast leer, es war spät an einem Sonntagabend. Im Fernsehen lief eine Folge des Tatorts und darauf folgte unvermeidlich das Talkshowgeplapper, das den Zuschauern vorgaukelte, hier handele es sich um die große Politik. Stachelmann raste und hoffte, der Golf würde es aushalten. Am Horner Kreisel verließ er die Autobahn und fuhr viel zu schnell über Barmbek und Winterhude zur Ahornallee. Er stellte den Wagen vor dem Nachbarhaus ab, weil vor dem Haus, in dem Brigitte gewohnt hatte, zwei Autos parkten. Die Fenster in der Wohnung waren erleuchtet. Stachelmann klingelte neben der Haustür, endlich ertönte der Summer, und er hetzte die Treppe hoch. Taut saß auf dem Bett in Brigittes Zimmer, Georgie bearbeitete die Tastatur des PC, zwei Männer in Zivil drehten sich nur kurz um, als Stachelmann das Zimmer betrat. Die Wohnungstür war angelehnt gewesen.

»Guten Abend«, sagte Stachelmann.

Die anderen schwiegen, nur Taut murmelte etwas. Dann fragte er: »Sie sind sicher, Sie haben keine Mail geschrieben? Versuchen Sie sich zu erinnern. Abgeschickt wurde die Mail am 10. Mai, um 9 Uhr 32, das war am Mittwoch.«

»Ich habe Brigitte noch nie eine Mail geschickt.« Er überlegte kurz. »Sie hat also diese gefälschte Mail irgendwo gelesen. Und sie hat zu diesem Zeitpunkt noch gelebt.«

»Die Rechtsmedizin hat das inzwischen bestätigt. Sie wurde in Ihrem Büro ermordet, so gegen 23 Uhr, am Mittwoch. Und sie war vorher in der Lage, ihre Mails abzurufen, offenbar also nicht in der Gewalt ihres Mörders. Sonst hätte der Täter ihr ja auch keine Einladungsmail schreiben müssen. Sie wird zum Philosophenturm gelockt, in Ihr Büro. Am 10. Mai, Mittwoch, abends, 22 Uhr. Haben Sie so spät noch Termine mit Studenten gemacht?«

»Natürlich nicht.«

»Aber sie schien nicht misstrauisch zu sein.«

»Sie hatte sich mit mir verabredet, vorher schon, war dann aber nicht zu Hause. Hab ich das nicht schon gesagt?«

Taut winkte ab.

»Von welcher Adresse ist die Mail abgeschickt worden?«, fragte Stachelmann.

»Ein Internetcafé im Grindelhof«, sagte Georgie. »Die klatschen ans Ende jeder Mail, die von einem ihrer PCs verschickt wird, eine Werbezeile.«

»Also, wir nehmen den PC jetzt mit«, sagte Taut und erhob sich schwerfällig.

»Vorher bitte einen Ausdruck der Mail«, sagte Stachelmann.

Georgie klickte auf das Drucker-Icon, bevor jemand etwas sagen konnte. Der Drucker warf ein Blatt Papier aus.

Die beiden Männer in Zivil entfernten die Kabelstecker an der Rückseite des Computers, hoben den Monitor an und zogen den Rechner nach vorn. Der eine nahm ihn unter den Arm, dann gingen sie.

Als die Polizei verschwunden war, setzten sich Georgie und Stachelmann an den Küchentisch. Zwischen ihnen lag der Ausdruck.

»Kennst du das Internetcafé?«

Georgie nickte. »Da ist eine Menge los, der Typ hat sich das nicht umsonst ausgesucht. Wonach und nach wem soll man da fragen?«

»Vielleicht nach jemandem, der nicht aussieht wie ein Student?«

Georgie lachte. »Und wie sieht ein Student aus?«

»Wie haben wir uns den Mörder vorzustellen? Und wenn es der Gleiche ist wie der Schütze vom Dach, wie sieht er aus?«

»Er hat vielleicht was Militärisches«, sagte Georgie nach einer Weile.

»Und wie soll das aussehen, das Militärische?«, fragte Stachelmann.

Keine Antwort.

Stachelmann überlegte, wie einer aussah, der mit einer Kriegswaffe auf Menschen schoss oder sie abschlachtete, wie er Brigitte abgeschlachtet hatte.

»Der Mann ist kräftig«, sagte Stachelmann. »Trainiert.«

Georgie wiegte den Kopf. »Hm.«

»So ein Gewehr ist schwer, und es hat einen gewaltigen Rückstoß«, sagte Stachelmann. Das wusste er aus Gesprächen mit Kommilitonen in Heidelberg, die bei der Bundeswehr gewesen waren. »Und es ist auch kein Kinderspiel, eine junge Frau zu überwältigen.« Er erinnerte sich an den Überfall der Skins. »Die hat sich bestimmt gewehrt, und sie war doch recht sportlich. Also, wir halten fest, der Typ ist kräftig.«

»Oder fett«, sagte Georgie. »Sodass er sie mit seinem Gewicht quasi erdrückt hat.«

»Kann sein«, sagte Stachelmann. Das Bild, das er gerade geformt hatte, löste sich wieder auf. »Und wie alt mag er sein?«

»Zwischen neunzehn und siebzig.«

Georgie hatte recht. Auch wenn es jede Hoffnung zerstörte, sich eine Vorstellung von dem Mörder zu machen.

»Es war ein Mann, und er war kräftig, vielleicht athletisch, vielleicht fett. Wobei ein fetter Mann Mühe haben dürfte, aufs Dach der WiSo-Fakultät zu steigen. Er müsste sich eine Weile ausgeruht haben, um den Pulsschlag und die Atmung auf Normalmaß herunterzubringen. Sonst kann man nicht treffen. Auch wenn man vorbeischießen will.«

»Und er muss Brigitte gekannt haben. Sie hatten etwas miteinander zu tun. Vielleicht, dass sie herausbekommen hat, wer der Schütze ist?«

»Aber sie hat nichts angedeutet. Überleg nochmal.«

Georgie schüttelte den Kopf.

»Wenn sie abgetaucht war, wo war sie dann? Bei wem?«

»Hm. Keine Ahnung.«

Stachelmann konnte an Georgies Gesicht ablesen, wie der sich quälte, um Antworten zu finden. Aber er fand keine.

»Wer kann noch etwas wissen? Die anderen … Kommilitonen, Frankie, Halil?«

»Ach, die gehörten irgendwie dazu, aber ins Vertrauen hat Gitte die nicht gezogen. Eine Zeit lang dachte ich, hoffte ich, sie würde was mit Halil anfangen, das ist ein feiner Kerl, leider Hetero, aber es wurde nichts draus. Hm.«

Stachelmann schaute auf die Uhr. Schon nach Mitternacht. »Kann ich hier pennen?«

Georgie nickte. »Klar. Wir haben ja ein Zimmer frei.« Er lachte gequält. »Tut mir leid. War nicht so witzig.«

Stachelmann winkte ab. Er ging in Brigittes Zimmer, schloss die Tür, hängte Hose und Hemd über die Lehne des Schreibtischstuhls und legte sich auf Brigittes Bett. Er richtete sich noch einmal auf und zog die Decke, die er am Fußende entdeckt hatte, bis zum Kinn, nachdem er wieder lag. An der Wand hing ein schmales Brett, darauf standen Fotos. Ein Bild zeigte die Eltern, ein anderes Brigitte, vielleicht zehn, elf Jahre, inmitten junger Mädchen. Ein Kindergeburtstag oder so etwas. Dann eine Ansichtskarte von Stockholm, natürlich unter blauem Himmel. Er nahm die Karte, die üblichen Ansichtskartensätze – »es geht uns gut, das Wetter ist schön« –, die Unterschriften unleserlich, wohl die Eltern. Wie sie es verarbeiten würden, dass Brigitte nun tot ist? Georgie hatte mit ihnen telefoniert, er erinnerte sich. Und gesagt, die Eltern wüssten nichts. Darauf verlasse ich mich. Wenn ich es nicht täte, müsste ich alles anzweifeln, was Georgie sagt. Dann könnte ich die Suche gleich beenden.

Er schaltete die Leselampe auf der zum Nachttisch umfunktionierten Holzkiste aus. Jetzt konnte er sie riechen.

Sie war tot, aber ihr Geruch hing im Bett, schwach, aber wahrnehmbar. Es war gespenstisch. Dann bildete er sich ein, die Haare zu riechen, auch den Hals. Er schaltete das Licht ein und versuchte die Gedanken zu vertreiben. Du bist verrückt, dass du dich in ihr Bett gelegt hast. Aber seit wann glaubst du an Geister? Sie ist tot, und natürlich riecht ihre Bettwäsche nach ihr. So wie deine nach dir riecht. Kaum hatte er das Licht ausgeschaltet, erschien das Bild, die Leiche in seinem Büro. Wieder das Licht an. Er stand auf und betrachtete das Bücherregal. Sie hatte viel gelesen, historische Fachliteratur, fast alles über Nationalsozialismus und Widerstand. Er entdeckte ein Taschenbuch mit dem seltsamen Titel »Der 21. Juli«, ein Roman, in dem das Attentat auf Hitler gelang. So ein Unsinn, dachte er. Er steckte den Band zurück.

Er ging zum Schreibtisch und öffnete nacheinander die Schubladen. Brigitte war nicht ordentlich gewesen, in den Schubladen lag alles durcheinander, Kugelschreiber, Briefe, Broschüren, Flugblätter, Eintrittskarten, Büroklammern. Er schob die Dinge hin und her, aber er entdeckte nichts, das ihn interessierte. Ein blödes Gefühl ergriff ihn. Um sich abzulenken, schnüffelte er in Brigittes Sachen herum, er fand sich unanständig. Stachelmann schloss die Schubladen, setzte sich auf den Schreibtischstuhl und drehte sich langsam, während seine Augen umherschweiften. Ein Plakat für eine Veranstaltung im Audimax gegen Studiengebühren. Schwarze Vorhänge vor dem Fenster, von draußen schimmerte das Licht einer Straßenlaterne durch den Schlitz.

Stachelmann mühte sich, seine Gedanken zu sammeln. Wenn sie morgen das Internetcafé am Grindelhof aufsuchten, was konnten sie finden? Dort herrschte gewiss ein Kommen und Gehen, und wer achtete schon auf einen Typen, der vielleicht älter war als ein Student, vielleicht aber auch nicht, und der schießen konnte und der eine Frau abschlachtete, wie man ein Tier nicht abschlachten würde. Und der so schlau war, keine Spuren zu hinterlassen. Stachelmann erinnerte sich an Tauts Gesichtsausdruck, als er den PC hinaustragen ließ. So sieht einer aus, der keine Hoffnung hat. Die Wahrheit ist, es gibt nicht den Hauch einer Spur. Und auch er und Georgie tappten im Dunkeln.

Und Kraft? Der hatte ein Alibi. Gut, da hatten also Huren und Zuhälter für ihn ausgesagt. Er hatte Taut gar nicht genau gefragt. Und wenn Kraft einen Zwillingsbruder hatte, der genauso aussah? Das gab es doch. Er wurde unruhig, das war doch eine Möglichkeit, besser als keine allemal. Er schaute auf die Uhr. Es war nach drei Uhr am Morgen, und Taut schlief. Aber fast hätte Stachelmann dessen Privatnummer gewählt, doch dann beruhigte er sich. Dieser Kraft war der Einzige, dem Stachelmann die Tat zutraute. Und wenn dessen Alibi platzte, dann hatte er doch richtig gelegen, und das Feuerwehrtheater wäre nicht umsonst gewesen.

Die Schmerzen waren höllisch. Sie weckten ihn auf und lähmten ihn. Vorsichtig richtete er sich auf im Bett. Dann drehte er seinen Körper, bis die Füße den Boden berührten. Ihm war, als knarrten die Knie. Einen Ölwechsel bitte, dachte er. Er stützte sich mit den Händen auf die Matratze und stand auf. Brigittes Bett taugte nichts, jedenfalls nicht für Rheumatiker. Er stolzierte mit steifen Gliedern umher, zog die Vorhänge auf, grauer Himmel, Regen, die Büsche im Vorgarten wankten im Wind.

Er fand sein Handy auf Brigittes Schreibtisch. Es war fast sieben Uhr am Morgen, Taut würde kaum schon im Präsidium sein. Er wählte die Privatnummer, und es dauerte, bis der Kriminalrat sich unwirsch meldete. »Ja?«

»Stachelmann. Haben Sie die Möglichkeit bedacht, dass Kraft einen Zwillingsbruder hat oder jemanden kennt, der ihm ähnlich sieht?«

Taut überlegte einige Sekunden. »Auf so eine Idee kommen nur Leute wie Sie.«

Stachelmann wollte fragen, was Taut damit meinte, aber dann sagte er: »Ich kenne niemanden, dem ich diesen Mord mehr zutrauen würde als Kraft. Und so kam ich auf die Idee, dass der sein Alibi konstruiert hat, weil er wusste, er könnte danach gefragt werden.«

»Wissen Sie, was das Schlimmste ist, das einem Kriminalisten passieren kann?«

»Noch nicht.«

»Ein Massenmord, der steht an erster Stelle. An zweiter stehen Historiker, die Detektiv spielen.«

Stachelmann war nicht beleidigt, er grinste. »Kennen Sie das Schlimmste, das einem Historiker passieren kann?«

Taut antwortete nicht, Stachelmann hörte seinen Atem. »Das Schlimmste ist der Zeitzeuge, das Zweitschlimmste sind Polizisten ohne Phantasie, denen man hin und wieder auf die Sprünge helfen muss.«

»Gut, gut«, sagte Taut. »Eins zu eins. Wir müssen jedem Hinweis nachgehen, also werde ich auch prüfen, ob Kraft das doppelte Lottchen ist.«

»Ich wäre Ihnen zu Dank verpflichtet«, sagte Stachelmann.

Taut schnaubte und legte auf.

Stachelmann zog sich an, ging ins Bad, spülte mit einem Mundwasser, das er fand, benutzte Brigittes Haarbürste und wusch sich mit den Händen das Gesicht. In der Küche fand er Toastbrot. Er steckte eine Scheibe in den Toaster, holte Margarine und Marmelade aus dem Kühlschrank, setzte einen Kessel Wasser auf, fand einen Tee ohne Beschriftung, verzog das Gesicht, weil er ahnte, wie das Zeug schmecken würde, und setzte sich an den Tisch, die Tür im Blick, das Fenster im Rücken. Immerhin, mit dem Anruf bei Taut hatte er schon etwas getan an diesem Tag.

Er frühstückte gerade, als Georgie erschien. Er trug ein T-Shirt und einen knappen Slip, die Haare waren verstrubbelt, und er sah unendlich müde aus. Er hielt sich den Handrücken vor den Mund. »Du bist ja schon wach.«

Es klang kläglich. Dann sagte er: »Hm.« Und setzte sich an den Tisch. Da blieb er eine Weile und rieb sich die Augen. Er stand wieder auf, öffnete einen Hängeschrank und holte eine Dose heraus, dann nahm er Milch aus dem Kühlschrank. Er schraubte die Milchflasche auf und schnupperte an der Öffnung, dann füllte er Müsli aus der Dose in eine Glasschale und schüttete Milch darüber. Schließlich stellte er einen Becher auf den Tisch und goss sich von Stachelmanns Tee ein. Dann schob er sich eilig einen Müslilöffel nach dem anderen in den Mund, kleckerte auf den Tisch, aber das störte ihn nicht. Um etwas zu sagen, erzählte ihm Stachelmann von seinem Gespräch mit Taut.

»Ein Doppelgänger? So was gibt's nur im Film.«

»Mag sein. Fällt dir was Besseres ein?«

»Hm. Mir fällt gar nichts ein, bevor ich gefrühstückt habe.«

Stachelmann lächelte.

Als Georgie fertig gegessen hatte, trank er Tee – »nicht schlecht, kannst du öfter machen« – und kratzte sich auf dem Kopf.

»Glaubst du, Brigitte hat was gewusst von dem Rollstuhltrick?«

»Hm. Nein, das hätte sie mir gesagt. Die konnte sich schrecklich aufregen, manchmal auch wegen Kleinigkeiten. Da hab ich den Kopf eingezogen und gewartet, bis der Orkan nach Dänemark weitergezogen war.« Er lachte, das Lachen klang am Ende bitter.

»Wenn wir herausbekommen, wo Brigitte in den Tagen zwischen ihrem Verschwinden und ihrer Ermordung war, dann haben wir vielleicht eine Spur.«

»Lass das doch die Bullen machen.«

»Ich zweifle, dass die da weiterkommen. Vor allem zweifle ich, ob man mit den Mitteln der Polizei weiterkommt.«

»Wie meinst du das?«

»Die sind an die Strafprozessordnung und das Polizeirecht gebunden, wir nicht.«

»Du meinst, wir machen nochmal so eine Aktion wie mit dem Kraft? Mit mir nicht. Lächerlich mach ich mich ungern, und wenn, dann nur einmal im Monat.«

»Wenn das das einzige Risiko ist.«

Georgie trank Tee, behielt die Tasse in der Hand und belinste sie, als könnte er etwas lesen. Er setzte die Tasse ab und sagte: »Du hast Nerven.«

»Wir sollten uns das Internetcafé mal anschauen, in dem ich angeblich die Mail an Brigitte geschrieben habe, um sie in mein Büro zu zitieren.«

»Du glaubst, die können sich noch an einen Typen erinnern, der vor einiger Zeit eine Mail geschrieben hat? Vergiss es.«

»Musst ja nicht mitkommen.«

»Ist ja gut. Hm.« Georgie stand auf und verließ die Küche. Stachelmann hörte Wasserrauschen aus dem Bad. Es dauerte eine Weile, bis Georgie wieder auftauchte, aber nun glänzte das Haar, und er duftete nach Rosen oder ähnlich, nach Blumen jedenfalls.

»Glotz nicht so«, sagte Georgie. »Es kann ja nicht jeder so schlampig herumlaufen wie du.«

Stachelmann verkniff sich eine Antwort, aber wohl fühlte er sich nicht in seiner gebrauchten Wäsche.

Sie fuhren mit Georgies Auto zum Grindelhof. Nur einmal, als sie lange an einer Kreuzung standen, überkam Stachelmann Panik. Im Internetcafé guckte Georgie sich missmutig um, als fürchtete er etwas. Es saßen viele Leute an den PCs, von manchen erkannte man nur den Haarschopf hinter Trennwänden.

Da stürzte mit strahlendem Gesicht ein Mann auf Georgie zu, die glatten roten Haare über die Halbglatze geklebt.

»Mensch, dass du mal reinschaust!«, rief der Mann. Er sprach hamburgisch. Der Mann umarmte Georgie und küsste ihn auf den Mund. Georgie verzog das Gesicht und sagte: »Lemmi, das ist Josef.« Er zeigte auf Stachelmann.

Lemmis Gesicht verfinsterte sich. »Hallo«, sagte er und wandte sich gleich wieder ab. Er ließ Georgie los und fragte beleidigt: »Also, was treibt dich her?«

»Schwer zu sagen«, sagte Georgie. »Josef, du kannst das vielleicht erklären. Die Idee ist ja auf deinem Mist gewachsen.«

Lemmi schaute nun wieder Stachelmann an, diesmal neugierig und doch abweisend.

»Wir suchen einen Typ, der in meinem Namen eine Mail verschickt hat, von hier aus. Und zwar am 10. Mai, gegen halb zehn Uhr.«

Lemmi runzelte die Stirn, faltete sie wieder glatt, strich mit der Hand über die Stirn, wie um sicherzugehen, dass keine Falte geblieben war, dann schüttelte er den Kopf und sagte: »Also, ihr habt keine Personenbeschreibung? Wie soll ich mich ohne Beschreibung an jemanden erinnern? Hier schreiben Hunderte von Leuten E-Mails.«

Stachelmann ließ seine Augen durch den Raum schweifen. Dutzende von Computern, fast alle belegt. Die Kühlungsventilatoren der Computer erzeugten einen Brummton, die Geräte wärmten den Raum auf, obwohl Fenster geöffnet waren. Wie soll man sich hier an jemanden erinnern, wenn man nicht mal weiß, wie er aussieht? Dann entdeckten Stachelmanns Augen in zwei Ecken winzige Objektive. »Sie überwachen den Raum mit Kameras?«

»Ja. Also, es soll windige Typen abschrecken. Ich weiß zwar nicht, ob die sich abschrecken lassen, doch der Chef schwört auf die Dinger.«

»Hebt ihr die Aufzeichnungen auf?«, fragte Georgie.

»Klar.«

»Wie lange?«

»Weiß ich nicht. Die werden auf DVD gespeichert.«

»Und die liegen jahrelang bei euch rum«, sagte Georgie. »Dürft ihr das denn?«

Lemmi zuckte die Achseln. Er sah aus wie ein lebendes Fragezeichen. Die Lage war ihm unangenehm.

»Wir würden die Filmchen ganz gerne sehen«, sagte Georgie bemüht freundlich.

»Bist du wahnsinnig?«, zischte Lemmi.

»Nein. Stell dich nicht an. Wir sagen es keinem.«

Lemmi schaute sich um. Ein paar Augenblicke blieben seine Augen an einer Kamera hängen, als überlegte er, wie er auf der Aufnahme aussah. Ob sie etwas verraten würden, wenn er die beiden Typen die Filme sehen ließ?

Georgie packte Lemmi unter dem Arm und zog ihn zur Seite. Am Tresen standen zwei Frauen und ein Mann, die Computer benutzen wollten. Der Mann warf Lemmi einen bösen Blick zu. Aber das sah der nicht, weil Georgie gerade heftig auf ihn einredete. Dann streichelte er ihn auf dem Kopf und wischte sich die Hand an der Hose ab, ohne dass Lemmi es merkte. Endlich nickte Lemmi. Er sagte noch etwas, das Stachelmann so wenig verstand wie das, was vorher gesagt worden war. Georgie winkte Stachelmann zu sich, dann führte Lemmi sie zu einer Tür, hinter der sich eine Art Büro befand. Es war ewig nicht mehr aufgeräumt und geputzt worden. Gegen das Licht des einzigen Fensters sah Stachelmann Staubwolken aufsteigen, als Lemmi nach einer Kiste griff, die in einem Wandregal stand. Lemmi zeigte auf den PC, der unter der Tischplatte aufgestellt war. Georgie schaltete das Gerät ein, holte sich die Kiste und sagte: »Immerhin beschriftet.« Er nahm eine DVD heraus, die den 10. Mai abdeckte.

»Aber du verpfeifst mich nicht!«, sagte Lemmi, bevor er abzog.

»Niemals«, sagte Georgie mit dem Unterton der Empörung. Er erhob sich, ging zwei Schritte auf Lemmi zu und zwickte ihn in die Backe.

»Au«, sagte Lemmi, aber es klang nicht nach Schmerz. Als Lemmi gegangen war, legte Georgie die DVD ins PC-Laufwerk. Der Film begann. Er war von miserabler Qualität, es waren körnige Grau- und Schwarzweißtöne. Beide Kameras wechselten sich ab, entsprechend änderte sich die Perspektive. Leute betraten den Laden, andere gingen. Am Tresen wartete mal dieser, mal jener. Die meisten saßen vor den Computern. Georgie lehnte sich zurück und starrte auf den Monitor. »Und was sollen wir entdecken? Glaubst du, der Killer sieht aus wie ein Killer und trägt ein Messer zwischen den Zähnen?«

Stachelmann zog den Mailausdruck aus der Tasche. »Kannst du eine bestimmte Zeit direkt ansteuern bei diesen Filmen?«

»Nee, aber ich kann bis dahin vorlaufen lassen.«

»Also, dann spul mal zum 10. Mai, 9 Uhr 32.«

Georgie klickte mit der Maus, der Film lief schnell vor.

Stachelmann wurde nervös. »Wenn wir die richtige Uhrzeit haben, dann sehen wir den Mörder auf dem Film.«

Die Aufzeichnung stoppte und lief dann ein Stück zurück. »So, auf die Sekunde genau. In diesem Augenblick wurde die Mail abgeschickt. Vorausgesetzt, die Uhren in den Kameras und dem PC, an dem der Typ saß, laufen synchron. Das ist aber eher die Ausnahme.«

»Scheiße«, sagte Stachelmann. »Ein paar Sekunden Unterschied wären nicht so schlimm. Aber einige Minuten, und schon wird es schwierig.«

Das Bild zitterte. Es waren vielleicht fünfzehn, sechzehn Leute im Raum. Allerdings hatte Stachelmann dort gesehen, dass es tote Winkel gab, die von beiden Kameras nicht eingesehen werden konnten, weil sie nicht gegenüber montiert waren, sondern von der gleichen Wand filmten, eine an jeder Ecke. Wenn schon Überwachungskameras, dann richtig, dachte Stachelmann. »Wir sehen auf jeden Fall, wer hereinkommt und wer geht.« Eine Kamera schaute ein Stück durch die Tür nach draußen, bei der anderen ahnte man, wo die Tür lag. Immerhin konnte niemand ungesehen kommen oder gehen.

»Ja, und? Wenn einer reinkommt, den wir kennen, was hilft das?«

»Wahrscheinlich nichts. Aber hast du eine bessere Idee?«, fragte Stachelmann. »Lass mal ein Stück zurücklaufen, vielleicht eine gute Stunde.«

Georgie schnaufte, ließ den Film aber zurücklaufen.

»Und wenn der Typ Datum und Uhrzeit der Mail gefälscht hat? Ich könnte das bei meinem PC, obwohl ich kein Freak bin. Uhr und Datum umstellen, Absenderangabe löschen oder fälschen.«

»Du bist ja ein richtiger Krimineller«, sagte Georgie grinsend, während er weiter auf den Bildschirm starrte. »Hier geht das nicht, die Leute haben nur eingeschränkte Benutzerrechte, können Datum und Uhrzeit nicht verstellen, schon gar nicht die Absenderzeile ändern. Allerdings, einem Profi würde das auch hier gelingen, wenn ihm das Personal nicht über die Schulter schaut. Hoffen wir also, dass unser Kandidat kein Profi ist. Du wolltest den Scheiß sehen, also guck hin.«

Stachelmann konzentrierte sich auf den Bildschirm. Man brauchte einige Phantasie, um die Leute zu erkennen. Ein paar Mal bat er Georgie, zurücklaufen zu lassen, weil er glaubte, jemanden erkannt zu haben. Aber es war nichts.

»Die Polizei war wohl noch nicht hier«, sagte Stachelmann. Er hatte überlegt, Lemmi zu fragen, dann aber darauf verzichtet, um ihm keine Angst zu machen.

»Nee, das hätte Lemmi bestimmt erwähnt. Ich würde ihn nicht fragen. Der Kerl ist ein Nervenbündel.«

»Und was hast du ihm eingetrichtert, damit er die DVDs herausrückt?«

»Betriebsgeheimnis«, sagte Georgie und grinste dreckig.

Stachelmann musste lachen. Grautongestalten bewegten sich über den Bildschirm wie Außerirdische. Wie soll man da jemanden erkennen? Trotzdem blickte er auf den Bildschirm, auch wenn der Zweifel wuchs, ob das eine gute Idee war, sich diese Filme anzuschauen. Außerdem, vermutlich kannten sie den Mörder nicht, dann war das alles umsonst. Aber wenn die Zeitangaben halbwegs übereinstimmten, musste der Mörder einer von den Benutzern sein, die der Film zu der Zeit zeigte, als die Mail abgeschickt worden war. Und zwar musste er an einem Computer sitzen.

»Kann man die Zeitdifferenzen nicht herausrechnen?«, fragte Stachelmann. »Also schauen, wie weit die Uhren der Webkameras abweichen von der Uhrzeit des Computers, an dem die Mail verschickt wurde?«

»Hm«, sagte Georgie. »Erstens sind das nicht die Uhrzeiten der Webkameras, sondern des Computers, der beide Kameras steuert. Das bedeutet, dass die Uhrzeiten der beiden Kameras immerhin übereinstimmen. Aber um die Zeitdifferenz herauszurechnen, brauchten wir den PC, an dem der Fritze die Mail abgeschickt hat. Ich geh jetzt mal Lemmi fragen, ob die PCs ihre Uhrzeit von einem Zeitserver aus dem Internet bekommen, was bedeuten würde, dass sie fast auf die Sekunde genau ticken. Aber so viel Glück ist uns bestimmt nicht vergönnt.«

Georgie verließ das Kabuff, und Stachelmann starrte weiter auf den Bildschirm. Georgie kehrte zurück und verzog das Gesicht. »Die Schlamper haben sich nicht die Mühe gemacht. Wozu denn?, hat Lemmi gefragt.«

»Wenn wir wüssten, an welchem Computer der Kerl gesessen hat …«

»Also, da beißt sich die Katze in den Schwanz«, sagte Georgie. »Wir kriegen vielleicht raus, wo er saß, wenn wir uns auf die Zeitgleichheit verließen. Aber auf die können wir uns nicht verlassen.«

»Nein, wir checken die Zeiten an den Computern, an denen in einem Zeitraum von fünf Minuten vor und fünf Minuten nach der Kamerazeit Leute saßen. Dann kennen wir die Unterschiede und können Computer für Computer errechnen, welcher es gewesen sein könnte.«

»Das ist mir zu hoch«, sagte Georgie.
»Mir auch«, sagte Stachelmann.
Georgie lachte.
»Wir gucken, und wenn wir jemanden entdecken, für den wir uns interessieren, können wir ja mal schauen, wie wir das mit den Zeiten hinkriegen«, sagte Stachelmann.
Eine Weile betrachteten sie schweigend die Figuren, die vor den PCs saßen oder in den Raum kamen, sich in ihm bewegten, am Tresen anstanden, wo Lemmi sie bediente, oder den Raum verließen. Stachelmann wurde unruhig. Gleich musste der Typ zu sehen sein, der die Mail geschrieben hatte, die Brigitte in die Falle lockte. Er schaute zum Tresen, da standen fünf Leute. Verdammt, warum so viele? Er stierte sie an, einen nach dem anderen. Da, dieser eine, der kam ihm bekannt vor. Nein, das konnte nicht sein. Ausgeschlossen. Unmöglich. Aber er war es. Jetzt, da er sich bewegte, den Tresen verließ und sich hinter einen PC setzte, drei Minuten etwa vor der Zeit, als die Mail abgeschickt wurde, jedenfalls nach der Zeit des PCs, der die Kameras gesteuert hatte. Das war knapp, zu knapp. Allerdings, die Mail an Brigitte war nicht lang gewesen. Und wenn der Mörder sie im Kopf vorformuliert hatte, damit er das Internetcafé schnell wieder verlassen konnte, dann mochte es aufgehen. Und vielleicht ging die Uhr des PC, an dem die Mail geschrieben wurde, nach, dann hätte der Täter noch mehr Zeit gehabt.
»Georgie, den kennst du doch auch!«
Georgie war wie weggetreten, dann riss er die Augen auf. »Das gibt's doch nicht!«

13

»Das ist doch der …!«, rief Georgie.

»Bohming«, sagte Stachelmann. »Herr Professor Bohming höchstselbst betritt ein Internetcafé, um sich an einen Computer zu setzen.«

Sie sahen, wie Bohming ihnen den Rücken zuwandte und Platz nahm am zweiten PC an der Wand, von der Tür aus gesehen. Er rutschte hin und her auf dem Stuhl und blickte sich nach allen Seiten um. Stachelmann schien es einen Augenblick so, als würde Bohming ihn anstarren. Dann wandte der sich ab, widmete sich dem PC und klickte unbeholfen mit der Maus herum. »Dass der überhaupt weiß, was ein Computer ist, verblüfft mich fast. Der hat in seinem Büro keinen PC, und ich kann mich nicht erinnern, dass er das Wort ›Computer‹ schon mal in den Mund genommen hat. Ich habe auch noch nie eine Mail von ihm bekommen.«

Georgie sagte nur: »Hm.«

Jetzt begann Bohming zu tippen. Er war flott. Konnte sein, dass er eine Mail schrieb. Stachelmann beobachtete, wie ein junger Mann an Bohming vorbeiging, kurz auf dessen Bildschirm schaute, sich dann aber an einen anderen PC setzte.

»Ob der was gelesen hat?«, fragte Georgie.

»Kaum, war zu kurz. Obwohl …« Er sah wie Bohming wieder zur Maus griff und klickte. Auf dem Bildschirm verschwand ein weiß gefülltes Rechteck. Bohming stand auf und ging zu dem jungen Mann. Offenkundig sagte er etwas. Aber wenn, dann wenig.

»Kennst du den Kerl?«, fragte Georgie.

»Nein. Vielleicht ein Student. Von denen kenne ich nicht alle. Gott sei Dank.« Stachelmann grinste.

Bohming setzte sich wieder vor seinen PC.

Sie ließen den Film weiterlaufen. Sonst sahen Sie niemanden, den sie kannten, aber sie waren auch nicht mehr richtig bei der Sache. Bohming hatte zur fraglichen Zeit dort gesessen, wo die verhängnisvolle Mail an Brigitte verschickt worden war. Stachelmann überlegte, ob Bohming in Frage kam als Täter.

»Lass uns was trinken gehen«, sagte Georgie.

»Kann man die DVD kopieren?«

Georgie lachte. »Im Prinzip ja, aber Lemmi wird das nicht mögen.« Er schaute sich um und fand in einer Ecke eine Spindel mit DVD-Rohlingen. Er packte einen Rohling in die Hülle der Film-DVD, legte sie in die Kiste und ließ den PC die Film-DVD auswerfen. Die reichte er Stachelmann, der sie in seine Jackettinnentasche steckte. Sie grinsten sich an, dann verließen sie den Raum.

Als sie mit einem »Tschüs!« an Lemmi zur Tür hinausgingen, hätte Stachelmann fast Kurz angerempelt. Der staunte und grüßte knapp. »Einsatz«, sagte er dann und ließ Stachelmann stehen. Zwei uniformierte Polizisten folgten ihm ins Internetcafé.

Stachelmann und Georgie gingen ins Abaton-Restaurant. Georgie lümmelte sich auf die Bank, Stachelmann setzte sich auf den Stuhl an der anderen Seite des Tisches. Es saßen ein paar Studenten verstreut im Gastraum, aber niemand konnte ihr Gespräch belauschen. Georgie hatte rote Backen. »Was die Bullen wohl suchen?« Er lachte hämisch. »Die werden blöd aus der Wäsche glotzen, wenn sie den Rohling angucken wollen.«

»Und sie werden bald darauf kommen, wer die richtige DVD hat.«

»Meinetwegen, bis dahin hab ich die kopiert.« Georgie betrachtete die Scheibe von allen Seiten. Dann sagte er: »Mensch, das ist ein Hammer. Bohming also.«

»Vielleicht, vielleicht auch nicht. Welchen Grund könnte er haben, Brigitte umzubringen?«

»Sie war abgetaucht, und er hat erfahren, dass sie auspacken wollte. Sie wusste etwas über ihn, etwas Schlimmes. Und er musste verhindern, dass sie dich informierte.«

»Ich stelle mir gerade vor, wie Bohming auf dem Dach der WiSo-Fakultät liegt, mit einem Gewehr im Anschlag. Dieser Schlaffsack, das ist doch absurd. Außerdem wird man nicht zum Scharfschützen geboren. Das lernt man, und man muss üben.«

»Das ist gar nicht absurd«, sagte Georgie. »Wenn wir wüssten, ob der beim Militär war, kämen wir der Sache schon näher.«

»Aber er hat alles getan für mich und für meine Habilitation.« Stachelmann erinnerte sich, wie Bohming seinen Vertrag verlängert hatte, obwohl in der Fakultät Missmut laut geworden war, weil Stachelmann nicht zu Potte kam mit seiner Habilschrift. Bohming hatte ihn betreut und mit dafür gesorgt, dass er die Prüfung mit der Bestnote bestand. Er hatte besonders die schriftliche Arbeit gelobt, so sehr, dass es Stachelmann peinlich war. Und dieser Bohming sollte nun gemordet haben, damit seine Arbeit nicht erschien? »Das ist alles Quatsch. Wir sind auf dem Holzweg. Der Bohming hat vielleicht eine Affäre oder treibt irgendeinen Schmuddelkram. Aber das geht uns nichts an.«

Der Kellner kam, sie bestellten zwei Tassen Kaffee.

»Es kann doch kein Zufall sein, dass Bohming genau in dem Augenblick in diesem Internetcafé erscheint, in dem die Mail geschrieben und verschickt worden ist. Hast du sonst noch jemanden gesehen, der in Betracht käme?« Georgie war sauer. Offenbar wollte er, dass Bohming der Mörder war.

»Was hast du gegen Bohming?«, fragte Stachelmann.

»Ein aufgeblasener Schwätzer. Du solltest dich mal mit seiner Publikationsliste beschäftigen. Der macht sich ein paar geruhsame Jahre auf Steuerzahlers Kosten.«

»Ich weiß, jeder am Seminar weiß das, doch macht ihn

das zum Mörder? Außerdem, wenn wir ihn fragen, was wird er wohl antworten?«

»Hm, und wenn wir zur Polizei gehen?«

»Na, die wird sich gleich an unsere Kraft-Aktion erinnern …«

Der Kellner brachte den Kaffee. Georgie nahm Zucker und rührte.

»Wir müssen uns diesen Film noch einmal genau anschauen. Wenn es Bohming nicht war, dann ein anderer. Außerdem brauchen wir die Uhrzeit des PCs, an dem Bohming saß.«

Georgie starrte ihn an, dann schüttelte er den Kopf. »Du spinnst.« Er nahm sein Handy und wählte eine Nummer aus dem Adressbuch. »Lemmi, auf welche Uhrzeit ist der zweite PC an der Wand, von der Tür aus gesehen, eingestellt? … Ja, ich verstehe, dass du sauer bist, die Bullen hat keiner gern an der Backe … Nein, wir können nichts dafür, wirklich nicht … Komm, tu mir den Gefallen, schau nach, es ist wichtig.« Er wartete, hörte zu und nickte. »Du bist ganz sicher? … Nein, ich bin nicht bekloppt … Ja, ich warte.« Er hob die Augenbrauen und wartete. Stachelmann trank von seinem Kaffee. »So, der ist wirklich nicht mit einem Time Server im Internet verbunden. Ja? Du bist sicher? … Danke, du hast was gut bei mir.«

»Und was heißt das nun?«, fragte Stachelmann.

»Das heißt, das Ding geht zweieinhalb Minuten nach. Die Uhrzeit des Kamera-PCs hängt zwar auch nicht an einem Server, stimmt aber fast genau überein mit der Uhrzeit des Bohming-Computers, der Kamera-PC geht nur eine gute halbe Minute vor. Das bedeutet, dass wir gar nicht groß rechnen müssen. Womit klar wäre, dass einer der Leute, die zum fraglichen Zeitpunkt im Internetcafé waren, die Mail an Brigitte versandt hat, minus zwei Minuten, Pi mal Daumen. Wir haben den Mörder auf dem Film, im besagten Zeitraum, sagen wir zwischen 9 Uhr 29 bis 9 Uhr 35. Vielleicht geben wir jeweils noch eine Minute dazu, weil das die heutige Zeitdifferenz ist und nicht die vom 10. Mai. Es kann sich ja ein bisschen was geändert haben seitdem. Das bedeutet, wir haben den Mörder auf dem Film, wissen aber nicht, wer es ist. Bohming soll es ja nicht sein.«

Stachelmann bezahlte für beide. Sie gingen zum Philosophenturm und stiegen in den Aufzug. Als er hielt und die Türen sich öffneten, erschraken sie. Sie standen direkt vor Bohming. Auch der stutzte.

»Ich dachte, du bist zu Hause«, sagte Bohming endlich.

»Ich halte es da nicht aus«, sagte Stachelmann. Er stellte das Bein zwischen die Türen, um den Lichtkontakt zu unterbrechen und die Türen zu blockieren.

Bohming musterte erst Georgie und ließ dann seinen Blick ein paar Mal zwischen beiden hin- und herwandern.

»Aber wie soll die Polizei auf dich aufpassen, wenn du nicht zu Hause bleibst?«

»Das bringt sowieso nichts«, sagte Stachelmann. »Gegen einen Feigling, der mich aus der Ferne abknallt.« Er beobachtete Bohming genau, während er es langsam und überdeutlich sagte.

Bohming verzog keine Miene. Aber huschte da nicht Blässe über sein Gesicht? Oder bildete Stachelmann sich das ein?

»Na, dann will ich dich nicht weiter aufhalten. Du musst selbst wissen, was gut ist für dich. Aber du fährst doch heute Abend nach Hause?«

Warum wollte er es wissen? Wollte er Stachelmann unterwegs erledigen? Sah er seine Chance, weil Stachelmann nicht zu Hause hockte? »Ja, ich fahre heute Abend nach Hause«, sagte er. Das hatte er in diesem Augenblick entschieden. Mal sehen, was dann passiert. Ob du mir auflauerst. Ob du es bist, der diesen Irrsinn in Gang gesetzt hat. Vielleicht klärt sich alles heute Abend. Er spürte, wie die Anspannung wuchs.

»Pass auf dich auf!«, sagte Bohming. In seiner Stimme schwang Besorgnis mit.

»Natürlich.«

Stachelmann und Georgie verließen den Aufzug, Bohming stieg ein. Ob er nach Hause fährt und das Gewehr holt? Aber er muss mich ja nicht mit dem Gewehr umbringen, da gibt es andere Möglichkeiten. Nur muss er bei den meisten dicht an mich heran. Und das traut er sich nicht. Wenn er es denn ist.

Stachelmann hob die Hand zum Abschied, die Türen schoben sich zu.

»Puuh«, sagte Georgie. »Plötzlich taucht er auf, der Teufel.«

»Mal nicht so schnell, ich glaube nicht daran. Der erschießt niemanden.«

»Dann lässt er erschießen, ein Killer«, sagte Georgie, als sie in Stachelmanns Zimmer standen und die Tür hinter sich geschlossen hatten.

Stachelmann wurde übel. Er sah Brigittes Leiche vor sich, obwohl der Schreibtischstuhl fehlte. Stattdessen stand der Besucherstuhl hinter dem Schreibtisch. Stachelmann wollte nicht in diesem Zimmer sein. Das hätte er vorher wissen können, aber Bohming und Georgie hatten ihn abgelenkt. Du musst das jetzt durchstehen.

Stachelmann hob den Telefonhörer ab und wählte eine Nummer. Er wartete, ließ sich verbinden. »Tag, Herr Taut.«

»Tag, Sie schon wieder?«

»Haben Sie Professor Bohming nach seinem Alibi gefragt?«

»Sie halten uns für die schlechtesten Bullen aller Zeiten, stimmt's?«

»Niemals«, sagte Stachelmann und grinste. Dann dachte er an Brigitte, und das Grinsen verschwand aus seinem Gesicht.

»Natürlich hat er eins«, sagte Taut. »Aber mehr darf ich Ihnen nicht verraten.«

»Danke für die Auskunft. Er hat wirklich für alle in Frage kommenden Taten ein Alibi?«

»Ein wasserdichtes … ach ja, wir haben Ihr Büro freigegeben. Allerdings brauchen wir Ihren Stuhl noch. Ich glaube, die Univerwaltung hat das Zimmer reinigen lassen. Sie sollten dort nichts mehr vorfinden.«

Stachelmann dankte und verabschiedete sich. Nichts mehr vorfinden, hatte Taut gesagt. So ein Unsinn. Er würde immer diese Bilder sehen, wenn er in seinem Zimmer war. Ich muss hier weg.

Georgie hatte sich zwischenzeitlich mit Stachelmanns PC beschäftigt. »Ein bisschen Systemwartung täte ihm nicht schlecht.« Er hatte die DVD eingelegt, und sie betrachteten noch einmal den Film. Diesmal achtete Stachelmann mehr auf das Umfeld. »Es sitzen zum fraglichen Zeitpunkt außer Bohming neun Leute an PCs, zwei warten am Tresen. Es ist ein stetes Kommen und Gehen. Jetzt steht wieder einer am Tresen, elf sitzen an PCs. Kennst du einen von denen?«

Georgie schüttelte bedächtig den Kopf.

Stachelmann zeigte auf den Bildschirm. »Und wer ist sein Spezi? Schon mal gesehen?«

»Auch wenn du mich hundertmal fragst, ich kenn den Kerl nicht. Bohming hat zufällig einen getroffen, den er irgendwoher kennt, na und?«

»Aber der Typ kann die Mail auch geschrieben haben.«

»Also ein Auftragskiller«, sagte Georgie.

»Würde ein Killer sein Opfer so verstümmeln und vier Mal an mir vorbeischießen?«

»Wenn er vorbeischießen soll, warum nicht?«

»Und was für einen Sinn soll das haben?« Stachelmann schüttelte den Kopf. »Lass uns mal ein Bild von diesem Spezi ausdrucken.«

Georgie zuckte die Achseln. »Kein Problem, nur erkennen wird den niemand auf dem Bild. Schon gar nicht, wenn wir das mit deinem Laserprinter ausdrucken. Der hat doch schon auf dem Film ein völlig verschwommenes Gesicht.«

»Aber wenn Bohming es nicht gewesen sein kann wegen seines Alibis, dann vielleicht der Spezi. Der sitzt jedenfalls zum passenden Zeitpunkt an einem PC mit dem passenden Absender. Und man könnte Bohming fragen, wer es ist.«

»Wir sollten das besser nicht tun, immerhin haben wir den Film geklaut. Das überlassen wir den Bullen«, sagte Georgie. »Wir müssen denen nur den Film zuspielen, und du musst deinem Kriminalrat diese Idee stecken, weil es sonst zu lang dauern würde, bis die darauf kämen. In Sachen Internet leben die Bullen immer noch im Mittelalter.«

»Übertreib nicht.« Aber Georgie hatte recht. Sie konnten Bohming schlecht fragen mit dem Hinweis auf den gestohlenen Film. Er würde eine passende Antwort oder Ausrede parat haben. Und dann? Also mussten sie die Polizei ins Spiel bringen.

»Der Spezi ist so verdächtig wie die anderen Typen, die da herumhängen. Einer von denen im Internetcafé ist es. Entweder einer von denen, die wir sehen, oder einer, der im toten Winkel sitzt. Was würdest du tun, wenn du ein schlauer Killer bist und das Internetcafé vielleicht kennst? Du würdest wie wir die Kameras entdecken und dann ins nächste Internetcafé gehen, es sei denn, du hast einen Trick gefunden, wie du dich der Beobachtung durch die Kameras entziehst.«

Je länger sie darüber redeten, desto stärker zerbröselte ihr Optimismus. Aus Gewissheit wurde Zweifel. Stachelmanns Laune verfinsterte sich. Aber immerhin, wenn ich das dem Taut sage, der könnte wenigstens Bohming fragen, wer sein Spezi ist. »Kannst du die Stelle aus dem Film herausschneiden, damit wir sie den Bullen schicken können?«

»Dann kriegen wir Ärger«, sagte Georgie.

»Das nehme ich auf meine Kappe.«

»Lemmi wird denen schon gesagt haben, dass ich mit dir im Internetcafé gewesen bin.«

»Ich allein habe die DVD geklaut. Du hast das gar nicht bemerkt.«

»Und das glauben die?«

»Wird ihnen nichts anderes übrigbleiben.«

»Hm. Na gut. Stürze ich mich also sehenden Auges ins Unglück. Um das zu schneiden, muss ich erst ein Programm downloaden, das dauert seine Zeit. Du kannst ja inzwischen einen Kaffee trinken gehen.«

»Damit dich jemand allein in meinem Zimmer an meinem PC erwischt. Was glaubst du, was die für einen Aufstand machen.«

Es klopfte an der Tür, sie erschraken wie Diebe, die auf frischer Tat ertappt werden. Anne trat ein. »Guten Tag, die Herren. Na, wir sehen wohl die schärfsten Pornos?«

»So was Ähnliches«, sagte Stachelmann. »Nur aufregender.«

Anne küsste ihn auf die Wange, dann stellte sie sich vor den Bildschirm. »Das ist … doch Bohming«, sagte sie. »Wo ist das?«

Stachelmann erklärte es ihr.

Sie pfiff durch die Zähne.

»Kennt die Polizei das?«

»Kaum«, sagte Stachelmann, und Georgie grinste. »Aber die werden es sich demnächst abholen.«

»Passt auf, dass ihr keinen Ärger kriegt. Unterschlagen von Beweismitteln, oder wie das heißt.«

»Einer von denen hat Brigitte die Mail geschickt, die sie in die Falle lockte. Einer von denen ist der Mörder. Zum Beispiel Bohmings Begleiter.« Er tippte auf die Gestalt. »Kennst du den?«

»Nein, ist aber schwer zu erkennen«, sagte Anne. »Aber was soll das? Glaubst du, Bohming verkehrt mit perversen Killern? Das ist doch Quatsch.«

»Wahrscheinlich«, sagte Stachelmann. Ob Bohming

ahnte, dass er den Mörder suchte? Er musste es ahnen, so gut kannte er Stachelmann.

»Der Typ da ist der Killer, den er beauftragt hat«, sagte Georgie. Er klang nicht überzeugt von seiner Idee.

»B-Movie oder noch mieser. Du spinnst«, sagte Anne. Sie duzte ihn gleich.

»'ne bessere Idee?«, fragte Georgie.

»Jede andere Idee ist besser!«

Georgie schnaubte.

»Du schneidest diesen Ausschnitt mit Bohming und Spezi aus dem Film und schickst ihn per Mail dem Oberkommissar Kurz.« Stachelmann legte dessen Visitenkarte auf den Tisch. »Dann kopieren wir die DVD, am besten gleich zweimal, und geben das Original Lemmi zurück. Und dann fragen wir ihn, ob er die Typen auf dem Film kennt. Okay?«

Georgie machte sich an die Arbeit. Es dauerte eine Weile, bis das Schnittprogramm heruntergeladen und installiert war. Als er endlich den Ausschnitt an Kurz geschickt hatte, sagte Georgie: »Ich geh mal pinkeln, du kopierst.«

Stachelmann legte das Original ins das DVD-Laufwerk und einen Rohling in den Brenner. Dann startete er das Brennprogramm, dem er nun befahl, die Original-DVD zweimal zu kopieren.

Als Georgie zurückkam, war der Kopiervorgang fast beendet.

Anne legte ihre Hand auf Stachelmanns Schulter. »Willst du dich wirklich weiter verrückt machen damit?«

»Verrückt würde ich, wenn ich mich nicht damit beschäftigte.«

Das Kopieren war beendet. Stachelmann nahm die DVDs aus den Laufwerken und reichte Georgie das Original. Er verabschiedete sich von Anne und drückte ihr eine der beiden DVD-Kopien in die Hand. »Bewahre die bitte auf!« Sie guckte ihn missmutig an und verließ wie gehetzt das Zimmer.

Als Stachelmann und Georgie ins Internetcafé zurückkehrten, war die Polizei schon abgezogen. »Sie haben die Film-DVDs mitgenommen«, sagte Lemmi.

»Außer der«, sagte Georgie und gab ihm die DVD.

»Die habt ihr bei mir geklemmt!«, rief Lemmi. »Du bist ein Scheißkerl.«

»Ich habe sie mir kurz ausgeliehen«, sagte Georgie. »Mach keinen Aufstand wegen nichts.«

»Also, dich lass ich nicht mehr da hinten rein«, sagte Lemmi beleidigt.

»Wenn ich dich gefragt hätte, ob ich die DVD mitnehmen darf, was hättest du gesagt? Du hättest nein gesagt.«

»Wenn mein Chef das erfährt, flieg ich raus. Die Sache mit den Bullen ist beschissen genug.«

»Pass auf. Du legst die DVD zurück in die Box und behauptest einfach, die Bullen hätten sie übersehen. Die sollen dir mal das Gegenteil nachweisen. Außerdem hattest du doch bestimmt keine Gelegenheit, so 'ne Scheibe verschwinden zu lassen, als die Bullen auftauchten. Hm?«

Lemmi überlegte, die Stirn glättete sich. »Gut, aber du bist trotzdem ein Scheißkerl.«

»Okay, okay, ich bin ein Scheißkerl. Hast was gut bei mir.«

Lemmi lächelte verkrampft. »So isses.«

»Jetzt lass uns mal den Film auf der Scheibe angucken. Vielleicht kennst du einen von denen, die drauf sind.«

Lemmi zeigte auf die Bürotür. »Also, geht schon mal rein und lasst den Film laufen. Ich komme gleich.« Am Tresen standen zwei junge Männer, die schon missmutig auf Lemmi schauten.

Georgie legte die DVD ein. Dann kam Lemmi, und Stachelmann fragte sich, ob er sich inzwischen etwas Krummes ausgedacht hatte. Als Revanche fürs Klauen, oder weil ihm die Schnüffelei auf die Nerven ging. Georgie hatte den Film an der richtigen Uhrzeit gestoppt. Zwar flimmerte nun das Bild und verschlechterte die ohnehin schon mäßige Erkennbarkeit, aber es waren die Personen zu sehen, um die es ging. Lauter Unbekannte und Bohming.

»Streng dich an, du kennst die alle«, sagte Georgie zu Lemmi.

Der fühlte sich nicht wohl in seiner Haut. »Wenn ich jetzt einen Namen sage, verdächtigt ihr den als Mörder und rennt zu den Bullen.«

»Quatsch«, sagte Georgie. »Wir schauen uns den mal näher an. Reden ein bisschen …«

»Wer's glaubt«, sagte Lemmi. »Also pass auf, die Bullen haben mir gesagt, es gehe um diesen schlimmen Mord an der Uni. Also helf ich euch. Auch wenn ihr schräge Typen seid. Warum überlasst ihr das nicht den Bullen?«

»Hm. Die haben, sagen wir mal, Vorurteile, das kennst du doch.«

»Also daher weht der Wind. Na gut.« Er betrachtete das Standbild auf dem Monitor. »Der da« – er zeigte auf Bohming – »ist ein Prof, hat mal jemand gesagt, der ihn hier gesehen hat. Wie er heißt, weiß ich nicht. Kommt selten, aber immer mal wieder. Will wohl Sachen machen, die er zu Hause nicht machen darf. Diesmal hatte er einen jungen Typ dabei. Ich hab mir meinen Teil gedacht.« Er grinste. »Aber wer das ist, keine Ahnung. Vielleicht haben die sich auch nur zufällig getroffen.«

»Okay, du kennst den jungen Typ also nicht?«, sagte Georgie.

Lemmi schüttelte den Kopf. »Sag ich doch. Nein, den hab ich noch nie gesehen. Ich schwör's.«

»Scheiße«, sagte Georgie. »Und die anderen?« Georgie zeigte auf einen Mann, von dem nur die obere Gesichtshälfte zu sehen war hinter einem Monitor. Er hatte krause Haare und war zwischen zwanzig und dreißig Jahre alt, wie Stachelmann vermutete.

»Das ist Frido«, sagte Lemmi. »Also, der ist harmlos.«

»Glaubst du etwa, Mörder tragen ein M auf der Stirn?«, fragte Georgie.

»Na klar, was denn sonst?«, erwiderte Lemmi.

»Was weißt du noch über Frido?«

»In Wahrheit heißt er Fridolin, bescheuerter Name, und er studiert irgendwas mit Physik, Chemie oder so. Er sitzt hier öfter rum und chattet wie ein Besessener.«

»Kann man das Standbild ausdrucken?«, fragte Stachelmann.

»Klar«, sagte Lemmi. Er klickte mit der Maus hierhin und dorthin, dann sagte er: »Also, der Drucker hinterm Tresen.«

Georgie ging zum Tresen und kam mit einem Ausdruck zurück. Er gab ihn Stachelmann. Der umkringelte Fridos Kopf und notierte auf der Rückseite des Blatts *Frido*, außerdem *Studiert Naturwissenschaften (Physik, Chemie?) und chattet viel.*

Lemmi tippte auf einen, der der Kamera den Rücken zugewandt hatte. Er hatte kurze Haare, auf dem Hinterkopf eine beginnende Glatze, die aussah wie eine schlampig rasierte Tonsur. »Also der da, das ist der Robert. Der kommt ein- oder zweimal in der Woche hierher und surft herum. Langweilt sich vielleicht zu Hause. Der sagt kaum ein Wort.«

»Wie alt?«, fragte Stachelmann.

»Keine Ahnung«, sagte Lemmi. »Also, vierzig plus X. Ein bisschen jünger als du.«

»Beruf?«

»Weiß nicht. Ich tippe mal auf arbeitslos.«

»Sonst was Auffälliges?«

»Was soll das sein?« Lemmi schaute Stachelmann ratlos an.

Aber der wusste auch nicht, wonach er fragen sollte. »Sag mal, Lemmi, bevor wir dieses Frage-und-Antwort-Spiel fortsetzen, wem von den Leuten auf diesem Bild traust du etwas … Irrwitziges zu? Also so was wie ausrasten, Amok laufen?«

Lemmi schaute einen nach dem anderen an. Dann sagte

er: »Niemandem von denen, die ich kenne, das sind alles ganz harmlose Kerle. Arme Schweine die meisten, außer dem Prof auf jeden Fall.«

»Komm, wir lassen das«, sagte Stachelmann. Georgie schaute ihn erstaunt an. »Glaubst du, uns nützen solche Beschreibungen etwas? Nichts für ungut, Lemmi, aber so kommen wir nicht weiter.«

»Also, das müsst ihr wissen«, sagte Lemmi.

Stachelmann verabschiedete sich knapp und verließ das Internetcafé. Georgie trabte verdrossen hinterher. Sie gingen in den Von-Melle-Park. Stachelmann setzte sich auf eine Steinmauer, Georgie daneben. Die Steine waren kalt. »Hast ja recht«, sagte Georgie. »Aber was machen wir nun?«

»Ich frage mich, wer mit Bohming im Internetcafé war. Aber wahrscheinlich ist das egal. Warum sollte der Sagenhafte mit einem Killer surfen gehen? Wir dürfen uns nicht wieder auf eine Spur festlegen, die uns ins Nirwana führt. Beschäftigen wir uns mal mit den ernsten Dingen.«

Stachelmann wählte eine Nummer auf dem Handy. Er hatte Glück, Taut war im Präsidium.

»Hat der Kraft nun einen Zwillingsbruder?«

»Nein, aber einen Bruder, knapp zwei Jahre jünger.«

»Sehen die sich ähnlich?«

»Nicht besonders. Für ein falsches Alibi reicht das nicht.«

»Sie sind sicher, die Hure hat sich ihren Freier genau angeschaut?«

»Sie war sehr überzeugend. Es hat keinen Sinn, dieser Spur zu folgen. Wir haben übrigens alle Leute befragt, die Ihre Arbeit hatten lesen können, auch diesen Professor in Berlin … wie hieß der nochmal?«

»Weidenmeyer.«

»Genau, das haben die Berliner Kollegen getan. Der Herr scheint Sie nicht zu mögen. Aber er hat mit der Sache nichts zu tun. Ein besseres Alibi kann man nicht haben. Er war zur fraglichen Zeit in den USA und nennt eine beliebige Menge von erstklassigen Zeugen.«

Stachelmann dankte und legte auf. Die Polizei war auch noch nicht weit gekommen. Und er saß dort, wo er vor kurzem noch fast erschossen worden wäre. Er drehte sich um und blickte zum Dach der WiSo-Fakultät. Er hätte sich nicht gewundert, wenn er dort oben einen Gewehrlauf gesehen hätte. Seltsam, er hatte keine Angst. Aber ein komisches Gefühl in der Magengegend.

»Kraft können wir streichen, Bohming sowieso. Beide haben Alibis, und Bohming hätte ich so etwas ohnehin nicht zugetraut. Das wäre verrückter als verrückt. Kraft hätte man ein Motiv unterstellen können, Eifersucht, und auch sonst könnte alles passen. In Wahrheit aber wissen wir jämmerlich wenig. Eigentlich nichts. Das ist eine Schande, wenn man bedenkt, was wir alles angestellt haben. Und der Kerl, der mit Bohming im Internetcafé war, den muss die Polizei finden.«

»Du willst doch nicht etwa aufgeben?«, fragte Georgie.

»Heute hätte ich schon Lust dazu. Besser als Gespenster jagen.« Wieder schaute er hinüber zum Dach der WiSo-Fakultät. Er überlegte, ob er Georgie sagen sollte, dass er am Abend Bohming testen wollte. Auch wenn er nicht mehr sicher war, dass der Sagenhafte etwas zu tun hatte mit der Sache. Oder schickte der ihm doch den Killer auf den Hals? Den Kerl, mit dem er im Internetcafé gewesen war? Obwohl, testen, das war übertrieben. Den Beweis, dass Bohming verstrickt war, erhielt Stachelmann nur, wenn auf ihn geschossen oder sonst ein Anschlag verübt würde. Und wenn er es überlebte. Aber geht man mit einem Killer in ein Internetcafé, zumal in eines, in dem Kameras an der Wand hängen?

»Bohming hat vielleicht einen Auftragskiller auf dich angesetzt«, sagte Georgie.

»Du wiederholst dich. Dadurch wird es nicht wahrer.«

»Hast du eine andere Erklärung? Warum rennst du einfach aus dem Internetcafé raus, wo doch einer von den Typen derjenige sein muss, der Gitte diese Mail geschickt hat? Warum diese Hektik, um dann hier herumzusitzen und zu jammern?« Jetzt klang Georgie energisch und verärgert.

»Ja, ja, stimmt.« Stachelmann begriff, dass ihn der Mut verließ. »Man erkennt doch kaum etwas auf dem Film. Außerdem wurden wahrscheinlich nicht alle gefilmt wegen des toten Winkels. Und selbst wenn wir was erkennen, wie finden wir heraus, um wen es sich handelt? Außerdem, darum kümmert sich jetzt die Polizei. Die haben ganz andere technische Mittel als wir. Nicht zuletzt, vielleicht benutzt der Killer nur den Absender des Internetcafés, um die Polizei zu täuschen, und wenn er nicht an einem PC im Internetcafé gewesen ist, dann kann er auch die Zeit fälschen. Bohming hatte das Pech, genau im falschen Augenblick am falschen Ort zu sein. Je länger ich darüber nachdenke, umso schlauer fände ich es, die Mailadresse eines Internetcafés als Tarnung zu benutzen.«

»Hm.« Dann schwieg Georgie.

»Bei dieser Geschichte ist es so: Du greifst nach etwas, hast es in der Hand, bist überzeugt, es sei das Richtige, und dann zerbröselt es.«

Trotzdem, ich fahre heute Abend nach Hause und mache mich selbst zum Köder. Gewiss, das ist eine alberne Spielerei, nichts anderes als ein Indiz für die erbärmliche Tatsache, dass ich gescheitert bin. Die Detektivspielerei war Unsinn. Er war eben doch nicht schlauer als die Hamburger Mordkommission. Er hatte Glück gehabt in der Vergangenheit, und wenn er es sich genau überlegte, mehr Glück als Verstand. Er hatte dilettiert, war das Huhn, das auch mal ein Korn fand und sich dann aufblähte, bis es fast platzte. Du bist schon so begeistert von dir selbst, dass du gar nicht mehr merkst, wie du dir eine Häufung von Zufällen selbst als Meisterrecherche verkaufst. Einen höheren Grad an Selbsttäuschung kann man kaum erreichen. Immerhin etwas, worin dich niemand übertreffen wird, ausgenommen nur die Großmäuler an den Kneipenstammtischen. Die sind klüger als der Rest der Menschheit, aber gleich danach kommst du.

Wieder schaute er hinüber zum Dach der WiSo-Fakultät. »Lass uns in die Cafeteria gehen.«

Georgie zuckte die Achseln, was nur heißen konnte, er habe ohnehin keine Wahl, wenn Stachelmann auf stur schaltete. Stachelmann holte sich einen Kaffee und spendierte Georgie eine Cola. Sie setzten sich ungefähr an die Stelle, wo die Frau vor Schreck und Angst zusammengebrochen war, als die Schüsse fielen. Und er hörte die Schreie, diese furchtbaren Schreie. Sie schwiegen lange. In Stachelmanns Kopf ging alles durcheinander.

»Nun, weilst du wieder unter uns Sterblichen?«, fragte Georgie. Er schlürfte an seiner Cola. »Ich sag nochmal: Auftragskiller. Das ist die einzige Version, die mit den Fakten übereinstimmt.«

»Vergiss es«, sagte Stachelmann. »Es ist ausgeschlossen, dass Bohming einen Killer bezahlt. Er wüsste nicht, wie er einen anheuern sollte, er wüsste nicht, wie er sicherstellen könnte, dass der ihn nicht reinlegt. Wenn man einen Killer beauftragt, dann hat der einen in der Hand. Bohming ist faul und großkotzig, aber blöd ist er nicht. Ganz im Gegenteil. Und vor allen Dingen, es gibt nicht das geringste Motiv. Ich habe so meine Schwierigkeit mit dem Sagenhaften. Aber er hat nichts getan, um mir zu schaden. Er hat mir stattdessen geholfen, wo er konnte. Wenn es ihn nicht gäbe, wäre ich längst ein Sozialfall.« Jetzt, da er es sagte, spürte er, wie ein Gefühl der Dankbarkeit in ihm wuchs.

»Dann ist eben gerade etwas passiert, das ihn dazu gebracht hat, dir einen Killer auf den Hals zu hetzen.«

»Du glaubst doch selbst nicht, dass Bohming in meinem Zimmer so … ein Abschlachten veranstalten könnte. Ausgeschlossen. Das schafft nur einer, der so abgestumpft ist, dass er solche Perversionen erträgt oder sogar genießt.«

»Na ja, wenn du meinst.« Georgie war ein bisschen beleidigt, weil Stachelmann ihm nicht folgen wollte.

»Wenn wir überhaupt weiterkommen, dann nur, wenn wir herausfinden, wo Brigitte war, bevor sie ermordet wurde. Und vor allem, was sie getan hat. Das bilde ich mir wenigstens ein.«

»Du strotzt vor Optimismus und Tatendrang.«

»Weißt du was Besseres?«

Georgie guckte demonstrativ woandershin. Nach einer Weile sagte er: »Na gut, wo und wie suchen wir nach Gittes letztem Versteck?«

»Wir grasen alle ab, die in Frage kommen.«

»Haben wir das nicht schon?«

»Offenbar nicht.«

»Wir sollten uns nochmal mit Kraft unterhalten. Vielleicht weiß der es doch?«

Stachelmann musste lachen. »Das ist eine lustige Vorstellung. Das machen wir. Wahrscheinlich weiß er es wirklich. Und wir machen noch etwas. Wir fragen ganz offen in der Diskussionsgruppe. Wer was weiß, soll mir eine Mail schicken.«

Georgie dachte nach, dann sagte er: »Hm. Gar nicht schlecht. Aber wir werden das als neuen *thread* aufmachen.« Georgie kratzte sich am Hals. »Das ist nicht ungefährlich. Wir reizen den Mörder, der wird das bestimmt auch lesen.«

»Wenn er genervt ist, macht er vielleicht einen Fehler.«

»Indem er dich über den Haufen schießt, sehr erhellend.«

Stachelmann dachte, wie albern es gewesen war, Bohming zu sagen, dass er am Abend nach Lübeck fahren würde. Aber Bohming hatte nicht gemerkt, was dahintersteckte, insofern war es eine Dummheit ohne Folgen.

Dann überfiel ihn der Schmerz. Er fingerte nach einer Diclofenac, fand einen Blister in der Jacketttasche, drückte eine Tablette heraus und schluckte sie. Georgies Augen folgten Stachelmanns Bewegungen, aber er verkniff sich einen Kommentar. Als würde jemand mit einem Messer in die Rückenwirbel stechen. Das Atmen schmerzte. Schweiß trat auf die Stirn. Georgie stand auf und holte ein Glas Wasser. Stachelmann trank. »Gitte hat mal gesagt, du hättest es in den Knochen.«

Woher wusste sie das?

Der Schmerz wurde schwächer. »Komm, wir gehen hoch und stellen diese Nachricht ins Diskussionsforum.«

Als er aufstand, merkte er, er hatte die Schmerzen unterschätzt. Er zog zischend Luft ein zwischen den Zähnen, übersah Georgies neugierigen Blick und ging langsam in Richtung Aufzug. Je höher der Fahrstuhl stieg, desto stärker die Beklemmung. In seinem Zimmer war Brigitte ermordet worden.

Im Büro setzte sich Georgie an den PC und rief die Diskussionsgruppe auf. Stachelmann stellte sich mit Gummiknien hinter ihn und sah zu, wie Georgie ein neues Nachrichtenfenster öffnete.

»Was soll ich schreiben?«

Stachelmann überlegte kurz, dann sagte er: »Brigitte Stern wurde am 10. Mai ermordet.« Er schaute sich um, ob er doch Spuren erkannte. Nein, nichts, aber irgendwann würde er einen Blutstropfen finden, in einer Ecke, unter dem Schreibtisch. Er hatte Angst davor. »Wer weiß, wo sie sich am Tag davor aufgehalten hat? Damit es keine Missverständnisse gibt: Wir suchen ihren Mörder. Informationen, auch wenn sie noch so belanglos erscheinen mögen, bitte an folgende Mailadresse.«

»Wir können da jetzt nicht deine Mailadresse reinschreiben. Also, ich mach das nicht«, sagte Georgie. »Wir besorgen uns bei einem Provider eine anonyme. Einfach falsche Angaben zur Person machen.«

»Einverstanden, sofern wir an die Mails kommen.«

»Klar«, sagte Georgie. Er klickte sich zu anderen Websites, fand einen Mail-Provider, füllte ein Formular aus, wählte den Mailnamen »Moerdersuche« und beendete die Prozedur. Er kehrte zurück ins Nachrichtenfenster und tippte die neue Mailadresse ein. »Bin mal gespannt«, sagte er.

»Und jetzt gehen wir noch einmal zu Kraft«, sagte Stachelmann. Er schaute auf die Uhr, es war später Nachmittag, das würden sie noch zu einer vernünftigen Zeit schaffen.

Sie fuhren mit Georgies Auto nach Steilshoop. »Wenn das mal gut geht«, sagte Georgie.

»Mehr als rausschmeißen kann er uns nicht.«

»Na, mir fiele da noch dies und jenes ein.«

Stachelmann klingelte.

»Ja?«

»Stachelmann hier. Ich weiß, dass Sie sauer sind. Trotzdem muss ich noch einmal mit Ihnen reden.«

Schweigen. Dann summte es.

Georgie pfiff anerkennend. »Zuckersüß war das, nicht schlecht.« Stachelmann winkte ab.

Kraft hatte die Wohnungstür geöffnet und stand im Rahmen. Stachelmann juckte es, ihn nach dem Rollstuhl zu fragen. Kraft schaute Stachelmann aus zusammengekniffenen Augen an.

»Guten Tag, entschuldigen Sie bitte die Störung.« Stachelmann hätte dem Mann am liebsten eine runtergehauen. Aber er musste sich zurückhalten. »Ich vermute, natürlich bin ich mir nicht sicher, aber es wäre …« Elende Stotterei. Noch einmal anfangen, auch wenn Kraft jetzt grinste, weil er Stachelmanns Unsicherheit bemerkt hatte. »Wir müssen herausfinden, wo sich Brigitte Stern aufgehalten hat, bevor sie ermordet wurde.«

»Es würde mich nicht wundern, Sie wären es gewesen und veranstalten dieses Theater, um von sich abzulenken.«

»Hat sich Brigitte bei Ihnen versteckt?«

»Nein, hier nicht.«

»Wo dann?«

»Inzwischen habe ich es erfahren. Damit Sie sehen, dass ich alles dafür tue, dass das Schwein gefunden wird, sage ich es Ihnen. Sie war bei einer Freundin, einer guten alten Freundin. Ich könnte auch sagen Genossin, aber das bedeutet Ihnen ja nichts.«

»Bei wem?«

»Die Genossin wohnt in Altona, in der Erzbergerstraße 37. Sie heißt Yvonne Kamp. Ich werde sie mal vorwarnen. Ich kann ja davon ausgehen, dass Sie ihr genauso auf die Nerven gehen werden wie mir. Aber versuchen Sie den Feuerwehrtrick nicht noch einmal, davon werde ich ihr erzählen.« Er grinste, hatte wieder Oberwasser gewonnen. Ihm war die Behindertenmasche nicht mehr peinlich.

Stachelmann wandte sich ab. Dann fiel ihm noch eine Frage ein: »Haben Sie es der Polizei schon gesagt?«

»Was? Das mit Yvonne Kamp? Nein, die haben mich nicht gefragt. Typisch. Es ist denen doch scheißegal, wenn eine Antifaschistin ermordet wird. Eine weniger. Die reiben sich die Hände.«

Vor der Haustür beschlossen sie, Yvonne Kamp gleich zu besuchen. Stachelmann ärgerte sich, dass er ihre Telefonnummer nicht erfragt hatte. Aber dann sah er eine Telefonzelle. Doch stellte sich heraus, dass das Telefonbuch zerfetzt und mit einer übel riechenden, klebrigen Flüssigkeit verschmiert war.

»Komm, wir versuchen es einfach.«

Georgie steuerte durch den Feierabendverkehr Richtung Bahnhof Altona. Es ging oft nur schrittweise vorwärts, wenn überhaupt. Dann erreichten sie endlich die Erzbergerstraße, fanden einen Parkplatz nicht allzu weit von dem Haus mit der Nummer 37. Stachelmann klingelte an der Haustür, sofort wurde der Summer betätigt.

»Die wartet schon«, sagte Georgie. Er klang nicht gerade hoffnungsfroh.

In der ersten Etage stand eine alte Frau, gestützt auf einen Stock. Ob der echt ist?, fragte sich Stachelmann.

»Sie sind der Herr Stachelmeier«, sagte die Frau mit einer überraschend tiefen Stimme.

»Mann, Stachelmann.«

»Ja, Herr Stachelmeier, dann kommen Sie mal rein.« Georgie schien sie zu übersehen. Der trottete hinter Stachelmann in die Wohnung. Sie roch muffig. Die Frau führte sie ins Wohnzimmer, bot ihnen einen Platz an, aber nichts zu trinken. An der Wand hing ein Porträt von Thälmann. In einem Bücherregal erkannte Stachelmann Bände von Stalin.

Die Frau mühte sich in einen Sessel.

»Ich nehme an, Sie wissen, wo sich Brigitte Stern in den Tagen vor ihrer Ermordung aufgehalten hat, also vom 5. bis zum 10. Mai.«

»Unter anderem hier. Aber nur in der letzten Nacht, bevor sie … ermordet wurde.«

Stachelmann versuchte sich vorzustellen, wie es Brigitte in dieser Wohnung ausgehalten hatte. »Sie war also in der Nacht vom 9. zum 10. Mai hier.«

»Ja.«

»Hatte sie ein eigenes Zimmer?«

»Ja, natürlich«, sagte die Frau. Sie klang verbittert.

»Dürfen wir es uns mal ansehen?«

»Bitte«, sagte die Frau. »Hier raus« – sie zeigte zur Wohnzimmertür – »dann die erste Tür rechts.«

Stachelmann und Georgie folgten der Beschreibung. In dem Zimmer war es heller. Holzfußboden mit einem dicken dunkelblauen Teppich. An den Wänden weiß gestrichene Raufasertapete. Auf einem Bücherbrett wenige Titel, das meiste halbwegs moderne Literatur über Faschismus und Antifaschismus. Ein paar Fotos, mit Reißzwecken an der Wand befestigt. Ein Bild von einer Demonstration. Vorn ein Transparent mit der Aufschrift *Nie wieder*. Die eine Stange hielt Brigitte. Sie hatte lange Haare gehabt zu dieser Zeit.

In der Ecke ein schmales Bett, Nachttisch mit Lampe. Das Fenster zeigte zur Straße. Davor ein kleiner Tisch mit Stuhl. Stachelmann öffnete die Schublade des Nachttischs, ein paar Zettel mit Notizen, die er in seine Tasche steckte. Georgie hatte sich an den Schreibtisch gesetzt und las in Papieren, die zu einem Stapel gehäuft waren. Er nahm ein Blatt nach dem anderen in die Hand, manchmal schüttelte er den Kopf.

»Ist was dabei?«, fragte Stachelmann.

»Bisher nicht.«

»Wir finden hier nichts. Und dieses *posting* im Diskussionsforum war auch überflüssig. Wir wissen jetzt, wo sie abgetaucht ist, aber das nutzt uns nichts. Es ist ein Trauerspiel.« Niedergeschlagenheit ergriff ihn. Er setzte sich aufs Bett und schaute zu, wie Georgie nach etwas kramte, von dem sie beide nicht wussten, was es war. Als würde man an Pfingsten Ostereier suchen. Da würde man nur die finden, die alle übersehen hatten. Ein seltener Zufall.

»Hier ist nichts«, sagte Georgie.

Sie gingen zurück ins Wohnzimmer. Die Frau hatte die Augen geschlossen, aber sie schlief nicht. »Nun, hat es sich gelohnt?«, fragte sie gleichmütig.

»Eher nicht«, sagte Stachelmann.

Er setzte sich, Georgie auch.

»Für den Abend des 10. Mai wurde Brigitte zum Historischen Seminar gebeten, sie bekam eine Mail, zwischen neun und zehn am Vormittag.«

»Ich weiß«, sagte Yvonne Kamp. Sie schaute Stachelmann wie gelangweilt an. Aber vielleicht ist es nur die Maske, hinter der sie ihre Unruhe verbirgt?

»Hat sie irgendetwas gesagt darüber?«

Die Frau schüttelte bedächtig den Kopf.

»Gar nichts? Wirklich gar nichts?«

Die Frau bedeckte ihre Augen mit der Hand, dann legte sie die Hand aufs Knie und sagte: »Es ist so furchtbar. Vor ein paar Tagen noch hat sie hier gesessen.« Sie zeigte auf Stachelmanns Sessel. Sie schwieg eine Weile. »Nein, ich habe mir darüber ja auch den Kopf zerbrochen. Sie sagte nur, sie habe einen Termin, und das war ja nichts Ungewöhnliches. Sie hatte viele Verabredungen.«

»Und wo hat sie die Mail gelesen? Bei Ihnen habe ich keinen Computer gesehen.«

»In so einem Internetcafé wohl. In welchem, weiß ich nicht.«

»Und sie hat bestimmt nicht einmal angedeutet, wen sie treffen würde?«

Die Frau versank in sich. Nach einer Weile sagte sie matt: »Doch, Sie haben recht. Sie hatte einen Termin bei einem Dozenten. Waren Sie das?«

Natürlich, ihr wurde vorgetäuscht, ich wolle sie sprechen. Das weiß ich längst. Das bringt uns alles nicht weiter. Was wir auch tun, wir rennen uns fest. Es ist zum Kotzen. Stachelmann nickte.

»Wo war sie zwischen dem 5. und dem 9. Mai?«, fragte Georgie.

Yvonne Kamp schaute ihn traurig an. »Bei mir nicht. Als sie hier auftauchte, kam sie aus Thüringen.«

»Thüringen?«, fragte Georgie ungläubig.

»Sie war ganz euphorisch. ›Ich habe gefunden, was ich gesucht habe. Jetzt kann ich es wieder gutmachen‹, hat sie gesagt. ›Morgen rufe ich den Josef an und mach reinen Tisch. Der wird Augen machen.‹«

Endlich eine handfeste Information, dachte Stachelmann. Nur, was hat sie in Thüringen gesucht und gefunden?

»Wann ist sie genau gekommen?«, fragte Georgie.

»Am Abend des 9. Mai, so gegen einundzwanzig Uhr.« Yvonne Kamp schnaufte, als litte sie unter Luftmangel.

»Und Sie wissen nicht, wo sie war in Thüringen und was sie dort herausgefunden hat?«, fragte Stachelmann.

Yvonne Kamp schüttelte ihren Kopf, ganz langsam.

»Sie war in einem Archiv. Jedenfalls sagte sie etwas von Akten.«

»Was für einen Eindruck hat sie auf Sie gemacht?«

»Sie war« – Yvonne Kamp suchte ein Wort – »erleichtert. Ja, erleichtert. Sie wollte verschwinden, weil sie sich schämte. Sie hat Ihnen wohl ein Unrecht angetan. So drückte sie es aus. Geradezu euphorisch wurde sie, als sie mittags …«

»Am 10. Mai?«

»Ja. Als sie mittags nach Hause kam. ›Er hat mich eingeladen, obwohl ich ihn versetzt habe und einfach abgetaucht bin!‹ Sie hat sich offenbar geschämt. Sie war sehr … sensibel, wissen Sie? Na ja, dann hat sie am Abend ihre Sachen gepackt und ist bester Laune zur Universität gefahren. Und dort hat der Mörder auf sie gewartet.« Sie schaute Stachelmann an.

Der fühlte sich unwohl und erhob sich. »Komm, wir gehen.« Stachelmann wandte sich an Yvonne Kamp. »Vielen Dank.«

Sie erwiderte nichts, schaute irgendwohin und war weit weg. Vielleicht in einer Welt, in der es keine Mörder gab.

Sie saßen im Auto und schwiegen lange. Dann sagte Georgie: »Hm.«

»Thüringen. Buchenwald liegt in Thüringen. Brigittes Suche wird damit zu tun haben. Aber sollen wir jetzt nach Buchenwald fahren und auf dem KZ-Gelände herumlaufen in der Hoffnung, die Eingebung offenbare uns, was Brigitte dort getrieben hat?«

Georgie streckte sich im Sitz. »So ein Mist. Es kommt mir vor, als liege die Lösung aller Rätsel vor meiner Nase. Ich brauchte nur zuzugreifen. Aber da ist nichts, gar nichts. Sie hat sich ein paar Tage dort herumgetrieben, und sie hat etwas gefunden. Sie muss ihrem Mörder einen Grund gegeben haben, sie in die Falle zu locken. Der Grund hat bestimmt etwas mit dem zu tun, was sie gefunden hat.«

Stachelmann hörte zu. Es ist ein schreckliches Gefühl, dicht vor der Lösung des Rätsels zu stehen, aber nicht zu wissen, wie man den letzten Schritt tun könnte. »Scheiße«, sagte Stachelmann.

Als er am Abend mit der Bahn nach Hause fuhr, fiel ihm ein, dass er Bohming provoziert hatte. Er fand es nun absurd. Jeden Tag folgte er einer anderen Spur, und jede erwies sich als Sackgasse. Natürlich würde Bohming ihm nicht auflauern. Wie konnte er nur auf diese idiotische Idee verfallen? Nein, Bohming saß zu Hause im Sessel, las ein kluges Buch und dachte an alles Mögliche, nur nicht daran, Stachelmann mit einem Gewehr aufzulauern. Und wenn er einen Auftragskiller schickte? So ein Unsinn.

Natürlich passierte gar nichts, als Stachelmann nach Hause fuhr.

14

Er würde später nicht mehr viel sagen können darüber, was er getan hatte in den Tagen, in denen die Niedergeschlagenheit seinen Willen besiegt hatte. Er hing herum. Seine Mutter hatte angerufen, sie beschäftigte sich mit dem Altenheim, und sie hatte nicht geklungen, als wäre sie glücklich. Nach kurzer Zeit hatte Stachelmann schon vergessen, was sie miteinander gesprochen hatten. Er überlegte, ob Ossi ihm fehlte. Der war ihm zwar regelmäßig auf die Nerven gegangen, aber nun hätte Stachelmann einiges gegeben dafür, mit ihm zu sprechen. Ossi war kein schlechter Kriminalist gewesen. Ob er Taut anrufen sollte? Aber er tat es nicht. Der war ihm nicht nah, und außerdem hatte Stachelmann ein schlechtes Gewissen, weil sie Lemmi die DVD gestohlen hatten und der womöglich den Ärger der Polizei abbekam.

Was würde Taut machen mit dem Film? Er würde natürlich Bohming erkennen und ihn befragen. Aber wozu? Zu seinem Begleiter. Taut würde herausbekommen, wer die anderen Leute gewesen waren, die das Internetcafé besucht hatten zum fraglichen Zeitpunkt. Hoffentlich fand er so den Mörder. Aber eine Stimme im Inneren sagte Stachelmann, dass Taut ihn nicht finden würde.

Du aber hast aufgegeben. Du traust dich kaum auf die Straße. Nur dann, wenn du nichts mehr im Kühlschrank hast. Dann fährt die Polizei neben dir her, zuletzt sind sie auch gelaufen. Manchmal, wenn er draußen war, spürte er einen heißen Stich in der Brust oder im Rücken. So würde es sich anfühlen, wenn die Kugel in seinen Körper einschlug. Man bekommt dann einen Schock, spürt eine Art Faustschlag, und bevor man begreift, was geschehen ist, ist man tot. Wenn die Kugel richtig trifft.

Ihm schien es längst absurd, dass er sein Leben so stark an die Universität gehängt hatte. Schon als Schüler hatte er gewusst, er würde Geschichte studieren. Der Vater hatte ihn beeinflusst. Vielleicht war es sein Weg, mit seinem schlechten Gewissen fertig zu werden, dass der Sohn herausbekommen sollte, wie es wirklich gewesen ist in den zwölf Jahren des Tausendjährigen Reichs. Stachelmann glaubte in diesen Augenblicken, als er sein Leben wog, der Vater habe vielleicht gewollt, dass der Sohn ihn stellte. Stellen? Welch eine Hybris. Aber gefragt hatte er den Vater, wenn auch viel zu spät. Sie hatten gesprochen, aber aneinander vorbeigeredet.

Die Universität war ihm zuwider. Es konnte sein, dass seinetwegen ein Mensch ermordet worden war. Er fühlte sich schuldig. Wenn er doch einen Fehler gemacht hätte, einen schrecklichen Fehler, der das Verbrechen ausgelöst hätte. Dann hätte das Schuldgefühl wenigstens einen Sinn. Aber er hatte keinen Fehler gemacht, außer den üblichen, ohne die er sich sein Dasein nicht vorstellen konnte. Er behandelte Anne falsch, immer wieder, und er staunte wieder und wieder über ihre Geduld. Als sie sich das letzte Mal gesehen hatten, war sie sauer gewesen. Warum eigentlich? Er überlegte, fand aber keinen Grund. Bei früheren Schwierigkeiten hatte er mit ihr gesprochen, und es hatte ihm geholfen. Hatte er sich je bedankt?

Am Abend suchte er im Internet-Geschichtsforum, ob eine Antwort eingegangen war auf sein *posting*. Nichts. Auch keine Mail. Wie tot. Aber ich kann die Leute verstehen, ein bisschen jedenfalls. Wer wird schon gerne verstrickt in eine Mördersuche? Bestimmt war längst das Gerücht umgelaufen, der Mörder suche seine Opfer im Internet, oder ähnlicher Unsinn. Wahrscheinlich hatte es schon in den Zeitungen gestanden, die Stachelmann nicht anschaute, weil sie bei ihm Brechreiz auslösten. Er stellte sich die Schlagzeile vor, in großen roten Buchstaben: »Der

Internetmörder« oder »Der Tod kommt aus dem Netz« oder »Die E-Mail des Sexmörders«.

Er entschloss sich, zum Ali Baba zu gehen, zwei uniformierte Polizisten folgten ihm in einigem Abstand zu Fuß. Es war lächerlich. Er kam sich vor wie ein Gefangener auf Hafturlaub. Im Ali Baba fand er nur an der Tür einen freien Tisch. Er bestellte Rotwein und Raki und trank beides schnell aus. Er bestellte das Gleiche noch einmal, obwohl ihm schwindelte. Alkohol auf leeren Magen. Auch die neuen Gläser trank er schnell aus. Dann schaute er sich um, starrte eine Frau zu lange an, lehnte sich zurück und wäre fast mit dem Stuhl umgefallen.

Deinetwegen wurde ein Mensch umgebracht. Brigitte hatte sich geschämt, war abgetaucht, hatte etwas gesucht und war so zum Opfer geworden. Hatte er ihr einen Grund gegeben, sich zu schämen? Hatte sie glauben müssen, dass sie Angst haben sollte vor ihm wegen dieser dämlichen E.-T.-Geschichte? Kindisch, das war das richtige Wort, eine kindische Kampagne, die sie losgetreten hatte. Aber jetzt war sie tot. Wegen dieser Habilschrift, die sowieso niemanden kratzt außer einen Mörder. Die vielleicht irgendwann irgendein Verlag veröffentlichen wird, nicht dieser Feigling Schmid, dem würde er es nie erlauben, auch wenn Stachelmann ihn noch eine Weile zappeln lassen würde. Sollte irgendein anderer Verlag dieses bedeutungslose Gesabbel veröffentlichen, dann verschwände das Buch in den Bibliotheken, wo es vielleicht ein paar übereifrige Studenten mal anschauen würden. Und dafür hast du Jahre deines Lebens gegeben? Dafür ist Brigitte gestorben! Er sah die Bilder wieder vor sich, als wäre es gestern geschehen. Es wäre deine Pflicht, alles zu tun, um das Schwein zu erwischen.

Morgen musste er an die Uni, sein Seminar. Bohming hatte angerufen, ihm wieder vorgeschlagen, sich auszuklinken. Das Seminar ausfallen zu lassen. Jeder würde es verstehen. Vielleicht könne Anne es übernehmen, auch wenn sie nicht vorbereitet sei und man sich deshalb fragen müsse, ob es sinnvoll sei, aber das sei ihm jetzt nicht wichtig. »Du musst das überwinden, Josef. Das dauert, unterschätze das nicht.« Stachelmann hätte fast gefragt, woher Bohming wisse, wie man diese Mischung aus Verzweiflung und Angst überwinden konnte, aber er schwieg und war dankbar. Doch er musste das Seminar halten. Er musste. Wenn er es nicht tat, würde er den Halt verlieren. Er klammerte sich an die Bruchstücke seines Alltags. Stachelmann bestellte noch ein Glas Wein, obwohl er wusste, dass er zu viel trank.

Er stierte lange auf den leeren Aschenbecher und merkte nicht, als der Kellner das Glas Wein brachte. Ich will dieses Seminar nicht mehr halten. Ich muss es aber halten. Was soll ich sonst tun? Ich habe keine Lust auf diese Studenten. Was ich tue, ist unwichtig. Es hat für niemanden Bedeutung außer für mich selbst. Doch was bedeutet es dir? Er überlegte. Nichts bedeutet es außer einer Quälerei. Diese Habilschrift, die dich nur quält, um dich als Professor arbeitslos werden zu lassen. Grandioser kann man nur scheitern, wenn man ein Vermögen in Monte Carlo verzockt. Professor werden, um dann Arbeitslosengeld zu empfangen. Warum die Mühe?

»Ich bring dich nach Hause«, sagte sie.

Er erschrak, schaute auf und sah Anne. Einige Augenblicke überlagerte Brigittes Gesicht das Bild. Aber nein, es war Anne. Warum war sie hier? Er schüttelte sich.

»Du hast ganz schön gebechert«, sagte sie und lachte.

Er schaute sie nur an. Sie war schön. Er mochte es, wie sie lachte. Aber was machte sie hier?

»Ich konnte dich nicht erreichen, und da hab ich Taut rumgekriegt. Der hat mit der hiesigen Polizei gesprochen, die ja dank deiner Aufpasser jederzeit weiß, wo du bist. Das ist praktisch, wir sollten es beibehalten, wenn der ganze Quatsch vorbei ist. Dann entkommst du mir nicht mehr.« Sie lachte wieder.

Warum lacht sie dauernd? Hier gibt es nichts zu lachen.

Sie setzte sich ihm gegenüber und nahm seine Hand. Sie bestellte auch einen Wein. Er hustete, es war verraucht. Dann schaute er sich um, woher der Rauch kam. Er konnte es nicht eindeutig feststellen, fast an jedem Tisch saß ein Raucher. Er hätte sich gern gestritten mit einem von denen. Doch er starrte wieder Anne an.

»Was ist mit dir?«

Er zeigte aufs Weinglas.

»Hast dich betrunken. Warum?«

»Weil alles Scheiße ist.«

»Vielen Dank für diese differenzierte und tiefgründige Analyse.«

Er winkte ab und trank sein Glas leer.

»Das schmeckt doch gar nicht mehr.«

Es schmeckte immer besser. Am besten schmeckte die Gewissheit. »Ich schmeiß alles hin.«

»Aha. Und was ist alles?«

»Alles ist Scheiße.«

»Das habe ich schon mal gehört. Gut, alles ist Scheiße. Vielleicht kannst du es mir erklären?«

»Die Uni ist Scheiße.« Er versuchte das Lallen zu unterdrücken. Ich bin zwar angetrunken, aber nicht bewusstlos. Ich bin in einem Zustand, in dem ich mehr verstehe als sonst. Eindeutig. Früher nannten wir das Bewusstseinserweiterung. Beim Kiffen. Er versetzte sich zurück nach Heidelberg, roch den süßlichen Duft der Joints. Er hatte die Augen geschlossen.

»Was hältst du davon, wenn ich dich nach Hause bringe?«

»Nichts. Gar nichts.«

Sie nippte an ihrem Glas. »Hast eigentlich recht, hier ist es auch ganz nett.«

»Hier ist es toll.« Er bildete sich ein, jedes Wort wie gemeißelt gesprochen zu haben. Wie gemeißelt. Was hieß das? Na, jedes Wort betont. Sodass es keine Missverständnisse gibt. Das ist nicht die Zeit und nicht der Ort für Missverständnisse. Jetzt ist Klarheit angesagt. Eindeutigkeit.

»Stimmt, erinnerst du dich noch an das erste Mal, als wir hier waren?« Sie lächelte so entspannt. Wie kann man jetzt entspannt lächeln?

»Wir sind beschwippst zu dir gegangen, und ich bin eingeschlafen, bevor du über mich herfallen konntest«, sagte sie grinsend.

Das hatte er anders in Erinnerung. Er hatte sich nicht getraut, sich ihr zu nähern. Kindisch. Aber er widersprach nicht. Erinnerung ist ein Kunstgebilde, warum es zerstören? Und warum kann ich klar denken, obwohl ich betrunken bin? Nein, ich denke nicht klar. Ich klammere mich schwankend an Gedanken, sonst falle ich ins Loch.

»Ja«, sagte er.

Sie grinste, dann versteinerte ihre Miene. »Hast du keine Angst?«

»Im Augenblick gerade nicht.«

»Du solltest den Alkpegel nicht sinken lassen.«

»Genau.«

»Wenn du willst, heirate ich dich. Ich meine, wenn es dir Halt gibt.«

Was hat sie gesagt? Sie will mich heiraten, wenn es mir Halt gibt. Wer sich mit mir einlässt, den reiße ich mit in den Orkus. Er hob die Hand zur Abwehr.

Sie schaute ihm in die Augen, dann wendete sie den Blick ab und schüttelte den Kopf. »Was soll aus uns nur werden?«

»Was soll aus mir werden?«, platzte es aus ihm heraus.

»Ja, was soll aus dir werden?« Sie ärgerte sich.

»Auf mich wird geschossen. Ich kann nirgendwo sein ohne Angst.« Er überlegte. »Nur hier und jetzt habe ich keine Angst.«

»Vielleicht hast du hier keine Angst, weil du besoffen bist.«

Er bedachte, was sie gesagt hatte. Seltsam, nun stand eine Mokkatasse auf dem Tisch. »Trink das«, sagte sie.

Er trank den Mokka, stark und süß.

»Hast du was dagegen, dass ich besoffen bin?«

»Nein«, sagte sie. »Wenn du ab und zu mal wieder nüchtern bist.«

»Vielleicht wäre es besser, ich wäre immer besoffen.«

Sie lachte, etwas bitter. »Wir müssen diese Sache aufklären«, sagte sie.

»Wir?«

»Wir.«

»Warum jetzt wir?« Er spürte die Wirkung des Mokkas.

»Weil du an der Geschichte sonst zugrunde gehst.«

»Bin ich schon. Da lässt sich nichts mehr retten.«

»Quatsch.«

»Nix Quatsch. Ich habe die Lösung längst gefunden. Sogar ohne dich. Passiert ja auch nicht alle Tage.«

»Und die wäre?«

»Ich schmeiß die Habil in den Papierkorb und bewerbe mich beim Herrentunnel als Gebühreneintreiber.«

»Sind die nicht schon pleite?«

»Nein, sind sie nicht.«

Sie ging zum Tresen. Er starrte ihr nach. Es schien ihm, als sähe er erst jetzt, wie gut sie sich bewegte.

Er guckte sich um und sah die Leute reden, rauchen, essen und trinken. Ihm kam es vor, als säße er in einer Glocke aus Glas, die nur von seiner Seite durchsichtig war. Für die anderen gibt es mich nicht. Wen kratzt es, ob ich krepiere oder nicht? Er wäre gern aufgestanden und hätte die Leute geschüttelt, die beiden Frauen am Nachbartisch, die pausenlos quatschten und lachten. Aber er fühlte sich zu schwach und ahnte, Anne würde es missbilligen.

Heiraten? Um Himmels willen. Als hätte er nicht genug

am Hals. Den Irren, der ihn erschießen will. Die Mutter und das Altenheim. Seine Zukunft, ja, seine Zukunft. Er wischte über die Tischplatte, als könnte er die Zukunft wegwischen. Zukunft, so ein Quatsch. Du hast keine. Wenn du irgendetwas hast, eine Zukunft gehört nicht dazu.

Anne kehrte zurück. Sie blieb stehen und beugte sich zu ihm hinunter. »Komm, wir gehen nach Hause.«

Er erhob sich. Eigentlich wollte er nicht nach Hause gehen. Aber er konnte sich auch nicht wehren. Du hast dir deinen Willen weggesoffen. Er versuchte gerade zum Ausgang zu gehen. Er spürte die Blicke, die ihm folgten. Oder bildete er sie sich nur ein? Draußen torkelte er, fand endlich Halt an einem Auto, dann übergab er sich. Anne reichte ihm ein Papiertaschentuch. Noch nach vorn gebeugt, wischte er sich den Mund ab. Er schaute hinunter, ob er seine Hose befleckt hatte, konnte aber nichts erkennen. Ihm schwindelte.

Ein Taxi mit beleuchtetem Schild fuhr langsam die Fischergrube hinunter, Anne winkte, das Auto hielt. Anne nahm Stachelmann am Arm und zog ihn zum Taxi. Der Taxifahrer warf einen Blick auf Stachelmann und gab Gas. »Scheißkerl!«, brüllte Anne hinterher. Der Fahrer streckte seinen Arm aus dem Fenster und zeigte einen Stinkefinger.

Dann tauchten plötzlich die beiden Polizisten auf. »Können wir helfen?«, fragte der eine Polizist Anne.

»Danke, geht schon.«

»Wir könnten Kollegen von der Streife rufen. Die bringen Sie nach Hause.«

»Die frische Luft wird ihm guttun. Und Sie ersparen sich die Reinigungskosten.«

Der Beamte lachte und ging zu seinem Kollegen, um ihm etwas ins Ohr zu flüstern. Dann warteten sie, bereit, dem Paar zu folgen.

Anne zog Stachelmann in Richtung Untertrave. Dem

ging es nun etwas besser, er konnte einigermaßen gerade laufen, wenn sie die Richtung angab.

»Warum … bist du immer so … sachlich?« Es war das falsche Wort, er spürte es.

»Wenn man mit so jemandem wie mit dir zu tun hat, muss man nüchtern sein. In jedem Sinn des Wortes. Sonst geht man unter.«

»Wer mit mir zu tun hat, geht unter.«

»Du redest Blech, Josef.«

»Ich rede kein Blech. Ich schmeiß alles hin.«

»Zuerst schmeißen wir dich auf dein Bett, und morgen reden wir weiter.« Sie schaute sich um, die Polizisten folgten.

»Weißt du noch, als wir das erste Mal hier langgelaufen sind?«, fragte er.

»Immer noch. In den letzten fünf Minuten habe ich es nicht vergessen.«

Sie schwiegen.

Es begann zu regnen. Der Wind trieb feine Tropfen in ihre Gesichter. Er fühlte sich besser. »Ich schmeiß wirklich alles hin. Also, nicht alles, aber die Habil, das Seminar … das bringt mir Unglück. Nur du bringst mir Glück, wenn du nicht gerade von fremden Männern Kinder kriegst.«

Sie lachte. »Zurzeit läuft da nichts.«

»Es geht schneller, als man denkt«, widersprach er.

»Und du bist der Fachmann auf diesem Gebiet.«

»Ich bin kein Fachmann, auf keinem Gebiet. Weißt du, was ich werde? Ich werde Taxifahrer. Dann fahre ich auch einfach weg, wenn mir jemand einen Besoffenen unterjubeln will. Ein Taxifahrer wird auch nicht beschossen. Mit Mord hat er auch nichts zu tun. Und mit den Bullen nur, wenn er geblitzt wird.«

»Gut, gut, du wirst Taxifahrer«, sagte sie betont geduldig.

»Du glaubst mir nicht. Wirst schon sehen.«

»Heute Abend glaube ich dir alles.«

»Aber schlepp mich jetzt nicht aufs Standesamt.«

Keine Antwort.

Ihr Schritte klatschten auf dem nass geregneten Bürgersteig. Ihm tröpfelte Wasser in den Kragen, er fror. Ein Auto zischte vorbei, noch eines. Dann war es still. Nur in der Ferne die Alarmsirene eines Krankenwagens. Er hakte sich aus und stellte sich ans Traveufer.

»Und wenn ich jetzt springe?«

»Ich dachte, du willst Taxifahrer werden.«

»Das werde ich ja nur, weil ich zu feig bin, abzutreten.«

»Nun red keinen Unsinn.«

Er ruckelte mit den Füßen ein Stück nach vorn.

»Dann spring halt. Die beiden Polizisten werden sich freuen, hinterherzuspringen.«

Er stand da und beobachtete, wie sich das Laternenlicht im Wasser spiegelte. Er beugte sich nach vorn und erkannte sein Gesicht, verzerrt durch flache, kleine Wellen. Mal waren die Wangen breit, mal zogen die Wellen sie lang. Die Stirn schien gequetscht, dann nach innen gewölbt.

Sie zog ihn zurück. »Du bist schlimmer als ein Kind.«

»Hab ich nie bestritten.«

»Doch, wenn du nüchtern bist, bestreitest du das.«

»Nüchtern? Das ist ein Scheißzustand. Da redet man nur Quatsch.«

»Interessante Hypothese.«

»Und was soll das mit der Heirat?«

»Ich wollte mich aufopfern«, sagte sie. »Vergiss es.«

»Du bist die Erste, die mich heiraten will.«

»Bei den anderen hast du nicht zugehört. Kommt ja manchmal vor.«

»Ich höre immer ganz genau zu.«

»Dann bin ich halt die Erste, die dich retten will.«

»Ich werde mich selbst retten.«

»Aber nicht mehr heute Abend.«

Stachelmann tappte eine Weile vor sich hin, den Kopf

leicht nach vorn gebeugt. In seinem Kopf schwirrten die Gedanken. Warum war alles so schwer? Ich schmeiß es hin. Diesen ganzen Unikram. Man sitzt nur herum und zerbricht sich den Kopf über Fragen, die schon längst niemanden mehr kratzen. Er dachte wieder an die Jahre, die er vergeudet hatte, weil er nicht zu Potte kam, aber auch nichts anderes tun konnte, weil das falsch gewesen wäre. Jetzt, wo er die Habilitation geschafft hatte, wurde ihm klar, sie war unwichtig. Wer wollte schon genau wissen, wie es in einem KZ wirklich zugegangen ist, wo es doch reichte, es zu verurteilen? Da regten sich Leute auf, ob die Häftlinge sich selbst befreit oder ob die US-Truppen die SS vertrieben hatten. Sollen die doch ihre Heldensagen behalten. Wen kratzte das heute noch? Die DDR ist untergegangen, der Antifaschismus mit, und wer sich heute noch für Ammenmärchen begeistert, bitte schön, der soll es doch tun.

»Doch, heute Abend«, sagte er. Er fand selbst, es klang bockig.

»Mit dem Suffkopf?«

»Nie war mir klarer als heute, was ich zu tun habe.«

»Du weißt doch nur, was du nicht mehr tun willst. Jedenfalls heute Abend.«

»Das ist der erste Schritt, der entscheidende erste Schritt.«

Die Übelkeit würgte ihn, aber sie verflog nach ein paar Metern.

»Du hast dein ganzes Leben darauf hingearbeitet, Historiker zu werden. Aber richtig ist man das erst mit Lehrstuhl. Und davor kneifst du jetzt, vor dem letzten Schritt.«

»Wenn man etwas als falsch erkannt hat, ist es nie zu früh oder zu spät.«

»Du spinnst. Jetzt geh schneller, ich friere.« Sie zog ihn.

»Ein alter Mann ist kein D-Zug.«

»Den kenne ich schon, stammt aus den Sechzigerjahren. Mindestens.«

»Ist aber wahr. Wahres vergeht nicht.«

»Wenn das so weitergeht, suche ich die Nachtapotheke und kauf mir Ohropax.«

»Hab ich zu Hause.«

»Wenigstens etwas.«

Er traf das Haustürschloss wieder nicht. Mit dem Schlüssel in der Hand drehte er sich zu ihr um, die in seinem Rücken gewartet hatte. »Von da oben« – er zeigte auf das Dach des gegenüberliegenden Hauses – »könnte der mich perfekt umnieten. Aber er tut es nicht. Warum tut er es nicht?«

»Komm, schließ auf. Oder gib mir den Schlüssel.« Anne griff nach dem Schlüssel, aber er zog die Hand weg.

»Ich hab dem Bohming gesagt, dass ich am Abend nach Hause fahre. Vor ein paar Tagen. Wann, weiß ich jetzt nicht mehr. Und der wittert, dass wir vielleicht wissen, er war in diesem Internetcafé bei diesem bekloppten Lemmi, mein Gott, ist der bekloppt. Und der Bohming hätte mich abknallen können. Hat er aber nicht getan. Das war ein Test, und er hat ihn bestanden. Oder ist durchgefallen, wie man es sieht. Aber vielleicht weiß er, dass es ein Test war und ist nicht darauf reingefallen?« Er kratzte sich auf dem Nasenrücken. »Das könnte doch sein.«

»Es könnte immer alles sein. Zum Beispiel auch, dass du müde bist und betrunken.«

»In vino veritas.«

»Aber nicht im Raki.«

Er kicherte, brach ab. Fingerte mit dem Schlüssel herum. Traf das Schloss wieder nicht, bis sie ihm endlich den Schlüssel aus der Hand riss. »Es reicht«, sagte sie und schloss auf. Sie schob ihn in den Flur. »Los, die Treppe hoch. Und halt die Klappe, die Nachbarn schlafen.«

»Vielleicht sind es ja die Nachbarn, die mich fertigmachen wollen.«

»Sei ruhig!«

Er hielt sich am Geländer fest, während seine Füße die Stufen suchten.

Sie eilte ihm voraus und schloss die Wohnungstür auf. Als er vor der Tür stehen bleiben wollte, packte sie ihn am Arm und schob ihn in die Wohnung. Sie schloss die Tür ab und sagte: »Puuh! Ab ins Bad, ganz schnell.« Als er sich an die Wohnungstür lehnte, zog sie ihm den Mantel aus, danach die Schuhe. »Halt still«, schnauzte sie ihn an, als er sich bewegte. Jetzt war sie wütend.

Er fuhr zusammen. »Oijoijoi«, sagte er.

»Wie ein Kleinkind.«

»Mit dem Thema fangen wir besser nicht an«, sagte er.

»Irgendwann ist jedes Gespräch mit dir ein Marsch über ein Minenfeld.«

»Der könnte mich natürlich auch in die Luft sprengen.«

»Ins Bad!«

Er versuchte zu salutieren, traf aber das Ohr mit der Hand. Dann ging er auf Socken ins Badezimmer.

Nach einer Weile zerrte sie ihn hinaus und schubste ihn zum Schlafzimmer. Er brummte vor sich hin, wusste aber selbst nicht, was er sagen wollte. Als er im Bett lag, schlief er sofort ein.

Der Kopf dröhnte. Obwohl er die Augen noch geschlossen hatte, blendete ihn Licht. Er linste zur Decke, dann nach allen Seiten. Er war allein. Neben ihm hatte jemand gelegen. Anne. Warum war sie aufgetaucht? Was war los?

Er schloss die Augen wieder und fasste sich mit der Hand an die Stirn. Er hatte zu viel getrunken. Im Ali Baba. Dann war sie gekommen. Überwachte sie ihn?

Er hatte etwas entschieden gestern. Daran konnte er sich erinnern. Stimmt, er hatte sich entschieden, die Uni zu verlassen. Ihr könnt mich alle am Arsch lecken. Er grinste, aber dann stach es im Kopf. Die Uni verlassen.

Warum musste man sich erst halb tot saufen, bevor man auf neue Ideen kam? Die besten Ideen kommen einem auf dem Klo oder im Suff. Einen Augenblick überlegte er, was geschehen würde, wenn er sich auf dem Klo betränke. Overkill. Man kann es auch übertreiben. Das Klo erfordert Nüchternheit. Sonst konnte die Aura des Ortes nicht wirken.

Die Tür öffnete sich leise. Anne schaute hinein. Er schloss die Augen, dann blinzelte er. Sie setzte sich auf die Bettkante und nahm seine Hand. Er stöhnte leise, als eine Schmerzwelle durch seinen Kopf lief.

»Jammern darfst du nicht. Das darf man nur bei nicht selbst verschuldetem Leid.«

»Ja, ja.«

»Wir könnten frühstücken, wenn du dich aus dem Bett traust. Und das solltest du tun, weil du heute dein Seminar halten musst. Du hast ja verkündet, dass es nicht ausfallen soll.«

Sie erhob sich.

Er quälte sich aus dem Bett, wunderte sich, dass die Gelenke weniger steif waren als sonst, ging ins Bad, zog seinen Bademantel an und setzte sich an den Tisch in der Küche. Er trank Apfelsinensaft, kippte Wasser hinterher. Die Augen brannten, wahrscheinlich waren sie rot. Jeder würde sehen, was er letzte Nacht getrieben hatte. Aber es war ihm egal. Er würde ohnehin demnächst unter Brücken schlafen und Korn saufen.

»Du hast vielleicht einen Unsinn erzählt gestern.« Anne schenkte sich Tee ein.

»Zum Beispiel?«

Sie biss in ein Brötchen. Sie war also schon draußen gewesen, beim Bäcker. Kauend sagte sie: »Na, dass du hinschmeißen willst.«

»Das war kein Unsinn.«

»Und warum?«

»Weil es nichts bringt.« Der Schädel dröhnte, er war

müde, er hatte keine Lust, darüber zu reden. Warum überhaupt darüber reden? Es war gegessen.

»Vielleicht könnten Herr Privatdozent sich etwas genauer äußern?«

»Sie schießen auf mich, weil ich in meiner Arbeit irgendetwas geschrieben habe, das irgendeinem nicht gefällt. Das geht zu weit. Diese Arbeit ist ja ganz nett, aber eigentlich völlig unwichtig. Die fünf Leute, die mal hineinschauen, mein Gott, was soll's? Und was bringt es, arbeitsloser Professor zu werden? Außerdem finde ich die Uni nur noch öde. Studenten, die keine Lust haben oder Streber sind, wobei ich nicht weiß, welche mich mehr anekeln. Ich bin in einer Sackgasse, und aus der kommt man nur raus, wenn man umdreht. Genau das werde ich tun. Am Ende des Semesters läuft mein Vertrag aus, und ich werde ihn nicht verlängern.«

»Du bist wahnsinnig. Bohming hat doch gesagt, dass dein Vertrag verlängert wird. Selbstverständlich, hat er gesagt. Zu verbesserten Bedingungen, schließlich bist du so gut wie habilitiert. Fehlt doch nur noch die Urkunde.«

Er winkte ab und hätte fast die Zuckerdose vom Tisch geschlagen. »Bohming, Bohming. Georgie meint, der hängt drin in der Sache. Der war zur fraglichen Zeit im Internetcafé.«

»Das ist Unsinn. Der macht da irgendetwas, das er sich an seinem Rechner zu Hause nicht traut. Was er privat treibt, geht uns nichts an. Und gegen dich hat er bestimmt nichts. Was willst du machen, wenn du die Uni verlässt?«

»Keine Ahnung.« Er überlegte kurz, dann sagte er: »Taxifahrer.« Er erinnerte sich an den Taxifahrer von gestern Abend. »Ich möchte auch allen Leuten den Stinkefinger zeigen.«

»Mann, du bist auf dem Höhepunkt der Regression. Willst du eine Quietscheente für die Badewanne? Förmchen für den Sandkasten?«

»Ich habe kein Vertrauen zu Bohming, und ich habe keine Lust, weitere zwei Jahre in der Mühle zu vergammeln. Wenn ich was Neues machen will, dann jetzt. Irgendwann bin ich zu alt und nur noch gut für Hartz IV.«

»Okay, du willst was anderes machen. Aber doch nicht Taxifahrer! Das kannst du nicht mit deinem Rheuma, vergiss es.«

»Gut, dann schreib ich halt Bücher.«

»Und so beschloss er, Schriftsteller zu werden. Bei allem Respekt, davon kannst du nicht leben. Wer kauft Bücher, in denen es wirklich um etwas geht?«

Natürlich ist es Quatsch. Eine andere Idee glitzerte, woher immer sie gekommen sein mochte. Historische Recherchen. Darüber hatte er etwas gelesen. Wo, wusste er nicht mehr. Es gibt Fälle und Auftraggeber. Dann waren da noch Firmengeschichten oder, weiter gefasst, Geschichten von Institutionen aller Art. Vereine, Verbände, viele waren gut beraten, ihre Verstrickung in den Nationalsozialismus erforschen zu lassen. Sogar Fußballvereine hatten das getan. Das gehört heutzutage zur Imagepflege. Oder Entschädigungsfälle. Längst waren nicht alle Räubereien der Nazis und ihrer Profiteure aufgeklärt, mit der Vereinigung waren sogar neue Fälle dazugekommen. Grundstücke, Häuser, Unternehmen. Die DDR hatte arisiertes Eigentum verstaatlicht, und Entschädigungen an Juden zahlte sie sowieso nicht. Ein weites Feld. Außerdem hatte auch die DDR viele ungeklärte Fälle hinterlassen. Verfolgung, Enteignung, Raub, wenn er da nur an die Antiquitätengeschäfte dachte. Eine Steuerhinterziehung konstruieren, die Leute einsperren, ihr Vermögen, das man vorher ausbaldowert hatte, einziehen, Antiquitäten und Kunst gegen Devisen in den Westen verkaufen. Der Staat als Räuberbande.

»Ich mach historische Recherchen«, sagte er. »Für Menschen, Firmen, Verbände, Vereine und so weiter. Und wie wir wissen, haben die Historiker auch braunen Dreck am Stecken. Da könnte man vielleicht auch was machen.«

»Ach ja. Warum sollten sie die Einzigen sein, die dem größten Führer aller Zeiten nicht gefolgt wären?«

»Ach ja.« Er lächelte. »Wenn ich den Dienst quittiere, bin ich nicht mehr abhängig von Bohmings Launen.«

»Red dir das mal nur ein. Ich weiß gar nicht, ob man beim Sagenhaften von Launen sprechen kann. Der lässt einen doch weitgehend in Ruhe. Und wenn er Launen haben sollte, bisher haben sie dir genutzt.«

Er lehnte sich zurück, um dem Schmerz im Rücken auszuweichen. Trotzdem war es entwürdigend, vom Sagenhaften abhängig zu sein. Ob es ihm nutzte oder nicht. Aber er sagte es nicht. Sie war zu vernünftig, um das ernst zu nehmen.

»Dann bist du abhängig von den Launen deiner Auftraggeber. Die von Bohming kennst du, die deiner künftigen Auftraggeber nicht. Außerdem, warum sollen die sich gerade dich aussuchen? Es gibt so viele arbeitslose Kollegen, also Konkurrenten.«

»Ich sehe, du hast dir vorgenommen, mich aufzubauen.«

»Ich will verhindern, dass du einen Fehler machst. Du schmeißt etwas Handfestes weg für eine Hoffnung.«

»Sagt die Staatsbedienstete.«

»Zum Staatsbediensteten.«

Sie fuhren gemeinsam mit der Bahn nach Hamburg. Sie redeten nicht viel. Stachelmann dachte die meiste Zeit an seine Entscheidung. Er beachtete die Lübecker Polizisten nicht, die ihm zum Bahnhof folgten, und auch nicht deren Hamburger Kollegen, die ihn am Dammtor abholten. Er hatte keine Angst, jedenfalls spürte er nicht mehr als eine Art Unruhe. Im Philosophenturm ging er ins Sekretariat. Renate Breuer telefonierte, offenbar war es ein Privatgespräch. Sie legte die Hand auf die Muschel, sah, dass Stachelmann nicht hinausging, sagte »Ich melde mich wieder« und schaute ihn an, ein wenig verärgert.

»Ist der Chef da?«

In ihrem Blick las er: Das hättest du auch ohne mich herausfinden können, aber es war ihm gleichgültig. »Ja, er hat aber in einer halben Stunde einen Termin.«

Stachelmann verließ das Sekretariat, ging zu Bohmings Büro und klopfte. Er wartete das Herein nicht ab und öffnete die Tür. Bohming saß auf seinem Schreibtischstuhl aus Leder, mit hoher Rückenlehne, halb weggedreht, und las irgendetwas. Bohming deutete auf den Stuhl, der ihm gegenüber am Schreibtisch stand. »Einen Moment noch, ich muss das gerade fertig lesen. *Ich habe gleich einen Termin.*«

Als könnte das wichtiger sein als das, was Stachelmann entschieden hatte. Er setzte sich verärgert auf den Stuhl und ließ seine Augen umherschweifen. Da standen die Bücher nebeneinander, als deren Autor Bohming genannt wurde, auch wenn seine Mitarbeiter das meiste beigetragen hatten. Das ist Vampirismus. Es ist eklig und verlogen. Jeder weiß es, aber es kümmert niemanden. Wenn man Ordinarius ist, dann darf man seine Mitarbeiter aussaugen, bis die nichts Wesentliches mehr veröffentlichen können, weil das doch schon Professor Bohming geschrieben hat. Du übertreibst. Doch, im Kern ist es so. Aber du selbst hast deine Arbeit geschrieben. Trotzdem, Bohming benutzt alle seine Assistenten, die »Männer«, Anne und ihn auch. Er erinnerte sich, wie Bohming vor einigen Jahren einfach verfügt hatte, Anne habe seinen Auftritt auf dem Historikerkongress vorzubereiten, obwohl sie mit Stachelmann ins Bundesarchiv nach Berlin fahren wollte. Immerhin, er hatte zugelassen, dass sie sich im letzten Augenblick abseilte. Aber es geht doch nicht darum, dass Bohming besonders übel wäre, sondern um die Abhängigkeit, die andere als Fürsorge verstehen würden. Ach, egal, der Würfel ist gefallen.

Wieder die Buchrücken. Die verraten viel über einen Menschen. Da entdeckte er auch seine beiden Bücher.

Er stierte auf die Rücken und glaubte zu erkennen, dass die Bücher nie aufgeschlagen worden waren. Nur zwei Bücher hatte er geschrieben, dazu die Habilschrift für den Mülleimer und ein paar Aufsätze, die ohnehin niemand gelesen hatte.

Die Augen wanderten weiter. »Eine Festschrift für Gerhard Kalterer«, las er. Da ehrte man die Alten, um Punkte zu sammeln für die eigene Festschrift. Für Bohming gab es noch keine. Aber gewiss würden die Assistenten und Kollegen bald gebeten werden. Und der Schmid Verlag, der zu feige war, Stachelmanns Habilschrift zu veröffentlichen, würde die Festschrift herausbringen, wahrscheinlich motiviert durch einen kleinen Zuschuss vom Herrn Professor.

Gerhard Kalterer, er hatte nie etwas von dem gelesen. Oder doch? Jetzt, da er darüber nachdachte, bildete er sich ein, da war etwas gewesen. Ein Aufsatz vielleicht, aber offenbar nicht bedeutend genug, um in Stachelmanns Hirn gespeichert zu werden. Wobei er zugab, sein Gedächtnis ähnelte dem Bermuda-Dreieck, aus unerklärlichen Gründen ließ es Dinge verschwinden, die Stachelmann gerne behalten hätte.

»Nun, Josef, was gibt's?«

»Ich … äh, will den Vertrag nicht verlängern.«

Bohming runzelte die Stirn. »Der wird sowieso nicht verlängert. Du kriegst einen neuen, besser dotiert, und wir könnten ihn auch noch ein wenig auf der Zeitebene strecken.«

Was für ein Geschwafel: auf der Zeitebene strecken. Verbales Imponiergehabe des Alpha-Männchens.

»Ich höre auf, ich will gar keinen Vertrag mehr. Ich habe mir das ganz genau überlegt.«

Bohming stutzte, dann schaute er ihn seltsam mitleidig an. »Wir alle sind geschockt von dem, was da passiert ist, Josef. Ich habe auch schon überlegt, ob man angesichts solcher Verbrechen vor der Haustür weiter die Geschichte erforschen und lehren kann. Das habe ich mich wirklich gefragt. Aber ich mache weiter, weil diese Aufgabe wichtig ist, weil unsere Gesellschaft nicht überleben kann, jedenfalls nicht menschenwürdig, wenn es uns nicht gibt. Wir müssen diese Gesellschaft erziehen, sie hinweisen auf die Fehler, die früher gemacht wurden. Die Ethik verteidigen, die unter ungeheuren Opfern errungen wurde und deren Verlust neue Opfer kosten würde.«

»Ja, ja«, sagte Stachelmann. Bohming warf ihm einen fragenden Blick zu. »Ich habe bemerkt, dass mir diese Habilschrift einfach zuwider ist. Da klebt Blut dran …«

»Aber, Josef, du übertreibst. Du bist doch völlig unschuldig.« Bohming nahm eine Mappe in die Hand und legte sie wieder hin. Sein Hirn arbeitete, die Stirn zuckte. Dann schaute er Stachelmann in die Augen. »Gut, wenn dir die Arbeit zuwider ist, zieh sie zurück.« Er sprach sachlich, ein bisschen verärgert vielleicht über diesen halsstarrigen Mitarbeiter, der ihm immer wieder Scherereien bereitete. So verstand es Stachelmann. »Aber dann suchen wir ein anderes Thema, und du fängst von vorne an.«

»Absurd«, entfuhr es Stachelmann. »Entschuldigung, aber ich kann mir überhaupt nicht vorstellen, mich noch einmal an eine solche Arbeit zu machen. Es ist sinnlos. Außerdem, ich werde nicht jünger, und was ist ein alternder arbeitsloser Geschichtsprofessor? Am Ende auch nur ein Hartz-IV-Empfänger.«

»Ich würde dir doch helfen. Ich müsste mir nur überlegen, wie man eine Habilitation zurückziehen und eine neue beginnen kann. Ist bestimmt noch nicht vorgekommen.«

Stachelmann staunte. Wie schnell der Sagenhafte sich auf die neue Lage einstellte. Unglaublich. Bohming überlegte. Dann sagte er: »Wir machen Folgendes, ich habe ja gleich einen Termin. Wir sprechen noch einmal darüber, ausführlich. Vielleicht machst du Urlaub, und danach siehst du die Dinge gelassener. Leg dich nicht fest, du weißt, ich tue alles, um dich hier zu halten. Und bedenke, wenn du gehst, was willst du tun? Und ich mache mich schlau in der Zwischenzeit.«

»Du hast mich nicht verstanden, Hasso. Ich will keine neue Habil. Ich höre auf. Ich verlasse die Uni.«

Bohming starrte ihn an wie einen, der nicht bei Sinnen ist. »Du schmeißt alles weg«, sagte er.

»Nur wenn das, was ich hier tue, alles ist. Ich fürchte, dass ich das ein wenig … überschätzt habe. Und die Erziehung, ich würde dieses Wort ja nicht benutzen, also die Erziehung übernehmen heute die Geschichtsdramaturgen, die Filmschnipsel zu historischen Stimmungsbildern verwursten und Zeitzeugen nach Bedarf zwischen die Schnipsel stückeln, damit authentisch wirkt, was doch nur konstruiert ist. Sie werden irgendwann noch die Nachfahren von Blondie befragen. Damit Klein-Egon glaubt, das wäre Geschichte, dabei ist das …« Er unterbrach sich. »Ein Kollege hat auf dem letzten Historikertag gesagt, das sei Geschichtspornographie. Genau das ist es.«

Bohming nickte. »Und die Diener der Herrschaften, sogar die Kinder und sonstigen Verwandten sollen Zeitzeugen sein. Absurd. Aber dieser Unsinn macht doch unsere Aufgabe nur noch wichtiger.«

»Gegen die Glotze kommen wir nicht an. Ich merke das schon bei meinen Studenten. Die finden Geschichte als Wissenschaft grässlich langweilig. Die hatten wohl gehofft, die Dauererregung gebe es auch in Seminaren und Vorlesungen. Aber wir sind halt die Erbsenzähler und Staubschlucker. Tatsächlich, genau das sind wir. Und das interessiert kein Schwein.«

Bohming wollte etwas sagen, unterließ es dann und blickte auf seine Armbanduhr. »Josef, bitte entscheide das nicht voreilig. Dummerweise müssen wir das Gespräch jetzt unterbrechen. Mein Termin, du weißt ja.«

Stachelmann erhob sich, auch Bohming stand auf. Der reichte Stachelmann die Hand und sagte: »Denk nochmal darüber nach. Versprich mir das.«

Mein Gott, darüber habe ich genug nachgedacht. »Gut, ich denke zurzeit sowieso an nichts anderes. Das muss ich dir nicht versprechen. Aber ich spüre, die Entscheidung ist gefallen, und sie ist richtig.«

Bohming schnaufte. Stachelmann hatte ihn noch nie schnaufen hören. Er verließ das Zimmer und ging in seines. Dort setzte er sich hinter den Schreibtisch, zog einen Schreibblock vor sich, nahm einen Bleistift und begann Männchen zu malen. Erst kleine, dann größere, schließlich passten nur noch die Gliedmaßen aufs Papier. Riesenhände, Riesenfüße.

Er schob den Block weg und schaute sich um. Der Tisch an der Wand, auf dem der Berg der Schande gelegen hatte. Der Computer, dessen Lüfter immer rauschten, er hörte es kaum noch. An der Wand ein Kalender. Ein Regal, darauf eine Kaffeetasse, die er schon vor einigen Tagen hätte in die Küche bringen sollen. Im Regal Bücher, Zeitschriften. Er stand auf und ging zum Fenster. Gegenüber das Dach der WiSo-Fakultät. Wenn der Mörder jetzt dort läge, könnte er Stachelmann durchs Fenster erschießen. Für einen guten Schützen keine Schwierigkeit. Seltsam, die Angst war verschwunden. Er starrte hinüber und wartete auf das Blitzen des Schusses. Ganz kühl.

Er hatte noch viel Zeit bis zum Seminar. Gerade als er sich entschlossen hatte, spazieren zu gehen, öffnete sich die Tür, und Anne trat ein. Sie umarmte ihn.

»Wohin des Wegs?«

»Einmal um den Block.«

»Nimmst du mich mit?«

»Klar.«

Draußen regnete es, aber das war ihm gleichgültig. Sie zog sich die Kapuze über den Kopf und hakte sich ein.

»Kennst du einen Kalterer, Gerhard Kalterer?«

»Nein … oder doch?«

Er lächelte, so war es ihm auch ergangen mit dem Namen.

»Da stand so eine Festschrift bei Bohming im Regal. Muss älter sein, sah jedenfalls so aus.«

»Über einen oder von einem Kalterer habe ich mal was gelesen. Aber ob das der ist?«

»Unwichtig«, sagte er. »Nur, mir ging es wie dir, dass mir der Name unlängst untergekommen sein muss. Aber ich hatte mit dermaßen vielen Namen zu tun bei der Habil, dass ich schon längst den Überblick verloren habe. Und eine Festschrift kriegt ja ziemlich jeder, der das Greisenalter erreicht. Außer mir, natürlich.«

»Weißt du, warum ich gekommen bin?«

»Nein.«

»Der Sagenhafte hat mich angerufen. Er macht sich Sorgen um dich. Er glaubt nicht, dass er dich vom Entschluss aufzuhören abbringen kann. Er schwafelte so was wie: dass er bloß keinen Unsinn macht.«

Stachelmann verstand, was Bohming meinte. In den letzten Jahren war die Idee, dem Elend ein Ende zu machen, immer wieder gekommen. In einer besonders finsteren Stunde hatte er im Internet recherchiert, wie man schmerzfrei abtreten könne. Man brauchte nur eine Plastiktüte, und die Deluxevariante war Plastiktüte mit Äther. Natürlich hatte er ihr nichts erzählt davon.

»Nein, nein, ich mache gar nichts. Ich werde das Seminar bis zum Semesterende fortführen, und das war es dann.«

»Mein Gott, Josef.« Sie lehnte ihren Kopf an seine Schulter. »Und was wird aus uns?«

»Das hat nichts mit uns zu tun.«

»Da wäre ich mir nicht so sicher. Es wird etwas fehlen, das wir gemeinsam hatten.«

»Wahrscheinlich ist es besser so. Es hat uns doch nicht nur Glück gebracht, diese Gemeinsamkeit. Wir bereichern unsere Beziehung eher, wenn jeder was anderes macht.«

Sie gingen ein paar Schritte. »Vielleicht«, sagte sie. »Aber was willst du machen? Man muss doch wissen, was man anstellen will, wenn man aufhört mit einer Sache.«

Jetzt schwieg er ein paar Schritte. Ein junger Mann grinste sie an. Bestimmt ein Student.

»Vielleicht schreibe ich unseriöse Bücher. Es wäre eine Möglichkeit, mit dem was anzufangen, was ich gelernt habe.«

»Nein, Josef, bei allem Respekt. Aber Romanschreiber, das ist nichts für dich.«

»Was ist etwas für mich?«

Sie antwortete nicht.

»Was ist etwas für mich?«, fragte er eindringlich.

»Das, was du gerade wegwirfst. Das ist etwas für dich.«

»Das wüsste ich aber.«

»Du weißt es eben nicht.«

Der Regen wurde stärker, und sie eilten zurück zum Philosophenturm. Aber sie fuhren nicht nach oben zum Historischen Seminar, sondern gingen in die Cafeteria und holten sich Kaffee.

»Wenn dieser Mord einen Sinn hätte, dann den, dass ich darauf gestoßen wurde, diesen Betrieb zu verlassen.«

Sie zuckte die Schultern. »Du wirst Depressionen kriegen, Josef. Ich kenne dich.«

»Man kann nicht bekommen, was man schon hat.«

»Mann, bist du ein Jammerlappen!«, rief sie.

Er verstand, was in ihr vorging, bildete sich ein, er kenne jeden einzelnen Gedanken, den sie an ihn vergeudete. Natürlich rastete sie aus. Sie konnte nicht verstehen, wie man eine seit ewiger Zeit angestrebte Laufbahn aufgeben konnte. Einfach so. Und wie man etwas wegwarf, ohne zu wissen, was man stattdessen bekam. Eigentlich wusste er es ja. Er würde versacken, aber das war ohnehin sein Los. Früher oder später wäre er ohnehin untergegangen. Dann doch lieber selbstbestimmt.

»Meinetwegen ist jemand ermordet worden. Ich hoffe, du hast es nicht schon vergessen.« Er klang bitter.

»So ein Quatsch. Wie oft soll ich es noch sagen? Nicht deinetwegen. Ganz bestimmt nicht. Niemand bringt jemanden um wegen einer wissenschaftlichen Arbeit. Das gibt es nicht.«

»Weshalb sonst?«

»Die Polizei wird es herausfinden.«

»Ach, die Polizei.«

»Wer sonst?«

»Ich nicht«, sagte er. »Ich habe alles versucht. Vielleicht war es Kraft, vielleicht war es Bohming. Vielleicht war es auch Georgie, aus welchem bekloppten Grund auch immer. Vielleicht war es ein Gespenst.«

Er schaute wieder hinüber zur WiSo-Fakultät. »Dieser Kalterer rumort mir durchs Hirn«, sagte er. »Ich werde mir die Festschrift mal besorgen.«

»Zeitverschwendung, du weißt doch, wie Festschriften sind. Das pure Grauen.«

»Ich habe jetzt ja nichts mehr zu tun, außer das Seminar zu halten. Da kann ich mich auch mit Festschriften beschäftigen.«

»Josef, du musst dir überlegen, wovon du leben willst nach dem Semester.«

Ich muss mir überlegen, ob ich weiterleben will. Aber das sagte er ihr nicht. Sie schaut mich so merkwürdig an, als ahnte sie, was ich denke.

»Hartz IV«, sagte er. »Ich brauch nicht viel. Außerdem habe ich Reserven. Nicht viel, aber für ein paar Monate reicht es.«

»Du bist verrückt.« Sie klang traurig.

»Das merkst du erst jetzt?«

Sie stand auf, nahm ihren Becher und brachte ihn zur Geschirrrückgabe. Dann ging sie, ohne ein Wort zu sagen.

Natürlich versteht sie mich nicht. Das passt nicht in ihre Vorstellungen. Ich hätte mich vor ein paar Wochen auch nicht verstanden. Da schien alles klar, Habilitation, danach

Vertragsverlängerung, Bewerbungen, irgendwann eine feste Stelle an einer Uni. Ein bisschen spät, aber wenn man es geschafft hatte, juckte das niemanden mehr. Nun lief er aus dem Ruder. Er enttäuschte Bohming, aber vor allem Anne. Und was würde seine Mutter sagen? Am besten, sie erfuhr es nicht. Sofort meldete sich das schlechte Gewissen. Er hatte nicht mehr angerufen bei seiner Mutter. Später würde er es tun, bestimmt. Er saß noch eine Weile in der Cafeteria und dachte nach, ob seine Entscheidung richtig war. Kann eine Entscheidung richtig sein, wenn sie einen ins Unglück stürzt? Nein, berichtigte er sich, im Unglück stecke ich jetzt und würde es bleiben, wenn ich mich anders entschiede. Nur, was soll aus mir werden, aus einem gescheiterten Historiker Ende vierzig?

Er verließ die Cafeteria und fuhr im Aufzug hoch ins Historische Seminar. In seinem Büro setzte er sich an den PC. Es würgte ihn. Er wollte aufspringen, hinauslaufen, ein anderes Büro fordern. Hier hielt er es nicht aus, immer musste er an Brigittes Leiche denken. Reiß dich zusammen. Du überwindest die Erschütterung nur, wenn du dich ihrer Ursache aussetzt, sonst hängt sie dir ewig nach. Also weitermachen. Bald brauchst du gar nicht mehr an die Uni zu kommen, die paar Wochen hältst du durch. Er kniff die Augen zu, dann öffnete er sie wieder. Such nach der Festschrift. Sie war natürlich längst nicht mehr lieferbar, aber bei einem Antiquariat fand er das Buch, Herausgeber: Vitus Müller-Zumdick, Festschrift für Gerhard Kalterer, Titel: Die Verantwortung des Historikers. Er bestellte das Buch.

Ein Blick auf die Armbanduhr verriet ihm, dass er bald ins Seminar musste. Sollte er den Studenten sagen, dass sie kein weiteres Seminar bei ihm belegen könnten? Eher nicht. Aber dann fiel ihm ein, dass er sich so festlegen würde gegen die eigenen Zweifel. Und eine solche Festlegung wäre eine Schritt nach vorn, er könnte dann nicht mehr zurück. Er müsste nicht mehr so viel darüber nachdenken.

Ein zweiter Blick auf die Uhr. Er zügelte sich, um nicht zu früh loszugehen. Er mochte nicht im Seminarraum sitzen, bevor das Seminar angefangen hatte. Da hätte er sich seltsam gefühlt. Doch, du wirst das jetzt sagen, und dann wird es überall herumgetratscht werden. Dann gibt es kein Zurück mehr. Die Vorstellung, es gleich öffentlich zu sagen, erleichterte ihn.

Ein dritter Blick auf die Uhr. So, jetzt konnte er allmählich los. Er schaute noch einmal aufs Dach der WiSo-Fakultät und spürte keine Angst. Nun ließ seine Phantasie auch kein Zielfernrohr mehr blitzen. Nein, er fühlte, die Gefahr war vorüber. Warum eigentlich? Warum sagte ihm sein Unterbewusstsein, dass es vorbei war? Hing es mit seiner Entscheidung zusammen? War der Todesschütze vielleicht zufrieden, dass Stachelmanns Historikerlaufbahn zu Ende ging? Der Gedanke packte ihn und ließ ihn nicht los. Der Mörder hätte ihn leicht umbringen können in den letzten Tagen. Der Polizeischutz war doch Firlefanz. Stachelmann warf der Polizei nicht vor, dass sie hilflos war. Er hätte auch nicht gewusst, was sie anderes tun könnte.

Aber zurück zu dem Gedanken, dass der Schütze sein Ziel erreicht hatte und deswegen nicht mehr auftauchte. Was war sein Ziel? Wirklich zu verhindern, dass Stachelmann seine Habilschrift veröffentlichte?

Stachelmann hätte fast einen Studenten angerempelt, als er gedankenverloren zum Seminarraum lief.

Im Seminar sah er drei unbekannte Gesichter und begriff gleich, dass die beiden Männer und die Frau sehen wollten, was das für einer war, auf den ein Irrer geschossen hatte. Stachelmann überlegte, dann sagte er: »Um jetzt noch ins Seminar einzusteigen, ist es zu spät.« Er schaute die drei an, einen nach dem anderen. Ein langer Hagerer mit einem gestutzten Schnurrbart und einer spitzen Nase. Ein Dicker, rothaarig, Sommersprossen, Lederweste, die Frau schlank, eher klein, verhärmtes Gesicht. Nur die Frau hielt seinem Blick stand. »Sie sind meines Wissens nicht eingetragen für mein Seminar, und deshalb empfände ich es als fair, Sie würden uns in Ruhe arbeiten lassen.«

Das sind gar keine Studenten. Die sind zu alt. Und irgendwie sehen die aus wie … wie auch immer. Er schaute wieder zu der Frau, dann sah er, wie der Dicke eine Kamera in der Hand hatte, es blitzte rasend schnell hintereinander. Jetzt begriff Stachelmann, das waren Journalisten. Bestimmt von der Boulevardpresse.

»Ich habe Ihnen nicht erlaubt, mich zu fotografieren. Geben Sie die Kamera her!« Er staunte, wie energisch er schreien konnte. Der Dicke lachte und eilte aus dem Raum. Die Frau sagte mit Schmeichelstimme: »Sie sind ein tapferer Mann. Wie fühlt man sich denn als jemand, der dem Tod entronnen ist?«

»Verschwinden Sie, sofort!«, sagte Stachelmann. Fast hätte er seine Studenten gebeten, die beiden Journalisten mit Gewalt rauszuschmeißen. Die Frau grinste dreckig, der Mann erhob sich herausfordernd langsam. Dann gingen sie. Aasgeier.

Stachelmann setzte sich. »Sie sehen, wie das so ist.« Gleich schalt er sich für diesen nichtssagenden Spruch. »Dieser bemerkenswerte Auftritt, gleich drei Leute, gewissermaßen eine journalistische Kampfgruppe, macht es mir noch leichter, Ihnen zu sagen, was ich Ihnen auch sonst gesagt hätte. Die Dinge haben sich für mich verändert. Weniger weil einer auf mich geschossen hat, sondern weil offenbar wegen einer Lappalie eine Kommilitonin von Ihnen, die an unserem Seminar teilgenommen hat, ermordet worden ist. Was das mit mir zu tun haben soll, weiß ich zwar nicht. Aber dass es etwas mit mir zu tun hat, ist nicht zu bezweifeln, sonst wäre Brigitte Stern nicht in meinem Büro umgebracht worden. Ich will es nicht ausufern lassen, nur noch erwähnen, auch mit meiner Habilitationsschrift hat es Ärger gegeben. Es hat eigentlich wegen allem, was ich hier tue, Ärger gegeben. Mir reicht es. Ich werde am Ende des Semesters die Universität verlassen.«

Schweigen.

Er schaute sich um. Die meisten blickten auf die Tischplatte oder an die Wand, aber nicht zu ihm. Die Pummelige mit den schwarzen Haaren kratzte sich am Kopf, dann sagte sie: »Ich wollte Sie fragen, ob ich im kommenden Semester meinen Bachelor bei Ihnen machen kann …«

»Tut mir leid«, sagte Stachelmann. »Wirklich.«

Sonst sagte niemand etwas. »Gut, dann machen wir weiter.« Es war ihm nicht danach, das Seminar ablaufen zu lassen, als wäre nichts gewesen. Und doch musste er es tun. Das Referat der Schönen mit der feinen Narbe auf der Stirn war mäßig, eher schlecht. Und sie trug es miserabel vor. Fahrig, viel zu schnell. Immer wieder schaute sie Stachelmann hilfesuchend an. Aber wie sollte er ihr helfen? Und wenn er es gekonnt hätte, hätte er es nicht gewollt. Er würde ihr den Seminarschein geben, warum sollte er am Ende seiner Unilaufbahn ein Theater veranstalten.

Die Diskussion kam zunächst nicht in Gang, und nachdem Stachelmann ein paar Fragen eingeworfen hatte, schlich sie müde voran. Wie gut, dass ich das bald hinter mir habe. Präg es dir gut ein, damit du später keine nostalgischen Anwandlungen bekommst.

Das Seminar dauerte unendlich lang. Er hörte kaum noch zu, was die Teilnehmer sagten. Er dachte an die Festschrift für Kalterer und daran, dass er glaubte, der Mörder werde ihn nicht mehr bedrohen. Der hat erreicht, was er erreichen wollte.

15

Vor seinem Büro stand ein neuer Schreibtischstuhl. Er rollte ihn ins Zimmer und stellte den Ersatzstuhl wieder vor den Schreibtisch. Dann rief er Anne an. Ob sie mit ihm essen gehen wolle.

»Damit du mir wieder so einen Quatsch erzählst?«

»Nein, ich hab eine Idee. Ein bisschen spekulativ, ehrlich gesagt sehr spekulativ. Aber nicht so schlecht. Besser als alles jedenfalls, worauf ich bisher hereingefallen bin.«

»Hast du dir das mit der Uni anders überlegt?«

»Nein. Aber darüber will ich gar nicht reden mit dir.«

»Und solltest du tatsächlich diesen Irren finden, überlegst du es dir dann noch einmal anders mit der Uni?«

Er schwieg eine Weile. »Ich will dich nicht veräppeln, aber die Uni habe ich im Geist schon hinter mich gebracht. Heute im Seminar, du hättest erleben sollen, wie zähflüssig es war. Das Grauen.«

»Du wirst dich danach zurücksehnen, wenn du tatsächlich aufhörst. Glaubst du, Hartz IV ist unterhaltsam?«

»Nein, Hartz IV ist Lug und Trug. Aber ich habe sogar schon eine Idee, was ich machen werde.«

»Und?«

»Nur wenn du mit mir essen gehst.«

»Ich sehe, du planst eine Karriere als Erpresser. In diesem Job wärst du spitze.«

»Schön, dass du mir wenigstens das zutraust.«

»Ich traue dir eine Menge zu, nur ob das alles schmeichelhaft ist …«

»Also, ich zahle, und du kommst. Noch kann ich es mir leisten.«

Sie willigte ein. Beim Vietnamesen, ganz in der Nähe ihrer Wohnung.

Bis dahin wollte er noch recherchieren. Er gab *Gerhard Kalterer* in eine Suchmaschine ein und erhielt ein paar hundert Treffer. Er sah die Ergebnislisten durch, fand aber nichts, das ihn interessiert hätte. Dieser Historiker schien keine Größe gewesen zu sein. Aber er hatte diesen Namen schon mal gelesen. Wo? Er überlegte eine Weile, dann fiel es ihm ein: in der eigenen Arbeit. Er lachte laut. So betriebsblind war er schon, dass er sich gar nicht mehr an das erinnerte, was er verwertet hatte in der Habilschrift. Aber so erstaunlich fand er es dann doch nicht, schließlich saß er seit Jahren daran, und da konnte man leicht etwas vergessen bei Tausenden von Namen, die er in der Arbeit erwähnte.

Er öffnete die Datei und gab als Suchbegriff den Namen ein. Natürlich, in einer Fußnote, eingerahmt von anderen Namen, war die Rede von einem Gerhard Kalterer. Er und die anderen Historiker, die in der Fußnote genannt waren, hatten unter anderem Gutachten verfasst für Dienststellen des Dritten Reichs. Einer von vielen. Das ist übel, aber nichts Neues. Er entsann sich, Aufsätze gelesen zu haben über die historische Rechtfertigung der deutschen Expansion nach Osten.

Diesen Unsinn hatte es schon vor den Nazis gegeben, allerdings nicht so stark angereichert mit Rassismus. Alles nicht sonderlich aufregend, warum sollten die Historiker der Nazizeit bessere Menschen gewesen sein als andere Wissenschaftler? Und wer konnte sich heute noch so aufregen über die Enthüllungen der Herrenmenschenidiotien eines längst begrabenen Historikers, dass er sich ein Gewehr beschaffte und Leute erschoss? Nein, das ist absurd. Niemand käme auf diese Idee.

Er wiederholte im Kopf, was er sich gerade zusammenreimte. Du hast einen Namen auf einem Buchrücken erkannt in Bohmings Zimmer. Es ist der Name eines Historikers, der unbedeutend war und außerdem Nazi. Nach 1945 wird er davon nichts mehr gewusst haben, das war üblich. In Bohmings Regalen stehen die Bücher vieler

Autoren, auch andere dürften braunen Dreck am Stecken haben. Er schaute sich die eigenen Regale an. Natürlich, dieser und jener war genauso verstrickt, Werner Conze, Wolfgang Schieder und so weiter. Spätestens seit dem Historikertag 1998 waren diese Verstrickungen auch dem Blindesten und Taubsten bekannt geworden. Vielleicht verstand er mehr, wenn er die Festschrift endlich lesen konnte. Aber er musste sich gedulden.

Er saß lange und versank immer tiefer in Gedanken. Er wendete sie hin und her, aber er kam nicht weiter. Denk an deinen Reinfall mit Kraft, da warst du auch überzeugt. Beweis deiner Bereitschaft, der erstbesten Spur zu folgen. Dich zu verbeißen und alles zu verdrängen, was deiner Überzeugung widerspricht. Gewissermaßen war er als Historiker ein Wissenschaftler, als Detektiv aber ein Ideologe. Hatte er einen Verdacht, sammelte er Indizien, die den Verdacht erhärten konnten. Klüger wäre es aber, auch Indizien zu sammeln, die dem Verdacht widersprachen. Das wäre die wissenschaftliche Methode. Er dachte an das, was er nach dem Ausscheiden aus der Uni tun wollte. Wenn er sich da ebenso schnell verbiss, würde er scheitern. Auch dabei scheitern. Der Gedanke ängstigte ihn. Er würde überall scheitern. Red es dir nur ein, dann wird es schon schiefgehen.

Auch die Kalterer-Spur ist Unsinn. Ein Buchrücken, zufällig gesehen, so ein Quatsch. Was hat das mit Brigittes Tod zu tun? Er überlegte, fand aber keine Verbindung.

Dann ging er zu dem Vietnamesen, Anne wartete schon. Sie saß im hintersten Winkel auf einer Bank, Stachelmann setzte sich gegenüber auf den Stuhl. Der Kellner erschien, klein und schnell, und sie bestellten beide etwas mit Hühnerfleisch, dazu Mineralwasser. Sie sagten lange nichts, dann fragte sie leise: »Du willst wirklich aufhören?«

Ihre Frage weckte Zweifel. Dennoch sagte er: »Ja. Es hat keinen Zweck mehr.«

»So ein Unsinn. Du hast eine Krise, und das kann man gut verstehen, wenn man weiß, was geschehen ist. Aber mit deinem Abgang machst du es nur schlimmer. Ich weiß oft auch nicht, welchen Zweck das hat, was ich tue. Ich weiß nur, dass es gar keinen Zweck hätte, etwas anderes zu versuchen.« Nach kurzem Zögern setzte sie hinzu: »Das geht jedem so. Bestimmt jedem.«

»Wegen dieser Scheißarbeit wurde jemand umgebracht …« Warum sagte er »jemand«?

»Das ist nicht erwiesen!«

»Ich kenne keinen anderen Grund …«

»Kennst du alles, was es gibt?«

Er musste lachen. »Natürlich.«

Sie lachte mit. Sie schwiegen, und sie legte ihre Hand auf seine. »Du musst Geduld mit dir haben.«

»Du kannst dir nicht vorstellen, wie viel Geduld ich mit mir hatte in den letzten Jahren.«

»Doch, ich weiß. Und wenn ich dich nicht abbringen kann … ich werde das schon schaffen … also mal theoretisch, was würdest du machen, wenn du so dumm wärst, die Uni zu verlassen?«

»Ich mach ein Recherchebüro auf. Historische Recherchen. Hab ich doch schon gesagt.«

Sie starrte ihn an, als hätte er gerade erzählt, er würde in einem Swimmingpool Krokodile züchten. »Du meinst das wirklich ernst? Ich dachte, du hättest gesponnen im Suff.«

»In vino veritas.«

Ihr Gesicht erbleichte, sie zog ihre Hand zurück, sagte aber nichts.

»Aber zuvor muss ich diesen Killer kriegen.«

Sie schüttelte langsam den Kopf, als würde sie allmählich begreifen, dass er verrückt geworden war. »Du spinnst, Josef. Den Killer überlass der Kripo. Erstens ist das deren Aufgabe, zweitens verstehen die davon mehr als du, und drittens ist es wahnwitzig, sich mit einem Typen anzulegen, der sich aufs Dach legt und auf Leute schießt.« Sie starrte ihn immer noch an, als verwandele er sich vor ihren Augen gerade in einen Außerirdischen. Ich kenn dich doch nicht, sagte ihr Blick.

Er schaute an ihr vorbei an die Wand. Da hing ein Schwarzweißbild, eine Art Stich, Fischer auf einem Fluss, die ein Netz aus dem Wasser ziehen. Das Boot sah aus wie die Miniatur einer Dschunke. Sie hatte in allem recht. Doch er würde seinen Plan verwirklichen. Ja, es war verrückt, einen halbwegs sicheren Job aufzugeben in diesen Zeiten. Aber er wollte nicht mehr. Er dachte an Brigitte, sie war eine Studentin gewesen, die mitgezogen, die sich interessiert hatte für Geschichte. Und er dachte an die anderen, die in Seminaren und Vorlesungen saßen, ohne dass man wüsste, warum, wenn man nicht unterstellte, Langeweile sei ihr Hobby.

»Ich will nicht mehr«, flüsterte er fast. Eindringlich.

»Du bist wie ein Kind. Ich will nicht mehr, ich mag nicht mehr. Was glaubst du, was ich alles nicht mag und dennoch ertragen muss?« Sie war laut geworden, erschrak, dann sagte sie leise: »Bei dir angefangen.«

»Wenn du was zu meckern hast, sag's gleich. Es kommt auch nicht mehr drauf an.«

»Du bist komisch, Josef. Bei manchen Fragen kannst du dich nicht durchringen zu einer Entscheidung. Aber bei dieser Geschichte brichst du es übers Knie. Ruckzuck, erledigt. Uni tschüs, ganz egal, was kommt. Wenn du deinen Vertrag nicht verlängerst, bist du für immer draußen. Dann kannst du deine Habil in den Wind schießen. Mein Gott, jahrelang hast du dich geplagt. Und nun weg damit.«

Sie verstand ihn nicht. Nicht, dass er die Habilitation hasste, weil er sie nicht trennen konnte vom Mord an Brigitte und den Schüssen im Von-Melle-Park. Sie war in seinem Büro abgeschlachtet worden. Und immer wenn er das Zimmer betrat, meldete sich der Brechreiz. Gut, sie könnten ihm ein anderes Büro besorgen. Aber er würde die Sache nie loswerden. In jedem Seminar würde er sich fragen, wo Brigitte säße. Ohne seine Habilitation wäre sie noch am Leben, hätte es die Internetkampagne nicht gegeben und alles andere auch nicht. Wie konnte er da weitermachen, als wäre nichts geschehen? War Anne so kalt, dass sie das nicht begriff?

»Du bist eiskalt«, sagte er.

Sie schaute ihn erschrocken an. Dann nickte sie. »Gut, du magst das so sehen. Aber ich finde mich nicht kalt, sondern vernünftig. Ich will verhindern, dass du in dein Unglück rennst.«

»Man kann nicht in etwas hineinrennen, worin man schon ist.«

Sie zog die Schultern hoch und stöhnte leise.

Der Kellner kam mit den Getränken.

Stachelmann trank einen Schluck.

»Und was willst du in der Zeit machen, bis du dich ins Unglück stürzt?«

»Ich führe mein Seminar zu Ende, das ist klar. Und ich werde mir mal alle Publikationen von Bohming genau anschauen. Die habe ich früher nur überflogen. Eigentlich weiß ich gar nicht so richtig, mit wem ich es zu tun habe. Bei ihm im Regal steht zum Beispiel diese Festschrift für Kalterer, wir haben darüber gesprochen. Der Kalterer war ein Nazi und hat auch nach 1945 fröhlich mitgemischt in der Geschichtswissenschaft. Ein unbedeutender Wissenschaftler, aber mit braunen Flecken auf dem Hemd. Doch das war den Leuten egal. Und Bohming wahrscheinlich auch. In meiner Arbeit wird er angeführt als typisches Beispiel für einen Nazihistoriker, der nach dem Krieg das Gedächtnis verloren hat. Wenn Bohming irgendwas mit dem Kalterer zu tun hatte, dann ergibt sich doch eine … bemerkenswerte … Konstellation. Ja, nennen wir es mal Konstellation.«

»Du spinnst.« Sie schüttelte heftig den Kopf. »Bohming

legt sich aufs Dach der WiSo-Fak und ballert herum. Ganz bestimmt.«

Er versuchte wieder, es sich vorzustellen. »Nein, das gewiss nicht. Er könnte kaum unerkannt aufs Dach klettern. Jedenfalls müsste er damit rechnen, dass ihn jemand sieht. Er hat nicht die körperliche Statur, unsportlicher geht's kaum. Ob er schießen kann, wage ich zu bezweifeln. So ein Militärgewehr wiegt einiges und hat einen heftigen Rückstoß, das G3 jedenfalls. Und davon abgesehen, warum sollte er es tun?«

»Auch wenn ich mir jetzt widerspreche«, sagte sie. Dann überlegte sie. »Er hätte vielleicht ein Motiv. Wenn du ihn in deiner Arbeit bloßstellst. Nichts würde er mehr hassen als das, er ist ja unerträglich eitel.«

»Dieser Gedanke ist mir auch schon im Kopf herumgespukt.« War er das? Vielleicht, in Umrissen, doch nicht in dieser Klarheit. »Wenn ich ihn bloßgestellt habe, aus Versehen, dann könnte sich ein Motiv ergeben. Aber auch nicht mehr. Wie viele Leute ärgern sich, ohne gleich zur Knarre zu greifen!«

»Aber du willst dich doch sowieso mit ihm beschäftigen. Das tust du doch nicht nur zum Zeitvertreib, sondern weil du etwas witterst.«

»Wauwau«, kläffte er.

Dem Kellner wären fast die Teller aus der Hand gefallen. Sie musste lachen. Der Vietnamese stellte die Teller auf den Tisch, starrte Stachelmann an, als erwarte er, wieder angebellt zu werden. Anne verfolgte die Szene und begann wieder zu lachen. »Du bist total verrückt. In jeder Hinsicht.« Sie prustete. »Das muss der Grund sein, warum ich dich liebe.«

Er hatte halbherzig mitgelacht, dann verstummte er. Wie lange hatte sie ihm nicht mehr gesagt, dass sie ihn liebe? Ewig war das her. Es rührte ihn, gerade weil sie es so spontan gesagt hatte, es ihr herausgerutscht war.

»Wirklich?«

»Würde ich sonst auf den Unsinn eingehen, dass der Sagenhafte der größte Mörder seit Jack the Ripper ist? Klassischer Fall von verdrehtem Kopf.«

Er nahm ihre Hand. Das Essen stand unberührt vor ihnen. »Ich glaube es ja auch nicht. Bohming als Killer, absurder geht's nicht. Außerdem bin ich ungerecht.«

Sie zog die Hand unter seiner weg. Vielleicht dachte sie an Ines und wie Stachelmann Anne damals enttäuscht hatte. Er hätte einiges dafür gegeben, wenn er das hätte rückgängig machen können.

Sie stocherte im Reis. »Nein, Bohming war es nicht. Aber du solltest dich trotzdem mit ihm beschäftigen. Vielleicht findest du was Interessantes. Das würde mich freuen, es würde helfen, falls ich mich mal wieder ärgere über ihn. Wenn man dann weiß, dass der Sagenhafte keineswegs so sagenhaft ist, ärgert man sich gleich weniger.«

Und wahrscheinlich denkt sie: Solange du in der Bibliothek herumsitzt, so lange gehst du nicht auf Mörderjagd und kann dir nichts passieren. Und doch erschien es ihm vernünftig, zumal er keinen sonstigen Anhaltspunkt hatte. Außerdem, es war interessant, am Ende seiner Unizeit die Arbeiten seines Chefs endlich genau kennenzulernen. Er hatte viele Jahre zuvor in Bohmings Arbeiten herumgelesen, genauer gesagt, sich damit gequält. Die Doktorarbeit war dünn, die Habilschrift auch nicht besser. Er erinnerte sich, dass Bohming in späteren Schriften alles zusammenrührte, was es an Positionen gab, um am Ende geschickt einfließen zu lassen, er habe dies oder jenes doch immer schon gesagt. Erstaunlich fand Stachelmann, dass Bohming sich weiterhin traute, auf Kongressen und Tagungen aufzutreten. Er hatte sich wohl längst einen Schutzpanzer zugelegt oder eine virtuelle Augenklappe, um nicht zu sehen, wie andere über ihn spotteten. Doch konnte er nicht immer alles überhören und überlesen, er brauchte ein dickes Fell, also das, was Stachelmann nicht besaß.

»Allein, dass wir die Möglichkeit erwägen, Bohming könnte es sein, beweist, dass wir spinnen und nicht den Hauch einer Ahnung haben, was hinter der Sache steckt. Zumal der Sagenhafte ein sagenhaft gutes Alibi hat«, sagte Stachelmann. »Komischerweise habe ich zurzeit selten Angst, dabei müsste ich doch hinter jeder Ecke einen Scharfschützen vermuten wie vor kurzem noch.«

»Ich fürchte, die wirkliche Angst kommt erst noch. Wenn die Anspannung nachlässt, wenn die Bedrohung vorüber ist, absurderweise.«

»Das ist ja tröstlich«, sagte er. »Was Bohming angeht, so habe ich doch das Gefühl, wir sind da einer Sache auf der Spur, wenn auch über ein paar Ecken.«

»Mal hältst du es für absurd, mal für eine heiße Spur. Du solltest dich entscheiden.«

»Keineswegs. Ich werde heute Abend wieder anders denken als jetzt und morgen früh anders als heute Abend. Ich habe es nicht nötig, mich festzulegen.«

»Seit wann lässt du dich von Stimmungen tragen?«

»Ungefähr seit heute.«

Sie lächelte, aber Stachelmann sah, sie war verunsichert. Natürlich, er hatte sich verändert seit seinem Beschluss, die Uni zu verlassen. Er fühlte sich frei, auch wenn er ahnte, dieses Gefühl würde nicht lang anhalten. Aber jetzt hatte er keine Angst vor der Zukunft wie in all den Jahren, als er am Historischen Seminar gearbeitet hatte. Diese Zeit der Unsicherheit, der Selbstzweifel, des Versagens war vorbei. Das war ihm wichtiger, als sich mit dem zu beschäftigen, was ihn erwartete. Jetzt zweifelte er nicht mehr, es war die einzig richtige Entscheidung. Er nahm sein Schicksal selbst in die Hand. Und immerhin hatte er ein Projekt. Wenn er sich darauf stürzte mit all seiner Zähigkeit und seiner Intelligenz, dann würde er sich schon durchschlagen. Reich würde er nicht werden, aber es würde zum Leben genügen.

Sie aß einen Bissen, aber offenbar nur, um nichts sagen zu müssen.

»Es wird auch für uns besser sein, wenn ich dir nicht dauernd über den Weg laufe im Seminar. Wenn ich eine andere Erfahrung einbringen kann. Das wird dich schon interessieren, was Leute in der richtigen Welt bewegt.«

»Das hast du schon mal gesagt. Schön, dass du mich beruhigen willst.« Wieder stocherte sie auf ihrem Teller herum. Sie überlegte, dann sagte sie: »Also, ich sehe, ich kann dich nicht abbringen von deinem Trip, du bist ein sturer Bock. Ich mache jetzt einen Vorschlag, den du dir bitte anhörst, bevor du gleich nein sagst. Ja?« Sie schaute ihm streng in die Augen.

Er nickte. »Gut.«

»Wir ziehen zusammen, am besten in meiner Wohnung. Das senkt die Kosten. Und ich befürchte, in Lübeck würdest du versacken, wenn du nicht mehr gezwungen bist, an der Uni aufzutauchen. Du stellst dir dein neues Dasein jetzt in schönsten Farben vor. Aber es wird dich bald der Selbstzweifel einholen, weil er zu dir gehört wie deine Nase.«

Es rührte ihn, und er ärgerte sich. Nein, er würde sich befreien von allem, was ihn bedrückte, weil das nur mit der Universität zusammenhing. Die hatte ihn fast fertiggemacht.

»Und?«, fragte sie ungeduldig.

»Ich denke darüber nach.«

»Das kennen wir.«

Natürlich, sie warf ihm vor, Entscheidungen zu verschleppen. Aber er würde sein Leben nicht binnen weniger Minuten noch radikaler ändern, als er es ohnehin vorhatte. Sie durfte ihm nicht die Pistole auf die Brust setzen. Jetzt schon gar nicht.

»Gut, ich bin hin und wieder nicht klargekommen, auch privat. Aber das kann doch nicht heißen, dass ich nun gleich versacke. Die Uni zu verlassen genügt erst mal.«

»So siehst du das also.« Sie sagte es leise, fast tonlos. »Manchmal glaube ich, du bist mit mir zusammen … zusammen, wenn man das so nennen kann …, weil es dir bequem ist. Du kommst und gehst, wann du willst. Um Felix kümmerst du dich auch nicht. Und weil ich nicht nachtragend bin, gehst du auch mal mit einer anderen ins Bett. Du weißt ja, ich verzeihe alles.« Sie sprach, als verachtete sie sich selbst. Sie war nur noch Resignation. Als würde sie gerade Klarheit gewinnen über eine von Anfang an vermasselte Beziehung, an der sie entgegen aller Vernunft festgehalten hatte.

Es ist die Zeit des Bruchs. Als er es dachte, erschrak er. Nein, das wollte er nicht. An ihr konnte er sich festhalten, sie war stärker als er. Auch wenn sie sich weigerte, seinen Spinnereien zu folgen, auch der Streit mit ihr gehörte längst zu seinem Leben. Sie war vernünftig, klar, hatte Ziele und dachte nicht um die Ecke wie er. Ohne sie hätte er sich so oft verrannt. Und vielleicht wäre er nicht mehr am Leben. Er wusste, wie brüchig ihre Liebe war, aber das war sie schon so lange, dass er sie sich nicht mehr anders vorstellen konnte. Ja, er hatte Affären gehabt, aber waren die nicht bedeutungslos? Jedenfalls für ihn. Doch er ahnte, dass sie Anne verletzt hatten. An diesem Abend hatte er mit ihr über seine Vermutungen sprechen wollen, wie sich das Wirrwarr entflechten lassen könnte. Er hatte gehofft, sie würde ihm helfen, es wäre nicht das erste Mal gewesen. Stattdessen begannen sie sich zu streiten.

»Danke«, sagte er. »Danke für die Hilfe. Für das Angebot. Es ist verlockend, wirklich.«

Ihr Augen verrieten, sie glaubte ihm nicht.

»Aber lass mich bitte darüber nachdenken. Es stürzt derzeit ein bisschen viel auf mich ein.«

»Einstürzen?«

»Du weißt, wie ich es meine.«

»Eben«, sagte sie. Dann stand sie auf, nahm ihren Mantel von der Stuhllehne und ging. Gemächlich, aber bestimmt. Er hätte sie aufhalten können, doch er schwieg.

Wenn man das Musterbeispiel eines nach vernünftigem

Beginn misslungenen Gesprächs beschreiben will, jetzt könnte ich es, dachte er. Ja, sie ist es leid, dass ich immer wieder zögere, mich nicht entscheide, nicht weiß, was ich will, jedenfalls mag es für Außenstehende so aussehen. Aber sie kann nicht von mir verlangen, eine so wichtige Frage binnen weniger Minuten zu beantworten. Und sie fürchtet, dass ich mich gar nicht entscheiden kann. Es ist verhext. Als könnten wir nicht mehr miteinander reden, ohne uns misszuverstehen. Erst fühlte er sich unverstanden, dann war er wütend, schließlich wurde er traurig. Warum konnte er nicht ein Leben führen wie andere Menschen? Ein ganz normales Leben, mal mehr, mal weniger glücklich. Für ihn gab es nur Abgründe. Und könnte er glücklich sein, sah er schon den nächsten Abgrund oder erkannte das Glück erst, wenn es verronnen war.

Er bezahlte, übersah das erstaunte Gesicht des Kellners, der die vollen Teller nach einem angedeuteten Achselzucken abtrug. Draußen wehte ein kalter und feuchter Wind, er fror. Der Hochnebel drückte tief auf die Stadt. Alles war grau, auch in seinem Kopf. Auf dem Weg zum Dammtorbahnhof begegnete er grauen Gestalten, die auch nicht bunter gewesen wären, hätten sie grelle Sommerkleidung getragen. Das Polizeiauto, das ihm folgte, beachtete er nicht. Ein Gedanke schien auf und setzte sich fest. Vielleicht wäre es das Beste, Schluss zu machen. Er konnte es gleich tun, ein Sprung auf die Gleise, wenn ein Zug einfuhr. Er wusste ja, wie man sich dabei fühlte. Oder nicht, weil er nur wusste, wie es war, wenn man auf die Gleise gestoßen wurde? Er schüttelte den Kopf, als könnte er den Gedanken so loswerden. Aber er sprang nicht aufs Gleis, als die S-Bahn zum Hauptbahnhof kam, sondern wartete, bis sie hielt, und stieg ein. Im Wagen stank es verbrannt, er blieb stehen, um nahe an der Tür zu sein. Er schaute sich um, um die Quelle des Gestanks zu entdecken, sah aber nichts. Vielleicht riechst nur du den Gestank, jedenfalls schienen sich die Leute im Wagen nicht gestört zu fühlen.

Im Hauptbahnhof stürzte er fast aus dem Wagen. Er stieg die Treppe hoch zur Galerie und wurde mitgerissen vom Menschenstrom. Dann drängte er ans Geländer und hielt sich fest, während der Strom nun an ihm vorbeizog. Er versuchte einzelne Gesichter zu erkennen, sah aber nur Schemen wie in einem Film, der zu schnell lief. Er blickte hinunter aufs Gleis und dachte daran zu springen, sobald ein Zug sich näherte.

»Haste mal 'nen Euro?«, schrie ihn einer an.

Stachelmann drehte sich um, sah einen alten Mann, klein, Kinnbart, Glatze, Warzen auf der Stirn, Lücken zwischen braunschwarzen Zähnen. Der streckte ihm die Hand entgegen, die in einem fingerlosen Handschuh steckte.

»Guck nicht so, einen Euro!«

Stachelmann nahm sein Portemonnaie und gab dem Mann fünfzig Cent.

»Zu großzügig, vielen Dank.«

Auf Gleis 7 rollte sein Zug ein. Er sah Menschen herausquellen und stellte sich auf die Rolltreppe hinunter zum Bahnsteig. Er überlegte, ob er schon einmal niedergeschlagener gewesen war. Kaum. Nicht beim Tod des Vaters, und auch sonst konnte er sich an keine Gegebenheit erinnern, an nichts, was deprimierender gewesen wäre. Die Beziehung mit Anne in der Krise, und jetzt fand er auch seinen Plan abwegig. Ein Büro für historische Recherchen. War er überhaupt in der Lage, Kunden zu werben? Er und werben? Konnten Menschen ihm zutrauen, das herauszufinden, was sie erfahren wollten? Ihm, der nie etwas zu Ende brachte?

Aber an der Universität würde er nicht bleiben. Er ertrug sie nicht mehr, nicht die Kollegen, nicht die Studenten. Der sicherste Weg in den Untergang wäre, zu bleiben. Er konnte Bohmings Gesicht nicht mehr sehen, seine Wichtigtuerei, sein väterliches Gehabe, sein so unausgesprochenes wie aufdringliches Verlangen, bewundert zu werden.

Ja, das war immerhin eine gute Idee, sich zum Ende seines Unidaseins einmal intensiv mit dieser Koryphäe zu beschäftigen. Er hatte Lust, ihm auf die Schliche zu kommen, zu erfahren, wie man Ordinarius wird, ohne wirklich wissenschaftlich zu arbeiten. Den letzten großen Auftritt des Sagenhaften auf einem Historikerkongress hatte ja Anne vorbereitet. Weil Bohming zu faul gewesen war, oder weil er es einfach nicht konnte. Nicht er, Stachelmann, war der Versager, sondern Bohming. Der hatte schon viel länger nichts auf die Reihe bekommen, während Stachelmann seine Habilschrift verfasst hatte. Gut, das hatte gedauert, aber nun war sie fertig, und wenn er einige Augenblicke den Komplimenten der Kollegen glaubte, mochte sie so schlecht nicht sein. Es hatte gereicht. Und verteidigt hatte er sie auch schon. Nun hatte er alle Bedingungen erfüllt, um sich Professor oder wenigstens Privatdozent zu nennen. Es fehlte noch die Urkunde, Formsache.

Er setzte sich in das Großraumabteil der ersten Klasse, fand auf dem Sitzplatz neben ihm ein *Hamburger Abendblatt* und begann darin zu blättern. Er verstand nicht, was er las. Er sah ein Bild des Hamburger Bürgermeisters und versuchte die Bildunterschrift zu begreifen. Aber sein Kopf war leer. Er legte die Zeitung weg, warf einen Blick auf die Frau, die sich ihm gegenübersetzte, und schloss die Augen. Jetzt sah er Schemen. Als die Angst herankroch, öffnete er die Augen und merkte, dass der Zug den Bahnhof verlassen hatte. Hasselbrook, dann hatten sie Berliner Tor schon durchfahren. Es begann zu regnen, Wassertropfen formten sich zu Spritzern auf der Scheibe. Hoffentlich kommt die Kalterer-Festschrift morgen, dachte er. Das war zwar wenig wahrscheinlich, aber die Beschäftigung mit ihr würde ihn übers Wochenende bringen.

Auf dem Weg vom Bahnhof zur Obertrave verwandelten sich seine Knie in Gummi. Er beachtete den Polizeiwagen nicht, aus dessen Auspuff Rauchwolken waberten und gleich vom Regen geschluckt wurden. Er wunderte sich, dass kein Passant ihn anstarrte, er glaubte zu torkeln wie ein Betrunkener. Aber er blieb nicht stehen, klammerte sich nirgends fest, sondern zwang sich durchzuhalten. Er wurde nass, Menschen hasteten an ihm vorbei. Die Straßenlaternen ließen die Regentropfen glitzern.

Zu Hause warf er den Mantel auf den Boden und setzte sich aufs Sofa im Wohnzimmer. Vom Haar tropfte es ihm in den Kragen, ihn schauderte, nicht nur wegen der Nässe. Er stand auf, ging in die Küche und suchte nach Wein oder sonstigem Alkohol. Er fand nichts. Sollte er wieder ins Ali Baba gehen? Warum nicht? Aber dann fehlte ihm die Kraft, das Stück zu laufen. Und er wollte nicht wieder hinaus in den Regen. Er stellte sich ans Fenster und schaute hinunter auf die Straße. Er sah den Polizeiwagen, eine Zigarette glimmte auf hinter der Windschutzscheibe. Jetzt, in diesem Augenblick, hätte ihn einer vom gegenüberliegenden Dach aus abknallen können, und die Polizisten hätten es nicht einmal gemerkt. Er ging in den Flur, hob seinen Mantel auf, zog ihn an und stieg die Treppe hinunter. Er trat neben das Auto und klopfte an die Scheibe auf der Fahrerseite. Die Scheibe senkte sich, Zigarettenqualm trat heraus. Der Beamte schaute Stachelmann neugierig an.

»Fahren Sie nach Hause«, sagte Stachelmann.

»Aber wir haben Anweisung …«

»Ich möchte nicht mehr beschützt werden. Sagen Sie das Ihrem Chef. Erstens könnte mich jeder jederzeit über den Haufen schießen, ohne dass Sie es merken. Und zweitens erinnert mich die Bewachung immer wieder an diesen Wahnsinn. Und das plagt mich mehr als die Angst vor einem neuen Anschlag.«

»Aber …«

»Sprechen Sie mit Ihrem Chef.«

Er ging zurück ins Haus, ohne eine Antwort abzuwarten. Als er sich oben ans Fenster stellte, sah er den Polizeiwagen wegfahren. Wenn der Killer etwas von ihm wollte, konnte er jetzt kommen. Stachelmann war es egal, Hauptsache, es ist bald vorbei. Wieder meldete sich der Hass. Dieser Typ beherrschte sein Leben, ob der ihm nun folgte oder nicht. Allein die Vorstellung genügte. Wenn ich den Kerl erwische, bringe ich ihn um. Und ich werde kein schlechtes Gewissen haben. Kein bisschen.

Kein bisschen.

Dass er schlecht geschlafen hatte wegen Schmerzen und auch wegen der Alpträume, die ihn gequält hatten, während er sich halb wach herumwälzte, vergaß er, als der Postbote klingelte und ihm eine Büchersendung brachte. Die Kalterer-Festschrift, er wusste es. Fast zitterte er vor Aufregung. Er setzte sich aufs Sofa und blätterte. Die erste Enttäuschung war, dass kein Beitrag von Bohming verzeichnet war. Er tauchte offenbar nirgends auf in dem Buch. Der Sagenhafte hatte nichts zu tun mit Kalterer, das war Stachelmann schnell klar. Er hatte das Buch umsonst bestellt. Obwohl er es längst wusste, blätterte er weiter, suchte im Anhang, fluchte, weil es kein Personenverzeichnis gab, las die Danksagung, natürlich ohne Erfolg. Warum auch immer dieses Buch in Bohmings Regal gestanden und Stachelmann gewissermaßen angeschaut hatte, er wusste es nicht. Warum hob Bohming so ein läppisches Buch auf? Stachelmann hätte gar keinen Platz dafür. Um sicherzugehen, musste er in dem Buch lesen, aber spätestens Montag würde es im Altpapier landen.

Das Telefon klingelte. Er nahm ab.

»Am Sonntagnachmittag, gegen vier, schaue ich mir das Altenheim an. Bitte, wenn du Zeit hast, könntest du mitkommen? Es ist ja ganz in der Nähe.« Die Mutter klang unsicher.

»Natürlich. Ich werde pünktlich bei dir sein.«

Das Altenheim war die letzte Station. Der Gedanke schmerzte ihn. Immer wieder vernachlässigte er sie. Irgendwann würde er es nicht mehr wieder gutmachen können, nicht einmal in seiner Einbildung. Du bist ein elender Egozentriker, immer nur deine Wehwehchen. Gut, dass auf einen geschossen wurde, das war ernst. Aber auch vorher hatte er sich nicht um die Mutter gekümmert, auch nicht, nachdem sie aus dem Krankenhaus entlassen worden war.

Er saß mit dem Buch auf dem Schoß und überlegte, warum er war, wie er war. Warum er alles falsch machte. Warum es immer ihn traf. Er hatte all die Jahre nur in Ruhe arbeiten wollen. Aber das Schicksal, oder wer immer sich für ihn zuständig fühlte, meinte es schlecht mit ihm. Vielleicht lag es daran, dass er sich einmal, bei dem Holler-Fall, auf etwas eingelassen hatte, das ihn nichts anging. Er wollte Ossi helfen, und er war neugierig gewesen. Seitdem geschahen merkwürdige Dinge, immer wieder wurde er in Verbrechen verstrickt, und diesmal ging es ihm an den Kragen, da war er sich sicher. Es lohnte nicht wegzulaufen. Nicht, in Deckung zu gehen. Nicht, sich schützen zu lassen. Die Dinge nahmen ihren Lauf, daran konnte er nichts ändern.

Dann lachte er, schrill, kurz. Jetzt bist du wirklich verrückt. Du glaubst an das Schicksal, an finstere Mächte. So weit war es gekommen.

Wieder las er in der Kalterer-Festschrift. Gesülze, Schmeichelei, es ekelte ihn an. War er genauso wie diese Aktentaschenträger, die sich Historiker nannten? Zwei Namen kannte er, die waren heute Lehrstuhlinhaber in Bochum und Bielefeld. Verlangten sie nun auch, dass ihre Assistenten Speichel leckten? Was hätte er geschrieben, wäre er aufgefordert worden, an einer Festschrift für Bohming mitzuwirken? Wenn der Sagenhafte in Pension ging, dann würde er auch eine Festschrift bekommen, bestimmt, und sie würden ihn preisen als einen der großen Historiker Deutschlands, obwohl alle wussten, dass er ein großmäuliger Faulenzer war.

Wenn eines sicher war, er würde nie eine Festschrift bekommen. Wer sollte ihn auch umschmeicheln? Das lohnte sich nicht.

Das Telefon klingelte. Es war Georgie. Er wollte wissen, ob es etwas Neues gab. Nein, nichts, sie müssten sich auf die Polizei verlassen.

»Und du willst nichts mehr machen?«

»Nein«, sagte Stachelmann. Er erzählte ihm nicht, dass seine letzte Spur ins Nirwana geführt hatte. Spur? Lächerlich, eine Spekulation, wild und ohne jeden Anlass, ausgenommen den Blick ins Bücherregal seines Chefs. Das traute er sich Georgie nicht zu erzählen.

»Dann werden wir nie erfahren, wer Gitte umgebracht hat.«

»Geduld«, sagte Stachelmann. »Die Polizei wird es herausbekommen, früher oder später.«

»Hoffentlich vor meinem Ableben«, sagte Georgie bitter.

»Du wirst doch nicht in die Elbe springen wollen.«

»Im Sommer wieder, jetzt wär's zu kalt.«

Als Georgie sich verabschiedet hatte, wusste Stachelmann, dass er ihn kaum wiedersehen würde außer durch einen Zufall. Nur der Mord an Brigitte hatte sie zusammengebracht, sonst verband sie nichts, auch wenn Stachelmann Georgie für einen guten Typen hielt.

Das Gespräch hatte ihn ein wenig aufgemuntert. Er warf die Kalterer-Festschrift in den Papierkorb, rief ein paar läppische Mails und viel Spam ab, prüfte, ob im Internetforum etwas Neues stand, natürlich nicht, nahm sich die gerade erschienene Biographie von Hans Frank und begann zu lesen. Nach einer Weile legte er ein Mozart-Klavierkonzert auf und las weiter. Bald merkte er, dass Mozart nicht zum Leben eines Nazis passte, und begann seine CDs zu durchsuchen, ohne aber etwas Geeignetes zu finden. Also stellte er die Musik aus.

Dann legte er das Buch weg, rieb sich die Augen, als glaubte er nicht, was er da las, aber es war ihm geläufig, auch dass Juristen zu Mördern werden. Unzählige Richter der Nazizeit mühten sich nach fünfundvierzig, sich selbst freizusprechen, und es gelang ihnen, mit haarsträubenden Konstruktionen, aber mit durchschlagendem Erfolg. Der größte Massenselbstfreispruch der Geschichte. Hätte Freisler, den Vorsitzenden des Nazi-Volksgerichtshofs, der die Angeklagten erniedrigte, bevor er sie aufs Schafott schickte, hätte diesen Massenmörder nicht die Strafe in Gestalt einer Fliegerbombe ereilt, er wäre wohl Landgerichtsdirektor geworden, aber nur weil es 1945 noch keinen Bundesgerichtshof gab, dem anzugehören die natürliche Fortsetzung einer beispiellosen Karriere gewesen wäre. Jedenfalls hatte ein bayerisches Versorgungsamt der Freisler-Witwe 1974 eine Rentenerhöhung bewilligt, weil der Tod ihren Mann daran gehindert hatte, nach dem Krieg seine Karriere fortzusetzen. Und Freisler hätte erfolgreich geklagt gegen die Degradierung zum Landgerichtsdirektor, weil er doch niemals das Recht gebeugt, sondern es nur angewandt hatte.

Stachelmann hatte neben vielen Fehlern einen weiteren, er war nicht abgebrüht. Er ärgerte sich immer, wenn er sich damit befasste, obwohl er den Irrsinn in allen Facetten so lange kannte. Was er aber noch nicht herausgefunden hatte, war, ob der Irrsinn nach fünfundvierzig nicht noch grotesker war als vorher. Er stand auf, kramte in einem Aktenstapel auf dem Schreibtisch, bis er es gefunden hatte, das Urteil des Landgerichts München von 1968: »Nach der Rechtsprechung des BGH handelt es sich bei dem Volksgerichtshof um ein unabhängiges, nur dem Gesetz unterworfenes Gericht im Sinne des § 1 Gerichtsverfassungsgesetz.«

In der Nacht schlief er schlecht. Er sah Freisler im Traum, wie der die Angeklagten des 20. Juli ohne Hosenträger vorführen ließ und niederbrüllte. Die Filmausschnitte, die es davon gab, waren abstoßend, sie zeigten die Fortsetzung der Gestapofolter im Gerichtssaal.

Er wachte auf, wälzte sich, um die Schmerzen zu mildern, und wusste, er würde sich immer wieder mit Freisler und Konsorten beschäftigen müssen. Er musste klarkommen mit der Ungeheuerlichkeit. Irgendwie. Aber wann?

Als er überlegte, ob er Anne anrufen solle, klingelte das Telefon.

»Telepathie«, sagte er, als er ihre Stimme hörte.

»Hoffentlich. Pass auf, ich habe mir ein paar Bücher besorgt, von Bohming und dies und jenes andere. Ich glaube, du könntest doch recht haben mit deiner Vermutung. Da ist etwas im Busch. Irgendwas. Und wenn es nichts mit den Morden zu tun hat, heikel ist es allemal.«

16

Er machte sich sofort auf den Weg. Die Ungeduld wuchs, während der Regionalexpress ihn nach Hamburg brachte. Aber als er an die Möglichkeiten dachte, die in Annes Literaturfund steckten, wurde er unsicher. Bohming legt sich nicht aufs Dach der WiSo-Fakultät und schießt auf Leute. Und er schlachtet keine Studentinnen ab.

Was würden sie in Bohmings Ergüssen finden? Stachelmann hatte vor Jahren alle größeren Arbeiten Bohmings quergelesen und nichts entdeckt, was die Wissenschaft hätte voranbringen können. Inzwischen hatte er weitgehend vergessen, was in den Büchern und Artikeln stand. Was sollte er nun entdecken? Dass Bohming mittelmäßig war? Geschenkt. Dass er vielleicht plagiiert hatte? Geschenkt, und seit er Ordinarius war, ließ er seine Assistenten für sich schreiben, ausgenommen Stachelmann. Wahrscheinlich hat er Schiss, dass ich herausbekomme, dass er nicht so sagenhaft ist, wie er vorspielt. Aber das hatte Stachelmann auch so bemerkt. Jeder hätte es bemerkt.

Hamburg Hauptbahnhof, endlich. Er wechselte den Bahnsteig, erwischte gerade noch eine S-Bahn zum Dammtor. Dort stieg er aus und lief los. Außer Atem erreichte er das Haus, in dem Anne wohnte. Er rannte die Treppe hoch und keuchte. Jetzt, wo es vielleicht doch eine Chance gab, sie loszuwerden, spürte er seine Angst.

»Was klapperst du hier herum?« Sie schaute ihn an. »Mein Gott, wie siehst du denn aus?«

Er trat in den Flur, hängte seinen Mantel an den Haken, ging ins Wohnzimmer und setzte sich auf die Couch. Im Schlafzimmer hörte er Felix spielen. Anne lehnte sich an den Türrahmen und schaute ihn an.

»Ich habe mich beeilt, bin ein bisschen außer Puste. Geht gleich wieder. Zeig mal, was du gefunden hast.«

Felix donnerte ins Wohnzimmer. Er strahlte, als er Stachelmann sah, rannte zum Sofa und kletterte auf Stachelmanns Schoß. Kaum traf Felix' Fuß Stachelmanns Knie, packte den der Schmerz. Zischend atmete er ein, nahm Felix und schob ihn vom Schoß. Aber Felix betrachtete es als Spiel und kletterte lachend zurück. Anne schnappte sich Felix, brachte ihn ins Schlafzimmer und schloss die Tür hinter sich. Als sie nach einer Weile wieder auftauchte, hörte man Felix glucksen durch die Schlafzimmertür.

Stachelmann hob die Hände und ließ sie wieder sinken.

»Ich weiß«, sagte Anne. Sie legte einen Stapel von fünf Büchern und ein paar Zeitschriften auf den Wohnzimmertisch. Er nahm das erste Buch in die Hand. Ein Sammelband, herausgegeben von einem Wilfried Mayer-Strohm. Den Namen hatte Stachelmann schon einmal gelesen, irgendeiner der vielen unbekannten Historiker, die sich redlich mühten, aber nichts Bedeutendes zustande brachten. So wie Stachelmann. Er fand Bohmings Beitrag sofort: »Völkerbewegungen in Osteuropa zwischen Versailler Vertrag und Zweitem Weltkrieg«, elf Seiten. Er überflog den Text, dann schüttelte er den Kopf, schlug die Copyrightseite auf und sagte: »1970. Da war er noch ein Niemand. Der Beitrag ist auch so. Stimmt, ich erinnere mich, früher hat er sich mit Osteuropa beschäftigt. Hatte ich ganz vergessen. Es gab auch keinen Grund, ewig daran zu denken.«

»Das hat mich auch erstaunt, aber warum nicht?«, sagte Anne. »Zuletzt hat er sich mit den Fünfzigerjahren befasst … beziehungsweise seine Mitarbeiter damit getriezt.«

Dann ein Exemplar der Viertelsjahreshefte für Zeitgeschichte, Frühjahr 1969. Wieder ein Aufsatz über Osteuropa: »Deutsche Siedlungen in der ČSR, 1919–38«.

Er blätterte darin und fand nichts Aufregendes, ausgenommen eine zurückhaltende Beschreibung der Sudetendeutschen Partei der so genannten Volksdeutschen in der Tschechoslowakei. »Er schildert mehr die Unterschiede zwischen Henleins Partei und den Nazis als das, was sie am Ende zusammenbrachte. Sonst das Gleiche in Grün«, sagte Stachelmann. »Wie alt war Bohming damals?«

»Jahrgang fünfundvierzig«, sagte Anne. »Als der Artikel erschien, war er dreiundzwanzig oder vierundzwanzig, ein junger Spund.«

»Musste keinen Militärdienst leisten und hat vielleicht einen Förderer gehabt.«

»Wie du auch«, sagte Anne. »Das ist er nämlich für dich.«

Sie hatte recht. Er freute sich, dass sie so eifrig bei der Sache war, als hätte sie den Abgang beim Vietnamesen nie hingelegt.

»Also, im Autorenverzeichnis steht, dass er seine Promotion vorbereitet.«

»Bei wem?«, fragte Stachelmann.

»Donald Hamm.«

»Donald Hamm?«

»Warum fragst du?« Anne schaute ihn neugierig an.

»Den Namen habe ich schon mal gehört.«

»Es gibt hier kaum einen Namen, den ein halbwegs fleißiger Historiker nicht schon gehört hätte.«

»Stimmt«, sagte Stachelmann. Er schrieb sich den Namen auf.

Dann lag ein Buch oben auf dem Stapel. »Völkische Minderheiten in Osteuropa nach dem Versailler Vertrag«, las Stachelmann. »Liest sich fast wie ein Nazibuchtitel«, sagte er. Er blätterte, fand vorne eine Danksagung an Donald Hamm und den Verweis, es handle sich um Bohmings Dissertation. »Die werde ich nochmal lesen. Sieht so dünn aus wie die von Helmut Kohl.«

Anne lachte. »Steht auch nicht viel mehr drin.«

»Ich habe das Gefühl, diesmal haben wir tatsächlich eine Spur. Genauer gesagt, du hast sie gefunden.«

Sie grinste ihn an. »Oh, seltenes Lob des Meisters, die Dienerin dankt. Allerdings stammt von dir die Idee, es mal mit dem Schriftgut zu versuchen.«

Beim Wort »Schriftgut« grinste er. »Die Dissertation nehme ich mit nach Hause.«

»Du bleibst nicht?«

»Nein, ich muss das konzentriert durcharbeiten. Und morgen muss ich mit meiner Mutter ein Altenheim besichtigen.«

Ein Hauch von Ärger überflog ihr Gesicht. Ja, er war eigensinnig. Aber wenn er bei ihr blieb, würde er sich kaum konzentrieren können. Und je öfter er sie besuchte, desto größer die Wahrscheinlichkeit, dass der Mörder sie ins Visier nahm. Wenn Anne etwas passieren würde, das würde er nicht überstehen. Aber er behielt es für sich, auch wenn die Wahrheit vielleicht ihren Ärger gelindert hätte. Es hätte sie nur geängstigt.

Schon auf der Heimfahrt las er in Bohmings Doktorarbeit. Vor vielen Jahren hatte er schon mal hineingeschaut, dann aber bald das Interesse verloren. Diesmal war sein Interesse anders gelagert. Hin und wieder blätterte er ans Ende des Buches, um Anmerkungen zu prüfen. Mit jeder Seite wuchs sein Erstaunen. Die Übersicht über den Forschungsstand war vielleicht gut für ein Proseminar, Bohming erwähnte vor allem Arbeiten aus den Zwanziger- und Dreißigerjahren, auch welche aus der Zeit nach dem Krieg. Aber offenbar nicht alle. Stachelmann merkte gleich, dass wichtige Veröffentlichungen fehlten. Oft zitierte Bohming seinen Doktorvater, von dem aber nur Publikationen aus den Dreißiger- und den Fünfzigerjahren. Wahrscheinlich war Hamm zur Wehrmacht eingezogen worden und hatte nichts mehr geschrieben. Eigentlich nicht ungewöhnlich. Und mit Sicherheit war er längst tot.

Schon als der Zug Reinfeld verließ, war Stachelmann überzeugt, dass Bohmings dünne Schrift niemals als Dissertation hätte anerkannt werden dürfen. Aber in der Einleitung stand *summa cum laude*, eine bessere Benotung gab es nicht. Er begann nun die Anmerkungen genau zu lesen. In ihnen wollte er entdecken, auf welchen Quellen und welcher Sekundärliteratur die Arbeit aufbaute. Er fand keine Quellen, ausgenommen Zitate, die Bohming vor allem Hamms Arbeiten entnommen hatte. Der Sagenhafte hatte sich offenbar nicht einmal die Mühe des Archivbesuchs gemacht. Stachelmann überlegte, ob Bohming jemals ein Archiv von innen gesehen hatte. Solange Stachelmann am Hamburger Seminar war, hatte er nichts gehört von einer Archivrecherche des Ordinarius.

Das war absurd, die ganze Arbeit war absurd, selbst wenn man unterstellte, dass vor ein paar Jahrzehnten andere Maßstäbe gegolten hatten. Niemals, nicht einmal zu Rankes Zeiten, wäre dieses bodenlose Geschreibsel anerkannt worden als Dissertation. Nicht einmal als Magisterarbeit. Warum hatte Hamm Bohmings Dissertation akzeptiert, sogar mit der Bestnote?

Auf dem Weg zwischen dem Lübecker Bahnhof und seiner Wohnung dachte er kaum an den Todesschützen. Der kam ihm fast schon unwirklich vor. Es muss eine besondere Beziehung geherrscht haben zwischen Hamm und Bohming, sonst wäre dessen Promotion unerklärlich. Es gibt keinen Zweifel, Bohmings erster Karriereschritt hatte nichts zu tun mit einer wissenschaftlichen Leistung. Womit dann?

Darüber dachte er noch am Sonntagnachmittag nach, als er nach Reinbek fuhr. Die Mutter war bleich im Gesicht, aber sie behauptete, es gehe ihr gut. Stachelmann war unruhig, er lief im Haus umher, und dann wusste er, warum. Er befand sich vielleicht schon zum letzten Mal in dem Haus, in dem er aufgewachsen war. Auf der Kommode im Wohnzimmer stand ein Bild des Vaters, schwarz umrandet. Stachelmann stellte ihn sich in SA-Uniform vor, die Hakenkreuzbinde am Oberarm. Sei gerecht, dachte er. Nach dem Krieg war er kein Nazi mehr gewesen. Aber er hatte sich nicht befreien können aus der geistigen Gefangenschaft der braunen Jahre. Der Versailler Vertrag, der damals ohne den Zusatz »Schmach« nicht genannt wurde, das Elend der Wirtschaftskrise und der Aufstieg Deutschlands in den ersten Hitler-Jahren, ja, so empfanden es fast alle damals, das hatte den Vater geprägt. Und es war zu einfach, die Gefühle der Niedergeschlagenheit, der Ausweglosigkeit und dann des unverhofften Aufschwungs abzutun. In der Krise hatten sich viele umgebracht, weil sie es nicht mehr aushielten, weil es ihnen unvorstellbar erschien, dass das Leben nicht nur Not war, sondern auch Hoffnung sein konnte.

Er stieg die Treppe hoch in den ersten Stock und öffnete die Tür seines ehemaligen Zimmers. Es wurde schon lange als Gästezimmer benutzt, also fast gar nicht. Er schloss die Augen und überlegte, wie es ausgesehen hatte. Der kleine Schreibtisch mit der Klarlackplatte unterm Fenster. Meistens bedeckt mit Papier, Heften, Büchern, Stiften, auch wenn die Mutter nicht nachließ, ihn zur Ordnung zu ermahnen. An der Wand ein paar Bilder. Tiere erst, dann Indianer, schließlich Rockgrößen der Zeit. Auf dem Bett hatte eine bunte Decke gelegen, darauf zwei Kissen, rot und blau. Das kleine Zimmer war sein Reich gewesen, und die Eltern hatten es respektiert, bis die Mutter fand, dass die Unordnung überhand nahm. Der erste Mädchenbesuch. Er musste grinsen. Damals hatte er sich fast schon so dumm angestellt wie heute. Ob die Jugendlichen immer noch so unsicher waren wie er damals? Wie war das bei Brigitte gewesen?

Als er an Brigitte dachte, überfiel ihn eine Idee. Er fand das Handy in seiner Hosentasche und wählte die Nummer von Georgie.

»Dich gibt's also auch noch.«

Stachelmann zögerte, aber dann überhörte er den Vorwurf. »Klar. Gibt es eigentlich eine Sicherheitskopie der Daten in Brigittes PC?«

»Ja, nicht superaktuell, aber hin und wieder konnte ich sie überzeugen, ihre Dateien auf einer externen Festplatte zu sichern.«

»Ist die auch bei der Polizei?«

»Nee«, sagte Georgie breit. Stachelmann stellte sich vor, wie Georgie grinste. »Wir haben uns die Festplatte geteilt. Als die Bullen das ganze Zeug abgeschleppt haben, war die Platte in meinem Zimmer. Rein zufällig natürlich.«

Stachelmann fragte nicht, ob Georgie die Platte in sein Zimmer geschafft hatte, als die Polizei kam. »Natürlich. Kannst du nachsehen, ob es in ihren Dateien irgendwas gibt, das mit einem Donald Hamm zu tun hat?«

»Mit wem?«

»Donald Hamm.«

»Also für Mickey-Maus-Hefte hat sie sich wirklich nicht interessiert.«

»Das ist ein Historiker.«

»Hm.«

»Vielleicht tust du mir den Gefallen und lässt einfach das Suchprogramm laufen. Dateiname: keiner, Stichwort: *Hamm* oder *Donald*. Und wenn du fertig bist, rufst du mich an.«

»Jawohl, mein General!«

Stachelmann lachte kurz, und Georgie schnaufte, dann legte er auf. Natürlich würde er in Windeseile nach Dateien suchen, in denen die Stichworte standen.

Stachelmann stieg die Treppe hinunter, die Mutter saß im Wohnzimmer. Er überlegte, ob er sie fragen sollte, wie sie es empfand, bald auszuziehen. Aber er wusste nicht, wie stark es sie schmerzen würde, und so schwieg er.

»Willst du einen Tee?«

»Ja, danke.«

Er setzte sich ihr gegenüber auf einen Sessel. Sie schenkte ein, er trank.

»Wann müssen wir los?«

»Wann du willst.«

Das Handy klingelte.

»Ich habe zwei Textdateien gefunden, in denen diese Comic-Figur auftaucht«, sagte Georgie. Stachelmann hörte, dass Georgie aufgeregt war.

»Und was steht drin?«

»Irgendein Nazizeug, hab's noch nicht richtig gelesen. Ich hänge die Dateien an eine Mail und schicke sie dir.«

Stachelmann dankte und legte auf.

»Was ist?«, fragte die Mutter. »Musst du weg?«

Er wäre am liebsten nach Hause gerast, um die Texte zu lesen.

»Nein. Wenn es dir nichts ausmacht, könnten wir vielleicht gleich fahren.«

Die Mutter schaute ihn erstaunt an. »Du hast es doch eilig.« Sie stand auf und ging in den Flur, um sich den Mantel anzuziehen. Er antwortete nicht und folgte. Sie fuhren in seinem Auto durch Reinbek in Richtung Rahlstedt, vorbei an der Abzweigung zum Waldfriedhof und dann rechts an der großen Kreuzung, bald wieder rechts, um dann einem Wegweiser mit der Aufschrift »Lebensglück« zu folgen. Es war eine Villa, eine misslungene Mischung aus Klassizismus und Jugendstil, sofern sie sich überhaupt einordnen ließ. Sicher war nur, dass ihr Erbauer keinen Geschmack gehabt hatte. Die Villa stand am Waldrand, davor ein Rondell, darin eine riesige Eiche, Beete, ein gepflegter Rasen, aber es war kein Mensch zu sehen. Sie stiegen die breite Treppe hoch, Stachelmann öffnete einen der beiden Türflügel, in die buntes Mattglas eingelassen war. Nun standen sie in einem Empfangsflur, von dem an beiden Seiten gewundene Treppen nach oben führten. Stachelmann entdeckte eine Sitzecke, in der zwei alte Männer saßen, der eine mit Glatze, der andere trug volle weiße Haare. Beide im Anzug mit Schlips. Plötzlich sah er sie in SS-Uniformen, und die schwarze Kluft passte ihnen immer noch. So sahen SS-Offiziere aus, wenn das Alter sie ausgemustert hatte. Du bist ungerecht, dachte er. Du hast doch keine Ahnung, was die Leute erlebt oder vielleicht durchgemacht haben.

Er trat zu den beiden. »Guten Tag, wo finde ich hier die Leitung des Hauses?«

Der Glatzkopf guckte ihn einen Augenblick an, verlor dann das Interesse und wies auf eine Schwingtür. »Da finden Sie Frau Dengel.«

Die Stimme, dachte Stachelmann, schneidend, der Mann war im Krieg gewesen. Fast hätte er gefragt.

Er wies auf einen Stuhl, der an der rechten Treppe stand, und die Mutter setzte sich, ohne den Mantel auszuziehen. Sie war noch bleicher.

Er ging durch die Schwingtür und stieß auf eine weitere Tür, mit einem Messingschild, auf dem stand *Büro*. Stachelmann klopfte und öffnete die Tür. Hinter einem Schreibtisch saß eine Frau mittleren Alters mit zu viel Schminke im Gesicht. Sie las in einer Illustrierten.

»Guten Tag, Dr. Stachelmann. Meine Mutter hatte sich angemeldet, um Ihr Haus zu besichtigen.«

Ein breites Lächeln trat in ihr Gesicht. Die Falten an den Mundwinkeln zeigten, dass Stachelmann nicht als Erster in dessen Genuss kam.

Die Frau stand auf und ging auf ihn zu. Lange Beine in einem zu kurzen Rock. Die Bluse einen Knopf zu tief aufgeknöpft. Stachelmann grinste innerlich über diese Form des Kampfes gegen das Alter. Die Frau reichte ihm die Hand und hielt seine einen Augenblick zu lang.

»Das freut mich sehr, ich bin Frau Dengel, die Leiterin dieses Hauses«, sagte sie mit einer überraschend tiefen Stimme. Am Telefon hätte er sie vielleicht für einen Mann gehalten. Als wüsste sie, wo die Mutter saß, ging sie vor Stachelmann in den Vorraum. Ihr Rock war auch zu eng, die Stöckel zu hoch.

Frau Dengel eilte auf die Mutter zu, die Hand nach vorne gestreckt wie eine Staffelläuferin beim Wechsel. »Ich freue mich so, Sie endlich kennenzulernen«, flötete sie. Ihre Stimme war plötzlich hell. »Was möchten Sie zuerst sehen? Ach, was sage ich? Ich zeige Ihnen einfach alles. Ein bisschen Zeit haben Sie ja gewiss mitgebracht.«

Stachelmann sah, wie unsicher seine Mutter wurde bei dieser Begrüßung. Fast erschrocken grüßte sie zurück, ihre Stimme war kaum hörbar. In ihr lag der Zweifel, ob sie dieses Haus und vor allem diese Leiterin ertragen werde.

»Dann kommen Sie mal mit«, sagte Frau Dengel und stöckelte die Treppe hoch.

»Als Erstes zeige ich Ihnen ein Zimmer. Es ist frei und wäre, glaube ich, genau das Richtige für Sie.«

Woher will sie wissen, was das Richtige für meine Mutter ist? Stachelmann verstand, dass Frau Dengel ihren Job machte, sich aber nicht für die Bedürfnisse der Altenheimbewohner interessierte. Sie legte fest, was gut war. Stachelmann spürte den Ärger in sich wachsen.

Frau Dengel hatte die Treppe erklommen und eilte nun über den Gang. Die Mutter hatte sich bei Stachelmann eingehakt, und der zwang sich, langsam zu gehen. Dann blieb Frau Dengel vor einer Tür stehen und öffnete sie. »Das wird Ihnen gefallen«, flötete sie.

Stachelmann und die Mutter erreichten die Tür, die Mutter atmete schwer. Das ist nicht die körperliche Anstrengung, sondern die Angst, hier leben zu müssen. Sie betraten das Zimmer, Frau Dengel stand am Fenster. »Waldluft, gesünder geht es nicht.«

Die Bäume waren höher als das Fenster und verdunkelten es. Zu keiner Tageszeit würde hier die Sonne hineinscheinen.

»Ziemlich dunkel«, sagte Stachelmann.

Frau Dengel ging zur Tür und schaltete das Licht ein. »Da kann man ja nachhelfen. Und wenn Ihre Frau Mutter sich in die Sonne setzen will, wir haben draußen wunderbare Bänke. Bedenken Sie aber, zu viel Sonne ist auch nicht gut.«

»In dem Alter ist sie gut«, sagte Stachelmann.

Frau Dengel verlor für einen Augenblick die Beherrschung über ihr Gesicht und schaute ihn an wie ein ausgehungerter Vampir. Dann zwang sie das Lächeln zurück in ihr Gesicht. Aber sie antwortete nicht. Sie öffnete einen alten Schrank. »Hier können Sie Ihre Kleidung unterbringen. Schön groß, nicht wahr?«

Stachelmann betrachtete das Schloss an der Tür. »Das kriege sogar ich mit einer Büroklammer auf«, behauptete er und hoffte, es nicht beweisen zu müssen.

»Das ist Absicht. Ein Notfall, wir hoffen es ja nicht, sind aber realistisch, und die Tür von innen abgeschlossen. Sie verstehen?« Ihre Mundwinkel hätten am liebsten die Ohren erreicht.

»Ein Sicherheitsschloss und ein Zentralschlüssel, was halten Sie davon?«

»Unser System hat sich bewährt«, sagte sie.

»Es gibt keine Diebstähle?«

»Wo denken Sie hin! Wir haben nur anständige Bewohner. Wir sind eine Gemeinschaft. Die Leitung des Hauses legt größten Wert darauf, nur ehrliche Menschen aufzunehmen. Wir schauen da genau hin.«

Stachelmann glaubte ihr die Empörung nicht. Sie benutzte ihr Gesicht wie eine Ampel, die sie fast nach Belieben schaltete. Bei Rot gab sie den Vampir, bei Grün zog sie die Mundwinkel in Richtung Ohren. Gelb war die Zwischenphase. Immerhin ein Gewinn, eine lebende Ampel, das hatte ich noch nicht.

»So, nun zeige ich Ihnen die anderen Einrichtungen.« Energisch schritt Frau Dengel wieder voran. Sie stiegen die Treppe hinunter ins Erdgeschoss. Dort saßen immer noch die beiden Herren. Stachelmann näherte sich ihnen, Frau Dengel schaute ihm grimmig hinterher. »Sagen Sie, meine Herren, hat es hier schon einmal einen Diebstahl gegeben?«

»Einen?«, fragte der mit der Glatze, Empörung klang mit. »Eine Serie.«

»Früher hätte es das nicht gegeben«, sagte der andere. »Bei uns war es verboten, die Spinde abzuschließen. Kameradendiebstahl war verpönt. Aber in heutiger Zeit …«

»Danke, Hauptsturmführer«, sagte Stachelmann.

Der Mann zuckte kaum merklich zusammen, dann grinste er. »Sie wollten es wissen«, sagte er fast schnippisch und wandte sich wieder dem Glatzkopf zu.

Stachelmann ging zurück zur Mutter und zu Frau Dengel.

»Wir gehen«, sagte er, ohne Frau Dengel anzuschauen.

»Aber, Josef«, sagte sie.

»Bitte, komm!«

Er nahm sie am Arm und zog sie sanft zur Haustür. Schließlich folgte sie. Frau Dengel zischte einmal, dann ließ sie die Sohlen aufs Parkett knallen.

Draußen auf der Treppe sagte Stachelmann. »Hier wird geklaut, das Zimmer ist eine Gruft, und Frau Dengel lügt. Wir suchen dir was anderes.«

Die Mutter sagte nichts. Stachelmann fragte sich, ob sie unglücklich war. Aber wie konnte man glücklich sein, wenn man in einem Heim lebte, in dem es um alles Mögliche ging, nur nicht um das Wohl der Bewohner.

»Und nun?«, fragte die Mutter leise, als sie im Auto saßen.

»Nichts zwingt dich, das erstbeste Heim zu nehmen. Du hast genug Geld. Wir verkaufen das Haus, dann kannst du dir ein Luxusheim leisten. Warum das überstürzen?«

»Ich habe Angst, dass es schnell geht. Dass ich allein nicht mehr zurechtkomme.«

»Gut, ich werde bald eine Art Vorauswahl treffen, und dann schauen wir uns die an. Und ich frage immer Leute, die da wohnen, ob es einen Haken gibt.«

»Danke«, sagte die Mutter. Dann versank sie in sich.

Stachelmann hätte zu gerne gewusst, was die Mutter dachte. Ihm schien, sie wollte vor allem niemandem zur Last fallen. Aber sie hatte auch Grund genug, sich nicht auf ihn zu verlassen. Er hatte meist andere Dinge im Kopf. Jetzt dachte er wieder an die beiden Dateien, die Georgie ihm mailen wollte. Und er hatte noch nicht nachgeschaut, ob auch Donald Hamm in seiner Habilschrift auftauchte. Du bist ein Idiot, das hätte das Erste sein müssen, was du tust. Obwohl er erst einmal das tat, was er längst hätte tun müssen: herausbekommen, was Bohming für einer war. Und wenn es nur ergab, dass er auch das letzte bisschen Achtung vor dem Sagenhaften verlor. Ein Grund mehr, die Universität zu verlassen. Und nicht an eine andere zu gehen. Denn auch der Betrieb ging ihm auf die Nerven, die Lügen, die Heuchelei, die Missgunst. Mochte bei Bohming ein krasses Missverhältnis herrschen zwischen Leistung und Laufbahn, die karrieregeilen Wichtigtuer gab es überall, die Beeindrucker, die gedrechselt daherredeten, aber doch nach kurzer Zeit zu durchschauen waren. Aber warum durchschaute sie kaum jemand?

Er hielt vor dem Haus der Mutter und brachte sie hinein.

»Ich muss jetzt«, sagte er. In seinem Hirn quälte ihn der Gedanke, er würde besser bleiben und noch mit ihr sprechen. Vielleicht sogar herausbekommen, wie es ihr wirklich ging.

»Ja, natürlich. Du hast viel Zeit geopfert, danke.«

Als er im Auto saß, fühlte er sich mies. Er startete und fuhr los. Die Niedergeschlagenheit beherrschte ihn, bis er die A 1 nach Lübeck erreicht hatte. Dann aber packte ihn die Neugier. Was stand in Brigittes Dateien?

Zu Hause stürzte er an den PC, klopfte auf den Schreibtisch, während der Computer hochfuhr, und dann rief er die Mails ab. Sofort sah er Georgies Mail, daran angehängt die Dateien.

Er öffnete die erste und überflog, was dort stand. Biographische Angaben zu Hamm. Universität Königsberg, dann Köln. Da hatte Bohming promoviert und sich habilitiert. Aber dass Hamm Bohmings Arbeiten betreut hatte, sagte erst einmal nichts außer der Tatsache selbst. Nach der Vita Hamms folgten Angaben zu Bohmings Werdegang. Verheiratet seit 1974. Ein Sohn, geboren 1982. Bohmings Frau hatte Stachelmann einmal gesehen auf einem Empfang. Sonst hatte er bisher nichts erfahren von Bohmings Leben. Aber es wunderte ihn nicht, das kannte keiner an der Uni, und es interessierte nicht einmal Renate Breuer. Ein Mann, der so langweilig war wie Bohming, konnte kein aufregendes Leben haben.

In der zweiten Datei Zitate von Donald Hamm, das jedenfalls entnahm Stachelmann der Abkürzung *D. H.*, die jeweils darunter stand. Es ging um Polen unter deutscher Besatzung im letzten Krieg:

Erstes Erfordernis ist die klare Abgrenzung von polnischem und deutschem Volkstum, die die Gefahren völkischer und rassischer Vermischung und der Unterwanderung vermeidet.

Bevölkerungsverschiebungen allergrößten Ausmaßes …

Generalvollmacht für den Staat zur Einziehung von ländlichem und städtischem Grundbesitz aus polnischer Hand.

Herauslösung des Judentums aus den polnischen Städten …

Die Entjudung Restpolens und der Aufbau einer gesunden Volksordnung …

Einnistung des Judentums in die Risse und Hohlräume eines aus rassischen Gründen unstimmig gewordenen Gefüges.

Einzelne Begriffe:

Judenballung
Verjudungsprozess
Judensättigungsgrad
Judentypen

Darunter eine Notiz:

Hamm fördert Bohming. Warum? Bohmings Diss. absurd, aber s. c. l. Bohm. fragen. Öffentlich? Oder erst unter 4 Augen? Kein Skandal ohne Beweise.

Bohming zitiert Hamm, aber nicht dessen Arbeiten 39–45.

Darunter ein Strich und ein Satz:

St. hinweisen auf Hamm-Fußnote. Nichtssagend.

Brigitte war tot, aber sie war ihm immer noch voraus. Sie hatte offenbar die Absicht gehabt, Bohming nach seiner Beziehung zu Hamm zu fragen. Und sie wollte Stachelmann darauf hinweisen, dass er sich mit Hamm beschäftigen und den nicht nur in einer Fußnote abhandeln sollte. Nur, wie hätte sie es tun sollen, ohne zu verraten, dass sie sich eine Kopie seiner Habilschrift besorgt hatte? Leider konnte sie ihm diese Frage nicht mehr beantworten.

Er lehnte sich zurück und staunte. Das, was sich in seinem Kopf zusammenbraute, war unglaublich. Trotzdem, brachte er die Indizien in den einzig möglichen Zusammenhang, dann hatte Brigitte Bohming gestellt, und sie wurde danach ermordet. Im Historischen Seminar. In Stachelmanns Büro. Das war ein Wink mit dem Zaunpfahl. Nur, mit was hatte sie Bohming angegriffen? Er konnte doch nichts dafür, dass Hamm Nazi gewesen war. Und gewiss nach 1945 alles verschwiegen hatte, was ihn hätte belasten können. Womöglich wusste Bohming nicht einmal von Hamms wirklicher Vergangenheit.

Wenn man aber unterstellte, er hätte es gewusst und Brigitte hätte ihn befragt, und wenn man ebenfalls unterstellte, dass Brigittes Mörder dieselbe Person wäre wie der Schütze vom Von-Melle-Park, dann war Bohming der Erste, den er verdächtigen musste. Aber Bohming war es nicht. Bei aller Logik der Gedanken, Bohming legte sich nicht auf ein Dach und schoss mit einem Militärgewehr auf Leute. Bohming wäre auch nicht so dumm, ein solches Risiko einzugehen. Und er war nicht dumm genug, jemanden zu beauftragen. Auftragsmörder haben den Auftraggeber in der Hand. Nein, Bohming war faul, aber nicht dumm. Und er hatte ein Alibi. Aber vor allem: Warum sollte er so etwas tun?

Warum?

Er rief Anne an und erzählte ihr, was er gelesen hatte und dachte.

»Montag, spätestens Dienstag habe ich die Habilschrift von Bohming. Und ein paar Werke des Kollegen Hamm. Dann sehen wir weiter. Vielleicht«, sagte Anne. Er freute sich.

»Vom Hamm brauchen wir eigentlich nichts mehr. Das hat uns Brigitte schon geliefert. Ein paar Zitate, aber sie reichen, um einem schlecht werden zu lassen. Hamm war einer wie Schieder und Conze, denen später ihre Schüler bescheinigten, nie etwas mit den Nazis zu tun gehabt zu haben. Die geistige Freiheit nicht verloren zu haben. Na ja, in gewisser Hinsicht stimmt das sogar, sie haben sich schließlich freiwillig eingebräunt.«

»Trotzdem, wir machen das gründlich. Damit später keiner was sagen kann.«

»Du wirst staunen, wer später alles was sagen wird.«

»Bohming aber nicht«, sagte Anne.

»Doch, der wird sagen, dass Hamm nach 1945 ein untadeliger Wissenschaftler gewesen sei und seine damaligen Verfehlungen zutiefst bedauert habe.«

»Dass ich nicht lache. Wetten, dass wir keine Zeile finden, in denen der Herr bereut?«

»Das habe ich nicht behauptet. Bohming wird erklären, es aus dem Mund des Herrn Hamm erfahren zu haben. Leider war sonst keiner dabei.«

Anne lachte. Das konnte sie sich vorstellen.

Es würde zu Bohming passen. Nicht einfach abstreiten, was offenkundig war, sondern eine geschickte Absetzbewegung einleiten, warten, wie darauf reagiert wurde, dann noch etwas nachschieben, so etwa: Ja, ich habe Hamm nicht nur einmal aufgefordert, das Eingeständnis öffentlich zu wiederholen. Er hat es mir auch zugesagt, leider konnte er das Versprechen aber nicht mehr einlösen vor seinem plötzlichen Tod.

Und warum haben Sie geschwiegen?

De mortuis nihil nisi bene.

Gewiss, dachte Stachelmann, über die Toten soll man nur Gutes sagen. Es sei denn, sie waren Nazis.

Am Montagmorgen fuhr er nach durchwachter Nacht müde, aber aufgeregt zurück nach Hamburg. Doch dann fiel ihm ein, dass Hamms braune Biographie nicht erklärte, warum sich einer auf das Dach der WiSo-Fakultät legte und schoss. Und es erklärte auch nicht den Mord an Brigitte. Genauso wenig, ob es einen Zusammenhang gab mit der Internetkampagne, die Brigitte in einem Anfall überbordenden Zorns angezettelt hatte. Er glaubte, die Dinge gehörten zusammen, aber er wusste nicht, wie. Und er kannte nur einen Weg, auf dem er vorankommen könnte. Nicht weil der Weg unbedingt zum Ziel führte, sondern weil er keinen anderen sah. Kurz vor dem Hamburger Hauptbahnhof packte ihn die Ernüchterung. Noch einmal überlegte er: Wegen Hamm diese Verbrechen? Quatsch. Die Zeitgeschichtler haben gemütlich mit ihren braunen Stammvätern gelebt und gleichzeitig beansprucht, den Deutschen ihre Geschichte zu erklären. Das hatte Jahrzehnte gut geklappt, die Hauptprotagonisten waren hochgeehrt ins Grab gefahren, und nun konnte man über sie herziehen. Wen kratzte das noch? Dass da ein paar der SS zugearbeitet hatten, ja geradezu die Endlösung hatten herbeischreiben wollen? Wie grässlich. Nur, was haben die von ihren Lehrmeistern getäuschten Schüler damit zu tun? Warum sollte ein Hamm-Schüler, der längst Ordinarius war, unkündbar, mit fetter Pension, ausrasten, nur weil Stachelmann in seiner Arbeit Hamm erwähnte? In der Arbeit stand etwas Kritisches über Kalterer, nicht über Hamm. Auf die Ernüchterung folgte Enttäuschung. Er hatte wieder nichts in der Hand, um den Killer loszuwerden. Jetzt, wo er an ihn dachte, stieg die Angst aus dem Unterbewusstsein und griff nach ihm wie eine Krake nach dem Fisch.

Er ging nicht ins Seminar, sondern zu Anne. Die war nicht da. Auf ihrem Schreibtisch ein Bücherstapel, Bohmings Schriften. Er nahm die Bücher in die Hand, blätterte und sah, dass die Habilschrift des Sagenhaften fehlte.

Er öffnete die Datei mit seiner Habilschrift und suchte nach der Stelle, in der er Hamm erwähnte. Als er sie fand, lachte er trocken. Hamm war als Mitherausgeber eines Sammelbandes über Bevölkerungsbewegungen in Osteuropa vor dem Zweiten Weltkrieg erwähnt. Das war in einer Fußnote vermerkt. Und sonst stand da nichts.

Dann klackte die Wohnungstür. »Bist du schon da?«, rief sie. Er hatte nicht abgeschlossen.

Er trat in den Flur und nahm sie in den Arm.

»Ich hab die Habilschrift«, schnaufte sie. »Dünn, dünner geht's nicht. Darüber habe ich mich schon gewundert, als ich das Ding zum ersten Mal in der Hand hatte. Damals dachte ich: Na ja, früher war das halt so. Aber wenn man darüber nachdenkt, kommt einem das schon merkwürdig vor.«

Sie stellte die Tasche auf den Boden, öffnete sie und zog ein Buch hervor. Sie reichte es Stachelmann und hängte ihren Mantel an die Garderobe. »Es steht das Gleiche drin wie in der Diss. Es ist unglaublich, grenzt an Betrug. So was habe ich noch nie gesehen. Wenn das der Maßstab ist, grabe ich ein altes Hauptseminarreferat von mir aus und reiche es als Habilitationsschrift ein.«

»Sie sollten erst einmal promovieren, Frau Kollegin. Dann sehen wir weiter.«

Sie lachte. »Großmaul! Ach ja, weißt du, wer die Bücher vor mir ausgeliehen hatte?«

»Mach's nicht so spannend.«

»Brigitte Stern.«

Er setzte sich mit Bohmings Habilschrift ins Wohnzimmer. Er blätterte, fand wieder lobende Erwähnungen von Hamms Arbeiten, vor und nach dem Krieg. Er blätterte weiter, las etwas, blätterte wieder weiter, stöhnte angesichts der Armut dieses Textes. »Wir hätten uns damit früher ernsthaft beschäftigen müssen.« Er erinnerte sich, wie er vor vielen Jahren in dem Buch geblättert hatte. Aber das Thema hatte ihn nicht interessiert, und außerdem war es ihm egal, wie Bohming auf seinen Lehrstuhl gekommen war, wo ihn doch nur Pensionierung oder Tod um sein Amt bringen konnten.

»Das ist tatsächlich die Diss, hier und da umformuliert, ein paar Kapitel hat er versetzt, die Anmerkungen scheinen fast hundertprozentig übereinzustimmen. Das könnte man natürlich noch überprüfen, aber mir reicht erst mal der Überblick. Der hat sich seine Laufbahn erschlichen. Das hätten wir schon früher wissen können. Nur wie hat er es gemacht?«

»Wir stellen mal zusammen, was wir wissen, und dann sehen wir weiter.«

Stachelmann lachte bitter. »Das habe ich bei dieser Geschichte schon einmal gemacht. Am Ende hat es einen Rollstuhlfahrer geheilt, und ich warte immer noch auf die Strafanzeige der Feuerwehr.«

»Lass uns nochmal nachdenken. Es gibt Brigittes Internetkampagne gegen dich. Hat die vor den Schüssen angefangen oder danach?«

»Davor. Aber erst nach den Schüssen kam eine Mail und hat mich darauf verwiesen. Der Killer konnte wissen, dass es diese Kampagne gibt. Ich bin sogar sicher, er wusste es.« Er grübelte. »Dann haben wir noch festgestellt«, sagte er endlich, »dass Bohming seine Titel nie und nimmer verdient hat. Und dass derjenige, der sie ihm verschafft hat, ein Nazi war, bis fünfundvierzig jedenfalls. Hamm wird gewusst haben, dass Bohmings Arbeiten Dünnschiss sind, das sieht jeder. Auch die Gutachter, die muss Hamm beeinflusst haben. Das klappt, wenn man sich alte Spezis aussucht, etwa aus Forschungsverbünden in der Nazizeit. Die haben ja alle Dreck am Stecken gehabt.«

Er stand auf und begann umherzulaufen. Sie legte die Beine auf den Wohnzimmertisch und kratzte sich an der Schläfe.

»Es gibt nur zwei sinnvolle Erklärungen. Nummer eins: Bohming war Nazi wie Hamm, und die haben das aus ideologischen Gründen so geregelt. Nummer zwei: Bohming hat Hamm erpresst. Fällt dir eine andere Erklärung ein?«

Sie schüttelte den Kopf.

»Dass Bohming Nazi war, glaube ich nicht. Der hatte noch nie eine Überzeugung, nicht mal diese. Und Hamm war auch kein Nazi mehr, wenn ihm auch der Mumm fehlte, sich seiner Vergangenheit zu stellen. Aber das ist ja eine Volksseuche. Wenn Bohming Hamm erpresst hat, womit?«

»Na ja, es ist nicht gerade eine Ruhmestat, der SS zuzuarbeiten.«

»Reicht aber für eine Erpressung kaum aus. Braunen Dreck hatten damals die meisten an den Klamotten.«

Stachelmann war unzufrieden. Eigentlich hatte er bisher nichts erfahren, was eine Erpressung rechtfertigte. Eine Nazivergangenheit hatten die meisten Wissenschaftler, die ihre Karrieren im Dritten Reich begonnen hatten. Eine Erpressung ließ sich daraus nicht zimmern. Es musste etwas Furchtbares geschehen sein, etwas, das bewirkte, dass Bohming Hamm in der Hand hatte. Was konnte das gewesen sein? Er saß lange und überlegte. Aber was nutzt alles Nachdenken, wenn man keine Tatsachen kennt? Er musste mehr über Hamm herausbekommen.

Dann begann er zu telefonieren. Erst mit dem Kollegen Abend an der Universität in Köln, den er vor Jahren auf einem Historikerkongress getroffen hatte. Der versprach, sich gleich kundig zu machen, und nach einer halben Stunde, die Stachelmann vorkam wie eine Ewigkeit, klingelte endlich das Telefon. Stachelmann hörte genau zu und machte sich Notizen. Dann rief er eine andere Nummer an, fragte nach Aktenbeständen und hatte das Glück, einen aufgeweckten Archivar anzutreffen. Als er aufgelegt hatte, war die Unzufriedenheit verschwunden.

17

Die Scheibenwischer mühten sich fast vergeblich. Eine Sturzflut prasselte auf Stachelmanns alten Golf. Er war müde, aber aufgeregt. Unterwegs hatte er immer wieder überlegt, was er finden könnte. Brigitte war ihm immer noch einen Schritt voraus, er wusste es. Warum war er nicht gleich darauf gekommen, sondern erst eine Weile, nachdem Anne ihm erzählt hatte, Brigitte habe diese Bücher in der Bibliothek ausgeliehen? Da begriff er erst, warum Brigitte nach Thüringen gefahren war und dass sie dort etwas gefunden hatte, das sie das Leben kosten sollte.

Fast wäre er auf einen Lastwagen aufgefahren, der hinter der Gischtwolke, die er aufwirbelte, kaum zu erkennen war. Wenn es so weiterging, würde er spät in der Nacht eintreffen.

Als der Regen nachließ, beschleunigte Stachelmann den Wagen und überholte den Lkw. Er raste fast, obwohl er an diesem Tag nichts mehr würde erreichen können. In seinem Kopf jagten sich die Ideen, was Brigitte gefunden haben könnte. Und wie. Es gab nur zwei Orte, das glaubte er jedenfalls, nur zwei Orte, an denen er suchen musste. Es konnte in Thüringen keine anderen Orte geben, wo man etwas finden konnte, das man mit seinem Leben bezahlen musste. Jedenfalls nicht in diesem Fall. Stachelmann versuchte sich vorzustellen, wie Brigitte vorgegangen war. Hatte sie erst ihn treffen wollen, bevor sie ihren Mörder traf? Oder hatte sie den schon gestellt? Die zweite Möglichkeit erschien ihm wahrscheinlich. Sie hatte ihn konfrontiert mit ihrer Entdeckung, und der hatte sich den Trick einfallen lassen, ihr eine Mail mit Stachelmanns Absender zu schicken. Hätte er es unter dem eigenen Namen getan, wäre sie wahrscheinlich gar nicht gekommen. Und die Polizei hätte den Absender gefunden. Sie wird gewusst haben, dass ihr Leben in Gefahr war. Dass sie es mit jemandem aufnahm, der gefährlich war. Stachelmann bewunderte sie wegen ihres Muts und ihrer Intelligenz, die sie früher als ihn auf die richtige Fährte gebracht hatte. Allerdings hatte sie den Vorteil gehabt, von vornherein zu wissen, dass die Internetkampagne nichts mit den Schüssen auf Stachelmann zu tun hatte, jedenfalls nicht direkt. Denn sie war E.T. und musste es wissen. Für sie war das Bild recht schnell klar, während er über Zusammenhänge rätselte, die es nicht gab.

Er erschrak. An die letzten Kilometer konnte er sich nicht erinnern. Er musste blind gefahren sein, ganz verloren in Gedanken. Konzentrier dich, pass auf.

Stachelmann atmete auf, als die Ausfahrt nach Weimar angezeigt wurde. Er steuerte ins Stadtzentrum, sah ein Hinweisschild zum Hotel Elephant und folgte ihm. Hier hatte Hitler gewohnt, wenn er in Weimar war. Allerdings hatte er sich beklagt über schlechten Komfort und kleine Zimmer. Heute hätte er dazu keinen Grund mehr, dachte Stachelmann, als er völlig durchnässt die Hotelhalle betrat, nachdem er sein Auto geparkt hatte. Das Elephant galt als Luxusherberge, und er hatte beschlossen, sich die Unterkunft dort zu leisten, noch konnte er es ja.

Er verfluchte sich, weil er in der Hektik seines Aufbruchs den Schirm vergessen hatte. Der Hotelbedienstete an der Rezeption schaute ihn mitleidig an und zögerte einen Augenblick, die Frage zu beantworten, ob ein Zimmer frei sei. Er musterte Stachelmann, aber dann schien etwas an dessen Anblick ihn freundlich zu stimmen. Er schob ihm einen Block mit Anmeldeformularen hin und bat ihn, sich einzutragen. »Name und Anschrift genügen.«

Stachelmann hinterließ Wasserflecken auf dem Formular, die Kulitinte schmierte. Im Zimmer zog er die nasse Kleidung aus und hängte sie im Bad über die Duschwand. Er verwarf die Idee, etwas zu essen, und legte sich aufs Bett. Er hatte keinen Hunger, der Magen schmerzte fast vor Anspannung. Er wusste endlich, wonach er zuerst suchen musste. Vor seinem Telefonat mit dem Kölner Kollegen Abend hatte er es nicht einmal geahnt. Aber jetzt endlich wusste er, um was es ging. Um den Historiker Richard Rohrschmidt, der 1938 in Buchenwald umgekommen war und dem er einen langen Absatz in seiner Habilschrift gewidmet hatte. In der Weimarer Zeit hatte er sich zur Republik bekannt, Deutschnationale und Nazis hatten ihn deswegen angefeindet. Im Ersten Weltkrieg hatte er vom ersten bis zum letzten Tag an der Westfront gedient, seit 1917 trug er das Eiserne Kreuz Erster Klasse, und nach der Kapitulation war er als Oberleutnant der Reserve aus dem Dienst geschieden. Im Herbst 1937 wurde er von der Universität entlassen.

Sein Nachfolger war Hamm geworden. Das hatte ihm der Kollege Abend berichtet. Es stimmte zeitlich überein mit den Vitae von Hamm und Rohrschmidt. Rohrschmidts offizieller Lebenslauf endete 1937. Seine Fortsetzung fand er im KZ Buchenwald. Das hatte Stachelmann einem Aufsatz in den *Vierteljahrsheften für Zeitgeschichte* entnommen.

Inzwischen war Stachelmann sicher, dass es diese Passage in seinem Manuskript war, die Brigitte das Leben gekostet hatte. Sie war vor ihm auf der gleichen Spur gewesen, sie hatte Bohmings Bücher ausgeliehen. Sie hatte sich mit Hamm beschäftigt, und sie war im Weimarer Archiv gewesen. So weit er es überblickte, hatte Brigitte eine erstklassige historische Recherche unternommen. So gut, dass sie mit ihrem Leben dafür bezahlen musste, als sie den Täter mit ihren Ergebnissen konfrontierte. Auch sie dürfte einen Kontakt an der Kölner Universität gehabt haben. Aber wer das war, das würde Stachelmann kaum herausfinden. Er musste es auch nicht mehr.

In der Nacht wälzte er sich unruhig und schlief kaum. Wenn er döste, geisterten KZ-Szenen durch sein Hirn.

Morgen würde er Akten bestellen und dann nach Buchenwald fahren. Die Weimarer wussten damals vom Lager in ihrer Nähe. Das Standesamt war zuständig für die Totenscheine, in denen man Menschen, die zu Tode gequält worden waren, Herzversagen oder Kreislaufschwäche bescheinigte. Wer das eintrug, log wissentlich. Die Beweise verschwanden mit der Leiche im Krematorium, erst in Weimar, dann baute das KZ sich eine eigene Verbrennungsanlage.

Am Morgen verzichtete er auf das Frühstück und eilte in die Marstallstraße. Glücklicherweise öffnete das Archiv schon um acht Uhr morgens. Stachelmann ging hinein in den klassizistischen Bau und betrat den Benutzersaal. Hinter einem Tisch saß ein Mann, der ihn neugierig anschaute.

»Stachelmann, guten Tag. Sind Sie Herr Oschatz?«

Der Mann lächelte freundlich. »Wir hatten miteinander telefoniert, nicht wahr?« Er kratzte sich an seinem Oberlippenbart.

»Genau. Ich suche den Vorgang Rohrschmidt, wie Sie wissen.«

»Na ja, einen Vorgang würde ich das nicht nennen. Es ist eine dünne Akte. Ich kann sie Ihnen aber erst heute Nachmittag geben. Sie ist gerade in Bearbeitung. Wir hatten zuletzt eine Besucherin, die hat sie eingesehen, und dann ist sie verschwunden und mit ihr einige Dokumente. Ein ungeheuerlicher Vorgang, zumal die Dame falsche Personalien eingetragen hat. Glücklicherweise hat sie nur Kopien gestohlen. Wir sind gerade dabei, die Akte aus den Originalen zu ergänzen und sie auf Personenschutzrechte zu prüfen. Das verstehen Sie doch gewiss.«

Warum hatte der Mann das nicht schon am Telefon gesagt? Stachelmann begriff, dass er womöglich Kopien mit geschwärzten Namen bekommen würde. »Um Himmels willen, Sie dürfen nichts schwärzen. Ohne die Namen sind die Akten wertlos.«

»Wir finden einen Weg, ganz bestimmt«, sagte Oschatz. »In den meisten Fällen sind diese Schutzrechte nicht mehr gültig. Kommen Sie gegen vierzehn Uhr wieder, dann kann ich Ihnen die Akte geben, und wir können alle Fragen klären.«

Stachelmann verabschiedete sich und trat hinaus in die Kälte. Die Ungeduld plagte ihn. Er konnte es kaum erwarten, diese Akte zu sehen. Auf dem Weg zum Parkplatz hinter dem Hotel musste Stachelmann grinsen. Kein Wunder, dass Brigitte so schnell war, sie hielt sich nicht unbedingt an den Dienstweg. Immerhin hat sie nur die Akten geklaut, die in Kopie vorlagen, wahrscheinlich weil die Originale schon verschlissen waren. Normalerweise wird man in einem solchen Fall an ein Gerät für Mikrofiches gesetzt, hier aber wurde kopiert. Vielleicht war die Verfilmung ins Stocken geraten, mangels Geld oder wegen eines technischen Fehlers. Ihm konnte es egal sein.

Am Parkplatz angekommen, stieg er in sein Auto und verließ die Stadt in Richtung Ettersberg. Es ging bergauf auf knapp fünfhundert Meter Höhe. Dort oben, dem Wetter schutzlos ausgesetzt, hatten Hunderte von Häftlingen Bäume fällen, Baracken, Wachtürme, Werkstätten, Kasernen, die SS-Führersiedlung und das Eingangsgebäude bauen, Zäune ziehen und sich von morgens bis abends der Quälerei des Wachpersonals aussetzen müssen.

Stachelmann stellte den Wagen neben einem Bus ab. Er betrat das Lager durch das Tor mit dem eingelassenen Wahlspruch »Jedem das Seine«. Hinter dem Tor erstreckte sich das KZ-Gelände, wo früher die Baracken gestanden hatten, von denen nur die Fundamente geblieben waren. Eine Baracke wurde später als Muster aufgebaut. Stachelmann ging langsam über das Gelände und versuchte sich vorzustellen, wie es gewesen sein mochte für Rohrschmidt, in seiner dünnen Häftlingskleidung, die Füße in Holzpantinen, hier oben stundenlang zu stehen beim Appell. Die

Häftlinge, die meisten unterernährt, müssen unerträglich gefroren haben.

Er näherte sich der Effektenkammer, einem Gebäude vom Zuschnitt eines großen Speichers. Auf dem Weg vom Eingangsgebäude dorthin kam man am Krematorium vorbei. Er erinnerte sich an die seltsame Abkürzung »Krema« in einem der Diskussionsbeiträge im Internetforum. Ob sie dieses Krematorium gemeint hatten, den Ort, wo Thälmann ermordet worden war? Ihm schien, dass sich Frankie, Halil und Genossen nirgendwo mehr treffen würden. Sie hatten zu viel angerichtet, unabsichtlich, aber unabweislich. Vielleicht hätte es die Schüsse im Von-Melle-Park nicht gegeben und würde Brigitte noch leben, wenn diese Hysteriker nicht diese Kampagne angezettelt hätten. Sie hätten Brigitte nicht unterstützen dürfen, sondern sie bremsen müssen.

Das Innere des Krematoriums war gut erhalten. Man sah die Öfen, als wären sie vor kurzem noch verwendet worden. Damals herrschte hier Hochbetrieb. Ihn schauderte, und er verließ das Krematorium nach wenigen Minuten.

Weiter zur Effektenkammer. Hier befand sich die Ausstellung. Zu entdecken waren darin auch Exponate, die Häftlingshandwerker angefertigt haben. Die SS nutzte die Fertigkeiten ihrer Gefangenen. Tischler zum Beispiel stellten nicht nur Möbel und Kinderspielzeug fürs Wachpersonal her, sondern auch die Instrumente, mit denen die Wärter die Häftlinge quälten.

Beeindruckend ein Knüppel und der Bock: Unten wurden die Füße fixiert, dann wurde der Delinquent mit dem Oberkörper auf einer Ablage festgeschnallt. SS-Männer versetzten ihm mit stahlgefüllten Ochsenziemern Schläge aufs nackte Gesäß. Langsam, damit auch jeder Schlag wirkte. Häftlinge berichteten, die Wärter hätten oft während der Misshandlung die Zahl der Schläge erhöht über das vorher festgesetzte Maß hinaus.

Der Knüppel war ein Kunstwerk. Er war aus einem Stück Holz geschnitzt, der Griff geriffelt, damit er nicht rutschte in der Hand. Eine Verdickung am Griffende erlaubte dem Wärter härteste Schläge, ohne dass ihm der Knüppel entglitt. Am Schlagende lag der Schwerpunkt, da verdickte sich der Stock. Das Schlagwerkzeug war kurz und handlich, eine Lederschlaufe am Griff ermöglichte es dem Träger, es baumeln zu lassen in der Hand. Stachelmann konnte sich vorstellen, wie ein SS-Mann übers Gelände schlenderte und lässig mit dem Knüppel spielte.

Unter den Ausstellungsstücken entdeckte Stachelmann eine Rechnung an das Konzentrationslager Weimar-Buchenwald, ausgestellt vom Friedhofsamt der Reichsmessestadt Leipzig, Absender: der Oberbürgermeister. Der berechnete dem Lager für die Einäscherung von vier Häftlingen 196 Reichsmark, pro Leiche »je 49,- RM einschließl. Beisetzung«. Datum: 26. Januar 1945. Die vier Menschen, davon einer ohne Häftlingsnummer, deshalb namentlich erwähnt: Kurt Jakobowicz, hatten in einem der unzähligen Außenlager des Riesen-KZs den Tod gefunden, ihre Leichen wurden praktischerweise nicht nach Buchenwald zurückgebracht, sondern ins näher gelegene Leipzig.

In der Ausstellung stand auch eine Holzschubkarre. Sie wurde im Steinbruch verwendet, wohin die SS vorzugsweise jene Häftlinge schickte, die sie tot sehen wollte. Für Menschen, die körperliche Arbeit gewohnt waren, war der Steinbruch die Hölle. Für Menschen, die körperliche Arbeit nicht gewohnt waren, war er oft der Tod. Und wenn einen die Schinderei nicht umbrachte, prügelte einem der Kapo das Leben aus dem Leib. Oder trieb einen in die Postenkette, damit er auf der Flucht erschossen wurde. Dann musste das Steinbruchkommando die Leiche tragen, wenn es zurück ins Lager ging. Mit einem Lied auf den Lippen.

Die meisten dieser Mörder waren straffrei davongekommen. Und wenn sie verurteilt wurden, dann meist zu niedrigen Strafen. Massenmord bei den Nazis ist vor Gericht günstiger zu haben als Mord für RAF-Terroristen. Die Schinder, die Ende der Vierzigerjahre verurteilt wurden, waren Mitte der Fünfzigerjahre wieder auf freiem Fuß. Eine Welle von Petitionen aus der Bevölkerung hatte Begnadigung und Amnestie gefordert. Nicht nur für die Mörder von Buchenwald, sondern auch für die Organisatoren des Massenmordes wie die Leiter von Einsatzgruppen. Für die übelsten SS-Massenmörder, die im bayerischen Landsberg einsaßen, verwendete sich Anfang der Fünfzigerjahre sogar eine Delegation des Deutschen Bundestages. Im Interesse eines westdeutschen Wehrbeitrags sei die Begnadigung der Mörder unabdingbar, forderten Vertreter fast aller Fraktionen, eingeschlossen die sozialdemokratische. Daran dachte Stachelmann, als er wieder vor der Effektenkammer stand und dem Treiben von Schülern zusah, die sich um einige Busladungen vermehrt hatten. Wie sollte man Jugendlichen von heute erklären, was damals im Volk gedacht worden war? Dass Hitler, Himmler, Göring und Goebbels die Täter seien, wenn es denn Täter geben müsse, aber nicht die tapferen Männer, die von dieser womöglich verbrecherischen Führung an ihre Plätze befohlen wurden. Sie hatten nur ihre Pflicht getan. So wie mein Vater, dachte Stachelmann.

Buchenwald war ein Ort, der zum Nachdenken zwang. Er konnte sich dem nicht entziehen. Hier fiel ihm auf, dass der Riss zwischen den Generationen sich nicht 1945 auftat, sondern viel später. Bis in die Sechzigerjahre gehörten die Mörder ganz selbstverständlich zum Volk, sie waren Opfer, fehlgeleitet durch eine Führung, die so viel falsch gemacht hatte. Vor allem das mit den Juden war ein Fehler, ohne den hätte man den Krieg nicht verloren. Es gab damals in Westdeutschland keinen einzigen Stammtisch, an dem die Verbrechen der Nazis uneingeschränkt verurteilt wurden. Stachelmann schien es aus einer fernen

Zeit zu kommen. Dabei hatte er diese Leute noch erlebt. Was hatten sie gesagt? Du kannst darüber nicht mitreden, du warst nicht dabei.

Er hatte, ohne es recht zu bemerken, das Lagergelände verlassen und stand plötzlich vor dem Pferdestall. Das Gebäude diente schon damals nicht mehr seinem eigentlichen Zweck. Es war eine Genickschussanlage, in der die SS Menschen im Minutentakt erschoss durch ein Loch in der Messlatte eines Hinrichtungsraums, der aussah wie ein Arztzimmer. Tausende von sowjetischen Kriegsgefangenen wurden hier ermordet. Am Pferdestall vorbei marschierten Arbeitskommandos in den Steinbruch.

Stachelmann fielen die Diskussionsbeiträge in dem Internetforum ein. Es habe sogar ein KZ-Bordell gegeben, wurde da angeführt als Beweis dafür, dass die Lager nicht so schrecklich gewesen sein konnten, wie gemeinhin behauptet werde. In der Ausstellung hatte er wieder das Bordell entdeckt. Es wurde 1943 eingerichtet, die Prostituierten waren auch Gefangene, einige kamen aus dem Frauen-KZ Ravensbrück. In diesem Jahr wurde selbst den Nazis klar, dass der Krieg auf der Kippe stand, in Wahrheit hatten sie ihn schon verloren. Und die KZs wurden Arbeitslager, sie produzierten für den Endsieg. In Buchenwald waren es vor allem die Deutschen Ausrüstungswerke und das Gustloff-Werk II, in dem Teile der V-2-Rakete hergestellt wurden. Es herrschte eine unmenschliche Arbeitshetze, bald kamen Luftangriffe auf die Industrieanlagen dazu, vor denen sich nur die SS in Bunkern schützen durfte. Zuckerbrot und Peitsche: Es war die Idee Himmlers, Bordelle in KZs einzurichten, um die Häftlinge zu Höchstleistungen anzutreiben, über das hinaus, was man mit Prügel, Peitsche und unablässiger Todesdrohung erzwingen konnte. Aber das beendete nicht die Misshandlungen und das Sterben. Er war Zynismus in Vollendung.

Im selben Jahr wie das Bordell wurde das Kleine Lager

eingerichtet, eine Siedlung mit fensterlosen Baracken, ehemaligen Pferdeställen der Wehrmacht, durch einen Zaun abgesperrt. Ein KZ im KZ, mit unvorstellbaren Todesraten. Hier gab es noch weniger zu essen, herrschte nicht die geringste Hygiene, drängten sich Tausende von Menschen aneinander, bevor sie starben wie Fliegen an Hunger, an Krankheiten, wenn sie nicht totgespritzt wurden oder das Leben aus ihnen herausgeprügelt wurde.

Stachelmann ging langsam zurück zu seinem Auto, er begann zu frieren. Was er sah, mochte noch so eindrücklich, was er las, noch so gut beschrieben sein, begreifen konnte er es nicht.

Er schaute auf die Uhr. Wenn er jetzt zurückfuhr, wäre er zu früh im Archiv. Aber er entschloss sich, diesen Ort zu verlassen. Langsam steuerte er den Wagen nach Weimar, er war bedrückt, obwohl er schon mehrfach hier gewesen war. Aber an die Hölle auf Erden würde er sich nie gewöhnen. Nicht weniger beschwerte ihn das Wissen, dass es immer Menschen geben würde, die abstritten, was geschehen war, obwohl es kaum ein historisches Ereignis gab, das besser belegt war als das System der Lager. Quellen aller Arten in riesiger Zahl, Dokumente der Lagerverwaltung, der Gestapo, aus den Hauptämtern der SS, Bilder und Töne, Berichte der Täter, Erinnerungen der Opfer, Gerichtsakten, wissenschaftliche Abhandlungen. Da muss einer böswillig sein, um nicht zu sehen, was selbst Blinde sahen. Stachelmann überlegte, was in den Köpfen solcher Menschen vorgehen mochte. Aber außer ein paar Schlagworten fiel ihm nichts ein.

Er mühte sich durch den Verkehr und entdeckte den letzten freien Parkplatz hinter dem Hotel. Einen Augenblick überlegte er, ob er durch die Innenstadt bummeln sollte, aber er kannte sie, und es reizte ihn nicht. Ganz getrimmt auf das Staunbedürfnis von Goethe- und Schillertouristen, war die Stadt schon zu DDR-Zeiten herausgeputzt worden. Sie wirkte unecht, wie ein Disneyland der Klassik.

Ihre Bürger hatten sich früh für Hitler begeistert.

Von Anfang an hatte die Stadt ein besonderes Verhältnis zu den Nazis. In Weimar veranstaltete die NSDAP 1926 ihren ersten Reichsparteitag, auf dem sie den »Deutschen Gruß« einführte. In der damaligen Hauptstadt Thüringens zogen die Nazis zuerst in eine Landesregierung ein. Fritz Sauckel war 1932 Ministerpräsident und Innenminister von Thüringen und posaunte, gerade in Weimar habe sich »die deutsche Wiedergeburt markant, rasch und geradlinig« vollzogen. In Weimar wurde das »Weimarer System«, die erste deutsche Demokratie, in den Köpfen und auf den Straßen schon zerstört, bevor Hindenburg Hitler die Macht übergab. 1926 protestierte dort niemand gegen die Nazis, die Bürger fanden offenbar auch nichts dabei, als die braunen Horden Menschen auf der Straße anpöbelten und angriffen, die sie für Juden hielten. Dabei sangen sie: »Wir scheißen auf die Freiheit in der Judenrepublik.« Wo die deutsche Klassik zu Hause war, da waren Hitler, Himmler, Goebbels früh willkommen.

Stachelmann ging zurück in das Hotel, in dem der Führer übernachtet hatte. Er hatte keinen Hunger. Um die Tabletten besser zu vertragen, aß er einen Salat im Hotelrestaurant. Danach einen Kaffee, den er beim Zeitunglesen trank. Die Welt gerät aus den Fugen, dachte er, als er von Krieg, Tod und Terror las. Was sind da meine kleinen Malaisen? Aber dann packte ihn die Neugier doch wieder und mit ihr die Hoffnung, die Angst endlich loszuwerden, wenn es ihm gelang, Brigittes Mörder zu finden. Während er zum Archiv lief, fragte er sich, warum die Polizei nicht vorankam. Er hatte es aufgegeben, mit Taut zu telefonieren. Sollte er dem Kriminalrat sagen, er habe eine heiße Spur in Weimar? Der würde ihn auslachen, und Stachelmann könnte es verstehen. Er hatte sich blamiert. In diesem Fall half nicht die Kriminaltechnik, sondern historischer Sachverstand. Es ging nicht darum, ob Bohming ein Alibi hatte, sondern worin er sich verstrickt hatte, welche Lebenslüge er vor aller Welt verbarg. Und wenn es Stachelmann gelang, dieses Geheimnis zu lüften, dann würde sich alles andere von selbst ergeben. Davon war er überzeugt, auch wenn eine innere Stimme ihm sagte, er habe sich oft genug geirrt, es könnte wieder geschehen. Womöglich war die Polizei nicht auf diese Spur gekommen, weil es sie nur in Stachelmanns Einbildung gab. Er wurde unsicher. Und wenn Bohming gar nichts zu tun hatte mit der Sache? Wenn Brigitte auch auf dem Holzweg gewesen war und sie aus einem anderen Grund ermordet worden war? Um Himmels willen, was sollte er dann tun?

Er schaute sich um, ob ihm jemand folgte. Er blieb stehen und beobachtete die Passanten. Niemand verhielt sich auffällig. Aber ein Verfolger würde sich mühen, nicht aufzufallen. Aber wie sollte Brigittes Mörder wissen, dass Stachelmann in Weimar war? Vielleicht schloss er es aus den Akten, die er Brigitte abgenommen hatte? Er ließ seine Augen noch einmal über die Straße schweifen, dann setzte er seinen Weg fort.

Oschatz winkte ihm freundlich zu, als Stachelmann in den Benutzersaal trat. Am Tisch neben der Tür saß ein Mann, vielleicht Anfang dreißig, der heftig und schnell auf die Tastatur seines Notebooks einhackte. Oschatz tippte mit dem Zeigefinger auf einen Aktenordner. »Kann sein, dass Sie finden werden, was Sie suchen. Ich habe Ihnen diesen Tisch reserviert.« Er zeigte auf einen Tisch an der Wand, etwas abgesetzt von den übrigen Tischen, als wollte er verhindern, dass andere die Dokumente einsehen könnten. Er schniefte, dann fragte er: »Und was ist an dieser Akte so bedeutend?«

Stachelmann überlegte kurz, er wollte den Archivar nicht verärgern, aber auch nicht einweihen. »Es geht um Biographisches.«

»Aha«, sagte Oschatz und strich sich mit der Hand durch die spärlichen roten Haare. »Darum also.«

Stachelmann erwartete weitere Fragen, etwa nach Brigitte, aber Oschatz öffnete nur den Mund und schloss ihn wieder. Er nahm den Ordner und hielt ihn sich vor dem Bauch, wie eingefroren. Stachelmann zögerte, nach der Akte zu greifen. Dann löste sich Oschatz aus seiner Erstarrung und hielt Stachelmann die Akte hin. »Wir haben nichts geschwärzt«, sagte er. »Aber Sie sind ja vom Fach und wissen, dass es Schutzfristen gibt.« Als Stachelmann den Ordner genommen hatte, griff Oschatz nach einem Papier auf seinem Schreibtisch. »Das ist die Archivordnung, bitte lesen und unterschreiben. Es reicht, wenn Sie mir das Papier nachher zurückgeben.«

Stachelmann dankte mit einem Kopfnicken und setzte sich mit Ordner und Archivordnung an den ihm zugeteilten Tisch. Er lehnte sich zurück und streckte den Rücken, weil er spürte, dass er schlecht sitzen würde auf dem Stuhl. Dann schlug er den Aktendeckel auf. Auf der Rückseite des oberen Deckels war ein Formular, in das sich die Benutzer unter Angabe des Datum einzutragen hatten. Stachelmann setzte Namen und Unterschrift unter den Eintrag einer Birgit Sternberg. So hatte sich Brigitte also getarnt. Etwas dilettantisch, so als wollte sie nicht ganz anonym bleiben. Warum überhaupt anonym? Weil sie Angst hatte? Weil sie von vornherein wusste, dass sie klauen würde? Hatte sie sich eingetragen, bevor sie das Konvolut gelesen hatte oder danach?

Die Idee traf ihn wie ein Blitz. Er eilte hinaus aus Benutzersaal und Gebäude – Oschatz starrte ihm nach – und rief erneut den Kollegen Abend in Köln an. Ob es in Köln auch eine Akte über Rohrschmidt gebe, fragte er ihn, und ob er herausfinden könne, wer in der Benutzerliste stehe. Abend war nicht begeistert, aber als Stachelmann ihm verriet, warum er es wissen wollte, weckte er die Neugier des Kollegen.

Zurück zur Akte.

Er blätterte in den Dokumenten und sah seine Hand zittern. Es hing so viel davon ab, was darin stand. Und was er begriff. Jetzt, wo er womöglich so kurz davor stand, seine Neugier befriedigen zu können, quälte ihn die Angst vor der Enttäuschung. Wenn er hier nichts fand, dann würde sich der Boden auftun und ihn verschlingen. Er blätterte schneller, las Namen, die ihm nichts sagten, und spürte, wie die Depression sich anschlich. Nein, vorn anfangen, Seite für Seite durcharbeiten. Er legte den Stapel vor sich hin, die erste Seite obenauf, und begann zu lesen.

Zuerst Vermerke der Politischen Abteilung des KZs Buchenwald, also der dortigen Gestapo-Filiale. Diese Station mussten alle Häftlinge durchlaufen. Rohrschmidt wurde als »Politischer« einsortiert, bekam also einen roten Winkel. Weiterhin gab die »Häftlings-Personal-Karte« einige Daten preis, unter anderem den Wohnort – hier war Köln eingetragen –, vermerkt war auch, dass die dortige Stapoleitstelle für die Einweisung zuständig gewesen war.

Bevor die Häftlinge in der Politischen Abteilung erfasst wurden, waren sie unter Prügeln den Bergweg von Weimar im Laufschritt hinaufgetrieben worden, um geduscht und geschoren zu werden. Dann bekamen sie Häftlingskleidung und waren binnen kürzester Zeit nur noch Nummern. Die »Aufnahme« durch die Gestapo war dann eine weitere entwürdigende Prozedur. Manche Häftlinge mussten stunden- oder sogar tagelang im Korridor stehen und wurden gezüchtigt, wenn sie sich aus Müdigkeit an die Wand lehnten. Wie mochte ein Intellektueller wie Rohrschmidt diese Misshandlungen ertragen haben, zumal die Gestapoleute Intellektuelle oft besonders hassten, weil sie ihnen geistig überlegen waren?

Eine Seite hinter der Häftlings-Personal-Karte fand sich der Schutzhaftbefehl:

Geheime Staatspolizei *Köln, am 13. November 1937*
Staatspolizeileitstelle Köln
Aktenz.: I 4 – 983/17

Schutzhaftbefehl

Der – ~~Die~~ – Professor

Rohrschmidt, Richard
geb. am 5. 4. 1893 in Mettmann
wohnh. in Köln, Sachsenring 76a
z. Zt. in Polizeihaft

ist aufgrund von § 1 der Verordnung des Reichspräsidenten zum Schutze von Volk und Staat vom 28.2.1933 in Schutzhaft zu nehmen.
Begründung: Dringender Verdacht staatsfeindlicher Betätigung.

Er ist dem Schutzhaftlager Buchenwald zuzuführen.
Eine Beschwerde gegen diesen Schutzhaftbefehl ist nicht zulässig.

»Staatsfeindliche Betätigung«, das konnte alles Mögliche heißen in einem Dokument, das sich auf die Reichstagsbrandverordnung des längst verstorbenen Reichspräsidenten Hindenburg bezog. Es gab inzwischen nicht einmal mehr einen Reichspräsidenten, sondern nur noch einen »Führer und Reichskanzler«. Und vom Reichstagsbrand war ohnehin schon lange keine Rede mehr. Es genügte der Verdacht, um einen Menschen ohne Urteil ins KZ zu schicken. Oft verhaftete die Gestapo auch Leute, die im Gericht einen Freispruch erreicht hatten, gleich draußen auf der Straße. Oder Menschen, die ihre Haftstrafe abgesessen hatten.

Stachelmann blätterte weiter. Es folgten Formulare und Vermerke, die ihn nicht interessierten. Dann aber ein Vernehmungsprotokoll, datiert auf den 16. Oktober 1937:

Frage: *Sie haben am 23. Sept. d.J. in einem Kreis mit so genannten Gleichgesinnten behauptet, die Politik des Führers ende in einer Katastrophe.*

Antwort: *Ich habe mir Sorgen gemacht, dass die Aufrüstung auf einer finanziell und wirtschaftlich ungesicherten Grundlage die Volkswirtschaft in eine Krise reißen könnte.*

Frage: *Sie lügen. Sie haben erklärt, die Politik unseres Führers ende im Krieg, der nur eine Niederlage Deutschlands bedeuten könne.*

Antwort: *Das ist nicht wahr. Das ist eine Unterstellung. Wer hat das behauptet?*

Dem Beschuldigten wird das Vernehmungsprotokoll eines Beteiligten dieser Runde gezeigt, in dem dieser Zeuge bestätigt, dass der Beschuldigte dem Führer »Kriegstreiberei« unterstellt hat.

Antwort: *Das ist eine Verleumdung. Nichts davon ist wahr.*

Dem Beschuldigten wird ein weiteres Vernehmungsprotokoll gezeigt. Der Zeuge bestätigt ebenfalls, dass der Beschuldigte erklärt habe, der politische Kurs unseres Führers werde einen Weltkrieg auslösen, der mit dem Untergang Deutschlands enden werde.

Stachelmann überlegte, ob die Gestapo-Leute Rohrschmidt in dieser Phase des Verhörs schon geschlagen hatten.

Antwort: *In der Tat halte ich die Politik des Führers für nicht ungefährlich. Er hatte das Glück, dass die Siegermächte auf den Einmarsch ins Rheinland nicht reagiert haben. Aber ich habe mich in dem besagten Kreis nicht dazu geäußert.*

Frage: *Haben Sie sich gegenüber anderen Personen so geäußert?*

Antwort: *Nein.*

Frage: *Wie erklären Sie sich, dass zwei Beteiligte der Gesprächsrunde bestätigen, dass Sie gegen den Führer und seine Politik gehetzt haben? Dass Sie sogar vorgeschlagen haben, eine staatsfeindliche Gruppe zu gründen, um die Politik des Führers zu bekämpfen?*

Antwort: *Dafür habe ich keine Erklärung.*

Frage: *Sie waren Mitglied der Sozialdemokratischen Partei?*

Antwort: *Ja, bis zu ihrem Verbot.*

Frage: *In Wahrheit hängen Sie den staatsfeindlichen Ideen dieser Partei immer noch an. Haben Sie Kontakte zum Auslandsvorstand der SPD oder zu illegalen Gruppen im Reich?*

Antwort: *Ich habe keinen Kontakt. Ich hänge dem Programm dieser Partei nicht mehr an. Sie hat bis zu ihrem Ende eine falsche Politik betrieben. Leider habe ich das zu spät erkannt.*

Das war eine bewundernswerte Argumentation. Aus dieser Erklärung mochten die Nazis herauslesen, was sie wollten, ohne dass Rohrschmidt seine Haltung aufgegeben hatte.

Stachelmann bildete sich mittlerweile fast ein, die Gedanken dieses Mannes nachträglich lesen zu können. Natürlich kritisierte er die Politik der SPD vor der Machtübertragung an Hitler. Die Sozialdemokraten hatten kein Konzept gegen den Nazismus. Schlimmer, noch in der Reichstagsdebatte um das Ermächtigungsgesetz erklärte die SPD, von Anfang an gegen die Lüge gekämpft zu haben, Deutschland habe den Weltkrieg begonnen, wie es der Versailler Vertrag historisch korrekt, wenn auch verkürzt festhielt. Sie widersprachen den Nazis nicht, sondern gaben ihnen recht, jedenfalls in dieser Schlüsselfrage. Die

Geburtsstunde der »Kriegsschuldlüge« aber war nicht Versailles, sondern die Bewilligung der kaiserlichen Kriegskredite im August 1914 durch die sozialdemokratische Reichstagsfraktion. Stachelmann stellte sich vor, Rohrschmidt habe diese Auffassung vertreten, sogar im Gestapo-Verhör. Aber warum wurde er vernommen? Was hatte ihn in diese Lage gebracht?

Er blätterte weiter. Auf den folgenden Seiten hatte die Gestapo Rohrschmidts Werdegang zusammengefasst. Volksschule in Mettmann, dann Besuch eines Gymnasiums in Düsseldorf. Wehrdienst. Studium in Düsseldorf und Köln, unterbrochen durch den Krieg. Promotion und gleich darauf Habilitation, jeweils mit besten Noten. *R. galt an der Kölner Universität als führender Kopf der das System stützenden Akademiker. Versuche des NS-Studentenbundes, ihn zu entlarven, scheiterten an seiner Sturheit und Unbelehrbarkeit.* Rohrschmidt war ein Mann, an dem sich die Mitläufer und Jasager ein Beispiel hätten nehmen sollen. Selbst wenn diese Recherche nichts ergab, Stachelmann hatte immerhin einen mutigen Menschen kennengelernt. Das begriff er erst jetzt, nachdem er die Akte gelesen hatte. Das hätte ich schon tun sollen, als ich noch an der Habilschrift saß. Es genügt eben nicht, einfach etwas aus der Fachliteratur zu entnehmen. Ich mag diesen Kollegen. Im Gegensatz zu mir hat der gewusst, was er tun musste. Und er hat gewiss Angst gehabt vor der Gestapo, aber er hat der Angst nicht nachgegeben. Bohming fiel ihm ein. Wie hätte der sich verhalten in einem solchen Verhör? Falsche Frage, der wäre nie in die Not geraten, weil er sein Fähnchen in den Wind gehalten hätte. Der hätte den Führer schon großartig gefunden, als den sonst noch keiner kannte. Das ist ungerecht, dachte Stachelmann. Man kann nicht wissen, wie sich einer verhalten hätte. Außer bei Bohming, widersprach er sich.

Er lehnte sich zurück und legte die Hände an den Nacken. Die Sitzerei schmerzte im Rücken, aber die Anspannung hielt ihn auf seinem Stuhl. Wie geriet Bohming in diese Geschichte? Natürlich lange nach dem Krieg. Sei geduldig, lies weiter. Er blätterte und stieß auf einen handgeschriebenen Brief an die Stapoleitstelle Köln. Das Blatt war beidseitig beschrieben in Sütterlin. Stachelmann hatte diese Schrift vor vielen Jahren gelernt. In manchen Veröffentlichungen, vor allem in Romanen und Filmen, wird Sütterlin als Nazischrift dargestellt. Es genügt, in einem Film ein paar Sütterlinbuchstaben auf einem Plakat zu zeigen, schon ist die Assoziation Nationalsozialismus geweckt. Dabei waren die Nazis Modernisierer, sie verboten diese Schrift 1941 zusammen mit der Fraktur und machten die lateinische Schrift verbindlich. Einige Jahre zuvor war der Brief geschrieben worden, der nun vor Stachelmanns Augen lag, am 5. Oktober 1937.

Werte Parteigenossen!
Ich sehe mich als getreuer Anhänger unseres Führers und auch gesetzlich verpflichtet, ein Vorkommnis zur Anzeige zu bringen, das geeignet ist, Zweifel an der Staatstreue eines führenden Vertreters der hiesigen Universität aufkommen zu lassen. Gestern, am 4. Oktober, gab es am Abend die monatliche Zusammenkunft des Lehrstuhls, wie sie Volksgenosse Prof. Rohrschmidt seit Jahren abzuhalten pflegt. Nach Abschluss der offiziellen Sitzung bat der Volksgenosse Prof. Rohrschmidt Interessierte, dazubleiben, da er noch einige Fragen anzusprechen wünsche, die nicht im offiziellen Teil der Sitzung erörtert werden könnten.

Zum Zeichen, dass die Zusammenkunft nun eher privaten Charakter annehme, stellte er zwei Flaschen Rheingau-Wein und Gläser auf den Tisch.

Anwesend waren neben dem Volksgenossen Prof. Rohrschmidt und mir die Dozenten Dr. Klüger, Dr. Matthies sowie der Doktorand S. Pfleger, der mit Rohrschmidt in einem besonderen Vertrauensverhältnis zu stehen scheint.

Als Erstes wies Prof. Rohrschmidt auf den privaten Charakter der Zusammenkunft hin. Er habe einige Fragen, aber keine

Antworten. In manchen Situationen sei es aber schon ein großer Schritt, die richtigen Fragen zu stellen, die oftmals eine Antwort erübrigten. Zuerst fragte er nach der Behandlung der Juden in Deutschland, die nach seiner Auffassung seit dem Abschluss der Olympischen Spiele sich verschärft habe. Prof. Rohrschmidt vermied es, Stellung zu beziehen, er fragte nur, aber alle Anwesenden dürften es als Kritik an den Nürnberger Gesetzen verstanden haben.

In die gleiche Richtung zielte offenbar die Frage, wie es dem Prof. Rosenthal gehe, er habe lange nichts mehr von ihm gehört. Ob er Not leide und man ihm helfen solle. Rosenthal ist als Volljude in Folge des Gesetzes zur Wiederherstellung des Beamtentums entlassen worden. Da er eher zum Konservatismus neigt, war das Verhältnis zwischen Rosenthal und Rohrschmidt seit vielen Jahren vergiftet. Niemand im Kreis konnte die Frage nach dem Ergehen des Rosenthal beantworten.

Der Volksgenosse Pfleger hat, nachdem einige Zeiten Schweigen herrschte, die Frage gestellt, ob die Aufrüstung nicht zwangsläufig in einem Krieg enden müsse, da Briten und Franzosen dem nicht tatenlos zuschauen würden. Zumal wenn man ahne, dass diese umfängliche Aufrüstung nur dann einen Sinn habe, wenn sie dem Kriege diene.

Er wisse nicht, was die Reichsführung beabsichtige, sagte Prof. Rohrschmidt. Aber wenn es zum Krieg komme, könne dieser nur mit dem Untergang Deutschlands enden. Das wisse sicherlich auch der Führer, zumal dieser ja im Kriege gewesen sei. Wer anderes glaube, könne nur als schlechterdings verrückt bezeichnet werden.

Das Gespräch drehte sich auch weiterhin um diese Themen, ohne aber neue Fragen aufzuwerfen.

Heil Hitler!

Dr. D. Hamm

Stachelmann schloss die Augen, öffnete sie wieder, dann stand er auf und ging ein paar Schritte. Oschatz beobachtete ihn.

»Ich geh mal an die frische Luft«, sagte Stachelmann.

Draußen lief er am Archivgebäude auf und ab. Es war einfach, Hamm denunzierte seinen Ordinarius. Nichts Ungewöhnliches in dieser Zeit. Die Gestapo hatte bis zum Kriegsausbruch keine zehntausend Mitarbeiter für etwa achtzig Millionen Reichsdeutsche. Sie arbeitete so erfolgreich, weil sie sich auf die Bereitschaft Zehntausender stützte, ihre Mitbürger zu verraten. Ohne Denunzianten hätte das Naziregime seine Gegner kaum wirkungsvoll bekämpfen können. Zur Zeit von Hamms Denunziation arbeiteten in einer mittleren Stadt wie Krefeld gerade mal zwölf oder dreizehn Gestapobeamte.

Es zog ihn zurück zur Akte. Er blätterte weiter. Das Nächste, was er fand, begriff er nicht sofort. Es war eine Quittung, fünfzig Reichsmark für Pfleger, den Doktoranden. Dann verstand Stachelmann, wofür der Mann diesen Betrag erhielt, der heute etwa fünfhundert Euro entspräche, nicht wenig für einen Doktoranden. Pfleger war ein Agent provocateur. Die Gestapo hatte ihn auf Rohrschmidt angesetzt. Der Mann war ihnen ein Dorn im Auge, weil er Demokrat war, das »System« unterstützt hatte, womit die Nazis die Weimarer Republik meinten. Stachelmann überlegte, wie Pflegers Laufbahn sich entwickelt haben mochte. Wenn er den Krieg überlebt hatte, war er bestimmt erfolgreich gewesen, ein zielstrebiger junger Mann, dem in einer Zeit, als die Bundesbürger nur vergessen wollten, alle Türen offengestanden hatten. Wie so vielen anderen Spitzeln. Er spürte die Lust, sich mit diesem Mann zu beschäftigen. Aber das war sinnlos, jetzt ging es um Hamm.

Auf der nächsten Seite fand sich der Befehl, Rohrschmidt möglichst bald zu verhaften. Doch dies sollte, um Aufsehen zu vermeiden, nicht an der Universität oder bei ihm zu Hause erfolgen, sondern durch eine Vorladung ins Polizeipräsidium, wobei ihm vorgespiegelt werden müsse, er solle als Zeuge in einem nicht zu nennenden Fall aussagen. Sobald Rohrschmidt erschienen sei, müsse er festgenommen werden. Seine Wohnung und sein Dienstzimmer an der Universität seien sofort zu durchsuchen, bevor bekannt werde, dass Rohrschmidt verhaftet sei.

Stachelmann hatte die Ereignisse vor Augen, als wäre er dabei gewesen. Provokation, Denunziation, Verhaftung. Auf einen Prozess hatte die Gestapo verzichtet, sondern ihr Opfer ohne den Umweg über das Zuchthaus gleich ins KZ geschickt. Ein Gerichtsverfahren hätte wohl Staub aufgewirbelt und den Provokateur wie den Denunzianten entlarvt.

Es folgten Seiten, die keine Erkenntnisse brachten, interne Vorgänge, Zeugnisse der Bürokratie. Aber dann überraschte die vorletzte Seite Stachelmann doch noch einmal. Es war der Durchschlag eines Berichts über den Vorgang Rohrschmidt an die Sicherheitspolizei, Abteilung II, in Berlin, Prinz-Albrecht-Straße. Die Abteilung II war die Gestapo. Die letzten Zeilen lauteten:

Die Stapoleitstelle Köln wird, wie befohlen, auf die Leitung der Universität und die Fakultät einwirken, damit der Pg. Dr. D. Hamm zum Nachfolger des Rohrschmidt ernannt wird. Erste Gespräche in dieser Sache wurden bereits geführt. Am Erfolg ist nicht zu zweifeln.

Stachelmann blätterte diese Seite um. Die letzte im Ordner war eine Abschrift von Rohrschmidts Totenschein, ausgestellt vom Standesamt Weimar. Todesursache: Herzversagen. Vermerkt war an einem beigehefteten Zettel, dass die Angehörigen die Urne erhalten und die Gebühr für Einäscherung und Versand bezahlt hätten.

18

»Ich habe deine Arbeiten nochmal gelesen. Na ja, gelesen ist ein bisschen übertrieben. Aber ich weiß nun wieder, was darin steht. Hatte es schon vergessen.«

»Schön«, sagte Bohming. Er saß mit gestrecktem Rückgrat auf dem Schreibtischstuhl und starrte ihn an. Es lag Zorn im Blick. Aber der Mund lächelte. »Wurde ja mal Zeit.«

»In der Tat.« Stachelmann ließ seinen Blick übers Bücherregal streichen. Die Festschrift für Kalterer stand noch an ihrem Platz. »Es steht nicht viel drin. Das habe ich zwar schon vor ein paar Jahren bemerkt, aber damals war es mir eher egal. Aber nun bekommt dieser Umstand einen neuen Sinn.«

»Es muss ja nicht jeder so eine barocke Arbeit schreiben wie du«, sagte Bohming. Er klang selbstbewusst. Vielleicht dachte er, niemand könne ihm die Titel aberkennen. Und wenn dieser Idiot androhen wollte, seine Kritik an diesen Arbeiten, die Hamm betreut hatte, öffentlich zu äußern, na, dann sollte er es halt tun. Er würde widersprechen, in unseren postmodernen Zeiten galt das eine Wort so wenig wie das andere. Und morgen treiben sie eine andere Sau durchs Dorf.

»Das stimmt«, sagte Stachelmann. »Zumal meine Arbeit noch einen Haken hat.«

»Aha?«

»Es steht was über diesen Kalterer darin« – Stachelmann zeigte auf den Buchrücken, Bohming schaute ihn weiter an –, »das war ein Nazi.«

Bohming zuckte die Achseln. »Bis fünfundvierzig, danach hat er die Kurve gekriegt. Wie manch anderer auch. Wir haben Glück, diese Zeit nicht miterlebt zu haben. Wofür hätten wir uns entschieden? Fürs KZ?«

»Dieser Kalterer hat mich erst abgelenkt, dann aber auf eine Idee gebracht. Nämlich die, dass auch Hamm Nazi war. Und der war es tatsächlich.«

»Das sagt sich so leichthin. Als ich ihn kennenlernte, war er jedenfalls kein Nazi. Hat die SPD beraten.«

»Glaub ich gerne. Darum geht es aber nicht. Ich frage mich, wie schafft man es, mit solchen Arbeiten wie deinen die Bestnote zu bekommen? Um mal von den Titeln zu schweigen.«

»Für die Benotung bin ich nicht verantwortlich.«

»Da bin ich mir nicht so sicher, Hasso.«

Bohming schaute ihn scharf an. »Du sprichst in einem Ton, der mir nicht gefällt. Auch wenn ich es sonst nicht heraushängen lasse, ich bin dein Vorgesetzter …«

»Du warst es. Ich werde die Uni verlassen. Das steht nun fest.«

Bohming schaute ihn ungläubig an. Dann lächelte er, um gleich wieder Stachelmann anzustarren.

»Du bist mich los, aber es hilft dir nichts. Du hast mich doch loswerden wollen, nicht wahr?«

»Du bist verrückt. Du hast vergessen, wer dich in all den Jahren unterstützt hat. Der Herr Kollege braucht ja immer ein bisschen länger.« Bohming beugte sich nach vorn. »Du bist undankbar. Und kollegial bist du auch nicht. Ich bereue, dass ich dir geholfen habe. Ich hätte dich zum Teufel jagen sollen.«

»Das hast du doch versucht, mit dem Griesbach.« Stachelmann dachte daran, wie er den toten Griesbach in seinem Kofferraum gefunden hatte.

Bohming lehnte sich zurück und ließ seinen Blick wandern. Dann beugte er sich wieder nach vorne, fixierte Stachelmann und schnaufte. »Ach, Unsinn. Wenn du willst, ein Angebot, ein letztes Angebot, ich besorg dir eine C4-Stelle. Ordinarius, das wolltest du doch immer werden. Das ist deine Chance.«

Jetzt wusste Stachelmann, dass er richtig lag. Endlich.

»Vergiss es. Und so schon gar nicht. Ich bin nicht wie du ...«

»Ich bin nicht wie du. Ich bin nicht wie du«, äffte Bohming ihn nach. »Nein, du bist der Stachelmann, der ist was Besseres, der ist ein Halbgott. Der würde einen Cent, den er auf der Straße findet, im Fundbüro abgeben. Du bist verrückt, völlig verrückt. Was glaubst du, wie die werten Kollegen zu Titel und Ansehen kamen? Wer entscheidet, welche Beiträge in Fachzeitschriften veröffentlicht werden? Wie die Besetzung von Stellen ausgekungelt wird? Es ist bei uns wie überall. Was glaubst denn du, wie Politiker nach oben kommen? Wie man Spitzenmanager wird und sich jede Kündigung vergolden lässt? Mein Gott, wo lebst du?«

»Hast du geschossen? Was hast du zu tun mit Brigitte Sterns Tod?«

»Raus!«, rief Bohming. »Mein Tipp: Alsterdorfer Anstalten.« Er zögerte, sein rot angelaufenes Gesicht bekam weiße Flecken. »Oder geh besser nach Neustadt. Aber schnell. Bevor du durchdrehst. Das ist ein guter Rat, Josef. Ein sehr guter Rat. Wenn du ihn annimmst, wirst du mir dankbar sein. Lebenslang.«

Stachelmann erhob sich halb, dann setzte er sich wieder. »Du hast Hamm erpresst. Du hast ihm gesagt, du würdest seine Arbeiten aus den Kriegsjahren, seine Gutachten für die SS in Umlauf bringen oder Medien zuspielen, wenn er dir nicht hilft.«

Bohming lachte. »Dass Hamm mal mit den Nazis sympathisiert hat, regt doch heute keinen mehr auf. Er hat doch nur getan, was das Volk getan hat, bis auf Ausnahmen, die man nur unter dem Mikroskop entdeckt. Und das mit der Erpressung ist eine Unverschämtheit. Du solltest es beweisen können, sonst kriegst du richtig Ärger. Richtig Ärger«, wiederholte er.

»Das beweist sich gewissermaßen von selbst. Man muss deine Diss und deine Habilschrift nur zusammen veröffentlichen, dazu die Benotung und Hamms Biographie, garniert mit ein paar hübschen Thesen für den Reichsführer-SS, und schon haben wir ein prächtiges Paket. Überschrift: Wem verdankt Bohming den Lehrstuhl? Im Internet ist das keine Sache. Ich kenne da ein paar, die machen so was mit links. Was mir noch einfällt, man könnte ein bisschen herumhorchen, welche Maßstäbe Hamm an andere Arbeiten angelegt hat. Ich habe gehört, der sei streng gewesen, summa cum laude habe der eigentlich nicht gekannt.« Ein Versuchsballon, die Idee war ihm gerade erst gekommen.

Bohming grinste nur. Der Versuchsballon platzte. »Das ist Larifari, Herr Kollege. Wenn du dich auf üble Nachrede verlegst gegen den, der all die Jahre die Hand über dich gehalten hat, weil du sonst untergegangen wärst, dann fällt es auf dich zurück. Du stehst am Ende nackt da, nicht ich.«

»Schluss mit der Spiegelfechterei. Du hast die Chance gehabt, die Dinge klarzulegen.« Stachelmann war sich jetzt ganz sicher. Er hatte den Rückruf des Kollegen Abend noch im Ohr. »Stichwort: Rohrschmidt. Fällt dir dazu etwas ein?« Er schaute Bohming scharf an. Der lehnte sich langsam zurück. Es sah aus, als würde er im Schneckentempo zusammensacken. »Diesem Kollegen widme ich in meiner Arbeit eine Passage. Vor allem seine Arbeiten über den Ersten Weltkrieg sind hervorragend. Aber das hat mich nicht bewegt, sondern sein Schicksal. Ein Historiker, der im Steinbruch von Buchenwald umkommt. Davon muss ein heutiger Historiker berichten, wenn er über Buchenwald schreibt. Ich dachte erst an diese oder jene Fußnote, über die sich ein paar junge Leute aufgeregt haben. Aber darum geht es dir nicht. Dir geht es um die Rohrschmidt-Passage. Die trifft dich ins Mark. Du musst jahrzehntelang Angst gehabt haben, dass irgendwann jemand auf diese Geschichte stößt.« Ein sadistisches Spiel, dachte Stachelmann. Wusste gar nicht, dass ich dazu fähig bin. Aber ich werde ihn jetzt weich klopfen.

Bohming erbleichte. Seine Augen irrten für ein paar Sekunden durch den Raum, als suchte er etwas, das ihm helfen könnte. Natürlich fragt er sich jetzt, was ich weiß. »Na und?«, sagte Bohming. »Was heißt das nun?«

Das ist die richtige Taktik, nichts rauslassen. Sehr gut, Hasso. Aber es wird dir nicht helfen.

»Hamm hat Rohrschmidt 1937 denunziert bei der Gestapo. Die hat den Kollegen ins KZ Buchenwald verschleppt, wo er bald darauf im Steinbruch zu Tode gequält wurde. Zur Belohnung wurde Hamm Rohrschmidts Nachfolger. Es handelt sich hier, wie du siehst, um ein Verbrechen. Und dieses Verbrechen hast du gedeckt. Du hast es gewusst und Hamm damit erpresst. In der Tat, ein paar braune Flecken in der Biographie, das hat früher keinen gekratzt, dann gab es mal ein bisschen Ärger deswegen Ende der Sechzigerjahre, doch bald danach war wieder Ruhe. Aber Beihilfe zum Mord oder wie immer man dieses Verbrechen strafrechtlich einzustufen hat, das ist eine andere Preislage. Das größte Schwein im Land ist der Denunziant. Die Denunziation von Rohrschmidt hätte Hamm den Lehrstuhl gekostet, wenn sie publik geworden wäre.«

»So ein Quatsch. Von dieser Rohrschmidt-Geschichte hat man dieses und jenes gehört, nur Gerüchte. Hamm hatte damit wenig bis nichts zu tun. Und ich habe davon nichts gewusst. Gar nichts.«

»Du lügst«, sagte Stachelmann.

Bohming lief rot an, dann wurde er weiß im Gesicht.

»In der Benutzerliste der Gestapoakte von Rohrschmidt in Köln, deren Kopie ich in Weimar gelesen habe, steht ein gewisser Hasso Bohming. Ganz ordentlich eingetragen. Im Jahr deiner Promotion.«

Bohmings Gesicht blieb nun bleich. Schweißperlen traten auf die Stirn. Stachelmann fühlte sich gut.

Bohming atmete tief durch. »Du verlässt die Uni? Es bleibt dabei?« Er mühte sich, sachlich zu klingen.

»Ja«, sagte Stachelmann leise.

»Wenn du willst, schreibe ich dir ein Zeugnis. Und wenn es nur deswegen ist, um dir zu zeigen, dass ich bis zum Ende fair bin. Aber wenn du die Konfrontation willst, wirst du sie bekommen.«

»Du kannst dir nicht vorstellen, wie gleichgültig mir deine Sprüche sind. Wenn ich Lust habe, die Sache zu veröffentlichen, dann tue ich das. Wenn ich keine Lust habe, tue ich es nicht. Du kannst meine Laune ein wenig beeinflussen, wenn du mir sagst, wer geschossen hat. Und wer Brigitte Sterns Mörder ist.«

Bohming starrte ihn an. Er schwieg.

Stachelmann verließ das Zimmer ohne Gruß.

Draußen spürte er, wie aufgewühlt er war. Bohming hatte sich demaskiert, schneller, als Stachelmann gedacht hatte. Aber es fehlte ein Glied, nämlich das zwischen Bohming und dem Mörder. Stachelmann bildete sich ein, etwas gehört zu haben von Bohming, das ihm die Suche danach erleichtern würde. Er quälte sein Hirn, aber er fand nichts.

Er ging zu Anne. Stachelmann erzählte ihr zunächst, wie sein Treffen mit Bohming verlaufen war.

»Und was machst du nun mit dem Sagenhaften?«, fragte sie.

»Weiß ich nicht. Mich interessiert erst einmal, wer Brigittes Mörder ist.«

»Übrigens habe ich inzwischen zwei Werke des Herrn Hamm bekommen. Haben die wohl aus der Giftküche geholt. Weißt du, in welchem Verlag das erste erschienen ist, 1935?«

»Mach's nicht so spannend.«

»Im Verlag Fraenkel & Schmid.«

»Und das zweite?«

»Im Schmid Verlag, 1937. Alles klar?«

Stachelmann nickte bedächtig. Er dachte eine Weile

nach, dann schaute er auf die Uhr und sagte: »Hoffentlich ist der Schmid noch da.« Dann nahm er das Telefonmobilteil und wählte die Nummer des Verlags, schaltete den Mithörlautsprecher ein und wurde gleich verbunden mit dem Verleger.

»Ja, guten Tag, Herr Dr. Stachelmann. Ich freue mich, dass Sie anrufen. Haben Sie noch eine Frage zu unserem Vertrag?«

»Nein«, sagte Stachelmann. »Mir geht es um etwas anderes. Ich sitze gerade an einem kleinen Aufsatz über die Arisierung von Wissenschaftsverlagen in Norddeutschland. Sie wissen bestimmt, was mit Herrn Fraenkel geschehen ist.«

Schweigen. Stachelmann hörte Schmid atmen. Dann sagte der: »Ein tragischer Fall. Mein Vater hat Ende 1936 Herrn Fraenkels Verlagsanteile vorsorglich übernommen, weil ja absehbar war, dass jüdischer Besitz enteignet würde. Er hat Herrn Fraenkel natürlich zugesagt, ihm die Anteile zurückzugeben, sobald dies möglich sei.«

»Sie haben meine Frage nicht beantwortet.«

»Herr Fraenkel ist verstorben.«

»Und er hat keine Erben?«

»Ich fürchte, nein.«

»Ich glaube nicht, dass Sie das fürchten. Wissen Sie, was ich glaube? Dass es im Fall Ihres Verlags so gelaufen ist wie in den meisten Fällen. Ihr werter Herr Vater hat seinen Kompagnon mit einem Taschengeld abgespeist für dessen Anteile und eine Menge versprochen in dem Bewusstsein, dass das Dritte Reich schon lange genug dauern werde, um nie in die Lage zu kommen, die Versprechungen einlösen zu müssen, wenn man sie denn nicht sowieso schnell vergessen hatte.«

»Herr Dr. Stachelmann, mein Vater war ein Ehrenmann.«

»Das ließe sich bei einer Recherche im Archiv der zuständigen Finanzdirektion bestimmt belegen«, sagte Stachelmann mit Spott in der Stimme. »Die Akten darf man sich jetzt ja angucken.«

Schmid sagte nichts.

»Aber es hat ja schon jemand recherchiert. Der gute Bohming, nicht wahr?«

Schmids Atmen wurde heftiger.

»Und dann hat der gute Herr Bohming Ihnen gesagt, das Buch von dem Stachelmann, das veröffentlichen Sie besser nicht. Herr Schmid, wollen Sie dazu was sagen? Sonst gehe ich einfach davon aus, dass sich alles so verhält, wie ich es darstelle.« Er wartete auf eine Antwort, bekam aber keine. »Dann haben Sie überlegt, wie komme ich aus dem Vertrag mit dem Stachelmann raus? Und kamen auf die tolle Idee, sich selbst einen Erpresserbrief zu schreiben.«

Schmid hustete.

»Stimmt doch, oder?«

»Wenn Sie wollen, Herr Dr. Stachelmann, natürlich erfülle ich den Vertrag, den wir geschlossen haben.«

»Ach, so plötzlich? Wissen Sie was? Ich verzichte. Mit so einer Figur wie Ihnen will ich nichts zu tun haben. Man kann sich ja nicht dauernd die Hände waschen.«

Er legte auf.

»Der hat ja richtig Schiss!«, sagte Anne. Sie lachte. »Unser Sagenhafter entpuppt sich als der große Erpresser.«

»Darauf hätte ich früher kommen können«, sagte Stachelmann.

»Quatsch, wenn man was herausbekommt, fragt man sich immer, ob man es nicht schneller oder billiger hätte haben können.«

»Gut. Aber es hilft uns kaum weiter. Es muss ein Verbindungsglied geben zwischen Bohming und dem Mörder, wenn er es nicht doch selbst ist.«

Sie sagte: »Wir müssen überall stochern, wo wir dieses Verbindungsglied finden könnten. Vor allem müssen wir Bohmings Biographie genauer recherchieren.«

»Und wie? Der hat doch nur rausgelassen, was ihm nutzt.«

»Wir googeln ein bisschen. Und wenn wir Verwandte finden, quatsche ich ein bisschen mit denen. Du kannst so was nicht.«

Sie setzte sich an den PC, er stellte sich hinter sie und stützte sich auf die Stuhllehne. Anne überlegte, dann gab sie ein paar Suchbegriffe ein. »Hier habe ich eine Vita von ihm, stammt aus einem Buch, Verlagswerbung: Studium in Düsseldorf, dann Wechsel nach Köln, dort Promotion und Habilitation. Heirat 1974. Und wie heißt die Dame? Das verrät uns bestimmt das Internettelefonbuch.« Sie tippte, dann die Eingabetaste. Nach einer Weile: »O Gott, Herta heißt sie. Die würde ich auch geheim halten.«

Sie gab *Herta Bohming* als Suchbegriff ein. »Nichts.«

Sie ging zurück zum Internettelefonbuch, notierte Bohmings Privatnummer und überlegte. Dann stand sie auf und ging ins Wohnzimmer. Sie nahm das Telefon und wählte. Dann sagte sie: »Guten Abend, entschuldigen Sie die Störung, hier die Balding AG, Personalabteilung … Ihre Tochter … ach, Sie haben nur einen Sohn … könnten Sie mir sicherheitshalber dessen Namen geben? … Hanno heißt er … Hanno Bohming. Und wo finde ich den? … Ja, Balding AG, eine H. Bohming oder ein H. Bohming hat sich bei uns beworben. Und wir würden gerne noch einmal mit ihm sprechen … Ach, das ist ja schade … Klinik? … Kann ich ihn vielleicht dort erreichen? … Das verstehe ich … meine Tochter sagt mir auch nicht alles, glauben Sie's mir … ach, noch eine wichtige Frage. Im Bewerbungsschreiben steht nichts über Zivildienst oder Wehrdienst … Bundeswehr, das ist gut … Panzergrenadier, Unteroffizier … das hilft uns weiter, auf Wiederhören.«

Sie legte auf. »Die Dame redet gern.«

»Und wenn er dran gewesen wäre?«

»Dann hätte ich aufgelegt und es später noch einmal versucht. Also, er hat einen Sohn, der hat seinen Wehrdienst abgeleistet und es bis zum Unteroffizier gebracht. Zurzeit ist er im Krankenhaus. Allerdings wollte sie mir nicht sagen, in welchem.«

»Alsterdorfer Anstalten«, sagte Stachelmann. Das war es, was ihm beim Gespräch mit Bohming aufgefallen war. »Erst hat er mir empfohlen, mich in die Alsterdorfer Anstalten einliefern zu lassen, dann hat er sich berichtigt und auch ziemlich komisch aus der Wäsche geguckt. Neustadt statt Alsterdorf. Ruf da mal an. Ich habe bisher gar nicht gewusst, wie gut du schwindeln kannst. Das gibt mir zu denken.«

Sie öffnete das Internettelefonbuch, fand die Telefonnummer und rief an.

»Guten Tag, hier die Praxis von Dr. Schneider. Das ist der Hausarzt von Herrn Hanno Bohming. Ich müsste Herrn Bohming mal kurz sprechen, es geht um eine Versicherungssache … das ist ja ärgerlich … ich melde mich später wieder.«

Sie legte auf und grinste. »Tatsächlich, es gibt einen Hanno Bohming dort. Er ist zurzeit leider nicht zu sprechen. Man könnte auch sagen, der Herr ist gerade mal wieder gaga.«

Sie setzten sich aufs Sofa im Wohnzimmer und schwiegen. Draußen knallte etwas, Stachelmann erschrak. Er ging zum Fenster und schaute hinaus. »Blechschaden«, sagte er und setzte sich wieder.

»Ruf die Polizei«, sagte Anne.

»Quatsch, was soll ich denen sagen? Die brauchen Handfestes. Und mir glauben die sowieso nicht mehr.«

»Aber du hast eine Spur.« In ihrer Stimme klang Ungeduld mit.

»Die ist so schlecht wie die mit Kraft. Die Bullen tippen sich an die Stirn. Und wo sollen sie mit den Ermittlungen anfangen?«

»Bei Bohming junior. Der hat offenbar was an der Schüssel.«

»Mag sein. Ich habe mir aber was Besseres ausgedacht.« Er erzählte knapp, was er erfahren hatte bei seinen Telefonaten und was er nun plante.

Danach schaute sie ihn eine Weile an, um endlich zu sagen: »Du bist völlig wahnsinnig. Du kannst gleich zu Hanno in die Klinik ziehen.«

19

»Das ist ja schön, dass du gleich wiederkommst, auch wenn es ein bisschen spät ist«, sagte die Mutter.

»Ich hab keine Zeit«, sagte Stachelmann. »Ich muss mal auf den Dachboden.«

»Warum?«

»Da liegen alte Bücher«, sagte er.

»Und die brauchst du jetzt dringend?«

»Es fiel mir ein, als ich gerade in der Nähe war.« Er fühlte sich unwohl bei der Lüge.

»Ein bisschen sprunghaft, mein Sohn.«

Er klappte die Leiter vom Dachboden herunter, kletterte hoch, schaltete das Licht ein und begann zu suchen. Staub wirbelte auf, er nieste. Nach ein paar Minuten hielt er die Holzkiste in der Hand. Er hockte sich auf einen Dachbalken und pustete über die Kiste. Eine Staubwolke zog dahin. Er öffnete die Verriegelung und klappte den Deckel hoch. Was er suchte, war eingepackt in einen öligen Lappen. Er wickelte es aus, dunkel glänzender Stahl einer Walther P 38. Ein gefülltes Magazin lag daneben. Er wickelte die Pistole wieder in den Lappen und legte sie zurück in die Kiste. Dann suchte er ein paar Jugendbücher, packte die Holzkiste dazwischen und klemmte sich den Stapel unter den Arm. Im Erdgeschoss hörte er die Mutter in der Küche und steckte die Holzkiste in die Aktentasche.

Die Mutter stellte sich in die Küchentür. »Mein Gott, ist das staubig. Ich hole den Staubsauger, sonst trägst du den Dreck mit nach Hause.«

Als er die Bücher abgesaugt hatte, nahm er die Mutter kurz in den Arm und verließ das Haus. »Tut mir leid, ich muss weiter.«

Im Auto überlegte er, wohin er fahren sollte. Da fiel ihm die Lichtung ein, zu der Heinz ihn verschleppt hatte, um ihn aufzuhängen. Er fuhr die A1 Richtung Lübeck bis Reinfeld, und während er den Wagen durch den Regen steuerte, versuchte er, sich die Erklärung seines Vaters in Erinnerung zu rufen. Eines Abends – die Mutter war unterwegs, der Vater hatte vom Krieg erzählt, in dem er nie gewesen war – sagte er: »Komm, ich zeig dir was.« Er hatte einen Stuhl vor den Schlafzimmerschrank gestellt, war daraufgestiegen und hatte eine Holzkiste hervorgezogen. »Komm.« Sie hatten sich ins Kinderzimmer gesetzt, im ersten Stock, hier würde die Mutter sie kaum überraschen. Der Vater hatte dem Sohn gezeigt, was in der Kiste lag. Eine Pistole. »Hier, nimm mal.« Sie war schwer. Dann hatte der Vater sie wieder genommen, das Magazin entfernt, den Schlitten nach hinten gezogen, in den Lauf hineingeschaut, den Schlitten nach vorne schnappen gelassen und abgedrückt. »Wenn eine Patrone im Lauf gewesen wäre, hätte es jetzt geknallt. Man muss sichern, immer sichern.« Der Junge hatte endlos gefragt, der Vater geduldig geantwortet. Stachelmann hatte fast alles behalten.

Er verließ die Autobahn in Ahrensburg, fand den Wald und stellte den Wagen unter Bäumen ab. Dann nahm er die Aktentasche, holte aus dem Handschuhfach die Taschenlampe und ging in den Wald hinein. Einmal stolperte er, der Boden war feucht und weich. Der Mond ließ matschige Blätter glänzen. Der Weg kam ihm weiter vor als damals. Der Kegel der Taschenlampe zitterte voraus.

Als er endlich die Lichtung erreicht hatte, holte er die Kiste aus der Aktentasche, öffnete sie, wickelte die Pistole aus und sah, dass seine Hände zitterten. Er versuchte erst das Magazin falsch herum in den Griff zu schieben, dann machte er es richtig. Er lud durch, stellte den Sicherungshebel auf *S* und ließ den gespannten Hahn mit dem Daumen nach vorne gleiten, ganz langsam und zittrig. Der Hahn rastete ein. So könnte er die Waffe in die Tasche stecken, mit einer Patrone im Lauf. Er spannte den Hahn wieder, legte den Sicherungshebel um, packte den Griff mit beiden Händen, streckte die Waffe nach vorn, auf den nächsten Baum, und drückte ab. Er erschrak, als die Pistole knallte und der Rückstoß sie ihm fast ins Gesicht geschleudert hätte. Er stellte den Sicherungshebel auf die Position *S*, entspannte den Hahn und steckte die Waffe in die Aktentasche, neben die Kiste mit dem Lappen. Er wusste jetzt, wie sie funktionierte. Da hat die SA-Karriere des Alten doch noch einen Sinn bekommen, dachte er bitter. Er ging zu dem Baum, auf den er gezielt hatte, und suchte mit der Taschenlampe. Dann fand er einen Kratzer an der Seite. Er hätte den dicken Stamm fast verfehlt.

Er eilte aus dem Wald, hatte Angst, dass jemand ihn erwischen könnte bei seiner Schießübung. Der Rückweg kam ihm weit vor, und als er endlich im Auto saß, schnaufte er einmal durch, dann fuhr er eine Weile ohne Licht, bis er sich der Straße näherte. Jetzt fühlte er sich sicherer.

Zu Hause setzte er sich an den PC, öffnete das Geschichtsforum, tippte seine Nachricht und schickte sie los. Er vergewisserte sich, dass sein *posting* angekommen war. Dann versuchte er zu schlafen.

Er erwachte vor Sonnenaufgang und blieb mit geschlossenen Augen liegen. Er überdachte wieder seinen Plan, malte sich die Gefahr aus, zweifelte, überlegte, ob er die Polizei unterrichten sollte, verwarf es, weil er diese Sache selbst erledigen musste, ein für alle Mal. Er spürte seine Wut auf diesen Kerl, dem das Leben anderer gleichgültig war, der zu Demonstrationszwecken fast andere Menschen erschossen hatte. Nur, um Stachelmann Angst einzujagen. Davon war er nun überzeugt.

Er stand auf, machte sich fertig und verließ die Wohnung. Er fuhr zu einem Baumarkt und kaufte Draht, Haken, Dübel, Bohrer, diverses Kleinzeug und zwei Scheinwerfer von stärkster Leuchtkraft. Er bezahlte, packte alles ins Auto und fuhr nach Hause. Er schleppte seinen Einkauf in die Wohnung und begann zu arbeiten. Mehrfach simulierte er das Geschehen, wie er es erwartete, hantierte mit der Pistole und stellte sich auf das ein, was passieren würde. Natürlich hatte er Angst.

***

Er hatte seinen Computer eingeschaltet, wie er es jeden Morgen tat. Zu Hause war es einfach, da wartete der PC in seinem Zimmer. In der Klinik gab es keinen Computer für ihn, aber er konnte sich frei bewegen, also ging er ins nächste Internetcafé. Ein Leben ohne die Webseiten über Waffen konnte er sich nicht vorstellen. Da gab es vor allem die Handelsplätze, wo alles angeboten wurde, was gefährlich war, Selbstladegewehre, MGs, Jagdwaffen, Pistolen. Er hatte sein G3 in Antwerpen gekauft, damals, vor dem Unfall bei der Bundeswehr, an den er sich nur nebelhaft erinnerte. Ein Matrose aus Malaysia hatte Hanno das Gewehr angeboten im Hafen. Und Hanno fand, das sei ein schönes Souvenir an einen Wochenendtrip. Jahrelang hatte es im Kellerversteck gelegen, in Hannos Kiste, für die nur er den Schlüssel hatte. Nur geübte Schützen können mit dieser Waffe umgehen, und er war einer dieser Experten, die mit Verachtung auf jene Weicheier herabblickten, die mit Kleinkalibergewehren durch die afghanische Steppe stolperten und Soldaten spielten.

Im Internetcafé bestellte er wie immer eine Milch, eiskalt. Seine Laune verschlechterte sich, als er sah, dass *sein PC*, also der Computer, an dem er am liebsten saß, besetzt war. Er streifte an dem Tisch vorbei und lugte. Ein

Mädchen vertiefte sich in einen Chat. Das konnte dauern. Also ging er zu einem anderen Tisch, in der Ecke. Er gab Benutzername und Passwort ein, dann öffnete er das Geschichtsforum. Eine neue Nachricht in seinem *thread*, jedenfalls verstand er ihn als seinen, auch wenn er ihn nicht eröffnet hatte. Das war diese Brigitte gewesen, die sich den albernen Benutzernamen E.T. ausgesucht hatte. Ein *posting* unter dem Namen »Stachelmann«. Er also. So sieht Verzweiflung aus. Ein Doppelklick auf die Themenzeile, und die Nachricht öffnete sich. Er las, sein Atem stockte, er beugte sich nach vorn und warf das Milchglas auf den Boden. Er starrte die Wörter an, als könnte er sie mit den Augen löschen.

H. B. junior: Du hast bis morgen Mittag Zeit, dich zu stellen. Dann kommst du vielleicht nach 30 Jahren aus dem Knast raus. Ich habe alle Beweise.
Stachelmann

Sein Atem setzte wieder ein, schnell, immer schneller.

Ich habe alle Beweise.

Hanno las es wieder und wieder. *Alle Beweise.* Dieses Schwein. Stellen! Er hatte alles richtig gemacht, er musste sich nicht stellen. Niemand durfte ihn bestrafen. Musste der Sohn nicht den Vater schützen? Der Typ vom Internetcafé kam mit einem Lappen.

»Hau ab!«, sagte Hanno. Er schrie nicht, aber in seiner Stimme lag Gefahr. Der Typ stutzte, guckte Hanno in die Augen und erschrak. Erst wich er zurück, dann eilte er hinter seinen Tresen. Hanno schnaufte noch heftig, aber allmählich bekam er sich unter Kontrolle.

Ich habe alle Beweise.

Hanno dachte an den Vater, wie der zu Hause getobt hatte über diesen Stachelmann. Da gab es eine Stelle in dessen Arbeit, was für eine Arbeit auch immer, und diese Stelle konnte den Vater vernichten. Alles, was er sich und seiner Familie aufgebaut hatte. Böswillige würden behaupten, dass er nichts geschafft und seine Karriere erpresst habe. Und so einen Ruf kriegte man nicht mehr weg. Selbst wenn es gar nicht stimmte. Also musste Hanno verhindern, dass die Arbeit erschien. Er hatte sich einen Plan zurechtgelegt, wie er dieses Schwein fertigmachen könnte. Ihn umbringen, das wäre falsch gewesen. Das hätte den Vater gezwungen, diese Arbeit veröffentlichen zu lassen. So viel hatte Hanno verstanden, er war ja nicht dumm, auch wenn er einsah, dass manchmal diese netten Ärzte und Schwestern sich um ihn sorgten.

»Und wenn dem Stachelmann was passiert, was Schlimmes?«, hatte er zu Hause beim Abendessen gefragt, nachdem der Vater wieder geschimpft hatte. Er hatte auch früher oft über Stachelmann geflucht. Aber nie so heftig.

Die Mutter hatte gleich gesagt: »So was denkt man nicht einmal.«

»Dann erscheint diese elende Arbeit bestimmt. Und ich muss sie empfehlen.«

»Aber dann kannst du die Stelle rausmachen«, hatte Hanno gesagt. Und er war stolz gewesen auf seine Idee.

»Um Himmels willen, wenn diese Derling das merkt! Die wird auf die Arbeit achten wie ein Schießhund.«

Da hatte der Vater recht gehabt, wie immer. Hanno war glücklich, einen so klugen Vater zu haben, den alle mit »Herr Professor« ansprachen, mit Respekt in der Stimme.

Also musste Hanno etwas tun. So konnte er ein wenig von dem Dank abtragen, den er dem Vater schuldete. Und Hanno tat etwas. Zuvor war er tagelang an der Uni umhergestrichen und hatte sich diesen Typ zeigen lassen, von einer Studentin. Den berühmten Stachelmann, der schon drei Kriminalfälle gelöst hatte. Er hatte ihn sich angeschaut, war ihm gefolgt, und dann hatte er gewusst, wann Stachelmann kam und ging, wann er sich also aufs Dach legen konnte, um zu schießen. Dazu hatte er sich einen Blaumann und eine Amikappe angezogen, das Gewehr auseinandergenommen und in einen Rucksack gepackt. Er war der Handwerker, der aufs Dach ging. Keiner beachtete so jemanden. Und er hatte Glück gehabt, in den Gängen war fast niemand gewesen, und die Frau im ersten Stock hatte ihm den Rücken zugekehrt.

Nachdem er geschossen hatte, zerlegte er das Gewehr, zog die Handwerkerkleidung aus, packte sie zum Gewehr in den Rucksack und stieg vom Dach hinunter. Dann war er nur noch ein Student, der neugierig nach draußen eilte, um zu schauen, was geschehen war. Er war unendlich stolz gewesen, dass er das so gut hinbekommen hatte. Mit einem bisschen Glück natürlich. Dem Glück des Tüchtigen. Hinterher freute er sich noch lange, vor allem als der Vater erzählte, dass dieser Stachelmann sich in die Hose machte. Dabei hat der Vater Hanno streng angesehen, als ob er etwas geahnt hätte. Geradezu glücklich war Hanno, als diese Kampagne im Internet losging und die Schmiererei am Philosophenturm auftauchte. Das lenkte den Verdacht von ihm ab.

Aber dann hatte der Vater von dieser Brigitte erzählt, die ihm zu schaffen machte. Erst Stachelmann, dann diese Brigitte, das war zu viel. Sie hatte den Vater bedrängt, erpresst, mit Veröffentlichung gedroht. Sie hatte diesen Namen in dieser Schrift von dem Stachelmann gelesen, sie hatte sich Bücher aus der Bibliothek bestellt, sie war in einem Archiv gewesen und hatte sich Informationen aus Köln beschafft. Und schließlich hatte sie dem Vater gesagt, er habe diesen anderen Mann erpresst.

Hanno stahl dem Vater die Universalschlüssel und schickte Brigitte eine Mail als Stachelmann, als der Vater wieder einmal so nett war, mit Hanno ins Internetcafé zu gehen. Hanno liebte diese Cafés, wo die Leute vor den Bildschirmen saßen und alles um sich herum vergaßen. Und Hanno gehörte dazu, war einer unter vielen, fiel nicht auf. Insgeheim nannte er die Leute im Internetcafé seine Freunde. Er war dem Vater so dankbar, wo Hanno doch wusste, dass der Vater sich eher lustlos vor den Bildschirm setzte und dann meist nur Online-Zeitungen las oder die blöden Beiträge in Online-Fachzeitschriften.

Brigitte fiel darauf herein. Es erregte ihn immer noch, wenn er an ihre zarten Brüste dachte. So etwas hatte er vorher noch nie berühren dürfen. Vor seinem Unfall vielleicht? Er überlegte, aber er konnte sich nicht erinnern. Gut, dass er das Rasiermesser vom Vater mitgenommen hatte und die Schnur aus der Garage. Er hatte wirklich an alles gedacht. Als wäre alles schon lange tief in ihm angelegt gewesen. Das Rasiermesser hatte er danach gründlich abgewaschen und wieder ins Badezimmer gelegt. Aber seitdem hatte er es nicht mehr gesehen, und natürlich traute Hanno sich nicht, den Vater zu fragen, warum er es nicht mehr benutzte, sondern den alten elektrischen Rasierapparat.

Dass er Brigitte bestraft hatte, machte dem Stachelmann noch mehr Angst. Das war großartig. Und niemand dachte an Hanno. Außer dem Vater. Der hatte zuletzt gesagt: Nun darfst du aber nichts mehr anstellen, nicht wahr, Hanno?

Ja, Vater, hatte Hanno gesagt. Und gedacht, er habe ja alles erledigt. Der Vater war ruhiger geworden, so wie früher, wenn er erzählte, wie toll es war an der Uni, wie alle zu ihm aufsahen, und wie großzügig er war, weil sich doch darin seine Macht am schönsten zeige. Als der Vater ruhiger geworden war, wurde auch Hanno ruhiger.

Ich habe alle Beweise.

Aber jetzt war die Ruhe vorbei. Das Schwein fing wieder an, Ärger zu machen. Diesmal ärgerte er Hanno. Aber Hanno würde sich das nicht gefallen lassen.

Du hast bis morgen Mittag Zeit, dich zu stellen.

Gut, du hast es so gewollt.

20

Stachelmann hatte die Pistole mehrfach in die Hand genommen, sie war schwer. Er prüfte die Sicherung und ob das Magazin eingerastet war. Tagsüber würde nichts passieren, spät in der Nacht auch nicht, da fiel einer auf, der schwer bepackt das Haus betrat. Stachelmann rechnete damit, dass der Mörder am Abend erschien. Bald also. Gestern, ganz früh am Morgen, hatte er das *posting* abgeschickt, heute hatte er erst eingekauft und dann einige Stunden den Handwerker gespielt. Das gehörte zwar nicht zu seinen Begabungen, aber es würde reichen. Oder nicht? Es musste reichen.

Dann begann die Stunde des Zweifels. Der Typ würde überhaupt nicht kommen. Der würde Stachelmann auflaufen lassen. Beweise? Lächerlich. Die reichten nie, nicht einmal für ein Ermittlungsverfahren. Er rannte einem Phantom hinterher, einer Fiktion. Er hatte die Zusammenhänge hergestellt, die er mit dem, was er wusste, herstellen konnte. Aber wahrscheinlich gab es andere Tatsachen, Dinge, die seinen Annahmen widersprachen. Es würde ausgehen wie beim Rollstuhlwunder des Manfred Kraft, aber ohne die Entlarvung eines Schwindlers.

Na und, dachte er. Wenn es so ausging, wer hatte den Schaden? Er hatte sich geirrt, aber diesmal verärgerte er nicht einmal einen Schwindler. Er täuschte nur sich selbst. Niemand konnte sich beschweren. Bohming? Das kratzte ihn nicht mehr. Der hatte genug Dreck am Stecken, aus der Sache würde er so schnell nicht herauskommen. Aber er war Beamter, eine Rechtsverletzung würde man ihm nicht nachweisen können, der Geschädigte war tot, Beweise gab es nicht. Ein mittelprächtiger Anwalt würde Bohming heraushauen, bevor überhaupt etwas geschehen war.

Stachelmann setzte sich aufs Sofa im Wohnzimmer. Vor sich auf den Tisch hatte er die Fernbedienung gelegt, die er im Baumarkt gekauft hatte. Daneben die Pistole. Er kam sich vor wie in einem Western. Er grinste, dann packte ihn die Angst wie ein Anfall. Stachelmann kämpfte mit ihr, es gelang ihm, sie zurückzudrängen, doch seine Hände zitterten. Bald war es so weit. Sofort meldeten sich die Zweifel. Du machst dich zum Affen. Aber es merkt ja keiner.

Es klingelte, er erschrak, dachte, sein Herz müsse aussetzen. Er stelzte zur Wohnungstür und guckte durch den Spion. Der Postbote. Er kannte ihn, trotzdem, vielleicht stand der Mörder daneben und hatte den Postboten gezwungen zu klingeln, um Stachelmann zu überraschen. Der Postbote klingelte noch einmal, vielleicht hatte er bemerkt, wie sich der Spion verdunkelte.

Aber Stachelmann rührte sich nicht.

Wieder klingelte es, diesmal das Telefon. Auf Zehenspitzen stelzte Stachelmann zurück, im Wohnzimmer konnte er wieder normal gehen. Er ließ das Telefon klingeln, im Display sah er, es war Anne. Als das Klingeln aufgehört hatte, horchte er, ob sie auf den Anrufbeantworter sprechen würde. Als sie es nicht tat, zog er die Stecker von Telefon und Anrufbeantworter aus der Dose. Dann löschte er alle Lichter und nahm die Fernbedienung in die linke Hand, die Pistole in die rechte. Er schaute in den Spiegel, den er an den Türrahmen geschraubt hatte, um den Flur immer im Blick zu haben.

Kaum saß er, hörte er entfernt, wie es in mehreren Wohnungen klingelte. So, wie es Werbemüllverteiler taten. Um die Zeit war es ungewöhnlich. Es begann zu zittern in ihm. Das funktioniert nicht. Der bringt dich um. Der lässt sich nicht abhalten von deinem Spielkram.

Er hörte die Schritte im Treppenhaus.

Du hättest die Wohnungstür abschließen sollen. Warum machst du es ihm so einfach? Mit Absicht. Ich will, dass er kommt, damit die Sache zu Ende geht. Jetzt kommt er.

Ein Klacken, als die Wohnungstür aufgedrückt wurde. Der Mann kannte den Trick mit der Scheckkarte. Vielleicht verstand er es als Zeichen des Schicksals, dass ihm gelingen würde, was er sich vorgenommen hatte. Stachelmann sah die Silhouette des Eindringlings in seinem Spiegel, als Licht aus dem Treppenhaus in den Flur schien. Der Mann hatte tatsächlich ein Gewehr im Anschlag. Der Eindringling schloss die Wohnungstür von innen, dann sah Stachelmann ihn nicht mehr, es war dunkel. Er hörte, wie der Lichtschalter betätigt wurde, aber es blieb dunkel. Stachelmann hatte alle Glühbirnen aus den Fassungen gedreht. Er drückte auf die Taste der Fernbedienung, die Halogenscheinwerfer leuchteten auf, der Mann fluchte unterdrückt. Jetzt sah ihn Stachelmann glasklar. Hanno presste die Hand vor die Augen und machte einen Schritt nach vorn. Mit einem Schrei stolperte er. Eine kurze Salve löste sich, Stachelmann fuhr zusammen, es war unerträglich laut. Er sah im Spiegel, dass der Mann das Gewehr fallengelassen hatte, Stachelmann rannte in den Flur, hob die Pistole und drückte ab.

Hanno Bohming schaute in seine Richtung mit aufgerissenen Augen, aber er konnte Stachelmann nicht sehen. Erst war er geblendet, dann war er tot. Ein roter Fleck auf der Brust zeigte an, wo die Kugel getroffen hatte.

Stachelmann schaute auf die Pistole, auf den Toten, wieder auf die Pistole, wieder auf den Toten. Du hast einen Menschen umgebracht. Es wäre nicht nötig gewesen, du hättest ihn entwaffnen können, der hatte das Gewehr schon nicht mehr schussbereit in der Hand. Aber er fühlte sich erlöst. In diesem Augenblick merkte er erst, welcher Druck auf ihm gelastet hatte. Jetzt, wo der Druck nachließ, wunderte er sich, dass die Last ihn nicht zerquetscht hatte.

Gleich würde die Polizei kommen, die Schüsse waren gewiss gehört worden. Stachelmann rannte zum Telefon, legte die Pistole weg, drückte die Telefonstecker in die

Buchse und wählte den Notruf. Als abgehoben wurde, nannte er Namen und Adresse. »Kommen Sie schnell. Ich wurde überfallen.«

Dann hastete er in den Flur und demontierte die Scheinwerfer. Es ging schnell, sie hingen jeweils an einer Schraube. Er löste auch den Draht, den er mehrfach über den Flurboden gespannt hatte. Es ekelte ihn, als er den Draht unter der Leiche wegziehen musste. Als er die Haken, zwischen denen der Draht gespannt war, losgeschraubt hatte, packte er alles in den Kleiderschrank. Hanno Bohming lag auf dem Rücken, das G3 neben ihm. Die Salve hatte Löcher in die Wand gerissen.

Es klingelte. Die Polizei. Das stehst du auch noch durch.

***

»Sie kriegen ein Verfahren wegen unerlaubten Waffenbesitzes. Das ist Ihnen wohl klar. Nehmen Sie sich einen guten Anwalt, dann kostet das ein paar Euro. Und noch etwas, bevor wir zur Hauptsache kommen. Dieser Herr Schmid vom Verlag war hier und hat gestanden, er habe sich den Erpresserbrief selbst geschrieben, um einen handfesten Grund zu haben, aus dem Vertrag mit Ihnen auszusteigen. Der kriegte Schiss, als er von den Schüssen hörte und von dieser Kampagne. Ich habe selten einen solchen Jammerlappen gesehen.«

Stachelmann überlegte, ob er Schmids wahren Grund nennen sollte. Er tat es nicht. Er konnte es nicht beweisen, und Schmid hatte sich schon eine andere Version zurechtgelegt. Außerdem interessierte es ihn nicht mehr.

Taut schaute Stachelmann eine Weile an. Eine Frage lag in der Luft, aber Taut fragte nicht. Er fragte etwas anderes: »Hätte ich Ihnen nicht zugetraut, dass Sie sich einem Mörder stellen und übrig bleiben.«

»Ich auch nicht«, sagte Stachelmann. Von den Scheinwerfern und dem Draht sprach er nicht. »Aber der Typ hatte ja eine Meise.«

»Ich habe das Gutachten aus der Klinik noch nicht. Unser Psychoheini hat aber schon mit denen telefoniert. Es geht da um eine Wesensveränderung« – er zog das erste E in Wesen in die Länge, als passte das Wort nicht in seinen Mund – »und um etwas, das sich maligner Narzissmus nennt. Sicher ist nur, dass Bohming junior einen Unfall hatte bei der Bundeswehr. Verkehrsunfall. Er saß mit Kameraden auf der Ladefläche eines Lastwagens, der Fahrer schlief ein, hatte die Nacht zuvor gesoffen, der Lastwagen kippte in den Straßengraben …«

»Tragisch«, sagte Stachelmann, um etwas zu sagen.

»Vor allem deswegen, weil es Hanno jedes Jahr ein bisschen besser ging. Wenn da nicht diese Aggressionsschübe gewesen wären. Und diese absolute Fixierung auf den Vater.«

»Ich bin sicher, der Herr Professor hat gewusst, was sein Sohn trieb. Spätestens seit dem Mord an Brigitte Stern.«

Taut ließ seinen Blick im Zimmer schweifen. »Haben Sie dafür einen Zeugen?«

Stachelmann winkte ab.

»Ich hätte Ihnen gar nicht zugetraut, dass Sie seit Jahren zu Hause eine Pistole liegen hatten.«

»Ich habe das Ding weniger als Waffe betrachtet, denn als Erinnerung an meinen Vater.«

Stachelmann wartete auf die Frage nach dem *posting*, mit dem er Hanno herausgefordert hatte. Aber die Kripo hatte es offenbar noch nicht entdeckt. Wenn sie es jemals fand, dann würde er sagen, er hätte Hanno überreden wollen, sich zu stellen. Vielleicht würde Taut ihm nicht glauben. Doch das war Stachelmann gleichgültig.

Er ging den Weg vom Polizeipräsidium zu Annes Wohnung zu Fuß. Der Wind kam aus dem Westen, von der Nordsee, und schmeckte salzig. Vielleicht bildete er es sich auch ein. Er wartete auf das schlechte Gewissen, denn er hatte einen Menschen ermordet. Ja, ermordet. Er hatte es geplant, und er war froh gewesen, als sich die Salve aus dem G3 löste, weil Hanno gestolpert war über die Drähte. Was hättest du getan, wenn sich die Schüsse nicht gelöst hätten, die dir jetzt als Beweis von Notwehr dienen? In diesem Augenblick war er überzeugt, er hätte trotzdem geschossen.

Als er erschöpft in Annes Wohnung stand, trat sie aus dem Schlafzimmer, wo sie offenbar am Schreibtisch gesessen hatte. »Wie war's?«

»Alles in Ordnung«, sagte Stachelmann.

Sie schaute ihm lange in die Augen, und in ihrem Blick sah er, sie glaubte ihm nicht.

»Und was wird nun aus dir? Hast du es dir noch einmal überlegt?«

»Ich mach den Abgang«, sagte Stachelmann. Er spürte nicht den geringsten Zweifel.

»Und was wird aus uns?«, fragte Anne.

Mein Dank gilt

Elfi Müller, Berlin, fürs kritische Gegenlesen, bei dem sie sich nicht zuletzt als Expertin für Fragen der politischen Mode entpuppte – und natürlich für alles, was mit sämtlichen Erscheinungsformen von Rebellion und Aufruhr zu tun hat oder haben könnte;

Susanne Schulz, Neustrelitz, die, unübertrefflich akribisch, viele Fehler fand und sich widerstandslos die Bärenspur stehlen ließ;

Dr. Herbert Brehmer, Berlin, dessen kritisches Urteil ich schätze;

Prof. Axel Schildt, Hamburg, für Orientierung im Dschungel der akademischen Laufbahnen, neuester Stand;

Marianne Ostermann, Berlin, für kompetente psychologische Auskünfte;

Lutz Dursthoff, Köln, für sein großartiges Lektorat, und *Stefanie Kratz*, Köln, für ihre Kritik, die das Manuskript verbessert hat.

Alle verbliebenen Fehler gehen auf meine Kappe.

Christian v. Ditfurth
Schatten des Wahns

Stachelmanns dritter Fall
KiWi 1008

Ossi ist tot, Oberkommissar Oskar Winter von der Hamburger Kripo. Er wurde an seinem Schreibtisch gefunden, sein Kopf lag auf einem Aktenordner, darin Flugblätter und Protokolle aus den Siebzigerjahren, als Ossi und Stachelmann in Heidelberg studiert und an die Revolution geglaubt hatten. Alle Indizien sprechen für Freitod, doch Stachelmann zweifelt.

»Der wohl sympathischste und glaubwürdigste Ermittler, der derzeit auf dem deutschen Krimimarkt zu haben ist.«
amazon.de

Christian v. Ditfurth
Mit Blindheit geschlagen

Stachelmanns zweiter Fall
KiWi 924

Stachelmanns erster Fall – »›Mann ohne Makel‹, lässt auf weitere Ermittlungen dieses auf sympathische Weise zerknitterten Historikers in der Rolle des Amateurdetektivs hoffen«, hieß es im NDR. Jetzt ist Stachelmann zurück – und in größter Gefahr: Er wird als Mörder verdächtigt.

»Einer der besten deutschen Krimiautoren« *Max*

»Dieser ungewöhnliche Krimi besticht durch eine exzellente Dramaturgie ... auf beklemmende Weise authentisch und aktuell.« *amazon.de*

Christian v. Ditfurth
Mann ohne Makel

Stachelmanns erster Fall
KiWi 826

Was als Aktensuche begann, endet in einer tödlichen Jagd. Fast zu spät entdeckt Stachelmann, dass er das nächste Opfer eines rätselhaften Mörders sein soll. Mit dem immer vom Scheitern bedrohten Hamburger Historiker Josef Maria Stachelmann schuf Christian v. Ditfurth einen Romanhelden, der in der Kriminalliteratur einzigartig dasteht.

»Ein packender Krimi, der zeigt, dass deutsche Autoren mit deutschen Themen bestens gegen internationale Konkurrenz bestehen können.« *Focus*

»Man wünscht sich noch mehr Fälle für Josef Maria Stachelmann.« *Die Welt*

»Hohes Suchtpotential.« *Saarbrücker Zeitung*